长安文化与中国文学研究

唐诗说稿

杨恩成 著

商务印书馆
The Commercial Press
2013年·北京

图书在版编目(CIP)数据

唐诗说稿 / 杨恩成著. —北京：商务印书馆，2013
（长安文化与中国文学研究）
ISBN 978 – 7 – 100 – 10334 – 3

Ⅰ.①唐… Ⅱ.①杨… Ⅲ.①唐诗—诗歌研究 Ⅳ.①I207.22

中国版本图书馆CIP数据核字（2013）第241437号

国家"211工程"三期重点学科建设项目
《长安文化与中国文学研究》

所有权利保留。

未经许可，不得以任何方式使用。

长安文化与中国文学研究
唐诗说稿
杨恩成 著

商 务 印 书 馆 出 版
（北京王府井大街36号　邮政编码　100710）
商 务 印 书 馆 发 行
三河市尚艺印装有限公司印刷
ISBN 978 – 7 – 100 – 10334 – 3

2013年12月第1版　　开本 880×1230　1/32
2013年12月北京第1次印刷　印张 15 7/8
定价：50.00元

《长安文化与中国文学研究》
编 委 会

顾　问：霍松林
主　编：张新科　李西建
编　委：（按姓氏笔画排列）
　　　　马歌东　尤西林　冯文楼　邢向东
　　　　李继凯　李　强　刘生良　刘锋焘
　　　　杨恩成　吴言生　张学忠　赵望秦
　　　　赵学勇　胡安顺　党怀兴　高一农
　　　　高益荣　程世和　傅功振　傅绍良
　　　　曾志华　霍有明　魏耕原

《长安文化与中国文学研究》
工作委员会

顾　问：霍松林
主　任：李西建　张新科
委　员：邢向东　赵望秦　霍有明　刘锋焘
　　　　赵学勇　李继凯　尤西林

总 序

长安是中国历史上建都朝代最多、历时最久的都市，先后有13个王朝建都于此，绵延1100余年，形成了辉煌灿烂的长安文化。长安文化具有多种特性。第一，它是一种颇具特色的地域文化，以长安和周边地区为核心，以黄土为自然生存环境，以雄阔刚健、厚重质朴为其主要风貌，这种文化精神一直延续到今天，仍然富有强大的生命力。20世纪中国文学的"陕军"、中国艺术的"长安画派"等，显示出独特的魅力，可以称之为"后长安时代"的文化。第二，它是一种相容并包的都城文化，既善于自我创造，具有时代的代表性，又广泛吸纳其他地区、其他民族的文化，也善于吸纳民间文化，形成多元化的特点。第三，它是中国历史鼎盛时期的盛世文化，尤其是周秦汉唐时期，是中国历史上的盛世，其所产生的文化以及对外的文化交流，代表了华夏民族的盛世记忆，不仅泽被神州，而且惠及海外。第四，它是历史时期全国的主流文化。由于长安是历史上许多王朝的都城，是当时政治文化的中心所在，以长安为核心形成的思想、文化，辐射到全国各地。第五，它是中国文化的源头，产生于中国历史的早期，是中国文化之根，对中国文化以及中华民族共有家园的形成具有不可估量的影响。

对长安文化进行研究，一直受到人们的重视，近年来更有了新的起色，尤其是"长安学"、"西安学"的提出，为长安文化的研究注入了新的时代因素，并受到海外学者的关注。陕西师范大学地处古都长安，研究长安文化是学术团队义不容辞的责任。为了深入挖掘长安文化的内在价值，探讨长安文化在中国文化、世界文化史上的地位，陕西师范大学文学院借国家"211工程"三期建设重点学科之机，以国家重点学科中国古代文学为龙头，全面整合文学院学术力量，申报了"长安文化与中国文学"研究项目，获得国家教育部的支持。本项目的研究，一方面是要发挥地域文化的优势，进一步推动长安文化的研究，并且为当代新文化建设贡献力量；另一方面也为研究中国文学找到一个新的切入点和突破口，使文学研究有坚实的文化根基。这是一种新的视野和新的尝试，我们的研究主要有以下三个方向：

第一，长安文化与中国文学的演变

立足文学本位，充分发挥地理优势，以长安文化为背景，对中国文学进行系统研究。1. 长安文化与中国文学精神。主要研究长安文化的内涵、产生、发展、特征以及对中国文学精神所产生的影响。2. 汉唐文学研究。主要研究长安文化形成时期以《史记》和汉赋为代表的盛世文化的典型特征以及对后来长安文化的奠基作用，研究唐代作家作品、唐代文化与文学、唐代政治与文学等，探讨汉唐时期长安文化与中国文学之间的内在联系及其在中国文学史上的价值与意义。3. 汉唐文学的域外传播。主要对汉唐文学在域外的传播、汉唐文学对域外文化的影响、长安文化对域外文化的接受等问题进行全面研究。4. 古今文学演变。以长安文化为切入点，探讨长安文化辐射下"后长安时代"中国文学的发展规律以及陕西文学的内在演变。

确立本研究方向的依据在于，长安文化从本质上说是以周秦汉唐为代表的中国传统文化，具有深刻的内涵。本项目首先需要从不同的层面对长安文化进行理论总结和阐释，探讨长安文化对中国文学精神的渗透，在此基础上进一步探讨长安文化对中国文学演变所产生的重要影响。汉唐时代是中国文化的转折期，也是长安文化产生、发展乃至鼎盛的重要时期。所谓"汉唐雄风"、"盛唐气象"就是对这个时期文学的高度概括。不仅如此，汉唐文学流播海外，对日、韩等汉语文化圈国家文化产生了深远影响，研究域外传播，可以从新的角度认识汉唐文学及长安文化的价值意义。今天的古城长安（西安）以新的面貌出现在世界舞台，形成新的文化特征。通过古今文学演变研究，探讨、总结中国文学和陕西文学的发展规律，进而为长安学（或西安学）的研究奠定良好基础。

第二，长安与西北文化

立足于长安文化，突出地域文化特色。主要有：1. 西北重点方言研究。关中方言从汉代开始即对西北地区产生辐射作用，这种作用在唐代以后持续不断，明清两代更有加强。因此，西北方言与关中方言的关系极其密切。从古代直到现代，西北的汉语方言与藏语、阿尔泰语系诸语言发生接触，产生了一些重要的变异。对这些问题的研究是我们的任务之一。2. 秦腔与西北戏曲研究。在长安文化的大视野下研究长安文化对秦腔及西北戏曲形成发展的影响；同时以秦腔及西北戏曲为载体，研究戏曲对传播长安文化所起的作用，从而显现长安文化在西北民族文化精神铸造中的巨大作用。

3.西北民俗艺术与文化遗产保护与利用研究。主要研究西北民俗文化特征、形态以及对精英文化的影响，研究如何保护和利用文化遗产并为当代文化建设服务。

确立本研究方向的依据在于，加强西北地区代表性方言的研究，对西北方言史、官话发展流变史、语言接触理论研究等，都具有重大的理论和现实意义。秦腔是我国现存最古老的戏曲剧种之一，号称中国梆子戏家族的鼻祖，是长安文化的活化石。秦腔诞生于陕西，孕育于秦汉，发展于唐宋，成熟于明末清初，受到西北五省（区）人民的喜爱，已经入选我国首批非物质文化遗产推荐项目。西北民俗的中心在陕西，陕西民俗文化是西北民俗文化的发源和辐射中心地。陕西民俗文化作为民族传统文化形式，对社会个体和整个社会都有重要意义。同时，陕西曾是中国文化的中心之一，作为最早的游牧文化与农耕文化的交汇点，留下了许多宝贵的文化遗产，这包括物质文化遗产和非物质文化遗产两方面。对于这些遗产的整理、保护以及利用，不仅可以加速社会文化、经济等各方面的发展，也可以构建和完善中国文化的完整性。

第三，长安文化经典文献整理与研究

对长安文化经典文献进行整理与研究，主要内容有：1."十三经"的整理与研究。主要完成《十三经辞典》的编纂任务。之后，再进一步进行"十三经"的解读与综合研究，探讨经典文化在中国文学发展中的重要意义。2.与长安文化有关的文学文献整理与研究。本项目拟对陕西尤其是关中地区的古代文学文献进行系统的整理（如重要作家的诗文集等），在此基础上进行综合研究。

确立本研究方向的依据在于，"十三经"与长安文化关系密切，保存了先秦时期的重要文献，尤其是《诗》、《书》、《礼》、《易》几部经典中的绝大部分内容，属于以丰镐为都城的西周王朝的官方文献。"十三经"既是早期长安文化的标志性成果，也是秦汉以来长安文化和中国文化的理论基础和思想渊源，内容涉及古代文化的许多方面，诸如天人合一的思维模式、天下为公的大同理想、以民为本的治国原则、和谐人际的伦理主张、自强不息的奋斗精神、重视德操的修身境界等等。这些思想、精神渗透在民族的性格与心理之中，具有强大的凝聚力。另外，长安文化形成时期，产生了许多经典文献，经、史、子、集均有保存。许多文人出生于长安，或游宦到长安，创作了大量的文学作品，对长安文化的形成起了重要作用，这是研究长安文化的基础，需要进行细致的整理。

围绕以上三个方向的研究，我们期望能对长安文化进行较全面的认识，尤其是对长安文化影响中国文学的诸多问题有开拓性的认识。在商务印书馆、中华书局、中和化德传媒有限公司、三秦出版社、陕西人民出版社等单位的大力支持下，我们拟把研究成果以不同的丛书形式出版，目前已启动的有《长安文化与中国文学研究》、《长安文献资料丛书》、《陕西方言重点调查研究》等。《十三经辞典》已经出版十卷，我们将抓紧时间完成其余工作，使其成为完璧。总之，通过"长安文化与中国文学"项目的实施，我们要在学术上创出新特色，在队伍上培养出新人才，使我们的学科建设再上一个新台阶，同时也为国家与地方文化建设及文化遗产保护做出一定的贡献。

"长安文化与中国文学研究"工作委员会
2009年11月22日

目 录

论盛唐文化与盛唐文学 …… 1

论唐代文化与唐代隐逸 …… 21

附势与媚俗——唐代诗人人格的另一面
　　——以李白、杜甫、高适为中心 …… 55

谈"长安文化"和唐诗中以长安为主题的诗 …… 67

论唐代咏史诗 …… 88

杜甫的人生历程与诗歌创作 …… 131

杜诗在唐宋时期的流传与接受 …… 249

说杜诗的"村" …… 272

关于"大历文坛"的整体思考 …… 290

论骆宾王 …… 317

骆宾王生卒年考辨 …… 339

宋之问与骆宾王联句质疑 …… 348

说《长恨歌》…… 355

从王维的两首诗看唐诗注解中的一些问题 …… 481

说桃花 …… 487

后记 …… 493

论盛唐文化与盛唐文学

唐玄宗开元（713—741）、天宝（742—765）时期是我国封建社会的全盛时期，文学史家称之为"盛唐"时代，并把"开元之治"与"贞观之治"相提并论，可以看出唐玄宗在历史上的地位是不容忽视的。

开元、天宝前后共四十四年，加上唐玄宗登基的先天元年，唐玄宗在位共四十五年。当然，唐玄宗最后的结局并不好，他的儿子发动马嵬坡兵变，把他赶下台，还搭上了他晚年最宠爱的妃子杨玉环。所以，晚唐诗人李商隐就责备唐玄宗："如何四纪为天子，不及卢家有莫愁？"

指责总归是指责，历史毕竟是凝固了的现实。不能因为唐玄宗和杨贵妃的风流韵事而否定其在历史上的功绩，毕竟唐代文化的高峰就出现在唐玄宗执政时期。

从广义文化的角度来看这个时代，开元、天宝时期，无论是精神生产，还是物质生产，都有了空前的发展。这一时期堪称整个唐代文化的巅峰。仅以当时的户口数（封建社会很重视这一点）为例，开元十四年为7069565户；到天宝十三载，增加到9069154户，总人口达到5400多万。户口与朝廷的财政收入有着直接关系，朝廷控制的户口的多寡，标志着社会稳定与否。这一点，可以从杜甫晚年所写的《忆昔二首》得到印证:"忆昔开元全盛日,小邑犹藏万家室。稻米流脂粟米白,公私仓廪俱丰实。九州道路无豺虎,远行不劳吉日出。"据《旧唐书》记载,开元末,京都大邑,"斛米不盈三百钱"。也就是说,一斗米不到三十个铜钱。当时,"天下乂安,虽行万里,不持寸刃"。——社会秩序空前安定。

在这种社会环境下,盛唐文化呈现出非凡的博大气概。尤其是盛唐文化所呈现出的开放性、兼容性在中国封建社会更是空前绝后的。盛唐文化的博大与恢宏的特质对盛唐文坛起了决定性的影响。

盛唐文化的开放性

王维有一首《奉和贾至舍人早朝大明宫》,其中有两句诗很能代表那个时代的特点:"九天阊阖开宫殿,万国衣冠拜冕旒。"这诗虽然写于"安史之乱"未平、唐肃宗刚刚收复长安以后,长安城已经失去昔日辉煌壮丽的气势,王维写出这样的诗句,显然是在粉饰现实。但是,用这两句诗概括开元天宝时代,则是十分恰当的。因为,在开元天宝时代,唐王朝以其文治武功而称雄东方,威名远及四海,这是无可否认的历史事实。深厚的文化积淀和悠久的文化传统对当时的世界文化,特别是对东方文化产生了极其深远的影响。日本、高丽、新罗、黑衣大食(今伊朗、土耳其一带)等纷纷遣使来朝。唐王朝周边的少数民族,诸如吐谷浑、吐蕃、南诏、回纥、突厥等多因受唐王朝先进文化的影响而内附。以长安为起点的丝绸之路向西一直延伸到地中海沿岸诸国。唐王朝通过这条国际通道与西亚诸国建立了友好往来关系。以扬州、泉州、广州为基地的出海口,发展了唐王朝与日本、朝鲜半岛及东南亚的友好关系。唐王朝的国都长安是当时著名的国际大都市。佛教、基督教（唐代称景教）、伊斯兰教沿着丝绸之路传入中国以后，在盛唐时期也有了更进一步的发展。唐王朝以其博大与恢宏的气概接纳了域外文化，而盛唐文化也在此基础上形成了开放性的文化特质。

与此相联系，盛唐文化又呈现出它特有的兼容性。这种兼容性是统治者自信的体现。

唐以前，思想界出现了儒家、道家、墨家、法家、阴阳家、杂家等许多学派。儒、墨、道、法四家在先秦时代很有名。但是，在社会认可程度上，儒家和墨家属于显学，法家和道家属于旁流。

中国思想界的第一次文化专制发生在秦始皇统一中国之后。秦尚法，对于其他思想学说采取排斥态度。秦始皇要巩固自己的地位，就不能延续奉周王室为正统的儒家学说。所以为了维护自己的统治政权，秦始皇做了一件让文人千古唾骂的事：焚书坑儒。结果，秦朝很快灭亡了，于是就给后人留下了口实：秦尚法而亡。晚唐的章碣就说："竹帛烟销帝业虚，关河空锁祖龙居。坑灰未冷山东乱，刘项原来不读书。"——你秦始皇怕秀才造反，就实行焚书坑儒政策，可是，造反的刘邦和项羽都不是念书人。章碣的话说得有点儿绝对，刘邦不是没念过书，而是念书不多，可是治国很有一套。他入主长安以后，实行王霸并用政策。汉文帝、汉景帝又崇尚黄老思想，出现了史家所称道的"文景之治"。所谓"文景之治"就是提倡休养生息的思想所带来的积极成果。

学术界多认为：汉武帝一改旧规，罢黜百家，独尊儒术。其实，这一论断并不符合历史事实。汉武帝只是把儒家的地位摆到了比较突出的地位罢了，比如设立"五经博士"，专门讲授儒家经典。儒家学说的"经学"地位也是在这时确立的。汉武帝把《诗》、《书》、《礼》、《易》、《春秋》作为儒家经典，其他学说并没有被彻底废除。他本人就是这样——痴迷道家方术和养生观。他下令铸造金铜仙人，树立在建章宫，让那个铜人手捧玉盘承接天上的"仙露"，然后和着玉屑自己喝。不过，汉儒已经不同于先秦儒，汉儒把"天"人格化，并且提出了"天人感应说"，其目的在于把皇权神圣化。连司马迁在谈到《史记》的撰写目的时也说要通过修书，达到"究天人之际"的目的。

魏晋南北朝时期，儒学尽管南移，却呈现出衰微的趋势，崇尚自然的老庄学说取而代之。玄学则是在道家学说影响下衍生出的另一种文化思潮。在儒学南移之后，北方地区在少数民族统治下，出现了短暂的文化空白。于是，佛教乘虚而入，占领了北方的文化阵地。在战乱频仍的北朝，人们把生的希望寄托于来世。因此，到了北朝后期，佛教大兴。杨隋在短短的三十几年里，也是以崇佛为主，不过，儒学的地位开始有所抬升，出现了王通这样的大儒。

进入唐代以后，思想文化界发生了比较大的变化。孔颖达的《五经正义》的出现，标志着儒学的复兴。因为在隋朝以前，北方的文化思想是佛教一统天下。敦煌石窟、敦煌附近的榆林石窟、天水的麦积山石窟、山西大同的云冈石窟多有隋朝以前的佛教雕像可以予以证明。到了盛唐，儒学大兴。所不同的是，唐儒更偏重于理想型的儒学。老庄学说的代表人物之一老子被李唐王朝奉为远祖，致使老庄学说的地位一下子被提到了空前的高度。开元时，《老子》成为科举考试中的必考科目。老庄并提，实际上是统治者遵奉老子，文人则是向往庄子所倡导的人生境界，并因此而影响了唐代诗歌的艺术精神。所以，庄子是沾了老子的光。到了天宝元年，庄子才被封为"南华真人",《庄子》一书也被奉为《南华真经》。

佛教在唐代的发展并不是一帆风顺的。

唐朝初期,唐高祖李渊对佛教就有一个从尊崇佛教到抑制佛教的变化。

李渊起初受隋文帝崇佛的影响,也是尊佛的。但他真正从佛,据说和李世民有关。《旧唐书·张仲方传》记载,李世民九岁的时候得了病,李渊派人到荥阳大海寺去求佛祈福,李世民病愈,李渊"造石佛一尊,刊勒十六字以志之"。李渊由此很敬佛。所以当李渊率兵打到华阴时,曾亲临佛寺求佛保佑。而且在他即位以后在一些诏令中也是把佛教排在道家前面,表现了尊佛的倾向。于是,佛教在社会上开始盛行。然而为时不久,崇佛的倾向所带来的弊端也显露出来,以致有大臣上书指陈佛门"不忠不孝"、"游手游食"、"易服逃赋"。辩论的结果,促使李渊采取了抑制佛教的措施,转而崇道。先是在晋州立老子庙,并把老子遵奉为"皇祖",接着在武德八年又向天下宣布道家第一,儒家第二,佛为第三。

武则天为了达到变唐为周的政治目的,开始唐王朝的又一次崇佛。皇宫有重大庆典时,和尚、道士都被邀请入宫,参与盛典。在入宫顺序上,起初是道士排在前面。后来,因武则天崇佛,就让和尚排在道士前面,引起朝臣不满。议来议去,最后采取了一个折中办法:道士和和尚并排行进。这表面上是一个次序的调整,实际上体现了武则天在崇佛的同时又不能不采取对佛、道二家的兼容政策。变唐为周的政治色彩反而被相对淡化了。

佛与道的争论并没有影响到儒家的正统地位。

唐玄宗在即位初期,汲取前朝的教训,下诏通过"考试"的形式,淘汰了大量的"假和尚",抑制了"妄为剃度,托号出家,嗜欲无厌,营求不息"的社会倾向,实行信仰自由但不允许宗教自由的方针。

因为,这三种思想都是统治阶级所需要的。

儒家注重个人的社会价值,主张以道德治天下,以此维系社会秩序和稳定。在盛唐人的心目中,个人价值是以个体生命在社会上的功业大小来衡量的。因此,儒家学说成了统治者和知识分子之间的黏合剂。

确切地说,在百家争鸣的先秦时期,道家(当时还没有这个名称,姑且借用汉代的说法)是失败者。信奉这个学说的士人,想在诸侯纷争的时代为自己争得一席之地,但现实又不是他们所想象的那样可以让自己随心所欲。然而,他们又不像孔子那样"知其不可为而为之",而是采取了另一种方式,大力宣扬个性自由,呼唤人的自然属性的回归,以期获得自我解脱。对现实社会秩序,道家是持批判态度的,甚至否定一切。——但是,应该看到,这不是否定制度本身,而是在人的社会需要得不到满足时的一种精神抗争。在道家学说中,老子主张清静无为。但是,不管是张扬个性,还是清静无为,都只能是弱者的自我安慰或狂放。李白就声称:"安能摧眉折腰事权贵,使我不得开心颜。"有人说,这是李白反叛精神的闪光点。其实这是一个误解。李白难道没有"摧眉折腰""事"过"权贵"吗?他只是希望在"事权贵"的过程中能够使自己"开心颜"。不开心的事,他不愿意做。按李白的本意,人与人之间应该是对等的。退一步说,李白幻想在现实社会中个人有充分自由的空间。在等级森严的封建社会,道家属于天真幼稚的幻想派,因而处处碰壁。于是,在盛唐社会出现了一种现象:崇尚道家学说的人多数去做了隐士。就像人们所说的,没有隐士,就没有道家学说;而做隐士又是崇尚道家学说的人的最好归宿。

佛教自东汉末年传入东土以后，历经魏晋南北朝至隋唐，才兴盛起来。中国封建文人对佛教经历了一个从认知、吸收、消化，进而使其本土化的过程。唐代的佛教已经不是古印度的苦行僧式的佛教。作为一种外来文化，它已经被中国文化改造了。禅宗就是佛教的中国化。在现实社会生活方面，佛教主张禁欲。但唐人不喜欢这种修炼方式。在统治者看来，佛教可以成为为封建政治服务的工具。李峤陪皇帝参观长安城南的总持阁时写了一首"应制诗"，明确地表示"还将西梵曲，助入南薰弦"。儒家不主张禁欲，但是，提倡人要"节欲"。二者的切合点是清静，或以静制动。这也是统治者所需要的。统治者需要一种能稳定其统治的秩序，尤其是人的社会心理秩序。既然佛教不干预世俗生活，并希望在来世得到解脱，那么，剩下来的事就可以由统治者颐指气使了。

所以，对儒、道、佛的兼容，既是统治者开明的体现，更是统治者的政治需要。因此，不能过分夸大统治者的"开明"。没有政治目的的"开明"在人类历史上是不存在的。但是，唐王朝早期的统治者在文化思想上实行兼容并蓄的政策，客观上活跃了文化思想。不同的人生观、价值观、功利观、道德观、审美观也就随之出现，不像魏晋玄学盛行的时代，文人们除了清谈，剩下的只有饮酒和服药了。

盛唐文化的兼容性还表现在对外来文化的吸纳与改造，以及对汉民族以外的其他少数民族文化的宽和与容纳。反映在社会心理上则是对人的友善与宽容。以音乐为例，西域龟兹与回纥的音乐舞蹈传入内地以后，与中原文化相融合，改变了"雅乐"的一统天下，产生了贴近世俗生活的"清乐"。词的兴起就与清乐有关。

盛唐文化的开放性和兼容性为盛唐文坛提供了史无前例的人文环境，从而孕育出了博大、恢宏的盛唐文化精神：盛唐气象。

盛唐气象是盛唐文化精神在诗歌创作上的综合体现。盛唐气象这一美学范畴是南宋的严羽在《沧浪诗话》中提出来的。严羽在论及盛唐气象时说："唐人与本朝诗人，未论工拙，直是气象不同。""盛唐诸公之诗，如颜鲁公书，既笔力雄壮，又气象雄浑。""汉魏古诗，气象混沌，难以句摘。""建安之作，全在气象，不可寻枝摘叶。""虽谢康乐拟邺中诸子之诗，亦气象不类。"

气象，按严羽的本意，是风貌的意思。不过比风貌的内涵要更宽泛，更深厚。在严羽看来，盛唐气象有两个基本特征。一是浑厚。他用"气象浑厚"来概括盛唐诗歌的美学风貌，是指诗歌意象自然、浑成，诗味深厚而不浅露。诗歌的艺术境界雄浑壮阔，诗人的襟怀广阔而不狭隘。二是雄壮。这是指作者群体所共同具有的"笔力"：作品的立意、诗人的审美追求以及展示自我的内在张力和反映生活的力度。雄壮与浑厚相融合，构成盛唐诗歌雄浑壮阔的时代风貌。

在盛唐诗坛上，浪漫与理想色彩在李白的诗歌创作中达到了中国古典浪漫主义的巅峰。杜甫则是传统的现实主义的集大成者。岑参、高适、王昌龄是边塞诗人的优秀代表，他们的边塞诗为唐代诗歌开辟了更为广阔的艺术领域。其中所表现出的尚武精神、边塞风光、军中苦乐、个人功利与社会功利的有机结合可以说是前无古人、后无来者。王维、孟浩然、储光羲等人的山水田园诗的创作则从另一个角度对盛唐气象作了艺术拓展。谈盛唐气象，不谈盛唐的山水田园诗，那么盛唐气象就是残缺不全的。应该特别指出的是，后人所谓的盛唐气象，是对盛唐文人整体创作风貌的美学概括，而不是对某个文人的个案研究。

就意象创造来说，同一个物象，盛唐诗人所创造的艺术境界明显地不同于其他时代的诗人。比如，同样是写夕阳意象，王之涣的《登鹳雀楼》是这样写的："白日依山尽，黄河入海流。欲穷千里目，更上一层楼。"诗的中心意象是夕阳。晚唐李商隐的《登乐游原》："向晚意不适，驱车登古原。夕阳无限好，只是近黄昏。"诗的中心意象也是夕阳。王之涣的夕阳意象尽管是一种外在的客观物象，但是，由于诗人把自己的胸襟抱负投向外在的自然物境，并给这一意象注入了充满生机与开拓勇气的盛唐文化精神，因而呈现出一种阔大、雄浑的气势，表现出一种永不停歇的奋斗与攀登精神，诗的境界雄浑、自然、天成。李商隐也是描写夕阳，但是，夕阳意象是在他"意不适"的心境下进入他的视野的，不是不期而遇，而是有意搜求，以便找到一种精神寄托的载体。当他把自己的"不适"心境投向夕阳的时候，自然就流露出低沉与迷惘，诗人对夕阳的赞叹正是对他所处的那个时代的哀伤与叹息。

在反映创作主体与客观物象的关系时，王之涣是把主观情怀投向外在的自然物象，是一种个性的张扬；李商隐则是把客观物象纳入自己的情怀，是一种个性的内敛，所以，他的赞美也就失去了开阔的气势。这一放一收，境界判若天壤。

再说"送别"。高适的《别董大》，送一位人生失意的朋友上路，结尾说："莫愁前路无知己，天下谁人不识君！"尽管和朋友在"千里黄云白日曛，北风吹雁雪纷纷"的凄凉环境中分手，却表现出慷慨豪壮之美；李白《送孟浩然之广陵》："故人西辞黄鹤楼，烟花三月下扬州。孤帆远影碧空尽，唯见长江天际流。"在阔大的气象中寄托与朋友依依惜别的情怀。同样是送别题材，在晚唐人的笔下就是另一番景象！温庭筠《送人东归》："荒戍落黄叶，浩然离故关。高风汉阳渡,初日郢门山。江上几人在,天涯孤棹还。何日重相见,尊酒慰离颜。"写得非常伤感。尤其是"江上几人在,天涯孤棹还",实在让人感到那位被送的朋友前途渺茫。和李白的"孤帆远影碧空尽,唯见长江天际流"确实有着天壤之别。郑谷有一首《淮上与友人别》:"扬子江头杨柳春,杨华愁杀渡江人。数声风笛离亭晚,君向潇湘我向秦。"让人感到一种无可奈何的离别。有风而无骨,难怪后人说晚唐诗气骨衰飒。

同样的意象,相同的题材,在不同时代的诗人笔下,展示出不同的风貌。

从上面的例子可以看出,盛唐气象所表现出的意象浑然天成,与初唐诗人雕章琢句、晚唐诗人纤弱衰飒形成鲜明对比。

严羽用"浑厚"概括"盛唐气象"应该说是抓住了盛唐气象的基本特征,但还不够全面。以张说、张九龄、孟浩然、崔颢、储光羲、王维等人为代表的山水田园诗所呈现出的高远、幽淡、清雅等美学特点也应该是构成盛唐气象的要素之一。因为,"盛唐气象"应该是盛唐时代文化精神的综合体现,这不是某几个流派涵盖得了的。

盛唐气象是在特定的人文环境下形成的,它反映了盛唐这一特定社会环境下的社会心理状态和文人的精神风貌。盛唐气象给人以勃发向上的感奋力量,后人在评论盛唐诗歌和中唐诗歌的差异时说过这样一句话:盛唐主气,中唐主意。气是一种主体精神。但它又不是纯精神的,而是精神与物质的复合体,是一种人文精神。由于主气,盛唐诗人和刚刚走出盛唐的诗人不屑于一时一事的细部描写,而是追求一种整体美。看看下面的诗句:

危乎高哉,蜀道之难,难于上青天!(李白《蜀道难》)

大漠孤烟直，长河落日圆。（王维《使至塞上》）

太乙近天都，连山到海隅。（王维《终南山》）

江流天地外，山色有无中。（王维《汉江临泛》）

九天阊阖开宫殿，万国衣冠拜冕旒。（王维《和贾至早朝大明宫》）

八月湖水平，涵虚混太清。气蒸云梦泽，波撼岳阳城。（孟浩然《临洞庭赠张丞相》）

江间波浪兼天涌，塞上风云接地阴。（杜甫《秋兴八首》）

丛菊两开他日泪，孤舟一系故园心。（杜甫《秋兴八首》）

云移雉尾开宫扇，日绕龙鳞识圣颜。（杜甫《秋兴八首》）

会当凌绝顶，一览众山小。（杜甫《望岳》）

吴楚东南坼，乾坤日夜浮。（杜甫《登岳阳楼》）

……

这些诗句境界开阔、意象浑成，有一股浩然广大之气。明代高棅说，杜甫的"吴楚东南坼，乾坤日夜浮"，"气压百代"、"雄浑之绝"。《唐风定》的作者邢昉认为，孟浩然的"气蒸云梦泽，波撼岳阳城"，"此联气胜，胸中几不可测"。

"气象"的"气"，是中国古典哲学中一个最基本的范畴。气是构成物质世界的本原。王充《论衡·自然》："天地和气，万物自生。"当这一概念被引入古典美学范畴以后，气，就成为一种人文精神。文气、气象、气势、骨气、气格……被理论家常常运用。气，既是抽象的无形精神，又具有艺术震撼力量，有一种质感。盛唐气象是凭借文人的艺术创作体现出来的。据说唐玄宗把著名画家吴道子请进宫中，让他画一幅《长江万里图》。吴道子凝神运思，不到一个月,绘出了七百里长江三峡雄浑壮阔的景象。文武百官赞叹其画大气磅礴!"大气"是无法用细腻的工笔来描绘的。吴道子的画没有流传下来。我们可以借助现代国画大师刘海粟的黄山图想象出那种大气磅礴的画面:群山连绵,云遮雾罩,万里长江滚滚东流!用吴道子的《长江万里图》来形容盛唐气象是富于象征意义的。我们所说的盛唐气象是就整个盛唐文坛而言的,并不是说这个时代的每一个文人及其作品都呈现出雄浑壮阔的宏伟气象。正如吴道子的《长江万里图》一样,在整体上是雄浑壮阔的,但在局部也不乏流水潺潺、鸟语花香、山花烂漫的明丽景象。

盛唐气象的人文意义的第三层含义在于盛唐文人把阳刚与壮美的审美观推向崇高的地位,尽管这在当时还不被人们所接受(殷璠于天宝十二载所编辑的《河岳英灵集》中对当时作家作品的取舍标准就可以看出这一点),但很快被后世人所推崇。比如杜甫,他在抒发自己流落异乡的情怀时说:"支离东北风尘际,漂泊西南天地间。"把胸中的苦闷抛撒向东北西南的风尘与天地之间;李白也有苦闷:"大道入青天,我独不得出!"以李杜为例,盛唐诗人即便是写自己的不得意,也是襟怀阔大。

盛唐以前,阳刚与壮美的审美意识还没有被人们普遍接受。

初唐时期,唐太宗倡导"中和美",实际上是《毛诗序》所提倡的温柔敦厚的美学观的另一种表述方式。初唐四杰虽然把唐诗从宫廷引向广阔的社会生活,但仅仅是从内容上对宫体诗及初唐诗歌进行了形式上的改造。

陈子昂倡导复古,推崇风骨说,但在具体创作实践上是骨胜于气。

从文学思想发展上看,魏徵认为,"河朔之气贞刚"——肯定北方文学的刚正之气，但仅是从实用的角度出发，倘要抒情，还得借用"宜于歌咏"的南朝文风来实现。

《唐诗品汇》称张九龄"上追汉魏，而下启盛唐"，说明他在唐诗发展史上的地位很重要。但同时又指出其"风神稍劣"的缺陷。风神，就是风貌与精神。劣者，自然不优秀，而"稍劣"则说明张九龄的文风还未达到尽善尽美的境界。初唐末期到开元初期，张说主盟文坛。辛文房《唐才子传》称其"得江山之助"而诗风大变。由于这类作品在张说的创作中并不占主导地位，所以，胡应麟在《诗薮》中批评张说的诗歌"气象便觉少隘"，也就是说张说的诗歌还缺乏大气。张说"得江山之助"的代表作是《邕湖山寺》，这是张说在开元初被贬出京城、到岳州任职时创作的："空山寂历道心生，虚谷迢遥野鸟声。禅室从来尘外赏，香台岂是世中情。云间东岭千寻出，树里南湖一片明。若使巢由知此意，不将萝薜易簪缨。"诗是写山寺风光的，算得上是一首山水诗。诗人的"道心"因寂寞而生，鸟声因虚谷而传。仅此两句，已显出作者绝尘物外的超旷心情。接下来的四句，由禅室将隐情推向字面。有了超凡的想法，观物时自然不同于留恋官场的簪缨之族，其情思穿透云海，驰骋于千寻东岭之上，畅游于南湖绿树之间。心神既然与名利无涉，功名利禄也就成了身外之物。所以，结尾才说：如果有意逃名的巢由和他同赏眼前风光，也绝不会用眼前的萝薜生活去换取一官半职。

这首诗虽然是张说在遭受贬谪的情况下创作的，却把文人常有的怨气完全抛开，以一种平和恬淡的心境抒发情怀。但不管怎么说，它不是张说在人生得意时的作品。由此我们可以看到一个司空见惯的现象：一个作家的好作品，往往是在他人生失意的时候创作的，沈佺期和宋之问就是先例，张说也不例外。因此，所谓"得江山之助",实际上是一种生活环境的变化。

变化了的社会环境、蓬勃向上的时代氛围、欲奋发有为的个人抱负以及对优秀文化传统的继承和发扬光大,这诸多因素的综合,促使盛唐文人开始把阳刚之美作为审美的主要切入点。李白、杜甫、王维、孟浩然、高适、岑参以及储光羲等人,其艺术追求明显是以阳刚与壮美为主旋律。李杜、高岑,自不待言。王维被后人称为"诗佛"。尽管他在诗中喜欢用"空"字,比如"空山新雨后,天气晚来秋"(《山居秋暝》)、"人闲桂花落,夜静春山空"(《鸟鸣涧》)、"峡里谁知有人事,世中遥望空云山"(《桃源行》)、"自知无长策,空知返旧林"(《酬张少府》)、"兴来每独往,胜事空自知"(《终南别业》)、"空山不见人,但闻人语响"(《鹿柴》),等等,但这并不意味着王维的诗歌就完全堕入佛家空门。他的山水诗歌神思飞动,境界空明,具有一种灵动之气。读他的诗,令人遐想不已。

著名的书法家张旭,不以诗名,但他的诗写得不错。他和高适有交往,高赠诗说他"白发老闲事,青云在目前"。——人老啦,表面上闲得无事,实际上他的思想已经进入了一个非常清明的境界,面对青山白云,他的脑海里不是一片空白,而是一个清爽澄明的境界。他有一首《桃花溪》:"隐隐飞桥隔野烟,石矶西畔问渔船:桃花尽日随流水,洞在清溪何处边?"抛开字面不谈,仅仅随着诗人的神思,就会把读者带入落英缤纷的桃花源世界。难怪有人说这首七言绝句抵得上一篇《桃花源记》。这首诗谈不上雄浑壮阔,但它确实是盛唐之音。因为,它蕴含的清爽明朗之气确确实实是盛唐文化精神的产物。

与此相联系,盛唐气象除了它的阳刚与壮美之外,弘瞻高远、无拘无束的纵逸(不是受压抑后的自我放纵)从另一个侧面反映了盛唐诗人自由与洒脱的精神追求。将这一精神追求从盛唐诗人群体中提升出来，更能显示出盛唐气象的开放与自由的文化内涵。这一点似乎更容易被后人所接受和继承。

那么，盛唐气象除了上面所论及的之外，还有没有应该引起注意的地方呢？我认为，多年来，关于盛唐气象的研究忽略了盛唐气象的另一面，即盛唐诗人对"沉郁"与"厚重"的追求。具体说，就是对杜甫天宝末期到大历初年的创作的忽略。所以，一谈起盛唐气象，首先想到的就是李白的浪漫与夸张！盛唐诗人固然浪漫，但他们更是求实的。

这就有一个对"盛唐气象"这一范畴的理解问题。

在我看来，"盛唐气象"中的"盛唐"，不仅仅是一个时空范畴，而且还是一个美学范畴。这一点至关重要。如果按照史学家的划分，天宝后期都会被排斥在"盛唐"之外。史学史上的"盛唐"和文学史上的"盛唐"是既有联系又有区别的两个概念。前者属于时间和空间范畴，后者则是一个美学范畴，这是二者之间的区别。虽然文学有其时代性，它不可能脱离它所处的时代，但是，作为文学创作的主体，作家又有一种超越自身和超越时代的主体性。像李白，他在超越中表现出一种个体的苦闷；而杜甫则在人生的苦闷中表现出对自我的超越。在社会陷入混乱时，他依然坚信"北极朝廷终不改，西山盗寇莫相侵"。这是安史之乱平定十个月后、吐蕃攻陷长安时，作者在成都所写的《登楼》诗中的两句。在万方多难之时作者能说出这样的话，说明他对时局的看法超越了当时的局部现象，而是站在对唐王朝国力极其信任的角度来观察时局的。至于他自己的出路何在，作者并没有囿于一时的困苦，虽然他曾对自己的遭遇作了高度概括："飘飘何所似，天地一沙鸥。"但他依然不放弃，还是寄希

望于未来:"勋业频照镜,行藏独倚栏。"(《江上》)

李白对时局的看法往往比较幼稚,甚至天真,但也不失乐观与向上的精神。安史之乱刚爆发,他就对永王璘说:"但用东山谢安石,为君谈笑静胡沙。"口气很大,说明他并没有在"四海南奔似永嘉"的混乱形势下丧失信心。他的组诗《上皇西巡南京歌》就充满了乐观向上情怀。

所以,尽管安史之乱以后到大历初期,唐代社会陷入了大混乱,但恰恰在这个时期,由于有了以李白、杜甫为代表的作家的艺术实践,唐代诗歌在开元盛世之后又攀上了一个新的高峰。

李白于唐肃宗宝应元年在当涂病逝,杜甫于唐代宗大历五年在潭州谢世。唐代诗歌史上的两位伟大诗人前后相隔八年相继走完了他们的人生之路。

因此,如果仅仅把"盛唐气象"理解为开元、天宝盛世时代的诗歌所表现出来的艺术风貌,那么,李、杜二人在安史之乱以后最起码有十五年的时间所从事的艺术活动显然会被排除在盛唐气象之外。而这一时期正是李杜诗歌创作的黄金时期。以杜甫为例,以鸿篇巨制《北征》为起点,到著名的"三吏"、"三别",再到入川以后的《蜀相》、《春夜喜雨》、《登楼》、《闻官军收河南河北》、《旅夜书怀》、《咏怀古迹五首》、《登高》、《秋兴八首》,乃至暮年的《登岳阳楼》,杜甫的诗歌创作一步步登上了中国古典诗歌的艺术顶峰,呈现出沉雄浑厚、博大精深的艺术风采,可以说前无古人,后无来者!而且也最能体现唐人开阔雄放的艺术精神。

因此,从时空范畴来讲,盛唐气象应该以杜甫的谢世为终结。如果一定要按史学家的时限来匡范诗歌中的盛唐气象,杜甫就会跨越两个文学时代,既是盛唐诗人,又是大历诗人。对杜甫来说,这显然有失公允。拘谨、狭隘的大历诗风无论如何不能与杜甫晚年的诗歌所表现出来的沉雄博大相提并论。

艺术是超越时代的，也是超越作家自我的。杜甫晚年既超越了时代，更超越了自我，杜甫的伟大就在于此！

盛唐气象的文化特质就在于作家超越自我、超越时代的艺术精神，从而呈现出博大、沉雄、厚重之美。基于对盛唐气象的这种文化审视，安史之乱以后到大历初年，活跃于文坛上的李白、杜甫、王维等人虽然走出了"盛唐时代"，但他们的艺术创作所呈现出的美学风貌依旧是"盛唐气象"的延续。但是，这种延续，归结到具体作家，又是异彩纷呈的。李白在痛苦和郁闷中呈现出对社会和时代充满信心，杜甫在漂泊中表现出执着的自我超越意识。用他的话说，就是"葵藿倾太阳，物性固莫夺！"有人说杜甫活得太累，其实，这正是杜甫的伟大之处。人如果没有一种积极向上的精神追求，活得再潇洒，也不过是一具行尸走肉。杜甫一生没有放弃自己的人生追求，这是杜诗沉郁浑厚的艺术风貌的精神支柱。尽管他也说过"文章憎命达，官应老病休"，但他并没有就此消沉。《狂夫》诗的后四句说："厚禄故人书音绝，恒饥稚子色凄凉。欲填沟壑惟疏放，自笑狂夫老更狂。"尽管他的际遇不佳，"草木变衰行剑外，兵革阻绝老江边"，但他仍然对国家的前途充满信心，"闻道河阳近乘胜，司徒急为破幽燕"——希望郭子仪能尽快收复河北，平定安史之乱。即便是他有闲暇登楼眺望时也不忘国事："花近高楼伤客心，万方多难此登临。"（《登楼》）临近暮年，诗人依然不改初衷："一卧沧江惊岁晚，几回青琐点朝班。"——依然回忆当年在大明宫供职时的情景。杜诗的厚重还表现在境界的沉雄。《阁夜》诗就有一定的代表性："岁暮阴阳催短景，天涯霜雪霁寒宵。五更鼓角声悲壮，三峡星河影动摇。野哭千家闻战伐，夷歌数处起渔樵。卧龙跃马终黄土，人事音书漫寂寥。"与这首诗的颔联境界相似的还有作者在成都时所创作的《宿府》："清秋幕府井梧寒，独宿江城蜡炬残。永夜角声悲自语，中天月色好谁看？风尘荏苒音书绝，关塞萧条行路难。已忍伶俜十年事，强移栖息一枝安。"上面所举的诗例，无论是主观情感，还是客观境界，都远远超越了他在长安的十年！

　　杜甫的文化精神中，执着与憧憬中贯穿着"忍"和"韧"的主体精神。他没有李白的狂放，却比李白多了深沉与韧性。李、杜在文化精神上的共同点是，豪壮则是前无古人，悲壮也是后无来者！这就是李白杜甫在盛唐气象中的一个闪光点。

　　总起来说，盛唐气象是一种文化精神的体现。就思想方面而言，也就是在对客观世界与主观世界的认知上，则是作家对不同哲学观念的认同。李白是狂放的、理想的文化精神的代表，但他同时又有积极用世的进取精神。在仕途上，他是寂寞的，但他又不甘寂寞，始终向着功成身退的人生目标奋斗着。杜甫是执着、进取的，"不眠忧战伐，无力正乾坤"（《宿江边阁》），"落日心犹壮，秋风病欲苏"（《江汉》），"老病南征日，君恩北望心"（《南征》），但他的不少诗篇也流露出道家的随遇而安、佛禅的虚空以及隐逸思想。"关塞萧条惟鸟道，江湖满地一渔翁"（《秋兴八首》之七），这固然说出了他的不幸，但也透露出他不因困顿而消沉的信念。早在长安时期，他因仕途失意，产生了"未试囊中餐玉法，明日且入蓝田山"的念头。也就是说，他想退出纷纷扰扰的仕途，到蓝田山中去学道。在从梓州返回成都前，他给第二次到成都任职的严武写了一首诗，其中一联也说"生理只凭黄阁老，衰颜欲付紫金丹"（《将赴成都草堂途中有作先寄严郑公》）。类似的诗还有"江村独归处，寂寞养残生"(《奉济驿重送严公四韵》),"水流心不竞,云在意俱迟"(《江亭》),"自来自去梁上燕,相亲相近水中鸥"(《村江》),等等。盛唐气象在王维的创作中体现为雄放、开阔、澄明、静虚、空寂、灵动的融合。"居延城外猎天骄"的雄放是别的诗人所没有的;"相逢意气为君饮,系马高楼垂柳边"(《少年行》),其疏狂程度也不亚于李白;"大漠孤烟直,长河落日圆"的雄阔直可气压百代。组诗《辋川集》以佛禅的审美视角构筑了山水诗的最高境界,被后人称为五言之祖,诗佛的赞誉也由此而来。但王维的用世思想在盛唐诗人中也毫不逊色。

就审美观念而言,盛唐诗人的审美视角呈现出多方位的变化。他们不把自己的审美视角固定在一个角度,而是全方位地审视社会,思考人生。他们可以是昂扬的,也可以是低沉的,他们可以雄放到目空一切,但当他们沉闷时也不失一股大气,很少有悲悲切切的儿女情长。因此,盛唐气象反映在诗人的艺术精神上则是无所不包的、全能型的。在阳刚与壮美的审美情趣占主导地位的同时,弘瞻、高远的纵逸之趣又从另一个侧面体现了盛唐文人的自由与洒脱的文化精神。以李、杜为例,在人文精神上,杜甫集中国优秀传统文化之大成,凸现出强烈的现实精神;李白继承并发扬了先秦文学的骚、雅精神,吸收了六朝以郭璞为代表的游仙诗的艺术精华,从而把以屈原为代表的浪漫风格的诗歌推向顶峰。李、杜并称,是文化精神的一种综合体现,而不仅仅是一种形式上的搭配。

还应该提及的是,盛唐气象还有一个最重要的方面,就是盛唐诗人对各种诗歌形式的运用。五律、七律、五绝、七绝、五古、七古,可以说是百花齐放。不像大历以后的诗人,多囿于一两种形式。形式问题不只是一个表象,更重要的是,说明盛唐文人所具的艺术天赋在这个时代得到了充分的发挥。

形式问题,也是一个美学问题。形式多样,各种形式的诗歌在盛唐诗坛上异彩纷呈,标志着一个时代文学的繁荣。后人用"诸体皆备"形容盛唐诗坛在诗歌形式上的繁荣景象。就一个作家而言,擅长诸体,才能称为"大家",像李白、杜甫、王维等。而在某一方面成就突出则被称为"名家",像王昌龄擅长七言绝句,被称为"诗家夫子";高适、岑参擅长七言古诗,等等。因此,研究盛唐气象,不能不考虑形式问题。

论唐代文化与唐代隐逸

隐逸是中国封建社会中长期存在的一种社会现象。并由此形成了具有中国文化特色的隐逸文化。这在世界文化史上也是一种不多见的文化现象。

关于隐逸的记载，我们最早可以追溯到传说中帝尧时代的巢父和许由。在中国古代隐逸文化史上，巢父和许由历来被视为古代隐逸的鼻祖。从中国古代隐逸文化的发展历史看，"巢由"作为中国古代隐逸的原型，究其实质，仅仅代表了古代先民对原始的自然生存方式的顺应。至于帝尧时的壤父所奉行的"日出而作，日入而息。凿井而饮，耕田而食"（《高士传》卷上）的生活方式则具有双重意义：既顺应自然生存方式，又否定了"帝德"的存在。应该说这种对帝德的否定，已经使隐逸或多或少地带上了一定的政治色彩，也反映了自然生存方式对帝德的离心性。

殷周之交的伯夷、叔齐在古代隐逸中产生的影响极其深远。周武王革了商命，伯夷、叔齐耻于向周称臣，便结伴隐于首阳山。他们的隐逸不仅带有浓厚的政治色彩，而且具有浓厚的伦理道德色彩。韩愈在《伯夷颂》中称伯夷是"特立独行，穷天地、亘万世而不顾"的圣人。因此，伯夷叔齐对后世影响，主要体现在其人格的影响。从此以后，大凡在改朝换代之际，那些不愿意为新的当政者效力而退隐山水林泉的官员或文人就被赞誉为有气节、有骨气，从而形成了以伯夷、叔齐为代表的崇礼尚义的遗民型的隐逸范型。曾经有一副题写在陕西长安伯夷叔齐庙里的楹联："几根傲骨撑持天地，两个饿肚包罗古今"，活灵活现地描绘出这两位隐士的精神风貌及其对后世的影响。

学术界在一段时间里流行一种观点：隐逸属于奉行"出世"哲学的道家文化范畴。其实，在中国文化史上，先有隐逸，后有道家思想。认为儒家思想以"入世"为主，不存在出世的思想，这其实是误解了儒家文化。春秋战国时代，以孔子和孟子为代表的儒家学派就流露出明显的隐逸倾向。他们的隐逸观以"重德修身"为特点。而以老子和庄子为代表的道家隐逸观则表现出任随大化与"适性"的人生追求。这就比以巢父、许由为代表的原型隐逸又多了一层人生哲理的内涵。所以，春秋战国时代是原始隐逸向以道德完善和追求个性自由为特点的隐逸转变的时期。

秦末汉初，"商山四皓"起初隐于商山，后来又改变初衷，出山辅佐太子刘盈，充当了政治斗争的角色。他们则代表了隐逸的另一种类型——"由隐而仕"。

魏晋时代，以阮籍、嵇康为代表的"竹林七贤"的隐逸既和复杂的政治斗争有关，又和魏晋文人蔑视礼法、孤高自傲、不合流俗以及崇尚玄虚、怪诞的精神追求有着密切关系。《世说新语·栖隐》记载了阮籍和隐士苏门先生交往的故事："籍商略终古，上陈黄农玄寂之道，下考三代盛德之美以问之，（苏门先生）仡然不应。复叙有为之教，栖神导气之术以观之，彼犹如前，凝瞩不转。籍因对之长啸。良久，乃笑。"刘孝标在注《世说新语》时引用了阮籍假借苏门先生之论以寄怀的诗："日没不周西，月出丹渊中。阳精晦不见，阴光代为雄。亭亭在须臾,厌厌将复隆。富贵俯仰间,贫贱何必终。"说明他之所以隐逸,是由于当时是非颠倒、"阳晦"而"阴雄"的文化环境。从魏晋之际的社会现实可以看出:这时的隐逸多是以避祸全身为出发点,其次才是雅好高尚。如《世说新语》所记载的何准,他的侄女是皇后,按说他算得上皇亲了,但他"雅好高尚,征辟一无所就"。他之所以不就征辟,首要的原因应该是避祸。"雅好高尚"则是后人妄加的。同时,门阀士族对庄园经济的发展起了推波助澜的作用。他们所拥有的优越的政治地位,对这一时期的隐逸产生了直接影响。就连对隐逸的称谓也发生了变化,"肥遁"、"嘉遁"成了这一时期对隐逸的时髦称呼。本来玄学就盛行,而所谓的"肥遁"、"嘉遁"正是源自《易经》"肥遁无不利"、"嘉遁贞吉"的命题。傲世与时尚使这一时期的隐逸文化呈现出既时髦又迷惘的文化特征,反映了文人士子们的自然观、人生观、价值观、哲学观和道德观随着社会现实的变化而发生了转变。

晋宋易代之际的陶渊明被认为是文人隐逸的鼻祖。他走的是一条"由仕到隐"的路子。学术界多认为他之所以退出官场,走上回归田园的隐居之路,是因为他不愿"为五斗米向乡里小儿折腰"。其实,陶渊明并没有说实话。在门阀观念盛行的时代,陶渊明是一个仕途上的失意者。他的曾祖父陶侃是西晋的"大司马",虽然军功显赫,但由于出身寒门,陶氏家族并不被世家大族所承认。所以,陶渊明回归田园当隐士的真正原因应当是浓厚的"门阀"观念支配他作出了退隐的人生选择。他所宣称的"少无适俗韵",说穿了,就是说自己是"上流社会"的一员,却沉沦下僚。正因为如此,他才耻于拜迎出身与地位和自己相比都很微贱的"乡里小儿"。在经历了十三年的仕途生涯之后,他终于像飞出笼子的鸟儿一样,回到了自由自在的田园乡野。

所以，隐逸是中国古代社会中长期存在的一种特殊的文化现象，促使文人隐居的原因比较复杂，并不像《尚书》所说的，仅仅是由于文人们"不事王侯，高尚其事"的人格和道德追求，或者说，隐逸纯粹是文人们为了追求人格的高尚、完美，为了保守节操而避世、遁世，也不全是孔子所说的"天下有道则见，无道则隐"。

这一点在唐代表现得尤为突出。

唐代社会的独特文化氛围决定了唐代隐逸具有不同于其他时代隐逸的时代特点。探讨唐代文化环境与唐代隐逸之间的关系，对于唐代文化研究有着重要意义。隐逸的产生有着复杂的文化背景。研究唐代隐逸，应该充分考虑到唐代隐逸与唐代政治制度、唐代隐逸与唐代科举制度、唐代隐逸与唐代社会思潮、唐代隐逸与唐代园林别业等诸方面的关系。因为，隐逸作为一种文化现象，同上述问题有着密切的联系。只有这样，才能更深入地了解唐代隐逸所蕴含的独特文化内涵以及唐代隐逸文化与唐代山水文化之间的互动关系。

生产力的发展促进了社会的不断进步。与此相联系，不同时代的文化建构也随之发生变化。而隐逸文化的内涵更是随着各个时代的文化建构的变化而变化。在不同时代所出现的隐逸现象不能笼统地视为一种文化现象的简单轮回。特别是在中国封建社会的顶峰时代唐代，隐逸起码不再是文人无力抗争厄运时所采取的以退为进的"精神抗争"。恰恰相反，隐逸在唐代几乎成为一种社会时尚。《旧唐书·隐逸传》列举了二十位隐士，《新唐书·隐逸传》则增加到二十五位。这远不符合唐代隐逸的实际情况。据笔者对《新唐书》、《旧唐书》和《唐才子传》的粗略统计，整个唐代，终生隐逸或者有过隐逸经历的诗人不下百人，著名的如王绩、卢照邻、孟浩然、王维、綦毋潜、储光羲、贺知章、常建、王昌龄、李白、元结、顾况、白居易、李涉、张志和、贾岛、徐凝、陆龟蒙、皮日休等,还有一大批所谓的"方外"逸人,如寒山、拾得、司马承祯、吴筠、无可、皎然、贯休、齐己等,这还不算那些虽然没有去做隐士,但在其作品中时时流露出隐逸倾向的诗人,比如高适、杜甫、柳宗元、李商隐等。可以说在整个唐代社会中形成了一个庞大的、具有唐代文化特点的"隐逸阶层"或"隐逸文化圈"。如果我们把"唐代隐逸"同"唐前隐逸"作一番比较,就可以发现:唐代隐逸同伯夷、叔齐、商山四皓、竹林七贤以及陶渊明等的隐逸有着本质的不同。唐代隐逸是在唐代文化环境中产生出来,同时又成为唐代文化建构的必不可少的环节。唐代隐逸有其独特的文化内涵。而且唐代隐逸与唐代山水文化的形成与发展有着密切联系,所以我们在论及"盛唐气象"时也不能忽视唐代隐逸文化所发挥的重要作用。

唐代政治与唐代隐逸

中国封建社会经过近千年的发展,到了唐代已经达到了空前繁荣的鼎盛时期。说它"鼎盛",除了社会生产力空前发展、物质财富极大丰富之外,最能体现其繁荣鼎盛特点的,是其文化建构上的包容性、开放性。隐逸作为文人士大夫在人生道路上的一种特殊选择,理所当然要受到社会文化思潮的影响。而唐代的文化氛围给唐代文人营造了既超越前代又区别于后世的隐逸环境。完善自我、博取功名、厌倦仕途、沽名钓誉、任运自然,等等,都可以成为诱发文人隐居的因素。在唐代,隐逸行为不仅不会受到任何限制和政治干预,甚至还受到统治阶级的褒扬。这是隐逸在唐代成为一种社会时尚的重要原因之一。

　　社会时尚的形成，离不开一定的文化环境。在皇权至上的封建社会，帝王的认可与推许显得尤其重要。缺乏这一条件，那么，隐逸要么是文人逃避现实的选择，要么是文人对自身承担的社会责任的推卸。

　　魏晋是隐逸风气盛行的时代，却没有唐代那种宽松自由的文化环境。魏晋时代，三玄盛行，各种文化思潮纷纷标新立异，表面上看，思想界很活跃。实际上，文人士大夫们生活在惴惴不安之中，稍有不慎，就会招来杀身之祸。如孔融、杨修、祢衡、二陆、张华、潘岳等人都死于非命。即便是出身门阀世族的文化人也是借隐逸以求苟安。另一方面，魏晋时代文人们对隐逸的认识也还存在着分歧，"招隐"与"反招隐"也在斗来斗去地打笔墨官司。隐逸在文人的理念中还远没有成为一种人格的自觉和人生的自由追求。最能显示魏晋隐逸特点的，是魏晋隐逸离不开"药"的滋补和"酒"的助兴。药的滋补可以满足文人们珍视和延长个体生命的欲望；而酒的助兴除了缓解文人们苦闷的心灵之外，还具有幻化作用，使他们进入一种忘却自我的超然境界。刘伶尽管没有去做隐士，但他的《酒德颂》无疑引诱文人们进入"止则操卮执觚，动则挈榼提壶"，"静听不闻雷霆之声，熟视不睹泰山之形。不觉寒暑之切肤，利欲之感情"的物我两忘的颓唐境界。"竹林七贤"的隐逸则是政治避难式的，后来在黑暗政治的高压下也分化瓦解了。

　　相比之下，唐代社会不仅是开放的、自由的，而且唐代的最高统治者又很自信。如果说唐代社会生产力的发展是历史的必然，那么，唐代文化的繁荣则是最高统治者的杰作。

隐逸作为一种特殊的文化现象，在唐代以前的发展大致经历了这样的发展阶段：从原始隐逸到士人为了完善自我而采取隐逸以凸显自己的人文修养，再到魏晋时代，隐逸则是文人的社会使命感与追求独立人格之间发生矛盾之后不得不采取的一种遁世行为。隐逸既是文人的个体行为，又同社会的文化环境存在着互动关系。一方面，隐逸作为一种"以退为进"的精神抗争，对社会而言，它是软弱无力的；对文人自身而言，它却使得文人们在保持独立人格和追求精神自由的同时，在有限的范围内，最大限度地保持了个体生命的自尊与价值。

在对待隐逸的态度上，唐王朝的最高统治者不仅淡化了隐逸的精神抗争因素，而且从文人隐逸行为本身发现并肯定了隐逸"重贞退之节，息贪竞之风"（《旧唐书·隐逸序》）的文化价值和社会价值，并以各种形式对隐逸给予不同程度的褒扬，从而促成隐逸风气的形成。

中唐以前，隐逸已基本上脱离了原始隐逸志存高雅、逍遥林泉、"不事王侯，高尚其事"的模式。唐王朝的统治者从隐逸的原始内涵中发现并肯定了它的社会价值和道德价值，并且把这一特殊的社会文化现象纳入了"风化"范畴，从政治、哲学、人伦、道德等不同角度对隐逸加以肯定，进而又从敦风化、厚人伦、振纪纲的政治需要出发而推许隐逸，使隐逸以新的文化风貌出现在封建国家的政治舞台上。

从武德初到贞观末的几十年间，隐逸在政治上越来越受到统治者的重视。贞观十五年六月十八日，唐太宗在将封泰山之前发布了《求访贤良限来年二月集泰山诏》，申明他对"散逸之才"的渴望："虽天地效祉，社稷降灵，区宇晏如，俊义咸事。尚恐山林泽薮藏荆隋之宝，卜筑屠钓蕴萧张之奇"，是以"眺箕颍而怀隐沦"（《唐大诏令集》)。唐太宗唯恐隐沦于山林泽薮的"散逸之才"中有萧何、张良之类的治世奇才,并希望这些人能参与社稷的封禅大礼,其目的正如诏书中所说的那样,是为了"敦风励俗"。封禅是"天人感应说"的产物,是最隆重的国家盛典。自秦汉以来,封禅活动不仅强化了帝王"奉天承运"的合理性与"天人感应"的神秘哲学,而且,这一活动又同国家的治乱兴衰紧密地联系在一起。唐太宗"求访贤良"参与如此隆重的国家盛典,这无疑从政治上提高了"隐沦"的政治地位。尽管这次封禅活动由于当年六月十九日出现彗星而被取消了,但它所产生的影响是不容忽视的。贞观二十年六月,唐太宗又下诏,"令天下诸州,明扬侧陋",求访"洁志丘园"、"服道丘园"而"人不间于曾、闵"等杰出人才,再次将隐逸同国家的"致治"联系起来。

唐高宗即位之初,"委巡抚大使"赴山东、江左等地,"采访人物",而被"采访"的对象就包括"丘园秀异,志存栖隐"(《全唐文》卷十三《令山东江左采访人物诏》)的隐逸之士。在《征武攸绪诏》中,唐高宗说,朕闻"大隐忘情,不去朝市;至人无迹,何所凝滞",并赞扬武攸绪"高标竣尚,雅操孤贞","荫松山而辞竹苑,去朱邸而就清溪。逍遥林壑,傲睨箕颍"。另一位隐士王友贞"新授太子中舍人",便"抗志尘外,栖情物表。深归解脱之门,誓守薰修之戒"。为此,高宗下诏,对王友贞加以"崇奖":"朕方崇奖廉退,惩抑浇浮。虽思廊庙之才,岂违山林之愿","可太子中舍人员外置,给全禄以毕其身"。"任其在家修道,仍令所在州县,存问四时,送禄至其所。"唐高宗之所以要这样做,原因就在于:在高宗看来,"敦夷齐之行,可以激贪;尚颜闵之道,用能劝俗"。把褒奖隐逸同社会教化紧密地联系在一起。

武则天执政以后，出于抑制"关陇集团"势力的政治需要，也屡次"征辟"隐逸之士，并授以官职。《旧唐书·隐逸传》里所列举的二十位隐逸中，属于高宗、武后朝的就有八位被"征辟"入朝，或授以官职，或给予嘉奖。以致刘昫在修《唐书》时，对高宗、武后征辟隐逸之举特书一笔："高宗、天后，访道山林，飞书岩穴，屡造幽人之宅，坚回隐士之车。"（《旧唐书·隐逸序》）

唐玄宗在崇尚隐逸方面比他的先祖表现得更为突出。唐中宗褒奖过的隐士王友贞"凋殂"之后，唐玄宗愍悼良深，特赠以从三品的"银青光禄大夫"，并"委州县官特加吊祭"。（《全唐文》卷二十一，唐玄宗《赠王友贞银青光禄大夫制》）虽然银青光禄大夫是个没有实权的"散官"，而且，唐玄宗对王友贞的赠予又是在其死后，但其政治意义正在于通过这一赠予提高了隐逸在社会上的政治地位，从而引起整个社会对隐逸的广泛关注和尊重。正如唐玄宗在《放还白履忠制》一文中所说的那样，他之所以要满足白履忠栖隐山林的愿望，不只是因为白履忠具有"孝悌立身，静退敦俗，年过耆耄，不杂风尘"的高尚品格，更重要的是唐玄宗常"恨元风久替，淳化未开"，因此，通过此举以达到"奖励人伦"的目的。（《全唐文》卷二十三）在以宗法制度为基础的封建社会，"人伦"作为一种道德规范，在"致治"中起着维系封建秩序的重要作用。可见，统治者"旌贲山薮"是为了抑制"贪竞"之风，而"厚人伦"的目的是为了"致治"，为了维系正常的封建秩序。

开元五年二月，唐玄宗下诏："有嘉遁幽栖养高不仕者，州牧各以名荐。"（《旧唐书·唐玄宗本纪》）开元十一年正月，敕府县"搜扬""有沉沦草泽抱德栖迟"者，"具以名荐"。

天宝四载五月，唐玄宗又下诏，再次申明朝廷对隐逸的高度关

注:"逸人之举,所以励天下,激浮躁也。朕钦崇先训,以道化人。思致栖真之士,用光咸在之列。"

这些举措在一定程度上刺激了那些"高蹈不仕"者的功名欲望,他们纷纷诣阙自举。有些人因年龄太大,不便授官,就"各赐绿衣一副,物二十段"放还,并申明"不夺隐沦之志,以成高尚之美"。嵩山隐士卢鸿一是个"隐居以求其志"的"山人"。开元六年三月,唐玄宗特意下诏,召其进京。他虽然应诏入京,但执意不肯在朝廷任职。于是,唐玄宗又不得不下诏:以谏议大夫(正五品)之职"放还山林",而且"岁给米百石、绢五十匹,以充药物。仍令州县送至隐所"。(《全唐文》卷二十一《赐隐士卢鸿一还山制》)卢鸿一死后,唐玄宗"诏赐万钱营葬"(《唐才子传》卷一)。卢鸿一生前死后,荣耀之至!徐州处士王希夷在唐玄宗朝享受过"以国子博士""听致仕还山"的殊荣。(《全唐文》卷二十二)以李白为代表的"竹溪六逸"也出现在唐玄宗朝,而且李白等人隐居的地方正是王希夷曾经隐居过的徂徕山。可见帝王的推崇隐逸对文人产生的影响。

唐玄宗的后继者同样对隐逸之士较为看重。唐德宗在贞元二年也曾下诏,让天下州县"举韬晦奇才"。而所谓的"韬晦奇才"也是非隐士而莫属。

在唐代隐逸中,"山人"李泌的经历颇具传奇色彩。李泌以"精究《易象》"而深受张九龄、韦虚心、张廷珪等人的器重。唐玄宗亲自召见,令待诏翰林,仍东宫供奉。后来因杨国忠忌其才,遂"潜遁名山,以习隐自适"。安史之乱中,李泌自嵩、颍间奔灵武行在,因"陈古今成败之机甚称旨"而被肃宗留在"卧内",参与国事。李泌自称"山人","固辞官秩",但"将相迁除,皆与泌参议。权愈宰相"。代宗时,又"颇承恩遇",历任澧、杭二州刺史。德宗朝,官至宰相。在大历前后及贞元政坛上堪称"风云人物"。而他的"方外之交"顾况、阳城、柳浑也活跃在中唐政坛上。(《旧唐书》本传)尤其是唐代宗,不仅下诏"搜求""高蹈不仕"之才,而且亲自在紫宸殿"策试""高蹈不仕"等四科举人。翻开《新唐书》、《旧唐书》及《唐大诏令集》,在有关"常举"或"制举"的诏、制中,皇帝几乎无一例外地申明要从"丘园秀异"中选拔人才。肃宗、代宗、德宗三朝,隐逸之士在政治舞台上非常活跃。这再好不过地说明唐代隐逸与唐代政治之间有着一种密切关系。

著名的隐逸诗人张志和所受到的礼遇在唐代更是绝无仅有的。颜真卿的《浪迹先生元真子张志和碑铭》记载:唐肃宗曾经给张志和赏"赐奴、婢各一"。做了隐士,皇帝竟赏赐奴婢,这就难怪李德裕在《玄真子渔歌记》中对此赞叹不已:"吁戏,渔父贤而名隐,鸱夷智而功高,未若玄真子隐而名彰,显而无事,不穷不达,其严光之比欤?"严光和汉光武帝刘秀年轻时曾一同游学,私交甚厚。刘秀当了皇帝,邀请严光入朝做官,但他不愿出仕,就变易姓名,隐于富春山水,为后世称赏。李德裕把张志和同严光相提并论,就隐逸动机而言,似乎牵强,因为严光一生倦于仕进,而张志和曾经明经及第,深得肃宗赏识,令待诏翰林,后来不知由于什么原因而被贬出京城。虽经"量移",他却"无复宦情","不愿之任","遂扁舟垂纶",浪迹三江五湖。但就张志和所受赏赐而言,则是令严光望尘莫及的旷古奇事。后来的唐宪宗因不能与张志和谋面而命人为其"写真",并"访求玄真子《渔歌子》"(《唐才子传》卷三)。

但是,唐代的隐逸也并非没有前朝隐逸的痕迹。唐睿宗时期,许宣平长期隐居于歙县紫阳山,并留下一首诗:"隐居三十载,筑室南山巅。静夜玩明月，闲朝饮碧泉。樵夫歌垄上，谷鸟戏岩前。乐矣不知老，都忘甲子年。"这种纯粹的"道隐"风范使得几十年后的李白在离开长安后专程慕名寻访其遗迹。当他看到许宣平当年的寓所已经是残垣断壁时，大发感慨："我吟传舍诗，来访真人居。烟岭迷高迹，云林隔太虚。窥庭但萧索，倚柱空踌躇。应化辽天鹤，归当千岁余。"李白在感叹之余又给许宣平的隐逸蒙上了神秘的寻仙访道色彩。

中晚唐时期的隐逸就没有这么幸运。处于国势渐趋衰微时期的中晚唐文人，面对日益纷繁复杂的社会矛盾和仕途上的坎坷，他们饱经时局动荡所带来的人生困苦，一些人迫不得已而退隐山林，在自然山水中涤除人世的烦恼，以获取心灵的慰藉和平衡，如吉中孚、施肩吾、陆龟蒙、罗隐、司空图等人。尤其是罗隐，据《吴越备使·罗隐传》记载："隐，本名横。凡十上不中第。遂更名。从事湖南，历淮、润，皆不得意。……谒钱镠时，惧不见纳，遂以所为《夏口诗》标于卷末，云：'一个祢衡容不得，思量黄祖漫英雄。'王览之，大笑。因加殊遇。"从罗隐把名字由"横"改为"隐"可以看出，随着社会环境的变迁，横行天下之路再也走不通了，只有走隐逸这条路。但他又不甘心无所作为，就只好改变方式，带着一种伪装出来的傲气去干谒王侯，这总比低眉颔首、唯唯诺诺要高明。即便不被重用，也不至于先自矮人三分。因而，在唐代政治与隐逸的关系上，明显地形成了"盛世之隐"与"乱世之隐"两大派别。反映在文学创作上，尤其是在山水诗歌的创作上，就出现了"盛世之隐"的清幽淡远的闲适派和"乱世之隐"的沉郁萧散的失意派的区别。在唐代山水诗与隐逸的研究中不能不重视这一现象。

唐代科举与唐代隐逸

　　封建制度是帝王政治，国家的政治走向取决于帝王的好恶。李唐王朝对隐逸的推崇与激赏不仅反映在政治上，而且也反映在为封建政治服务的科举制度方面。从唐初到唐末，唐王朝为了让隐逸入仕所开设的"制举"科目中就有"幽素科"、"哲人奇士隐沦屠钓科"、"高才沉沦草泽自举科"、"乐道安贫科"、"高蹈丘园科"、"处士科"等。这些"制科"的设置并不影响隐逸之士参加一年一度的常规科举考试。

　　唐王朝建立之初，为了广泛搜罗人才，朝廷在科举考试中就对隐逸之士给予重视。武德五年，唐高祖下诏，设立"制举"。诏书中就涉及"被褐怀珠，无因自达"的"岩穴幽居"之士，目的是通过"制举"这一特殊途径选拔人才。唐太宗即位以后，对隐逸也是多方给予重视，甚至在科举考试中以隐逸作为考试题目。贞观二十年，在进士科考试进行到第三场"答策"时，所出题目就是以隐逸为内容。当年及第的张昌龄的《对策文》后来被收入《文苑英华》。张昌龄在"对策"中歌颂了大唐皇帝广罗人才的美德："知圣人在上，真隐不获全其高，淳风所偃，幽贞不能固其节。"张昌龄虽然不在隐逸之列，但他在文章中针对隐逸所阐发的"薪槱兼济，有助兴王之道"的观点无疑符合唐王朝的政治需要。开元元年，唐玄宗在"制举"中专门设立了"哲人奇士隐沦屠钓科"。这一"科目"的设置给隐逸之士提供了步入仕途、参与政治的机会。开元五年，唐玄宗下诏，要求各州刺史推荐那些"有嘉遁幽栖养高不仕者"。开元十五年又下诏，要求那些没于"草泽"的"文武高才""诣阙自举"。在科举制度已经完善的开元时期，"推荐"从实质上说已经和汉魏时期以"举荐制"作为选拔官吏的主要途径的取士方式有了本质上的区别。它虽然是选拔官吏的一种途径,但同"进士"、"明经"等取士科目相比,这一科目显然更注重的是隐逸的"教化"功能。《新唐书·选举志》记载:"(开元)二十九年,始置崇玄学,习《老子》、《庄子》、《文子》、《列子》,亦曰道举。……官秩、荫第同国子,举送、课试如明经。"从考试内容看,这一科目显然是为信仰道家学说的士人开设的。"道举"的设置,体现了唐王朝道、隐并重的文化思想。从中国古代思想史的发展历程看,道家思想正是从隐逸文化中吸取了精神营养而产生的。如果没有"隐逸"文化,就不可能有道家学说。老庄为主要考试内容的"道举"直到晚唐时期还一直延续着。这在皮日休的《皮子文薮》中记载得很详细。这种通过科举的方式从隐逸之士中选拔官吏的做法,对道家思想在唐代的传播和隐逸之风的盛行可以说起了推波助澜的作用。加之唐代的政治环境比较宽松,所以,在"隐逸"与"仕进"的选择上,出现了耐人寻味的现象:有的人由隐而入仕,有的人由仕而退隐,有的人由隐而仕再到归隐,有的人由仕而隐再到出仕,而最具有代表性的要数"隐于市朝"的"亦官亦隐"了。

在"由隐而仕"这一模式中,卢藏用所走的"终南捷径"是人所共知的。通过隐逸的方式来博取功名,在唐代隐逸中很具有典型性。这类隐逸之士,有着强烈的功名欲望。卢藏用之后,李白算是一位希望通过隐逸而博取功名的佼佼者。他先隐于青城山,出蜀后又先后隐居于安陆和徂徕山等地。尽管他自称是那位曾经讥笑过孔子的"楚狂人"接舆,申明自己"五岳寻仙不辞远,一生好入名山游"(《庐山谣寄卢侍御虚舟》),也屡屡自称"不屈己,不干人",但是,只要仔细读一下他的《与韩荆州书》,就会看出这种虚假的声明遮掩不住他对功名的强烈欲望。在《代寿山答孟少府移文书》中，他借寿山"藏国宝、隐国贤"把自己吹嘘了一番。在《上安州裴长史书》中，他以自己不应"有道科"的考试来表明他"养高忘机"的品格，又引用礼部尚书苏颋、安州都督马正会、长史李京之对他的评价，以期引起裴长史对自己重视，从而使自己能步入仕途，实现他"申管晏之谈，谋帝王之术，奋其智能，愿为辅弼，使寰区大定，海县清一，事君之道成，荣亲之义毕，然后与陶朱留侯浮五湖，戏沧洲"的人生理想。他后来之所以能待诏翰林，也正是由于隐逸高人兼道士的吴筠举荐的结果。类似于李白这种做法与想法的文人在唐代大有人在。比如晚唐的李商隐。他在刚中进士之初，就标榜自己"永忆江湖归白发，欲回天地入扁舟"。既渴望建功立业，又"鄙薄"功名，成了唐代知识分子，尤其是那些想通过隐逸博取功名的知识分子，人生追求的基本模式和共同的文化心态，如张子容、施肩吾、鲍溶、殷尧藩、孟郊、李涉、皮日休等。可以说，在整个唐代，"由隐而仕"的仕进方式同进士、明经等科一样，是文人步入仕途的基本途径。当然，不是所有想通过隐逸而步入仕途的知识分子都能实现自己的愿望。孟浩然、于鹄就是失败者的代表。孟浩然先隐居于襄阳的鹿门山，四十多岁时入长安求仕。未达目的后就发出了这样的怅叹："寂寞竟何待，朝朝空自归。欲寻芳草去，惜与故人违。当路谁相假，知音世所稀。只应守寂寞，还掩故园扉。"(《留别王维》)诗中的"寂寞"实际上就是指蓄养待时的隐逸行为。受功名欲望的驱使，孟浩然回到鹿门山之后，并没有真的关起门来甘守寂寞，当他看到洞庭湖"气蒸云梦泽，波撼岳阳城"的阔大景象时，他心灵的波澜更是翻腾不已。"坐观垂钓者，徒有羡鱼情"正揭示了这类隐逸之士不甘久在江湖的真实心态。和孟浩然有着相似经历的于鹄，起初"买山于汉阳高隐"（《唐诗纪事》卷二十九）。本想通过隐居钓名，然"三十犹未成名"，于是，因耐不得寂寞而出山，拿着诗去干谒当年的同窗、山南东道节度使、检校右仆射樊泽："却忆东溪日，同年事鲁儒。僧房闲共宿，酒肆醉相扶。天畔双旌贵，山中病客孤。无谋还有计，春谷种桑榆。"（《唐才子传》）樊泽念及旧情，辟为从事。这多半是出于对隐逸的理解与同情，因为樊泽的父亲樊永就是在开元十五年应"高才沉沦草泽自举科"而登第的。当然，于鹄的这一行为也给后世留下了讥笑的把柄。元代的时天彝就讥笑于鹄"如候虫之自鸣"（见《吴礼部诗话》）。

在由隐而仕的模式中，也出现了为当政者所嗤的变异现象。这就是《新唐书·隐逸序》所说的那些"放利之徒，假隐自名，以诡禄仕，肩相摩于道，至号终南、嵩少为仕途捷径，高尚之节丧焉"。比如，元和年间，朝廷曾两次下诏征召隐士李渤，授以谏官。李渤均未赴召。李渤第一次不应"征辟"时，当时任洛阳令的韩愈给李渤写了一封信，劝其赴召。信中说："昔孔子知不可为而为之不已，迹接于诸侯之国。今可为之时，自藏深山，牢关而固拒，即与仁义者异守矣。"（《新唐书》卷一百一十八）当李渤第二次不应"征辟"时，韩愈在写给卢仝的一首诗中说："少室山人索价高，两以谏官征不起。"如果这位嵩山隐士能固守山林之志的话，韩愈算是错误地估计了别人。遗憾的是，李渤后来移居洛阳，不久即应召就任"著作郎"。"著作郎"在品阶上是"从五品上"，比"从八品上"的"拾遗"一类的谏官高了三品九阶。看来，韩愈还是有先见之明的。他看出了李渤"索价"太高，所以官职低就不应召。可见，当一种行为方式成为社会时尚的时候，其内涵总会发生某些变异。

唐王朝对隐逸的推崇促使隐逸成为一种社会时尚。而通过科举途径从隐逸之士中选拔官吏，则是对官吏选拔制度的有限补充。这种做法不仅给以出仕为目的的隐逸之士提供了步入仕途的机遇，更重要的是对道德文化建设起到了规范与激励作用。突出的例子就是自称"山人"的范知璿做了隐逸的反面教材。开元六年，也就是唐玄宗颁布诏令让州牧举荐"有嘉遁幽栖养高不仕者"的第二年，有人推荐"山人范知璿"有"文学"才华，并献其作品《良宰论》。宋璟审阅了这位"范山人"的大作之后，批复说："观其《良宰论》，颇涉佞谀。山人当极言谠议，岂宜偷合苟容！文章若高，自宜从选举求试，不可别奏。"（《资治通鉴》卷二百一十二）在当时的官吏中，应当说言行"颇涉佞谀"而且"偷合苟容"者是大有人在的，但宋璟对范知璿的《良宰论》及其人品的批评却是如此尖锐，正说明统治者对隐逸的推崇是带有强烈的政治功利性的。宋璟向来以"守法持正"、"刑赏无私"、为人刚正不阿而享誉政坛，他的批复既表明了他的人格，又明白无误地包含着对"山人"、"处士"等隐逸之士在道德上的严格规范性。这算是对"假隐自名，以诡禄仕"的"放利之徒"的惩戒，而本质上则是通过规范隐逸之士的行为准则，达到"儆薄夫"、"激贪浊"的政治目的。

"由隐而仕"的模式，带有强烈的个人功利目的，其最终目的是以暂时的栖隐换取仕途的通达。这类隐逸之士在入仕之前常常要标榜自己在功成名就之后将再回归山林，以此显示其不同凡响的人格与尊严。因此，这类隐逸之士在人格上更具有感召力，也最能吊皇帝的胃口。正如《新唐书·隐逸序》所说，这类人对于爵禄"汛然爱，悠然辞，使人君常有所慕企，怊然如不足，其可贵也"。

唐代社会思潮与唐代隐逸

隐逸在唐代成为一种社会风尚，和唐代社会思潮的影响是分不开的。

众所周知，从魏晋开始，在思想领域里，儒、道、佛三家思想一直处于交互消长的状态。到了唐代，随着文化思想的全面开放，唐王朝对儒、道、佛三大思想采取了兼容并蓄的态度。尽管也曾经有过"道"与"佛"孰先孰后的争论，但仅仅是为了在"法事"、"集会"上的排列顺序而已，并不表示在文化思想地位上的尊卑贵贱。而儒家思想与道家思想早在"百家争鸣"时代就已经呈现出相互渗透的特点（有人称之为"儒道互补"，似乎不妥）。尤其是表现在人生观和价值观上，儒与道的相互渗透就更为明显。在《庄子·杂篇·渔父》中记载，孔子以六十九岁高龄去拜见代表庄子思想的隐者。那位隐者在听了孔子的一番话之后，深有感触地说他和孔子是"同类相从，同声相应"。这再好不过地说明：儒与道不仅不相互排斥，而且在文化精神上有相通之处。儒家虽然很注重人的社会价值和群体意识，但也不否定作为自然人的个体生命价值。特别是反映在山水文化中，以孔子和孟子为代表的先秦儒学既有以"仕""行义"的经邦济世思想，如《论语·微子》所说的"不仕无义"，又有"道不行"则退而自守的"独善"处世观。在仕与隐、出与处的选择上，孔子的思想是最具有代表性的。《论语·卫灵公》说："邦有道则仕，邦无道则可卷而怀之。"《论语·泰伯》也说："天下有道则见，无道则隐。""隐"即"藏"，所以，《述而》章说："用之则行，舍之则藏。"在"君子谋道"不成的情况下，孔子奉行"隐居以求其志"的处世之道。《论语》中所谈及的隐逸之士几乎全是不仕之士，而且他们都有很高的道德修养,诚如杨伯峻先生在《试论孔子》一文中所说的:他们"有文化,通风气,有自己的思想,绝对不是农业奴隶"(见《论语译注》中华书局,1980年版,第1页)。在对隐逸的认识上,孔子还把隐逸划分为四个不同的层次。这就是《论语·宪问》中所说的:"贤者辟世,其次辟地,其次辟色,其次辟言。"不管是出于什么原因而"辟",都被孔子视作"贤者"。他们奉行的都是"隐居以求其志,行义以达其道"(《论语·季氏》)的处世原则,只不过存在着等级上的差别而已。"辟世",是因回避乱世而洁身自好;"辟地",乃是离开混乱之地而适彼乐土;"辟色",即远离邪恶之人;"辟言",即远离充斥着恶言乱语之地。孟子继承了孔子的隐逸观。他在解释孔子的"无可无不可"(《论语·微子》)的思想时说:"可以处而处,可以仕而仕。"(《孟子·万章》)属于孔、孟一派的荀子在隐逸观上也和孔孟的主张有相通之处。《荀子·宥坐》篇说:"今有其人不遇其时,虽贤,其能行乎?苟遇其时,何难之有!故君子博学深谋、修身端行以俟其时。"可见,以孔、孟、荀为代表的先秦儒家学派把隐逸作为蓄养待时的重要手段。

唐代儒学已经远不同于先秦儒学。随着国家的统一和社会的安定,唐代的知识分子们不再像孔子所说的那样,在"仕"的问题上,处于听任"时运"摆布的被动地位,"用之则行,舍之则藏",或者尊奉"邦有道则仕,邦无道则可卷而怀之"的处世方式,而是采取了积极进取的人生态度。唐代的文化氛围,特别是思想领域的开放环境为他们提供了从不同途径最后达到入仕目的的客观条件。以"隐"求"仕"的处世态度,正是孔子"隐居以求其志"的思想在新的历史条件下的变通。

这种变通不仅表现在"由隐而仕"这一处世方式上,而且还表现在"由仕而隐",或因求仕失败而走上隐居道路,或"由隐而仕再到隐"等几方面。文化政策上的开放,使得唐代的知识分子在"仕"与"隐"的抉择上有了更多的选择余地。仅以信奉儒家思想的知识分子为例,他们在求仕的道路上所遇到的问题也是比较复杂的。因求仕失败而走上隐居之路的文人,代表了"因困惑而走向洒脱"一派。诗人杜甫尽管没有走向隐逸,但是,在他的思想中,以天下为己任的用世思想与追求潇洒人生同时存在。在《曲江三章》其三中,诗人对"杜曲桑麻田"的向往,《咏怀五百字》中所表露的"非无江海志,潇洒送日月"的情怀,都表明了诗人在困顿中对个性自由的向往。卢纶下第后,"客鄱阳,与郡人吉中孚为林泉之友"(《唐才子传》)。张祜被杜牧推为"千首诗轻万户侯"的才子,在求仕受挫以后,走上了终生隐居之路。类似于杜甫和卢纶的诗人在唐代大有人在。他们走向隐逸或者向往隐逸,反映了知识分子在困惑中对自我的超越。也正是文人们的这一超越,才给唐诗增添了无限的精神风采。

唐代又是一个道家思想空前活跃的时代。以老庄学说为核心而形成的道家学派在经历了魏晋南北朝的演化之后,发展到唐代呈现出新的风貌。由于李唐王朝尊奉老子为其先祖,所以,同儒家相比,道家在唐代似乎处于更为显贵的地位。唐德宗在《明经举人更习〈老子〉诏》中说:"明经举人所习《尔雅》多是草木鸟兽之名,无益理道。宜令习老子《道德经》以代《尔雅》,其进士同大经例帖。"(《全唐文》卷五十二)儒家尊礼崇德,道家崇尚个性自由和任运自然的人生哲学。也正是由于道家人生观与哲学观在唐代的盛行,唐人的文化观就具有很大的变通性而较少拘泥与守旧的弱点。众多的唐代文人以儒家作为立身的根本,以道家作为自我张扬的旗帜,从而使唐代文人建构起兼融儒、道思想于一身的文化人格。以李白为代表的浪漫一派，属于唐代文化圈中的活跃派。从李白到贺知章，再到顾况以及后来的陆羽、陆龟蒙（自号天随子），这些人几乎都声明自己"终年常避喧，师事五千言"（秦系《山中赠张正则评事》），但从不甘心于"结庐在人境，而无车马喧"的寂寞。这就是以李白为代表的融儒、道于一体的"功成身退"的隐逸模式。他们的人生轨迹正如李白自己所言："待吾尽节报明主，然后相携卧白云。"（《驾去温泉后赠杨山人》）然而，现实并不像李白等人所想象的那样乐观。在"功成拂衣去"的理想化为泡影后，李白只好向朋友如实地表白自己的苦衷："我本不弃世，世人自弃我。"（《赠蔡山人》）积极入世的人生理想与出世高蹈的人格宣言构成了李白文化人格矛盾的两个层面。同儒家"在困惑中对自我的超越"相比，李白模式的隐逸是"在超越中陷入困惑"一派。"在困顿中超越"和"在超越中陷入困惑"构成了"盛唐气象"的文化心理支柱。因此，在唐代特定的文化思想氛围中形成的隐逸文化投射出"前不见古人，后不见来者"的时代特征。

唐代园林别业与唐代隐逸

园林别业是中国山水文化的重要组成部分。由此而形成的中国古代园林文化则是中国传统人文精神与园林艺术以及审美观与建筑美学的综合体现。园林文化以物质文明做基础，同时又渗透着文人的审美意识和生命意识。因此，它的产生就远后于山水文化。如果说中国山水文化产生于春秋末年、战国初期的话，那么，作为山水文化构成部分的园林文化最早也是在西汉中、前期才出现，而在魏晋南北朝时期逐步兴起。随着人类物质文明水平的不断提高，园林与别业逐步发展起来，最终在中国传统文化中形成了具有民族特色的"园林文化"。它的源头在于西汉时代皇家园林、上林苑等的创建。到了魏晋南北朝时期，随着士族庄园经济的发展，又出现了私人园林。石崇的"金谷园"是尽人皆知的洛阳名园。到了南朝，在"庄老告退，山水方滋"的文化背景下，苟安于江南半壁江山的门阀世族耽溺于山水胜境，大兴园林、别业之风渐盛。他们以优厚的物质条件做基础，尽情地享受着"人化自然"所带来的精神乐趣。这一风气很快就波及了文人士子以及隐逸阶层，以致引发了"真隐士"与"假隐士"之争。孔稚珪的《北山移文》尽管是对假隐士的嘲谑，但是，我们可以从中看到当时的文人、名流结庐山林、悦性陶情的审美追求以及南朝文士对自然山水（包括"人化自然"）的美学内涵的发掘与独特体认。隐逸文化原本是超脱世俗的，但是，自从它的伴生物"园林文化"出现以后，就使得隐逸文化带有了"皇家色彩"和"贵族化"倾向。尤其是带有贵族化倾向并在园林、别业中享受着"亦官亦隐"生活乐趣，这可以说是名副其实的"肥遁"或"嘉遁"。南朝的园林文化较为发达，达官显贵可以借以附庸风雅，文人雅士则可以尽情谈玄悟道，抒发性灵，从而使得中国古典美学尤其是山水美学在这一时期有了长足的发展。但是，我们毕竟能够在六朝的园林文化中感到一丝貌似超脱的生命抑郁以及超妙的玄理中所透露出来的精神空虚。王羲之的《兰亭序》就是最好的明证。

唐代是物质文明和精神文明不断高涨的时代。唐代的园林别业中所蕴含的文化精神同样也是空前绝后的。唐太宗的《帝京篇序》不仅在唐代文化思想领域具有重要意义，而且在园林文化史上也具有开风气之先的作用。他提倡"沟洫可悦，何必江海之滨；麟阁可玩，何必山陵之间"，"丰镐可游，何必瑶池之上"。这是对"汉武魏明"以来"峻宇雕墙，穷侈极丽"的纵欲风气的批判，他所提倡的是在简单的台榭、沟洫中获取回归自然的精神愉悦。唐初所修建或扩建的玉华宫、翠微宫、九成宫、华清宫直接开创了唐代园林别业文化的先河。整个唐代，以西京长安和东都洛阳为中心，形成了庞大的园林别业群。仅以长安为例，达官贵戚的园林、别业、林亭、山池、林泉、山庄等，遍布城南的韦曲、杜曲，城东的灞河、浐河，城东南的乐游原以及东西绵延数百里的终南山北麓。著名者如太平公主在长安城东的山庄、安乐公主的定昆池、韦嗣立的骊山别业、城南的何将军山林，等等。而文人雅士在东、西二京的别业、山庄、幽居更是不胜枚举，如王维在蓝田山中的辋川别业、岑参的终南山双峰草堂、储光羲的终南幽居、王昌龄的灞上闲居、韦应物的沣上幽居、白居易在洛阳龙门的香山别业、李德裕的龙门山居等。同时，在长安和洛阳还出现了一大批以宗教活动场所为特色的"寺观园林"，如长安的大慈恩寺、兴善寺、青龙寺、香积寺、仙游寺、玄都观，洛阳的香山寺、奉先寺等。这些园林、别业、山居、草堂成为知识阶层游憩的重要场所。在这里，他们集诗人、逸人、雅士于一身，不入山林而能感受到山水林泉的乐趣，未脱红尘而能远离红尘的喧嚣。在这一环境中创作的诗歌大多表现了文人雅士幽栖闲居的隐逸情趣，在唐代山水文化中占有极其重要地位。尤其是王维的崇佛及其与裴迪在辋川别业的唱和，白居易的儒、道、佛并用及其以香山别业为活动中心的"七老会"，成为唐代文坛的佳话。园林、别业作为山水文化的一种异化现象受到社会的广泛关注和文人的偏爱。也正是园林别业文化的出现，才使得唐代的隐逸呈现出新的时代特征。

隐逸对生活环境有着特别的选择。唐前隐逸的最基本的文化心态是视山水林泉与尘俗之地为两种对立的精神境界。皇家园林与文人雅士的别业在唐代的勃兴与发展，是山水文化在新的文化背景下的异化现象。这一异化现象导致唐代隐逸发生了新的变化，同六朝园林文化中的隐逸相比，唐代文人少了几分生命压抑和精神空虚，多了几分典雅和幽趣。随之而来的则是反映隐逸情趣的山水园林诗歌和山水画创作的繁荣。

总之，唐代园林文化把山水文化从远离市井的山水林泉引向世俗社会，在传统的高蹈出世的隐逸文化中开辟出走向市隐的新路。隐逸文化中的"大隐"、"中隐"、"小隐"正是随着园林别业文化的出现而出现的。园林与别业中的隐逸情趣又同"亦官亦隐"紧密地联系在一起，使得文人在实现其个体生命的社会价值的同时，又能获取抱朴守真的自然价值，从而在文化思想上体现了统治阶级"外示儒术，内用黄老"的文化取向。

小结

唐代文化是在中国封建社会的繁荣时代形成的。在唐代文化建构中，山水文化是一个重要的组成部分。在山水文化中，隐逸文化又占了很重要的地位。因此，我们研究隐逸文化就不能不论及唐代文化的重要组成部分山水文化。在山水文化的建构中，贬谪文人与自然山水的关系也是密不可分的。当贬谪文人把自然山水作为自己的精神寄托对象时，受儒家、道家甚至佛教影响而出现的隐逸情趣又给唐代山水文化增添了新的文化内涵。同时，唐代山水诗、山水画、山水音乐中所蕴含的隐逸情趣和追求纯真的审美取向又极大地丰富了唐代文化的内容。本文仅从政治、思想、科举、园林等几个方面作了些粗浅的论述。限于篇幅，与此相关的问题如山水文化与隐逸及诗歌创作等问题有待以后另做专题研究。

附录：论唐前山水文化及其衍进特点

人类对山水自然的认识起源于远古时代。人类对于大自然的认识和体验根植于农业生产。这一过程也是人类本质力量实现的过程。由于认识水平有限，在经历了山水自然带来的种种灾难之后，人们将大自然神化、人格化。但是，不管是神化，还是人格化，人类对山水自然产生了或是恐惧或是敬畏的心理。就像《虞书·尧典》上说的："汤汤洪水方割，荡荡怀山襄陵，浩浩滔天。"（《虞书·尧典》）在早期先民的眼中，山水给人们的生活带来不便，甚至可以吞灭世界。愚公虽然可以移山，但移山的最终功绩还是由天神来完成。相对于自然，人很渺小。人对自然的认识也仅仅是凭借自身朦胧的意识去解释自然现象："山林川谷丘陵能出云，为风雨，见怪物，皆曰神。"（《礼记正义·祭法》）在无法认识和把握的自然面前，古代先民还没有闲情逸致去欣赏山水自然，也很难建立起对山水自然的审美意识。产生于人类文明之初的自然崇拜、畏惧及对山水的祭祀在《诗经》中就有所反映。像《周南·广汉》、《周颂·天作》、《周颂·殷》、《小雅·信南山》这些祭祀乐歌就是人们对自然畏惧心理的反映。与此同时，人们征服自然、改造自然也慢慢成为一种自觉意识。《大雅》中的《文王有声》、《韩奕》，《商颂》中的《长发》等，就展示了人们征服洪水的壮阔画面。

春秋战国时期，随着社会分工的出现，不再从事繁重体力劳动的士人开始从精神层面思考人与自然的关系。山水自然作为人们物质和精神生活的一部分，开始进入人们的审美视野。人们崇尚自然以及自然山水所具有的理性与道德色彩的文化意识开始形成。中国山水文化的初始形态开始出现。

先秦时期，文学中的自然山水、自然现象以及花、木、虫、鱼、鸟、兽基本上是作为叙事与描写的背景出现的，有时也起着"比"、"兴"的作用。《诗经》中涉及山、岩、陵、谷近一百二十处，涉及水、河、泉、涧约二百九十处。山水自然已经引起人们朦胧的审美关注。所以，孔子就要求他的学生学"诗"："小子何莫学夫诗？诗可以兴，可以观，可以群，可以怨。迩之事父，远之事君。多识于鸟兽草木之名。"（《论语·阳货》）所谓"多识于鸟兽草木之名"就是培养学生的自然审美能力。《周南·桃夭》中的桃花，《关雎》中的雎鸟，《小雅·采薇》中的杨柳，《卫风·氓》中的桑叶，都具有了初始的审美意义。尤其是《豳风·七月》，在描写四季农事活动时，已经有了对田园风光及自然现象的描绘，作为山水文化的一个组成部分，为中国古代田园诗的发展奠定了基础。总之，《诗经》中以山水自然作为"比"、"兴"的观照物或多或少地与人的思想、情感、品格有所对应。在这种对应中，我们从中看到的不完全是人们对山水自然的敬畏或恐惧，而是将人的精神世界同山水自然景物初步地对应起来，体现了山水自然与人类物质生活以及人类情感活动的一定联系。所以，钱钟书就说："《诗三百篇》有物色而无景色。涉笔所及，止乎一草一木一水一石。"这正说明了山水自然在《诗经》中的文学状态，其本质仍然没有脱离农业民族功利性的范畴，还没有上升到艺术审美的高度。但也应该看到，这种功利性的审美观毕竟开始接近人们的精神层面，"比兴寄托"的创作方法就是这种观念在文学创作中的一种体现。

从对山水自然的崇拜、祭祀转变为"比"、"兴"的精神观念的演变过程，正是人的自我意识逐渐觉醒的过程。人的主体意识逐渐增强的同时，山水自然作为审美对象也就成为一种文化的必然。

《庄子》和《楚辞》中也有对自然山水的精彩描写。尤其是庄子的《秋水》，堪称先秦时期描写山水的最为杰出的篇章。"河伯"的"欣然自喜"是因为他觉得"天下之美为尽在己"。（清·郭庆藩《庄子集解》）庄子的审美意识中固然包含着与天地精神往来的哲学因素，但是老子和庄子笔下的山水自然也具有象征和比喻的意味，这就与《诗经》有所不同。老庄的象征和比喻是大道、自然、逍遥之道的比附。他们通过"原天地之美而达万物之理"体察自然，师法自然，力求与山水自然达到和谐与理性的沟通。

应该注意的是，先秦时期，儒家的"乐山"、"乐水"观念触发了文人对山水自然的审美观照。道家对"独与天地精神往来"的哲学人生的追求是从上古隐逸衍化而来。可以说，先秦的儒与道的山水自然观直接影响了后世的山水文化，也为山水文学的发展提供了道德的与精神的人文条件。

《楚辞》中的山水描写，比《诗经》更富有审美意识。明代的胡应麟曾经高度评价屈原宋玉的代表作《湘夫人》和《九辩》。他说："'袅袅兮秋风，洞庭波兮木叶下'，形容秋景入画；'悲哉秋之为气也，草木摇落而变衰。憭慄兮若在远行；登山临水兮送将归'，摹写秋意入神。皆千古言秋之祖。六代、唐人诗赋，靡不自此出者。"（《诗薮·内篇》卷一）不管是'入画'，还是'入神'，已经不再是对山水自然的纯客观的描摹，而是创作主体对所表现的山水自然经过了审美观照之后，将自己的精神感受注入了客观景物，使山水自然具有了审美意义。从整体上说，《楚辞》中的山水自然是作为情感的载体出现的，已经显示出文人山水自然观念的转变，在描物摹景上更为细致，体现出文人更强的观察力和艺术表现能力，而且初步形成了山水景物的感伤性特征。同时，《楚辞》中已经出现了将山水自然人格化的倾向，山水自然有了人的情感和爱恨，《九歌》中虚构的山水世界成为后世游仙诗的滥觞。所以，相对于《诗经》而言，《楚辞》有了更为自觉的山水审美意识，创作主体的心灵世界已经或深或浅地进入了山水自然景物，作品的艺术境界也更为宽广。

但也应该看到，先秦时代形成的重人事、轻自然的"天人关系"在两汉时期得到了进一步的发展。董仲舒的"天人合一"的哲学命题的出现对山水文化产生了最为直接的影响。文人为了"润色鸿业"，在汉大赋中大量描写山水自然，展现山川湖色的秀美，以及都市苑囿的侈丽，把自然景观与人文景观融为一体，既体现了"天人合一"的审美观念，又迎合了帝王"应天承命"、好大喜功的心理需要和政治需要。枚乘的《七发》不只标志着大赋这种文学体式的成熟，而且其对"观潮"的描写，将人的主观精神凝注于自然，产生一种荡激人心的精神力量。司马相如的《上林赋》、《子虚赋》渲染了汉帝国皇家的山水园林风貌，也反映了创作主体的情志与审美趣味。山水自然作为一种文化精神的载体，具有了为帝王政治服务的意味。

而出现在汉乐府和《古诗十九首》中的山水自然和田园风光与先秦时期区别不大，多是作为抒情叙事的陪衬，但在表达情感、融情入景方面显然成熟多了。尤其是《古诗十九首》，文人已经开始把人的生命节律和山水、时令、节序等自然现象有机地联系起来，在文化心态上形成了伤春、悲秋的生命意识。文人对山水自然已经不是被动的接受和纯粹的客观描写，而是将主体精神注入山水自然，以伤感的情调回应自然节序的变化。一方面，人的生命节律与自然现象具有同步性，比如伤春、悲秋意识；另一方面，人的生命又与自然呈现出对立性。生命的短暂与山水自然的永恒几乎成了汉末社会普遍存在于文人思想中的潜意识，对后世文人产生了巨大影响。在表现人与山水自然的关系上，达到了情景交融的圆融境界。但还不是作为独立的山水文学形态而存在的。

总的来说，两汉时期的山水文化，呈现出截然不同的两大趋势。一是山水文化的贵族化倾向。这就是以汉大赋为代表，把对自然山水景物描写的目光投向皇家园林或苑囿，为六朝以庄园经济为基础而产生的山水文化的分支庄园别业文化奠定了基础。二是以汉乐府和《古诗十九首》为代表，反映了山水自然的文人化倾向。社会的动乱、思想界的变革以及文人对自身命运的极大关注，是引发这一倾向的重要的外在因素。功业的彻底绝望、自身生存的严重危机，诱发了文人自我生命意识的觉醒，并由此带来了文学的自觉。因而在对山水自然的描写中凸显主体情感成为文人关注自我的最佳表现方式。回顾两汉山水文化的发展历程，以富丽堂皇的皇家气象为肇始，以伤感悲怨的生命意识为终结，山水文化从贵族化开始走向文人化。

魏晋六朝时期，思想界出现的对传统礼教的蔑视以及"雅好黄老"、饵长生药、清心寡欲、崇尚清谈与玄言的社会思潮决定了这一时期山水文化的走向，并由此迎来了中国山水文化史上的第一次巨大变化。山水文化呈现出初步繁荣的景象。在现实生活中，山水自然已经成为文人常常关注的独立的审美对象。钟嵘的《诗品序》第一次揭示了文学创作与自然节序之间所存在的内在的互动关系，以及山水自然、四季物候进入文学审美领域的过程。总的来说，这一时期的山水自然已经不是单一的物象和比附的载体，而是融入了人生审美，内化为诗人的情感和人格，直接导引了这一时期山水文学的独立。

在唐前山水文化发展过程中，魏晋六朝时期是古代山水文化的定型期，形成了三种类型：一是陶渊明式，二是竹林七贤式，三是谢灵运式。

以陶渊明为代表的山水文化是建立在隐逸思想基础上的田园化倾向。隐逸是中国古代社会存在的一种特殊的文化现象，是特殊的政体和文化体制的产物。先儒后道，入则为儒，治国平天下；出则为道，修身养性齐家，成为文人的思想文化结构。老庄学说中的否定功名富贵以及逍遥无待的人格哲学也正是根植于文人的归隐情结。从孔子的"邦有道则仕，邦无道则可卷而怀之"（《论语·卫灵公》）到孟子的"穷则独善其身，达则兼济天下"（《孟子·尽心》），给仕途遭受挫折和不幸的文人找到了一种精神归宿。当然，也有以隐求名者，以隐守志者，以隐托身者，但不管是哪一种，都是文人调节和处理自身与社会环境关系时所采取的一种生存方式。陶渊明回归田园以后，以清雅适性的审美观照审视田园风光，展示了人与自然和谐、无间的精神融会，在山水与自然中最大限度地实现人格的绝对独立和个体精神的无限自由。以他为起始，凡是仕途上受挫的不得志者，总是以他为楷模，从而形成了山水文化中的田园情结。而真正栖隐岩穴的隐士反倒并不怎么引人注目。所以，陶渊明的田园诗体现了隐士文化与山水文化的互动关系。隐逸山林，亲近自然，为山水田园诗的创作提供了客观环境，同时，隐逸所持的虚静、无为、无功、无名的人格节操也促成了文人审美观念和艺术思维的转变。

他们的审美目光超越了有形的山水、自然，从而促成了山水文化在人格与理性上的升华。六朝山水文化的兴盛与此不无关系。

在对山水自然的审美中，人们越是体会到山水自然的真率与淳美，越是体会到天地灵气对人的灵魂的净化，就越能诱发人们返归内心。文人们在山水审美中获得的美感越强，山水自然对诗人的诱惑力就越大，这又进一步促使了隐逸之风的上扬。陶渊明之所以被后人奉为隐逸诗人之鼻祖，原因也就在于此。

在崇尚清谈、以人格与风度品评人物的晋宋时代，出现了以"竹林七贤"为代表的隐逸群体。这一群体与陶谢不同。除了政治原因之外，这批人以寄情山水自然来显示自己的人格与情操。在隐逸人格、自然风物与艺术审美的协同下，山水自然顺理成章地被对象化为一种人文精神，形成了情思交融、天人合一的山水文学。

晋宋时代，山水文化的重要表现形式山水诗趋向繁荣。受社会动乱因素的影响，儒学衰微，礼法松弛，士大夫突破传统礼教对人性的规范，主张崇尚自然、循性而行。文人士大夫在"药"与"酒"之外，极力追求主体精神与山水自然和谐统一的老庄思想在自身生活中变为现实。清谈佛老与欣赏山水自然成为当时士人生活的重要内容。发展到后来，**玄学也逐步向山水自然靠近，把玄妙的"道"借助于山水自然胜境加以阐发**。谢灵运在《游名山志》中就说："山水，性分之所适。"这时的山水文学几乎成了谈玄说道的阵地。就连与佛玄关系不太密切的陶渊明也在"悠然见南山"之后，堕入"欲辩已忘言"的佛禅的玄虚境界。蕴含在山水自然中的"道"简直是包罗万象。山水自然永恒玄妙，个体生命短暂痛苦，几乎成为士人认识生命与"性"、"理"的共识。王羲之等人修禊于兰亭时，在领悟自然山水之美、之乐后，急转直下，慨叹个体生命在自然中无法永恒存在。因此，借自然思考人的生与死、永恒与瞬间这些玄理问题，成为晋宋之际山水文化的内核。

使山水文学从"客观自然"走向"理性自然"的当推谢灵运。作为望族，谢灵运本应该有光明的前景，却屡屡受到刘宋皇帝的猜忌。于是，他就把政治上的苦闷转化为对山水自然的依恋。当诗人把自己融入山水自然以后，他感到了心理上的无忧："荡志将偷（愉）乐，瞰海庶忘忧。"而使他能忘忧的山水自然又呈现出多重性意向性。"池塘生春草，园柳变鸣禽"——他敏锐地捕捉到了春的信息，为之忘忧，"野旷沙岸净，天高秋月明"——因逢秋而襟怀澄爽而忘忧；"云日相辉映，空水共澄鲜"——水天一色，阳光灿烂而忘忧；"白云抱幽石，绿筱媚清涟"——因体味到山水的宁静悠闲而忘忧；"春晚绿野秀，岩高白云屯"——暮春时节不仅不为春的消逝而忧伤，反而因晚春的郁郁葱葱、云屯高岩而忘忧。所有这一切都表明：山水自然的一切境象已经成为触处而发的审美对象进入诗人的审美视野，表现了玄远、清旷、流丽的审美趣味。他甚至把自己的人生归宿置于山水丛林中："托身青云上，栖岩挹飞泉。"愿意在自然中获得精神的永恒，所以，宗白华就说："晋人向外发现了自然，向内发现了自己的深情。"（《美学散步》）晋宋间的山水文学将山水人格化，又把人的情绪山水化，这是晋宋以后人的自我意识在山水中觉醒的结果。人，通过自然认识了自己本身，这是晋宋山水文化的巨大收获。

作为南朝山水文化的重要代表人物，谢灵运的山水诗歌是在庄园经济的基础上产生的，从而形成了以庄园为主的"园林别业文化"。以王、谢等世家大族为代表的园林别业成为南朝山水文化的重要存在形式。山水园林以及别业的兴起，既使这一时期的山水文化呈现出贵族化倾向，又为文人士大夫的"市隐"与"朝隐"找到了精神乐园。做官之余，归隐山林、徜徉山水、寻幽探胜成为文人士大夫的生活时尚。通过在自然山水中寻找幽景、品味胜境，引导这时的山水文化向淡雅的方向发展。《世说新语·言语》中有关于山阴道上美景的两则记载。一则是顾恺之从会稽还，人问山川之美，顾说："千岩竞秀，万壑争流，草木蒙笼其上，若云兴霞蔚。"一则是王献之谈他对会稽山水的感受："从山阴道上行，山川自相映发，使人应接不暇。若秋冬之际，犹难为怀。"江南的灵山秀水把文人士大夫的精神境界提升到一个新的高度。

谢灵运的始宁庄园、会稽别业，水石林竹，曲径小桥，"傍山带江，尽幽居之美"（《宋书·谢灵运传》）。"葺骈梁于岩麓，栖孤栋于江源，敞南户以对远岭，辟东窗以瞩近田。田连冈而近畴，岭枕水而通阡。"（《山居赋》）为了适性，他在自己的庄园旁"又自西山开道，迄于东山，二里有余。南悉连岭叠嶂，青翠相接，云烟霄路，殆无倪际"。这种"浓缩山水自然"的私家园林简中有深、淡中有雅，源于自然而又高于自然。尽管带有明显的贵族化的倾向，但标志着南朝山水文化在审美品位上的提升。这种山水园林文化脱离了汉代皇家苑囿以宫室楼阁为主的建筑构造，带有融通山水自然的精神追求，在物质与自然的巧妙构建中获得精神上的消遣。人文修养的内涵也就自然而然地注入山水自然中，引导后世的山水文化及其重要表现形式山水文学（以山水诗为主）向着追求"雅趣"的方向发展。这与陶渊明的朴拙、淡泊的田园文化构成山水文化的两大分支，两者共同促进以诗歌为主的山水文学逐渐趋向于成熟与繁荣。

总之，唐前的山水文化及其主要表现形式山水文学的形成过程正是客观的山水自然与文人的主观情志不断融合的过程，是景与情、趣与理相生相谐的过程，是由原始的敬畏山水自然向亲近山水自然的转化过程，是由最初的直观陪衬向情景化转化的过程。从最初的平民化向贵族化发展反映了在人与自然的关系上文人士大夫对精神文化的垄断。在这个过程中，情景交融的山水文学的内质不断得到加强。这是唐前尤其是魏晋六朝时代文人对山水文化所作出的巨大贡献。

附势与媚俗——唐代诗人人格的另一面
——以李白、杜甫、高适为中心

在唐代知识分子的人格构建研究中,特别是在盛唐诗人的文化人格研究中,研究者往往只注意了作家人格中的那些被认为富有积极意义的层面,而忽视了对附势与媚俗这类人格层面的关注。应该说,这不是对作家文化人格的整体研究,这也势必影响到对一个作家及其作品的整体把握。

人格是人的"行为方式和发生在个体身上的人际过程"(杰里·伯格《人格心理学》)。一个人的人格形成及其变化过程在很大程度上受到社会人文环境因素与作家人生理念的制约。附势与媚俗是封建文人人格中存在的普遍现象,也是盛唐诗人的人格构建中一种不容忽视的文化现象。知识分子作为一个社会阶层,不管他们自己的人格宣言如何,在他们人生经历的某个阶段,几乎都表现出对君国的依附性和对权贵的攀附与屈从,从而形成了封建知识分子人格的另一面——"附势与媚俗"。这几乎成为许多想跻身政坛的知识分子人格建构中的重要层面。在李白、杜甫、高适所经历的"人际过程"中,这种人格现象表现得极为明显。

不可否认,盛唐时代,开放的人文环境使得生活在这一时期的诗人极力追求个性的自我张扬。这种自我张扬的极致便是对独立人格的企慕与标榜,并诉之于文学创作。但是,封建社会建立于高度中央集权制的基础之上,"权"与"势"作为一种"形而上"的社会存在,是封建专制的派生物。作为一种社会存在,它象征着权力和地位,而权力与地位正是知识分子梦寐以求的人生目标。无论是李白的"愿为帝王辅弼,使寰区大定,海县清一",还是杜甫的"立登要路津"、"再使风俗淳",无不反映了对权与势的追求和对功名的强烈欲望。因为,只有得到它,才能实现其人生理想。舍此,则只能是终老乡野的一介布衣!如果说先秦时期的"士"还有相对独立的人身自由,那么,进入高度集权与等级森严的封建社会以后,士人就失去了"存在自由"的人文环境。孟子就说过:"虽有智慧,不如乘势。"所谓"乘势",从一定意义上讲,就是要把握好社会人文环境所决定的某种"机遇",从而达到实现自我人生价值的目的,最终还是对"权"与"势"的拥有。从这个意义上讲,对"权"与"势"的欲望成为文人束缚自我的精神桎梏。在他们的人生轨迹中,这是一个连接个体与社会的无法断开的链条。就连那些遁迹山林的隐士,也是身在江湖之上,心存魏阙之下,更不要说那些一心想步入仕途的人了。

尽管开元、天宝时期被史家称为"盛世",又被誉为诗歌的黄金时代,但其政体毕竟是高度的中央集权。在以儒家学说为治国主导思想的封建社会,知识分子普遍表现出一种强烈的社会群体意识,从踏入社会的第一步起,就把自己的人生价值定位为能否在封建国家机器中处于枢纽地位,并以此作为衡量个体生命价值的尺度。在这种人文环境的制约下,可以说,"附势"成为文人与生俱来的人格共性;而媚俗则是由于内在的智慧与才能不能成为出仕的资本时,他们便以外在的卑谦人格推销自我。就像孔子所说的那样,"富而可求者,虽执鞭之士,吾亦为之"。在这种观念的支配下，为了步入仕途，他们就不得不有意识地抑制个性中的自主意识和独立意识，对权势和贵要表现出人格的依附和屈从。杜甫说他"非无江海志，潇洒送日月。生逢尧舜君，不忍便永诀"，就是这种依附性人格的具体体现。然而，这种依附性人格常常被他的"积极入世"的思想所掩盖。

开元、天宝时代盛行的投献与干谒风气固然是文人向权势与贵要推销自我以便步入仕途、实现个体生命的社会价值的一种重要手段，但它充分地映射出文人士子附势与媚俗的人格，以及对权与势的依赖、对权力屈从与崇拜的文化心理。尤其是在他们未入仕之前，在自负而又不自信的矛盾心态下，只好奔走权门，投赠、干谒。只是在屡屡受挫之后，才会说出"安能摧眉折腰事权贵，使我不得开心颜"、"以兹悟生理、独耻事干谒"、"拜迎长官心欲碎"这种独立人格逐渐醒悟的豪言壮语。他们的人格悲剧也正是在有意压抑自我的同时产生的。

以李白、杜甫、高适为代表的盛唐文人的人生悲剧，究其实质，是人格悲剧。确切地说，是附势、媚俗人格同独立的自我人格之间的矛盾决定的。

客观地说，附势与媚俗是人格幼稚的表现。为了实现人生的远大理想，他们不得不把自我张扬的个性加以收敛，以一种卑谦的态度转而乞求于权贵，从鄙弃时俗转向媚俗。在他们的人格建构中，企慕、标榜独立人格与他们附势、媚俗的人格同时并存，从而构成了他们自身的人格矛盾。

唐代，封建制度更趋于完善。科举制度虽然取代了魏晋以来的九品官人制，打破了门阀世族对政治的垄断局面，但是，这一制度本身把整个社会纳入了森严的等级规范，布衣卿相只是文人的美好愿望。唐代任何一个进士及第的文人都要从县尉、拾遗或校书郎这种最低级别开始他们的人生旅程。以"山人"的身份而平步青云的,终唐一朝,恐怕只有李泌一人!那还是在"安史之乱"那个特殊的社会环境下出现的。所以,任何一个想步入仕途的文人都无法超越权势的制约和等级的规范。对于绝大多数唐代诗人来说,不管他们最终的人生结局如何,在迈出人生旅途第一步的时候,都是做着理想人格的美梦,跨入等级制度的门槛,在精神上先给自己套上了附势与媚俗的人格枷锁。从这个意义上说,封建的政治制度也是一种人身依附制度。尽管它已完全不同于奴隶社会的人身依附关系,但是,文人对封建政体的这种人格依附性与社会人文环境的互动关系,对士人是一种无形的束缚,其影响远远超过了奴隶社会那种纯粹的人身依附关系,变成一种道德的与精神的依附关系。杜甫《进雕赋表》中的一段话最好不过地说明了这一点:"臣之近代陵夷,公侯之贵磨灭,鼎铭之勋不复照耀于明时。自先臣恕、预以降,奉儒守官,未坠素业矣。""臣幸赖先臣绪业","伏惟明主哀怜之,倘使执先祖之故事,拔泥途之久辱,则臣之述作,虽不能鼓吹六经,先鸣数子,至于沉郁顿挫,随时敏捷,扬雄、枚皋之徒,庶可企及也。有臣如此,陛下其舍诸?"这是杜甫写给皇帝的一封求职信!唐朝统治者并没有把儒家定为独尊,而是儒、道、释兼收并蓄,所以,是儒者自己把儒家奉为尊贵,看成是他们安身立命的根本。倘若不这样,儒者自己就失去了存在的意义。就像杜甫所说的,倘若明主不能哀怜他,那么,自己的"公侯之贵"就要彻底"磨灭"了!在《进三大礼赋表》中,杜甫又说:"臣生长陛下淳朴之俗,行四十载矣。与麋鹿同群而处,浪迹于陛下丰草长林,实自弱冠之年矣。"在赞美社会升平的同时,又让自己混迹于麋鹿之中,这是降低自己的人格,还是意在标榜自己清高自守？恐怕前者的成分居多。

　　势与权力是并存的。因此，附势本身就反映了对权力的崇拜。这种崇拜与其说是受人文环境的制约，倒不如说是文人自觉地强加给自己的精神枷锁。这是对自己人格的束缚，甚至有意或无意地混淆了是非界限。虽然是对自己自由心性的贬低和抑制，却是一种自愿的付出。

　　众所周知，从开元二十四年到天宝十四载，李林甫和杨国忠相继为相，虽然史称"开天盛世"，但政治的腐败也是人所共知的。由于李林甫、杨国忠权倾天下，自诩为有高尚人格情操的文人士子也不得不用各种方式取悦他们。李白、杜甫、高适等人在他们的作品中不止一次地对李林甫、杨国忠表现出强烈的人格屈从性。

　　高适就是一个明显的例子。在李林甫给唐玄宗上"野无遗贤"贺表的第三年，由于宋州刺史张九皋的推荐，高适参加了专门为隐士们开设的科举科目"有道科"，及第后，授汴州封丘县尉。《旧唐书》本传说他认为这一职务"非其好也，乃去位，客游河右"。而高适在谈到他弃官的原因时，则说："拜迎长官心欲碎，鞭挞黎庶令人悲。"仅从这两句诗看，高适确实是一位人格高尚的诗人：他既不愿向"长官"卑躬屈膝，也不愿充当"鞭挞黎庶"的凶手。再加上《旧唐书》本传说他"负气敢言，权幸惮之"，从而在人们的心目中形成一种印象：高适确实是一个富有正义感的人。然而，仔细推敲一下，《旧唐书》的记载就未必完全可靠。"负气敢言"，倒也还有几分可信。因为当哥舒翰兵败潼关后，不少官员四散逃命，而高适只身奔行在。当许多人面对突如其来的安史叛乱不知所措时，高适向唐玄宗陈说当时形势，"玄宗嘉之"，"迁侍御史"。授其侍御史的"制书"称赞他"立节贞峻，躬直高朗"。如果仅就"安史之乱"爆发以后高适的言行而论，这一评价还是有一定的真实性。但是，如果以此来概括高适的一生及其人格，就未必恰当。因为，在高适的作品中，明明白白地有一首献给李林甫的诗，题目是"留上李右相"，写于天宝八载，高适就任封丘县尉前夕。这首诗说：

> 风俗登淳古，君臣挹大庭。深沉谋九德，密勿契千龄。
> 独立调元气，清心豁窅冥。本枝连帝系，长策贯生灵。
> 傅说明殷道，萧何律汉刑。均衡持国柄，柱石总朝经。
> 隐轸江山藻，氤氲鼎鼐铭。兴中皆白雪，身外即丹青。
> 江海呼穷鸟，诗书问聚萤。吹嘘成羽翼，提握动芳馨。
> 倚伏悲还笑，栖迟醉复醒。恩荣初就列，含育忝宵形。
> 有窃丘山惠，无时枕席宁。壮心瞻落景，生事成浮萍。
> 莫以才难用，终期善易听。未为门下客，徒谢少微星。

在这首诗中，高适对李林甫海阔天空地吹捧了一番。一是他出身高贵，是李唐的本枝；二是李林甫道德高尚，具有治国才能，就像傅说、萧何一样，把天下治理得井井有条；朝廷中君臣和谐，社会风俗淳古，天下的"生灵"无不霑溉他的德惠；三是李林甫学识渊博，爱惜人才，广泛搜罗人才，时时给予"提握"；四是李林甫还是一个高雅之人，"兴中皆白雪，身外即丹青"。从这首诗中，怎么也看不出李林甫是一个口蜜腹剑的奸佞，更看不出他是个满腹草莽的半文盲。"均衡持国柄，柱石总朝经"，俨然是一位令天下人无比敬仰的治国能臣。不仅如此，高适因被授予封丘县尉一职而对李林甫感激涕零，"恩荣初就列，含育忝宵形"。结合高适后来弃官游河右，可以看出其人格的虚伪性：他明明不喜欢县尉一职，但在接受封丘尉一职时对李林甫还是极尽恭维之能事！仅从对李林甫无端称颂这件事确实让我们看到了高适人格的另一面：他至少在对李林甫的态度上不是一个"负气敢言"的人，在人格上表现出对权势的附媚与依赖。

人格问题是一个极其复杂而又带有普遍性的哲学问题。所以，康德说，整个人类都在他的人格里面。"格"，是一种规范。人格则是人"追求自我生存价值的最根本的表现"。当然，这种"最根本的表现"属于"形而上"的范畴。封建帝制时代的知识分子不管如何标榜自己的人格多么高尚，总是不同程度地表现出对权势与生俱来的依附性，从而形成了封建知识分子依附性的人格特点。从这一点上说，唐代的"士"，反倒不如春秋、战国时的"士"在精神上来得自由。在唐代诗人看来，能否取得功业，除了"时"以外，"势"是必不可少的客观条件。如果在现实中不依附于"势"，建功立业的愿望就会落空，其自身存在的社会价值也就无法实现。在这种心态支配下，附势与媚俗就成了唐代知识分子实现其人生价值过程中所采取的一种必然手段。这既是唐代知识分子的悲哀，也是唐代儒学的悲哀！慷慨激昂的个人宣言终究掩盖不了他们在权势面前低三下四的事实。投献、干谒一类作品中的歌功颂德与对权贵阿谀逢迎的也就是在这种情况下出现的，如李白的《明堂赋》、《大猎赋》、《上韩荆州书》、《羽林范将军画赞》、《为赵宣城与杨右相书》、杜甫的《进三大礼赋表》、《赠特进汝阳王二十韵》、《上韦左相二十韵》、《奉赠韦左丞丈二十二韵》、《赠翰林张四学士垍》、《赠鲜于京兆二十韵》、《投赠哥舒开府翰》等。这种带有强烈的个人事功目的的附势与媚俗不能不说是一种畸形人格的体现。

李白最喜欢标榜自己的自由与独立的人格。他以"楚狂人"自诩，吹嘘自己"天为容，道为貌，不屈己，不干人，巢、由以来，一人而已"。他夸耀自己"弄绿绮"、"卧碧云"、"漱琼液"、"饵金砂"、"童颜""真气"，"倚剑天外，挂弓扶桑，浮四海，横八荒，出宇宙之寥廓，登云天之渺茫"。在所有唐代诗人中，没有哪个诗人的人格宣言，能超过李白。单看字面，李白彻底超越了尘世而与天地精神永存！

但在现实生活中，李白并没有真正做到这一点。在自我标榜一番之后，他向孟少府陈述自己的处世原则："达则兼济天下，穷则独善一身"，不做"方丈、蓬莱之人"！这一表白，可以说把"方外"的"精神李白"拉回到尘世之中，变成"事君"、"荣亲"的凡夫俗子，使千古第一的"精神李白"黯然失色。他常常在标榜自己理想人格的同时，又贬低自己的自然人格。这样的例子，在李白的诗文中俯拾即是。他的《天马歌》是尽人皆知的名篇。人们常用"天马行空"形容李白的个性，恐怕和这首诗有关。"天马"是李白的精神化身，但是，这匹"嘶青云"的天马始终"恋君阙"，根本跑不远。更不用说抟扶摇而直上九万里了！再就"天马"这一意象而言，不管是天马，还是良骥，它毕竟是供人驱使的工具。他有一篇《大鹏赋》，但只是为了向世人展现自己的人格精神而已，在权贵面前，他仍然是一只小鸟。在《大猎赋》中，他认为司马相如的《上林赋》"龌龊之甚"，只有他才真正具有"大家"风度。这种目空一切的态度，连清代的王琦都看不过眼，说他的《大猎赋》"只是六朝赋尔"，根本不及汉大赋。王琦仅仅就赋的艺术格调而言，并没有涉及他的人格，已经算是给李白留了面子。在《上安州裴长史书》中，为了达到目的，李白甚至愿意在其面前"膝行"！这种附势、媚俗人格同《大鹏赋》中俊迈飘逸的人格确有天壤之别。

李白的理想是"申管晏之谈，谋帝王之术，奋其智能，愿为辅弼。使寰区大定，海县清一"。但是，理想人格的豪言壮语终究因为经不起世俗的诱惑而化为空言。纵然是"逸气凌九区"的天马，与凡马终究没有什么两样！李白总喜欢把自己描绘得超凡脱俗，而他最终给自己的社会人格的定位恰恰给人以说大话的印象。不少人用浪漫人格概括李白的人格特点，这是不确切的。浪漫是李白的性格特点，而不是他的人格特点。人格与性格分属两个范畴。浪漫是艺术的，或者说是审美的；而人格则属于哲学与社会学的范畴，不能把两者混为一谈。

李白以狂放而著名，但在荆州长史韩朝宗面前，他收敛起张狂，变得循规蹈矩，低声下气。尽管他很自信，但这种自信显得很脆弱。因为，他以乞求的口吻盼望韩朝宗不要吝惜"阶前盈尺之地"，从而使他能"扬眉吐气，激昂青云。""盈尺之地"就能使他大展宏图，"扬眉吐气，激昂青云"，这不能不说是依附人格给其造成的悲剧！行空的天马因附势而变成了权要的良骥，吞吐天地之气的"谪仙"变成了必须仰人鼻息的懦夫！他一方面标榜自己"养高忘机"，另一方面又感慨自己"孤剑谁托"，"悲歌自怜"，李白的人格悲剧也就在于狂放与乞怜的并存。当杨国忠擅权时，李白作《为赵宣城与杨右相书》。尽管这封信是替赵悦写给杨国忠的，但其中对杨国忠的吹捧应该说是李白自己的杰作："伏惟相公开张徽猷，寅亮天地。入夔龙之室，持造化之权。安石高枕，苍生是仰。"窃国弄权的兵痞成了"苍生是仰"的治国能臣，李白对杨国忠的吹捧无异于高适对李林甫的阿谀！洪迈《容斋四笔》说："予谓白以白衣入翰林，其盖世英姿，能使高力士脱靴于殿上，岂拘拘然怖一州佐者耶？盖时有屈伸，正自不得不尔，大贤不偶，神龙困于蝼蚁，可胜叹哉！"洪迈显然是在为李白回护！杨国忠为右相，是天宝十一载末，距李白离开翰林院最少已经六年了。曾放言"人生在世不称意，明朝散发弄扁舟"的李白又自愿为赵悦代笔歌颂杨国忠，最终还是没有跳出附势与媚俗的人格枷锁，更没有直起"事权贵"的腰板！

杜甫在《丽人行》中对杨国忠颇有微词，但在《奉赠鲜于京兆二十韵》中，借骂李林甫来讨好杨国忠，盼望杨国忠能挽救他这个快要饿死的儒子，其人格前后判若两人。在附势与媚俗上，杜甫也和李白相差无几。天宝六载应制举落第，使他精神上受到极大打击。他想通过既是本家子侄又是李林甫的女婿的杜位打通与李林甫交往的渠道，但是没有实现。五年以后，当杨国忠掌权的时候，他又给京兆尹鲜于仲通献诗，把李林甫大骂一通，"破胆遭前政，阴谋独秉钧"，并期望鲜于仲通能把自己的这种遭遇告诉杨国忠，"有儒愁饿死，早晚报平津"。对同一个杨国忠，杜甫的态度前后判若两人，这只能从依附性人格的角度来解释，别无他途。

理想人格与现实人格之间之所以发生冲突，其实质就在于依附性人格在发生作用。李白起初"隐于岷山"，后来又隐居于徂徕山，"巢居数年，不迹城市"，自称山人，以"养高忘机"自居，何其磊落清奇！高适未出仕之前，隐于宋中，自称渔樵；杜甫也自称"少陵野老"、"杜陵布衣"！不管是山人、布衣，还是渔樵、野老，说穿了，这仅仅是入仕前以平凡来显示崇高的复合型人格模式的反映，或者说是一种自我标榜。李白以隐求仕，终于等来了"仰天大笑出门去"的那一天，以为自己从此就不再是"蓬蒿人"了；高适虽然隐居宋中，最后还是耐不住寂寞，终于走出蜗居的茅棚，去应专门为隐士们开设的"有道科"；杜甫则仅仅在口头上说他要去做一个"潇洒送日月"的隐士，以便满足自己的江海之志，最终也没有真正走上隐逸之路。即便是他晚年以抱病之身寓居夔州时,心里还依然想着个人的事功,"匡衡抗疏功名薄,刘向传经心事违",甚至以"画省香炉违伏枕"、"奉使虚随八月槎"而深感遗憾!这一切无不表明理想人格的脆弱性和依附人格在诗人的人生理念中的根深蒂固性。

　　对权势的依附和对自我人格价值的自信与自负,在投赠与干谒一类作品中构成明显的矛盾冲突。这是理想人格与社会人格的冲突,也是我们认识这类作品的切入点。依附性人格使得创作主体在其作品中表现出一种媚俗性。但在媚俗的同时,创作主体又表现出一定程度的自信与自负。这在李白、杜甫身上表现得最为突出。以杜甫为例,在长安求仕的十年中,他一方面对个人经邦济世的才能很自负,"自谓颇挺出,立登要路津","读书破万卷,下笔如有神。赋料扬雄敌,诗看子建亲",而且能"致君尧舜","再淳风俗"。另一方面又表现为不自信。《进封西岳赋表》说,臣"年过四十,经术浅陋。进无补于明时,退尝困于衣食。盖长安一匹夫耳!"在皇权面前表现出极度的卑谦。他奔走于权门与显贵之间,"朝叩富儿门,暮随肥马尘。残杯与冷炙,到处潜悲辛"的附势行为常常被误解成沿门乞讨的不幸。在屡遭挫折之后,杜甫曾经表白:"非无江海志,潇洒送日月。生逢尧舜君,不忍便永诀。"甚至对权贵显要们下了通牒:自己一旦回归江湖,那可是"白鸥没浩浩,万里谁能驯!"其实,这也只是一种以退为进的策略罢了。杜甫歌颂唐玄宗是尧舜之君的真实用意也是为了"不坠"杜氏家族"奉儒守官"的"素业",带有明显的事功倾向。他甚至把自己对皇权的依附性形象地比喻为"葵藿倾太阳,物性固莫夺"。高尚的人生理想与卑谦的附势人格构成了杜甫人格构建的复杂性。杜诗在格调上所表现出来的"沉郁顿挫"恐怕与此不无关系。

因此，附势与媚俗人格具有双重要义：既是自我生存的需要，从而表现出卑俗的一面，同时又是诗人为实现人生理想而采取的一种手段。从这个意义上说，附势与媚俗人格在一定程度上又是在强烈的用世思想促使下产生的，其人格表征可以说是崇高与卑下并存。具体到李白和杜甫，又表现为个性的差异。如果说杜甫在求仕的道路上以自我抑制为主而不得不屈从于权势的话，那么，李白则恰恰相反，他是在自恃清高的狂放中对权贵奴颜婢膝的。人们公认李白是蔑视权贵的，但这种蔑视是在被权贵排斥和冷落之后产生的副产品，是独立人格的回光返照。至于他在攀附权贵的同时还要说上几句大话，无非是为了不先自矮人三分而已。即便事情办不成，也不至于太丢面子。

势，是一种无形的权力。它对人的社会存在及处世方式具有强大的冲击力和吸引力。附势与媚俗是盛唐诗人人格建构中不容忽视的文化现象。要准确地把握诗人的人格依附性，涉及人格学、社会学、思想史等各个方面。本文仅对此提出一些不成熟的看法，以期求教于方家。

谈"长安文化"和唐诗中以长安为主题的诗

在中国传统文化史上,"长安文化"占有非常重要的地位。它不仅是一个时间与空间结合的文化符号,而且是中国传统文化中的人文精神符号。

从空间上讲,"长安"是指现在的陕西潼关以西、宝鸡以东的"关中平原"的核心地区。关中地区形势险固,土壤肥沃,田畴交错,河流纵横。早在秦代,关中地区就被称为"天府"。《战国策·秦策一》说:关中地区"田肥美,民殷富,战车万乘,奋击百万,沃野千里,蓄积饶多,地势形便,此所谓天府"。

这个地区是中华文化的重要发祥地之一。上古时代,传说中的炎帝和黄帝就主要活动在这个区域。嗣后,他们的子孙东移、南迁,一直延伸到齐、鲁、燕、赵、淮河及长江流域。

长安城南的沣水和镐水汇合处是周王室的都城所在地。

这里是中国传统文化的源头。中国传统文化中的"礼乐文化"就发源于此。"礼乐"是周天子的治国纲领。尤其是周代的礼乐文化作为等级制度的圭臬,被后世历代封建王朝奉为典范,从而使得"周文化"成为"长安文化"的开端,并对后世产生了源远流长的影响。

当周王室衰落时,他的诸侯国鲁国还保留着比较完整的传统"礼乐"制度。孔子对此很欣赏。曾经说过"闻韶乐,三日不知肉味"。足见他对礼乐文化崇拜到了几乎痴迷的地步。在《论语》中，孔子向他的学生谈起"周礼"时，非常神往地对学生说"郁郁乎文哉，吾从周"，实际上是赞叹"礼乐"文化的人文化成功用。所以，以《论语》为起点的"儒家文化"，它的根基实际上在"长安"。所谓的"鲁文化"，实际上是长安文化的记载。这一点，毋庸置疑。

"长安文化"孕育了中华民族生生不息、积极向上的民族精神。"长安文化"所具有的凝聚力、感召力以其深厚的人文内涵对中国传统文化和中国古代文学所产生的影响是其他任何地域文化不可企及的。

从诗歌方面看，长安这片古老而充满活力的文化沃土中孕育了中国诗歌文化传统。

"长安"到处是诗。这不仅因为它是十三个王朝的建都之地，更重要的是，当长安作为自西周以来多个王朝的传统建都之地在宋以后被汴京（开封）、大都（北京的前身）所替代后，它所蕴含的得天独厚的人文地域环境在后世人们的心目中依然无比崇高。

赵匡胤通过军事政变推翻了后周政权，把国都定在汴京。但他觉得汴京地处平原，一望无际，没有关隘可守，曾打算"迁都"。起初，他打算迁都洛阳，后来改变了主意，说"欲据山河之险而去冗兵"，应当"循周、汉故事，久当迁长安"。赵匡胤就是看中了长安地区所占据的山河形胜。后来由于大臣们反对，此事不了了之。（见《宋朝事实类苑·三朝圣政录》）

明初也是如此。当年朱元璋在匆忙之中称帝，建都金陵，但把他的第三个儿子朱樉封为秦王，而且修建了至今仍保存完好的西安"明城"。

后来，有人对朱元璋说，江南虽是形胜之地，但如果不坐镇西北,仍是半壁江山。朱元璋犹豫再三,下谕:"天下山川,惟秦中号为险固",并派懿文太子到长安考察,打算把都城迁往长安,重新恢复长安的帝都地位,但由于皇太子突然去世,事情无果而终。

杜甫有一联名句:"回首可怜歌舞地,秦中自古帝王州。"高度概括了处于三秦腹地的"长安"在历史上的帝都地位。

在长安这片文化沃土孕育起来的"长安文化",以及在这片土地上演绎的无数盛衰更替所留下的历史文化积淀深深地吸引了历代文人。长安作为帝都,成为历代文人墨客吟咏不已的题材。长安成为中国"帝都文化"的象征。明朝有个叫蒋一葵的人,他写了一部关于北京城地理沿革的书,书名却是"长安客话"。在"后长安文化"时期,长安已经成为文人们时常歌咏的对象。

在历代文人歌咏长安的诗歌中,唐代文人诗歌则独领风骚。

长安作为中国的"诗都",是以《诗经》为源头的。《诗经》中的"风"、"雅"、"颂",涉及周王室在古长安的所有活动。尤其是《秦风》,反映了当时关中地区的社会生活风貌。《诗经》中那篇千古传诵的压卷之作《关雎》,它的诞生地就在今天关中地区的渭南市合阳县。中国古典诗歌所具有的"温柔敦厚,怨而不怒"的艺术精神以及"赋"、"比"、"兴"的抒情方式都是以《诗经》为楷模的。

在文化思想上,道家思想是中国的本原文化思想之一。而这一思想又是在老子入关中并在现在长安城南的终南山下设坛讲《道德经》后形成一套完整的认知体系。因而,长安又成为中国道家思想以及道教的渊薮。这在唐代文人歌咏长安的诗歌中占有非常醒目的地位。

后代文人,特别是唐代文人,首先是对长安所拥有的丰厚的历史文化遗存反复歌咏。

当周王室东迁洛邑（今河南洛阳）后，颓圮的丰镐都城遗址给后世留下了数千年的"黍离之悲"。

秦始皇包举宇内，扫灭天下群雄，一统华夏，建立了中国历史上第一个大一统的封建王朝，其雄豪气概辉煌一时。唐代诗人李白对此曾发出由衷的赞叹："秦王扫六合，虎气何雄哉！"但秦王朝的建都之地恰恰是在以礼仪为治国之本的周王朝的都城附近。而秦王朝所崇尚的"法制"与人们久已习惯的"礼治"相冲突，加上他又施行文化专制，"焚书坑儒"，从而开启了中国文化史的第一场灾难，同时又大兴土木，劳民伤财，所以，不管是史学家，还是诗人，对秦王朝都大加挞伐。还是那个李白，就在肯定秦始皇历史功绩的同时，又指责他"刑徒七十万，起土骊山偎"。所以，当秦王朝传至二世、就引发了大规模的农民起义，秦王朝也很快土崩瓦解，于是便有了诗人章碣的幸灾乐祸：

竹帛烟销帝业虚，关河空锁祖龙居。
坑灰未冷山东乱，刘项原来不读书。

至于那座横跨渭水、"覆压三百余里"（注意：这是杜牧的夸张，从咸阳沿渭水到骊山充其量也不过七八十里）的阿房宫更成为关注民生疾苦的文人批评封建帝王劳民伤财的"形象工程"。一千多年后，苏轼还要感慨地说："辛苦骊山山下土，阿房才废又华清。"这又把唐玄宗和秦始皇连在一起予以批评。

和苏轼相比，唐代诗人的文化视野显得更为开阔。他们除了批评秦始皇的暴政，对他的大一统功绩也不否定。他们在歌颂唐王朝的诗篇中，常常出现"车同轨，书同文"这样的词句。而"车同轨，书同文"正是秦始皇大一统的施政方针之一。

　　毛泽东评价汉武帝为"略输文采"的帝王,很显然是说他在文化建树上成就不高。但是,耸立在汉长安城中建章宫里的"金铜仙人"既是他事业辉煌的象征,又是人们讥笑他沉溺道家长生术的笑柄。连追求长生的白居易都不得不说:"中天或有长生药,地上能无不死人?"因此,中国思想史上常常说汉武帝"罢黜百家,独尊儒术",这是不确切的。因为汉武帝特别尊崇道家的长生术,最起码他没有"罢黜"道家思想。而且,在中国文化史上,"道家"这一称谓恰恰是在汉朝才有。未央宫里的"竹宫"以及他所建造的"九华帐"就是为了迎接神仙。汉武帝是"文景之治"之后把汉王朝推向全盛的帝王。而文景之治的取得,恰恰是文帝、景帝奉行"黄老之术"的结果。在这样的文化环境中继承皇位的汉武帝不可能听信一介书生董仲舒的建议而改变祖宗"家法"。所谓的"独尊儒术"只不过是儒生为了抬高自己的社会地位而表达的一种愿望罢了。尤其是汉武帝在位时,为了训练水军,开凿了"烟水浩淼,周回四十余里"的昆明池,显示了大汉王朝的雄霸之气。

　　但是,随着历史的变迁,当后世文人徜徉于昆明池畔时,昆明池则成了人们追怀盛世、叹惋人世沧桑的文化遗存。最有名的就是杜甫在《秋兴八首》中所吟唱的:

> 昆明池水汉时功,武帝旌旗在眼中。
> 织女机丝虚夜月,石鲸鳞甲动秋风。
> 波漂菰米沉云黑,露冷莲房坠粉红。
> 关塞萧条惟鸟道,江湖满地一渔翁。

在历代咏长安的诗歌中,关于秦、汉这段历史,唐代文人所关注的话题多集中在对"仁政"的歌颂,对"暴政"的批评,以及对"士人"不幸命运的咏叹。尤其是司马相如、扬雄、王昭君、贾谊等历史人物已经被后代文人,特别是唐代文人异化为失意文人倾吐内心积怨的偶像,而他们的本源性意象则被明显地弱化成一个历史的躯壳了。比如李商隐的《汉宫词》:"青雀西飞竟不回,君王长在集灵台。侍臣最有相如渴,不赐金茎露一杯。"作者自比司马相如,叹息皇帝根本不体谅自己的艰难处境。

东汉和魏晋南北朝时期,随着以长安为地域载体的"帝都"的东移、南迁,佛教文化乘机填补了北方地区的文化空白,使得长安文化中佛教文化色彩明显地得到了发展。到了唐代,由于文化思想开放,佛教八大宗派在古都长安都有自己的寺院。尤其是鸠摩罗什在长安近郊建立草堂寺以后,佛教在长安生根开花,先后出现了法门寺、大慈恩寺、兴教寺、香积寺、兴善寺、青龙寺等著名佛教寺院,并在佛门享有崇高声誉。佛教文化的繁荣,给唐代诗歌的发展提供了新的艺术思维领域。这在唐代文人吟咏长安的诗篇中占有非常重要的地位。

翻开《全唐诗》,可以发现,唐代很少有诗人不在诗中涉及佛门和道观的。对宗教文化的认同,可以使诗人获得暂时的心灵慰藉,道观和寺院成为他们的精神世界的乐土,汲汲于世俗名利的诗人在这里摇身一变,成为超凡脱俗的雅士和高人。长期以来,有一种观点颇为流行:唐代开放的文化环境使得佛、道成为唐代诗人文化思想或文化人格的重要因子。甚至用宗教的义理去阐释诗人的一些作品,把抽象的禅理式的宗教思维和诗歌创作过程中诗人"收视返听"的形象思维混为一谈。这是一个误区。

其实，唐代文人接触宗教是一种文化时髦。韩愈是不同意唐宪宗迎取法门寺的佛骨的，并为此向唐宪宗上了《谏迎佛骨表》。后人于是就认为韩愈是"反佛"的。这值得怀疑。因为在日常生活中，佛寺是韩愈经常光顾的地方，而且他还留下了不少诗，如《山石》、《谒衡岳庙》等，既有对佛教绘画的赞许，又有对佛理的认同，甚至借佛理来安顿失落的心灵。宋代的苏辙就说过："夫多病则与学道者宜，多难则与学禅者宜。"（《栾城集》卷十五）这就是唐代诗人在以长安为题材的诗歌中会留下许多和寺僧、道士打交道的诗篇的重要原因之一。另外，有些家世贫寒的举子，在准备进士考试前，多寄身寺院，准备功课。开元时期的郑虔，他的诗、书、画被唐玄宗誉为"三绝"，他的书法功底，就是在长安城南大慈恩寺里用柿树叶练成的。

思想文化领域的开放促进了唐诗的繁荣和发展，也同样拓宽了诗人咏长安的领域。大一统的政治格局和人文环境使得唐人咏长安的诗歌呈现出新的风貌。

唐太宗的《帝京篇十首》开创了唐人咏长安的新局面。大明宫作为唐王朝的政治中心和皇权的象征，成为唐代诗人歌咏的圣殿。

尤其是大量的"奉和"诗、"应制"诗把对皇权和帝都的歌颂推到了至高无上的地位。唐长安城宫城、皇宫的主要宫殿和宫门的命名取义，也具有明显的道家文化色彩和皇权至上意识。例如宫城正门取名"承天门"，宫城的正殿取名"太极殿"，将道家思想和皇权意识融合在一起。《易·系辞上》："易有太极，是生两仪。两仪生四象。四象生八卦。"把皇权视为天地本原。在太极殿北面，又有太极门、两仪殿、甘露殿、鹤羽殿。而且这一组殿、门正处于宫城的中轴线上，形成一种以道家思想为载体的皇权中心格局。

大明宫的建筑格局也是如此。在其正门丹凤门之北的中轴线上依次是含元殿、宣政殿、紫宸殿、蓬莱殿。四座主建筑中，有三座和道家文化密切相关。

唐长安城的宫城和皇城的这一文化格局，对唐代以后的历代皇宫建筑布局起着决定性的影响。

唐代诗人以长安为题材的诗歌中，除去诗人迎合帝王嗜好的谀辞外，凸显出的是封建知识分子对皇权的敬畏和依赖。王维的《和贾舍人早朝大明宫》，写于安史之乱中。这时，唐王朝刚刚收复长安不久。可是，诗中的"九天阊阖开宫殿，万国衣冠拜冕旒"映现在读者脑海中的则是皇宫的无比辉煌和威严，根本看不出长安城遭受安史叛军破坏的任何迹象，而稍早的杜甫在《春望》诗中所写的"国破山河在，城春草木深"似乎成为遥远的记忆。

以"奉和"、"应制"为题的咏长安诗，为我们展现了当时丰富多彩的宫廷生活画面。比如宫廷中举行的民俗与民间信仰的庆祝活动，为我们了解中华传统节庆留下了非常直观而又多彩的文化记忆。诗人对除夕守岁、元日献寿、元夜观灯、上巳修禊、寒食新火、清明祭祖、七夕乞巧、中秋赏月、重九登高、腊日祭祀的反复歌咏，从不同角度向我们展示了中国封建社会全盛时期广阔的社会生活画卷。

在"岁时节庆"类的诗歌中，以帝王和达官贵人为主体的"上巳节"占有非常重要的地位。它反映了唐人追求人与自然和谐的"天人合一"的文化理念。这种理念又把民俗节庆活动上升到追求社会和谐的高度。因此，杜甫在《丽人行》中先从民间信仰的角度描绘、渲染了长安城南、曲江池畔上巳节这一天热烈、喧闹的场景，然后又对杨氏家族的专横跋扈予以揭露。仅从节庆风俗的角度看，上巳节时曲江池和芙蓉苑的那种热烈与繁华是其他朝代所无法企及的。

作为京城，长安是所有唐代诗人追求人生理想、实现人生价值的圣地。在唐代文人歌咏长安的诗篇中，这类题材占据着极其重要地位。他们怀着对人生的美好憧憬来到长安，却不可避免地经受了困守科场，旅食京华，饱尝人生的酸涩与凄楚。就像李嘉佑所写的：

客里愁多不记春，莺闻始叹柳条新。
年年下第东归去，羞见长安旧主人。

钱起虽然名列"大历十才子"，但也同样遭受过落第的痛苦。他有一首《长安落第》诗，写得很伤感：

花繁柳暗九门深，对饮悲歌泪满襟。
数日莺花皆落羽，一回春至一伤心。

关于长安求仕的诗人，人们常常会想起杜甫的这几句诗：

朝叩富儿门，暮随肥马尘。
残杯与冷炙，到处添悲辛。

这是他写给尚书省左丞韦济的。仅从诗句上看，杜甫的境遇确实很糟糕。其实，杜甫是在叙述他的"干谒"经历。所谓"朝叩富儿门，暮随肥马尘"都是他和上流社会或者贵公子们打交道。由于毫无结果，所以他就有意夸大自己的困境，以便引起韦济的关注，并不是说他已经穷困到沿门乞讨的地步。

唐代诗人在求仕过程中真正穷困潦倒到衣食无着的，要数贾岛。

诗人王建有一首《寄贾岛》诗，描写了贾岛的困苦境遇：

> 尽日吟诗坐忍饥，万人中觅似君稀。
> 僮眠冷榻朝犹卧，驴放秋田夜不归。
> 傍暖旋收新落叶，觉寒犹著旧生衣。
> 曲江池畔时时到，为爱鸀鹕雨后飞。

作为中唐时期"苦吟诗派"的代表诗人，贾岛的诗以境界凄清枯寂著称于诗坛。他的日常生活也非常穷困。就像王建所写的，不仅他自己忍饥挨饿，就连他养的代步工具驴子也没有草料，只好放到野外，让驴子自己觅食。

所以，一旦这些士子考中了进士，也很少有人像孟郊那样"春风得意马蹄疾，一日看尽长安花"，表现出少有的张狂和忘乎所以，更多的诗人则是陷入了对痛苦人生的回忆。就像岑参所说的："自怜无旧业，不敢耻微官。"因为祖上没有留下产业，所以，哪怕是卑微的小官，自己也不敢推辞。这比起杜甫"自断此生休问天，杜曲幸有桑麻田"的自我安慰来，显得更加无可奈何。所以，自信、自负、失落、惆怅、宦途淹蹇，成为唐代文人以长安为背景抒写人生种种阅历的主题倾向。

与文人的困窘相反，空前繁荣的物质文明促进了私人园林、别业在长安城周边的发展，从而形成了京城长安特有的园林别业文化。上到王公贵戚，下到文人士子，成为倘徉于园林别业中的主体。

尤其是一些王公贵族，其园林别业规模之大、景致之美，可谓名冠京华。其中最为显赫的当数太平公主的私人园林。沈佺期有一首《陪幸太平公主南庄》：

主第山门起灞川，宸游风景入初年。
凤凰楼下交天仗，乌鹊桥头敞御筵。
往往花间逢彩石，时时竹里见红泉。
今朝护跸平阳馆，不羡乘槎云汉边。

沈佺期是高宗武后时代著名的宫廷御用文人。在他的笔下，丝毫看不出隐藏在皇族园林中的政治欲望。倒是后来的韩愈在他的《游太平公主山庄》诗中对此作了直露的揭示：

公主当年欲占春，故将台榭压城闉。
欲知前面花多少，直到南山不属人。

太平公主想继承武则天当女皇，但武则天几经权衡之后没有答应。当李隆基剿灭太平公主集团、还政于睿宗以后，太平公主山庄也被收归"国有"。所以，韩愈后来才有可能游览于其中。

而游谒于权贵之门的文人士子们也不失时机地把达官贵人园林别业作为吟诵的对象。东起华山，西到太白山，秦岭北麓的沟壑溪畔，山水林泉，处处都留下了文人士子在山林的萧散身影。在那里，他们通过自我调节获取人生的惬意，忘却暂时的烦恼。

同园林别业文化相适应，唐代诗人在咏长安的诗歌中，有大量诗篇吟咏长安的江山形胜的。如终南山、太白山以及泾水、渭水、灞水、浐水等，不仅给诗人们提供了流连忘返的休憩场所，也给他们为求取功名而走"终南捷径"创造了优越的自然环境。即便是没有人生烦恼，诗兴也未必就全在书斋里。晚唐有个名叫郑綮的官员，在一次聚会上，大家要他即席吟诗，他却说："诗思在灞桥风雪驴子背上。"

唐玄宗天宝十四载十月爆发的安史之乱，使唐王朝从空前繁荣的顶点跌落下来，也使天下承平四十多年的风流天子唐玄宗成为诗人关注的焦点。当"安史之乱"被平定以后，从噩梦中醒来的诗人，使咏长安的诗歌主题发生了明显变化。诗人们陷入了迷惘与憧憬同时存在的困境。他们把目光转向对"治"与"乱"的思考。虽然格调低沉，却不失悲壮与沉雄，尤其是在指责权臣的同时也不放过对皇帝的委婉批评。

特别是长安城东的华清宫在唐代诗人笔下反复出现。这座行宫，既显示了开元之治的辉煌气象，又见证了唐王朝从繁荣走向衰落。

当开元天宝盛世成为历史的记忆后，唐代诗人以华清宫为题材，从不同的角度对那段历史进行反思。一是写历经战乱之后华清宫的荒凉破败景象，像耿湋的《晚次昭应》：

落日向林路，东风吹麦垄。
藤草蔓古渠，牛羊下荒冢。
骊宫户久闭，温谷泉长涌。
为问全盛时，何人最荣宠？

二是写唐玄宗晚年的奢侈生活，像张继的《华清宫》：

天宝承平奈乐何，华清宫殿郁嵯峨。
朝元阁峻临秦岭，羯鼓楼高俯渭河。
玉树长飘云外曲，霓裳闲舞月中歌。
只今唯有温泉水，呜咽声中感慨多。

张继显然把《霓裳羽衣曲》和南朝陈后主的亡国之音《玉树后庭花》相提并论。所以，当他看到今日华清宫的荒凉景象时，觉得那从地下汩汩而出的温泉水发出的是令人感慨的呜咽之声。三是直接批评唐玄宗，像李约的《过华清宫》：

  君王游乐万机轻，一曲霓裳四海兵。
  玉辇升天人已尽，故宫犹有树长生。

李约是唐王朝的宗室。作为"自家人"，他毫不留情地批评唐玄宗沉溺于游乐，而把天下大事不当一回事。作者特别举出那首经唐玄宗加工而成的《霓裳羽衣曲》，并认为这是导致天下大乱的根源。其看法未必完全正确，因为唐太宗早就说过"乐无哀乐"，却反映了唐人对帝王沉溺于歌舞的警觉与反省。

  和华清宫齐名的兴庆宫既是唐玄宗的发迹之地，又是他晚年的囚宫。唐玄宗时期，兴庆宫的地位仅次于大明宫。有关国计民生的许多重大决策都是在这里作出的。同华清宫一样，兴庆宫也见证了唐王朝的兴衰更替。唐人诗歌中，以长安为主题的作品中，歌咏兴庆宫的诗歌也为数不少。

  唐王朝全盛时期的兴庆宫在诗人笔下给人们留下了繁荣和谐的美感。像王维的《奉和圣制从蓬莱向兴庆阁道中留春雨中春望之作应制》：

  渭水自萦秦塞曲，黄山旧绕汉宫斜。
  銮舆迥出千门柳，阁道回看上苑花。
  云里帝城双凤阙，雨中春树万人家。

为乘阳气行时令，不是宸游玩物华。

唐玄宗和文武百官从大明宫出发到兴庆宫去的路上，诗兴大发，让官员们即兴赋诗。王维奉命写了这首诗。"云里帝城双凤阙，雨中春树万人家。"在诗人笔下，整个京城长安春意融融，尤其是皇权受命于天，很威严。所以，尽管这是一次"赏春"活动，但是王维把它描绘成是皇帝"乘着阳气"，"应时"而动，其目的在于昭示天下风调雨顺，人们也应该不失时机地把握好农时，实现五谷丰登。

虽然是一首即兴之作，却反映出帝都文化中"天人合一"的文化内涵，其外在表现则是唐代帝王对上天的崇拜。祭天，成为朝廷的"三大礼"之一。这种祭祀活动，皇帝有时亲临现场，有时则委托朝廷要员代为祭奠，而且极其隆重。诗人杜甫在长安苦苦奔走了十年，都没有实现步入仕途的愿望。最后，他下定决心，给唐玄宗上了《三大礼赋》，终于获得了一个"太子右卫率府胄曹参军事"的微官。与其说是他的文采打动了唐玄宗，还不如说是他把握住了朝廷行将举行"三大礼"这个最好的时机，因而才得以步入仕途。

对天的崇拜，实际上是皇权崇拜的另一种表现形式。唐代皇帝一般不称"真龙天子"，而是称"天子"。龙仅是一个祥瑞的象征。尽管兴庆宫中的湖是涌出来的地下水形成的，但因为唐玄宗为王子时曾和他的两个哥哥、两个弟弟居住于此，人称"五王宅"。他登基后，他的四个兄弟搬出去另找地方居住。此湖也就被称为"龙庆池"，简称龙池。所以，在长安文化中，除了鸾、凤崇拜，又出现了龙崇拜。大明宫含元殿前东、西有两座阙楼，东面一座称翔鸾阁，西面一座称栖凤阁。兴庆宫中，除了龙池，还在其南建有"龙坛"、"龙堂"。唐人对鸾、凤、龙的崇拜，已经不同于史前的原始图腾崇拜，而是体现了中国传统文化中对祥瑞的祈求，也反映了长安文化在它的高涨期所呈现出的特有的民族特征和追求人与自然和谐的时代风貌。这是中华文化不同于其他民族文化之所在。

说起兴庆宫，人们常常会想到唐玄宗和杨贵妃在沉香亭上赏牡丹的故事。

这个故事出自宋代计有功的《唐诗纪事》。

每当阳春三月的时候，兴庆宫里牡丹花盛开。唐玄宗就和妃子登上兴庆宫中的沉香亭。对妃子，赏名花，岂能没有歌舞丝竹助兴？旧歌听腻了，于是唐玄宗派人去找李白来作新词。高力士满大街找了半天，才在长安城内的一座酒楼上找到了李白。谁知他喝得烂醉，摇摇晃晃地跟着高力士进了兴庆宫。杜甫在诗中就曾描绘了李白的醉态："天子呼来不上船，自称臣是酒中仙。"李白常常自称酒仙，但在皇帝面前还是规规矩矩地称臣。可见，就是神仙，到了尘凡世界，也不能不放下神仙的架子对皇帝俯首称臣了。

李白毕竟是才华横溢的诗人，乘着酒兴，给唐玄宗呈上《清平调三首》：

其一

云想衣裳花想容，春风拂槛露华浓。
若非群玉山头现，会向瑶台月下逢。

其二

一枝浓艳露凝香，云雨巫山枉断肠。
借问汉宫谁得似？可怜飞燕倚新妆。

其三

名花倾国两相欢，常得君王带笑看。
解释春风无限意，沉香亭北倚栏杆。

唐玄宗看了，非常高兴，马上让著名乐工李龟年谱曲演唱。

这三首写牡丹花的诗，充满了华贵、香艳的宫廷气息。三首诗前后关联，形成一组。看见绚丽多姿的牡丹花，就让人联想到天上的五彩云霞，尤其是牡丹花瓣上那晶莹欲滴的露珠，更衬托出花的妩媚娇艳，简直就像风情万种的美人！这样的花，只有在神仙居住的群玉山，或者是在瑶台才能见到。人们都说巫山神女让楚怀王神魂颠倒，但和兴庆宫的牡丹相比，巫山神女就不值一提！如果一定要把牡丹花和天下的美人相比的话，只有汉成帝的皇后赵飞燕最合适。

在诗中，李白把牡丹花比作汉成帝宠爱的赵飞燕。

诗中的"名花"，当然指牡丹花，那么，"倾国"指谁呢？历来都认为是杨贵妃。但是，如果把这个故事和李白写诗的经历联系起来，就会发现，这个"诗坛佳话"其实很不可靠！

晚年的唐玄宗确实是个名副其实的风流天子。除了杨贵妃，还有一个妃子江采萍，即梅妃。据说当时宫中就流传着"环肥梅瘦"的说法。杨玉环胖，这是人所共知的。梅妃瘦，也不容置疑。两个人一胖一瘦，对比明显。李白在诗中说："借问汉宫谁得似？可怜飞燕倚新妆。"意思很明显，那可爱的牡丹花就像刚换上新装的赵飞燕。

"名花"、"倾国"显然是把牡丹花和绝代佳人相提并论。而且这个绝代美人可以和赵飞燕媲美，显然是说这位绝代佳人体形较瘦。梅妃就因瘦而出名。梅妃也深受唐玄宗宠爱，专门让画工给梅妃画了像。梅妃死后，唐玄宗还经常对着梅妃的画像发呆，并且写了一

首《题梅妃画真》(见南宋逸名《梅妃传》):

> 忆昔娇妃在紫宸,铅华不御得天真。
> 霜绡虽似当时态,争奈娇波不顾人。

因为李白把"倾国"比作因瘦而出名的赵飞燕,所以,陪唐玄宗赏牡丹花的应该是梅妃,而不是杨贵妃。李白的诗,向来以比喻、夸张著称,绝不可能把体态较胖的杨贵妃比作轻盈的赵飞燕!

还有一点,说李白在喝醉酒的情况下被召进兴庆宫,写了《清平调三首》,给皇帝和杨贵妃助兴。这也不符合李白和杨贵妃的人生经历。天宝元年,李白经著名道士吴筠推荐,到了长安。玄宗召见后,就让李白"待诏翰林"。天宝三载十月前后,李白被"赐金放还",离开了长安。

而唐玄宗召见杨玉环是在开元二十八年十月,并随即批准杨玉环做了女道士,住在皇宫中的太真观。不过,两个人还没有公开来往,只能暗中偷偷约会。宫中只有极少数人知道这件事。尽管皇权至高无上,但在唐玄宗和杨玉环的关系还没有公开之前,唐玄宗不可能带着杨玉环到兴庆宫赏牡丹。

直到天宝四载八月初六,杨玉环才被册封为贵妃。这时两个人的关系才正式公开了,当然也就可以在大庭广众露面了。而这时李白早已离开长安。根据李白的经历,这次离开长安后,他再也没有进京,也就不可能有被召进兴庆宫写诗的事情了。

计有功编辑《唐诗纪事》,只是说"妃子从",并没有说那个妃子就是杨贵妃。后人不加思考,就认为那"妃子"是杨贵妃。结果造成以讹传讹。

"安史之乱"以后，唐王朝的国势开始走下坡路。兴庆宫也失去了唐王朝繁荣时期的辉煌。诗人们面对兴庆宫，只能发出无可奈何的叹息。比如戎昱的《秋望兴庆宫》：

先皇歌舞地，今日未游巡。
幽咽龙池水，凄凉御榻尘。
随风秋树叶，对月老宫人。
万事如桑海，悲来欲怆神。

诗人用写实的手法，抒发了面对"万事如桑海"的历史巨变所产生的悲怆。这是大历诗人的特点。

最为有名的，应该是白居易的《勤政楼西老柳》：

半朽临风树，多情立马人。
开元一株柳，长庆二年春。

作者用一种静态描写的艺术手法，用跨越了一个世纪的"半朽"老柳树在春风中摇曳这一饱含深情的意象，寄托自己对唐王朝江河日下的政局的忧虑。

唐代诗人以长安为主题的诗歌，内容极其丰富。从上面所举的唐代诗人所写的以长安为主题的诗我们可以看出：长安文化发展到唐代，达到了它的鼎盛期。在这一时期，唐代诗人把中华民族传统文化所独有的本源性、悠久性、系统性、多元性和包容性的鲜明文化特色发挥得淋漓尽致。

我们之所以说"长安文化"在中国传统文化中具有本源性的意

义,是因为中华民族的人文始祖在关中。中国传统文化的源头在沣、镐,历经秦、汉,在唐代达到顶峰。宋元明清文化都是在"长安文化"所奠定的文化基础上发生的。长安是十三个封建王朝的建都之地,时间长达一千一百多年。因此,在"帝京文化史"上,"长安文化"所穿越的历史时空最为悠久。尤其是在唐代,中国传统文化中的核心观念——礼仪观念、道德观念、人生的价值观念、诗歌文化的审美观念等等,在以长安为主题的诗歌中得到了充分的张扬。

值得指出的是,"长安文化"在唐代所呈现出的开放性、融合性,使得"长安文化"对周边的邻邦产生了巨大影响。我们的东邻日本、新罗和唐王朝的交往十分密切。唐代许多诗人用他们的诗笔记载了唐王朝与友邻的交往。其中反映唐王朝与日本、新罗友好往来的诗篇最为著名。像王维的《送秘书晁监还日本国》:

积水不可极,安知沧海东。
九州何处远?万里若乘空。
向国惟看日,归帆但信风。
鳌身映天黑,鱼眼射波红。
乡树扶桑外,主人孤岛中。
别离方异域,音信若为通。

李白的《哭晁卿衡》:

日本晁卿辞帝都,征帆一片绕蓬壶。
明月不归沉碧海,白云愁色满苍梧。

张籍的《送新罗使》：

> 万里为朝使，离家今几年。
> 应知旧行路，却上远归船。
> 夜泊避蛟窟，朝烦求岛泉。
> 悠悠到乡国，还望海西天。

李益的《送归中丞使新罗册立吊祭》：

> 东望扶桑日，何年是到时。
> 片帆通雨露，积水隔华夷。
> 浩渺风来远，虚明鸟去迟。
> 长波静云月，孤岛宿旌旗。
> 别叶传秋意，回潮动客思。
> 沧溟无旧路，何处问前期。

在西亚，也同样留下了"长安文化"传播的历史足迹。杜环在天宝末年所撰写的《经行记》中就记载了长安人樊淑、刘泚在大食国（今阿拉伯地区）传播织络技术，河东人乐陾、吕礼驯化骆驼驾车等。

唐诗的写实精神在以长安为主题的诗中占据了主导地位。这反映了长安作为"帝京"，成为唐代诗人实现自己人生理想的起点。他们以写实精神展示自己为国家社稷而出仕的人格，同时也为社会所存在的各种不合理现象而担忧，像杜甫的《兵车行》、《自京赴奉先县咏怀五百字》，白居易的《卖炭翁》、《观刈麦》、《杜陵叟》、《秦中吟》，李商隐的《行次西郊一百韵》，韦庄的《秦妇吟》等。这种写实精神具有承前启后的传承特征。所有这一切，都反映了长安文化在四千多年的历史发展过程中，不断吸收、融合不同民族的文化，具有一种海纳百川的宽容性。这也是唐代文化最为显著的特征。

论唐代咏史诗

咏史诗是一种题材比较特殊的诗歌。据笔者的粗略统计，现存五万多首唐诗（包括《全唐诗外编》和近年新发现的唐代逸诗）中，咏史诗有一千五百多首，占总数的百分之三。研究咏史诗及其在唐代的发展变化规律，对进一步拓展唐诗的研究领域无疑是有裨益的。

一

据现存资料看，最早的咏史诗应当是东汉时班固的那首咏缇萦救父、汉文帝废除肉刑的五言古诗《咏史》。此后，咏史诗作为一种独特的题材逐渐出现在文人的诗歌创作中。但是，直到唐代以前，咏史诗的创作始终处于低迷状态。建安时代，王粲、曹植等人偶有咏史之作。晋代的左思、张协、袁宏以及刘宋时期的鲍照也有咏史诗传世。其中的佼佼者当首推左思。但是，他只有八首作品传世。萧统在《文选》中仅辑录了九位作家的二十一首咏史诗。这种情况表明，唐代以前，文人对咏史诗是不大看得上眼的，偶有咏史之作，也是一时的兴之所至。这其中除了唐前诗人囿于时代风气的客观原因之外，还有一个重要的主观原因，那就是，唐前诗人普遍缺乏一种历史使命感。尤其是在六朝时期,由于玄学的兴起,文人关注自然,关注自我的生命意识一直比较强烈。只有到了唐代,文人才对咏史题材逐渐重视起来,最终发展到了可与边塞诗、山水田园诗鼎足而立,成为一种间接反映现实、总结历史教训的独特艺术形式。

从咏史诗的体制上看,唐代咏史诗大致经历了由古入律,再由律入绝这样一个发展过程。这一演进规律和唐诗的整体演进规律之间呈现出同步性。

初唐时期是整个唐诗的奠基期。这时的咏史诗也处于草创期,和其他诗体一样,还不具备唐音的特点。其体制以五言古诗为主,明显地受了汉魏诗歌体制的影响。同这一体制相适应,初唐咏史诗在表达方式上多"杂采史事",叙而成篇。名为"咏史",实际上"叙"的成分远远大于"咏"的成分。确切地说,这时的咏史诗是"叙史"而不是"咏史",是"叙"与"赞"的杂糅,而不是"叙"与"咏"的结合。如王珪的《咏汉高祖》、魏徵的《赋西汉》、李百药的《谒汉高庙》等作品,可以明显地看出诗人承六朝余绪、追踪汉魏、远绍班固咏史诗传统的痕迹。像骆宾王的《于易水送人》、陈子昂的《燕昭王》这类融通古今的佳作在初唐咏史诗中可以说是凤毛麟角。但就是这样一些比较好的作品也和王珪等人的咏史诗一样,"不过美其事而咏叹之"罢了。因此,以五言古诗为主要形式、以"美其事"为创作出发点,是初唐咏史诗的主要特点和创作大势。

盛唐是近体诗在形式上完全成熟的时代。即便是古体诗、乐府诗在这一时期也呈现出艺术上的创新。这一时期的咏史诗在形式上也是诸体皆备。五言律体的咏史诗代替了五言古体的咏史诗,古绝被律绝所替代,而七言律体的咏史诗的出现标志着咏史诗在表现形式上的新突破。以乐府旧题(如《长门怨》、《昭君怨》)为题的咏史诗在数量上比初唐时期有所减少，代之以即事命题或即景命题的"怀古"诗。何焯在《义门读书记》中所说的那种"概括本传，不加藻饰"、"美其事而咏叹之"的"正体"咏史诗已从整体上被"多抒胸臆"的"变体"所替代。特别是杜甫首创的"咏怀古迹"一体，弘扬左思风力，把咏史、怀古、抒发胸襟抱负融为一体，以反传统的气魄，用"变体"取代"正体"，创立了咏史诗的新体制。李白的"览古"诗在刘希夷、陈子昂、沈佺期、张说等人所昭示的传统的基础上首创七绝体咏史诗。王维、李白的五古体咏史诗完全摒弃了初唐咏史诗"叙"、"赞"式的体例，在"叙"中更多融入议论，体现了盛唐诗人对历史进行独立思考的强烈的自我意识。如王维《西施咏》：

艳色天下重，西施宁久微。
朝仍越溪女，暮作吴宫妃。
贱日岂殊众，贵来方悟稀。
邀人傅香粉，不自著罗衣。
君宠益娇态，君怜无是非。
当时浣纱伴，莫得同车归。
持谢邻家子，效颦安可希。

李白《秦王扫六合》：

秦王扫六合，虎视何雄哉！
挥剑决浮云，诸侯尽西来。
明断自天启，大略驾群才。
收兵铸金人，函关正东开。

> 铭功会稽岭，骋望琅琊台。
> 刑徒七十万，起土骊山隈。
> 尚采不死药，茫然使心哀。
> 连弩射海鱼，长鲸正崔嵬。
> 额鼻象五岳，扬波喷云雷。
> 鬐鬣蔽青天，何由睹蓬莱。
> 徐巿载秦女，楼船几时回？
> 但见三泉下，金棺葬寒灰。

这种"叙"、"议"结合的表现方式无疑启发了杜甫入蜀以后到夔州期间的咏史诗的创作。这表明，在唐代咏史诗的发展过程中，"概括本传"式的创作模式由于其自身的局限、受时代精神的冲击以及诗人自我意识的日益觉醒的影响，已经不能适应诗人创作欲望和时代的需要，特别是受盛唐时代精神的激发，诗人的自我意识必然要在咏史诗中得到充分的表露。在多种因素的促使下，盛唐咏史诗在体制和表现手法上不能不发生根本性变化。这主要表现在：初唐咏史诗中那种古今之间的隔膜由于诗人强烈的自我意识的注入而逐渐淡化，以至于最后消失；古今之间的时空差距也因为时代精神的冲击而缩小，以至于最后达到了古今融为一体的境界。这种变化，既是时代的要求，也是咏史诗在其发展过程中不断完善的结果。例如，杜甫《蜀相》：

> 丞相祠堂何处寻？锦官城外柏森森。
> 映阶碧草自春色，隔叶黄鹂空好音。
> 三顾频烦天下计，两朝开济老臣心。
> 出师未捷身先死，长使英雄泪满襟。

《咏怀古迹五首》：

支离东北风尘际，飘泊西南天地间。
三峡楼台淹日月，五溪衣服共云山。
羯胡事主终无赖，词客哀时且未还。
庾信平生最萧瑟，暮年诗赋动江关，

摇落深知宋玉悲，风流儒雅亦吾师。
怅望千秋一洒泪，萧条异代不同时。
江山故宅空文藻，云雨荒台岂梦思。
最是楚宫俱泯灭，舟人指点到今疑。

群山万壑赴荆门，生长明妃尚有村。
一去紫台连朔漠，独留青冢向黄昏。
画图省识春风面，环佩空归月夜魂。
千载琵琶作胡语，分明怨恨曲中论。

蜀主窥吴幸三峡，崩年亦在永安宫。
翠华想像空山里，玉殿虚无野寺中。
古庙杉松巢水鹤，岁时伏腊走村翁。
武侯祠屋常邻近，一体君臣祭祀同。
诸葛大名垂宇宙，宗臣遗像肃清高。
三分割据纡筹策，万古云霄一羽毛。
伯仲之间见伊吕，指挥若定失萧曹。
运移汉祚终难复，志决身歼军务劳。

还有《八阵图》等诗，便是这种变化与完善的杰出代表作。

进入中唐以后，从形式上看，在咏史诗的创作中，律诗和绝句开始明显占了优势，五古以及以乐府旧题为题的咏史诗则退居次要地位。同"诸体皆备"的盛唐诗坛的咏史诗相比，中唐诗人更喜欢形式上的整饬。司空曙、戴叔伦、李益、王建、吕温、刘禹锡、白居易、贾岛、张祜等人传世的咏史诗几乎全是律诗、绝句的事实正说明中唐诗人对这类体裁的偏好。因此，就唐诗体制发展的历史而言，盛唐是近体诗的成熟期，但就咏史诗而言，中唐则是其成熟期。

晚唐时代，咏史诗在形式上几乎是七绝的一统天下。许浑、杜牧、温庭筠、李商隐等人的咏史诗在体制上呈现出由中唐向晚唐过渡的特点。到晚唐后期，律体咏史诗已经不再受诗人的青睐。这说明晚唐诗人更看重"取径贵曲深"的绝句，而不再是"须具纵横奇恣、开合阴阳之势"的七律。明朝的程敏政辑《咏史集解》七卷，"自三代迄宋末，止七言绝句一体"，足以证明，诗家是把七言绝句作为咏史诗的正格的。

二

唐代咏史诗，以其表现方式可以包括咏史、怀古、览古以及咏怀古迹等类型。

一般来说，咏史是针对具体的历史事件或历史人物而抒发见解和感情的。这类诗写得比较具体，而且寓意明了。怀古诗是诗人亲临古地，追怀往事以寄感慨。这类诗往往借眼前景象浑写大意，涵盖面较宽，多以抒发人世变迁、盛衰更替为主，在艺术上常常采用虚实相间的手法。咏怀古迹则是把咏史、怀古、抒怀融为一体，托古迹起兴，抒发怀抱。杜甫首创此体。这类诗往往是亦古亦今，重在抒怀，艺术上显得含蓄婉转，意在言外。就上述几种类型的咏史诗而言，各体之间的差异也仅仅是相对而言的。它们的共同之处就在于不离讽、诮、喻、刺这一宏旨。

　　文学作品总是同创作主体的精神需求分不开的，咏史诗也不例外。从这个意义上说，唐代咏史诗对人类社会的变迁、盛衰更替等问题进行了有益的探索，尽管这种探索是在传统的儒家思想支配下发生的，并受那个时代人们认识水平的限制，有时还显得比较肤浅，甚至以偏概全，但它毕竟是唐人历史观、社会观、人生观、价值观、道德观、伦理观的综合反映。

　　唐王朝建立初期，对前朝遗留下来的社会矛盾进行了调和，并逐步赢得了社会思潮的认可，整个社会呈现出蓬勃向上的局面。文人们把自己的注意力多集中在对新的社会秩序的关注上，所以，具有借古讽今作用的咏史诗多囿于借历史人物或历史事件来歌颂新王朝的德威和受命于天、造福黎民的合理性，很少有借针砭古人而刺今世的作品。前面所举王珪、魏徵、李百药等人的作品都是借歌颂刘邦"乘运"、"跃鳞"，威加海内、贵有天下来歌颂新登帝位的大唐天子。王珪的《淮阴侯》、长孙无忌的《灞桥待李将军》、卢照邻的《咏史四首》等作品也是宣扬"道契君臣合"、"功成享天禄"的为国效命思想。总之，初唐时期的咏史诗被"道"和"礼"所束缚，诗人的创作个性还不很明显。据说唐太宗读了魏徵的《赋西汉》以后，说："徵言未尝不约我以礼"。这说明魏徵为数不多的咏史诗是有那么一点"寓意"的，但也没有超出"礼"的范畴。至于初唐诗坛上的部分怀古鉴今之作，反倒显得和那个蓬勃向上的时代气氛不够协调。

陈子昂是标举建安风骨和正始之音的革新家，他的几首咏史诗虽然不乏理想和现实发生矛盾时所产生的人生苦闷，但响应者毕竟寥若晨星。这就难怪他登上幽州台以后要发出"前不见古人，后不见来者。念天地之悠悠，独怆然而涕下"的叹息了。陈子昂的先辈诗人"初唐四杰"的咏史诗也不免辞胜于情、情与志又往往游离于诗外之嫌。像骆宾王的《于易水送人》：

此地别燕丹，壮士发冲冠。
昔时人已没，今日水犹寒。

杨炯的《广陵峡》：

广陵三峡首，旷望兼川陆。
山路绕羊肠，江城镇鱼腹。
乔林百丈偃，飞水千寻瀑。
惊浪回高天，盘涡转深谷。
汉氏昔云季，中原争逐鹿。
天下有英雄，襄阳有龙伏。
常山集军旅，永安兴版筑。
池台忽已倾，邦家遽沦覆。
庸才若刘禅，忠佐为心腹。
设险犹可存，当无贾生哭。

前者借题发挥，抒写报国无门的叹息；后者登临览古，慨叹兴亡。尽管不失为咏史佳作，但这样的作品毕竟不代表当时的创作主流。

李白和杜甫登上诗坛以后,改变了初唐咏史诗的创作倾向,使咏史诗呈现出盛唐时代的大气。这当然和当时的社会人文环境有关。随着开元之治的出现,社会生产力有了较大发展,社会的物质财富也丰厚起来。上层统治阶级面对空前繁荣的社会形势,心理上产生了一种满足感。特别是最高统治者,完全因社会的繁荣景象而陶醉,"万国笙歌醉太平"的享乐风气在上流社会中迅速滋生蔓延。封建社会固有的各种矛盾在开元末年、天宝初期开始初露端倪,到天宝末年则完全表面化。社会局势的变化带来了文学创作的转机,也为咏史诗发挥其以古鉴今功能提供了客观条件。较早出现的代表作有王泠然的《汴堤柳》:

> 隋家天子忆扬州,厌坐深宫傍海游。
> 穿地凿山开御路,鸣笳叠鼓泛清流。
> 流从巩北分河口,直到淮南种官柳。
> 功成力尽人旋亡,代谢年移树空有。
> 当时彩女侍君王,绣帐旌门对柳行。
> 青叶交垂连幔色,白花飞度染衣香。
> 今日摧残何用道,数里曾无一枝好。
> 驿骑征帆损更多,山精野魅藏应老。
> 凉风八月露为霜,日夜孤舟入帝乡。
> 河畔时时闻木落,客中无不泪沾裳。

刘庭琦的《铜雀台》:

> 铜雀宫观委灰尘，魏主园林漳水滨。
> 即今西望犹堪思，况复当时歌舞人。

这一批作品，就是在这种社会环境下产生的。由于意识到了咏史诗的特殊作用，盛唐诗人开始在咏史诗中注意了古与今的有机对应、情与景的巧妙融合、意与象的完美统一，从而使盛唐咏史诗摆脱了初唐的幼稚，在艺术上、内容上以及表达方式上逐渐趋于定型。王维、李白、杜甫等人就是使咏史诗趋于定型的重要诗人。

李白的览古诗是很有名的，如：

《苏台览古》：

> 旧苑荒台杨柳新，菱歌清唱不胜春。
> 只今惟有西江月，曾照吴王宫里人。

《越中览古》：

> 越王勾践破吴归，义士还家尽锦衣。
> 宫女如花春满殿，只今唯有鹧鸪飞。

《登金陵凤凰台》：

> 凤凰台上凤凰游，凤去台空江自流。
> 吴宫花草埋幽径，晋代衣冠成古丘。
> 三山半落青天外，二水中分白鹭洲。
> 总为浮云能蔽日，长安不见使人愁。

《乌栖曲》：

> 姑苏台上乌栖时，吴王宫里醉西施。
> 吴歌楚舞欢未毕，青山欲衔半边日。
> 银箭金壶漏水多，起看秋月坠江波。
> 东方渐高奈乐何！

这些诗由览古而引发了诗人心忧国事的盛衰更替感。

杜甫是在入蜀以后才开始咏史诗的创作的。在咏史诗的创作上，杜甫继承了左思的名为咏史、实为咏怀的传统，首创咏怀古迹之体，提高了咏史诗抒情言志的艺术表现力。如前面所举的《蜀相》、《咏怀古迹五首》等，在抒情、写景、议论的完美结合上可谓是前无古人、后无来者的咏史绝唱。《八阵图》一诗，又是纯粹运用史论笔法评述历史人物的功过，对后世咏史诗产生了深远影响。刘禹锡、杜牧等人喜欢在咏史诗中发议论，其源头可以追溯到杜甫的咏史诗。

确切地说，咏史诗是影射文学。开元、天宝年间，社会表面承平。在这种局面影响下，咏史诗呈现出一种壮美。而社会生活中所潜在的种种危机与矛盾又使得这一时期的咏史诗带上了一股沉郁之气。尽管社会还没有完全衰败，但统治者的头脑早已发昏了。诗人便借历史这块无情的砖头来敲击统治者冬烘太甚的脑瓜子。但是，由于时代还没有走向绝望的边缘，所以，诗人在敲击统治者的时候还是比较有分寸的。浪漫的李白，在咏史诗中就显得有点儿消沉、悲观。相比之下，杜甫就显得比较平实、冷静，特别是他入蜀以后的咏史诗始终贯注着一种忧郁而深沉的气势。个人的升沉与社会的动荡始终结合在一起，沉郁而不悲观，这是杜甫咏史诗的最大特点。

值得注意的是，盛唐诗人在咏史诗中对现实的反思。它表明诗人的自我意识的觉醒。由觉醒到清醒，由寄希望于现实到用历史来反观现实，正是盛唐诗人为唐代咏史诗的最后定型所作的杰出贡献之一。诗人的清醒与统治者的混沌使得盛唐诗人找到了在咏史诗中如何反映现实的特殊门径。这是盛唐诗人为咏史诗的发展所作的又一贡献。

安史之乱平定以后，唐王朝死里逃生。对唐王朝来说，这是不幸中的万幸。然而，各种社会矛盾这时也总体暴露出来了。从噩梦般的动乱中惊醒过来的，首先是诗人，统治者总是醒来得太迟。惊醒过来的中唐诗人们不能不开始考虑社会治乱盛衰的根源，特别是当人们对导致安史之乱的教训还记忆犹新而现实又使他们感到迷惘与失措的时候，从以往的历史教训中去寻找可能有补于世的题材就成了"大历诗人"常常选择的方式之一。元稹有一首《行宫》诗："寥落古行宫，宫花寂寞红。白头宫女在，闲坐说玄宗。"大历诗人常常无事可做，也闲得无聊。不是吟风月、弄花草，就是找一些历史话题当作写诗的材料，以此打发日子。在咏史诗中说一些与国计民生有关但在现实中起不了什么作用的话。要说大历诗歌还有一些现实性的话，那也可以从诸如钱起、刘长卿、窦常、张继、戎昱、戴叔伦、李益、司空曙、王建等人的咏史诗中看到一丝亮光，比如：

刘长卿《登余干古县城》：

孤城上与白云齐，万古荒凉楚水西。
官舍已空秋草没，女墙犹在夜乌啼。
平沙渺渺迷人远，落日亭亭向客低。
飞鸟不知陵谷变，朝来暮去弋阳溪。

《长沙过贾谊宅》：

三年谪宦此栖迟，万古惟留楚客悲。
秋草独寻人去后，寒林空见日斜时。
汉文有道恩犹薄，湘水无情吊岂知。
寂寂江山摇落处，怜君何事到天涯。

钱起《谒许由庙》：

故向箕山访许由，林泉物外自清幽。
松上挂瓢枝几变，石间洗耳水空流。
绿苔惟见遮三径，青史空传谢九州。
缅想古人增叹息，飒然云树满崖秋。

张继《华清宫》：

天宝承平奈若何，华清宫殿郁嵯峨。
朝元阁峻临秦岭，羯鼓楼高俯渭河。
玉树常飘云外曲，霓裳闲舞月中歌。
只今唯有温泉水，呜咽声中感慨多。

《读峄山碑》：

六国平来四海家，相君当代擅才华。
谁知颂德山头石，却与他人戒后车。

戎昱《咏史》：

汉家青史上，计拙是和亲。
社稷依明主，安危托妇人。
岂能将玉貌，便拟静胡尘。
地下千年骨，谁为辅佐臣。

戴叔伦《过贾谊旧居》：

楚乡卑湿叹殊方，鵩赋人非宅已荒。
谩有长书忧汉室，空将哀些吊沅湘。
雨余古井生秋草，叶尽疏林见夕阳。
过客不须频太息，咸阳宫殿亦凄凉。

李益《过马嵬》：

汉将如云不敢言，寇来翻罪绮罗恩。
劝君休洗莲花血，留记千年妾泪痕。

《隋宫燕》：

燕语如伤旧国春，宫花旋落已成尘。
自从一闭春光后，几度飞来不见人。

王建《晓望华清宫》：

晓来楼阁更鲜明，日出阑干见鹿行。
武帝自知身不死，看修玉殿号长生。

这些诗均从不同的侧面把历史和现实结合起来，委婉地表现出对现实的一丝淡淡忧虑。

到了贞元、元和、长庆年间，咏史诗的创作空前繁荣起来。如果说大历诗人由于经受了时代动乱，心有余悸，因而在咏史诗中还旁敲侧击、闪烁其词的话，那么，贞元至元和这四十年间的咏史诗则不乏雄浑、阔大、笔力劲健的特点。这既是"盛唐气象"在中唐诗坛上的一丝复苏，也反映了中唐诗人对恢复盛唐事业所抱的热切希望。这期间的咏史诗有三个明显特点：数量多、取材广泛、风格多样。仅就取材而言，上起春秋时的吴、越，下至荒淫误国的隋炀帝，无不采以入诗。特别是对竞逐繁华而相继灭亡的六朝的亡国教训进行多方面的描写，而且敢于把亡国的根源追溯到皇帝身上。更有大胆者，甚至把唐玄宗的所作所为当作素材，希望当朝统治者能够痛定思痛，引以为戒，改变一蹶不振的国势，从而振兴唐室。这一时期的咏史诗可谓百花齐放，各具风采。如：

韩愈《过鸿沟》：

龙疲虎困割川原，亿万苍生性命存。
谁劝君王回马首，真成一掷赌乾坤。

作者所咏的是刘邦项羽鸿沟划界一事，明显是希望皇帝能削平藩镇，而不是单纯地为咏史而咏史。

陈羽《姑苏台怀古》：

> 忆昔吴王争霸日,歌钟满地上高台。
> 三千宫女看花处,人尽台崩花自开。

作者在诗中对盛衰更替流露出无可奈何的情绪。

刘禹锡《蜀先主庙》:

> 天地英雄气,千秋尚凛然。
> 势分三足鼎!业复五铢钱。
> 得相能开国,生儿不象贤。
> 凄凉蜀故伎,来舞魏宫前。

这恐怕不能仅仅看作是歌颂刘备的功业、批评刘禅用人不当!唐朝的开国皇帝的所作所为与刘备有相似之处,而他们的子孙又何尝不像刘禅呢?

《金陵怀古》说:

> 潮满冶城渚,日斜征虏亭。
> 蔡洲新草绿,幕府旧烟青。
> 兴废由人事,山川空地形。
> 后庭花一曲,幽怨不堪听。

名为怀古,实际上是针对现实而发的。"兴废由人事,山川空地形"是一诗之"眼"。

《西塞山怀古》:

> 王濬楼船下益州，金陵王气黯然收。
> 千寻铁锁沉江底，一片降幡出石头。
> 人世几回伤往事，山形依旧枕寒流。
> 今逢四海为家日，故垒萧萧芦荻秋。

同韩愈一样，刘禹锡以孙皓为例，说明恃险割据的悲哀，并借此影射割据一方的藩镇。

《金陵五题》之一《石头城》：

> 山围故国周遭在，潮打空城寂寞回。
> 淮水东边旧时月，夜深还过女墙来。

诗人把浓厚的吊古之情巧妙地转移到眼前凄迷忧伤的景象中，具有一种凝重的历史盛衰感。白居易读了这首诗，"叹赏良久"，认为"后无来者"。

《乌衣巷》：

> 朱雀桥外野草花，乌衣巷口夕阳斜。
> 旧时王谢堂前燕，飞入寻常百姓家。

以衰景衬托繁华不再，抒发华屋山丘之叹。

《台城》一诗说得更为直截了当：

> 台城六代竞豪华，结绮临春事最奢。
> 万户千门成野草，只缘一曲后庭花。

这完全是采用"史论"的笔法。

《韩信庙》：

> 将略兵机命世雄，苍黄钟室叹良弓。
> 遂令后代登坛者，每一寻思怕立功。

诗人结合自己的政治遭遇，有感而发。表现了他刚直而又无奈的人格。

白居易的咏史诗虽然没有刘禹锡的咏史诗驰名，但也有可取之处。如《王昭君二首》之二：

> 汉使却回凭寄语，黄金何日赎蛾眉？
> 君王若问妾颜色，莫道不如宫里时。

这显然不是敢于为民请命的白居易！说话吞吞吐吐，却也真实地反映了一个遭受权贵排挤，但仍然希望为国出力的知识分子的微妙心态。但不如刘禹锡来得淋漓痛快。

《四皓庙》倒是痛快：

> 卧逃秦乱起安刘，舒卷如云得自由。
> 若有精灵应笑我，不成一事谪江州。

但是，让人更多地体味出的是诗人心中的苦涩。和刘禹锡的"每一寻思怕立功"相比，少了几分沉痛。

《昭君怨》也写出了新意：

> 明妃风貌最娉婷，合在椒房应四星。
> 只得当年备官掖，何曾专夜奉帏屏。
> 见疏从道迷画图，知屈那教配房庭。
> 自是君恩薄如纸，不须一向恨丹青。

在唐代，敢说"君恩薄如纸"的人没有几个。由于政治处境不好，把诗人逼得不吐不快，所以才说出了如此大胆的话。

不过，用咏史诗来表现自己独善其身的人生态度，算是白居易咏史诗的一大特点。比如《咏史》："秦磨利刀斩李斯，齐烧沸鼎烹郦其。可怜黄绮入商洛，闲卧白云歌紫芝。彼为菹醢机上尽，此为鸾皇天外飞。去者逍遥来者死，乃知祸福非天为。"从另一角度看，这首诗也反映了封建官场血淋淋的斗争现实。

李绅不大写咏史诗。从仅存的几首咏史诗看，还是有一定的寄托。比如《却过淮阴吊韩信庙》："功高自弃汉元臣，遗庙阴森楚水滨。英主任贤增虎翼，假王徼福犯龙鳞。贱能忍耻卑狂少，贵乏怀忠近佞人。徒用千金酬一饭，不知明哲重防身。"唐人咏韩信，多是为其抱屈鸣不平，唯独李绅把韩信视为阴谋家，认为韩信缺乏忠义之心。联系中唐藩镇割据的现实，恐怕责备韩信的成分并不多，而是把重点放在对藩镇的批判上。

这一时期的诗人还有张祜、李涉、鲍融、殷尧藩等，咏史诗也写得不错。尤其是张祜，他的几首咏华清宫和"马嵬事变"的咏史诗高度凝练概括，确有一唱三叹的感人力量。比如《马嵬坡》："旌旗不整奈君何，南去人稀北去多。尘土已残香粉艳，荔枝犹到马嵬坡。"以诗的形式揭示了"马嵬事变"是宫廷政变的本质。他对唐玄宗的尖锐批评也是同代人望尘莫及的。

可以说，中唐时期的咏史诗坛是百花齐放、异彩纷呈。尤其是刘禹锡，以一个诗人兼政治家的气魄与胆识，希望借助登临古迹时所触发的深沉悲叹去唤醒无视前车之鉴的最高统治者。白居易称刘禹锡为"诗豪"，应该说他的咏史诗所具有的雄豪之气是其获得这一称号的因素之一。像上面所举的《石头城》、《西塞山怀古》等诗，表现出一个思想家、政治家所特有的超凡拔俗的锐气。读他的《蜀先主庙》，谁能不认为"得相能开国，生儿不象贤"的评述是针对李唐王朝的不肖子孙而发的？《西塞山怀古》中的"今逢四海为家日，故垒萧萧芦荻秋"，何尝不是企盼国家的统一？刘禹锡的咏史诗集中反映了一个富于进取精神的正直知识分子面对人世沧桑所表现出的冷静思考。相形之下，白居易的咏史诗则是"独善"大于"兼济"，缺乏刘禹锡那样的雄健挺拔之气和进取精神。

从唐文宗大和年间起到唐末，唐王朝的国势日趋没落。藩镇割据，外患频仍，统治集团内部钩心斗角，阶级矛盾急剧尖锐。中唐诗人所能看到的那一线中兴的希望，这时已经成了风雨黄昏中的回光返照，虽然绚丽多彩，但面临的毕竟是桑榆晚景。就像李商隐所说的："夕阳无限好，只是近黄昏。"

与晚唐"山雨欲来风满楼"的不景气的时代氛围相反，这一时期的咏史诗的创作却呈现出空前繁荣的局面。在这个沉闷的时代，诗人的思维转变为对社会盛衰的内在思考，而不再是用奋进昂扬的进取精神去促使社会的复兴。真可谓"世间多少伤心事，化作忧怀暗恨声"。

晚唐诗人在咏史诗中喜欢追怀盛世。一曲"开元太平曲"也会引发起深沉的怅叹。他们对历史进行反思，总结出"成由勤俭败由奢"（李商隐《咏史》）的历史教训。他们甚至怀着"卷土重来未可知"的一线希望，给已经病入膏肓的唐王朝注射强心剂。但现实终究打破了诗人的幻想，展现在他们面前的只能是"一任斜阳伴客愁"（沈彬《再经金陵》）的黄昏落照。面对希望已经破灭的现实，诗人只好发出"君臣都是一场笑，家国共成千载悲"（李山甫《上元怀古二首》之二）的苦笑。这一切构成了晚唐咏史诗的基本格调。

如果我们以杜牧、李商隐的相继去世为界限把晚唐咏史诗分为前后两个时期的话，就可以发现：晚唐前期的咏史诗是希望与失望交织在一起，后期则是充满着对社会和个人前途的绝望与怨愤。

晚唐前期的咏史诗可以杜牧和李商隐为代表。他们的咏史诗不仅数量多，而且在艺术上是各臻妙境。

杜牧的咏史诗以史论笔法，"括根本"、"阅兴亡"，在有限的篇幅中，藏无穷风云变幻。特别是他的几首翻案诗，独具一格，显示了诗人风流倜傥的个性和长于思辨的敏锐头脑，为咏史诗的发展增添了新的活力。比如：

《赤壁》：

折戟沉沙铁未销，自将磨洗认前朝。
东风不与周郎便，铜雀春深锁二乔。

诗人为曹操的失败感到惋惜。这种见解可谓空前绝后！曹操虽然挟天子以令诸侯，但他毕竟代表了大一统的历史潮流，却由于天时不利而失败了。作者对此深感惋惜，所以讥刺周瑜是侥幸取胜，假如没有东风给你周瑜帮忙的话，孙吴是必败无疑！不过，作者并没有把这层意思正面说出来，而是委婉地说孙权和周瑜的夫人大乔和小乔被锁在铜雀台中，而增加了诗意的曲折性。从现实意义上说，这种翻案符合杜牧力主削平藩镇的政治主张。对此，许彦周却批评说："杜牧之作《赤壁》诗……意谓赤壁不能纵火、为曹公夺二乔置之铜雀台上也。孙氏霸业系此一战，社稷存亡、生灵涂炭都不问，只恐捉了二乔，可见措大不识好恶。"对这种皮毛之见，贺贻孙就针锋相对地指出："牧之此诗，盖嘲赤壁之功出于侥幸，若非天与东风之便，则周郎不能纵火，城亡家破，二乔且将为俘，安能据有江东哉？牧之诗意……惟借'铜雀春深锁二乔'说来，便觉风华蕴藉，增人百感，此正风人巧于立言处。"遗憾的是，贺氏只是就字面论诗，并没有看到杜牧"死案活翻"的"微""婉"处！

《题乌江亭》：

胜败兵家事不期，包羞忍耻是男儿。
江东子弟多才俊，卷土重来未可知。

此诗表面上是为项羽惋惜，实际上蕴含一种峭折之气。这是杜牧异于常人之处。

不落窠臼，是杜牧咏史诗的奇特之处。《题商山四皓庙一绝》："吕氏强梁嗣子柔，我于天性岂恩仇。南军不坦左边袖，四老安刘是灭刘。"四皓出山辅佐太子刘盈，几乎导致了诸吕篡夺刘汉王朝天下的悲剧。以前人们不大注意这一点，杜牧以其敏锐的目光揭示了四皓出山给刘汉王朝所带来的危险，虽说是对已经凝固的现实作评论，吕氏也毕竟没有成大气候，但是，杜牧的议论总是高人一筹。这种"反说"的效果，确实是发人深省的。

在杜牧之前，有个名叫蔡京的人。此人原是个和尚，经令狐楚劝说，还俗从政。后来因事遭贬黜，任远州刺史。他写过一首《责商山四皓》："秦末家家思逐鹿，商山四皓独忘机。何事鬓发霜雪似，更出深山定是非。"也是责备四皓。当然这其中也包含着蔡京对自己离开佛门、涉足红尘是非的懊悔。但是和杜牧相比，明显地缺乏一种大气，显得过于拘谨。

杜牧生活在晚唐，这时的社会政局已经不能同盛唐相比，这是杜牧时常引以为憾的事。所以，当他赴吴兴任职前，登上乐游原时，发出了"欲把一麾江海去，乐游原上望昭陵"的叹息。尽管没有李白的"西风残照，汉家陵阙"那么悲壮，也有引人反思的深沉。他明白社会为什么会发展到今天这种地步，但就是不说破，而是采用"曲说"的方式对唐王朝的历史进行反思。如《过华清宫三绝句》：

长安回望绣成堆，山顶千门次第开。
一骑红尘妃子笑，无人知是荔枝来。

新丰绿树起黄埃，数骑渔阳探使回。
霓裳一曲千峰上，舞破中原始下来。

万国笙歌醉太平，倚天楼殿月分明。
云中乱拍禄山舞，风过重峦下笑声。

鲍防有一首《杂感》，也写到进贡荔枝事："五月荔枝初破颜，朝离象郡夕函关。"虽有托讽，且含而不露，但毕竟平实。杜牧则说"一骑红尘妃子笑，无人知是荔枝来"，婉而有讽，耐人寻味。在涉及治乱盛衰时，诗人用"霓裳""舞破中原"进行高度概括，语带诙谐，却造句惊人，妙绝千古。短短八十四个字，直抵一部天宝盛衰史。

另一首《华清宫》也是以衰景反衬昔日的繁华：

零叶翻红万树霜，玉莲开蕊暖泉香。
行云不下朝元阁，一曲淋铃泪数行。

把深沉的政治忧患意识浸透在景物描写中，赋予咏史诗以强烈的现实意义，这就是杜牧咏史诗的深曲之处。就像他的《登乐游原》所说的："长空澹澹孤鸟没，万古销沉向此中。看取汉家何事业，五陵无树起秋风。""长空"、"孤鸟"不但没有虚无之意，反而被刘辰翁视为"有侠气"。

李商隐的咏史诗如同他的无题诗和爱情诗一样，将往复缠绵的意绪、千回百转的巧妙构思同绚丽的辞采融合起来，展现出一个个发人深省的历史画面：

《览古》：

莫恃金汤忽太平，草间霜露古今情。
空糊赪壤真何益，欲举黄旗竟未成。
长乐瓦飞随水逝，景阳钟堕失天明。
回头一吊箕山客，始信逃尧不为名。

这是作者纵观历史的心得，也是作者对社会发展变化的自我认知。《咏史》：

历览前贤国与家，成由勤俭败由奢。
何须琥珀方为枕，岂得珍珠始是车。

运去不逢青海马，力穷难拔蜀山蛇。
几人曾预南薰曲，终古苍梧哭翠华。

在如何看待人类历史上的盛衰更替现象这一问题上，李商隐的观点很明确：成由勤俭败由奢！这种看法虽不全面，但对李商隐来说，只能仅此而已。

与此题旨相关的作品还有许多，如：

《隋宫》：

紫泉宫殿锁烟霞，欲取芜城作帝家。
玉玺不缘归日角，锦帆应是到天涯。
于今腐草无萤火，终古垂杨有暮鸦。
地下若逢陈后主，岂宜重问后庭花。

隋炀帝当年曾经讥笑陈叔宝荒淫误国，而他自己又重蹈他所讥笑的对象的后尘。就像杜牧在《阿房宫赋》中所说的："后人哀之而不鉴，亦使后人而复哀后人也。"在李商隐看来，历史就是在这种"后人复哀后人"的悲剧中不断重复着。

作者还有一首同题的《隋宫》："乘兴南游不戒严，九重谁识谏书函。春风举国裁宫锦，半作障泥半作帆。"经过精心剪裁，诗人把隋炀帝荒淫误国的所作所为凝聚在二十八个字中。但是，诗人不作正面评述，以"春风举国裁宫锦，半作障泥半作帆"的"恢丽"意象，收到了意在言外的蕴藉效果。

《吴宫》：

> 龙槛沉沉水殿清,禁门深掩断人声。
> 吴王宴罢满宫醉,日暮水漂花出城。

《贾生》:

> 宣室求贤访逐臣,贾生才调更无伦。
> 可怜夜半虚前席,不问苍生问鬼神。

前一首以境界取胜,后一首则对帝王的所谓求贤予以辛辣的讽刺。

李商隐的咏史诗构思巧妙,因而呈现出以委婉见长的特点。如《梦泽》:

> 梦泽悲风动白茅,楚王葬尽满城娇。
> 未知歌舞能多少,虚减宫厨为细腰。

此诗表面上是讽刺宫女盲目追求时尚,想通过减肥来博得帝王的宠幸,实际上是讽刺迎合上层统治者需要的文人的可悲与可叹。

《汉宫词》讽刺帝王迷恋神仙之事:

> 青雀西飞竟未回,君王长在集灵台。
> 侍臣最有相如渴,不赐金茎露一杯。

和刘禹锡的《金陵五题》不同,在讽刺南朝恃险割据的愚昧时,李商隐的咏史诗以"曲刺"取胜。如《南朝》:"地险悠悠天险长,金陵王气应瑶光。休夸此地分天下,只得徐妃半面妆。"梁元帝萧绎的妃子徐氏，相貌平常，元帝对她很冷淡。有一次，徐妃得知元帝要来，因元帝有一只眼睛视力不好，所以，徐妃在化妆时只修饰了半个脸，她想报复一下梁元帝：你是个一只眼，我又何必修饰整个容貌让你看！元帝一见，大怒而去。作者把这样一个富于调侃色彩的故事写进咏史诗，辛辣地讽刺了割据半壁江山就志得意满的南朝皇帝的可悲与可怜。我们不能责怪李商隐缺少刘禹锡的敏锐与大气，因为这时的社会已经底气不足，诗人何罪之有？他只能采取这种戏谑的手法。

许浑的年辈早于杜牧，又是一位早早退出政界的隐逸诗人。他的咏史诗长于用自然景物烘托自己怀古伤今的情绪。如：

《金陵怀古》：

玉树歌残王气终，景阳兵合戍楼空。
松楸远近千官冢，禾黍高低六代宫。
石燕拂云晴亦雨，江豚吹浪夜还风。
英雄一去豪华尽，唯有青山似洛中。

作者眼看一片楸梧禾黍，内心悄然追怀六代往事，妙在作者把古迹一笔带过，发端自警，全诗以神致悠扬取胜。难怪高棅说许浑"长于怀古"，"其古今废兴，山河陈迹，凄凉感慨之意，可为一唱而三叹矣"。

再如《姑苏怀古》：

宫馆余基辍棹过，黍苗无限独悲歌。
荒台麋鹿争新草，空苑凫鹥占浅莎。
吴岫雨来虚槛冷，楚江风急远帆多。

可怜国破忠臣死，日日东流生白波。

这也是以荒凉景象反衬吊古之情。

《故洛城》也充满了凄迷与哀伤：

禾黍离离半野蒿，昔人城此岂知劳！
水声东去市朝变，山势北来宫殿高。
鸦噪暮云归古堞，雁迷寒雨下空壕。
可怜缑岭登仙子，犹自吹笙醉碧桃。

有些诗也有纯用议论的倾向，如《途经秦始皇陵》：

龙蟠虎踞树层层，势入浮云亦是崩。
一种青山秋草里，路人惟拜汉文陵。

这种议论化倾向对于晚唐后期诗人应该说产生了一定影响。

晚于杜牧的赵嘏，咏史诗的格调类似许浑，但在兴味上比许浑显得更深远一些。如：

《广陵城》：

红映高墙绿绕城，城边春草傍墙生。
隋家不向此中尽，汴水应无东去声。

《冷日骊山》：

冷日微烟渭水愁，翠华宫树不胜秋。
霓裳一曲千门锁，白尽梨园弟子头。

晚唐后期的咏史诗其格调已经不同于前期。当人们对社会的复兴感到绝望的时候，他们不再把咏史诗当作警世的手段，而是作为他们宣泄对社会现实强烈不满的工具。温庭筠、刘沧、王遵、皮日休、李山甫、罗隐、秦韬玉、崔涂、吴融、徐夤、崔道融等人的咏史诗就明显地带有这种感情倾向。他们中的佼佼者当首推温庭筠。

人们历来认为温庭筠的诗歌色彩艳丽，辞藻繁密，特别是他的乐府诗，只差没有给扣上梁陈宫体诗在晚唐沉渣泛起的帽子。但是，在咏史诗中我们看到了另一个温庭筠：大处落笔，气势沉雄，自出机杼，识见卓绝。如《过五丈原》：

铁马云雕共绝尘，柳营高压汉宫春。
天晴杀气屯关右，夜半妖星照渭滨。
下国卧龙空寤主，中原得鹿不由人。
象床宝帐无言语，从此谯周是老臣。

杜甫在《蜀相》中为诸葛亮未成就大业感到遗憾，诗的结句既是说诸葛亮，又暗中包含着自己的身世感慨。温庭筠也赞许诸葛亮的功绩，但在结尾宕开一笔，对蜀汉的灭亡发出无可奈何的怅叹，虽愤激、沉痛，却含蓄无穷。

《过陈琳墓》：

曾于青史见遗文，今日飘蓬过此坟。

> 词客有灵应识我，霸才无主始怜君。
> 石麟埋没藏春草，铜雀荒凉对暮云。
> 莫怪临风倍惆怅，欲将书剑学从军。

诗句中感怀寄意，全是一片伤心语。
《蔡中郎坟》：

> 古坟零落野花春，闻说中郎有后身。
> 今日爱才非昔日，莫抛心力作词人。

此诗立意深远，借古人之际遇发泄自己怀才不遇的苦闷。
《苏武庙》：

> 苏武魂销汉使前，古祠高树两茫然。
> 云边雁断胡天月，陇上羊归塞草烟。
> 回日楼台非甲帐，去时冠剑是丁年。
> 茂陵不见封侯印，空向秋波哭逝川。

"回日楼台非甲帐，去时冠剑是丁年"，和李商隐的"此日六军同驻马，当时七夕笑牵牛"一样，都运用了逆挽句法，倍觉感慨深沉。其沉郁苍凉之气，可以直造老杜之门，是晚唐后期少有的咏史杰作。

《过新丰》又别是一番格调：

> 一剑乘时帝业成，沛中乡里到咸京。
> 寰区已作皇居贵，风月犹含白社情。

泗水旧亭春草遍，千门遗瓦古苔生。
至今留得离家恨，鸡犬相闻落照明。

诗人认为："帝业"不是永远不变的。这与其说是在为汉王朝悲叹，倒不如说是看到了唐王朝的没落前景。这种低沉与悲慨在当时是很有代表性的。

《马嵬驿》是咏"马嵬事变"的：

穆满曾为物外游，六龙经此暂淹留。
返魂无验青烟灭，埋血空生碧草愁。

此诗虽然没有锋芒毕露的批判，但无可奈何的叹息引人深思。

皮日休、罗隐、崔道融等人的翻案诗是一股值得重视的社会思潮。如皮日休《汴河怀古二首》之二：

尽道隋亡为此河，至今千里赖通波。
若无水殿龙舟事，共禹论功不较多。

《馆娃宫怀古五绝》是专咏吴越故事的，其中有一首说：

绮阁飘香下太湖，乱兵侵晓上姑苏。
越王大有勘羞处，祇把西施赚得吴。

不过，这种翻案诗已经失去了杜牧翻案诗的锐气，戏谑的成分要大一些。

陆龟蒙的翻案诗也不乏敏锐的洞察力，比如对辅助勾践灭吴的范蠡，前人多歌颂其在灭吴后功成身退，陆龟蒙则从另一个角度谈其归隐，《范蠡》写道："平吴专越祸胎深，岂是功成有去心？勾践不知嫌鸟喙，归来犹自铸良金。"对范蠡功成身退提出了新的看法，这是以前所没有的。

罗隐的几首翻案诗，比如《焚书坑》：

　　千载遗踪一窖尘，路旁耕者亦伤神。
　　祖龙算事浑乖觉，将谓诗书活得人。

此诗反映了晚唐知识分子在思考自身价值时内心的苦涩。《王夷甫》：

　　把得闲书坐水滨，读来前事亦酸辛。
　　莫言麈尾清谈柄，坏却风俗是此人。

对清谈的否定反映了诗人的务实精神，更是对当时的文武将相拿不出救国救民策略的批判。

翻案，是想扭转历史的定势。它反映了晚唐诗人希望历史应该是"这样"，而不应该是"那样"的心理状态。这是诗人面对历史即将重演的现实时受用世思想支配所表现出来的一种幼稚与天真。这正体现了诗人在病态社会影响下心理状态和思维方式的复杂性与虚幻性。

晚唐后期，皇帝已经失去了对社会，特别是对知识分子的凝聚力。在宦官、军阀的剧烈争斗中，皇帝成了一个玩偶。在这种形势下，晚唐诗人在总结亡国教训时，已经不像中唐诗人那样去追究皇帝的责任，而是在咏史诗中揭露王公将相专权乱政。如崔道融的《西施滩》、徐夤的《开元即事》、秦韬玉的《读五侯传》、周昙的《王莽》等作品，就一针见血地指出奸佞窃国弄权必然会导致亡国之祸。这是批判现实精神的另一种体现，但这种批判对于日薄西山、气息奄奄的晚唐政局来说，无异于杯水车薪。写了一百九十五首咏史诗的晚唐诗人周昙在谈到自己创作咏史诗的体会时说："考摭妍媸用破心，剪裁千古献当今。闲吟不是闲吟事，事有闲思闲要吟。"他承认创作咏史诗"不是闲吟事"，但他毕竟觉得他的咏史诗于当时当世只不过是一种"闲吟"而已。周昙的这首诗可以说是对咏史诗在唐代的命运所作的最切合实际的概括。统治者从来是不以历史为鉴的。从现有的史料看，在整个唐代，只有唐宪宗在读了戎昱的那首《咏史》后，否定了大臣们提出的"和亲"主张。因为那首诗中说："社稷倚明主，安危托妇人。"唐宪宗大概想落个"明主"的美名，所以才不主张把社稷的安危寄托在用女人和亲上，据说他还许了一个用不着偿还的愿："此人若在，便与朗州刺史。"算是对已经死去的戎昱的最高奖赏了。遗憾的是，这事只见于晚唐人范摅的笔记小说《云溪友议》，而不见诸正史，其可信度就值得怀疑了。再说朗州也不是什么好地方。

晚唐咏史诗除了上述思想倾向外，还有一个明显的特征，就是封建知识分子对自身价值的重新思考。这是和整个晚唐诗人对人生价值的反思相联系的。

盛唐和中唐时，诗人常常借助于咏叹古人仕途通达或者怀才不遇寄托自己的情怀。不然的话，他们是绝对不会和早已灰朽的古人套近乎的！晚唐知识分子的命运比盛唐和中唐时期的知识分子更糟糕。比如李商隐，一生仕途坎坷，是一位"一生襟抱未曾开"的失意文人，但他总希望能做出一番事业。这种善良愿望被社会现实彻底粉碎了，所谓爱惜人才已经是昔日的往事。他在《汉宫词》中说："侍臣纵有相如渴，不赐金茎露一杯。"即便是那些仕途通达者，也未必就能充分发挥自己的聪明才智。如《南朝》："玄武湖中玉漏催，鸡鸣埭口绣襦回。谁言琼树朝朝见，不及金莲步步来。敌国军营漂木柹，前朝神庙锁烟煤。满宫学士皆颜色，江令当年只费才。"诗人不羡慕曾经官至仆射尚书令的江总，影射当时社会对人才的卑弃。在晚唐社会，知识分子自身价值贬值，不仅仅是李商隐一个人的想法，而是一种普遍的社会现象。温庭筠在《过陈琳墓》中所流露出的"词客有灵应识我，霸才无主始怜君"，在《蔡中郎坟》中所流露出的"今日爱才非昔日，莫抛心力做词人"，这种情绪已经普遍存在于当时社会。尽管温庭筠后来没有改行从事其他职业，最终还是以"词人"、清客的身份仰仗于达官显宦，但是，他在咏史诗中流露出的这种自我否定的情绪则反映了一代知识分子的普遍心声。在晚唐咏史诗中有两首《焚书坑》，一首是罗隐的，一首是章碣的。封建知识分子对秦始皇焚书坑儒无不同仇敌忾，但是，罗隐说"祖龙算事浑乖觉，将谓诗书活得人"；章碣则说"坑灰未冷山东乱，刘项原来不读书"。两诗都充满了苦涩的戏谑。倘若不是知识分子的地位一落千丈的话，罗隐恐怕还相信凭着自己的满腹经纶就可以"横"行天下，既用不着冷嘲热讽秦始皇办事有点儿傻得可爱，也不会把自己的名字由罗横，改成罗隐。章碣则极力肯定知识分子的社会作用。然而，尽管他对秦始皇的愚民政策大为光火，极力肯定"竹帛"与"帝业"之间的密切关系，但他终究还是不得不承认干了一番惊天动地大事业的刘邦和项羽"原来不读书"的事实！

晚唐知识分子在心理上的这种严重失衡直接影响了这个时期的

咏史诗的创作。他们把历史作为一面可以折射现实的镜子，用它间接反映现实。从整个唐代历史来看，知识分子作为一个群体，在中唐初期，他们最早觉醒，在晚唐后期，又是他们最先绝望，最终完成了咏史诗在唐代的历史使命。

三

唐代咏史诗不仅以其题材的独特性丰富了唐诗宝库，而且在艺术上也取得了很高成就。

何焯在《义门读书记》中说："咏史者，不过美其事而咏叹之。概括本传，不加藻饰，此正体也。太冲多摅胸臆，此又其变。"何氏所谓的"概括本传，不加藻饰"的"正体"咏史诗不过是"叙事"而已；所谓的"美其事而咏叹之"，也仅仅给咏史诗划定了一个狭隘的创作模式。用"叙"史和"美其事"来比照唐代咏史诗的发展历史，也只有初唐时期的咏史诗符合何氏的规范。盛唐时期，诗人已经不大这样做了。他们追踪左思，用"变体"取代所谓的"正体"，使咏史诗发生了质的飞跃，从单纯叙事发展到在咏史诗中更多地注入作者个人的主观感情色彩。特别是李白、杜甫、刘长卿等人，他们的咏史诗虽然数量不多，但为唐代咏史诗的定型作出了重大贡献。中晚唐的诗人正是在继承这一传统的基础上把唐代咏史诗的创作推向成熟和繁荣。以绝句形式创作的咏史诗代表了咏史诗在艺术上的顶峰。唐人为什么喜欢用绝句的形式创作咏史诗？清代的刘熙载解释说"绝句取径贵曲深，盖意不可尽，以不尽尽之"，令人"睹影知竿"，反复回味。但也不可否认，晚唐诗坛上以汪遵、周昙为代表的咏史诗又出现了

"返祖"现象，所幸的是，这并不代表晚唐咏史诗的主流。

不管是咏史、怀古，还是咏怀古迹，都是以一定的历史人物、历史事件为对象的。任何一个历史事件都有其复杂的前因后果，任何一个历史人物都有其复杂的经历。这仅仅为咏史诗的创作提供了素材，要使它成为艺术品，必须有取舍、有选择。受形式的限制，咏史诗不可能拘泥于对具体的史、事进行详尽的描绘。所以，对史、事进行剪裁就成为咏史诗创作过程中必不可少的重要环节。这样做，不仅可以看出一个诗人谋篇布局的技巧，更重要的是，通过对史、事的取舍使作者的注意力更为集中，重点更加突出，从而达到知古鉴今的目的。因此，精于剪裁，缩龙成寸，可以说是唐人咏史诗在艺术上的第一个明显特点。比如杜甫的名作《蜀相》。诸葛亮的一生，戎马倥偬，叱咤风云，可写的事情很多，但作者以诸葛亮一生功业未就为主旨，以其祠堂为观照对象。诗的前四句，在描绘其祠堂时，诗人以"碧草自春色"、"黄鹂空好音"的衰败景象寄托自己的惋惜之情。后四句点出诸葛亮"两朝开济"蜀汉王朝的卓著功勋，并对其"出师未捷身先死"的结局流露出深深的叹惋。诗人说诸葛亮是"开济"两朝的"老臣"，其中也包含着诗人在玄宗和肃宗两朝均不得志的伤感。《咏怀古迹五首》之五也是咏诸葛亮的，但诗人侧重于对诸葛亮治国治军才能的评述，纯从大处落笔，不囿于对具体事件的描述，被视为咏诸葛亮的名作。刘禹锡《西塞山怀古》把王濬经过艰苦鏖战、建立破吴首功一事浓缩在四句诗中，突出了统一潮流不可抗拒这一重点。华清宫是中唐以后的诗人常常吟咏的对象。它的盛衰标志着唐王朝的由盛转衰。对这样一个历史遗迹，杜牧经过剪裁，只用三首七言绝句就概括了唐玄宗晚年荒于国事的全部历史，其容量和艺术性都超过了郑嵎那篇洋洋一千四百字的《津阳门诗》。

复杂的历史事件经过诗人的精心剪裁往往在时间和空间上呈现出腾挪跳跃的特征,造成一种极度夸张的艺术效果。比如李约的"一曲霓裳四海兵",一句诗中容纳了十年风云变幻,李商隐的"小怜玉体横陈夜,已报周师入晋阳",胡曾的"千里长河一旦开,亡隋波浪九天来",鱼玄机的"一双笑靥才回面,十万精兵尽倒戈",等等,都运用了大幅度的时空跳跃技巧,简洁明快,余味隽永。

长于议论是唐代咏史诗的最大特点。

宋代的严羽在《沧浪诗话》中曾极力批评宋人"以议论为诗",缺乏"一唱三叹之音",主张诗歌"惟在兴趣",应该"不涉理路","不落言筌"。这种未免过于武断的观点被清人吴乔在《围炉诗话》中加以发挥:"古人咏史,但叙事而不出己意,则史也,非诗也。出己意、发议论而斧凿铮铮,又落宋人之病。"而"用意隐然,最为得体"。但是,唐代咏史诗正是在发议论这一点上形成了它独特的艺术特征。

一般来说,咏史诗确实离不开议论。除了那些不出己意的"叙史"诗,作者总要在诗中把自己对历史人物功过的评判、对历史事件的见解和教训上升为对世人有教益的理性认识。以借古喻今为创作目的的咏史诗,离开了作者的个人见解和振聋发聩的议论,便失去了它自身的价值。严羽是极力推崇杜甫的,而杜甫恰恰喜欢在咏史诗中发议论。他的《八阵图》就是纯以议论为体:"功盖三分国,名成八阵图。江流石不转,遗恨失吞吴。"被后人推为咏史绝唱。所以,一概反对在诗中发议论是片面的。

唐人咏史诗中的议论并非是纯粹的理性说教,而是诗人针对具体史、事所总结出的合乎情与理的结论,是诗人以史实为依据,以个人的感性认识为中介所总结出的富于理性的认识。例如杜甫的《咏怀古迹五首》之五："诸葛大名垂宇宙，宗臣遗像肃清高。三分割据纡筹策，万古云霄一羽毛。伯仲之间见伊吕，指挥若定失萧曹。运移汉祚终难复，志决身歼军务劳。"全诗除了第二句写诸葛亮的"遗像"外，其余七句都是议论，是诗人对诸葛亮一生功绩的评价。既是议论，也是抒情，或者说是抒情式的议论。尽管是议论，却具有明显的形象感，它和抽象的、经院式的说教有着本质区别。再如戎昱的《咏史》："汉家青史上，计拙是和亲。社稷依明主，安危托妇人。岂能将玉貌，便拟静胡尘。地下千年骨，谁为辅佐臣。"是一首对和亲政策持不同政见的史评诗。诗人有感于屈辱的和亲给国家和民族带来的危害，才提出了"社稷依明主"的观点，反对把国家的"安危"托于"妇人"玉貌的屈辱政策，反映了一种民族自尊精神。这样的议论，感情充沛，观点鲜明，鞭辟入里，富于教益。刘禹锡面对六朝古都金陵，联系在这里发生的悲恨相续的盛衰史，发出了"盛衰因人事，山川空地形"的警世之叹。这种议论，完全符合六朝不修内政，一味仰仗江山形胜而终归灭亡的历史实际。当他看到六代帝都"万户千门成野草"的凄凉景象时，得出了"只缘一曲后庭花"的结论，尽管尖刻，但不失针砭力度。杜牧在《题乌江亭》中批评项羽不"卷土重来"的失败情绪，首先是由于历史上有许多不甘心失败、重整旗鼓而最终取得胜利的英雄，更重要的是批评朝廷在削除藩镇战争遭到挫折后就向藩镇妥协。李商隐在《咏史》中把封建王朝的盛衰兴亡归因于"成由勤俭败由奢"，虽然没有认识到也不可能认识到封建制度本身的弊病，但诗人至少认识到了勤俭可以兴邦，奢侈会引起社会机制失调、加速社会矛盾激化的道理。晚唐诗人高蟾面对日薄西山的金陵晚景发议论说："世间无限丹青手，一片伤心画不成。"韦庄却针锋相对地指出:"谁谓伤心画不成?画人心逐世人情。"一针见血地揭示了艺术家迎合世风的创作心态。在唐代咏史诗中,类似上述例证的议论不胜枚举。这种议论,是理性和感性的统一,是议论与抒情的完美结合,毫无空泛之弊,就像沈德潜在《说诗晬语》中所说的,是"带韵以行",因而具有感染力。

唐人在咏史诗中发议论的方式是多种多样的。有的先描述,后议论,如:

韩愈《过鸿沟》:

> 龙疲虎困割川原,亿万苍生性命存。
> 谁劝君王回马首,真成一掷赌乾坤。

吕温《刘郎浦口号》:

> 吴蜀成婚此水浔,明珠步帐幄黄金。
> 谁将一女轻天下,欲换刘郎鼎峙心?

郑畋《马嵬坡》:

> 玄宗回马杨妃死,云雨虽亡日月新。
> 终是圣明天子事,景阳宫井又何人。

罗隐《西施》:

> 家国兴亡自有时,吴人何苦怨西施。

西施若解倾吴国，越国亡来又是谁？

以上诗句，基本上是缘事而发、顺理成章的议论方式。有的则是先议论，后描述。如王维《息夫人》：

莫以今时宠，能忘旧日恩。
看花满眼泪，不共楚王言。

李益《过马嵬》：

汉将如云不直言，寇来翻怪绮罗恩。
劝君休洗莲花血，留记千年妾泪痕。

刘禹锡《蜀先主庙》：

天地英雄气，千秋尚凛然。
势分三足鼎！业复五铢钱。
得相能开国，生儿不象贤。
凄凉蜀故伎，来舞魏宫前。

唐彦谦《楚世家》：

偏信由来惑是非，一言邪佞脱危机。
张仪重入怀王手，驷马安车却放归。

这是由一般到个别的议论方式。在艺术上颇有高屋建瓴之势。

但多数诗人是把议论与叙事、抒情三者融为一体。如牟融《司马迁墓》：

落落长才负不羁，中原回首益堪悲。
英雄此日谁能荐，声价当时众所推。
一代高风留异国，百年遗迹剩残碑。
经过词客空惆怅，落日寒烟赋黍离。

李德裕《汨罗》：

远谪南荒一病身，停舟暂吊汨罗人。
都缘靳尚图专国，岂是怀王厌直臣。
万里碧潭秋景静，四时愁色野花新。
不劳渔父重相问，自有招魂拭泪巾。

杜牧《题桃花夫人庙》：

细腰宫里露桃新，脉脉无言几度春。
至竟息亡缘底事，可怜金谷坠楼人。

其他如李商隐的《贾生》、章碣的《焚书坑》等，这是唐人咏史诗比较常见的谋篇布局方式，给人以情、理、事环环相扣，互为表里、相得益彰的艺术感受。当然，有些人喜欢纯用议论，或者是议论多于描述，如东方虬的《昭君怨三首》之一、杜甫《咏怀古迹五首》之五、杜牧的《云梦泽》、皮日休的《汴河怀古》等诗，纯用史论笔法，但又不失具体形象性。这类作品，大处落笔，给人以全方位思考的审美感受。

  唐代咏史诗也讲究意境，或者境界。意境或者境界是唐代诗人对古典诗歌在艺术发展方面所作的杰出贡献。简单地说，它是诗人的主观感情与客观物境相互交融而形成的一种艺术审美效果。有人甚至说是创作主体的"意"与客观的"境"的契合。咏史诗的这一审美效果在怀古诗和咏怀古迹诗中显得尤为突出。触景生情是唐人在咏史诗中创造意境时常用的手法。"古迹"是触发诗人怀古、吊古、伤今的触媒，或者说是诗人情感的载体。如李白《苏台览古》：

  旧苑荒台杨柳新，菱歌清唱不胜春。
  只今惟有西江月，曾照吴王宫里人。

《越中览古》：

  越王勾践破吴归，义士还家尽锦衣。
  宫女如花春满殿，只今唯有鹧鸪飞。

赵嘏《广陵城》：

  红映高台绿绕城，城边春草傍墙生。
  隋家不向此中尽，汴水应无东去声。

  诗人均就眼前所见景象有感而发，呈现出由景及情的特征。

在创造意境的过程中，诗人常常采用移情手法，让客观物境带上作者的主观感情色彩，达到意与境的融合。如杜甫的《咏怀古迹五首》之三（群山万壑赴荆门）、刘长卿的《登余干古县城》、李益的《隋宫燕》、杜牧的《金谷园》、李商隐的《武侯庙古柏》、韦庄的《台城》、李山甫的《隋堤柳》等，诗人体贴物情，创造出物我合一的艺术境界。在诗人笔下，山川草木、花鸟虫鱼无不与诗人达到心灵上的交感。比如杜甫《咏怀古迹五首》之三中的"环佩空归月夜魂"，《蜀相》中的"映阶碧草自春色，隔叶黄鹂空好音"，张继《华清宫》中的"只今唯有温泉水，呜咽声中感慨多"，《金谷园》中的"老尽名花春不管，年年啼鸟怨东风"，刘禹锡的《石头城》"山围故国周遭在，潮打空城寂寞回。淮水东边旧时月，夜深还过女墙来"，张祜的《过石头城》"累累墟墓葬西原，六代同归蔓草根。惟是岁华流尽处，石头城下水千痕"，这些诗都运用了移情于物的表现手法。

古人认为，以史为镜，可以知盛衰。唐代咏史诗是唐代诗人对诗歌领域的拓展，贯注于其中的主要是儒家的用世思想和忧患意识。在唐代咏史诗中，既看不到道家的潇洒与飘逸，也看不到佛家的孤寂寡欲和淡泊宁静。从整体上说，唐代咏史诗反映了传统的儒家思想在封建知识分子心目中的牢固地位以及诗人关心国计民生的强烈忧患意识。唐代咏史诗的认识价值和思想价值也就在于此。

杜甫的人生历程与诗歌创作

一部杜诗,是诗人的一部心灵历程史。

唐代宗大历四年(769)春天,杜甫离开岳阳赴潭州。旅途中,他写了一首《南征》诗:

> 春岸桃花水,云帆枫树林。
> 偷生长避地,适远更沾襟。
> 老病南征日,君恩北望心。
> 百年歌自苦,未见有知音。

杜甫写这首诗的时候,已经五十八岁,可以说到了人生的暮年,可是,他的漂泊生涯并没有结束。用王安石的话说,杜甫是"饿走半九州"——在饥寒交迫中几乎走了唐王朝的大半个天下。但是,从这首诗看,他刚登上旅途,还满怀喜悦地欣赏着两岸盛开的桃花和渐渐泛出绿色的枫林。可是,当他看到云帆高悬的客舟划开一江春水向南急驶,岸边的景致渐渐被抛在身后的时候,一种为"偷生"而常常漂泊旅途的辛酸油然而生,万千感慨涌上心头。更何况这一次又要流落到更远的南方,所以,他的心情不像几年前"直从巴峡穿巫峡,便下襄阳向洛阳"那般轻松愉快!这时候,他不仅意识到自己已经老了，而且疾病缠身。在这种境况中，他却要"南征"。那种辛酸的滋味，常人是根本体会不到的，因此就不免老泪纵横！

回首一生，"致君尧舜上，再使风俗淳"的人生理想早已化为泡影。"自谓颇挺出，立登要路津"的人生自信和抱负早已被"常避地"的苟且偷生所替代。尽管如此，诗人一片忧国恋君的赤诚之心却从来没有泯灭，所以，虽然船向南行驶，他却不时地回头北望。这种怀恋"君恩"的情怀贯穿了他的一生。也许他已经预感到自己将不久人世，所以不由得从心底里发出了"百年歌自苦，未见有知音"的人生悲叹。"百年歌自苦"，这是诗人对自己一生诗歌创作所蕴含的种种人生痛苦情感的夫子自道。自己为什么要写诗，而且要一辈子都在写诗呢？"诗言志，歌永言。"这一点杜甫心里很清楚。但他就不明白，自己为什么没有遇见一个能理解自己诗中"苦"的"知音"呢？这对于把诗歌当成自己家族传统（他曾经说过"诗是吾家事"）的杜甫来说，只有他自己能体味出其中的甘苦。

然而，更让诗人感到痛苦的是"未见有知音"。——这绝不是仅仅说没有人能理解他作诗的良苦用心，而是悲叹像他这样时时刻刻以天下为己任的诗人在当时那个社会已经绝迹了！几年前，他在夔州写《秋兴八首》的时候，就发出了"同学少年多不贱，五陵衣马自轻肥"的悲叹。当年他虽然被"同学翁"所讥笑，但依旧"浩歌弥激烈，放歌破愁绝"！所以，"百年歌自苦，未见有知音"既是对自己的诗歌所蕴含的苦心不被人理解的忧叹，又是对自己耗尽毕生精力从事诗歌创作却陷入了"曲高和寡"的痛苦境地的悲叹！

杜甫的诗歌，是诗人人格和人生历程的重要存在形式，是诗人生命和情感的载体。因此，要真正认识杜甫，就必须深入诗人的心灵世界，成为他的"旷世知音"。这是我们认识杜甫诗歌精神的必由之路。

杜甫一生，历尽了人间沧桑，也饱受了世态炎凉，很少有过人生惬意与快乐，就是到了晚年，也依旧漂泊不定。早在大历初年，诗人在《中夜》诗里就说："长为万里客，有愧百年身！"总觉得长期漂泊真有点儿对不起自己的一大把年纪。有时候，他还受到当地人的排挤。在夔州时，他写过一首《最能行》，其中有两句："此乡之人气量窄，误竟南风疏北客。"——那个地方也有文化人，也写诗，可是，他们对轻艳浮华的"南风"很欣赏，瞧不起杜甫沉郁厚重的诗风。所以，他离开夔州，可能与在那里没有"知音"有关。如今，当他以老病之身再次踏上漂泊南国的征途，面对漫漫长途，又一次感到了人生的凄凉酸楚。他当年因"人事"离开了长安。那么，现在"南征"时为什么还不时引领北望，想到"君恩"呢？

说实在的，在杜甫的一生中，不管是唐玄宗，还是唐肃宗，并没有给他这个规规矩矩、以"奉儒守官"为人生追求目标的书生施以恩惠。但是，他那"奉儒守官"的家世和在长期的人生阅历中所培育起来的儒家文化人格使得他把那些本来就微不足道的"君恩"时常铭记在心。

三年前（766），他在夔州时，写了著名的《秋兴八首》。诗中曾几次回忆起在长安为官时的经历。从字面上看，有些诗句流露出了少有的高兴，比如"云移雉尾开宫扇，日绕龙鳞识圣颜"，"一卧沧江惊岁晚，几回青琐点朝班"。但仔细想想诗人当时的处境，与其说是高兴，还不如说是一种苦涩的回忆。所以，如果我们仔细斟酌一下诗人的"北望心"，就会察觉到，所谓的"君恩"，对杜甫来说，实在是太微薄了！正因为如此，诗人才把一生的心力用在了诗歌创作上，用诗歌来倾吐心灵的痛苦。然而，这种痛苦的悲歌，既没有人能够理解，也没有响应者，这才使得诗人发出了"百年歌自苦，未见有知音"的人生怅叹。

杜甫的这种人生感慨，和白居易大不一样。元和十年（815），白居易被贬为江州司马。因为"司马"是个有职无权的闲差事，所以白居易就着手整理自己此前所写的诗，成十五卷，并在卷末题了一首七言律诗，后四句说："世间富贵应无分，身后文章合有名。莫怪气粗言语大，新排十五卷诗成。"——虽然功名富贵和自己没有缘分，但白居易相信自己死后会在文坛上留下名声。而杜甫不仅感到"百年歌自苦"，而且感到了"曲高和寡"的孤独。从中可以看出，尽管统治者宣称儒家学说是立国的根本，可是，在现实生活中，真正恪守儒家思想的"文士"并不吃香，反倒是那些颇懂"机巧"的蝇营狗苟者在官场游刃有余。杜甫坚守儒家信条，不事权变，落了个"饿走半九州"的下场。白居易比杜甫聪明，他意识到自己写讽喻诗得罪了权贵，所以急流勇退，反而官运亨通，最后做到了礼部尚书。

荀子曾经说过这样一段话：

秦昭王问孙卿子曰："儒无益于人之国。"孙卿子曰："儒者法先王，隆礼义，谨乎臣子而致贵，其上者也。人主用之则执在本朝而宜；不用则退编百姓而悫，必为顺下矣。虽穷困冻馁，必不以邪道为贪，无置锥之地而明于持社稷之大义。"（荀子《儒效篇》）

这个评价很有意思。秦奉行"法家"之道，所以，秦昭王说儒士对国家没有用处。孙卿子则认为，凡是儒士，尊奉先王之法，崇尚礼仪道德。儒士都是凭借着兢兢业业的苦干精神获取富贵的。假如"人主"不用他们，那他仍然是一个老老实实的普通百姓，尽管处境不好，但绝不去会干那些邪门歪道的事。哪怕穷得无立锥之地，他们也始终以国家大义为重。

杜甫就很有这种先秦儒士的风范。尽管他一生不得志，但还没有沦落到"无置锥之地"的穷困状态。当他在长安因求仕处处碰壁、不得不思考自己的人生退路时，曾经为"杜曲幸有桑麻田"而感到庆幸。在洛阳他还有陆浑山庄，这是奉儒守官的祖上留下来的家业。而且他还享受着"生常免租税，名不隶征伐"的优惠待遇，只要他退耕田园，应该说衣食温饱是不成问题的。可是，当他流落到了蜀地时，却要靠朋友接济才能维持生活。有时候，吃饭都成了问题，《百忧集行》："痴儿未知父子礼，叫怒索饭啼门东。"有时竟到了囊中羞涩的地步，《空囊》诗说他"囊空恐羞涩，留得一钱看。""穷"，对杜甫来说，意味着他以稷契自许、想做一个经邦济世的能臣，却从来没有被"人主"重用过！这自然就谈不上建立位极人臣的事功。倘若皇帝重用了他，那他就不会临近暮年依旧"漂泊西南天地间"了！因此，他所谓的"老病南征日，君恩北望心"，是"致君尧舜"、"再淳风俗"的人生理想被皇帝冷落、被时代扼杀后的怨愤！而不像欧阳修所说的那样：杜甫"为歌诗，伤时浇弱，情不忘君，人怜其忠"。

杜甫确实像荀子所说的那样，是一位"虽穷困冻馁"，却"不以邪道为贪"，终其一生"明于持社稷之大义"的伟大诗人。然而，就是这样一位把毕生心力奉献给社会与艺术的伟大诗人，临近垂暮之年发出了"百年歌自苦，未见有知音"的人生悲叹。这不能不说是社会的悲剧，时代的悲剧，诗人文化人格的悲剧！

杜甫的人生悲剧在于他的人生理想"是要求完全不同的生存和

一个不同的世界",他的人生却是"一场悲惨的梦"!(叔本华《文学的美》)

杜甫的人生确实是一部崇高的悲剧。这种"崇高的悲剧"也是杜甫诗歌的艺术魅力之所在!

杜甫所要求的生存状态既和社会现实是冲突的,也是不切实际的,带有浓厚的"法先王"的理想色彩。尤其是人们常常称道的"致君尧舜上,再使风俗淳"——尧、舜的垂衣而治,仅仅是先秦儒家的杜撰,很空泛,"再淳风俗",就有点儿对当时执政者(比如李林甫等宰相)的大不恭敬了!所以,当年李林甫让参加"制举"的杜甫落榜,也是情理中的事。杜甫恰恰没有意识到这一点,反而耿耿于怀,在后来给京兆尹鲜于仲通献诗时还说大骂李林甫:"破胆遭前政,阴谋独秉钧。"李林甫执行的是"吏治",重视"才干",他不需要像杜甫这样的以"奉儒守官"自诩的、循规蹈矩的儒士。

解读杜甫的人生悲剧,就是要通过解读杜诗,从中探索其人生之旅与其诗歌所具有的崇高悲剧美之间的微妙关系,探究其"要求完全不同的生存和一个不同的世界"的虚幻性,从杜甫的人生道路和情感历程入手去解读他的诗歌艺术情感的流变过程。

情感决定诗人的审美取向和人生抉择。写诗,是杜甫生命的一部分,"诗是吾家事,人传世上情"(《宗武生日》),也是他日常生活的重要内容,"宽心应是酒,遣兴莫过诗"(《可惜》)。一部杜诗,就是诗人的心灵与时代精神撞击之后奏出的艺术乐章。

杜甫一生复杂多变,经历了玄宗、肃宗、代宗三个朝代。在五十多年的人生旅途中,他既亲身经历了"开元全盛日"的辉煌,又承受了天宝末年以及肃宗、代宗两朝的社会大动荡所带给家国的种种不幸。从他的个性来看,他既有年轻时"放荡燕赵间,裘马颇轻狂"的放达与潇洒，又有中年以后，"支离东北风尘际，飘泊西南天地间"的颠沛流离；在京城长安的十三年，既有"朝叩富儿门，暮随肥马尘。残杯与冷炙，到处潜悲辛"的失意与难堪，也有旅食京华时"春风自信牙樯动，迟日徐看锦缆牵"的优游闲雅。当他写出"旌旗日暖龙蛇动，宫殿风微燕雀高"的诗句时，他那入朝为官的悠闲与文雅的神态跃然纸上，他也就对王维的"九天阊阖开宫殿，万国衣冠拜冕旒"的赞颂感同身受！当上层集团之间的互相倾轧向他袭来的时候，他又流露出"吏情更觉沧州远，老大徒伤未拂衣"的懊悔！青年时代，当他东游齐鲁、望见巍峨的泰山，奋笔写下《望岳》一诗，在诗的结尾发出了"会当凌绝顶，一览众山小"的豪情壮志，但是，当他失去左拾遗职务、被贬出京城、到华州任司功参军时，仰望西岳华山，却失去了昔日的自信与攀登精神，不由得望岳兴叹："安得仙人九节杖，拄到玉女洗头盆！"——他不想爬山了，如果有仙人的"九节杖"相助，他还是想登上华山顶去看看。

同样是"望岳"，心理落差非常明显。由此可以看出：杜甫的情感世界和诗歌创作随着时代的变化、人生际遇的顺逆以及心态的不同而呈现出差异。因此，我们追踪杜甫的人生足迹，去探索他的情感世界与艺术创作之间的关系，就是对杜甫人生悲剧的一种绝好的解读！

基于此，我把杜甫的一生及其诗歌创作大致分为八个时期：

一、三十五岁以前的漫游时期；

二、长安十年；

三、逃难与乱离时期；

四、短暂的为官时期；

五、秦州同谷时期；

六、成都与梓州时期；

七、云安与夔州时期；

八、湖湘时期。

这种划分虽然显得过于琐细，但我觉得这更符合杜甫诗歌的艺术衍进历程。

人在旅途，总有歇脚和投宿的时候，也有不时回首已往路程的沉思和展望未来的遐想。杜甫诗歌所展现的心灵历程和艺术历程又何尝不是这样！

在这八个不同的时期，杜甫的诗歌创作呈现出不同的艺术格调，就像一首人生的交响乐，有时高亢激昂，有时悠扬婉转，有时又变得低沉，有时又转换为哀怨。当他处于顺境时，可以心花怒放；当他陷入逆境时，又是那样悲愤和凄凉；当人生的理想最终化为泡影时，对理想的执着又使他的诗歌变得沉郁悲壮；在他人生最后的那段路程上，依旧表现出对人生的热爱与无悔，以沉郁绵缈的旋律结束了他五十九年的人生历程。

总体来说，杜甫的一生，承受了一个封建知识分子本不应该承受的人生苦难，却从没有享受到一个充满爱心的封建知识分子应该得到的社会回报。杜甫的最大优点和弱点交织在一起：在承受不该他承受的苦难的同时，表现出极大的宽容与忍耐。这就是杜甫。

杜甫在他的人生道路上抒写的诗歌所展示出的艺术精神，既和时代的脉搏一起跳动，同他所生活的时代有着密不可分的联系，又同他自身的失意困顿密切相关。他的艺术创作道路是他人生之路的真实写照。一部杜诗，就是诗人的一部心灵史。在中国文学史上，杜甫之所以能赢得"诗圣"的赞誉，原因就在于他那宽厚仁和的博大胸怀。尽管穷困潦倒，但依旧心系国家："不眠忧战伐，无力正乾坤。"(《宿江边阁》)他不仅没有因为自己不能"正乾坤"而超然世外,反而无时不心忧天下。这就是杜甫。他的诗歌被后人誉为"诗史",原因就在于他把自己的心灵世界时时与社会的动荡不安联系在一起。胸怀天下,笔底风雷。这就是站在当时历史制高点上的杜甫。

我们也应该看到,不管杜甫站得多么高,他毕竟是一个血肉之躯。在那个时代,他的人格中也表现出附势与媚俗的另一面,因而也就出现了附和流俗的轻薄诗作。好在他能很快地清醒过来,所以最终没有堕入轻滑。

漫游时期的诗歌创作及其审美特征

杜甫的诗歌创作善于把自己坎坷、复杂的人生阅历和对诗歌艺术孜孜不倦的追求完美地结合在一起。当我们沿着诗人的人生足迹,去追寻他的艺术历程时,就能够避免简单地、笼统地用"沉郁顿挫"来概括杜甫诗歌的艺术风格。譬如说,同样是咏马,壮游时的"胡马"在诗人的心灵中表现为"骁腾有如此,万里可横行"的雄健之美;而在天宝末期创作的《骢马行》中,来自大宛的神骏,已经失去了昔日的风采:"岂有四蹄疾于鸟,不与八骏俱先鸣?时俗造次那得致,云雾晦冥方降精。"作者虽然没有像楚霸王那样发出"时不利兮骓不逝"的怅叹,但毕竟是期盼代替了往日的自信!情随事变,诗随事迁。因此,我们只有沿着杜甫的人生历程,从社会环境、时代精神以及诗人的心态和审美理想等方面去探讨杜甫诗歌的艺术流变,才能从整体上观照杜甫诗歌的艺术历程。

正如韩愈所说的那样,杜甫的诗歌确实具有"心夺造化"的艺术魅力。这种艺术魅力，并非一开始就显露出来，而是有一个逐步完善的过程。

怀着对人生的美好憧憬，杜甫在唐玄宗开元二十年开始了他的漫游生活。这一年，他刚满二十岁。

杜甫开始漫游时，正是开元盛世。尽管他的家境这时已经不如其先祖杜预时代那么显赫，甚至还不如其祖父杜审言在世时那么殷实，但他的童年和少年时代依旧受过良好的教育和文化熏陶。这段岁月给杜甫留下了深刻印象，在晚年他曾以矜持和自豪的心情回忆起那段令他留恋不已的童年时代："七龄即思壮，开口咏凤凰。九龄书大字，有作成一囊。"到了十四五岁时，杜甫已经成为在洛阳小有名气的少年天才，经常出入于王室成员与达官贵人宅第，游憩于翰墨之间。当时的社会名流对杜甫的才华也倍加称颂，像《壮游》诗所说的："斯文崔魏徒，以我似班扬。"崔尚和魏启心算不上文坛宿老，但他们把杜甫比作汉赋四大家中的班固和扬雄，除了含有奖掖后进的用意外，也说明少年杜甫确实具有才华横溢的天赋。否则，在晚年写的《江南逢李龟年》中，他不会对李龟年说"岐王府里寻常见，崔九堂前几度闻"。这不只是说李龟年经常出入于歧王府和崔涤家，也是说他自己也是这些贵戚、名流堂上的常客。不仅如此，杜甫对自己的才学也很自负，以至于在困守长安期间创作的《奉赠韦左丞丈二十二韵》一诗中还很矜持地回忆起那令人陶醉的少年岁月："读书破万卷，下笔如有神。赋料扬雄敌，诗看子建亲。李邕求识面，王翰愿卜邻。"杜甫是一位从不撒谎的老实人，他绝不会自吹自擂。所以，清人仇兆鳌说，少年杜甫以诗名而"倾动前辈"，明王嗣奭则说，"'读书破万卷'等句，大胆说出，绝无谦逊也"。正因为少年杜甫才华出众，所以，在开元十二年十一月和开元十三年十一月唐玄宗两次到洛阳时，他才能被推荐参加到"观国"大礼的"宾客"行列。同时，开元时代那种蓬勃向上的时代风气又深深地感染了杜甫，他的心理律动和时代脉搏一起跳动："性豪业嗜酒，嫉恶怀刚肠。脱略小时辈，结交皆老苍。饮酣视八极，俗物多茫茫。"（《壮游》）少年老成与志趣不凡，再加上社会名流的奖掖，这诸种客观条件的影响，使得少年杜甫对社会、对人生充满了激情与向往。而这一点，正决定了他漫游时期诗歌创作的基调。

杜甫的漫游生活从南游吴越开始。直到晚年，吴、越之游的美好记忆仍然深深地留在他的脑海："越女天下白，鉴湖五月凉。"（《壮游》）吴越的人文历史并没有给他留下多少深刻的印象，倒是那里的美女让诗人直到老年还念念不忘。可见当时的杜甫的生活也像李白那样放荡、洒脱，走在大街上，会关注那些长得漂亮的女孩子。这种生活一直延续到三十四岁，前后一共十五年时间。齐、鲁、燕、赵以及梁、宋故地都留下了这位年轻诗人的足迹。

漫游时期创作的诗歌流传下来的只有二十四首（据浦起龙《读杜心解》统计。仇兆鳌《杜诗详注》作二十六首，多出了《重题郑氏东亭》与《登历下员外新亭》两首），其中《望岳》、《房兵曹胡马》、《画鹰》、《赠李白》（两首）等诗历来为诗家所称道。

任何一个诗人都有其艺术的学步期，杜甫也不例外。杜甫入蜀以后，曾经说过这样一句话："吾祖诗冠古。"（《壮游》）他说这话的时候，他的祖父杜审言已经作古半个多世纪了，而他本人的诗歌创作也可以说已经进入了一个新的艺术境界。善于继承优秀文化传统、并对之加以改造的杜甫正是站在"不薄今人爱古人"的角度说出这句话的。这句话反映了杜甫对其祖父当年在武后时期诗坛上的地位充满了敬意。杜审言是武则天时期颇有宫廷习气的诗人。他的诗也刚刚从六朝诗风中脱胎出来，透露出一点儿新的时代气息。像历来传诵的《和晋陵陆丞早春游望》："独有宦游人，偏惊物候新。云霞出海曙，梅柳渡江春。淑气催黄鸟，晴光转绿萍。忽闻歌古调，归思欲沾襟。"其中的"云霞出海曙，梅柳渡江春"，可以和后来的开元诗人王湾的名联"海日生残夜，江春入旧年"相媲美。杜甫在诗中屡屡提起其祖父，也反映了杜甫对其家学渊源的自负。正如他在《宗武生日》诗中所说的："诗是吾家事，人传世上情。"所以，宋人陈师道在《后山诗话》中引用黄庭坚的话说："杜之诗法出审言，句法出庾信，但过之耳。"

漫游时期，杜甫的诗歌创作还处于萌芽状态。在诗歌创作上还过多地仰仗前人的创作技巧而缺乏个人的独创性，特别是在对社会与人生的思考上表现得更为明显。在这一时期，杜甫的创作心态受开元之治的影响，决定了他的诗歌创作在精神上对当时社会充满了信赖感，其创作心理与时代精神呈现出和谐。因此，杜甫在漫游时期的诗歌表现的是当时社会的艺术共性，而不是自己的艺术个性。

这一时期的诗歌，在形式上以五言诗为主。在二十四首诗中，五言古诗五首，五言律诗十五首，五言排律两首，七律、七绝各一首。这些作品有一个共同特点，这就是，以叙事为主，章法、布局都显得比较拘谨，缺乏大的开合跳动，基本上还没有摆脱六朝与初唐诗的影响，呈现出古朴与艳丽兼具的特点。有的诗深奥中夹杂着朴拙，有的诗还不免板滞之嫌。除了《望岳》稍有气格浑成的特色外，多数作品都带有刻意雕琢字句的痕迹。这不能不说是由"吾祖诗冠古"所蕴含的自负与艺术追求造成的。

杜审言是"文章四友"中的佼佼者。因为他的官做得并不顺心，所以，他的诗就比李峤、苏味道、崔融等人显得好一些。大凡官运亨通者是写不出好诗的。但是，作为宫廷文人，在皇帝和王公贵族的眼皮底下写诗，诗人的神经常常是绷得很紧的，免不了战战兢兢、字斟句酌，更何况杜审言的多数诗是在铁腕女皇武则天时期创作的。等到他在中宗神龙（705—707）初因依附张易之而遭到贬谪之后，诗风才稍有变化，但已经是积重难返了。这从杜审言流传下来的三十九题、四十三首诗中应制、酬赠、宴游诗占了二十八首可以明显地看出一种倾向：其诗风是在满足型的心态支配下呈现出宫廷诗所特有的富赡与华美。而这一点对漫游时期的杜甫的诗歌创作产生了很大的影响。

  杜甫在漫游时期创作的诗歌，宴游、酬赠题材的诗就有十五首。这些作品明显地受到满足型社会心理的支配，在章法、布局、遣词造句上多与其祖父杜审言相似。但这并不意味着杜甫这时的诗歌创作就完全因袭其祖父。有一点明显不同：杜甫的心情是自由的，无拘无束的，没有宫廷诗人的谨小慎微。然而，遗憾的是杜甫这时的诗作缺乏自由驰骋的恢宏气度，多是在以叙述为主的汉魏诗风及初唐诗风所规范的艺术氛围中徘徊。例如《对雨书怀走邀许主簿》：

  东岳云峰起，溶溶满太虚。
  震雷翻幕燕，骤雨落河鱼。
  座对贤人酒，门听长者车。
  相邀愧泥泞，骑马到阶除。

  大概这首诗过于平实，连仇兆鳌都感到评论起来有点儿难以下笔，所以，就引用了明代单复的注释："上四对雨，五六书怀，七八走邀主簿。"浦起龙在《读杜心解》中说得更为直截了当："八句一滚下，作一幅尺牍看。"在浦起龙看来，这不是诗，而是一封邀请函！至于张上若所说的"起四写山中暴雨景，次第如画。五六写对酒怀人，工雅。末结到走邀，意又甚真"，实在有点儿过誉之嫌。自谓能识得天下才子的金圣叹则与众不同，认为这首诗"通篇是'书怀'二字，借雨寓言耳。先生一片爱惜好人心底，如此篇者甚多，读者毋徒作文字放过"。甚至认为此诗上四句写了"势利之途"，后又用"贤人"、"长者"字以"反照上文人品，真是阳秋笔法"（《杜诗解》），真可谓穿凿太甚！自诩为天下"第五才子"金圣叹对这首诗所作的评论，实在看不出一点儿才气！

再譬如《与任城许主簿游南池》：

秋水通沟洫，城隅进小船。
晚凉看洗马，森木乱鸣蝉。
菱熟经时雨，蒲黄八月天。
晨朝降白露，遥忆旧青毡。

和前一首不同，这首诗的中间四句写秋景，倒也给人以清爽醒目的感觉。但从整体上看，这首诗不过记述了"游南池"时所见景物。起首二句只是实打实地写了游南池时行船的路线，虽然采用了初唐诗人惯用的"偷春格"的技巧，但是，不仅没有造成梅花先百花而发的报春之势，反而显得很拘谨。结尾因"降白露"而生乡思却显得有些凑句之嫌。全诗比较平实呆板，缺乏活脱与跳动的美感。

其他如《游龙门奉先寺》、《登兖州城楼》、《题张氏隐居二首》之二、《巳上人茅斋》等作品，都表明杜甫漫游时期的诗歌创作还在初唐诗的旧习中徘徊、探索的特点。

作家的艺术个性要经过长期的艺术实践才能定型。杜甫自然也不例外。受满足型社会心理的影响，杜甫漫游时期的诗歌创作只能算是杜诗艺术发展史上的探索时期。这时的杜甫仅仅是凭着自己的才华和书生意气来看待社会、理解人生，或者说，他是凭着自己的直觉浮游于社会上层，缺乏对社会与人生的深层体验。这样一来，他的诗作就不免流露出优游闲雅之趣，借此以展示自己的学识与才华。他和范隐士、李白、李之芳、李邕等人的交往除了雅趣相投之外，并没有什么别的企求，因而他和这些人的唱和之作就有点类似于晋宋时期文人雅集的应景色彩。当他和隐士来往时就颂扬隐居："乘兴杳然迷出处，对君疑是泛虚舟。"(《题张氏隐居二首》之一)对隐逸生活充满了惬意。他和李白交往，又被李白的狂放所感染，居然写出"痛饮狂歌空度日，飞扬跋扈为谁雄"的诗句，颇有豪兴而又茫然不知所归。他说李白"未就丹砂"而有愧于炼丹祖师葛洪，但就他自己来讲，不过是逢场作戏而已，并非真的鼓励李白去炼丹服药。当他得知李白被权贵们排挤出朝廷，他也和李白一起痛骂官场的尔虞我诈："二年客东都，所历厌机巧！"(《赠李白》)当他夜宿龙门奉先寺时，又仿佛步入佛境："已从招提游，更宿招提境。阴壑生虚籁，月林散清影。天阙象纬逼，云卧衣裳冷。欲觉闻晨钟，令人发深省。"(按："天阙象纬逼，云卧衣裳冷"一联，通行版本皆如此。从诗意上讲，前后意思无法贯通。《蔡宽夫诗话》说："阙"字与下句语不类，所以，王安石把"阙"改成"阅"，这就和下句的"卧"字从词性上一致了。"天阅"就是看天；云卧，即夜宿招提寺，寺在山的高处，四周白云缭绕。)针对这首诗，王嗣奭说："人在尘溷中终日碌碌，一当静境，不觉万虑皆空。结语具有解悟。""人在尘溷中终日碌碌"，只能说是王氏读了这首诗以后自己的感悟，不能说是年轻的杜甫就有涤除尘念的想法。而"万虑皆空",似有"解悟",倒是符合杜甫当时的心境,带有一种静谧的色彩。可是,当他陪李邕游历下亭时,又追求一种不为物役的自由生活:"蕴真惬所遇,落日将如何!贵贱俱物役,从公难重过。"诸如此类,纯属即席应景,很难看出诗人已经具有了成熟的艺术个性。

在漫游时期的作品中,《望岳》称得上上乘之作:

> 岱宗夫如何?齐鲁青未了。
> 造化钟神秀,阴阳割昏晓。
> 荡胸生曾云,决眦入归鸟。
> 会当凌绝顶,一览众山小。

仇兆鳌说这首诗"气骨峥嵘,体势雄浑",大有孔子登泰山而小天下的气概。大自然的鬼斧神工在泰山的表现并不特别突出,但由于秦皇、汉武以及唐玄宗的封禅活动,给泰山蒙上了一层神秘色彩,所以杜甫才发出"造化钟神秀"的赞美。"一览众山小"仅仅是诗人设想的景象,他并非真的登上了泰山。这首诗还不能视为真正意义上的"雄浑",它和诗人晚年在夔州所写的《咏怀古迹五首》中的"群山万壑赴荆门"的"气象雄浑"不能相提并论。所以,仇氏的评价就有溢美之嫌。

此外,像《房兵曹胡马》、《画鹰》二诗,也不失为年轻诗人的佳作。如《房兵曹胡马》,虽然是题赠之作,却反映了青年时期的杜甫血气方刚的本色。作为一首咏马诗,和六朝及初唐的部分咏物诗相比,作者不仅写出了"胡马"不同凡响的神骏形象,而且字里行间流露出一股朝气,做到了形与神的结合。诗的结尾二句,又对马的主人房兵曹寄以良好的祝愿："骁腾有如此，万里可横行。"祝愿马的主人鹏程万里。《画鹰》诗也是历来被人称道的。作者把画上之鹰同真鹰联系起来，歌咏其搏击长空的雄姿，给人以奋击的动感。但是，这两首诗毕竟是诗人早期的作品，所以，在艺术上还存在着明显的缺憾。在《房兵曹胡马》中，作者描写马的耳朵时写道"竹批双耳峻"，把竖起的马耳比作劈开的竹子，就显得有点儿生硬；《画鹰》中写鹰眼时说"侧目似愁胡"，这样的描写都给人以形似的板滞感。而浦起龙在评价这二首诗时却说胡马和鹰"都为自己写照"（《读杜心解》），这实在是曲解了诗人的本意。漫游时期的杜甫正值人生的黄金时代，他没有任何理由在一个官职卑微的兵曹面前把自己比作供人役使的胡马；在题画鹰时，也没有表现出"乘风思奋之心，疾恶如仇之志"（浦起龙《读杜心解》）。诗人只是凭着自己的直觉去观察生活，并把自己的一腔昂扬之气倾注到所咏的对象之中罢了。

诗人也偶尔发一发思古之幽情，如《过宋员外之问旧庄》说"更识将军树，悲风日暮多"，《夜宴左氏庄》说"诗罢闻吴咏，扁舟意不忘"，《登兖州城楼》说"从来多古意，临眺独踌躇"，等等，纯粹是一时的兴之所至，缺乏实在的真情和思想基础。与其说是抒情，倒不如说是即席应景。

所以，漫游时期的杜甫还是游离于社会生活之外，而满足型的心理状态又决定了他在进行诗歌创作时只能采取直观表述的手法。这样就形成了诗中叙述多于抒情的特征。只有当他在人生旅途上经历了磨难，其心理状态由满足转向困惑乃至失落，他的诗风才发生了质的变化。

所以，杜甫是带着六朝诗人的余响踏入盛唐诗坛的。

受满足型人生心态的制约，漫游时期，崇尚典雅的审美观占了主导地位。这主要表现在对诗歌形式美的追求，即注重形式上的整饬、对称、均衡，喜欢对外物的色彩、状貌、声音等进行直观描摹。也就是说，注重于客观事物的表象美，审美主体与客体之间仅仅表现为一般的映现关系，距离神与物游、思与境谐的艺术审美境界尚有很大的距离。在谋篇布局、句法以及语词上多是追步六朝而稍加改造。他在成都时期所写的《戏为六绝句》就曾坦言自己"清词丽句必为邻"的审美追求。在晚年创作的《解闷十二首》之七中也说自己："陶冶性灵存底物？新诗改罢自长吟。熟知二谢将能事，颇学阴何苦用心。"

漫游时期的诗歌创作突出地表现为崇尚"典雅"，这是这一时期杜甫审美观的核心。"陶冶性灵"可以说是适合任何一位诗人的创作宣言，不单是杜甫自己。他对谢朓、谢灵运的追慕以及在艺术上苦学阴铿、何逊，那无非是对描摹绘形、精雕细刻的创作手法的运用。这不仅仅是表现在多数律诗存在着首联对仗的"偷春格"现象，而且表现在对仗上多采用"方位对"和"名物对"。比如《陪李北海宴历下亭》一诗的前四句："东藩驻皂盖，北渚凌清河。海右此亭古，济南名士多。""东藩"、"北渚"、"海右"、"济南"，工整，均衡。由于过于整饬，难免呆板。再如《登兖州城楼》："东郡趋庭日，南楼纵目初。浮云连海岱，平野入青徐。孤嶂秦碑在，荒城鲁殿馀。从来多古意，临眺独踌躇。"在对仗上，"东郡"、"南楼"、"海岱"、"青徐"，用的是方位对；"孤嶂"、"荒城"、"秦碑"、"鲁殿"，用名物对。稳稳当当，不离规矩。诗人的祖父杜审言有一首《登襄阳城》："旅客三秋至，层城四望开。楚山横地出，汉水接天回。冠盖非新里，章华只旧台。习池风景异，归路满尘埃。"把这首诗同杜甫的《登兖州城楼》比较一下，可以明显地看出杜甫是在模仿其祖父。北宋的王得臣就曾看出了杜甫对其祖父诗风的因袭，他说："杜审言……有'雾绾青条弱，风牵紫蔓长'，又'寄语洛城风与月，明年春色倍还人'；子美'林花着雨胭脂落，水荇牵风翠带长'，又云'传语风光共流转，暂时相赏莫相违'。虽不袭取其意，而语脉盖有家风矣。"胡应麟在《诗薮》中说："作诗不过情景二端。如五言律体，前起后结，中四句，二言景，二言情。此通例也。唐初多以首二句言景对起，只结二句言情，虽丰硕，往往失之繁杂。"胡氏的话虽然是就五律的整体结构而言，但杜甫漫游时期的五言律诗恰恰有类似胡氏所言者。比如这首《登兖州城楼》起首一联虽然不是言景，但也步初唐诗的后尘，采用对起之法，却无梅花报春之势。中间四句写景，却如周弼所言："五言律，有四实，谓中四句皆景物而实。开元、大历多此体。华丽典重之间，有雍容宽厚之态。"（转引自仇兆鳌《杜少陵集详注》）由于诗人把注意力放到对"纵目"所见景物的观照上，为了突现自己"雍容宽厚之态"，就尽力搜罗与兖州有关的风物和故实。这样一来，审美主体的眼界就受到了空间的限制，以致出现了"浮云"、"海岱"、"平野"、"青徐"、"孤嶂"、"荒城"、"秦碑"、"鲁殿"这样一些质实的名物对，虽然典重，却也板滞，缺乏情感上的流动美。而黄生对这首诗的评价却不惜为尊者讳："此与岳阳楼诗并足凌轹千古。"实在誉之过当。《登岳阳楼》虽然也运用了对起之法："昔闻洞庭水，今上岳阳楼。"然而，由"昔"入"今"，时间与空间上的大跨度跳跃，则包容了诗人大半生的坎坷经历和深沉慨叹，从而造成情感上的波澜起伏。接下来，诗人也写了纵目所见，"吴楚东南坼，乾坤日夜浮"，其眼界之开阔，胸怀之博大，直可以囊天括地，显示出诗人沉雄博大的襟怀，与《登兖州城楼》中的"浮云连海岱，平野入青徐"，自有天壤之别。《登岳阳楼》的后四句归到登楼感怀："亲朋无一字，老病有孤舟。戎马关山北，凭轩涕泗流。"写自己"支离东北风尘际，飘泊西南天地间"的可悲可叹的身世际遇：亲朋阻隔，时世艰危。可谓万千感慨，奔涌而出，给人以沉郁之美。不像《登兖州城楼》的结尾，给人以故作高雅之嫌。

　　杜甫在漫游时期的诗歌创作不仅以五言为主，而且在风格上明显地沿袭了高宗武后文坛的风气，注重诗歌的形式美，并且对形式美的重要构成因素色彩特别敏感。比如，写岚气，则用"翠微"；写日光，则用"清晖"；写宴会，则用"华宴"。有时候为了追求典重，搬出一大堆典故，如"杜酒"、"张梨"、"贤人酒"、"长者车"、"嘉树传"、"角弓诗"等，给人以迂阔陈腐之感，这就难怪严沧浪说"少陵诗宪章汉魏而取材于六朝"，根本不像仇兆鳌所说的那样，"老笔苍劲"，"灵气飞舞"，更不具备盛唐之音所特有的兴象之美。

　　漫游时期杜甫的诗歌创作，无论思想上还是艺术上都处于起步阶段。因为世界上本来就不存在与生俱来的天才艺术家。

　　但是，如果说杜甫在其诗歌创作的起始阶段完全是对旧传统的陈陈相因而没有一点艺术创新，那也不符合事实。尽管杜甫在漫游时期的诗歌创创作较多地沿袭了以其祖父为代表的"文章四友"的诗风，崇尚古朴、典雅，但这其中也孕育着新的审美倾向，比如诗人对壮美的追求。由于蓬勃向上的时代精神成为开元盛世的主流精神，《望岳》诗就是在这一时代精神的激发下产生的。在他的笔下，泰山的崇高与壮伟是审美主体由"望"而感受到的。大自然造就的"神秀"使诗人从心底对泰山发出由衷的赞美，随之而来的则是将这赞美转化为审美主体的勇于攀登、不断进取的自我振奋："会当凌绝顶，一览众山小。"诗人面对五岳之尊，并没有自惭形秽，顶礼膜拜，而是激起了"凌绝顶"而小天下的昂扬奋发之情。审美客体的崇高壮伟引发了审美主体的奋进之情。《房兵曹胡马》、《画鹰》二诗也具有这样的特点。诗人从眼前的"神骏"想象到它的主人可以借此横行万里；从画上之鹰联想到翱翔于九霄、搏击"凡鸟"的雄鹰的矫健，可谓壮气横空。

杜甫漫游时期的诗歌创作，是其文学生涯的探索期。既然是探索，因袭与创新同时存在就是在所难免的。诗人对古朴与典雅的追求是同其审美意识中对形式美的追求紧密联系在一起的。尽管这一时期流传下来的作品数量不多，但是，仅就现有的作品来看，由于诗人涉世不深，所以，对生活的感受与描写还只停留在直观和表象上。至于诗中所流露出的对壮美的追求，平心而论，也只是狂热的书生意气的偶尔迸发，在整个漫游时期的诗歌创作中并不占主导地位。瑕瑜互见正是诗人艺术个性不成熟的反映，但它为诗人后来的艺术实践奠定了的基础。

长安十年——从自信自负走向苦闷彷徨

天宝五载（746），杜甫结束了长达十多年的漫游生活，满怀自信与自负来到帝都长安，寻求政治上的出路。这时，他已经三十五岁。

长安，是唐王朝的政治文化的中心，帝都文化的绝对权威吸引着所有文人。但是，杜甫踏入长安，正是唐代政局发生转变的时候。

曾经有过开元之治伟业的唐玄宗，励精图治的进取之心这时正在消退。唐王朝在政治上开始走下坡路。张九龄罢相以后，李林甫、杨国忠相继总揽朝纲，社会政局日趋动荡。杜甫在这种情势下来到长安，寻求人生的出路，寻求"立登要路津"的人生机遇，至少说明他对那个社会的认识还停留在"开元全盛日"。

长安十年，诗人在干谒、投献与宴游中度过的。这种生活消耗了他人生最宝贵的黄金时代，直到天宝十四载（755），才得到了一个"从八品下"的"太子右卫率府胄曹参军事"的职务。对于这种结局，诗人哭笑不得。他作了一首自嘲诗《官定后戏赠》："不做河西尉，凄凉为折腰。老夫怕趋走，率府且逍遥。耽酒须微禄，狂歌托圣朝。故山归兴尽，回首向风飙。"

记得诗人刚到长安不久，曾经非常自信地给尚书省左丞相韦济献诗说："自谓颇挺出，立登要路津。致君尧舜上，再使风俗淳。"八年以后，诗人"致君尧舜"的愿望落空了，当年的雄心壮志已经被消磨殆尽，只是出于在太子右卫率府任职比较"逍遥"自在，俸禄虽然不高，却也可以不愁无钱买酒，思前想后，也就打消了回归"故山"的念头，在长安就任这一微职。他不无自嘲地说：就是这么一个小官，还是"托"了"圣朝"的洪福！所谓的"狂歌"，和当年漫游齐鲁燕赵时的裘马轻狂的得意相比，已经是苦恼人的自我调侃了。

长安十年期间，杜甫流传下来的诗歌一共有一百零九首，其中五律三十六首，五古二十六首，五排十五首，七古二十八首，七律四首。

对于杜甫在长安十年的人生境遇，学术界常用"困顿"一词来加以概括。这大抵是基于两方面的原因。一方面，杜甫本人有不少诗篇描绘过他在这一时期的境况，如《奉赠韦左丞丈二十二韵》说：

朝叩富儿门，暮随肥马尘。
残杯与冷炙，到处潜悲辛。

《奉寄河南韦尹丈人》说：

牢落乾坤大，周流道术空。

《投简咸华两县诸子》说：

长安苦寒谁独悲，杜陵野老骨欲折。
……
饥卧动即向一旬，敝衣何啻联百结。
君不见空墙日色晚，此老无声泪垂血。

《病后过王倚饮赠歌》中说他在贫病交加的处境时写道：

头白眼暗坐有胝，肉黄皮皱命如线。

另一方面，一些研究者仅仅注意了杜甫这一时期诗歌创作的局部，而不是全部。于是，以偏概全，这就难免在结论上产生偏颇。

事实上，杜甫在长安求仕的十年并非一味地在"困顿"中挣扎。仕途坎坷几乎是每一个封建知识分子都会遇到的问题。唐代的知识分子也不例外。杜甫是一个诗人，他有着表现生活的独特视角。文学史实证明，即便是生活境遇相同，受创作心态的差异性的影响，每个诗人对生活的感受也大相径庭。

长安求仕期间，杜甫确实有着"朝叩富儿门，暮随肥马尘。残杯与冷炙，到处潜悲辛"的生活遭遇。仅从字面上看，一个三四十岁的人，从早到晚跟在"富儿"后面颠簸，也的确够辛苦、够寒酸，也是足以引起人的同情的。

　　杜甫入京的目的是求仕。在干谒成为一种社会风尚时，为了得到达官贵人的推荐和援引，他不得不像别的求仕者那样，走投赠、干谒这条路子。不管是"叩富儿门"，还是"随肥马尘"，首先说明杜甫是这些人门上的常客，其目的是希望得到那些人的引荐，以便步入仕途。但是，我们也应该看到：第一，诗人求人办事，不仅没有请客、送礼，最多不过是把自己得意的诗文写成"卷子"投献给所要干谒的人；第二，那些被干谒的人招待他喝酒、吃饭。那么，诗人内心为什么会有"悲辛"的感觉呢？从他奔波十年而仅得一微职（那还是经过皇帝的特许）的结果看，无非是在长期的干谒中，那些达官贵人只是口头上应允，实际上并没有真的给他解决问题，或者是那些人只欣赏他的文才、辞章，并没有给他提供一个施展远大抱负的晋身之阶。久而久之，就使得曾以"文采动人主"而自豪的诗人因被人冷落而灰心丧气。尽管诗人受到这些人的所谓"礼遇"，但他的初衷并不在于对酒肉的满足。礼遇是一种敷衍，而理想的落空则是实实在在的。杜甫注重的是"立登要路津"！在屡屡奔波，又屡屡受挫之后，诗人心理上有了严重的失落感和人生价值难以实现的遗恨："飘荡云天阔，沉埋日月奔。致君时已晚，怀古意空存。"（《赠比部萧郎中十兄》）因此，即便是那些人招待他喝酒、吃肉，"许与"、"赏游"，但他觉得那酒是人家喝剩下的"残杯"，那肉汤也是人家吃剩下的"冷炙"。这是诗人的求仕心愿得不到满足时的悲伤与辛酸，并不是他真的穷困到了沿门乞讨的地步。所以，杜甫虽然说过他在长安求仕期间曾经"卖药都市，寄食友朋"（《进三大礼赋表》），我们也还是应该打个折扣来解读，不能把诗人的艺术夸张当成他的生活实录，也不能把他偶尔为之的事看作他迫于生计而不得不从事的职业。比如"饥卧动即向一旬,敝衣何啻联百结"。衣服上有补丁,而且补丁很多,这倒是有可能的。但是,"一旬"(十天)不吃饭、只睡觉的事是绝对不可能的,因为从人体所能承受饥饿的时间来说,十天不吃饭肯定会饿死的。除非杜甫练过"辟谷"功法,否则,只能看作是为引起别人的同情而夸大事实。

因此,要全面把握杜甫长安十年的诗歌创作及其审美观的变化,必须准确地认识和把握杜甫在长安十年期间人生心态的多层面性与多变性,在此基础上才能全面认识和把握杜甫长安十年的诗歌创作。

杜甫在长安求仕期间创作的流传下来的一百零九首诗歌,其中宴游诗二十六首,酬赠诗七首,干谒诗十一首,时事诗十六首,写怀诗十四首,其他三十五首。可以看出,宴游、酬赠、干谒这三类诗合起来一共四十四首。对这三大类作品加以仔细剖析,我们就可以对杜甫长安十年的思想变化、心理状态及其诗歌创作的全貌有一个比较全面而客观的认识。

宴游诗的双重审美倾向:自信与自负心态支配下的潇洒与狂放。

大历元年,诗人移居夔州后,常常回忆起自己的人生经历,并写下了著名的《壮游》、《忆昔》等诗。在《壮游》诗中,诗人回忆自己初入长安的心态时写道:"快意八九年,西归到咸阳。许与必词伯,赏游实贤王。"这里有两点值得注意:一、他是在处于人生"快意"时西入长安的;二、他到长安以后,依旧活跃在上流社会。他的才华不仅受到文坛宿老的称许,而且受到王公贵族的赏识。这里的"许与"与"赏游",正是他结交文坛名流、干谒王公贵族的生活写照,也是他的宴游诗产生的人文背景。

现存的杜诗中,在长安十年期间创作的宴游诗有二十六首。这类诗根据交游对象的不同,可以分为两类:一类是和贵戚华胄的交游,另一类是和普通官员及普通文人士子的交游。

初入长安时的宴游诗从内容到艺术表现手法都发生了一些变化。但是,漫游时期所形成的自信与洒脱依然对刚入长安时的诗歌创作存在着潜在影响。从作于天宝六载前后的《送孔巢父谢病归江东兼呈李白》一诗中,我们可以窥见诗人在初入长安时,依然不失当年的自负与潇洒:

> 巢父掉头不肯住,东将入海随烟雾。
> 诗卷长留天地间,钓竿欲拂珊瑚树。
> 深山大泽龙蛇远,春寒野阴风景暮。
> 蓬莱织女回云车,指点虚无是征路。
> 自是君身有仙骨,世人那得知其故。
> 惜君只欲苦死留,富贵何如草头露。
> 蔡侯静者意有馀,清夜置酒临前除。
> 罢琴惆怅月照席,几岁寄我空中书。
> 南寻禹穴见李白,道甫问讯今何如?

赞扬对方,在一定意义上表明对对方人格、行为、举止的认同:"孔之东游,志在遁世引年。故篇中多言神仙事。"(仇兆鳌语)其实,"言神仙事"只是这首诗的一个方面,更主要的是,杜甫在这首诗中对孔巢父的高尚人格流露出浓厚的欣羡之意。

李白和孔巢父是"竹溪六逸"中的"道友",都想通过隐逸而平步青云。孔巢父"谢病",只是为"东归"找了一个借口,实际上是因为他不愿意在长安继续待下去。所以,杜甫认为孔巢父不汲汲于"草头露"般的尘世功名,具有常人难以企及的"仙风道骨"。诗的起句被梁昌运谓为"凌空飞入"(《杜园说杜》卷七)。"掉头"一词,活化出孔巢父与尘世决绝的人生取舍。从对孔巢父形象的描绘,可以明显地看出,杜甫初入长安时还没有从漫游时期所养成的狂放不羁中冷静下来,他依然沉浸在对人生的自信与寻仙访道的浪漫天国,极力称赞孔巢父"诗卷长留天地间,钓竿欲拂珊瑚树"的才华与超尘脱俗的人格。这种浪漫气质和"海上钓鳌客"李白相比也是难分高下的。这也是诗人在诗的结尾要孔巢父代他向李白致意的原因。更何况诗人在极力推崇孔巢父的同时,又把孔氏引为知己,叹息"世人"不知其"仙骨",唯有他了解孔巢父。可见,杜甫初入长安时,内心还涌动着被开元盛世所激发起来的火一般的人生激情,所以才写出如此豁达大度的豪迈诗篇。

明白了这一点,我们再读诗人作于天宝五载岁末的《今夕行》,就可以理解诗人在除夕之夜的狂态就是一种性格的必然,而不必把诗人视为"赌徒"了:

> 今夕何夕岁云徂,更长烛短不可孤。
> 咸阳客舍一无事,相与博塞为欢娱。
> 凭陵大呼叫五白,袒跣不肯成枭卢。
> 英雄有时亦如此,邂逅岂即非良图。
> 君莫笑刘毅从来布衣愿,家无儋石输百万。

诗人为了不"辜负"送旧迎新的除夕之夜,在客舍里与邂逅相逢的旅客以"博塞"取乐。他挽起袖子,光着脚蹲在凳子上,大呼小叫,希望能有好兆头出现。但由于手气不佳,他老是输钱。他却满不在乎,认为"英雄有时亦如此"!这话虽然比不上李白"千金散尽还复来"的富豪气,却也说得豁达大度,连善于深文周纳的仇兆鳌也不得不承认"此诗见少年豪放之意"。而浦起龙则看出了诗人"英气自露"的阔达胸怀。

作为一首叙事诗,《今夕行》不能说是上乘之作。但作为诗人的人生经历,完全是写实性的。

正因为诗人带着漫游时期的"快意"与浪漫人格踏进长安,所以,他的笔下才出现了八位"酒仙":秘书省少监贺知章、汝阳王李琎、左相李适之、袭封齐国公崔宗之、历官户部、吏部侍郎苏晋、"天上谪仙人"李白、草圣张旭以及雄辩家焦遂。杜甫把他们视为八位酒仙,对他们的酒仙形象的描绘却各有侧重:

写贺知章:"知章骑马似乘船,眼花落井水底眠。"活灵活现地描绘出这位自称"四明狂客"的"狂态"。

李琎是唐玄宗的侄子,封汝阳郡王。对李琎的嗜酒,诗人仅举出其因不能被唐玄宗"移封"到"酒泉"而引以为"恨"。

对于位居左相的李适之,着重描写其"日费万钱"的豪奢以及喝起酒来"如长鲸吸百川"的豪饮!所谓"衔杯乐圣称避贤",只是称赞李适之淡泊名利、以豪饮为乐,并不涉及他被李林甫排挤一事。更何况杜甫这时候还没有介入当时的政治圈子,因此也就不存在为李适之抱打不平的事。

对崔宗之,则表现其洒脱、傲岸的丰姿,所谓"白眼望青天"只是展示其人如玉树临风的洒脱形象,并没有阮籍"任情不羁,见礼俗之士,以白眼对之"、卑视"礼俗"的政治含义。

苏晋以醉"逃禅"的行为,正说明他从与世俗生活密切联系的佛禅中跳脱出来,去拥抱另一种生活。

李白是诗人最倾慕的人之一。《唐语林》卷五记载:李白开元中谒宰相，封一板，上题曰："海上钓鳌客李白。"宰相问曰："先生临沧海，钓巨鳌，以何物为钓线？"白曰："风波逸其情，乾坤纵其志，以虹霓为线，明月为钩。"又曰："何物为饵？"白曰："以天下无义气丈夫为饵。"宰相竦然。有人解释说"无义气丈夫"是指那些奸邪小人，大错特错。这里的"无义气丈夫"指的是那些窝里窝囊、缺乏独立个性的男人。杜甫和李白在一起的时候，有过"痛饮狂歌"的经历，而且，他把这种意气也带进了长安。所以，他在描绘酒仙李白时，重在讴歌李白"斗酒诗百篇"的豪兴和敏捷的才思。而"天子呼来不上船"却展示了"酒中仙"李白痴迷于酒的狂态！"愿为帝王辅弼，使寰区大定，海县清一"的李白在这首诗中绝不是蔑视皇权的代表。恰恰相反，李白的狂放形象，正说明那个时代每个人都有充分展示自己个性的自由。尽管他自诩为"酒中仙"，但面对皇帝的召唤，他还得俯首"称臣"！

张旭是当时著名的书法家。他的书法才华往往在醉酒之后才能真正显示出来！这也符合他"张颠"的身份。

焦遂的滔滔雄辩之才在醉酒后反而能发挥得淋漓尽致。也正是其酒仙本色的体现。

从《饮中八仙歌》的审美倾向可以看出杜甫对这八位酒仙充满了赞许和钦慕。正如王嗣奭在《杜臆》中所评说的那样，诗人"摹写八公，各尽生平醉趣，而都带仙气"。可以说，杜甫对"饮中八仙"的歌颂正是他漫游时期"快意"人生在入长安之初的自觉延续。"讴歌酒徒，标榜旷达"，在八仙的形象中蕴含着自己的人生态度。这就是《饮中八仙歌》的创作契机。不存在谁"醉"谁"醒"的问题。因为这种"探幽发微"违背了作者的创作原意，反而把一组明明白白的诗说得稀里糊涂。"饮中八仙"都是当时的社会名流。杜甫讴歌他们，也是为了标榜自己。从这一点上说，《饮中八仙歌》可以看作是杜甫初入长安时为了向社会各界推荐自我而创作的。它无异于一篇个人的人格与个性宣言：借歌颂"饮中八仙"很巧妙地展示了自己不同凡响的器识。而这一点又恰好迎合了天宝初年"万国笙歌醉太平"的社会潮流。

歌颂八位"酒仙"是为了凸显自己，这只是这组诗的一个方面，更重要的，是诗人自己也经常出现在上流社会的宴席上，而且也是酣饮醉歌。

《崔驸马山亭宴集》中说："客醉挥金碗，诗成得锦袍。清秋多宴会，终日困香醪。"《与鄠县源大少府宴渼陂》中说："无计回船下，空愁避酒难。"——别人使劲劝酒，想推辞不饮，但是人在船上，无法回避，那就只好喝了。《郑驸马宅宴洞中》中说："春酒杯浓琥珀薄，冰浆碗碧玛瑙寒。"《奉陪郑驸马韦曲二首》中说："绿樽须尽日，白发好禁春。"《赠特进汝阳王二十韵》说："花月穷游宴。"……这些都是诗人纵酒欢歌生活的真实写照。诗人虽然稍事收敛了"放荡燕赵间，裘马颇轻狂"式的放荡而变得斯文起来，但性格与心理上依然不失漫游时期那种"性豪业嗜酒"的狂放。《陪诸贵公子丈八沟携伎纳凉二首》所表现出来的闲雅已经表现出另一种形式的"放荡"——把尽情宣泄个人情怀的"轻狂"变成显示自己才华与学识的优游宴乐。因为长安毕竟是人文荟萃之地，参与上流社会的游宴终究要有风流儒雅的派头。不仅不能有"村夫子气"，而且还应该以自己的温文尔雅去弥补那些纨绔子弟的疏野与无知。正因为如此，杜甫的宴游诗便出现了向"都市化"转变的倾向。这是诗人为适应长安的人文环境而不能不发生的变化。而这一变化，就使得他的诗歌从当年以表现自我为中心，转向以上流社会的审美需要为中心。如《陪诸贵公子丈八沟携妓纳凉二首》，诗人凭着自己对丈八沟幽雅环境的体验去迎合诸贵公子附庸风雅的需要。

其一：

> 落日放船好，轻风生浪迟。
> 竹深留客处，荷净纳凉时。
> 公子调冰水，佳人雪藕丝。
> 片云头上黑，应是雨催诗。

其二：

> 雨来霑席上，风急打船头。
> 越女红裙湿，燕姬翠黛愁。
> 缆侵堤柳系，幔卷浪花浮。
> 归路翻萧飒，陂塘五月秋。

"越女天下白，鉴湖五月凉"，以及"燕姬奏妙舞"等，都是诗人当年漫游吴越燕赵时的亲身体验，而燕、赵之地的美姬也是诗人目睹过的。如今诗人置身于大唐都城长安，"陪诸贵公子"优游宴乐，其身份发生了变化：由当年的"主角"变成了今日的"陪客"，成了为贵公子助兴的词客，所以，他的情感也随之发生了变化：掩饰起自己的"轻狂"，把陪同别人携伎纳凉的事写得悠闲华艳，以华艳的辞采去填补贵公子的空虚躯壳。黄昏暮雨阻止不了贵公子的游兴，从"落日放船"到"暮归"，这才是名副其实的"暮随"。

在这类游冶诗中，看不出诗人有丝毫的牢落与失意。比起"长安市上酒家眠"的李白,杜甫倒是多了几分出身"奉儒守官"世家的温文尔雅,不像富豪子弟李白那么狂肆。

"都市化"的倾向在杜甫的宴游诗中最明显的特征,是诗人把盛唐时代的繁荣气象和六朝诗歌的华艳风格相融合。

对于盛唐气象来说,杜甫的这类诗歌仅仅起到了烘托和增添色彩的作用,并没有显示出它的浑厚与博大。像前面所提到的《奉陪郑驸马韦曲二首》等诗,都是富于浓郁都市气息的代表作。而《城西陂泛舟》一诗可以说是在传递都市气息上最具有代表性的作品:

> 青蛾皓齿在楼船,横笛短箫悲远天。
> 春风自信牙樯动,迟日徐看锦缆牵。
> 鱼吹细浪摇歌扇,燕蹴飞花落舞筵。
> 不有小舟能荡桨,百壶那得酒如泉。

对于这首诗,注杜诗者和读杜者历来各执一词。

浦起龙认为:"统观公诗,或陪贵游,或观声妓,未有不明列主宾,兼寓襟抱者。即其独赏之篇,亦有贴身之句。此独全然无所叙述,其必隐然有所感叹矣。意盖在于诸杨也。"并说"顾注谓泛咏士女游观,则起笔亦不须如此郑重"。还建议读者将此诗"与《丽人行》参看自得"。(浦起龙《读杜心解》卷一)

杨伦也认为"此诗当有所指,如《丽人行》之类。观'在'字,自是望中,不必身与"。(杨伦《杜诗镜铨》卷二)

顾宸的观点与上述二人不同。他认为:"天宝间,景物盛丽,士女游观,极尽饮燕歌舞之乐。此咏泛舟实事,不是讥刺明皇,亦非为艳曲。"

张性仅从艺术特色上加以评论："中间摹情写景，艳而不淫，所谓丽以则者也。"

仇兆鳌的观点显然和顾宸一致："此泛陂而志声伎之盛也。"而且说这首诗"雄壮典丽"，就难免溢美之嫌了。

浦起龙和杨伦对杜诗的解读均不失为一家之言。但浦氏对此诗的"心解"不免有妄断和强猜人意之处。杨伦尽管批评浦起龙的"心解""好为异说，故多穿凿之离"，但他恪守"诗教主于温柔敦厚，况杜公一饭不忘，忠诚出于天性"（杨伦《杜诗镜铨·凡例》）的信条，就使得他也难脱"五十步笑百步"的嫌疑。所幸杨伦也有慧眼独具的长处，他看出了这首诗"浓丽犹近初唐"（杨伦《杜诗镜铨》卷二）的特点。初唐诗的"浓丽"主要表现在"殿堂派"诗人杨师道、虞世南、上官仪、沈佺期等人的奉和、应制及酬赠、唱答诗中。但是，随着社会的发展，到了开元、天宝时期，"殿堂派"已经不是宫廷里达官贵人和御用文人的专利，而是被注入了新的时代气息。殿堂派诗人追求闲雅典丽的审美倾向被许多文人用来表现都市生活，并带上了明显的世俗化倾向。从唐诗发展的历史看，带有这类审美倾向的诗歌多用来表现浮艳繁华的都市生活，在艺术上与时代风气同步，但还不具备审美意识的"超前"性。殷璠《河岳英灵集》选录的二十四位诗人的二百三十四首诗作中，没有一首从题材到格调都类似于杜甫《城西陂泛舟》的诗，就证明殷璠选诗，追求"清雅"，而杜甫的这首诗恰恰反映了上流社会浮艳华丽的生活画面。

初入长安的杜甫，一方面还没有从漫游时期的狂放与潇洒中走出来，另一方面，他又想尽快跻身上流社会。这两种因素结合在一起，促使他在宴游诗中以展示京城的人文之盛和景物的繁丽为主。

和漫游时期相比，这时的杜甫在反映与达官贵人及贵介公子交游的作品中基本上不是在展示"自我"，而是以词客身份去迎合上流社会的精神需要。《城西陂泛舟》一类诗歌正是在这一心态支配下出现的。当然，盛唐的繁丽与六朝的浮艳还是有着本质的区别。这首宴游诗，既不是秦淮河上醉生梦死式的放浪形骸，也不是"舞低杨柳楼心月，歌尽桃花扇底风"式的依红偎翠，而是诗人置身于京郊繁华之地户县渼陂湖时附和世俗需要的心情的真实流露。

了解了这一点，我们就没有必要去争论这首诗到底是"讥刺明皇"，还是泛写"士女游观"。因为，诗人通过它的诗笔给我们描绘了那个莺歌燕舞、繁荣昌盛的时代。

投献干谒诗中杜甫的双重人格

杜甫在《壮游》诗中说自己初到长安，"许与必词伯，赏游实贤王"。实际上就是写自己的投献干谒经历。

长安求仕期间，干谒贵戚达官，投诗献赋是杜甫生活的重要内容。这类诗，流传下来的有十五首。投赠的对象有汝阳王、河南尹和尚书左丞韦济、太常少卿张垍、魏将军、陈补阙、郑谏议、京兆尹鲜于仲通、哥舒翰、起居舍人田澄、宰相韦见素等人，最后，在求仕无望的情况下，诗人孤注一掷，向唐玄宗上了《三大礼赋》，总算给他的投献、干谒生涯画了一个句号。

自信、自负与附势、媚俗，这是杜甫这类诗中显示出的人格特征。

投赠诗有一个共同的创作模式：颂扬对方，自我推荐，希求一职。

从颂扬对方起笔，杜甫确实费了一番资料的搜集整理功夫。就像胡元瑞所说："无论其人履历，咸若指掌，且形神意气，踊跃毫楮。"也就是说，杜甫把对方的家世、身世、履历、社会地位甚至个人嗜好等都了解得一清二楚，所以，这类诗因人而异，各有侧重。

比如汝阳王李琎。他是唐玄宗的大哥李宪的长子、唐玄宗的侄子。对这位皇亲贵戚，杜甫盛赞其以孝、义著称天下，为群公表率，而且爱惜人才，其人格的表率作用绝不在淮南王刘安之下。在《壮游》诗中，他所说的"贤王"就是指汝阳王李琎。而李琎又深得唐玄宗的喜欢，经常应邀参加在花萼相辉楼举行的宫中宴会。在给韦见素的诗中他把自己比为孔子的弟子子夏和以及汉代的司马相如。

投献干谒诗，以《奉赠韦左丞丈二十二韵》为代表。它真实地反映了杜甫在长安求仕过程中的复杂心态。诗一开始，诗人就感叹自己身为儒生而怀才不遇。已经透露出他对社会和人生的反思迹象。所谓的"儒冠多误身"，并不是对儒家思想的存在持怀疑态度，因为诗人常常以祖孙十三代"奉儒"为门第资本，自己也就应该像先祖那样"守官"。现实却是那些不学无术的纨绔子弟春风得意，自己则孑然一身！这样就自然而然地转入下面的陈情：向韦济炫耀自己的学识以及在文坛上的声誉："读书破万卷，下笔如有神。赋料扬雄敌，诗看子建亲。李邕求识面，王翰愿卜邻。"诗人非常自信与自负。这种自信与自负促使他对自己的前途充满信心："自谓颇挺出，立登要路津。致君尧舜上，再使风俗淳。"为了实现自己的人生目标，多年来奔波于两京，这就是诗中所说的"骑驴三十载，旅食京华春"。对这两句诗，不少人颇费周折地加以考据，说"三十"应做"十三"，浦起龙就是这个观点。其实是理解错了。开元十九年前后，杜甫曾在洛阳参加乡试，未取得进京参加进士考试资格。时隔十六年之后，即天宝六载又到长安参加制举"野无遗贤科"，又落榜。这一年，杜甫三十五岁。就从他少年时代就出入翰墨场算起，他为仕途奔波充其量不过二十年。这十三年根本无法落到实处。给韦济投赠这首诗时，他才到长安一年多，即便是"旅食京华"，也不过一年多，离十三年相差甚远。而"三十载"只是说自己为求进取花了很长时间，并非是一个准确的时间概念。因为，杜甫给韦济投赠这首诗的时候，三十七岁。向上追溯三十年，哪有人从七八岁的孩提时代起就骑着驴子到处求仕？唐代，"驴"是平民布衣代步的工具。文人士子只有取得了做官的资格或者是做了官，才有资格骑马。像孟郊《登科后》所写的"春风得意马蹄疾，一日看尽长安花"。那马是朝廷专门给新科进士提供的，不是他进京赶考时的坐骑。没有官员身份的人是不能骑马的。李白是个例外，骑马，因为他家是富商。他不愿骑驴，改骑马。但他骑的是一种"五花马"，即杂色嘛，不是纯色马。体无杂毛的纯色马是"官马"，普通人是不能骑的。这是等级制度规定的，不能越礼。还有李贺，年轻时候虽然家道中衰，但他毕竟是李唐皇室的贵胄，放不下架子，又不能骑马，只好改骑骡子。"鱼目混珠"，在李贺那里变成了"骡子混马"。正因为杜甫说自己长期奔波仍然是一介布衣，或者说只是个"诗人"而已，所以，五百多年后，陆游在《剑门道中遇微雨》叹息自己不能在抗金前线为国效力时，说自己"此身合是诗人未？细雨骑驴入剑门"。——我本来就不应该是个诗人，应该是抗金战士，现在却像个诗人那样，蒙蒙细雨中，骑着驴子离开了抗金前线。因此，杜甫的这两句诗的重点在用"骑驴"说明自己虽然长久奔波，仍然是一介布衣，是诗人对自己仕进无门的处境的叹息，用不着纠缠是"三十载"，还是"十三载"。尤其是"旅食京华春"的"春"字，确实让人感到诗人内心的酸楚。他不单单是指当时进士考试揭榜是在春天。帝都长安，交通中外，人文荟萃，别人春风得意，自己却感到春寒料峭。社会的繁荣昌盛，和自己的"旅食"处境形成强烈的反差。正因为诗人的理想不断受挫，于是就产生了奔走于权贵之门的屈辱感："朝扣富儿门，暮随肥马尘。残杯与冷炙，到处添悲辛。""添悲辛"本身已经透露出诗人内心的苦闷。在苦闷中，他依旧心存希望：感谢韦济在不同场合向别的官员推荐自己。至于能否达到目的，他自己心里都没数。从自信、自负，到苦闷，诗人经过思考，打算回归江湖，可是又不忍心与社会决绝："今欲东入海，即将西去秦。尚怜终南山，回首清渭滨。"这种彷徨心态反映了那个时代落第文人的普遍情绪。他的心灵开始变得飘忽不定。在《赠比部萧郎中十兄》一诗中，诗人说："飘荡云天阔，沉埋日月奔。致君时已晚，怀古意空存。"

像杜甫这样为求仕苦苦奔波的诗人不在少数，只是别人没有像杜甫这样在困顿中反复用诗歌吟唱自己的心声罢了。

在苦闷和彷徨中，杜甫有时不得不对权贵们低下高贵的头颅：他收敛起自信与自负，变得附势、媚俗。双重人格在一些诗篇中表现得十分鲜明（关于这个问题，参看拙文《附势与媚俗——唐代诗人人格的另一面》）。

《兵车行》、《丽人行》、《与诸公登慈恩寺塔》的出现则证明杜甫不仅关注自身命运，而且对社会问题也开始关注。这是杜甫长安十年诗歌创作的另一种类型。一个对社会充满了期望和信任的知识分子，面对唐玄宗的穷兵黩武和上流社会的奢侈华靡，他开始逐渐变得冷静起来。从外向型自我的张扬向内敛型思考转变，深沉的思考逐渐代替了漫游时期的狂放。人要改变现实，必须握有权力；社会改变人，则是人的自我人格的转折。杜甫没能"立登要路津"去改变社会，而社会却改变了杜甫。正是这种改变，奠定了杜甫诗歌写实精神的起点。

天宝十四载十月，被唐玄宗一手扶植起来的安禄山为了同杨国忠争夺权力，伙同史思明在范阳发动叛乱，起兵反唐。从而导致了七年零三个月的社会大动乱（755年十月至763年正月）。这就是导致唐王朝由盛转衰的安史之乱。

安史之乱爆发前夕，在长安困守了十年的杜甫终于获得了做官的机会，但这也不是轻而易举获得的。在万般无奈的情况下，杜甫直接给唐玄宗上《三大礼赋》。这就是他在《奉留集贤院崔于二学士》中所说的："途穷乃叫阍。"就是这《三大礼赋》及其《上三大礼赋表》引起了唐玄宗的注意："气冲星象表，词感帝王尊。天老书题目，春官验讨论。"——经过宰相出题、礼部考试，自己才"随水到龙门"，步入仕途。起先被授予河西（今云南通海县境内）尉，他没有接受。由于对被授予的官职不满意，杜甫的态度就发生了变化："儒术诚难起，家声庶已存。"——在他看来，自己被授官，并不是自己的儒学功底起了作用。但有一点，他很满足，那就是，自己总算做了官，虽然谈不上光宗耀祖，也算是保住了杜家的声名。后来改授太子右卫率府胄曹参军事。自称"无觍颜"（没有趋炎附势的厚脸皮）的杜甫在接受了这一职务之后，他的人格尊严逐渐觉醒。他在后来写的《咏怀五百字中》所说的"独耻事干谒"就是他人格觉醒的标志。随后，杜甫去奉先县（今陕西蒲城县）探望先一年寄居在那里的妻子儿女。

"太子右卫率府胄曹参军事"，只是太子东宫的一个地位卑微的职员。这同他当年许下的要做"自比稷与契"的朝廷辅弼之臣毕竟相差太悬殊了。所以，在《官定后戏赠》中说："不做河西尉，凄凉为折腰。老夫怕趋走，率府且逍遥。耽酒须微禄，狂歌托圣朝。故山归兴尽，回首向风飚。"

杜甫的内心世界始终处于矛盾状态。在未得官以前，他多方奔走，期望权门豪贵能施以援手，以便获得一官半职。在《奉赠鲜于京兆二十韵》中，他写自己的困苦境遇和心情时说："有儒愁饿死，早晚报平津。"——请求鲜于仲通能把他的情况报告给杨国忠，以摆脱行将饿死的境地。在《赠韦左丞丈济》中，他说自己是"老骥思千里，饥鹰待一呼。"在给唐玄宗上的奏章中，他说：

先臣恕、预以来，承儒守官十一世。迨审言，以文章显中宗时。臣赖绪业，自七岁属辞，且四十年。然衣不盖体，常寄食于人。窃恐转死沟壑，伏惟天子哀怜之。若令执先臣故事，拔泥途之久辱，则臣之述作，虽不足鼓吹六经，至沉郁顿挫，随时敏给，扬雄枚皋可企及也。有臣如此，陛下其忍弃之！

这些诗文，真实地反映了杜甫趋时媚俗的功利思想。由于求仕心切，他在诗文中把自己的处境写得太寒酸，也大概是这样一种急功近利的做法，给皇帝造成这样一种印象：杜甫只不过是一心想要个一官半职！这不能不说是杜甫的干谒诗给自己造成的最大失误。

但是，一旦获得了一官半职，杜甫又挑三拣四。吏部先给他一个河西尉的职务。县尉或者拾遗，这是唐王朝给中了进士的人所授的官职。唐代诗人中，凡是中了进士的人多数都担任过县尉或者拾遗。杜甫的朋友高适，天宝八载中进士，授予封丘县尉，钱起作过蓝田县尉，白居易做过盩厔县尉。县尉和拾遗同级，都是八品。在九品二十七阶的吏制中，初入仕途的文人也只能由此做起，但杜甫没有赴任。为什么呢？他说："不做河西尉，凄凉为折腰。老夫怕趋走，率府且逍遥。"——在一个县里，县尉处于县令、县丞之下，一般称"少府"。这是个负责地方治安的官员，一是比较难做，二是受县令和县丞的指使，还要迎来送往。高适到封丘任县尉不久，就弃官不做。杜甫不做河西尉，大概也是不愿意对上级卑躬屈膝。他觉得这太令人心寒了。所谓的"老夫怕趋走"，不是说他嫌从长安到河西路途遥远，不想长途奔波，而是说他不愿意受人指使，所以他没有赴任。改授太子右卫率府胄曹参军事——在太子东宫做了一个管军需仓库的小吏，虽然不称心，但也逍遥自在。不管怎么说，要喝酒，就得花钱，好在这个职务，事情不多，他也就不再挑拣了。也正是在这种不痛快的情况下，他到任之后就赴奉先县探家。还没有来得及返回长安上任，安史之乱就爆发了。所以，在《咏怀五百字》的一开头，诗人在极度失落的心境下先写他的人生理想。这就不能不蒙上浓厚的伤感与怨恨。但又不能太直露，所以只能自己嘲笑自己。

　　自嘲是文人士子用嘲讽的手法吐露自己的苦闷和人生价值的失落。

　　从为仕进而积极干谒，到虽得官却感到人生价值的失落，这便是安史之乱爆发前后杜甫的心理状态。尤其是那首《官定后戏赠》，可以说真实地反映了诗人从自信、自负到苦闷的心理转变过程。未得官之前，他把自己比作"待一呼"的"饥鹰"，"思千里"的"老骥"。虽然比喻有失体统，但也是老实话！在封建社会，哪一个官吏不是最高统治者的鹰犬？话又说回来，从这些诗文中也可以看出杜甫心中还是有一股雄健搏击的气概。但也有变化，原先的"饥鹰"，在得到一个微官之后，就变得"一饱即飞掣"（《去矣行》）——不愿意听任摆布了。由于人生价值的失落，杜甫这时变得有点儿桀骜不驯。原先为了养家糊口,"卖药都市,寄食友朋",干谒权贵。现在却说自己"焉能作堂上燕,衔泥附炎热!"原先"朝叩富儿门,暮随肥马尘",奔走王侯权门之间,现在却不愿意"久在王侯间"。原先求仕不成时,就想回故乡,现在却是"故乡归兴尽,回首向风飚"——他在回味人生的风风雨雨。以至于到后来曾经起了这样的念头:"未试囊中餐玉法,明日且入蓝田山。"大概想用学道来弥补一下"未就丹砂愧葛洪"的遗憾。

但是,他没有想到,刚刚结束了十年的穷困潦倒,获得了做官的机会,还没有正式上任,就被空前的社会大动乱抛到了社会的底层。

在诗人还没有完全进入难民行列前夕,也就是在奉先探家期间,他写下了著名的《自京赴奉先县咏怀五百字》。以这首诗的创作为契机,奠定了杜甫在中国古典诗歌史上的崇高地位。在杜诗史上,这首诗是杜甫诗歌写实精神的光辉起点。

《咏怀五百字》是诗人对长安十年生活的总结。而在这种总结中,我们可以看到杜甫文化人格的复杂性与多变性。

在这首千古不朽的名作中,儒家思想占主导地位。尤其是在诗的第一部分,即从开头到"放歌破愁绝",诗人用各种抒情手法展示自己的人格和人生理想、社会理想。而在他的人生理想受挫时,时时流露出道家任运自然的思想。"致君尧舜上,再使风俗淳"的人生志向,并不是诗人一时的心血来潮,而是他不愿丢掉十几代先祖"奉儒守官"的家传"素业"。一旦理想受阻,他又想去过那种浪迹江海,"潇洒送日月"的自由生活。然而,他终究没有遁迹山林。原因是"生逢尧舜君,不忍便永诀"!皇帝是否是尧舜一类的君主,杜甫心里最清楚,但他不能不把话说得冠冕堂皇些。这就和下一句

"不忍便永诀"衔接起来了。诗人所说的"不忍便永诀",并不是他绝对地信任皇帝,而是不愿意放弃自己的人生理想。在这一矛盾的心理状态下,诗人才觉得自己"愧对巢与由"——不放弃自己的社会使命,因而没有改变自己的人生节操去做隐士。用诗人自己的话说,这是物性使然:"葵藿倾太阳,物性固莫夺。"

"物性",是一种本真人格,是诗人潜在文化人格的反映。但是,在现实社会中,诗人饱受冷落,这是他没有想到的。诗人认为,凭着他出众的才华,完全可以"立登要路津"！但现实并不是他所想象的那么美好。朝廷中的主要岗位都被那些不学无术的纨绔子弟所把持,这就不能不使诗人面对现实社会产生了"纨绔不饿死,儒冠多误身"的怀疑。所以,在《咏怀五百字》的开头,诗人就用一种自嘲的口吻说:"杜陵有布衣,老大意转拙。"——按常理,一个人经历得越多,他对社会、对人生的认识也应该更清楚！可杜甫偏偏要说自己年龄越来越大,脑子却越来越笨,以至于感到自己有点愚蠢。

自嘲是文人对现实的委婉讽刺,是人生失意后的苦笑和谐谑。从汉代的扬雄开始,文人就喜欢用"自嘲"来自我解脱。

扬雄在《解嘲》中借"客"的口吻表明自己对朝廷对社会的向心力:"今吾子幸得遭明盛之世,处不讳之朝。"这和杜甫在《咏怀五百字》中的口气有异曲同工之妙！杜甫说自己"生逢尧舜君"。不同的,是扬雄是就社会而言,社会明盛,皇帝自然是圣明之君；杜甫直接赞颂唐玄宗是一位像尧舜一样的好皇帝。尽管所颂扬的对象不同,但目的是一样的。所以,杜甫在给韦济的诗中说自己"赋料扬雄敌",就不仅仅是说自己的"赋"和扬雄不相上下,而是说他和扬雄在对人生对社会的看法上也是一致的。扬雄借客之口说自己"为官"、"拓落"；杜甫则说自己"居然成濩落"！口气不一样,杜甫是"竟然没想到",扬雄是对自己的遭遇发出反问:"你自己为什么太不合群了?"一个没想到,一个责问自己为什么不合群,其实质是一样的:都具有不趋流俗的独立人格。

《咏怀五百字》的文化蕴含极其丰富。它集中地反映了诗人文化人格中儒家、道家、隐逸思想的激烈碰撞。从自信与自负,到失落、苦闷,儒、道、隐交替出现,从而揭示了诗人在追求自尊人格的同时,又不得不抑敛自己的本真人格,处处表现出一个儒家正统知识分子的社会责任感。在诗的第二部分,杜甫又从儒家的理想出发,对君臣关系作了理想化的陈述,同时流露出对当政者的不满。正因为如此,在诗的第三部分,作者又流露出厚重的忧患意识与君国情结。

避难与陷贼时期

宦途失意和社会动乱构成杜甫心理上的沉重压力。因此,在避难与陷贼时期,杜甫的诗风发生了根本性的转变:从前期的汲汲于仕进,转向对国家、社会、自身命运的多重忧患。在流离颠沛中,杜诗的题材范围显然扩大了,而且诗人的审美视角也发生了明显的变化:即从注重于对表层意象的直接描写向心灵世界的展示转化,从以表现个体意识为主向表现群体意识发展,以独特的个人经历和个体感悟来表现那个时期的群体意识。以此为起点,杜甫诗歌的"诗史"特征开始凸显出来。

这一时期的作品流传下来的一共有二十四首(《避地》一诗,有人疑为伪作)。其中,七言古诗五首,五言古诗六首,五言排律两首,五言律诗十一首。

按题材划分,表现乱离之苦的作品有《月夜》、《一百五日夜对月》、《元日寄韦氏妹》、《得舍弟消息》、《遣兴》、《忆幼子》,忧患时局兼叹身世的作品有《白水崔少府十九翁高斋三十韵》、《三川观水涨二十韵》、《对雪》、《春望》、《悲陈陶》、《悲青坂》,抒写泛爱之心的作品有《哀王孙》、《哀江头》,对时局直陈己见的作品有《塞芦子》、《送灵州李判官》。

天宝十四载冬,安史叛军逼近潼关,威胁长安。唐王朝派哥舒翰镇守潼关。两军一直对峙到天宝十五载六月。应该说,哥舒翰以逸待劳的战略是成功的。但是,杨国忠却疑心哥舒翰是少数民族出身的将领,现在固守不出战,难保没有叛逆之心。唐玄宗听信杨国忠的谗言,派宦官监军,逼哥舒翰出潼关迎敌。哥舒翰当时已经患有半身不遂症,结果兵败降敌,潼关失守。长安危在旦夕。

潼关陷落前,杜甫已经流落到了奉先、白水一带。但是,天宝时期强大的国力似乎给杜甫筑起了一道精神防线,对平息安史之乱充满了自信。他在《白水崔少府十九翁高斋三十韵》中写道:"兵气涨林峦,川光杂锋镝。知是相公军,铁马云雾积。玉觞淡无味,胡羌岂强敌!"诗人不仅对哥舒翰固守潼关充满了信心,而且还安慰食不甘味的唐玄宗:"玉觞淡无味,胡羌岂强敌!"但是,安史叛军逼近潼关、危及长安却是铁的事实。他不了解杨国忠猜忌哥舒翰的内幕,但时局的危机又使他在自信之余陷入了彷徨和忧虑:"人生半哀乐,天地有顺逆。慨彼万国夫,休明备征敌。猛将纷填委,庙谋蓄长策。东郊何时开?带甲且未释。"他期望朝廷将相能够同心协力平定叛乱,但对猛将与庙谋能否做到这一点却是心存疑虑:"三叹酒食旁,何由似平昔?"

当安史叛军攻破潼关、直逼长安时，杜甫进入了流离失所的难民行列。当他把家安置在鄜州羌村后，传来太子李亨在灵武即位的消息。他只身北上，却在芦子关被安史叛军抓获，押到长安。由于他不是朝廷官员，很快就被释放，但不许离开长安。此后在长安度过了一年多的羁押生活。

安史之乱爆发以后，唐代的繁盛已经成为诗人的记忆。在走出盛唐时代的诗人群体中，杜甫是一位杰出的代表。但这并不意味着盛唐时代的文化精神也随之成为过去。恰恰相反，盛唐时代结束了，而盛唐时代的文化精神所孕育的盛唐气象在杜甫等一批诗人的笔下依旧焕发出强大的艺术生命力。尤其是杜甫在陷贼期间创作的诗歌，凝重、浑厚，具有震撼人心的艺术感染力。比如：

《月夜》：

今夜鄜州月，闺中只独看。
遥怜小儿女，未解忆长安。
香雾云鬟湿，清辉玉臂寒。
何时倚虚幌，双照泪痕干。

《春望》：

国破山河在，城春草木深。
感时花溅泪，恨别鸟惊心。
烽火连三月，家书抵万金。
白头搔更短，浑欲不胜簪。

《哀江头》：

> 少陵野老吞声哭，春日潜行曲江曲。
> 江头宫殿锁千门，细柳新蒲为谁绿？
> 忆昔霓旌下南苑，苑中万物生颜色。
> 昭阳殿里第一人，同辇随君侍君侧。
> 辇前才人带弓箭，白马嚼啮黄金勒。
> 翻身向天仰射云，一笑正坠双飞翼。
> 明眸皓齿今何在？血污游魂归不得。
> 清渭东流剑阁深，去住彼此无消息。
> 人生有情泪沾臆，江水江花岂终极？
> 黄昏胡骑尘满城，欲往城南望城北。

这三首诗，既是诗人自我心灵的观照，更代表了当时人的普遍心理。它的价值不仅仅是艺术上的，更是社会群体情怀的表露。杜诗的价值也不仅仅在于诗人如何剖析自己，更重要的，是诗人的这种自我观照涵盖了所有人想说而未能说，或者无法说出的心理郁结。诗人面对荒凉破败的京城长安，把国情、人情、闺阁之情、天伦亲情、伤乱思家之情等等尽情地宣泄于笔端。诗人的艺术审美视角已经不是前期那种对表层意象的刻画，而是深入自己的内心世界，发掘出非常时期的非常感受。同样是写唐玄宗与杨贵妃游芙蓉苑，《丽人行》中流露出批判的倾向，而在《哀江头》中，当年的胜游则成为诗人追怀盛世的美好记忆。

尤其不同的，是杜甫亲历了安史叛军在长安的所作所为。这在走出盛唐的诗人群体中，杜甫是唯一一个。因而，他的《悲陈陶》：

孟冬十郡良家子，血做陈陶泽中水。
野旷天清无战声，四万义军同日死。
群胡归来血洗箭，仍唱胡歌饮都市。
都人回面向北啼，日夜更望官军至。

《悲青坂》：

我军青坂在东门，天寒饮马太白窟。
黄头奚儿日向西，数骑弯弓敢驰突。
山雪河冰野萧瑟，青是烽烟白人骨。
安得附书与我军，忍待明年莫仓卒。

《对雪》：

战哭多新鬼，愁吟独老翁。
乱云低薄暮，急雪舞回风。
瓢弃樽无绿，炉存火似红。
数州消息断，愁作正书空。

这些诗真实地记录了战争的血腥、安史叛军的嚣张，以及诗人的悲愤情怀。

在盛唐的"三大诗人"中，王维这时被安史叛军俘虏，饮了瘖药装哑巴；李白则心花怒放地上了永王李璘的船队，要为君王"谈笑静胡沙"；唯独杜甫被羁押在安史叛军占领的长安。这种不幸遭遇却成就了他在唐诗中的地位。他以写实的沉重笔调记录了这段历史。

否则的话，我们今天在唐诗中所能看到的就只有李白的"俯看洛阳川，茫茫走胡兵"以及"胡尘轻拂建章台，圣主西巡蜀道来"等空洞的描述。

短暂的为官时期

唐肃宗至德二年（757）四月，杜甫在赞公和尚的帮助下，逃离长安，沿终南山北麓到达凤翔。唐肃宗有感于杜甫的一片赤诚，授予他左拾遗一职。到乾元二年（759）十月，离开华州司功参军一职，只做了两年零六个月的朝廷命官。

这一时期，杜甫流传下来的作品一共有九十七首，其中，五言古诗二十七首，五言律诗三十三首，七言古诗九首，七言律诗十九首，五言排律八首，七言排律首。从题材上看，可以分为宫掖诗、关注时局诗、酬赠诗、饮酒诗。尤其是《北征》、《羌村三首》以及"三吏""三别"，在反映平叛战争的诗歌中占有突出的地位。

杜甫逃出长安、到达肃宗行在凤翔时，很狼狈："麻鞋见天子，衣袖露两肘。"（《述怀》）李亨被杜甫的一片赤诚之心所感动，授予他左拾遗。杜甫对此感激涕零："涕泪授拾遗，流离主恩厚。"他的身份发生了变化，成为朝廷命官。然而，为时不久，他却因替房琯辩护，惹怒了皇帝。他的仕途也因此开始颠簸起来，随之请假回羌村探家。他把沿途所见所感以及回家后的感受，融注到了著名的《北征》和《羌村三首》诗中。

和《咏怀五百字》以"抒怀"为主的特点相比，《北征》诗则显示出强烈的纪实性特点。在归家途中，诗人面对"乾坤含疮痍"的现实，大到对平叛战争、对"马嵬事变"、对借兵回纥等军国大事，直接发表自己的看法，小到记述回家后看到"瘦妻"、"痴女"蓬头垢面、自己因旅途劳累"呕泄数日"，都被诗人如实地记录下来。安史叛乱所造成的社会大灾难，被诗人浓缩于尺幅之中。由于身份的变化，诗人已经不像在《咏怀五百字》中那样，抒写自己的人生感慨、人生理想，而是以纪实笔法对现实进行叙说。他将唐肃宗李亨视为"中兴"之主，不像李白在《上皇西巡南京歌》中所写的"双悬日月照乾坤"那样，把玄宗和肃宗一起拉出来加以颂扬。平心而论，李白的轻松描述和杜甫的深沉忧郁是对那个特殊时代社会心态的相互补充。

郭子仪收复两京后，唐肃宗返回长安。杜甫也从鄜州回到都城。

回到长安后的杜甫，人在朝廷，其诗风也随之发生了变化：从陷贼和奔赴行在时的"沉郁厚重"一变而为"雍容典雅"。他先后写下了《宣政殿退朝晚出口号》、《紫宸殿退朝口号》、《春宿左掖》、《晚出左掖》、《题省中壁》、《腊日》、《端午日赐衣》等充满了"殿堂派"气息的宫掖诗，反映了诗人人格的另一面：政治人格替代了他的"本真人格"。贾至诗说："银烛朝天紫陌长，禁城春色晓苍苍。千条弱柳垂青琐，百啭流莺绕建章。"杜甫的"和诗"说："五夜漏声催晓箭，九重春色醉仙桃。旌旗日暖龙蛇动，宫殿风微燕雀高。"充满了皇权的威严与祥和气息。回想一年多以前，春到长安，但在杜甫笔下，则是"国破山河在，城春草木深。感时花溅泪，恨别鸟惊心"的忧伤。就诗的写作背景而言，《春望》是写长安在安史叛军控制下，《奉和贾至舍人早朝大明宫》是写唐王朝光复了帝京。前者是诗人处在被羁押的处境中，后者则是以朝廷官员的身份出现在盛大的早朝行列，因此，诗人的诗风不能不发生变化。这正应了戴复古所说的"文章随世做低昂"。但变的结果是，从前一段时间的深沉凝重变成了宫廷的典雅华艳。这时候，他的宫掖诗确实是"词感帝王尊"了。在威严的皇宫中从事诗歌创作，所有的诗人都变得谨慎、斯文，不单是杜甫。正如他在《春宿左省》是中所写的："花隐掖垣暮，啾啾栖鸟过。星临万户动，月傍九霄多。不寝听金钥，因风想玉珂。明朝有封事，数问夜如何。"左拾遗属门下省，也称左省。诗人在门下省值夜班时，写了这首诗。前四句，由暮入夜，写皇宫的夜景：黄昏降临，栖鸟归巢，垣墙下的花渐渐隐去，夜空星星闪烁，月华笼罩下的皇宫一片肃穆。"星临万户"、"月傍九霄"虽然是写星、月，但意在突出皇宫的高耸入云。接下来的四句，写自己。诗人一夜都不敢入睡。听见皇宫楼角的风铎声，还以为是百官上朝时所乘车子的玉珂发出的响声，稍微有点响动，他就以为是卫士们在开宫门，还不时地问别人现在是什么时辰。他之所以这样，是因为明天早朝时他有事情要向皇帝报告。由于不是什么大事，所以写好后装在信封里传递上去。诗人在履行谏官职责时还是尽职尽责、兢兢业业。他已经不再是"老大意转拙"的"杜陵布衣"了。

但杜甫毕竟是一个至性之人。这种个性，在收复两京后朝廷处理一批被安史叛军授以伪职的官员时显露出来。在收复两京后，被安史叛军俘虏到并授予官职的一批朝廷官员又被押回长安，接受处理。其中有两个人引人注目，一个是给事中王维，另一个是广文馆博士郑虔。当时，唐肃宗颁布诏令：凡陷贼官员根据实际情况分六等治罪，王维是要被判死刑的。好在他的弟弟王缙在安史之乱中因守太原有功，正被肃宗重用，担任着宪部侍郎（相当于最高法院院长）。王缙提出：愿意用自己的官职抵哥哥的死罪。加之王维被俘到后，虽然被授以伪职，但他装病，没有上任。据说他被俘后，被囚禁在长安城西内苑的凝碧池,闻听叛军虐杀乐工雷海青的事情后,写了一首《凝碧池》诗也起了作用,诗说:"万户伤心生野烟,百官何日再朝天。秋槐叶落空宫里,凝碧池头奏管弦。"所以,王维竟然没事。不久,又被任命为太子中允。在处理的过程中,王维情绪很低落。别看他笃信佛教,但他根本没有看破红尘。杜甫很善良,就写了一首《奉赠王中允维》安慰王维:"中允声名久,如今契阔深。共传收庾信,不比得陈琳。一病缘明主,三年独此身。穷愁应有作,试诵白头吟。"用诗歌形式为王维辩护,在当时的诗人圈子里,杜甫是独一无二的。所谓"收庾信"是说朝廷获得了一个人才,不像曹操打败袁绍后收了陈琳。因为陈琳投靠袁绍后,曾奉命写了一份声讨曹操篡国的檄文。而王维被俘后一直心向朝廷,《凝碧池》诗就能证明这一点。而且他还动员王维向朝廷写一份类似于卓文君给司马相如写《白头吟》之类的表白书。作为一个谏官,杜甫在王维这件事上表现得很善良。不过,王维有他弟弟作后台,根本用不着杜甫辩解。再说了,杜甫人微言轻,王维也根本不领情。所以,我们在《王右丞集》中根本找不到王维回应杜甫的诗。郑虔就没有王维那么幸运,尽管他侄子郑潜曜是唐肃宗的妹夫,他在洛阳时又曾秘密给灵武送过情报,却在衰暮之年被远贬台州。杜甫为此写了《送郑十八贬台州司户》:"郑公樗散鬓成丝,酒后常称老画师。万里伤心严谴日,百年垂死中兴时。仓皇已就长途往,邂逅无端出饯迟。便与先生成永诀,九重泉路尽交期。"郑虔的诗书画被唐玄宗誉为"三绝"。杜甫在长安十年期间就和郑虔经常往还。杜甫在《醉时歌》中,对两个人的交往作了真实的描写:"诸公衮衮登台省,广文先生官独冷。甲第纷纷厌粱肉,广文先生饭不足。先生有道出羲皇,先生有才过屈宋。德尊一代常坎坷,名垂万古知何用。杜陵野客人更嗤，被褐短窄鬓如丝。日籴太仓五升米，时赴郑老同襟期。得钱即相觅，沽酒不复疑。忘形到尔汝，痛饮真吾师……"可以看出，两个人是地地道道的贫贱之交。对于郑虔，杜甫不像写王维，从他的声名、地位写起，而是从外在形貌入笔：郑虔本来就不是个搞政治的人，现在已经老得两鬓斑白，是个没用的人了，而且他喜欢喝酒，只要喝醉了，常常称自己是个画家。就是这样一个人，在国家中兴、他已临近暮年之时，还要把他贬到万里之外的台州去做司户参军，这是不是太严厉了。话说得很委婉，实际上是在说不应该这么处分郑虔。眼看着这位莫逆之交在衰暮之年被远贬他乡，自己却不能施以援手，只好以诗表达自己的心情。也不知道是什么原因，在郑虔临行前，杜甫没有为其钱行。等杜甫赶来送行时，郑虔已经仓皇上路了。"仓皇已就长途往，邂逅无端出钱迟"，这两句诗包含着许多痛楚和遗憾。在诗人看来，他和郑虔的这次分别是生死别离，也就只好宽慰自己有一天在九泉之下再和老朋友重叙旧情。

在另一首《郑驸马池台喜逢郑广文同饮》诗中，杜甫就曾为郑虔感到惋惜："白发千茎雪，丹心一寸灰。"这位对朝廷一片丹心的老人受到如此严厉的惩罚，不仅郑虔本人感到寒心，就是杜甫自己也对朝廷的做法感到心灰意冷。

正因为如此，在这一时期，杜甫以城南胜游之地曲江为抒情环境，写了一些和宫掖诗判然有别的"饮酒"、"伤春"诗。这些诗的出现，用诗人自己的话说，就是"兵戈虽在眼，儒术岂谋身"(《独酌成诗》)的政治环境促成的，如：

《曲江陪郑八丈南史饮》：

雀啄江头黄柳花，鵁鶄鸂鶒满晴沙。

自知白发非春事，且尽芳樽恋物华。
　　近侍即今难浪迹，此身那得更无家。
　　丈人才力犹强健，岂傍青门学种瓜。

　　杜甫已经透露自己虽为"近侍"，但却不自由的精神状态。他虽然劝告郑南史不要像秦东陵侯邵平那样退隐到城东去种瓜，可是，他自己已经开始流露出厌倦官场的倾向，如《曲江二首》：

　　一片飞花减却春，风飘万点正愁人。
　　且看经眼花欲尽，莫厌伤多酒入唇。
　　江上小堂巢翡翠，苑边高冢卧麒麟。
　　细推物理须行乐，何用浮名绊此身。

　　伤自然之春的消失只是一种表象。他的深层意义在于诗人对"浮名"解悟。苑边的高冢埋葬着曾经光耀一时的高官显宦，连显示墓主身份的瑞兽麒麟都已经躺卧在荒草之中。这就是作者在静思之中悟出的"事物规律"。它促使作者通过表象参悟出应该及时行乐的人生哲理。所以，杜甫的及时行乐念头绝不像有些人那样是人在官场却故作高雅的无病呻吟。

　　但杜甫毕竟有过"致君尧舜"的远大志向，所以，他在第二首中又表现出一种矛盾心理：

　　朝回日日典春衣，每日江头尽醉归。
　　酒债寻常处处有，人生七十古来稀。
　　穿花蛱蝶深深见，点水蜻蜓款款飞。

传语风光共流转，暂时相赏莫相违。

这首诗，一改前四句写景，后四句抒情的传统模式，而是从叙事入笔，写自己为了饮酒而不得不典当春衣，以换取酩酊大醉，有时还不得不赊账。看来，"微禄"并不能满足他"耽酒"的需要。人生苦短，风光依旧。这才引出了希望春光能暂时陪伴自己，不要走得太匆忙。作者在世无知音的情况下，只好与春光进行心灵对话。这和陷贼时的"感时花溅泪，恨别鸟惊心"一样，都是通过移情手法表现蕴藏在内心深处的苦闷。有时甚至懒于上朝，静静地坐在曲江池畔看着飞鸟落花："纵饮久判人共弃，懒朝真与世相违。吏情更觉沧江远，老大徒伤未拂衣。"

但是，还没有等到他拂衣而去，就因房琯事件的牵连，被排挤出朝廷，到华州任司功参军。这对杜甫来说，与贬官没有什么区别。他离开长安前，特意去了一次长安城西的金光门。华州在长安东，去华州上任，本不经过此门。但一年前，他从此门逃出长安，投奔凤翔行在。这次离开长安前，重经此门，其中大有深意。虽然他在《至德二年，甫自金光门出，间道归凤翔。乾元初，从左拾遗移华州掾，与亲故别，因出此门，有悲往事》诗中说："移官岂至尊"——不是皇上要把他调出京城。这不过是一个冠冕堂皇的托词而已，实际上作者是在后悔当年就不该投奔凤翔。诗的结尾说"无才日衰老，驻马望千门"，也不是赵汸所点评的"虽遭贬黜，不忘朝廷"，而是把一腔愤怒压抑在心中，像顾宸所说的那样"不敢归怨于君"罢了。不敢怨君，并不是不怨君。其实早在此前，作者对唐肃宗已经流露出不满。在《曲江对雨》诗中，杜甫已经透露出一点信息。在写到芙蓉苑时，作者说："龙武新军深住辇，芙蓉别殿漫焚香。"唐玄宗回京后,被软禁在南内兴庆宫,不得外出。太上皇不出行,负责警卫的龙武军自然无所事事。这就是"龙武新军深驻辇"所蕴含的深层意义。所以,下一句接着就说:芙蓉苑的宫人还是不要焚香等待唐玄宗了,他是出不来的。接下来,作者又怀念唐玄宗在皇宫阙楼上撒金币、让官员争拾的君臣同乐的往事:"何时诏此金钱会,烂醉佳人锦瑟旁。"如果不是对唐肃宗心怀不满的话,杜甫不会平白无故地怀念唐玄宗的。

怀着一种悔恨与不平之气,杜甫到了华山脚下的华州。巨大的人生失落感促使他带着强烈的自我意识看待周围的一切。在《题郑县亭子》中,诗人写道:"巢边野雀欺群燕,花底山蜂趁远人。更欲题诗满青竹,晚来幽独恐伤神。"野雀欺燕、山蜂窥人都被他用来影射自己对所处环境感到不安。在《望岳》诗中,作者已经失去了年轻时望泰山而激发出的攀登勇气,希望能有神仙的帮助:"安得仙人九节杖,拄到玉女洗头盆。"

诗人的情绪极其消沉。在拜访蓝田一位姓崔的朋友时,适逢重阳节,他写出了《九日蓝田崔氏庄》,诗中说:"蓝水远从千涧落,玉山高并两峰寒。"开阔的高秋境界既没让他心旷神怡,也没有淡化他心中的忧伤:"老去悲秋强自宽"、"明年此会知谁健?"诗人从此前的郁闷开始向关注自我生命转化,他的悲秋意识中包含着浓厚的自我伤感。在个人自顾不暇的情况下,他路过王维的辋川别业,反而质问王维为什么不退隐山林:"何为西庄王给事,柴门空闭锁松筠?"这种质问,恰恰说明杜甫对王维亦官亦隐的处世方式的不理解。尽管如此,杜甫对自己有朝一日能回朝廷任职表示出浓厚的兴趣。乾元元年冬至这一天,他写了《至日遣兴奉寄北省旧阁老两院故人二首》:

其一：

去岁兹辰捧御床，三更五点入鹓行。
欲知趋走伤心地，正想氤氲满眼香。
无路从容陪笑语，有时颠倒着衣裳。
何人却忆穷愁日，日日愁随一线长。

其二：

忆昨逍遥供奉班，去年今日侍龙颜。
麒麟不动炉烟上，孔雀徐开扇影还。
玉几由来天北极，朱衣只在殿中间。
孤臣此日肠堪断，愁对寒云雪满山。

去年腊日，朝拜皇帝后，皇帝还给他赏赐了"口脂面药"之类的防冻用品，杜甫对此感激涕零。时隔一年，京城的官员们在冬至这一天汇集宣政殿，朝拜皇帝，自己却远在华州"伤心之地"。但去年冬至朝拜皇帝的情景却历历在目。他向还在中书省做官的"故人"诉说自己的"穷愁状况"，表面上看，是向老朋友诉说自己在华州倍感孤独，在路上连个从容说话的人都没有，实际上还是对回朝心存一线希望。

在企盼与彷徨中，杜甫回了一趟洛阳。由于唐王朝军事指挥上的错误，造成了九节度使兵败邺城、安史叛军又获得了喘息的机会。面对这一局势，杜甫在返回华州途中，将沿途所见所感写成著名的组诗"三吏"、"三别"。在这两组诗中，杜甫不再纠缠自己的失落与苦闷，而是以大局为重，既对唐军的失败表示惋惜，又希望民众忍受暂时的困苦。这组诗的意义不在于作者站在朝廷立场，为统治者开脱责任，而在于诗人用写实笔法记录了这一重大历史事件。杜诗的"诗史"意义在这组诗中达到了顶峰。此后，杜甫虽然写了一些关心时局的诗，但他的"诗史"意义明显地减弱了。

总体来说，自从到了华州司功参军任上以后，杜甫的心态由最初的愤激慢慢向沉静转变。在沉静中，诗人不时地进行自我反思。反思的结果则是产生了孤独感。而抒发孤独的诗篇则充满了无奈的幽怨。这种孤独和幽怨最终导致他弃官而去，走上了后半生的漂泊生涯。

秦州同谷时期

从洛阳返回华州时间不长，到乾元二年（759）秋，杜甫弃官，离开华州西行，到达秦州、同谷，在此逗留半年。在这半年中，诗人流传下来的作品共有一百一十七首，其中，五言古诗五十首，五言律诗五十六首，五言排律四首，七言古诗七首。

一般认为：杜甫弃官不做，是由于这一年关中发生了饥荒，杜甫"无食依南州"。但这只是表面现象。他在《秦州杂诗二十首》开头就说："满目生悲事，因人作远游。""悲事"和"因人"是有连带关系的。凡是看到的，都是令人伤心的事情。而这些悲事，可以说都是由"人"造成的。这才促使杜甫不得不丢掉华州司功参军。如果说因饥荒而弃官，那么，京畿之地的官员何其多也，有几个因饥荒而弃官？在未离开华州前写的《立秋后题》诗中，杜甫就明确地表示："罢官亦由人，何事拘形役？""罢官"，就是弃官。"亦由人",值得回味。这里的"人",既指别人,也指自己。既然别人和自己过不去,那么,自己也就不愿意像陶渊明那样,久在樊笼,心为形役!这才是杜甫弃官的真正原因。不过,他后来离开秦州赴同谷,倒确确实实是为了谋衣食:"我衰更懒拙,生事不自谋。无食问乐土,无衣思南州。"(《发秦州》)因为他这时已经穷得囊空如洗了。在《空囊》诗中,杜甫是这样描写自己的窘迫的:"囊空恐羞涩,留得一钱看。"

秦州同谷时期,是杜甫诗歌创作的低谷。

流传下来的这一百一十七首诗,记述自己从秦州到同谷沿途所见的题材占了绝大多数。这类诗,既可视为纪行诗,又可看作山水诗。

一旦离开长安,诗人又对京城流露出一丝眷恋。在《秦州杂诗二十首》之二:诗人说:"月明垂叶露,云逐度溪风。清渭无情极,愁时独向东。"诗人借助于清旷静寂的山城秦州的夜景吐露自己心中一缕淡淡的忧伤。这种情绪在思念亲朋故旧诗中表现得尤为明显。如《月夜忆舍弟》:

> 戍鼓断人行,秋边一雁声。
> 露从今夜白,月是故乡明。
> 有弟皆分散,无家问死生。
> 寄书常不达,况乃未休兵。

杜甫的"露从今夜白,月是故乡明"和张九龄的"海上生明月,天涯共此时"都是望月思乡的千古名联。千百年来,成为漂泊异乡的游子思念故乡的共同心声。不过,张九龄的诗接下来的两句"情人怨遥夜，竟夕起相思"，一下子使诗的境界变得极其狭窄，与前面的阔大浑融极不相称。而杜甫的诗就不同了。在抒写望月思乡情感之前，诗人先描绘自身所处的环境：沉闷的戍鼓声和大雁凄厉的哀鸣使得明朗的月夜变得更加凄凉。在"动"境描写之后，转入望月思乡的"静"境描写。这种动静相生的表现手法恰到好处地表现了诗人身处战乱、心绪不宁的情怀。

在怀人诗中，值得注意的是《天末怀李白》：

凉风起天末，君子意如何？
鸿雁几时到？江湖秋水多。
文章憎命达，魑魅喜人过。
应共冤魂语，投诗赠汨罗。

自从天宝三载（744）杜甫和李白在洛阳相遇、接着同游梁宋、兖州，于天宝四载分手之后，到乾元二年（759），两个人已经有十四年没有谋面。可是杜甫在秦州时却写了这首诗。对于李白因投奔永王璘而获罪一事，杜甫肯定知道。奇怪的是杜甫在左拾遗任上时，既给王维辩过冤，又替郑虔打抱过不平，唯独没替李白辩解。而这时却平白无故地怀念起李白来，这是值得寻思的。杜甫写这首诗的时候，李白已经遇赦东还江陵。不过，由于杜甫已经离开了长安，肯定不知道李白遇赦的消息。所以，他认为李白冤屈，也不是为了事后弥补自己没给李白辩冤的遗憾。再说了，"文章憎命达，魑魅喜人过"，这根本和李白的遭遇联系不起来。李白投奔永王璘差点儿掉了脑袋，无论如何谈不上是"命达"的。要说"命达"，也只能是影射他自己好不容易在朝廷担任了清要之职左拾遗，却被一些"魑魅"抓住房琯事件把他排挤出了朝廷。从"命达"变成了命"穷"。因此，这首《天末怀李白》与其说是怀念李白，倒不如说是借李白的冤魂替自己叫屈。

在秦州，杜甫意外地遇见了当年曾帮助他逃出长安的大云寺住持赞公和尚。

大云寺在长安西市南，其正西偏北就是金光门，此寺原名光明寺。据说武则天临幸此寺，一个叫宣政的和尚向武则天进献《大云经》，经中有女主将显世的隐符，于是就改名大云寺。看来大云寺的和尚和皇室或朝廷关系是比较密切的。所以，赵汸就说赞公和尚是房琯的门客，因为受房琯的牵连被赶出长安城。赞公流落到秦州城外一个叫西枝的村子，的确是事实。但是否受房琯牵连就不得而知了。不知赵汸有何根据？但从杜甫《宿赞公房》诗中所说的"放逐宁违性？虚空不离禅"可以看出，赞公确实是被"放逐"出长安的。而且它所挂锡的地方很荒落："雨荒深院菊，霜倒半池莲。"这一联诗和作者在长安游何将军山林时写的"绿垂风折笋，红绽雨肥梅"修辞手法相同。作者本来是要写深秋季节菊花枯萎、池中的莲花已经凋谢，但是，把"雨"、"霜"置于句首就强调了淫雨和严霜对菊花、莲花的摧残。通过自然环境的描写，侧面烘托了赞公所处环境的凄清冷落，把赞公和尚的心境和环境表现得极为和谐。而"放逐宁违性？虚空不离禅"既切合赞公的身份，也是作者对赞公的委婉劝慰。

杜甫对和赞公重逢感到很欣慰，并打算在西枝找个地方住下来，但没有找到合适的地方。

离开官场，离开京城长安，最初杜甫还有些人生的迷惘。随着时间的推移，杜甫渐渐地适应了人生蹉跎。他在秦州同谷所创作的诗歌，虽然也常常涉及当时的平叛战争，但毕竟自己与此没有多少直接关系了。他的审美视角也发生了一些变化：开始留意身边的生活琐事，初月、归燕、促织、萤火虫、瓜架、荒芜的田埂等都成为他的诗材，他甚至向人索要小猴子。这不能不说杜甫开始淡出了政治，逐渐走向适性的人生。而且，从秦州时期开始，杜甫的艺术情感已经从对直观表象的关注开始向心灵世界的纵深发展。他的情感穿透表象，进入多层次的抒情境界：从表象进入意象。这标志着杜甫诗歌创作逐渐进入了一个纯性情的人文境界。

成都与梓州时期

肃宗上元元年（760）春至永泰元年（765）秋初，杜甫先后在成都、梓州、成都寓居，时间近六年。

这一时期，流传下来的作品四百七十五首。其中，五古五十三首，五律二百二十三首，五排三十首，五绝十四首，七古四十三首，七律四十九首，七绝六十二首。

在这六年里，杜甫的诗歌创作基本上是以抒写自我心性为主。其诗境中的抒情主体多是以一个纯情诗人的形象出现的。但这种变化是渐进式的，并非是突变。

杜甫刚到成都时，虽然生活环境稍事安定，但他的心境还没有从失意和落寞中解脱出来。譬如他刚到成都时写的《蜀相》：

> 丞相祠堂何处寻，锦官城外柏森森。
> 映阶碧草自春色，隔叶黄鹂空好音。
> 三顾频烦天下计，两朝开济老臣心。
> 出师未捷身先死，长使英雄泪满襟。

这首诗，格调很沉重。这与作者的心境是吻合的。他毕竟是一个"支离东北风尘际，飘泊西南天地间"的"旅人"。所以，前四句写武侯祠并不着眼于它的肃穆、庄严，而是用一种无可奈何的笔调写其寂寞、冷清。尤其是"碧草自春色"、"黄鹂空好音"饱含着落寞与苦闷。而后四句的议论虽然是评述诸葛亮的功业，却充满了抑郁和惋惜的自我意识。杜诗的沉郁、浑厚在入蜀后以这首诗为标志开始逐渐显露出来。

再如《恨别》诗：

> 洛城一别四千里，胡骑长驱五六年。
> 草木变衰行剑外，兵戈阻绝老江边。
> 思家步月清宵立，忆弟看云白日眠。
> 闻道河阳近乘胜，司徒急为破幽燕。

这首诗可以说涵盖了杜甫在蜀中时的全部精神层面。一是思念洛阳故里；二是叹息自己漂泊剑外；三是思念家人；四是盼望早日平定安史之乱。在咏叹自己的身世际遇时，作者并不局限于细部生活环境的描写，而是从时局出发，采取大跨度的时空飞跃表现自己的不幸与困苦："洛城"、"剑外"、"四千里"、"五六年"、"兵戈阻绝"、"思家""忆弟"、"清宵立"、"白日眠"，这些不同时间、空间的矛盾组合，使得诗的境界显得浑莽、厚重。尽管他有时也自己安慰自己："自古有羁旅，我何苦哀伤！"（《成都府》）但文字的表述难以抹去现实的不幸。这时他甚至对今后的前途也是感到茫然："大江东流去，游子日月长。"（《成都府》）即便是在浣花溪畔有了暂时安身的草堂，他也是一副消散无奈的样子："暂至飞鸟将数子，频来语燕定新巢。旁人错比扬雄宅，懒惰无心作解嘲。"比、兴兼用，诉说自己的不幸。有时回想起自己的遭遇，作者竟至于心如止水："水流心不竟，云在意俱迟。"(《江亭》)"宽心应是酒，遣兴莫过诗。"(《可惜》)"诗""酒"成了杜甫生活中的唯一能使他趋于暂时平静的媒介。一旦有了诗作，他又是另一种心情："愁极本凭诗遣兴，诗成吟咏转凄凉。"(《至后》)这种落寞散淡的情怀就是到了严武幕府中也变得越发沉郁、厚重，如《宿府》：

  清秋幕府井梧寒，独宿江城蜡炬残。
  永夜角声悲自语，中天月色好谁看。
  风尘荏苒音书绝，关塞萧条行路难。
  已忍伶俜十年事，强移栖息一枝安。

  杜甫在长安时和严武的父亲严挺之关系比较好。当杜甫流落到在秦州时，听说因九节度使兵败邺城、汝州刺史贾至因奔襄邓而被贬为岳州司马，严武因受房琯牵连被贬出朝廷，到巴州任刺史，于是就写了《寄岳州贾司马六丈巴州严八使君两阁老五十韵》。其后不久，严武被任命为东川节度使兼摄西川。严武到成都后，曾亲自去看望过杜甫，杜甫为此写了《严中丞枉驾见过》：

  元戎小队出郊坰，问柳寻花到野亭。
  川合东西瞻使节，地分南北任浮萍。
  扁舟不独如张翰，皂帽还应似管宁。
  寂寞江天云雾里，何人道有少微星？

对严武枉驾西郊看望自己，杜甫很感激。可以看出两个人关系是很密切的。杜甫诗集中，有三十首诗是写给严武的。后来，严武聘请杜甫做幕僚，并奏请朝廷给他以"工部员外郎"的名分，也仅仅是让他能名正言顺地领取一份俸禄，解决他的生活困难，免得朋友接济不上时让他挨饿受冻，并不是要他真的天天去上班。可是杜甫偏偏很认真，常常从西郊赶到城里，到幕府里走走看看。有时回不了家，就住在幕府中。这首诗就写自己秋夜独宿幕府。作者以"清秋"作为抒情背景。他独宿幕府，夜深人静，依然没有睡意，只好一个人在庭院中徘徊。所谓"井梧寒"，不只是写秋夜寒冷，也反映了作者因遭遇的不幸而感到"心寒"。后来的南唐后主李煜的"无言独上西楼，月如钩，寂寞梧桐深院锁清秋"应该说是借鉴了杜甫《宿府》首联的意境的。"永夜角声悲自语，中天月色好谁看。"在长夜难眠中，耳听城头上传来的号角声也感到那样悲凉哀怨，仿佛是在诉说自己的不幸。天上一轮明朗的秋月，作者也没有心思去欣赏。这两句，和平常的七言律诗的结构不同。一般而言，七言律诗的"音步"是"四三"结构，即前四字构成一个音步，后三个字又是一个音步。但杜甫的这一联诗却是"五二"音步："永夜角声悲"是一层意思，"自语"又是一层意思；"中天月色好"是一层意思，"谁看"又是一层意思。"自语"是顺承，"谁看"是反问，一正一反，也正是作者矛盾心态的反映。而"风尘"一联则是描写自己的遭遇：历经战乱、光阴荏苒，亲朋故旧音信断绝，关塞重重，举步维艰。在无可奈何中，只好自己劝自己："已忍伶俜十年事，强移栖息一枝安。"作者写这首诗是在广德二年（764）秋，距安史之乱爆发（755）已经九年了。九年来，自己都在忍耐中度过了。现在又为人做幕僚，虽不是自己的初衷，还是勉强忍耐吧！格调显得特别悲凉、深沉。同样的情怀，在《遣闷奉呈严公二十韵》中也有流露："白水鱼竿客，清秋鹤发翁。胡为来幕下，只合在舟中。"——对为人做幕僚的境遇心存犹豫。

但是，严武对杜甫还是特别的关照，这却引起了幕府中一些人的嫉妒。杜甫为此写了《莫相疑行》：

> 男儿生无所成头皓白，牙齿欲落真可惜。
> 忆献三赋蓬莱宫，自怪一日声辉赫。
> 集贤学士如堵墙，观我落笔中书堂。
> 往时文采动人主，此日饥寒趋路旁。
> 晚将末契托年少，当面输心背面笑。
> 寄谢悠悠世上儿，不争好恶莫相疑。

这大概是除了《闻官军收河南河北》外，杜甫在这一时期写得比较快意的诗。作者先声明自己头也白了，牙也快掉了，回顾大半生的经历，一事无成。但这并不表明自己就是个碌碌无为的人。当年在长安给唐玄宗献《三大礼赋》，连自己都没有想到能产生那么大的轰动效应。他说：当皇帝下诏让我在集贤殿试文章的时候，那些学士像一堵墙一样围在我身边，看我挥笔成章。他特意强调自己的这一辉煌经历，实际上是让那些嫉妒他的人不要小瞧自己。别看自己现在为了谋食大老远地从西郊浣花溪畔的草堂跑到城里来，当年自己就因为文章写得好，惊动了皇帝，并获得了太子右卫率府参军的职务。"往时"句和"此日"句用今昔对比强调自己"文采动人主"。在诗的结尾，作者对那些嫉妒他的人说：我不在乎别人对我好，还是对我不好，所以，你们还是不要心存疑虑。由于嫉妒他的人不在少数，所以用"悠悠世上子"。按理说，他在严武的成都幕府中有了一个暂时安稳的职位以后，应该知足了，可是，杜甫并不感到心安。在《正月三日溪上有作》中，他说："白头趋幕府，深觉负平生。"在《春日江村五首》之一中又说："乾坤万里眼，时序百年心。"他的心胸、眼界宽阔，并不把目光局限在眼前，他看到的是整个天下；他也不是被动的适应时序的更替，而是从春夏秋冬的节序变化，隐隐地感到了人生的可贵与短暂。

天下之大，没有诗人安身立命的地方。岁月如梭，他只能在漂泊天涯中度过。诗人也感到了这种人生的不幸，所以，他说自己"艰难昧生理，飘泊到如今"（《春日江村五首》之一）——由于自己不懂得如何安排自己的人生道路，这才导致了自己年龄老大，依旧在艰难中苦苦度日。他说自己"昧生理"，就是说自己不懂得如何生活。这句话，既有自我解嘲的意思，也有人生多艰的感慨，而更多的则是诗人的愤激！昧，就是糊涂、不明白事理。其实在人生的道路上，杜甫一点也不糊涂。按世俗的做法，只要自己趋炎附势，随波逐流、巴结权贵，姑且不说能飞黄腾达，最起码不致落个"白头趋幕府"的下场吧？当然，这句话也可以理解为杜甫对自己以前的一些做法的省悟！人到生计艰难的时候，总会后悔当年所作出的抉择。如果不那样的话，自己今日也就不会经受这人生的艰难了！正由于自己不愿意趋炎附势，随波逐流，才有了如今的艰难了！

此后不久，杜甫便辞幕不做，结束了他在蜀中六年的生活。

在这六年中，郁闷和忧伤是杜甫心态的一个方面。另一方面，他在郁闷和忧伤中也渐渐适应了远离政治舞台后的孤独与彷徨，恬淡和平静的乡野生活使得他创作了大量的遣怀、漫兴、闲适一类的诗歌。宋初，王禹偁被贬为商州团练副使时，写了一首《日长简仲咸》，其中提到杜甫时说"子美集开诗世界"，应该是与杜甫诗歌拓展了诗人的心灵世界有关。因为这类诗直接开启了宋代士大夫注重展示个人内心世界的先河。不过，杜甫的恬淡、闲适与宋人的闲情雅致有天壤之别。宋人是在优厚的物质生活享受之后用悠闲恬淡的诗兴来显示人在官场的自适和优雅；杜甫则是用无可奈何的恬淡来平抑内心的不悦。用他的话说，自己成了一个被社会遗弃了的漂泊者："城中十万户，此地两三家。"他原本是为了衣食而来到"南州"的。可是，他到了成都后，生活依旧艰难。起先寄居在浣花溪寺，当时高适任彭州刺史，他看到杜甫生计艰难，就从自己的俸禄中拿出一部分接济杜甫。吃的菜也是寺院周围的农家送给他的。《酬高使君所赠》诗中所说的"故人分禄米，邻舍与园蔬"，就是他初到成都的真实情况。甚至连吃饭用的碗也是向韦班索要的。后来，一位姓王的表弟，在成都府任司马，出钱给他在浣花溪畔搭建了草堂，他的生活才稍微安定下来。草堂周围，林塘幽静，这种环境成了诗人消愁的佳处。就像他在《卜居》诗中所说的："浣花溪水水西头，主人为卜林塘幽。已知出郭少尘事，更有澄江消客愁。"面对这几间草房，诗人感到了暂时的满足。可以看出，杜甫的闲适恬淡是一种不得已的人生选择。不幸的是杜甫到成都时间不长，肺病复发，这无疑使他的生活雪上加霜。更不幸的是草堂落成的第二年八月，一场狂风掀掉了屋上的茅草，他为此写了《茅屋为秋风所破歌》。人们常常称赞杜甫能以自己的穷困推想天下"寒士"的不幸，但却忘记杜甫自己就是一个屋漏偏遭连夜雨"寒士"。而他这个寒士有时又自称"狂夫"，并以此为题写了《狂夫》一诗：

万里桥西一草堂，百花潭水即沧浪。

> 风含翠篠娟娟净，雨裛红蕖冉冉香。
> 厚禄故人音书绝，恒饥稚子色凄凉。
> 欲填沟壑惟疏放，自笑狂夫老更狂。

题为"狂夫"，可是，我们在诗中根本看不到诗人是如何"狂"！看到的只是一个饥寒交迫的诗人形象。因此，所谓的"狂夫"只是诗人对"疏放"的戏谑说法而已，并不是狂放、狂荡。他把"百花潭"比作隐士的"沧浪"就说明了这一点。但他之所以以"狂夫"自诩，是因为他感到自己将不久于人世，面对人生的种种不幸，只有用"疏放"来度过自己的晚年。作为一个性情中诗人，入蜀以后，杜甫始终没有狂放或轻狂的一面。李白是个情绪型诗人，所以，说狂便狂，毫无遮掩。杜甫则不同，在儒家文化熏陶下，他的文化人格更趋于儒雅规矩。在有了"欲填沟壑"的人生预感时，即便是想用"疏放"来改变自己，反而让人感到了一种悲凉。更为痛苦的，是诗人的身体状况越来越差，行动也越来越困难。"老妻忧坐痹，幼女问头风。"家人的关怀使得杜甫感到了暂时的欣慰和平静。

在恬淡和闲适心态的支配下，体物细腻的诗风更加明显，已经达到了出神入化的艺术境界，比如《春夜喜雨》：

> 好雨知时节，当春乃发生。
> 随风潜入夜，润物细无声。
> 野径云俱黑，江船火独明。
> 晓看红湿处，花重锦官城。

人化的自然与物化的自我融为一体。尤其是像《水槛遣兴二首》

之一中的"细雨鱼儿出,微风燕子斜",仿佛是一幅天然工巧的图画,怎么看都和"为人性僻耽佳句,语不惊人死不休"的苦思冥索联系不起来。这正是杜甫在恬淡心态的支配下诗歌创作进入了天然纯熟境界的结果。

尤其是《戏为六绝句》的出现更能说明在恬淡心态支配下杜甫诗歌的审美追求。对于《戏为六绝句》,学术界都是从文学批评的角度肯定了杜甫开创了以诗的形式进行诗歌批评的功绩,但却忽视了这组诗的出现和诗人创作心态之间的关系:

庾信文章老更成,凌云健笔意纵横。
今人嗤点流传赋,不觉前贤畏后生。

王杨卢骆当时体,轻薄为文哂未休。
尔曹名与身俱灭,不废江河万古流。

纵使卢王操翰墨,劣于汉魏近风骚。
龙文虎脊皆君御,历块过都见尔曹。

才力应难跨数公,凡今谁是出群雄。
或看翡翠兰苕上,未掣鲸鱼碧海中。

不薄今人爱古人,清词丽句必为邻。
窃攀屈宋宜方驾,恐与齐梁作后尘。

未及前贤更勿疑,递相祖述复先谁。

别裁伪体亲风雅，转益多师是吾师。

这组诗出现在成都时期绝非诗人一时心血来潮的"戏言"。但作者之所以说是"戏为"，是因为他是在不经意中写的，不像其他诗作是在心潮起伏状态下的即兴发挥。在平静心态下，他才有可能对诗歌艺术发展史进行思考。杜甫推崇庾信晚年的"凌云健笔"，实际上是宣示了自己的审美观念。但诗歌的发展并不是像人们想象的那样完美无缺。正因为如此，杜甫才把初唐四杰的诗歌称作"当时体"。既是"当时体"，就难免有不完美之处。因此，对他们进行求全责备，是不符合诗坛发展史的。杜甫肯定初唐四杰而不涉及四杰以前的诗人，从唐诗史上看，有其合理性。唐诗，是唐朝的人写的诗。贞观诗坛的诗人都是带着旧时代的积习由隋入唐的官僚，称不上是真正的"唐人"。而"四杰"是唐王朝建立之后出生的真正的唐人。"唐诗"应该是以他们为起点的。而且，当今的诗坛上，没有人能超过"四杰"的"才力"。杜甫之所以这样说，是因为"四杰"所处的时代，诗坛上充溢着雕章绘句的宫掖诗风，而"四杰"却以"碧海掣鲸"的气概力图扭转这种风气。杜甫这样说，甚至蕴含着对殷璠的《河岳英灵集》的评判。因为《河岳英灵集》成书于天宝十二载，杜甫写这组诗的时候，《河岳英灵集》已经至少问世七年了。殷璠的《河岳英灵集》所入选的实际上多是寄情山水、林泉、风月的作品。所以，"凡今谁是出群雄"是杜甫对他所处时代的诗人的总体评价。比如杜甫认为岑参"好奇"。"奇"是艺术表现手段，而不是诗的主旨；李白是"落笔惊风雨，诗成泣鬼神"。平心而论，能使"鬼神"为之下泣的诗未必能感染关心仕途通达和衣食住行的人。

杜甫入蜀以后诗风发生的变化，除了客观的地域环境发生了变化外，直接和杜甫对诗歌艺术进行认真思考有密切关系。从诗人的角度看，《戏为六绝句》涉及屈原、宋玉、庾信、初唐四杰；从诗歌审美的角度看，涉及国风、离骚、汉魏风骨、齐梁诗风、清辞丽句，这几者"递相祖述"，构成了一部诗歌演进史。诗歌史上常用"集大成"来概括杜甫在古代诗歌史上的崇高地位。但"集大成"并非一蹴而就的，它有一个渐进的过程。入蜀前，由于环境和个人遭遇的复杂变化，他的诗歌创作是凭借着自己"读书破万卷"的"才学"功底即兴应景。入蜀以后，杜甫才开始考虑诗歌自身演进规律，并从中汲取优秀的艺术传统，从而形成自己新的诗歌风格。不像李白，一直在人生的大起大落中继续着他的昂扬或苦闷。所以，李白的不知"变"只能使他成为继屈原之后的理想派的大师，而杜甫的"变"则使他成为以《诗经》为源头的古代诗歌的集大成者。

铸就诗歌艺术辉煌的云安与夔州时期

这一时期，从永泰元年（765）秋到大历三年（768）春。

永泰元年秋，杜甫离开成都。他原打算买舟东下，出峡后，作潇湘之游。不料，因病在云安停留半年，第二年春，东下，至夔州。直到大历三年离开夔州，出峡。在这两年半的时间里，诗人流转下来的作品共四百零一首。其中，五言古诗五十五首，五言律诗二百一十七首，七言古诗三十四首，七言律诗六十四首，五言排律三十五首，七言排律三首，五言绝句十五首，七言绝句四十五首。

在离开成都草堂时，杜甫已经对时局感到无望。《去蜀》诗说："世事已黄发，残生随白鸥。安危大臣在，何必泪长流。"因此，卧病云安（包括渝州、忠州）时，留下的三十二首诗（据浦起龙《读杜心解》、杨伦《杜诗镜铨》作四十首，仇兆鳌《杜少陵集详注》作三十七首），只有《三绝句》、《遣愤》、《近闻》三首诗涉及时局，其余则是以遣怀为主。在这些诗中，值得注意的是《旅夜书怀》和《别常征君》。

《旅夜书怀》：

> 细草微风岸，危樯独夜舟。
> 星垂平野阔，月涌大江流。
> 名岂文章著，官应老病休。
> 飘飘何所似？天地一沙鸥。

《别常征君》：

> 白水青山空复春，征君晚节傍风尘。
> 楚妃堂上色殊众，海鸥阶前鸣向人。
> 万事纠纷犹绝粒，一官羁绊实藏身。
> 开州入夏知凉冷，不似云安毒热新。

我们把这两首诗联系起来，可以看出：对待仕、隐、穷、通，杜甫几乎淡漠了。他叹息自己"名岂文章著，官应老病休"。对于"名"，他感到惋惜，自己并没有因为诗文出众而声名昭著；对于"仕"，在成都时，本来有入京为官的可能，却因为身体有病而化为泡影。如今年老多病，从政根本无望。短短十个字，饱含着无穷的人生苦闷和遗憾。由于关塞阻塞，不得不作潇湘之游。如今人在旅途,泊舟江边,孤帆高悬。五年成都、一年梓州的生活结束了,自己又像一只到处为家的沙鸥一样。天地之大,没有自己的安身之所。处于这样一种人生境地,作者在景物描写上,纳天地于心胸,写出了流传千古的《旅夜书怀》,尤其是诗的前四句"细草微风岸,危樯独夜舟。星垂平野阔,月涌大江流",既有对身边事物的细部描写,又有放眼天地的博大视野。人们常常把李白的《渡荆门送别》诗中的"山随平野尽,江入大荒流"一联和杜甫的这一联诗相提并论。从写景的角度看,这两联诗都具有境界阔大的特点。但从诗人的创作心态上分析,就显示出两者的区别。长期生活在蜀中的李白,初出三峡,猛然间看到顿然为之开阔的天地,惊异不已,群山已被丢在身后,眼前是一望无际的平野,而且直觉又告诉他:滚滚长江流向茫茫大荒。因此李白的这一联诗,仅仅是直观地描写了他从未经历过的壮阔景象。从虚词运用的角度看,李白诗的一个"尽"字,一览无余。后面的"流"字,也只是动态描写罢了。杜甫的这一联诗就不同了。"星垂平野",囊天括地;"月涌大江",从视觉错位的角度展示了浩瀚长江的苍茫与雄浑。尤其是两个虚词"阔"和"流",更富有一种无极限的虚美之感,而不是直观的描述。再从环境背景看,李白写的是白天,杜甫写的是夜晚。这就使得两诗的境界有了阔大与雄浑苍茫的区别。尤其是《旅夜书怀》的后四句,可以概括为诗人叹老嗟暮。再加上他以"沙鸥"自比,所以,他对那位常征君放弃隐逸而应征辟一事不屑一顾。

一个在白水青山中年复一年地隐居了多年的隐士,临到晚年却要再入风尘,这岂不是把多年青春岁月白白浪费了吗?那个"空"字确实下得很有分寸。既为常某人惋惜,又有点讥讽的意思。要说"沉痛",也未尝不可!以常某人的行迹,他应该像"海鸥"那样,翱翔于大海之上，白云之间。那才是令天下人仰慕的人间高士！想不到常某人现在却为了区区的一个小官，放弃了持守多年的节操，这实在让人想不通！当然，诗人也不想太伤常某人的面子，以免他受不了这种奚落，所以，在诗的结尾，给常某人打了一个圆场：是啊，云安夏天很热，那火辣辣的太阳简直让人受不了！好在开州气候凉爽，你待在那里也不错。

但是，人生失落与对声名淡漠的情怀，到了夔州以后却发生了变化。

永泰二年、亦即大历元年（767）春，杜甫移居夔州，暂住赤甲。

从杜甫描写赤甲的几首诗可以看出，他的房后是陡峭的山崖，宅院的对面就是断崖。诗人是夹山而居。由于是春天迁居到赤甲，正是春色荡漾的大好时光，花繁竹翠，暖云恋山。可是，诗人仍然心有惆怅："乱后居难定，春归客未还。"（《入宅三首》之一）春天已经回到人间了，可是，政局却是风云变幻，尤其是周智光占据华州造反一事，让诗人忧心忡忡："相看多使者，一一问函关。""问函关"隐含着诗人关心周智光的叛乱是否被平定了。要是被平定了，那么，他返回长安的道路就通了。但从"春归人未还"可以看出，他回归长安的愿望又一次落空了。久客他乡的遗憾时时萦绕在诗人心头。他看到不远处的宋玉故宅，从心底发出"吾人淹老病，旅食岂才名"的叹息。又老又病，即便是有才名，人却淹留旅途，那"才名"也不过是虚名罢了。

诗人这种无可奈何的忧愤有时甚至变成了自谑自嘲。入住赤甲以后，诗人写了一首七律《赤甲》："卜居赤甲迁居新，两见巫山楚水春。炙背可以献天子，美芹由来知野人。荆州郑薛寄诗近，蜀客郗岑非我邻。笑接郎中评事饮，病从深酌道吾真。"诗人离开云安，本想放舟东下，回到阔别多年的故乡洛阳。结果，在夔州停了下来，这一停就是两年！尽管是迁了新居，可是，人还是滞留在三峡。真是身不由己啊！光着身子晒太阳，若在太平盛世，那简直是可以歌颂天子英明、天下太平的"野老炙背图"！可是，诗人现在"炙背"时内心却有着难言的酸楚。乡野之人，没吃过山珍海味，把野芹也视为美味佳肴。甚至还想献给皇帝，让他也尝尝。一个没见过大世面的先秦典故被诗人用来描写自己困守夔州的苦境。绝对没有人在三峡依然对皇帝怀着一片赤诚之心的意思。

在赤甲住了一段时间后，诗人对赤甲的居住环境不够满意。于是，在当年的暮春三月，在地势比较平旷的瀼西租赁了几间茅草房，即移居瀼西。对于这次迁居，诗人写了五首诗，即《暮春题瀼西新赁草屋五首》。

这五首诗，因乱而伤身世。正如第三首章所说，"身世双蓬鬓，乾坤一草亭"。身世、蓬鬓、乾坤、草亭，这四个意象经诗人的巧妙组合，构成一个苍凉、忧伤的画面。诗人不说自己命运不济，而是用"蓬鬓"来暗示自己饱受风霜的人生阅历，谁也不会认为一个鬓发蓬乱的人会是一个志得意满的仕途通达者；乾坤之大，浑莽无涯，茫茫天地之间，一座孤零零的草亭，就是自己的栖身之所！自伤身世之悲是这五首诗的主旋律。诗人珍惜自己的自然生命，哀叹自己人生际遇的不幸。而造成自己悲凉命运的原因就是社会的动乱："丧乱丹心改，王臣未一家！"因为天下"丧乱"，整个社会心理发生了变化。当年的"王"、"臣"，现在一个个都闹起了独立。四海一家的政治格局早已不复存在！但诗人却"丹心"依旧！然而，出于机遇及文化个性的原因，诗人的理想落空了。他为此而感到忧虑，更为自己久客三峡而哀伤。但这种哀伤不仅仅限于嗟叹自己久客他乡，还包括诗人为"战伐"不止而伤感。所以,诗人才说:"战伐何由定,哀伤不在兹!"

尽管安史之乱在几年前已经被平定了,但由于"王臣未一家",各地经常发生叛乱,这才导致诗人"养拙干戈际,全生麋鹿群",这两句诗,和他当年在梓州写的"草木变衰行剑外,兵戈阻绝老江边"应该说有着本质的区别。如果说,当年他是为自己因战乱而未能北归感到痛苦的话,那么,现在置身三峡时,就不仅仅是对战乱的抱怨,更包含着诗人被社会遗忘之后的痛苦:他只能与麋鹿为伍了!在他的脑海中,天地之间一片空白,唯有几间草屋是自己的寄身之所。诗人站在巫山的峰巅,俯瞰天地,关山、塞漠、繁邑大都,在诗人的视野中已经被全部淡化。诗人脑海中出现的这种空白,并不是他的社会意识的淡化,而是对自己的人生感到了迷茫!当一个人的意识完全处于一片空白时,正是他人生最痛快也是最悲凉的时候。难怪浦起龙要说"身世双蓬鬓,乾坤一草亭"乃是五首诗的"通局之柱"。

诗人的这种悲凉心情常常表现在他对夔州自然风貌产生一种逆反心理。长江三峡的壮伟也难以吸引诗人的注意力。当他接到舍弟杜观从长安到达江陵的家信时,内心感慨万千:"巫峡千山暗,终南万里春。"——巫山、巫峡的阴暗或灰暗,是诗人心理黯淡所折射出来的;而终南山尽管在万里之外,但在诗人的心理上却是一片明媚的春光!只要一提到长安,诗人的心情就会不由自主地豁然开朗起来:"泊船悲喜后,款款话归秦。"(《喜观即到复题短篇二首》之一)

在夔州时,诗人有时也透露出一点难得的心理宽慰。这不外乎两点,一是对往日短暂得意的回忆,二是以自己是长安杜氏后裔而感到自豪。在夔州时,他写了不少这样的诗。如在《季夏送乡弟韶陪黄门从叔朝谒》诗中，诗人为自己的家族感到骄傲。杜鸿渐以黄门侍郎同平章事镇蜀，将还朝，诗人作诗赠之："名门莫出杜陵人，比来相国兼安蜀。"这使我们想到诗人早年在长安求仕及陷贼时常常说的话，再看看这句诗，就不能简单地用诗人的门第观念特别浓厚来简单地作结论了。当年在长安时，诗人屡屡以"少陵野老"、"杜陵布衣"自嘲，这时，他心里涌动的是难以名状的苦涩！一个自西晋以来就是名门望族的后裔，沦落到以"野老"、"布衣"自称，倘若不是人生的失意和牢落，何能至此！而如今，他又反复为自己的家族而感到骄傲，无非是为了安抚自己那颗漂泊不定的灵魂。

岁月倏忽，功业无成。这是诗人在夔州时常常苦闷的主要原因。就连崔旰作乱这件事，也能引发诗人的这种情怀。《送十五弟侍御使蜀》说："未息豺狼斗，空催犬马年。"

杜甫在夔州时创作的咏史诗在唐代咏史诗史上占有非常突出的地位。这类诗尽管数量不是很多，但是，他的《咏怀古迹五首》却历来受到人们的推重。这组诗，开创了借古迹而咏怀的先例，在咏史诗的发展史上具有重要意义。作者选择了五位历史人物，借以反映诗人对自己人生经历的感受。五位历史人物的不幸遭遇被诗人融汇在一起，成为诗人漂泊风尘中的精神寄托。这种寄托，既有作者囿于夔州这一特殊地理环境所产生的人生感慨，又有回顾自己人生阅历的哀叹。所以，《咏怀古迹五首》是诗人为了给自己漂泊的心灵寻找寄托而创作的。咏古迹是辅，咏怀是主。

庾信、宋玉、诸葛亮、王昭君、刘备，这五位历史人物的选取代表了诗人不同的心理层面，而诗人观照这五个不同的历史人物时所反映出来的心理层面呈现出交互叠加的特点，因而使这组诗浑然一体，在情感氛围上显得更加苍凉凝重。在创作心理上与《秋兴八首》前后相辉映，透出一股悲凉、沉郁、浑厚、凝重的艺术美。

其一：

> 支离东北风尘际，漂泊西南天地间。
> 三峡楼台淹日月，五溪衣服共云山。
> 羯胡事主终无赖，词客哀时且未还。
> 庾信平生最萧瑟，暮年诗赋动江关。

这首诗以庾信作为乡关之思的情感符号，并以此总领全诗。诗的前六句，都是对自己不幸的人生遭遇所作的沉痛回忆。诗人既哀叹个人的不幸，又哀叹时局多艰。"词客哀时且未还"把庾信和自己合而为一，承上启下，为在结尾的一联拈出庾信作了情感上的铺垫和蓄势。从严格意义上讲，还不能算作是纯粹地咏庾信。只是借庾信来寄托自己的身世际遇。这组诗的题目的核心是"咏怀"，但作者并没有围绕历史人物的行踪仕履去写，而是从作者所咏的历史人物身上，折射出诗人自己的影子。这就是李子德所说的："托兴最远，有纵横万古，吞吐八极之概。"

首联，诗人极其精练地概括了自己大半生的经历。诗人这时在夔州。因此，首句中的"东北"，就显然是指在长安的遭遇了。这里的"支离"不仅是说因战乱使自己的家庭曾经有一段时间支离破碎，自己与家人天各一方，而且还包含着一个好端端的大唐太平盛世因安禄山、史思明的叛乱而一去不复返！杨伦把"支离"解释为流离，从字面生说，没有什么错，但是，仅仅作这样的理解显然是不全面的。因为，在长安收复以后，诗人和他的家人并没有"支离"，而且，在此以后，他始终和家人在一起，后来又一起漂泊到了"西南"——成都、梓州一带。这组诗虽然写于夔州,但杜甫从回忆自己漂泊到蜀中一带开始。因为长安在成都的东北方向,这里的"东北风尘",显然是指诗人在长安所经受的战乱风尘。而"飘泊西南天地间"则是蜀中、夔州一带合说。两句诗一气贯注,道出了诗人从蒙受战尘、颠沛流离,到背井离乡"飘泊西南"的无穷痛楚。尤其是现在滞留夔州,这种痛楚更是与日俱增。"三峡楼台淹日月"的"淹"字,仅仅作"淹留"解释就有点浅薄了,因为没有体察出诗人被迫滞留于他乡的无奈与悲苦的心情。从诗的前四句看,诗人在荒蛮的夔州,眼望云山,送走一个令人伤感的春天,又迎来一个萧瑟凄凉的清秋。所以,"淹日月",不仅表达了诗人滞留夔州的时间较长,更饱含着诗人对岁月匆匆的忧虑和对家乡的思念,带有双重的人生失落感,即蹉跎岁月中的蹉跎人生!这种哀时伤世的情怀和庾信长期滞留北方而不能忘怀江南的人生感受在心理上是一致的。正因为一致,诗人才在诗的结尾两句里作了一个时空的大跨越,从庾信的遭遇看到了自己的影子:"庾信平生最萧瑟,暮年诗赋动江关。"从表面上看,这两句诗是对庾信晚年的身世和诗、赋所作的评价。实际上诗人是借庾信后半生的遭遇委婉地表达了自己的曲衷。因为在所咏的五个历史人中,唯独庾信和三峡没有直接关系。梁元帝承圣三年(554),庾信奉命出使西魏。就在这时,西魏发兵攻梁。江陵陷落,梁元帝被杀,梁朝灭亡。庾信被迫羁留于长安,这一年他四十二岁。北周代魏以后,庾信又仕周,官至骠骑大将军、开府仪同三司。隋文帝开皇元年(581)秋冬之交客死长安,直到临终也没能回归江南故土。庾信的后半生,背井离乡,饱尝国破家亡的痛苦。这种遭遇,使得他在自己人生后期的诗赋创作中把对故国故乡的深切怀念之情倾注于笔端,像有名的《哀江南赋》、《伤心赋》等。身世的变化，使得庾信后期的诗赋创作也一改早年柔靡浮艳的宫体诗的风格，"不无危苦之辞，惟以悲哀为主"（《哀江南赋序》）。从而确立了他在中国文学史上"启唐之先鞭"（杨慎《升庵诗话》卷九）的重要地位。杜甫说"庾信平生最萧瑟，暮年诗赋动江关"，这是把自己的人生体验和庾信后期创作的情感走向作了心灵融合之后所迸发出来的胸臆语，而不是一般的泛泛评说。庾信暮年的诗赋之所以能产生感天动地的艺术感染力，是与他后半生"萧瑟"的人生处境紧密相关的。但是，诗人之所以能体会出庾信暮年的诗赋具有"动江关"的艺术感染力，原因就在于他和庾信一样，都经历了人生的风尘和漂泊生活。庾信成为传递诗人情感的媒介。说"庾信平生最萧瑟"，其实就是说他自己的"萧瑟"人生。"萧瑟"一词，原指自然景物凄凉、冷清，失去了生命的活力，而诗中则把描写自然物象的形容词用来形容人的心境和处境。表面上是在说庾信，实际上是诗人托庾信而抒发自己的情怀，这就是咏怀。和庾信一样，诗人晚年的境遇也是"萧瑟"的，而造成诗人晚年萧瑟境遇的直接原因是安禄山叛乱。杜甫认为，安禄山是胡人，这样的人是靠不住的。所以作者说"羯胡事主终无赖"，"终无赖"就是最终靠不住。那么，"平生"二字又该作何解释？一般来说，"平生"就是"一辈子"。庾信一辈子最萧瑟，似乎有点讲不通。其实，这里有一个前后对比在里面。因为庾信四十二岁以前，由于文才出众，深受梁简文帝等人的器重。十九岁就和徐陵名重当时，其诗文人称"徐庾体"。侯景之乱，梁元帝又授其御史中丞，出入宫闱，地位显赫。这不能说是"萧瑟"。庾信的"萧瑟"人生是从他出使西魏以后开始的。由通达的人生变成哀时伤乱的人生，这似乎是命运在捉弄庾信！由江南才子变成哀时伤乱的"词客"，这才是"萧瑟"的真正含义。在成都时，杜甫对庾信暮年诗赋也有过评价。《戏为六绝句》其一说："庾信文章老更成，凌云健笔意纵横。"这时的杜甫离开政治斗争的中心长安刚到成都不久，诗人在精神上稍微松了一口气。所以，在论及诗歌创作时，还只是从艺术上着眼。因此，对庾信老年时的作品进行评价，主要肯定他的创作笔力雄健，超拔出世，他是站在那个时代的高峰的作家。"意纵横"，是一种创作个性的随意挥洒，不像同时代的其他作家那样，拘泥声病，注重辞藻。当诗人一旦陷入了长久的人生漂泊以后，他的艺术审美观照也发生了变化：从心灵体验上去寻找能够与自己人生遭遇吻合的情感源，从情感的发掘和体验上去进行艺术创作。与入川以前相比，这时的杜甫可以说是一个情感体验特点更突出的诗人，不像离开长安前以天下为己任的社会责任感驱使他以民众诗人的角色出现在诗坛上。不管怎么说，杜甫的情感世界这时变得更为丰富而深厚。就像这首诗的结尾，诗人通过体味庾信晚年诗赋所具有的艺术震撼力，实际上是和庾信产生了心灵的共鸣。

其二：

摇落深知宋玉悲，风流儒雅亦吾师。
怅望千秋一洒泪，萧条异代不同时。
江山故宅空文藻，云雨荒台岂梦思？
最是楚宫俱泯灭，舟人指点到今疑。

和第一首不同，这首诗一开始就引出宋玉，把宋玉作为悲秋意识的典型。宋玉在《九辩》中说："悲哉秋之为气也，萧瑟兮草木摇落而变衰。"诗的首句中的"方知"表明作者对由宋玉所肇始的悲秋意识的心理认同，而且把自己的悲秋意识提升到突出位置。尽管诗人以前也有过对秋的悲凉环境的描写，但他并不过分地留意悲凉的秋气与自己的心理感受之间所存在的内在的必然联系。比如《秦州杂诗》其一："地僻秋将尽，山高客未归。塞云多断续，边日少光辉"，《寄张十二山人彪三十韵》："穷秋正摇落，回首望松筠"等等，或者是对秋天景象的描绘，或者是仅仅生发出一点儿淡淡的愁意，还谈不上对秋气悲凉的深层次的文化心理体认。杜甫在梓州时，有一首《悲秋》诗，其中写到秋的时候，诗人说："凉风动万里，群盗尚纵横。家远传书日，秋来为客情。愁窥高鸟过，老逐众人行。始欲投三峡，何由见两京？"诗人虽然产生了回归长安或者洛阳的念头，但是由于天下还不太平，只能依旧客居他乡。《秋尽》诗也一样："篱边老却陶潜菊，江上徒逢袁绍杯。雪岭独看西日落，剑门犹阻北来人。"虽然底蕴较厚，但终究是浅层次的描述。在夔州以前的悲秋诗中，《宿府》算是上乘之作。作者开始把秋气的悲凉和自身遭遇的凄凉糅合在一起。等到他自己开始真正关注"草木摇落"后自然界的冷落与其凄凉时，这才体会出人的生命节律与自然界的景物变化之间存在着一种密不可分的内在联系。这种互动关系，对于暮年的诗人来说，不仅仅是由秋气的悲凉而引发心境的悲凉，更重要的是，引发了诗人的人生悲凉感。这是更深一层的心理体验，而不是浅层次表象的外现。"深知"宋玉悲的"深"字就是为了表达这种心理体验而拈出的一个力透纸背的关键词，正因为有了这种感同身受的心理共鸣，他才把宋玉奉为自己的宗师："风流儒雅亦吾师。"作者说宋玉时用了"风流儒雅"一词，说到庾信时用了"平生最萧瑟"，综合起来看，杜甫是在向人们表明自己的人格和遭遇同庾信、宋玉是相同的。所以，用"亦吾师"说明宋玉也是自己应该效法的先师。"师",不仅仅是先师,而且含有师从、学习的意思。因为他和宋玉虽然是不同时代的人,但都是身世"萧条"的人。这也是作者缅怀宋玉而不能不泪下的原因。至于后四句,仅仅是对宋玉故宅的描述。诗的情感核心其实在前四句。

其三:

> 群山万壑赴荆门,生长明妃尚有村。
> 一去紫台连朔漠,独留青冢向黄昏。
> 画图省识春风面,环佩空归月夜魂。
> 千载琵琶作胡语,分明怨恨曲中论。

在这首诗中,王昭君的影子始终与作者自己形影不离。王昭君只是一个历史躯壳,她的遭遇及其对汉室的思念实际上是作者自己的情感世界的再现。全诗的核心在第五、六两句:"画图省识春风面,环佩空归月夜魂。"这两句诗从字面上看,极其精练地概括了王昭君远嫁匈奴的始末,实际上却蕴含着作者自己痛苦的人生遭遇。据《西京杂记》载:"元帝后宫既多,使画工图形,按图召幸之。宫人皆贿画工。昭君自恃其貌,独不与。乃恶图之。遂不得见。后匈奴来朝,求美人为阏氏,上以昭君行。及去召见,貌为后宫第一。帝悔之,穷按其事。画工韩延寿(一说毛延寿)弃市。"针对这件事,宋代的王安石写了四首《明妃曲》,其中一首诗是这样写的:

> 明妃初出汉宫时,泪湿春风鬓角垂。
> 低回顾影无颜色,尚得君王不自持。

> 归来却怪丹青手,入眼平生未曾无。
> 意态由来画不成,当时枉杀毛延寿。
> 一去心知更不归,可怜着尽汉宫衣。
> 寄声欲问塞南事,只有年年鸿雁飞。
> 家人万里传消息,好在毡城莫相忆。
> 君不见咫尺长门闭阿娇,人生失意无南北。

在另一首诗里,王安石甚至说:"汉恩自浅胡自深,人生乐在相知心。"

历史人物的悲剧常常牵动着后世命运相似的文人的神经。历史人物的形象发生的裂变,是由后人按照自己的情感需要重塑的。一个王昭君,在后世文人的笔下变成了形象截然不同的无数个王昭君。在昭君出塞的原因上,王安石说:"意态由来画不成,当时枉杀毛延寿。"意思很明确:一个人的精神气质,从来是很难画出来的,因此,毛延寿被杀是冤枉的。不提画工为了捞钱而有意丑化王昭君,这和历史的真相截然不同。王安石甚至还劝慰王昭君不要长相思:一个不喜欢你的人,相思也没用。这一情感自然是和王安石遭受反对变法的人的攻击而被贬出朝廷有关。在王昭君出塞的原因上,王安石并没有责怪皇帝。

杜甫则不同。他用"画图省识春风面"揭示了造成昭君出塞悲剧的原因:皇帝仅仅凭画像来判断美丑,难免不出差错。画是由人画的。像毛延寿那种心术不正的人要想蒙骗皇帝是很容易的。但是,皇帝如果能深入后宫,亲自去看看,就不会给毛延寿那样的人留下可乘之机,也不会发生昭君临行前才发现她是"貌为后宫第一"的遗憾。因此,杜甫在昭君出塞这件事上把批评的矛头指向高高在上皇帝。不仅事情本身符合历史记载,而且对皇帝也是心存不满,这就比后来的王安石为皇帝回护在人格境界上高明了许多。可见杜甫咏王昭君,是从他自身的遭遇入笔的。说穿了,杜甫对自己受房琯事件的牵连而被贬出朝廷一事始终耿耿于怀。因为这一事件可以说断送了杜甫一生。因此,所谓"咏怀古迹",就是借历史的躯壳抒发个人内心的不平。

其四:

蜀主窥吴幸三峡,崩年亦在永安宫。
翠华想像空山里,玉殿虚无野寺中。
古庙杉松巢水鹤,岁时伏腊走村翁。
武侯祠庙常邻近,一体君臣祭祀同。

这首诗咏刘备。从咏刘备的诗看,杜甫对刘备是持否定态度的。"窥吴"本身就能说明这一点。作者没有用"伐"吴,而用了一个带有贬义的"窥"字,说明刘备率兵东下向孙权开战本身就是自不量力。而且,刘备因"窥吴"失利退回鱼腹不久就病死在那里。"窥吴"和"崩于永安宫"形成一种因果关系。所以,接下来关于翠华的想象以及当年的玉殿变成野寺的描述也就饱含着无限伤感。好在作者对刘备和诸葛亮"君臣一体"的亲密关系表示了肯定。这就引出了下一首。

其五:

诸葛大名垂宇宙,宗臣遗像肃清高。
三分割据纡筹策,万古云霄一羽毛。

> 伯仲之间见伊吕，指挥若定失萧曹。
> 运移汉祚终难复，志决身歼军务劳。

诗的前六句对诸葛亮的功绩进行了充分的肯定：因为诸葛亮的大名垂范千古，所以，诗人望其"遗像"而肃然起敬。"三分割据"的政治军事格局的形成以及"指挥若定"的军事韬略等都是对诸葛亮的赞美。从历史发展的进程看，诸葛亮关于三足鼎立的战略思想本身就有很大的局限性。他鼓动刘备占据西川，蓄养实力，然后北进关中，东下三吴，再进兵中原。杜甫认为诸葛亮的这种思想是"纡筹策"，即曲线发展的迂回战略。但是，正是这种战略思想导致了蜀汉最终的失败。后人都非常称道诸葛亮的"隆中对策"，实际上诸葛亮以及蜀汉的悲剧在隆中对策时就已经注定了。连稍后的陆机都认识到"占据山川，跨制荆吴"只能偏霸一方，成不了大气候。所以，后魏的崔浩就认为诸葛亮"不能为萧曹匹亚"。就是说诸葛亮不能和辅佐刘邦开创刘汉大业的萧何、曹参相比。杜甫则认为诸葛亮指挥若定，让萧、曹黯然失色。杜甫这样说，无非是对诸葛亮为蜀汉小王朝鞠躬尽瘁、死而后已的人格精神的肯定，也隐含着他对李唐王朝一片赤诚然之心落空的无奈。他并没有认识到诸葛亮在战略决策上的重大失误。正因为如此，他在诗的第七句才把蜀汉的灭亡归于"运移汉祚终难复"，并没有清楚地认识到"汉祚"、"运移"是因为诸葛亮的战略失误，也是一种历史的必然。但对其鞠躬尽瘁、死而后已的人格还是充分肯定的，这和他初到成都所写的《蜀相》诗的结尾"出师未捷身先死，长使英雄泪满襟"的遗憾是一致的。更能让人感到杜甫对诸葛亮未能成就千古功业表示遗憾的是《八阵图》一诗："功盖三分国，名成八阵图。江流石不转，遗恨失吞吴。"全诗的重点落在最后一句,"遗恨失吞吴"。这是一首通体议论的咏史诗。"遗恨"显然是指诸葛亮辅助刘备"窥吴"是最大的战略失误,都让后人(包括作者自己在内)引以为恨。如果解释成诸葛亮有那样牢不可破的军阵却没能打败孙吴,这使诸葛亮引以为恨,就显然不符合"窥吴"的"窥"所包含的否定意义。

《秋兴八首》的悲秋意识及其文化内涵

玉露凋伤枫树林,巫山巫峡气萧森。
江间波浪兼天涌,塞上风云接地阴。
丛菊两开他日泪,孤舟一系故园心。
寒衣处处催刀尺,白帝城高急暮砧。

夔府孤城落日斜,每依北斗望京华。
听猿实下三声泪,奉使虚随八月槎。
画省香炉违伏枕,山楼粉堞隐悲笳。
请看石上藤萝月,已映洲前芦荻花。

千家山郭静朝晖,日日江楼坐翠微。
信宿渔人还泛泛,清秋燕子故飞飞。
匡衡抗疏功名薄,刘向传经心事违。
同学少年多不贱,五陵衣马自轻肥。

闻道长安似弈棋,百年世事不胜悲。

王侯宅第皆新主,文武衣冠异昔时。
直北关山金鼓震,征西车马羽书驰。
鱼龙寂寞秋江冷,故国平居有所思。

蓬莱宫阙对南山,承露金茎霄汉间。
西望瑶池降王母,东来紫气满函关。
云移雉尾开宫扇,日绕龙鳞识圣颜。
一卧沧江惊岁晚,几回青琐点朝班。

瞿塘峡口曲江头,万里风烟接素秋。
花萼夹城通御气,芙蓉小苑入边愁。
珠帘秀户围黄鹄,锦缆牙樯起白鸥。
回首可怜歌舞地,秦中自古帝王州。

昆明池水汉时功,武帝旌旗在眼中。
织女机丝虚夜月,石鲸鳞甲动秋风。
波漂菰米沉云黑,露冷莲房坠粉红。
关塞极天惟鸟道,江湖满地一渔翁。

昆吾御宿自逶迤,紫阁峰阴入渼陂。
香稻啄馀鹦鹉粒,碧梧栖老凤凰枝。
佳人拾翠春相问,仙侣同舟晚更移。
彩笔昔曾干气象,白头吟望苦低垂。

《秋兴八首》是杜甫滞留夔州期间创作的传世名作,也是杜诗中文化蕴含极其丰厚的组诗。这八首诗既独立成篇，又前后相互关联，意脉不断。在悲秋的文化心理中又融会了浓厚的忧国、伤怀、叹老的君国意识和生命意识。尤其是其中所蕴含的伤逝、嗟卑以及对唐王朝盛衰更替的忧患意识，使杜诗在人格和道德领域攀上了后人无法逾越的高峰。它和《八哀诗》、《咏怀古迹五首》、《登高》、《诸将》等诗互为映衬，标志着杜甫诗歌在艺术上登上了七言律诗的顶峰，成为杜诗在思想文化内涵上集中国传统文化之大成的典范。

这一组诗出现在夔州时期也不是偶然的兴之所至。

杜甫在乾元二年（759）秋弃官离开长安，寓居秦州、同谷期间，已经对秋气的悲凉有了一种敏感。如《遣怀》：

愁眼看霜露，寒城菊自花。
天风随断柳，客泪堕清笳。
水静楼阴直，山昏塞日斜。
夜来归鸟尽，啼杀后栖鸦。

这首诗是杜甫诗集中比较早的一首咏秋之作。基本上是对秋景的描绘，也融入了一丝流落异乡的客愁："天风随断柳，客泪堕清笳。"诗人把自己的身世比作被大风吹断的柳枝，随风飘荡。《秦州杂诗》之十九说："地僻秋将尽，山高客未归。塞云多断续，边日少光辉。"也是以客居他乡的身份感受悲凉的秋气，多少也涉及了边患。《示侄佐》说自己"多病秋风落"，《寄张彪三十韵》说"穷秋正摇落，回首望松筠"。在梓州创作的《悲秋》一诗把逢秋而悲和忧患时局结合起来：

> 凉风动万里，群盗尚纵横。
> 家远传书日，秋来客为情。
> 愁窥高鸟过，老逐众人行。
> 始欲投三峡，何由见两京？

在梓州时，诗人还有一首《秋尽》，其中说："篱边老却陶潜菊，江上徒逢袁绍杯。……不辞万里长为客，怀抱何时得好开？"因为自己一直处于漂泊不定的生活之中，不能回归故乡，像陶渊明那样过着"采菊东篱下，悠然见南山"的田园生活。所以，尽管现在菊花开得很好，也只能望篱菊而兴叹了。

总之，在成都、梓州甚至云安时期，杜甫虽然时不时地流露出一丝逢秋伤怀的意绪，但由于这时诗人在摆脱了纷繁的政治斗争之后，他的心境慢慢地变得比较恬静，处世态度也变得随顺、恬淡，审美视角也趋向于雅淡闲适。因此，这时的悲秋作品明显地带有由节序变化而引发的感怀色彩。像《茅屋为秋风所破歌》，就是由于自己的草房被怒号的秋风掀翻而写的感怀之作。由梓州回到成都以后写的《宿府》诗仅仅是把"清秋"作为感伤其十年伶俜身世的背景。总之，入夔州以前，杜甫虽然有悲秋题材的作品，但应该说仅仅是限于即兴，尚没有达到富有深厚文化内涵的崇高境界。

那么，《秋兴八首》为什么会出现在夔州时期？回顾诗人的身世遭遇，他那漂泊孤独的心灵已经无法在现实中找到安顿的净土，于是不得不借助外物抒写自己人生的凄凉晚景，借以释放压抑在心头的郁闷。但这并不意味着诗人固有的政治情怀的彻底泯灭。相反，诗人借助自然之秋和生命之秋把自己一生的起伏升沉表现得淋漓尽致。仅就因秋起兴而言，也在中国诗坛上树立了后人无法企及的高标。

因此,《秋兴八首》是诗人的生命节律和自然节律碰撞后的产物。

逢秋而悲的文化积淀的源头应该追溯到宋玉那里。他在《九辩》的开头就说:"悲哉秋之为气也!草木摇落而变衰。憭慄兮若在远行,登山临水兮送将归。""草木摇落"、"变衰"是一个自然想象,也是一个自然规律。从表象上看,秋气之悲是由于"草木摇落"所致。但是,"草木摇落"而"变衰"则在更深层次上预示着一个生命周期的终结。由自然节序的变化而感到悲凉,则是人的一种心理感应。所以,杜甫在《咏怀古迹五首》中就说"摇落方知宋玉悲"。这种心理共鸣,就是建立在人对自然节令发生变化的敏感的基础之上的,而其背后隐藏的则是生命节律和自然节序的异体同构的律动。这就是钟嵘所说的"气之动物,物之感人"。所以,追本溯源,宋玉是文人悲秋意识的始作俑者。

但是,宋玉的《九辩》仅仅是把悲凉的秋气作为一个引子。《九辩》的核心是模仿屈原的《离骚》在发牢骚,其述志的成分远远大于抒情因素。所以,他的《九辩》只是奠定了秋气悲凉的文化基因,还不是真正意义上的因秋而感兴。

晋人潘岳的《秋兴赋》则不同。他直接以秋兴名篇。他说:"善乎宋玉之言曰'悲哉秋之为气也',萧瑟兮草木摇落而变衰。"接下来就围绕秋气之悲抒情:"夫送归怀慕徒之恋兮,远行有羁旅之愤。临川感流以叹逝兮,登山怀远而悼近。"然后写自己因仕途淹蹇而产生的"江湖山薮之思"。清刘熙载在关于赋的释名中说:"秋,就也。言万物就成也。兴者,感秋而兴此赋。故因名之。"(《艺概·赋概》)这种解释可以说是言不及意。因为,用刘熙载的说法来解释杜甫所谓的"秋兴"是很难解释得通的,即便是解释潘岳的《秋兴赋》也过于牵强。所谓的秋是万物成熟的季节,对人的生命历程而言,不管是潘岳,还是杜甫,他们在仕途上都没有收获的喜悦。因此,说得确切一点,杜甫所谓的"秋兴",是诗人因秋而即兴感发生命之悲,并不是要写人生的收获,而是恰恰相反,写人生的失落。

潘岳写《秋兴赋》的时候,其身份是"太尉掾兼虎贲中郎将",还算是有官职在身,但潘岳有牢骚。他说:"仆野人也,偃息不过茅屋茂林之下,谈话不过农夫田父之客,摄官承乏,猥厕朝列,夙兴晏寝,匪遑底宁。譬犹池鱼笼鸟,有江湖山薮之思,于是染翰操纸,慨然而赋。于时秋也,故以秋兴命篇。"把在官比作"池鱼笼鸟",这是文人惯用的伎俩,借以显示自己人格的高尚。陶渊明也学潘岳,说他在官是"羁鸟恋旧林,池鱼思故渊"。

谢惠连的《秋怀》诗比潘岳的"秋兴"进了一步,把秋景与秋情融为一片:"皎皎天月明,奕奕河宿烂。萧瑟含风蝉,寥唳度云雁。寒商动清闺,孤灯暧幽幔。"极力进行环境烘托,甚至还引用了潘岳《秋兴赋》的词句:"宾至可命觞,朋来当染翰。"但他最后把"秋怀"落在了及时行乐上:"金石终销毁,丹青暂彫焕。各勉玄发欢,无贻白首叹。"感到了人生的无奈与消沉。

江淹在《别赋》中虽然也涉及了秋,但仅仅是把秋作为伤别的季节而已:"黯然销魂者,惟别而已矣!……或春苔兮始生,乍秋风兮蹔起。"意思是说,在春、秋时节离别是最让人伤神的,也是仅就离别而言。

杜甫创作《秋兴八首》的时候,是没有任何官职在身的漂泊者。用他的话说,他就像一只漂泊的沙鸥。他的《秋兴八首》在中国古代文人的悲秋作品中之所以具有里程碑意义,恰恰是因为他的这种漂泊身份。

第一首总领全诗。

前四句,"玉露凋伤枫树林,巫山巫峡气萧森。江间波浪兼天涌,塞上风云接地阴",总写夔州秋景。

秋色降临人间的时候,早晚也就有了露水。漫山遍野的枫树林,一片火红。这火红的秋色美景是由秋风寒霜催生的,又被冰冷的玉露摧残,飘落。作者尽管用"玉"修饰"露",但给人造成的是冰冷的心理感受。但是,"玉"字和红色的枫叶形成鲜明的色彩对比。唯一能够使人对秋天产生留恋的景象消失了,随之而来的是充满天地之间的萧森气象。"凋伤"的"伤",表现了诗人对依旧充满生命抗争力的红叶的消逝的伤感之情。

这是就眼前实景所作的描绘。尤其是那个"伤"字,为这组诗定下了抒情基调。第二句,放开襟怀,从更广阔的空间地域描写"巫山巫峡"之秋。"气萧森"是作者的心理与外部自然所产生的情感互动。作者写秋气,既不说悲,也不说衰,而是用"萧森"。从而使他所描写的"气象"具有一种无限遐思的自然空间和心理空间。

三、四句,"江间波浪兼天涌,塞上风云接地阴",从江上的波浪延伸到茫茫天宇,又从眼前延伸到塞上,构成一幅"万里江山秋景图"。"塞上风云接地阴"这一句,虚实相间。从空间上讲,前一句写长江,这一句写群山。因此,塞上,也就是指重重关塞,风起云涌。"接地阴",写秋气充满天地之间。"阴"字,含有阴沉之意。因而,诗人所咏的三峡之秋,不是高爽、澄明、清旷,而是阴沉、凝重、萧瑟。在写景上,前四句,由近及远,天地合写,境界开阔,显示了诗人胸襟的博大,一个"阴"字,传递出诗人悲凉的心理层面。但由于诗人心胸博大,眼界开阔,所以,就化悲凉为沉郁。

诗的后四句,因秋景而抒怀,从客观外物反观自我。"丛菊两开他日泪，孤舟一系故园心。"先说菊花已经开了两次，显然是说自己在夔州已经两次看到菊花开放了。也就是说他滞留夔州两年了。而"他日泪"，又把因秋感兴的情怀追溯到以前。"他日"，即以前。古人有秋天赏菊的习惯。这一句，既没有陶渊明的悠闲恬淡，也没有后来的元稹所说的"不是花中偏爱菊，此花开后更无花"的及时行乐的人生态度，有的只是看花落泪的乡关之思。以前，诗人曾看菊而落泪，今日又见菊花开放，又为此而下泪。但诗人不说今日看花流泪，而说和从前一样看菊花而落泪，从而使他的漂泊心理成为一股郁积的暗流涌动于笔端，创造出一种深沉绵缈的艺术氛围。那么，诗人为何看菊落泪？"孤舟一系故园心"是其注脚。诗人永泰元年离开成都，本打算沿江东下，回洛阳。九月到云安时，肺病发作，只好在云安养病。第二年春末，到夔州时，又被朋友挽留下来，一住就是一年多。回家的小舟就系在长江边上，每每看到那随江水晃动的孤舟，不由得产生了思乡之情。"一系"的"一"是个表示心态的状语，当"一旦"讲。在杜甫看来，那系船的缆绳，也仿佛要把他"系"在夔州，但它所能系住的仅仅是小船，而系不住诗人回归故园的心。"系"字，既凝练，又沉痛，更传神，诗人滞留他乡而又思念故乡的孤苦心情被一个"系"字具象化。所谓杜诗的"意象老成"也就在于此。

　　末联："寒衣处处催刀尺，白帝城高急暮砧。"从心态描写转向对自己穷困生活的描述。前六句都是通过景、象描绘抒情，而这一联则是说自己久久伫立在白帝城楼上，思绪万千，不知不觉暮色降临，城中处处传来捣衣的声音。别人家因天气转凉，要做过冬的寒衣了，可是，自己生活拮据，没有可做衣服的棉、布，做衣服用的剪刀、尺子静静地放置在那里，倒是"寒衣""催"起了剪刀、尺子。这样描写，虽然于理不通，于情却是沉痛之极，表现了诗人穷困潦倒的处境。

从总领全诗来看，这一首总写了秋景、秋气、秋思以及自己穷愁潦倒的处境。

第二首从时间上讲，是前一首的延续。第一首收笔于"暮"，这一首就从"暮"开始。

首联："夔府孤城落日斜，每倚北斗望京华。"首句只是点明诗人所处地点（夔州城）、时间（落日西斜）。夕阳的余晖逐渐消失，随之而来的是满天星斗。而诗人特别关注的是北斗星。因为他常常凭借北斗星指示的方位遥望京城长安。由悲秋转向思念京城。但作者在抒发思念京城的情怀时，并没顺承而下，而是折回到夔州，写猿声："听猿实下三声泪。"作者为什么要说"实下"泪？因为诗人原本把郦道元在《水经注》里所记载的巴东民谣"巴东三峡巫峡长，猿鸣三声泪沾裳"看成一种传言，现在自己滞留夔州，故乡故国之思压抑心头，耳听哀猿嘶鸣，不由得流下伤心的泪水。从把巴东民谣仅仅当作传言到自己真的流泪，这就是作者所说的"实下"泪，其中饱含着难以言表的人生心酸。

这一转折，使思念京城的情怀来了一个逆转。这种回环的表现手法，增加了人在异乡的悲凉。接着又回到思念京华的情感轨道："奉使虚随八月槎。"《荆楚岁时记》中记载，汉武帝命张骞探寻黄河源头，骞乘槎（木筏子）溯流而上，历经一月，到达天河。借用这个典故是说严武表奏自己为检校工部员外郎，按理应该奉命入朝，却未能成行。那么，是什么原因使他错过了入朝的机会呢？

第三联说："画省香炉违伏枕，山楼粉堞隐悲笳。""画省"，即尚书省。工部员外郎是尚书省的六部之一的属员。"香炉"，指尚书省办公大厅所燃的香炉，取其气味清幽。"违"，原指分别，这里指失之交臂。自己为什么没有进入尚书省呢？"伏枕"，即卧病在床。一个很好的机会，就因为自己有病而错过了。这一句，情绪很低沉。因为没有入朝，也就滞留他乡了。现在人在夔州，黄昏时候，从城头上传来笳声，听起来也是那样让人悲伤。金圣叹评这一联说："不云'违画省香炉'而伏枕，乃云'画省香炉违于伏枕'，得诗人忠厚笃棐立言之体。"实际上是没有体会到诗人悲叹自己命运不济的苦衷的。金圣叹把作者的伤感之情说成是诗人的忠厚，实在是隔靴搔痒。

尾联："请看石上藤萝月，已映洲前芦荻花。"在沉痛的惋惜中，诗人久久踟蹰，直到月上东山。那明亮的月光，不仅洒在爬满藤萝的山石上，而且映照着江边雪白的芦荻花，在秋夜透出一股惨淡的凉意。在写作手法上，这一联运用了流水对，使全诗在凄清悲凉的心灵氛围中收结。

第三首又顺接第二首结尾，从又一个黎明写起：

> 千家山郭静朝晖，日日江楼坐翠微。
> 信宿渔人还泛泛，清秋燕子故飞飞。
> 匡衡抗疏功名薄，刘向传经心事违。
> 同学少年多不贱，五陵衣马自轻肥。

首联的境界从前一首结尾惨淡的月夜转到非常清丽的晨曦："千家山郭静朝晖，日日江楼坐翠微。"山郭，指山城夔州。一个"静"字，写出了早晨的山城夔州沐浴着朝霞，显得那样宁静。这景象几乎是自己天天都会看到的，所以用"日日"来写自己静坐城头。那么，诗人静坐城头，看到了什么呢？"信宿渔人还泛泛，清秋燕子故飞飞。"这一联借物象写人情。每到晚上，打鱼的人泊船江边，第二天早晨，又泛舟出行。但是，这一句不是孤立地写渔人出行。它和第一首的"丛菊两开他日泪，孤舟一系故园心"遥相呼应。由于有了这种心理上的不平衡，所以，下一句就说"清秋燕子故飞飞"。"故"当"故意"、"有意"解。连燕子都故意在自己面前飞来飞去。这燕子是从北方飞来的，还要向更温暖的南方飞去，好像是在故意向他炫耀似的。"还"字、"故"字，蕴含着诗人内心的不平静。这和自己舟系江边，倏忽两年，长期滞留夔州形成对照。在表现手法上，这一联从心境与物境的不和谐落笔，运用了景与情悖的表现手法，看似无理却有情。

后四句，写个人心境与世情的不合："匡衡抗疏功名薄，刘向传经心事违。"作者并没有直接抒写自己的失落，而是借用了两个历史人物匡衡和刘向曲折地表达自己人生理想落空。作者先是把自己比作敢于上书议政的汉代名臣匡衡。匡衡是汉元帝时人，他直言敢谏，名重当世。而且他因"直谏"而受到皇帝重用。而他自己就不一样了：他也像匡衡那样向皇帝上书直言朝政，结果不仅受到皇帝的冷落，而且还被排挤出朝廷，最后"飘泊西南天地间"，在功名上一事无成。然后，他又把自己比作汉宣帝时的刘向。刘向精通五经（《诗》、《书》、《礼》、《易》、《春秋》），是五经博士，也是一个对朝政敢于发表意见的直臣，受到汉宣帝的重用。结合杜甫的人生经历，诗中的"匡衡抗疏"就是"致君尧舜"，"刘向传经"就是"奉儒守官"。不管是"匡衡抗疏"还是"刘向传经"，都是把人的社会价值看得很重要的。作者原本以为像他这样的儒家信徒，仕途上一定具有光明的前景。岂料现实和他的"心事"完全不一样。从行文上看，这四句和前面四句似乎没有什么联系，但是，只要把握住诗人"千家山郭静朝晖,日日江楼坐翠微"时个人心境和物境的不和谐,再联系这一联,就可以看出,诗人每天坐在夔州城楼,沐浴着朝霞时,表面上看很平静,实际上他的内心起伏不平。这种静与不静构成隐性的情感冲突,这就是常说的杜诗格调沉郁。

在沉默、郁闷之后,诗人紧接着说"同学少年多不贱,五陵衣马自轻肥",把自己的一肚子牢骚和盘托出。自己沉沦不遇,流落江湖,而当年的"同学"们现在却一个个都"不贱",他们衣轻裘,骑肥马,飞黄腾达了。说当年的同学飞黄腾达,为什么要提"五陵"呢?"五陵",原指汉高祖的长陵(在咸阳东,渭河北三十里),汉惠帝的安陵(在咸阳东北二十里),汉景帝的阳陵(在咸阳东四十里),汉武帝的茂陵(在咸阳西北三十里),汉昭帝的平陵(在咸阳西北二十里),唐人把这五座汉代帝王陵统称"五陵",用以泛指京城长安近郊。京城近郊多达官贵人们的别业,"五陵子弟"又多指达官贵人们的纨绔子弟。作者把这两个意象组合起来,旨在说明那些同学不仅富贵了,而且他们的子弟也乐享其成,挥霍无度,这是字面意义。更重要的是,联系前面两句,使人联想到这些飞黄腾达了的年轻时的同学,既不是那种刚直不阿的"抗疏"之人,也不是才华出众的"传经"之人,他们只是一些"但自求其穴"的蝼蚁之辈。诗写到这里,诗人内心的愤慨之情已经溢于言表了。

在写了自己的身世不幸之后,第四首转写时局。

首联:"闻道长安似弈棋,百年世事不胜悲。"仇兆鳌说"百年谓开国至今",似不切诗意。从全组诗所描写的内容看,均不涉及开国至今之事,而是围绕唐王朝由盛转衰落笔。因此,"百年世事"应该是指"自己这一辈子所经历的世事"。回忆自己的经历,他既历经了大唐王朝的开元全盛日,又经历了战火纷飞的时代大动荡。对这种就像下棋一样变幻不定的时局，诗人内心充满了忧伤。现在，安史之乱虽然被平定了四年，但时局并没有稳定下来。一批又一批王侯、新贵轮番登台，这就是诗中所说的"王侯宅第皆新主，文武衣冠异昔时"。这一联紧接"不胜悲"，而下一联又突然转写当时时局"直北关山金鼓震，征西车马羽书驰"，可以明显地看出作者对这些"王侯"及"文武衣冠"是心存不满的。假如他们能以社稷为重的话，也就不会出现"关山金鼓震"、"车马羽书驰"的局面。杜甫虽然人在峡江，可是他依旧很关注当时发生的朔方大将仆固怀恩叛唐、引吐蕃、回纥攻唐，致使代宗东逃陕州避难的事情。

面对这种动荡不安的局面，诗人陷入了沉思："鱼龙寂寞秋江冷，故国平居有所思。"从对时局的忧虑，转入对京华故事的回忆。从全组诗的情感发展轨迹看，第四首处于因秋兴感的转捩点。前四首写了秋感、秋兴、个人身世以及忧虑时局等，在第四首的结尾用"故国平居有所思"作转折，引出后面四首。

第五首前四句说："蓬莱宫阙对南山，承露金茎霄汉间。西望瑶池降王母，东来紫气满函关。"总写帝京的恢宏壮丽以及帝都长安的江山形胜。这四句诗蕴含着以汉唐为代表的长安文化的雄迈豪壮气概，具有一种历史的通透力。虽然诗人的着眼点是大唐盛世的辉煌，但是，如果仅仅理解为是诗人对大唐盛世的追怀，难免缩小了诗人思接千古的广阔文化视野。大明宫在唐高宗龙朔三年（663）曾一度改称过蓬莱宫，南山是指长安城南的终南山，这和大唐关系密切。但是，"承露金茎"、"紫气东来"、"西望瑶池"都是借用了汉武帝、老子入函谷关、周穆王远游昆仑、西王母宴其于瑶池等历史故事和传说。这和大唐盛世基本上没有多少直接的联系，却有一种文化观念上的一脉传承的内在联系。而且在这四句诗中，明显地充满了神仙与道家文化色彩。这是中国盛世文化的明显表征。儒家文化被"隐形化"了。所以，当宋朝的思想家把儒家学说"性理化"，使道家文化退避三舍之后，有宋一代，再也没有出现过像开元天宝那样的盛世奇观。一幅《清明上河图》表现的也仅仅是北宋首都汴京熙熙攘攘的市井风光，缺乏汉唐文化那种雄浑壮阔的帝京气概。所以，在中国文化中，唐宋并提时，用"唐风宋韵"来概括这两个时代的文化特征。"风"蕴含着壮阔、豪迈、雄浑、博大、昂扬、奋激的长安文化精神；"韵"只是一种优雅、闲淡的斯文。从来没有人以宋代道貌岸然的文质彬彬为自豪。而且在古典诗歌特别是唐诗中，雄迈豪壮的审美效应都源于道家的畅想与自由驰骋。儒家的仁义、道德以及兢兢业业和循规蹈矩的修身立命观仅仅是封建政治的施政方式和做人的规范。就中国封建社会而言，汉王朝的全盛时期是汉武帝在位的五十多年。先前的"文景之治"是以"黄老"之术为治国方略，为后来的汉武帝把汉王朝推向全盛打下了物质基础和文化思想基础。但在文化思想上，历来存在一个误区：认为汉武帝"罢黜百家，独尊儒术"。汉武帝时，固然把儒家典籍《诗》、《书》、《礼》、《易》、《春秋》定为"五经"，而且设立"五经博士"作为封建宗法思想的传播人，但这并不意味着以儒家为尊！以汉武帝自己为例，他根本就没有"独尊儒术"！汉武帝在建章宫树立"金铜仙人"，手托玉盘，承接天露，然后和玉屑及其他药物服饮，以追求长生，这完全是崇奉道家的长生术。而且汉武帝又专门搜集天下的琉璃、珠玉、宝石、夜光，制成"甲帐"和"乙帐"。"甲帐"供神仙来居，"乙帐"供自己居住。直到其晚年（元封元年即公元前110年）还北引渭河水入建章宫为太液池，堆土为池中小岛，取名蓬莱、瀛洲、方丈。元封二年，又在长安城南的终南山北麓创建"太乙宫"，说明汉武帝对老子所说的"道"很尊崇。

这些事例都证明汉武帝是崇奉道家思想的。汉武帝之所以置"五经博士",只是为了让世人循规蹈矩,而他自己并不受这样的约束。同时,把老庄学说称为"道家",也是汉武帝时代的司马迁撰写《史记》时才正式提出来的。这也绝不是一个历史的巧合,而是有着深刻的社会文化背景原因,即汉武帝崇道,于是提出"道家"这一学派以便和儒家分庭抗礼。

这种儒"隐"道"显"的文化现象,在唐代特别是唐玄宗时代演变为儒、道兼重,同时也容许佛教与儒、道并存,从而形成了唐代特有的开放的文化格局。而唐玄宗本人出于宗法观念的原因,对道家崇奉得五体投地,比起汉武帝来,有过之而无不及。在中国封建社会的发展过程中,存在着一种"奇怪"的文化现象:把儒家学说视为立国之本的封建王朝,其"盛世"却常常是伴随着封建帝王崇奉道家文化而出现的,汉武帝和唐玄宗就是一个明显的例证。汉武帝执政五十四年,唐玄宗执政四十五年。两个人加起来九十九年,虽然两人相隔近九个世纪,但在长安文化史上则将其并称为"汉唐雄风"。这就是杜甫在回忆起大唐盛世时,要穿越历史的时空隧道,用道家文化和神话传说烘托盛世景象的内在文化原因。

唐诗中常常出现的"以汉代唐"并非是唐人对当世有所顾忌,而是源于长安文化在其发展过程中的传承性。

所以,"蓬莱宫阙对南山,承露金茎霄汉间。西望瑶池降王母,东来紫气满函关"是杜甫站在历史文化的制高点上,既写了京城长安的宏伟壮丽,又显示了长安所包含的深厚的文化底蕴。这就和第六首的结尾"秦中自古帝王州"形成前后呼应的态势。

在描绘了京城长安的宏伟壮丽之后,接下来的四句"云移雉尾开宫扇,日绕龙鳞识圣颜。一卧沧江惊岁晚,几回青琐点朝班"转入对自己在长安的经历的回忆。前两句说得简单一些,就是自己曾经见过皇帝。先是因献《三大礼赋》,"玄宗奇之,召试文章"(《旧唐书》本传)。后来又在肃宗身边担任左拾遗。不过,"云移雉尾开宫扇,日绕龙鳞识圣颜"是从"早朝"的角度写自己"识圣颜"。按照"早朝"的程式,文武百官按照官阶的高低排班、点卯之后鱼贯而入。待百官站定之后,宫女手持宫扇从东、西两边进入,皇帝在宫扇的遮掩下落座,然后宫女又从两边退到皇帝身后两侧,这就是"开宫扇"。宫扇是用锦鸡的尾部羽毛制成的,所以,移动宫扇,就像五彩祥云浮动,这就是"云移雉尾"。当宫扇移开之后,百官才能看见皇帝。皇帝的衮服上部左为日,右为月,稍下正中有绣制的龙,这就是"日绕龙鳞"。杨伦说:"此忆献《三大礼赋》事。"那完全是搞错了。唐玄宗召见杜甫,用不着这么威严肃穆的仪式。如果真像杨伦说的那样,仪式如此隆重,还用得着让宰相"试文章"吗?"试文章"之后,也仅仅给了杜甫一个八品下的"河西尉",这显然不合情理。而且作者明明说自己曾经多次("几回")在"青琐"门"点朝班",显然是指在肃宗时期自己参加早朝而言的。当年是朝中官员,现在却独卧"沧江",又临近"岁晚",这就是作者"惊"的原因。"惊"是惊叹,而且惊中有悲,不是吃惊的惊。"岁晚",既指暮秋,也指自己临近暮年。因此,"一卧沧江惊岁晚"包含着作者对自己人生升沉的惊叹。结尾一联用对句收结:"一卧沧江惊岁晚,几回青琐点朝班。"诗人把"今"置于前,把"昔"置于后,形成昔非今比的人生落差。

第六首起首一联:"瞿塘峡口曲江头,万里风烟接素秋。"作者人在"瞿塘峡口",但他的思绪凭借"万里风烟"延伸到遥远的"曲江头",其境界具有一种浑厚磅礴之大气。这和传说中吴道子的《长江万里图》有着异曲同工之妙。其区别在于吴道子表现的是全盛时期的昂扬向上的盛唐气象,杜甫展示的是被自己和时代"异化"了的盛唐气象:雄浑、凝重。一个是天朗气清,江山一览,一个是风烟万里,混茫无际。这种浑厚、凝重的审美效果是杜甫从文化审美的角度给"盛唐气象"融入了新的艺术元素。"盛唐气象"的万千变化是由杜甫担当并完成的。

花萼夹城通御气,芙蓉小苑入边愁。
珠帘秀户围黄鹄,锦缆牙樯起白鸥。

这四句写帝京长安昔盛今衰。当年,唐玄宗为了出行方便而又不为外人知道,就在大明宫、兴庆宫以及芙蓉苑之间沿长安城的东城墙修了一道"夹城",供其专用。当唐玄宗出行时,人们只闻其声,不见其人。御气,乃是帝王之气。说"夹城通御气"是从太平盛世的角度入笔的。而"小苑入边愁"则是从天宝末年以来社会局势动乱的角度写今日的芙蓉苑已经不再具有当年的皇家气象了。正因为繁华盛世已经成了美好的记忆,所以,当年珠帘绣户环绕湖边、锦缆牙樯荡漾湖中的皇家园林,如今已经成了野鸭水鸟的栖息之地。烟水明媚的曲江池和芙蓉苑是最能显示盛唐气象的城南游览胜地。当年,作者曾以欣喜欢快的笔调对其发出赞美:"三月三日天气新,长安水边多丽人。"时隔不久,安史之乱爆发。还是这个地方,在作者的笔下又是一种景象:"少陵野老吞声哭,春日潜行曲江曲。江头宫殿锁千门,细柳新蒲为谁绿?"及至作者滞留夔州,因悲秋而创作《秋兴八首》时,曲江以及芙蓉苑就成为唐王朝盛衰更替的见证。

这可以说是杜甫的"曲江三部曲",它昭示了一个时代的结束和另一个时代的开始。

对此,杜甫感到迷惘不解,这就有了结尾一联:"回首可怜歌舞地,秦中自古帝王州。""回首",就是综观历史。"自古",就是从古到今,即周秦汉唐以来,长安都是帝王的建都之地。"可怜",既不是可悲,也不是可叹,而是令人无限神往。言外之意是说这令人神往的歌舞繁华之地如今已经衰落了。

尽管繁华不再,但诗人对大唐王朝曾经有过的辉煌依旧魂牵梦萦。于是转入第七首。

和前一首一样,一开头仍旧采取历史跨越式的表现形式,把视野从皇宫延伸到长安城西南郊的汉代的文化遗址昆明池:"昆明池水汉时功,武帝旌旗在眼中。""在眼中",就是在遥想中浮现于脑海。而浮现于作者脑海的是长安这片帝王之都曾经有过的强盛和辉煌:汉武帝在昆明池训练水军。但是,这种强盛和辉煌已经成为遥远的记忆。在历史的更替中,如今的昆明池已经是另一番景象:"织女机丝虚夜月,石鲸鳞甲动秋风。波漂菰米沉云黑,露冷莲房坠粉红。"和前一首写曲江时采用在句中进行今昔对比的手法不同,这四句直接写今日的昆明池一片衰败景象。当年汉武帝为了显示昆明池浩瀚无边,就在周回四十里的昆明池东、西两岸竖立起织女和牛郎的石雕像,用以象征昆明池就像天上的银河。又在池中置一石雕的巨鲸,象征昆明池犹如波涛汹涌的大海。然而,到了唐代,昆明池则成为长安城西南郊的游览胜地。随着社会时局的变迁,如今的昆明池则是一派萧条冷清,昆明池畔的织女在清冷的月光下显得孤孤单单。本来秋月朗朗,但是,一个"虚"字把朗朗秋月化为凄冷:夜月虽好,怎奈盛世不再!石鲸在秋风卷起的满湖波涛中若隐若现,但它失去了鲸腾碧海的壮阔景象,而是在秋风中瑟瑟发抖。"鳞甲动秋风"化雄壮为凄凉。作者抓住秋月和秋风描绘出昆明池的冷落萧条。紧接着的两句"波漂菰米沉云黑,露冷莲房坠粉红":秋风中漂浮于湖面上的菰米就像黑沉沉的乌云压在湖面,无情的秋风、秋露摧残得满湖荷花纷纷坠落。作者凭借着他那敏锐的艺术感知力将凝重和冷寂融为一体,使秋日的昆明池透出一股死寂的气氛和冷艳的色彩。

尾联:"关塞萧条唯鸟道,江湖满地一渔翁。"作者把自己的思绪从京郊收回到夔州,感叹自己四处漂泊的不幸人生:关塞重重,遥接天外,道路崎岖,自己难归故国。

在一番怅叹之后,作者的心情稍微平静下来,在第八首中接写自己当年在长安的游踪,作为这组诗的收尾。

首联:"昆吾御宿自逶迤,紫阁峰阴入渼陂。"蜿蜒曲折的昆吾川和御宿川把诗人的意绪引向终南山北麓户县城郊的渼陂湖。当年作者困守长安时,曾经去拜访过隐居于户县的岑参,并和岑参兄弟陪同源少府畅游渼陂湖,留下了《与户县源少府宴渼陂》、《城西陂泛舟》、《渼陂行》、《渼陂西南台》等诗篇。在滞留峡江的困境中,诗人回忆起这段经历,内心产生了一丝难得的欣慰。"紫阁峰阴入渼陂"在脑海中映现的是一种清丽和宁静。作者滞留夔州时,感到自己已经是一个被时代遗忘了的"渔翁"。就像他在《哭王抡》中借伤悼王抡表露自己的这种心情:"冯唐毛发白,归兴日萧萧。"冯唐是汉朝人。他用冯唐来比况自己已经不再奢望能回到让他魂牵梦萦的长安去!在《又示两儿》诗中作者又说:"浮生看物变,为恨与年深。"他内心的怨恨随着岁月流逝越来越深重。有时甚至对两个儿子说:"汝曹催我老,回首泪纵横。"(《熟食日示宗文宗武》)当然,这并非是真的抱怨儿子把自己催老了,而是说两个儿子都长大成人了,自己能不老吗？

　　正因为有了这种落寞迷惘的心理，他当年与朋友一同欣赏渼陂美景的记忆就显得尤为珍贵："香稻啄余鹦鹉粒，碧梧栖老凤凰枝。佳人拾翠春相问，仙侣同舟晚更移。"这四句赞美渼陂引人入胜的风物。

　　"香稻啄余鹦鹉粒，碧梧栖老凤凰枝。"这一联历来被人们视为杜甫长于诗律的名联。一般认为，这一联运用了倒装技巧。按诗意，应该是"鹦鹉啄香稻馀粒，凤凰栖碧梧老枝"。这样理解，尽管意思没有多大变化，但其兴味则大为缩减。从审美心态上讲，人对自然界的色彩、气味更为敏感。诗人在这一联中着意要表现的是京郊风物之美。香稻、鹦鹉、碧梧、凤凰是诗人要着力表现的对象。尤其是凤凰，它象征着吉祥。因此，作者就把最能引起人们味觉和视觉敏感的香稻、碧梧置于句首，创造出一种和谐的色彩美。而"凤栖梧"的吉祥画面也蕴含着作者对那个祥和时代的追怀。在回忆中，作者不仅暂时忘却了当年"朝叩富儿门，暮随肥马尘。残杯与冷炙，到处添悲辛"的艰难和困苦，沉浸在佳人踏春的欢歌笑语和与朋友泛舟渼陂的惬意之中，而且回忆起自己当年在渼陂写下的气象宏伟的诗篇。他所说的"彩笔昔曾干气象"的"气象"，正是作者注入了内心所涌动的时代潮流所形成的壮伟之美，是诗人对大唐盛世的讴歌。所以，"彩笔昔曾干气象，白头吟望苦低垂"两句，不是一个简单的昔盛今衰的对比，其中饱含着作者对自己不幸人生的悲吟。"白头吟望"包含一个人从中年到老年，以及如今置身夔州遥望帝都长安、不由自主地吟诵起当年诗篇的心理变化过程。这种变化，促使作者在吟诵中体味出了自己人生的艰难困苦。因为有了难以言表的痛苦，所以，在充满欣慰的回忆之后，作者不得不低头沉思，陷入无可奈何的痛苦之中，在低沉和忧郁中结束了这组诗。

在夔州的近两年时间里，诗人的生活基本比较稳定，而诗人的心灵则充满了孤独和郁闷。随着时间的推移，暮年将至，这种孤独与郁闷演变为悲凉、忧郁。以《秋兴八首》为代表，其诗多回首人生往事，流露出浓郁的悲凉情感。诗人的审美观照多集中于对肃杀衰败景物的体验。特别是老年心理和悲秋意识的无间融合，形成了沉郁美和悲壮美的完美融合。杜诗"沉郁悲壮"的美学风范，以《秋兴八首》为代表，在夔州时期达到了顶峰。

《秋兴八首》在杜甫的诗歌创作中具有非常重要的文化审美意义。作为一个整体看，这组诗充满了伤逝叹老的情怀。而这种情怀是由悲秋意识触发的。诗人既伤叹大唐盛世像过眼烟云一样成为历史的记忆，也悲叹其漂泊不定的人生。儒家是注重人的社会使命和社会价值的。生命的价值就在于功业的大小。但是，杜甫在强调人的社会责任的儒家思想意识中融入了对自己个体生命的怅叹。这在古代文人悲秋意识发展历程中是一个质的飞跃。他不仅超越了古人，而且也超越了以"奉儒"为自豪的"自我"。

和《秋兴八首》相比，七律《登高》又呈现出另一种格调：

> 风急天高猿啸哀，渚清沙白鸟飞回。
> 无边落木萧萧下，不尽长江滚滚来。
> 万里悲秋常作客，百年多病独登台。
> 艰难苦恨繁霜鬓，潦倒新停浊酒杯。

作者把隐含于《秋兴八首》中的人生不幸融入凄清萧索的秋景，悲凉中涌动着一股沉雄气概。尤其是"万里悲秋常作客，百年多病独登台"备受后人称赞。它其实抒发的就是"常为万里客,有愧百年身"(《中夜》)的苦衷。但是,诗人的"长为万里客",不是一时的自责、自愧消释得了的人生遗憾!和"万里悲秋长作客,百年多病独登台"的"悲秋"意识相比,"长为万里客,有愧百年身"更多地融入了诗人的君国之忧。因此,蒋弱六甚至说,这两句诗"酿出一部杜诗"!也就是说,杜甫在大半生的漂泊生涯中,依然不失君国之心。在重新入朝成为无法实现的幻想后,写诗成了他宽慰漂泊心灵的唯一方式。

诗人的悲情、怨情和流离之情已经是对时局的关注和对身世叹惋的综合体现。他之所以觉得对不起自己的一大把年纪,实际上就是因为功业无成而又漂泊不定。这种心理成为作者夔州时期艺术心态的一个极其重要的层面。像《上白帝城》所说的:"老去闻悲角,人扶报夕阳。"其沉郁之悲并非仅仅是感叹自己的桑榆晚景。而他在《江上》诗中所吟唱的"勋业频看镜,行藏独倚楼"甚至连宋真宗都感动了,认为杜甫的其他诗都比不上这一联。"勋业"从镜子里是看不见的,能看见的只能是自己两鬓斑白的华发!面对"华发",诗人悲叹自己"勋业"无成!诗人奔波了一生,临到晚年,依旧还在倚楼思忖,思来想去,最后还是把自己的情感落在了"时危思报主,衰谢不能休"的忧患中。

从"自谓颇挺出,立登要路津"的人生自负,到"勋业频看镜,行藏独倚楼"的人生困惑与凄凉,诗人的功业思想逐渐化为泡影。所谓"行藏独倚楼",并不是今日漂泊江上时才有的,早在长安求仕期间就已经有了归隐陆浑山庄、杜陵或入蓝田山学道的想法,只不过犹豫不定罢了!现在独倚江楼,回想当年在行、藏、进、退上的人生失误,这才有了"看镜"时只见两鬓白发而不见勋业的人生遗憾与凄凉！即便是这时他不彷徨而决然归去做隐士，于其今后的人生又有何裨益？因为，他这时"懒心似江水，日夜向沧州"（《西阁二首》）。不仅盛世不再，令人叹惋，而且，诗人这时面对频频发生的内忧外患，虽然"不眠忧战伐"，却深感自己已经是"无力正乾坤"的"沙鸥"。大唐帝国风雨飘摇，诗人那颗悲愤的心也越来越沉痛！在《上白帝城二首》之一中诗人说得更为沉痛："英雄馀事业，衰朽久风尘。"他目睹刘备留下的历史遗迹，深深叹息自己以衰朽之躯久困风尘。"天边长作客，老去一沾襟。"（《江月》）"乱离闻鼓角，秋气动衰颜。"（《峡口二首》之一）总之，大自然界的一切物象都被诗人驱于笔端，成为他的生命的一部分。

张戒在《岁寒堂诗话》中说："王介甫只知巧语之为诗，而不知拙语亦诗也；黄山谷只知奇语之为诗，而不知常语亦诗也；杜牧之诗只知有绮罗脂粉；李长吉诗只知有花草蜂蝶，而不知世间一切皆诗也。惟杜子美则不然！在山林则山林，在廊庙则廊庙，遇巧则巧，遇拙则拙，遇奇则奇，遇俗则俗，一切物，一切事，一切意，无非诗者。故曰'吟多意有馀'，又曰'诗尽人间兴'。诚哉是言！"这可以说是对杜甫一生诗歌创作特点的形象概括。

尽管诗人晚年作为自然个体人的生命越来越衰弱，但是他的艺术生命愈来愈旺盛，厚重、雄浑，成为他的艺术生命的巅峰。其诗歌气势之沉雄、格调之凝重、襟怀之广阔、命意之缜密、兴味之醇厚、格律之精严、人格之通脱等都反映在他以衰暮之年创作的四百多首诗（几乎占其流传下来的诗歌的三分之一）中。他在垂暮之年铸就了彪炳千古的艺术人生的辉煌。这在唐代诗人中是绝无仅有的，就连李白、王维以及后来的韩、柳、元、白、"小李杜"也只能望其项背。

需要注意的是，杜甫在夔州时期的诗学观。此前的《戏为六绝句》只是他的诗学观的前奏。我们以《解闷十二首》为例，可以窥见其诗学观之大概。在这十二首诗中，有五首诗谈论古今诗人。

第四首：

沈范早知何水部，曹刘不待薛郎中。
独当省署开文苑，兼泛沧浪学钓翁。

在这首诗中，诗人怀念早年曾和他一起登大慈恩寺塔的薛据。杜甫把薛据和历史上也曾担任过水部郎中的南朝诗人何逊相提并论，只是惋惜其在诗坛上缺少知音。并引用了薛据自己的诗句"省署开文苑，沧浪学钓翁"，说明薛据也是身世坎坷。单从这首诗，看不出杜甫的诗歌审美观。但杜甫在夔州时，曾给远在荆州的薛据寄了一首《寄薛三郎中据》诗，其中曾赞美薛据说："闻子心犹壮，所过信席珍。上马不用扶，每扶必怒嗔。诗赋宾客间，挥洒动八垠。乃知盖代手，才力老益神。"所谓"曹刘不待薛郎中"，就是说薛据的"才力"不亚于曹植、刘桢。这具体表现在"诗赋宾客间，挥洒动八垠"。就是说，薛据在诗赋创作时，挥洒自如，文如泉涌，气势雄健，轰动天下。剔除掉其中的过誉之嫌，通过给薛据的赠诗，可以看出杜甫的诗学观中有一个很重要的内容，就是崇尚才力。而且这是他在谈诗时又一次提到"才力"。在《戏为六绝句》中，杜甫曾说"才力应难跨数公"。结合杜甫的诗歌创作实际，所谓"才力"，是指诗人所具备的学识、才华、艺术表现特点以及诗人个人的气度与诗歌所产生的感染力。后来的"江西诗派"之所以以杜甫为诗家之"祖"，而且影响到宋人主张"以才学为诗"，并非空穴来风。其直接渊源就在于杜甫的诗学观中就非常注重"才力"。

第五首：

> 李陵苏武是吾师，孟子论文更不疑。
> 一饭未曾留俗客，数篇今见古人诗。

这首诗怀念孟云卿。平心而论，孟云卿并不是非常出色的诗人，但他的诗在当时诗坛上是古调独弹。在论诗时，孟云卿又把五言诗的鼻祖李陵、苏武奉为宗师。对这一点，杜甫从不怀疑。加之他长期漂泊于江南，其诗多幽怨悱恻之作，诗风类似于陈子昂的古朴典雅。所以，元结编的《箧中集》收孟云卿的诗最多。可以看出，杜甫的诗学观中明显地表现出对古朴典雅的推崇。

第六首：

> 复忆襄阳孟浩然，清诗句句尽堪传。
> 即今耆旧无新语，漫钓槎头缩项鳊。

杜甫和孟浩然并没有直接的交往。所谓"复忆襄阳孟浩然"也仅仅是因论诗而想起了当代诗坛上的孟浩然而已。对于孟浩然，杜甫把他的诗风称为"清"。这和开元十六年孟浩然赴京应试、在秘书省作诗有关。据《唐诗纪事》卷二十三记载，孟浩然游秘书省，秋月新霁，诸英联诗。次当浩然，句曰："微云淡河汉，疏雨滴梧桐。"举座嗟其清绝，为之搁笔。"清绝"，这大抵是关于孟浩然诗风的最早评价。后来李白在《赠孟浩然》诗中也称赞说："吾爱孟夫子，风流天下闻。……高山安可仰，徒此揖清芬。"也用"清"来概括孟的诗风。殷璠在《河岳英灵集》中称其诗"遵雅调"而"削凡体",说得有点儿含混。明代高棅称其诗风"清雅"、"兴致清远"。杜甫对孟浩然诗风的推尊,除了这首诗,还有《〈遣兴五首〉之五》中所说的"赋诗何必多,往往凌鲍谢"。鲍照的诗风被杜甫称为"俊逸",也就是俊爽而不拘束。而杜甫本人在诗歌创作中追求清新典雅的诗作尤以成都时期为最(参见拙文《说杜诗的"村"》)。杜甫特意提出孟浩然,应该说是针对当时大历诗坛诸人学"王孟"而不得其精神,缺乏清新、典雅的风气有感而发的。

第七首:

陶冶性灵存底物,新诗改罢自长吟。
孰知二谢将能事,颇学阴何苦用心。

这首诗虽然是谈自己的创作体会,却反映了杜甫对诗歌功用的体认。作者首先指出,创作诗歌是为了陶冶性灵。而在这一点上,杜甫最推崇的是阴铿、何逊、谢灵运、谢朓。在《戏为六绝句》中,杜甫曾说自己"别裁伪体亲风雅,恐与齐梁作后尘"。表明自己对齐梁诗并不是一概排斥,而是采取"转益多师"的态度。阴铿与何逊都是梁陈时代的诗人。杜甫不仅不排斥他们,反而认真学习他们体物言情时精于炼字炼意的创作态度。从中可以看出,杜甫既然把诗歌作为陶冶性灵的工具,那么,在创作上就不是率意为之,而是追求一种精益求精的艺术境界,否则就达不到陶冶性灵的目的。这也就是杜甫虽然以寻常语入诗,但其意境或境界并不寻常之原因所在。

第八首:

> 不见高人王右丞，蓝田丘壑蔓寒藤。
> 最传秀句寰区满，未绝风流相国能。

对于王维，杜甫称其人为"高人"，当然是就其"亦官亦隐"的人生态度而言的。对其诗歌风格，用了一个"秀"字。而这个"秀"字又同王维"身后"蓝田辋川的丘壑、寒藤形成鲜明对比，说明王诗的"秀"是清秀，就像殷璠所说的"词秀调雅，意新理惬，在泉为珠，着壁成绘。一字一句，皆出常境"。我们常用"闲澹"、"古雅"评论王诗，看来和唐人对王诗的美学特点的理解是有差异的。

从这四首诗所涉及的诗人以及杜甫对他们的评论，可以看出杜甫的诗学观是开放型的诗学观。对于诗歌之美，他不囿于个人的一己之见或好恶。所以，在诗歌创作实践中，杜甫能融会诸家、博采众长，从而铸就了他在中国古代诗歌史上能集一切优秀传统之大成、堪称古今第一诗人的历史丰碑。

湖湘三年

大历三年（768）春，杜甫终于离开寄居了两年多的夔州，乘船东下。先后在江陵、公安逗留了近一年，于当年年底漂流到岳州。大历四年春，离开岳州，至衡州。原打算赴桂州投亲靠友，因怕热，回船返潭州。大历五年冬，卒于潭州至岳州舟中。从唐肃宗乾元二年秋离开华州算起，杜甫终于走完了他的生命历程，结束了将近十二年的漂泊生涯。

在这三年里，杜甫以舟为家，往复漂流。在他生命的最后三年里，留下了一百五十八首诗作。其中五言古诗三十首，七言古诗十六首，五言律诗六十首，七言律诗十三首，五言排律三十二首，七言排律三首，五言绝句一首，七言绝句三首。

离开夔州前，杜甫写过一首《江汉》诗：

> 江汉思归客，乾坤一腐儒。
> 片云天共远，永夜月同孤。
> 落日心犹壮，秋风病欲苏。
> 古来存老马，不必取长途。

另有一首《地隅》：

> 江汉山重阻，风云地一隅。
> 年年非故物，处处是穷途。
> 丧乱秦公子，悲凉楚大夫。
> 平生心已折，行路日荒芜。

于大历四年春离开岳州赴衡州途中又写了一首《南征》诗：

> 春岸桃花水，云帆枫树林。
> 偷生常避地，适远更沾襟。
> 老病南征日，君恩北望心。
> 百年歌自苦，未见有知音。

这几首诗，可以看作是杜甫人生最后三年的心灵世界的总写照。

思归，是杜甫自漂泊以来一直不能忘怀的乡土情结。乾坤朗朗，诗人却以"腐儒"之身奔波于"穷途"，苟且"偷生"。这种身世际遇同汉末因关中丧乱而避难荆州的王粲没有任何区别。他对君国的一片赤诚之心换来的却是人生的不幸与悲凉。所以，他把楚大夫屈原视为同调。尽管如此，但对人生的未来，杜甫并没有丧失信心："落日心犹壮，秋风病欲苏。"一个"饿走半九州"的垂暮老人，眼望落日，不仅没有桑榆晚景的叹息，反而壮心不已。虽然没有王之涣面对长河落日而产生的"欲穷千里目，更上一层楼"的昂扬向上的奋发精神，但与晚唐李商隐的"夕阳无限好，只是近黄昏"的怅叹相比，杜甫的襟怀则显得宽厚与执着。这在唐代诗人中是绝无仅有的。甚至感到凉爽的秋风也会为自己驱走一身的病痛。人们常常把白居易关心民瘼的现实态度和杜甫相提并论。这固然没错，但在对待现实人生的态度方面，白居易晚年所写的那些表现他养尊处优生活的诗歌几乎就是无病呻吟，和杜甫的心灵世界相比，就不是等而下之所能形容的了。

这种情怀，在《泊岳阳城下》中也有类似的表述："留滞才难尽，艰危气益增。"人生的艰难困苦不仅没有压垮杜甫，反而使他产生了和命运抗争的毅力和勇气。正是在这种不甘沉沦的毅力和人生信念的支撑下，杜甫成为后世历代诗人的人格楷模。相比之下，《登岳阳楼》一诗中"亲朋无一字，老病有孤舟"虽然心情有点儿郁闷，却被"吴楚东南坼，乾坤日夜浮"的阔大混莽的境界所冲淡。

这三年中，诗人往返于岳州、潭州、衡州之间。其诗虽为旅途中的即景抒情之作，但乡关之思使他对自然景物表现出极度的敏感。如"岸花飞送客，樯燕语留人"（《发潭州》）、"万里衡阳雁，今年又北归。双双瞻客上，一一背人飞"（《归雁二首》之一）等等。而

《燕子来舟中作》一诗通过舟中落燕道出了诗人内心的痛苦：

> 湖南为客动经春，燕子衔泥两度新。
> 旧入故园曾识主，如今社日远看人。
> 可怜处处巢君室，何异飘飘托此身。
> 暂语船樯还起去，穿花落水益沾襟。

诗人离开了长江三峡，来到了平旷秀美而又充满了神秘色彩的湖湘大地，眼前再也没有了峡江的崇山峻岭、万壑天籁给视觉和听觉上所带来的直观的闭塞以及心理压抑，他的心情也渐渐地趋于平和。因此，他看见即将北归的燕子时，也就没有了在三峡看见燕子时的"清秋燕子故飞飞"嗔怒，而是用一种平和的心态同即将北飞的燕子进行心灵对话："旧入故园曾识主，如今社日远看人。可怜处处巢君室，何异飘飘托此身。"旧时的相识，今日反而变得生疏。作者用燕子的惊诧折射出自己不得已的人生漂泊。从审美的角度看，他已经没有了碧海掣鲸式的审美观照，而是借助于燕子"远看人"的细微变化抒写内心那一缕挥之不去的故园之思和淡淡的忧伤。就像《小寒食舟中作》所写的："春水船如天上坐，老年花似雾中看……云白山青万余里，愁看直北是长安。"尤其是在《江南逢李龟年》这首诗中，作者虽然对当年的太平盛世充满了怀恋，但不直接道出："岐王府里寻常见，崔九堂前几度闻。正是江南好风景，落花时节又逢君。"从昔日的"岐王府里寻常见，崔九堂前几度闻"到今日的"正是江南好风景，落花时节又逢君"，这期间有着四十年的时间跨度。就社会而言，其中经历了唐王朝盛极而衰的历史巨变；就杜甫和李龟年的人生而言，同样发生了天翻地覆的变化。他们当年在洛阳活跃于王公贵戚和社会名流之间，如今则是流落他乡。不过，作者并没有把社会的巨变和岁月的蹉跎直接说出，也没有必要说出。这不只是一个表现手法上的"含意未申，有案无断"（沈确士语），而是反映了杜甫的心态已经不是夔州时期的沉郁悲凉，而是变得平和与顺应自然。即便是他乡遇故知，作者也没有了当年的激越和悲愤。庄子曾说："嗜欲深者天机浅。"所以，杜甫说自己是"丈夫重天机"、"未达善一身"（《咏怀二首》）。这可以说是他进入湖湘以后心理上发生的重大变化。此前，虽然也有任随自然的心理，却和激切的社会功利思想并存。而进入湖湘以后，杜甫基本上不再以人生的远大理想为其诗歌创作的主心骨，而是以一种平静的心态认可了自己的社会角色。哪怕是追怀唐玄宗生日"千秋节"，也仅仅是一种淡淡的缅怀，"湘川新涕泪，秦树远楼台"，并没有"白头吟望苦低垂"式的沉痛，即便是有一丝不快，也是以静态的沉思取代起伏的心潮，"桂江流向北，满眼送波涛"（《千秋节有感二首》），完全不同于人在峡江怀恋长安时所产生的"瞿塘峡口曲江头，万里风烟接素秋"的宏阔与浑厚。

　　杜甫，一个有着崇高人生抱负的伟大诗人，他的诗歌创作生涯随着时代的脉搏而跳动。昂扬奋发的开元精神激发起他"致君尧舜"，"再淳风俗"的远大人生理想，促使他"西归到咸阳"。十年的苦苦奔波，仅得一"太子右卫率府胄曹参军事"的微职，尚未到任，就被突如其来的社会大动乱粉碎了他对人生的美好憧憬。他冒死投奔凤翔行在，在战火纷飞的艰难岁月接受了皇帝授予他的"清要"之职左拾遗。作为皇帝身边的"近臣"，他的人生之春在当年秋初就因房琯事件的牵连像飘萧的落叶那样失去了活力。当他和王维、贾至大明宫酬唱之诗还余音在耳时，就被贬出京城，怀着郁闷和遗憾在华州司功参军任上勉强敷衍了一年，便毅然弃官西行，离开了帝都长安。长达十二年的漂泊生涯逐渐消磨了诗人"自谓颇挺出，立登要路津"的自信和锐气。"去国哀王粲，伤时哭贾生"（《久客》），"壮心久零落，白首寄人间"（《有叹》），终于在唐代宗大历五年寒冷的冬天，走完了他的人生历程。

　　杜甫流传下来的一千四百零八首诗，完整地记录他的人生旅程和艺术历程。在唐代诗人中，杜甫是蒙受社会和人生痛苦最多、最沉重的诗人。仇兆鳌在给乾隆皇帝上的《进杜少陵集详注表》中说："伏惟少陵诗集，实堪论世知人。可以见杜甫一生爱国忠君之志，可以见唐朝一代育才造士之功。可以见天宝开元盛而忽衰之故，可以见乾元大历乱而复治之机，兼四始六义以相参，知古风近体为皆合。"姑且不论其他，仅从杜甫一生的诗歌创作所取得的成就"可以见唐朝一代育才造士之功"这一说法就可以看出，在杜诗"六家注"（王嗣奭、钱谦益、杨伦、浦起龙、仇兆鳌、梁运昌）中，仇兆鳌是最能迎合皇帝嗜好的文人。苏东坡所说的杜甫"一饭未尝忘君"论，顶多不过是借杜甫向宋朝皇帝表白自己的心迹，仇兆鳌则无视杜甫多难的痛苦人生，反而说杜甫是大唐王朝培育出来的英才！从而把一部杜诗纳入了为封建伦理纲常服务的范畴，在杜诗研究中开了庸俗社会学的恶劣先例。

　　杜甫固然是一位生前寂寞、身后辉煌的诗人，但他的寂寞是时代的悲剧，而他的辉煌则是其诗歌所蕴含的优秀文化传统所昭示出来的。要真正了解杜诗，就只有把一部杜诗作为诗人的心灵史来解读。

杜诗在唐宋时期的流传与接受

在杜诗研究中，后人先是把杜甫的诗歌称为"诗史"。中晚唐之交的孟棨在《本事诗》中说："杜甫逢禄山之难，流离陇蜀，毕陈于诗。推见至隐，殆无遗事。故当时号为'诗史'。"孟棨对杜诗的认识是建立在"以诗证史"的传统的儒家诗学观的范畴。这是后人第一次从杜甫的诗歌创作与社会盛衰的关系方面着眼，评价杜甫诗歌的认识价值。

古人喜欢把"圣贤"作为楷模而顶礼膜拜。在中国传统文化中，"圣贤意识"既使得优秀的文化传统得以世代相传，但同时也使得中国文化在发展过程中多了许多人为的障碍，能逾越这些障碍而另辟蹊径者，则需要有反传统的精神与勇气。而在杜诗的流传过程中，人们在接受杜诗时，维护传统的一派力量似乎更强一些。

明、清时代，杨慎、王士禛、叶燮在前人研究的基础上，又把杜甫推尊为"诗圣"。这又比"诗史"更进了一步，从推尊作品发展到对杜甫个人的推崇。杨慎在《升庵诗话》中就说："李白'神'于诗，杜甫'圣'于诗。"说"李白神于诗"主要还是从李白诗歌的艺术风格上着眼，李白作诗仿佛有如神助；说"杜甫圣于诗"，是从杜甫的人格力量着眼的。虽然参照系不同，但人们还是明白杨慎要说什么。王渔洋则从诗歌语言着眼，说："李白飞仙语，杜甫圣语。"

叶燮更直截了当地说："诗圣推杜甫。""飞仙"固然让人羡慕，但在中国文人的传统文化观念中，圣人更具有至高无上的地位。不能为圣者，才转而求仙。

尽管杜甫一生坎坷，历尽艰辛，但他身后所享受的殊荣，在中国文学史上是无比崇高的。

不论是孟棨的"诗史"说，还是杨慎、王士禛、叶燮的"诗圣"说，无一不是从社会学和封建伦理学的立场出发的。在这一点上，清代的仇兆鳌算是最有代表性的了。他在康熙三十二年（1693）十一月上给康熙皇帝的《进杜少陵集详注表》中说：

>杜曲千篇，咏歌作诗中之史。……盖其笃于伦纪。有关君臣父子之经，发乎性情，能合兴、观、群、怨之旨；前塞、后塞诸曲，痛书锋镝阽危；三吏三别数章，惨诉闾阎疾苦；自麻鞋谒帝而草疏陈言，涕洒青霄，方听军前露布；汗趋铁马，早瞻陵上云飞；筹邺下之师围，阃专貔虎；看安西之兵过，力捣鲸鲵；李泌归山，收京而怀商老；汾阳释甲，赴陇而议筑坛；当剑阁初经，已虑英雄据险；及夔江久客，仍忧节度争权。平日欲尧舜其君，非虚语也。书生谈军国之事，如指掌焉。以故敦厚温柔，托诸变风变雅之体；沉郁顿挫，形于日比日兴之中。……伏惟少陵诗集，实堪论世知人，可以见杜甫一生爱国忠君之志，可以见唐朝一代育才造士之功，可以见天宝开元盛而忽衰之故，可以见乾元大历乱而复治之机，兼四始六义以相参，知古风近体为皆合。

不可否认，仇氏的一些观点有可取之处。但是，他把一部杜诗纳入了君臣父子之经、伦纪纲常之教和庸俗社会学的范畴以后，千余首杜诗所展示的诗人的一部心灵史就被封建的伦理纲常所取代，以致淹没了诗人复杂多变的创作个性以及对独立人格的追求，仿佛一部杜诗仅仅可以"论世知人"、"可以垂教万世"。（仇兆鳌《杜少陵集详注自序》）明明是唐王朝的统治者不能任用杜甫，才致使他流离颠沛，甚至衣不蔽体，寄食友朋。仇兆鳌却说杜甫是唐王朝培养出来的一代诗圣。他甚至断言："使舍是二者而谈杜，如稹、愈所云，究亦无异于词人矣。"抛开创作主体而总论杜诗的教化作用，这是仇兆鳌论杜的最大特点，也是他的最大弱点。

杜诗在流传过程中，因时代和研究者自身等各方面的原因，呈现出错综复杂的变化。但总体来说，前人对杜甫诗歌的认识，经历了从艺术体认到人格的赞许，再到人伦道德的推尊这样一个曲折的发展变化过程。

杜甫在世时，和朋友多有唱和之作。他也时不时地对朋友的诗歌进行评论，但别人很少评论他的诗，这就值得深思。也难怪杜甫要在晚年说出"百年歌自苦，未见有知音"这种令人伤心的话。殷璠的《河岳英灵集》所选作品的下限是天宝十二载，连綦毋潜这样的诗人的作品都入选了，偏偏没有选杜甫的诗。这足以说明杜甫的诗歌在当时是不被人们所看重的。所以，杜甫说自己"名岂文章著，官应老病休"就不仅仅是发牢骚了。因为，他在世时，社会并不认同他。杜甫在耒阳谢世之后，其声名在文坛上也沉寂了相当一段时间，直到五十多年后的中唐时期，人们才开始关注杜甫其人其诗。

韩愈在贞元十四年所作的《醉留东野》诗中说："昔年因读李白杜甫诗，长恨二人不相从。吾与东野生并世，如何复蹑二子踪。"在元和元年所作的《荐士》诗中，韩愈又说："国朝盛文章，子昂始高蹈。勃兴得李杜，万类困陵暴。"韩愈视陈子昂为唐代文坛的发轫作家，而整个唐代文坛的"勃兴"局面则是由李白与杜甫开创的。"万类困陵暴"，盛赞李杜诗歌驱万物为我所用的雄奇阔大的艺术感染力。在作于同一年的《感春四首》之二中，韩愈说"近怜老杜无检束，烂漫长醉多文辞。"则由自己"感春"而联想到杜甫的伤春、感春之作的"无检束"。所谓"怜"，应该说既有喜爱的一面，也有感同身受的因素。在元和六年所作的《石鼓歌》中，韩愈对杜甫的诗才给予很高的评价："少陵无人谪仙死，才薄将奈石鼓何。"开始把杜甫视为能够担当起复古大任的志士。元和十一年，韩愈在《调张籍》中写道："李杜文章在，光焰万丈长。不知群儿愚，那用故谤伤。蚍蜉撼大树，可笑不自量。"至于谁对杜甫李白进行"谤伤"，韩愈没有直接点名，但至少说明当时文坛上有人对李白和杜甫进行诋毁、谤伤。

　　韩愈对杜甫的推崇，首先是基于他恢复儒家思想正统地位的政治追求。但同时，他又对杜甫在诗歌创作上所取得的后人不可企及的艺术成就给予高度赞扬："徒观斧凿痕，不瞩治水航。想当施手时，巨刃摩天扬。"把杜甫奉为"巨刃摩天"的艺术大师。对学杜甫而学走了样的人给予了批判，引导世人在学杜中不要字雕句琢，走上模拟之路，要看到杜甫的诗歌创作对后世所具有的导航作用。在《送孟东野序》中，韩愈提出了"大凡物不得其平则鸣"的创作观。而在那些"能鸣"者中，就应该包括杜甫。在《题杜工部坟》中，杜甫的这位同乡韩愈对杜诗的艺术风貌作了精练而形象的概括：在天地清浊之气中，一部杜诗包孕着天地间的清气。所以，在诗歌创作上，杜甫就被韩愈称为"圣者"。他说："有唐文物盛复全，名书史册俱才贤。中间诗笔谁清新？屈指都无四五人。独有工部称全美，当日诗人无拟伦。笔追清风洗俗耳,心夺造化回阳春。"从人品到诗歌,把杜甫推为完人。

应该说,韩愈论杜,既推崇其崇高的人格,又注重对杜诗艺术境界的体悟。他所倾心的是杜甫"笔追清风"、"心夺造化"、洗尽凡俗的艺术造诣以及碧海掣鲸的沉雄壮阔的境界,反映出韩愈在整体上对杜诗艺术的感受型理解。

元稹《唐检校工部员外郎杜君墓系铭并序》的出现比韩愈的上述论述在时间上要晚一些。也许在元稹看来韩愈的评价已经无法超越了,于是,他就从诗歌流变史的角度,对杜甫的诗歌创作进行了较为全面的评价。他说:"余读诗之杜子美,而知小大之有所总萃焉。""小大之有所总萃"是对一部杜诗从生活内容到情感世界的完整概括。在对历代诗歌创作实践和艺术流变以及前后传承关系作了详尽论述后,元稹说:"至于子美,盖所谓上薄风骚,下该沈宋,言夺苏李,气吞曹刘,掩颜谢之孤高,杂徐庾之流丽,尽得古今体势,而兼人人之所独专矣。""尽得古今体势,而兼人人之所独专。"这是元稹从艺术上概括了杜甫的诗歌创作在艺术上所具备的集大成特点。"使仲尼考锻其旨要,尚不知贵,其多乎哉!苟以为能所不能,无可不可,则诗人以来,未有如子美者。"这一评价又把杜甫推上了千古第一诗人的高度。也正因为如此,元稹第一次流露出了"扬杜抑李"的倾向:"是时山东人李白,亦以奇文取称,时人谓之李杜。余观其壮浪纵恣、摆去拘束、模写物象及乐府歌诗,诚亦差肩于子美矣。至若铺陈终始、排比声韵,大或千言,次犹数百,词气豪迈而风调清深,属对律切而脱弃凡俗,则李尚不能历其藩翰,况堂奥乎!"

在这里,元稹通过对比,指出了杜诗在体制、结构、声韵、词气、风调、属对等多方面所具备的脱俗超凡的特点。元稹和白居易一样，极力倡导诗歌的教化功能。但是，在评价杜诗的时候，他没有把杜诗纳入"论世知人"、"垂教万世"的教化范畴。在杜诗研究领域，可以说元稹是第一个从艺术角度对杜诗作了较为全面的批评。后世研究杜甫诗歌的人，常常要提到元稹这一颇具特色的论述，原因就在于他的观点是纯艺术的，几乎不带任何政治功利色彩。

白居易和元稹同时倡导新乐府运动。他在元和十年写的《读李杜诗集因题卷后》诗中，则是从诗歌创作的现实意义的高度肯定了杜诗："文场供秀句，乐府待新辞。天意君须会，人间要好诗。"在著名的《与元九书》中，白居易从诗歌的风雅比兴出发，对杜诗进行了评论："诗之豪者，世称李杜之作。才矣奇矣，人不逮矣。索其风雅比兴，十无一焉。杜诗最多，可传者千余首。至于贯穿今古，觥缕格律，尽工尽善，又过于李。然撮其新安、石壕、潼关吏、《芦子》、《花门》之章，'朱门酒肉臭，路有冻死骨'之句，亦不过十三四。"同元稹一样，白居易也是扬杜抑李的。但是，他对杜甫颂扬的同时，也不乏微词：在白居易看来，一千多首杜诗中，真正符合他所谓的风雅比兴标准的，"不过十之三四"。那么，其余的十之六七就是另外一回事了。白居易过于推崇诗歌的兴寄予社会功利性，也就导致了白居易对杜诗评价的局限性，而不像元稹那样，是从杜诗的整体进行评价的。

一直到晚唐时期，人们对杜诗的认识基本还没有超出中唐时韩愈和元白的评判水平。

杜牧在论及杜甫时也是将李杜并称的："李杜泛浩浩，韩柳摩苍苍。近者四君子，与古争强梁。"（《冬至日寄小侄阿宜诗》）在《读韩杜集》中，杜牧也只是把杜诗、韩文作为挥斥郁闷的消遣品："杜诗韩集愁来读，似倩麻姑痒处搔。天外凤凰谁得髓，无人解合续弦胶。"他对无人能继承杜甫的传统而感到一丝遗憾。但"无人解合续弦胶"的叹息,又不免自我褒扬,这就有点儿狗尾续貂之嫌。

李商隐在其作品中对杜甫也有所评论。《漫成五章》之二说:"李杜操持事略齐,三才万象共端倪。集仙殿与金銮殿,可是苍蝇惑曙鸡。"依然是李杜并提,而且充分肯定二人驱使天地万象入于笔端,却遭到"苍蝇"的谗毁,一生怀才不遇。不过,有一点需要提及:李商隐在《樊南甲集序》中曾经很自负地把自己的诗文视为"韩文杜诗"。之所以会如此,是因为自己"作文或时得好对,切事,声势物景,哀伤浮壮,能感动人"。虽然李商隐的《行次西郊一百韵》被后人誉为可与杜甫《咏怀五百字》、《北征》相比肩的力作,但他对杜诗的评价总让人感到软绵绵的。

值得注意的是,晚唐时期的皮日休对杜甫的评价。在《郢州孟亭记》中,皮日休认为,在开元、天宝文坛上,能大得建安风骨的作家,惟以李翰林与杜工部"为尤"。在《陆鲁望昨以五百言见贻,过有褒美,内揣庸陋,弥增愧悚,因成一千言,上述吾唐文物之盛,次叙相得之欢,亦迭和之微旨也》的长篇巨制中,在历述有唐文物之盛后,称杜甫"既作风雅主,遂司歌咏权"。张为作《诗人主客图》,既品第诗人,又区别流派。皮日休称杜甫为"风雅主",是将杜甫视为诗"六义"的传人,表明了他对杜诗的写实精神的高度赞扬。这和皮日休注重诗歌的现实精神的文学思想是相一致的。

陆龟蒙称皮日休为"先辈"。他在收到皮日休的和诗以后,又以千言作答,从"气"与"节"的角度对李杜给予充分的肯定:"李杜气不易,孟陈节难移。"

其后,僧齐己、贯休在诗中对杜甫也不乏赞美之辞,惜皆片言只语。

经历了五代动乱和王朝更替，进入宋代，杜诗的流传与接受发生了变化。

宋人对杜甫的认识与接受从一开始就表现出小家子气。不像韩愈、元稹那样襟怀阔大。尤其是北宋初期的诗人，对白居易、贾岛、李商隐的诗风情有独钟。孤山隐士林和靖就说："李杜风骚少得朋，将坛高筑竟谁登？林萝寂寂湖山好，月下敲门只有僧。"（《林和靖先生诗集》卷一）看来，杜甫在北宋初期受到冷落是和当时文人趋尚清净素雅有关。

北宋初年，馆阁吟唱之风盛行。以杨亿为代表的西昆派"穷妍极态，缀风月，弄花草，淫巧侈丽，浮华纂组"（石介《怪说》中），对杜甫沉郁悲苦的诗风自然看不上眼。加之西昆体风靡一时，"后进学者争效之，风雅一变"，"由是唐贤诸诗集几废而不行"。（欧阳修《六一诗话》）据刘攽《贡父诗话》记载，"杨大年不喜杜工部诗，谓为村夫子。乡人有强大年者，读杜句曰：'江汉思归客。'杨亦属对。乡人徐举'乾坤一腐儒'，杨默然若少屈"。然而，杜诗毕竟具有强大的生命力。当时，李昉、徐铉等人大力倡导学习白居易平易浅近的诗风，时人称为"白体"诗人。王禹偁虽然不属于这一派别，但他以自己的创作实践步入了现实一派。

王禹偁在《前赋春居杂兴诗二首，间半岁不复省视。因长男嘉佑读杜工部集，见语意颇有相类者，咨于予，且意予窃之也。予喜而作诗，聊以自贺》中说："命屈由来道日新，诗家权柄敌国钧。任无功业调金鼎，且有篇章到古人。本与乐天为后进，敢期子美是前身。从今莫厌闲官职，主管风骚胜要津。"（《小畜集》卷九）在白居易面前，王禹偁自诩为"后进"，正如诗题所说，尽管自己的诗句偶尔与杜甫诗语意相近，但他不敢把自己视为杜甫再世。足见他对杜甫其人其诗的景仰。尽管他和杜甫一样，在功业上毫无建树可言，但是，如果能够在诗坛上"主管风骚"，胜过在政治上"立登要路调金鼎"。这尽管是文人的自我解嘲，却说明王禹偁在评价杜甫时把自己的艺术生命看得比仕途重要。王禹偁认为，在整个诗歌领域，杜甫以他的创作实践开辟了崭新的诗歌世界。他在《日长简仲咸》诗中说："子美集开诗世界。"而王禹偁本人的诗歌创作所呈现出的现实主义倾向也正得益于他对杜甫诗歌现实主义传统的继承。

王洙是宋代整理杜集的作家之一。但是，他和孟棨一样，从杜诗的一些写实性作品出发把杜诗看作一部"唐实录"，并没有涉及杜诗的艺术历程的流变。但是，王洙对杜甫诗集的全面整理的贡献是不可磨灭的。所以，《蔡宽夫诗话》说：

> 今世所传子美集本王翰林原叔所校定。辞有两出者，多并存于注，不敢撤去。至王荆公为"百家诗选"，始参考择其善者，定归一辞。如"先生有才过屈宋"，注"一云'先生所谈或屈宋'"，则舍正而从注。"且如今年冬，未休关西卒。"注"一云'如今纵得归，未休关西卒'"则刊注而从正本。如此之类，不可概举。其采择之当，亦固可见矣。唯"天阙象纬逼，云卧衣裳冷"，"阙"字与下句语不类……乃直改"阙"作"阅"。……

通过这个例子可以看出，王洙对杜诗的"校订"工作，对后来的杜诗的整理研究具有极其重要的史料价值。

宋祁在《新唐书·杜甫传》中评价杜甫的诗歌创作时说，杜甫的诗歌："浑涵汪茫，千汇万状，兼古今而有之。他人不足，甫乃厌余。残膏賸馥，沾丐后人多矣。故元稹谓：'诗人以来，未有如子美者.'甫又善陈时事，律切精深至千言不少衰。世号诗史。"很明显，宋祁的看法基本上没有超越元稹。所不同的是，宋祁开始注意到了杜甫在诗律上的"精深"造诣。

欧阳修是北宋文坛上诗文革新运动的旗手。他的诗文中，往往是李杜并提，专门论及杜甫的言论并不多，例如在《梅圣俞稿后》中，欧阳修把杜甫与陈子昂、李白、沈宋、王维并提。在谈到晚唐诗风时，欧阳修说："唐之晚年，诗人无复李、杜豪放之格，然亦务以精意相高。"(《欧阳文忠公文集》卷一百二十八）在《堂中画像探题得杜子美》中，欧阳修写道："风雅久寂寞，吾思见其人。杜君诗之豪，来者孰比伦。生为一身穷，死也万世珍。言苟可垂后，士无羞贱贫。"如果从变风变雅的角度看，说杜甫身后风雅寂寞，而且说，从杜甫死后到北宋初期，整个诗坛上没有人能够和杜甫比肩，还是符合实际的。但欧阳修作为文坛的一代盟主，他对杜诗的认识也仅仅限于对风雅传统的体认。还有一点值得重视：尽管欧阳修李杜并提，但实际上他是"扬李抑杜"的。他在《笔说·李白杜甫诗优劣说》中说："至于'清风朗月不用一钱买，玉山自倒非人推'，然后见其横放，其所以警动千古者，固不在此也。杜甫于李白，得其一节，而精强过之。至于天才自放，非甫可到也。"仅凭自己对某种格调的喜好而评判作家的优劣，正是欧阳修在李杜评价中的偏颇之处。至于他李杜并题，通称其格调"豪放"，则混淆了李杜诗风在格调上的明显区别。这和他作为北宋诗文革新运动首倡者的身份是极不相称的。

被欧阳修在不同场合极力称道的梅尧臣、苏舜钦是北宋早期诗坛上不可多见的现实主义诗人。苏舜钦在客居长安时，曾搜集过杜甫的逸诗，得八十余首，以补当时流传的杜甫诗集的不足。在《题杜子美别集后》中，他感悟到了杜甫诗歌的"豪迈哀顿"。而梅尧臣对杜诗的欣赏则在于深文周纳、探索其微言大义。如他在解释"旌旗日暖龙蛇动，宫殿风微燕雀高"一联时就说："旌旗喻号令，龙蛇喻君臣，言号令当明时，君所出，臣奉行也。宫殿喻朝廷，风喻政教，燕雀喻小人，言朝廷政教才出，而小人向化，各得其所也。"把一联极平常的写景诗纳入了政治教化，这和他过分注重文学作品的社会功利性的文学思想有直接关系。

王安石对杜甫及其诗歌的认识，更侧重于对杜甫政治人格的崇拜与文学社会功利性的追求。王安石反对西昆体华靡浮艳的诗风，强调作文的本意在于"务为有补于世而已"（《上人书》）。和欧阳修相反，王安石是"扬杜抑李"的首倡者。他曾选编《四家诗》（杜甫、韩愈、欧阳修、李白），把杜甫摆在第一位，而把李白放在第四。欧阳修曾在《赠王介甫》诗中说："翰林风月三千首，吏部文章二百年。"王安石针锋相对地说："白之歌诗，豪放飘逸，人固莫及。然其格止于此而已，不知变也。至于甫，则悲欢穷泰，发敛抑扬，疾徐纵横，无施不可。此甫之所以光掩前人而后来无继也。"（引自陈正敏《遁斋闲览》）对李白的诗歌只肯定其"豪放飘逸"的格调，并且仅此而已！至于李白诗歌所展现的人格和精神理念，王安石就有点儿尖刻了："白识见污下，十首九说妇人与酒。"王安石认为，李杜的优劣在于李白"不知变"和杜诗的"变"。正因为如此，王安石在论及杜诗时，对杜诗的艺术成就给予了高度评价："吾观少陵诗，为与元气侔。力能排天斡九地，壮言毅色不可求。"但他更崇拜杜甫的政治人格的伟大："惜哉命之穷，颠倒不见收。青衫老更斥，饿走半九州。瘦妻僵前子仆后，攘攘盗贼森戈矛。吟哦当此时，不废朝廷忧。常愿天子圣，大臣各伊周。宁令吾庐独破受冻死，不忍

四海寒飕飕。伤屯悼屈止一身,嗟时之人我所羞。所以见公像,再拜涕泗流。惟公之心古亦少,愿起公死从之游。"(《杜甫画像》)

他推崇杜甫在"饿走半九州"的艰苦人生旅途中能够"不废朝廷忧"。这就是他所说的"非人所能为而为之者"。这正是他"考古之诗,尤爱杜甫氏之作者"(《老杜诗后集序》)的最重要的原因。在搜集杜甫逸诗的过程中,对于有些逸名诗,王安石就是凭着"非人所能为而为之者"来判断作者的归属,足见其辨认杜甫诗歌的深厚功力。如果没有在情感上对杜诗产生共鸣,恐怕很难做到这一点。

王安石是一个伟大的政治家和思想家。所以,他以一个政治家的襟怀抱负给予杜甫很高的评价,显然比作为文学家的欧阳修要高出一筹。

吕大防在《杜少陵年谱后记》中,不仅对杜诗的整体风格作了精到的评价——一部杜诗,"歌时伤乱,幽忧切叹之意,粲然可观",而且对杜甫一生中的不同时期的创作特点进行了归纳:"少而锐,壮而肆,老而严。非妙于文章,不足以至此。"(见《分门集注杜工部诗》)姑且不论吕氏的归纳是否完善,但他是第一个按年龄段对杜甫不同时期的创作风格进行了简洁概括,也是第一个把杜甫的自然生命同艺术个性联系起来的评论家。

相比之下,现实主义诗人王令只是对杜甫的人生遭际发出感慨:"气吞风雅妙无伦,碌碌当年不见珍。自是古贤因发愤,非关诗道可穷人。镌镵物象三千首,照耀乾坤四百春。寂寞有名身后事,惟余孤冢耒江滨。"(《读老杜诗集》)对于穷困潦倒的杜甫,王令却说"自是古贤因发愤,非关诗道可穷人"。这只能说是他自己对杜诗的自我解读。这和王令自己在诗歌创作中力主抨击时弊、抒发人生抱负的审美取向有关。

苏轼对杜甫的评价在北宋是很有代表性的。他的思想融合了诸家，尤以佛禅、道家为甚，但在评价杜甫时，他从儒家诗教说的角度将杜甫奉为千古第一诗人。在《王定国诗集叙一首》中，他说："太史公论诗，以为国风好色而不淫，小雅怨诽而不乱。以余观之，是特识变风、变雅耳，乌睹诗之正乎！昔先王之泽衰，然后变风发乎情，虽衰而未竭，是以犹止于礼义，以为贤于无所止者而已。若发于情，止于忠孝者，其诗岂可同日而语哉！古今诗人众矣，而杜子美为首，岂非以其流落饥寒，终身不用，而一饭未尝忘君也欤？"在苏轼看来，杜甫之所以"掩有汉、魏、晋、宋以来风流"（《书唐氏六家书后》），"凌跨百代"，使"古今诗人尽废"（《书黄子思诗集后一首》），原因就在于杜甫以"忠孝"为心，虽"流落饥寒，终身不用"，却能"一饭未尝忘君"！杜甫之所以能够"凌跨百代"，就在于他的人格力量！苏轼既看重杜甫"格力天纵"（《书唐氏六家书后一首》）的艺术才华，又用"发于情，止于忠孝"的儒家诗教说来涵盖杜诗的思想内容，这正是他强调"诗须有为而作"的文学观念的集中反映。如果说苏轼对杜诗的思想内容的理解还有其合理性的话，那么，说杜甫"一饭未尝忘君"，却是强加给杜甫的，是对杜甫人格的曲解。也应该看到：苏轼为了使自己的观点"成立"，竟采取"神秘"的方式向人们证明自己观点的正确。《胡仔苕溪渔隐丛话·前集》有这样一条记载：

东坡云：尝梦见人，云是杜子美。谓仆曰："世人多误会予《八阵诗》'江流石不转，遗恨失吞吴'，世人皆以谓先主、武侯皆欲与关羽复仇，故恨不能灭吴。非也！我意本谓吴蜀唇齿之国，不当相图。晋之所以能取蜀，（蜀）有吞吴之意，此为恨耳。"

明眼人一看就知道苏轼在故弄玄虚！其实，即便是苏轼没有做这个梦，"遗恨失吞吴"也不能解释成刘备和诸葛亮"恨不能灭吴"。

因此，对王安石和苏轼的解杜，应该去掉对名家、大家的迷信。尤其是苏轼说杜甫"一饭未尝忘君"所产生负面影响在杜甫研究中是显而易见的。

苏辙在论及杜甫时也是将李白和杜甫并提，但他就不像其兄那样公允。他认为，李白诗类其人"华而不实"，"不知义礼之所在也"。而"杜甫有好义之心，白所不及也"。同样是"纪事"，苏辙认为，白居易"拙于纪事，寸步不遗"，"此所以望老杜之藩垣而不及也"。（《栾城集》卷八）

黄庭坚是变唐风为宋调的江西诗派的首倡者。他的文学观有两点值得注意。一是强调诗要有性情，二是强调诗人在创作过程中要精于锤炼，"不烦绳削"。黄庭坚推尊杜甫就是基于这两点。他在《大雅堂记》说："杜子美以来，四百余年，斯文委地，文章之士，随世所能，杰出时辈，未有升子美之堂者，况室家之好耶！余尝欲随欣然会意处，笺以数语，终以汩没世俗，初不暇给，虽然，子美诗妙处乃在无意于文。夫无意而意已至，非广之以《国风》、《雅》、《颂》，深之以《离骚》、《九歌》，安能咀嚼其意味，闯然入其门耶！"要能咀嚼出杜诗的"意味"，"更须治经，乃可到古人耳"。他又说："自作语最难，老杜作诗，退之作文，无一字无来处。盖后人读书少，故谓韩杜自作此语耳。古之能为文章者，真能陶冶万物，虽取古人之陈言入于翰墨，如灵丹一粒，点铁成金也。"黄庭坚所谓的性情，从他对杜甫的评论来看，应当是指关注现实，符合骚、雅的君国思想。他在《跋刘梦得三阁词》中说杜甫的诗"千古是非存史笔，百年忠义寄江花"。黄庭坚在论作诗的"法度"时常常以杜甫的诗句为例。他尤其推崇杜甫的"一洗万古凡马空"(《丹青引》),诗作到这份儿上,可以说达到了至高境界。杜甫就是讲究"法度"的。黄庭坚举杜甫的《奉赠韦左丞丈二十二韵》为例,说明"法度"的意义:"布置最得正体,如官府、甲第、厅、堂、房、室,各有定处,不可乱也。"(见范温《诗眼》)什么是正体?按照黄庭坚的意思,就是字精句炼,自然浑成,合乎规律。

《潘子真诗话》引黄庭坚的一段话说:"山谷尝谓余言:'老杜虽在流落颠沛,未尝一日不在朝,故善陈时事,句律精深,超古作者,忠义之气,感发而然。'"也就是说,杜甫的"忠义之气"正是一种超越古人的文化精神在新的历史时代的体现,符合《国风》的现实主义精神的。正如黄庭坚在《老杜浣花溪图引》中所说的:"探道欲度羲皇前,论诗未觉国风远。"他认为杜甫的《北征》诗"与《国风》、《雅》、《颂》相为表里"。

黄庭坚所倡导的作诗要精于锤炼,也是以杜甫为楷模的。这无疑提高了人们对杜甫诗歌艺术造诣的认识。黄庭坚尤其推崇杜甫在夔州时期的作品,认为杜甫这一时期的作品在人格与艺术上"皆不烦绳削而自合"。所谓"不烦绳削",是指杜甫在诗歌艺术上的精益求精,力求做到尽善尽美。而所谓的"自合",则包含着高尚的人格理念和艺术性达到了完美的统一,是一种默契。所以,这里的"合",既合于理,又合于情。不可否认,黄庭坚极力推崇"老杜诗字字有出处"(《论作诗文》),但这不是他的独创。因为杜甫在谈到自己的诗歌创作时就曾经说过"读书破万卷,下笔如有神",强调传统的文化积累对创作的影响。不过,黄庭坚忽略了杜甫"不薄今人爱古人,清词丽句必为邻。窃攀屈宋宜方驾,恐与齐梁作后尘"以及"转益多师"的艺术主张,过分强调了读书、学古,以期"点铁成金"、"夺胎换骨",这就不免过于墨守成规了,给宋人的诗歌创作在理学之外又设置了一道脱离现实而注重才学的障碍。他甚至批评苏轼"论杜子美诗,亦未极其趣",恐怕原因就在于此。这就难怪张戒说"鲁直学子美,但得其格律耳!"(《岁寒堂诗话》卷上)

陈师道作为黄庭坚的盟友,他的文学主张却和黄庭坚不尽相同。尤其是在如何学习杜诗方面,陈师道是反对模拟的。尽管黄庭坚在《答王子飞》中说陈师道"其作诗渊源,得老杜句法",可是,陈师道认为黄庭坚是在贬低自己。于是,他针锋相对地说:"今人爱杜诗,一句之内,至窃取数字以仿像之,非善学者。学诗之要,在乎立格、命意、用字而已。……学者体其格,高其意,炼其字,则自然有合矣。"他认为,学杜不仅仅是学杜诗句法,要做到"体其格,高其意,炼其字"。如果能做到这三点,那么,就能够达到"奇、常、工、易、新、陈莫不好"的境界,"何必规规然仿像之乎?"这就比黄庭坚如何学杜的见解稍微进了一步,摆脱了单纯的模仿,强调"诗非力学可致,正须胸中度世耳"。这就是"规矩"。最起码"学杜不成,不失为工"。他还批评说:"无韩之才与陶之妙,而学其诗,终为乐天尔。"在批评学杜者的不正之风的同时连带地贬低了白居易。看来,江西诗派的三个"宗主"在如何学杜这个问题上的分歧还是比较大的。

秦观是"苏门四学士"中创作成就较高的作家。他对杜诗的评价仅在于肯定其"积众家之长"的总体成就。他说:"昔苏武、李陵之诗,长于高妙;曹植、刘公幹之诗,长于豪迈;陶潜、阮籍之诗,长于冲澹;谢灵运、鲍照之诗,长于峻洁;徐陵、庾信之诗,长于藻丽。于是杜子美者,穷高妙之格,极豪迈之气,包冲澹之趣,兼竣洁之姿,备藻丽之态,而诸家之所不及焉。"(《论韩愈》)至于杜甫何以能"积众家之长",秦观认为,杜甫的诗歌创作"适其时而已!"这里所谓的"适其时",应该说是从杜甫诗歌艺术的发展轨迹着眼的。

晁说之谈不上是一个评论家,但他论杜的片言只语也还有一定的代表性。比如他有两首七言歌行,称颂杜甫的一生,却不像王安石能融入自己的情怀,而是用诗的形式叙写杜甫一生。对于杜甫一生的诗歌创作,他仅用"能叹息"三个字概括:"古人愁在吾愁里,庾信江淹可共论。孰似少陵能叹息,一身牢落识乾坤。"(《嵩山文集》卷四)陶渊明是"古今隐逸诗人之宗"。晁说之则说杜甫是"岩廊诗人之宗"。甚至说:"李杜之诗,五经也,天下之大中正也。彭泽之诗,老氏也,虽可以抗五经,而未免为一家之言也。""大中正"的意思和放之四海而皆准差不多,把一部活生生的杜诗视为僵化的五经。

释惠洪在宋代文学批评史上是比较有名的。他对杜诗的句法、用字、用典以及风格的传承等方面都有个人见地。遗憾的是他在诠释杜诗时,虽不乏真知灼见,有时却陷入了政教与伦理的泥潭。比如他解释"老妻画纸为棋局,稚子敲针作钓钩"时就说"妻比臣,夫比君,棋局,直道也。针合直而敲曲之,言老臣以直道成帝业,而幼君坏其法。稚子,比幼臣也"(《天厨禁脔》卷中)。释惠洪是出家人,自然不理解杜甫的日常家庭生活,所以才说出这种和红尘生活大相径庭的话。这也从一个方面反映了宋代理学对佛禅的渗透,导致这位高僧大谈政治和君臣之道,不仅少了禅趣,而且多了酸腐味。另一方面也反映了宋人在对杜诗的接受中,更注重伦理道德。和唐人相比,宋人更愿意把杜甫当作循规蹈矩的君子。这也就是苏轼为什么会说杜甫"一饭未尝忘君"。再比如惠洪解释"不忿桃花红胜锦，生憎柳絮白于绵"，也是胡诌一气："锦、绵，色红白而适用。朝廷用直材，天下福也。而直材者忠正；小人谄谀似忠，诈计似正，故为子美所不忿而憎之也。"（《天厨禁脔》卷中）其实，这一联诗是写诗人送路侍御入朝时的季节及景象的。在桃花似锦的日子里，送朋友入京，诗人很高兴，但遗憾的是，这时候柳绵漫天飞扬，搅得人心烦意乱。这和韩愈"杨花榆荚无才思，惟解漫天作雪飞"的命意是一样的，根本扯不上什么正道、直材。当然，惠洪的一些理解未必就没有新见。比如对"不如醉里风吹尽，可忍醒时雨打稀"的理解。这是《三绝句》第一首中的一联，原诗是："楸树馨香倚钓矶，斩新花蕊未应飞。不如醉里风吹尽，可忍醒时雨打稀。"是诗人即兴抒怀。惠洪说，"不如醉里风吹尽，可忍醒时雨打稀"，"言其恩重才薄，眼见其零落。不若未受恩眷之时。雨比天恩。以雨多，故致花易坏也"（《天厨禁脔》卷中）。诗人通过花被急雨摧残，曲折地表达了自己政治上的失意。不做官倒也罢了，尚可以在稀里糊涂中打发岁月。但是，自己好不容易做了左拾遗，本来对朝廷忠心耿耿，却在上层集团的争斗中充当了牺牲品。就像花，本来沐浴着春风春雨而开放，但是，花又被风雨无情地摧残了，反倒不如不催开百花。至于说"雨比天恩"，则是大错特错了。

　　惠洪是个和尚，生活在佛禅盛行的宋代，他应以"不落言筌"来发掘杜诗超妙的艺术境界。但他堕入是非和伦理的泥沼，以凡俗之心猜度杜诗的超凡，实在是以伦理道德来差强人意。比如他说："门外鸬鹚久不来，沙头忽见眼相猜。""言贪利小人畏君子之讥其短也。""自今以后知人意，一日须来一百回。""言君子以蒙养正，瑜瑾匿瑕，小数藏疾，不发其恶，而小人未革面，谄谀不能愧耻也。"同时，惠洪为了证实杜诗的"诗史"意义，就极力穿凿附会，甚至他的观点有时候也是前后自相矛盾的。他说："吾是知文章以气为主，气以诚为主。故老杜之诗谓之诗史者，其大过人在诚实耳。诚实著见，学者多不晓。"(《冷斋夜话》卷三）杜诗之所以具有诗史意义，就在于杜甫"诚实"。诚实，就是实话实说，不绕弯子。而"妻比臣"、"雨比天恩"，绕的弯子就太大了。和尚不悟禅机，却要苦思冥想杜诗写实中的微言大义，歪曲诗的本意，这又何苦呢？惠洪推崇黄庭坚所提倡的"换骨夺胎法"。他说："山谷云：诗意无穷，而人之才有限。以有限之才，追无穷之意，虽渊明少陵，不得工也。然不易其意，而造其语，谓之换骨法；窥入其意而形容之，谓之夺胎法。"这实际上割裂了生活与创作的联系，鼓吹模拟。这也难怪惠洪在论杜时经常节外生枝。

还有一点值得注意：惠洪所引用杜甫诗句有时和通行的版本有所不同。比如人们所熟悉的"香稻啄余鹦鹉粒，碧梧栖老凤凰枝"，惠洪引用的则是"红稻啄残鹦鹉粒，碧梧栖老凤凰枝"。从对仗的角度看，惠洪所引用的诗句采用了颜色对，"红稻"对"碧梧"，这样的例子在杜诗中比较常见。比如杜甫入蜀以后的有些诗就是这样，"红取风霜实，青看雨露柯"(《栀子》），"红入桃花嫩，青归柳叶新"(《奉酬李都督》），"白花檐外朵，青柳槛前梢"(《题新津北桥》），"苍苔浊酒林中静，碧水春风野外昏"(《绝句漫兴九首》），等等。这一对仗技巧在长安时期就采用过，如《游何将军山林十首》中的"绿垂风折笋，红绽雨肥梅"。而现在通行的杜诗版本则是"香稻"对"碧梧"。虽然是名词对名词，但"香稻"侧重于气味，"碧梧"属颜色。这在对仗中应属于宽对。就习惯而言，恐怕惠洪所引用的诗句所采用的颜色对是比较常见的。这也牵涉到版本上的考据问题，所以，不好断然下结论。

宋室南渡以后，随着社会政局的变化，南宋人对杜诗的接受也相应地发生了变化。

南宋初期的李纲在对杜诗的评价上，特别强调其诗歌创作对国家与民族命运的关注，其次才是杜诗在艺术上的成就。绍兴四年六月，李纲在为《重校正杜子美集》所作的《序》文中就说："杜子美诗，古今绝唱也。""其忠义气节、羁旅艰难、悲愤无聊，一见于诗。句法理致，老而益精。平时读之，未见其工；迨亲更兵火丧乱之后，诵其诗，如出乎其时，犁然有当于人心，然后知其语之妙也。"那么杜诗究竟妙在何处？李纲在《读四家诗选序》中说"子美诗闳深典丽，集诸家之大成"，堪与欧阳修、韩愈、李白并称"诗杰"，"诵其诗者，可以想见其为人"。并且作诗赞美杜甫说："杜陵老布衣，饥走半天下。作诗千万篇，一一干教化。是时唐室卑，四海事戎马。爱君忧国心，发愤几悲咤。孤忠无与施，但以佳句写。风骚到屈宋，丽则凌鲍谢。笔端笼万物，天地入陶冶。岂徒号诗史，诚足继风雅。……呜呼诗人师，万世谁为亚。"杜诗之所以无人可以匹敌，就在于杜甫"得诗人比兴之旨。虽困踬流离而不忘君，故其辞章慨然有志士仁人之大节，非只模写物象，形容色泽而已"。"志士仁人之大节"，对于杜甫来说，完全是"得于自然"的"心声"，即"爱君忧国"。从李纲的这一评价中，可以看出，南宋初期，杜诗中所蕴含的忧国爱民思想在新的社会环境下被赋予了新的时代内涵。

与李纲不同的是，有些人则偏重于对杜诗作字斟句酌之类的分析。

叶梦得在这方面有一定的代表性。他在《石林诗话》中说：

> 禅宗论云间有三种语：其一为随波逐浪句，谓随物应机，

不主故常。其二为截断众流句，谓超出言外，非情识所到。其三为涵盖乾坤句，谓泯然皆契，无间可伺。其深浅以是为序。予尝戏为学子言：老杜诗亦有此三种语，但先后不同："波漂菰米沉云黑，露冷莲房坠粉红"为涵盖乾坤句；以"落花游丝白日静，鸣鸠乳燕青春深"为随波逐浪句；以"百年地僻柴门迥，五月江深草阁寒"为截断众流句。若有解此，当与渠同参。

叶梦得只是借用禅宗的思维方式比附杜甫的诗境，并非言杜甫以禅为诗。他所谓的禅宗"三种语"，实际上就是诗的三种境界。"随波逐浪"就是率尔而言，直写眼前境界，却能心与物竞；"截断众流"是意在言外；"涵盖乾坤"是吞纳天地，俯仰古今，心与物化，气象博大雄浑。杜诗的最高境界也在于此。所以，叶氏很自信地说，能领悟这三种境界的人才可以和他谈诗。这虽然不是叶梦得论杜的主导意识，但他对后来的严羽以禅境论杜应该说是有启发意义的。

除此而外，叶梦得对杜诗在句法及用字上的特点也作了探讨。如"诗下双字最难"、"长篇最难"、"诗人以一字为工"、"诗语固忌用巧太过，然缘情体物，自有天然工妙"等，从"缘情体物"和"天然"两方面论杜诗，已经注重杜甫诗歌的艺术构思，而不仅仅是就作诗技巧对杜诗寻章摘句。比如，他说：

老杜"细雨鱼儿出，微风燕子斜"，此十字殆无一字虚设。细雨着水面为沤，鱼常上浮而淰；若大雨，则伏而不出矣。燕体轻弱，风猛则不能胜，惟微风乃受以为势，故又有"轻燕受风斜"之语。至"穿花蛱蝶深深见，点水蜻蜓款款飞"，"深深"

字若无"穿"字,"款款"字若无"点"字,皆无以见其精微如此。然读之浑然,全似未尝用力,此所以不碍其气格超胜。使晚唐诸子为之,便当如"鱼跃练波抛玉尺,莺穿柳丝织金梭"体矣。七言难以气象雄浑,句中有力而纤馀,不失言外之意。自老杜"锦江春色来天地,玉垒浮云变古今",与"五更鼓角声悲壮,三峡星河影动摇"等句之后,常恨无复继者。韩退之笔力最为杰出,然每苦意与语俱尽。《和裴晋公破蔡州回》诗,所谓"将军旧压三司贵,相国新兼五等崇",非不壮也,然意亦尽于此矣;不若刘禹锡《和晋公留守东都》云:"天子旌旗分一半,八方风雨会中州",语远而体大也。(《石林诗话》卷下)

宋末元初的刘辰翁在杜诗的流传与接受方面,具有自己的特点。他把自己对杜诗的"选评"取名"兴观集",这就是常说的"刘须溪评点杜诗"。《兴观集》的取名,大抵是从孔子的"诗可以兴,可以观,可以群,可以怨"出发。因为南宋已经灭亡,"群"和"怨"已经没有什么意义。

刘辰翁为什么会"选评"杜诗呢?刘辰翁的儿子刘将孙在给高崇兰编纂的《集千家注批点杜工部诗集》所写的"序言"中有这样一段话:

有杜诗来五百年,注者以二三百数。然无善本,至或伪《苏注》,谬妄钳劫可笑。自或者谓少陵"诗史",谓少陵"一饭不忘君";于是注者深求而强附,字字句句必传会时事曲折,不知其所谓"史",所谓"不忘"者,公之于天下,寓意深婉,初不在此。诗有风有隐。工部大雅,与"三百篇"相望,詎有此心胸哉？此岂所以为少陵！第知肤引，以为忠爱，而不知陷于险薄。凡注诗尚意者，又蹈此弊，而杜集为甚。诸后来忌诗、妒诗、疑诗、开诗祸，皆起此，而莫之悟。此不得不为少陵辩者也。先君子须溪先生每浩叹学诗者各自为宗，无能读杜诗者。类尊丘垤，而恶睹昆仑。平生娄看杜集，既选为《兴观》。他评泊尚多，批点皆各有意，非但谓其佳而已。……注杜诗，如注庄子，盖谓众人事，眼前语，一出尽变；事外意，意外事，一语而破无尽之书，一字而含无涯之味。……

刘辰翁的"选评"，在杜诗流传过程中，开创了杜诗鉴赏的先河，与此前的寻章摘句式的"点评"截然不同。

南宋人对杜诗的接受，和他们所处的时代密切相关。但是，从整体上看，有下列几种情形。一是对杜诗中抒发的忠君情怀的认同与共鸣，如周紫芝的"少陵有句皆忧国，陶令无诗不言归"（《太仓稊米集》卷十）。二是对杜甫抒写的流离颠沛的人生际遇的共鸣。三是躲进书斋对杜诗进行感悟式的品味，或者是对一些字句作些与众不同的诠释。南宋末期的诗人对杜诗所作的鉴赏，开启了明清，特别是清朝学界治杜的先河。

说杜诗的"村"

杜甫的诗风，在他人生的不同时期，呈现出不同的特点。但是，用"村"来概括杜诗的风格，则是北宋初的"台阁诗人"杨大年的发明。

刘攽在《贡父诗话》中有这样一条记载：

> 杨大年不喜杜工部诗，谓为村夫子。乡人有强大年者，读杜句曰："江汉思归客。"杨亦属对。乡人徐举"乾坤一腐儒"。杨默然若少屈。

"乡人"吟诵了杜甫《江汉》诗的首联的出句，让杨大年对出下联。杨大年思前想后，就是想不起来，"乡人"吟出下联"乾坤一腐儒"。杨大年明白了"乡人"是在讽刺他，所以很尴尬。这则逸事说明杨大年对杜诗根本就没有深入的了解。要不然，他不会对不出下联。在没有熟知杜诗的情况下，就对其评头品足，这不能不说是台阁诗人虽然学养不高却自命不凡的虚伪性。

《隋唐嘉话中》记载了这样一则逸事：薛万彻尚丹阳公主，人谓太宗曰："薛驸马村气。主羞之，不与同席数月。"这大概是唐代文献资料中第一次用"村气"形容一个人气质欠佳、土里土气。

杨大年极力把杜甫贬为"村夫子"。在他看来,"村夫子"写的诗自然是"土气"十足,有时还免不了带一些"酸腐气"。

到了南宋,戴复古又旧话重提。不过,他和杨大年的观点有所不同。戴复古在一首《望江南》词中说:"贾岛形模元自瘦,杜陵言语不妨'村'。谁解学西昆?"所谓"不妨村",就是说杜甫的诗歌带一点儿"村气"也是无妨的。可以看出,戴复古对杜诗的"村"基本上还是能够接受的。因为在他看来,杜诗的"村"和杜甫的身份相吻合。

杨大年是宫廷诗人,又是"西昆体"的代表人物之一。他用"村夫子"批评杜甫及其诗歌,自然是从馆阁弄臣或者说是从殿堂派诗人的立场出发,借贬低杜甫和杜诗来抬高西昆体的身价。与此相关,他所提倡的也自然是与"村夫子气"相对立的殿堂派的华贵典雅。杨大年的用意很明确:杜甫的诗不登大雅之堂。戴复古对杜诗的"村"有所回护,是由于江湖诗派主张诗要平实,不要书卷气太浓。正如他所说的,"入妙文章本平淡,等闲言语变瑰奇"(《读放翁先生剑南诗草》),也是站在江湖诗人的角度说话的。总之,不管是杨大年,还是戴复古,都维护了他们各自的艺术观。

其实,杨大年忘记了一个事实,那就是,杜甫在肃宗朝任左拾遗时,也曾经写过不少华贵典雅的诗,而且其艺术水平远远超过了杨大年等馆阁弄臣的西昆体。也许由于杜甫在社会下层奔波太久吧,即便是在殿堂之上写诗,总显得不够雍容华贵,有那么一点儿"朝为田舍郎,暮登天子堂"的味道。所幸的是,杜甫在殿堂上待的时间不长,否则,我们今天所看到的将会是另一个"杜甫"了。

到什么山唱什么歌,用它来说明生活存在与艺术创作之间的关系,就一般的创作规律而言,应该说是正确的。当年,杜甫困守长安时,"饥卧动即向一旬"。话虽然说得有些过头,因为谁也不会十天不吃饭,只睡觉,但也有其合理性,因为肚子饿了,又没有人接济,为了不过多地消耗体力,只好躺在床上睡觉。但是,杜甫担任了左拾遗之后,吃饭问题基本上解决了。这时,他写起诗来也就不一样了。

《宣政殿退朝晚出左掖》:

> 天门日射黄金榜,春殿晴曛赤羽旗。
> 宫草霏霏承委佩,炉烟细细驻游丝。
> 云近蓬莱常五色,雪残鳷鹊亦多时。
> 侍臣缓步归青琐,退食从容出每迟。

在这首诗中,诗人自始至终都很矜持、自得,而语言也充满了馆阁文人所常有的那种殿堂派气息。按唐朝的规矩,每当朔、望、晦早朝之后,朝廷照例要给百官提供一顿免费午餐。这时候杜甫对吃饭就表现出另一种态度:"侍臣缓步归青琐,退食从容出每迟。"早朝结束后,他并不是急不可耐地赶着去吃饭,如果那样,岂不是有失身份,有辱斯文?所以,他是不慌不忙,显得很雍容、闲雅。

类似这种闲雅的诗篇,还有《和贾至舍人早朝大明宫》:

> 五夜漏声催晓箭,九重春色醉仙桃。
> 旌旗日暖龙蛇动,宫殿风微燕雀高。
> 朝罢香烟携满袖,诗成珠玉在挥毫。
> 欲知世掌丝纶美,池上于今有凤凰。

苏轼把"旌旗日暖龙蛇动，宫殿风微燕雀高"称为"七言之伟丽者"。因为它紧紧地扣住了早朝时大明宫雄伟壮丽而又祥和肃穆的环境氛围，更加突出了皇权的威严。清代的梁运昌在《杜园说杜》中评这首诗时说："诗之典重、高华亦与王、岑作相埒。"所谓"高华"，应该说是殿堂派的典型风格。

再如《腊日》：

腊日常年暖尚遥，今年腊日冻全消。
侵陵雪色还萱草，漏泄春光有柳条。
纵酒欲谋良夜醉，还家初散紫宸朝。
口脂面药随恩泽，翠管银罂下九霄。

在冰封雪冻的"腊日"，杜甫能透过萱草陵雪、柳条泄春来传递春的信息。说穿了，确实有颂扬皇恩的味道。早朝之后，皇帝还给百官赏赐"口脂"、"面药"之类的防冻用品。不仅明显地带有宫廷诗溢美、优雅的审美特点，而且也表现了诗人的雍容闲雅。

再如《紫宸殿退朝口号》：

户外昭容紫袖垂，双瞻御座引朝仪。
香飘合殿春风转，花覆千官淑景移。
昼漏稀闻高阁报，天颜有喜近臣知。
宫中每出归东省，会送夔龙集凤池。

《春宿左掖》：

　　　　花隐掖垣暮，啾啾栖鸟过。
　　　　星临万户动，月傍九霄多。
　　　　不寝听金钥，因风想玉珂。
　　　　明朝有封事，数问夜如何？

《晚出左掖》：

　　　　昼刻传呼浅，春旗簇仗齐。
　　　　退朝花底散，归院柳边迷。
　　　　楼雪融城湿，宫云去殿低。
　　　　避人焚谏草，骑马欲鸡栖。

《题省中院壁》：

　　　　掖垣竹埤梧十寻，洞门对霤常阴阴。
　　　　落花游丝白日静，鸣鸠乳燕青春深，
　　　　腐儒衰晚谬通籍，退食迟回违寸心。
　　　　衮职曾无一字补，许身愧比双南金。

《曲江对雨》：

　　　　城上春云覆苑墙，江亭晚色静年芳。
　　　　林花著雨燕支湿，水荇牵风翠带长。
　　　　龙武新军深驻辇，芙蓉别殿谩焚香。
　　　　何时诏此金钱会，烂醉佳人锦瑟旁。

这些诗以宫掖、池苑为题材,透露出一股富丽华贵的气息。这也符合杜甫人在朝廷的身份:随着社会身份的变化,他的审美趣味也不同于困守长安时。当然,杨亿所说的"村",显然不包括这些诗。

乾元二年秋,杜甫离开了长安,开始了"飘泊西南天地间"的流浪生活。环境的变化,不能不引起诗人诗风的变化,用乡野茅茨的清、疏、闲、淡替代了宫掖的雍容华贵与高雅。这种变化,在入秦州时就已经明显地表现出来。用他自己的话说,他这时是"幽人在空谷","零落依草木"(《佳人》)。杨亿说杜甫的诗有"村夫子气",很显然是指杜甫离开长安以后的创作而言的。

对于杨亿的这种观点,应该从两方面来加以分析。

一方面,杜甫离开长安之后,基本上是一个身在旅途的漂泊者;另一方面,他人在乡野之中,而他的诗又透露出一股儒士的雅趣。不过,这种雅趣和隐士还是有区别的。面对西南的山水田园风光、花草林木,以及四时更替,诗人以在野之身抒写人生的落寞情怀时,又不时地流露出对君国的眷怀,甚至也时不时地对时事发表一些意见。就像他所说的:"乾坤万里眼,时序百年心。"(《春日江村五首》之一)按理说,他应该像孔子那样:"不在其位,不谋其政。"但他不能忘怀君国,常常写一些表明自己"人在江湖,心存魏阙",而于时事又毫无补裨的诗,充其量只不过是悠闲时的骚雅之兴罢了。杨亿所说的"村夫子气",就其指向来说,应该说是就此而言的。

但是,从杜甫的人生经历发生的变化看,杜诗的"村",正是他的诗歌创作贴近日常生活的表现。离开了喧嚣的政治斗争中心,杜甫的心境也逐渐趋于平静。在乡野村居生活中,他的诗歌脱去秾丽,洗尽铅华,渐臻平淡之境。这种境界,很受后人推崇。梅尧臣就说过:"作诗无古今,欲造平淡难。"平淡到天然处,就是李白所说的"清水出芙蓉,天然去雕饰"的至真至淳的境界。在物质生活上,杜甫既没有李白那种"千金散尽还复来"的经济实力,在人格精神方面,也没有李白那种人在市井,却高喊"我辈岂是蓬蒿人"的狂放。入蜀后,他有时候甚至衣食都难以为继,自然不会有"五花马,千金裘,呼儿将出换美酒,与尔同销万古愁"的故作超脱。但是,由于杜甫这时已经融入了平民社会生活,所以,杜诗的"村夫子"气就表现出迥然有别于"困顿"长安时期的另一种美:情感上的纯真,语言上的质朴,艺术上不假雕饰,呈现出自然平淡的风貌。

葛立方说:

《北征》诗云:"经年至茅屋,妻子衣百结。恸哭松声回,悲泉共幽咽。平生所娇儿,颜色白胜雪。见爷背面啼,垢腻脚不袜。"方是时,杜方脱身于万死一生之地,得见妻儿,其情如是。洎至秦州,则云"晒药能无妇,应门亦有儿"之句。至成都,则有"老妻忧坐痹,幼女问头风"之句。观其情悰,已非北征时比也。及观《进艇》诗则曰:"昼引老妻乘小艇,晴看稚子浴清江。"《江村》诗则曰:"老妻画纸为棋局,稚子敲针做钓钩。"其优游愉悦之情,见于嬉戏之际。则又异于客秦时矣。(《韵语阳秋》卷十)

这段话再好不过地勾画出杜甫的诗歌所反映的诗人心灵历程的变化过程和特点。而所谓的"村气"也可以说是在入成都以后开始显露出来的。

从情感的纯真上看,不管"北征"时历经丧乱后与家人的相聚,还是秦州时与妻子的相濡以沫,抑或在成都、梓州时与妻子儿女的天伦之乐,始终贯穿着一种感人至深的亲情。这种情怀,殿堂派诗人很少写,或者根本不写。而杜甫恰恰在秦州以后的诗中大量描写了亲情。在表现亲情上,在被安史叛军羁留于长安期间,诗人还没有从困顿长安时的浮艳中解脱出来,所以在《月夜》诗中才有了"香雾云鬟湿,清辉玉臂寒"这样香艳秾丽的诗句。但在秦州及卜居成都西郊以后,乡野的清新冲淡了曾经的浮艳。诗人偶尔也携带妻子杨氏在浣花溪中泛舟。这和他在丈八沟陪诸贵公子携伎纳凉是截然不同的两种人生境界。在浣花溪中泛舟是人的本真至性的释放。所以,诗人在精神上是无拘无束的,和夫人杨氏的情感是纯真的。唐宋人有一种不成文的规矩:在诗词中可以尽情描写狎妓,但几乎不写和妻子的卿卿我我。似乎狎妓能显示他们的潇洒倜傥,而和妻子的卿卿我我似乎有伤大雅。因为,高雅的文人是不屑于闺闱之事的。杜甫却不同,在表达他和妻子杨氏的亲情时甚至使用了"蝴蝶双飞"、"并蒂莲花"这种带有"村气"的民间常用语词:"俱飞蛱蝶元相逐,并蒂芙蓉本自双。"(《进艇》)——蝴蝶本来就是成双成对相互嬉戏,所以,自己不论走到哪里都要带上老婆,就像并蒂芙蓉那样,原本就是一对儿。在《堂成》诗中,他又说:"暂止飞乌将数子,频来语燕定新巢。"因物感触,兴中有比。虽是"暂止",也掩饰不住他和妻子带着子女入住成都西郊草堂新居时的喜悦心情。所以,这一时期,表现家庭日常生活中的诗句经常见于笔端:

老妻画纸为棋局,稚子敲针做钓钩。(《江村》)
——写家庭生活的乐趣。

昼引老妻乘小艇，晴看稚子浴清江。(《进艇》)
　　——写自己尽享天伦之乐。

　　厚禄故人音书绝，恒饥稚子色凄凉。(《狂夫》)
　　——写生活的艰难，孩子们一个个都面黄肌瘦，妻子自然也是食不果腹。

　　布衾多年冷似铁，娇儿恶卧踏里裂。(《茅屋为秋风所破歌》)
　　——写生活困苦。

　　入门依旧四壁空，老妻睹我颜色同。痴儿不知父子礼，叫怒索饭啼门东。(《百忧集行》)
　　——诗人窘迫的生活情状如见其人，如闻其声。

　　失学从儿懒，长贫任妇愁。(《屏迹三首》之三)
　　——他无力供养孩子上学，妻子也只能为长期的生活贫困而发愁。

　　这种生活境遇使得诗人变得心灰意懒，以至于"百年浑得醉，一月不梳头"(《屏迹三首》之三)，把自己颓唐的心态表露无遗。
　　这种直白、真率的写实手法，自然不符合殿堂派诗人优雅斯文的审美情趣。其实，这种变化早在《北征》中已经有所反映。当诗人从凤翔回到羌村后，"妻子衣百结"，孩子们也是蓬头垢面，"垢腻脚不袜"。好在他那时还有个左拾遗的微职，给妻子儿女还带了粉黛、被褥之类的日用品。但是，到了成都以后，家庭境况就变得极其糟糕。家徒四壁，身无长物，完全靠朋友的接济维持生活。这种穷困与窘迫，绝对是殿堂派诗人所体会不到的。所以，杨大年讥讽杜甫为"村夫子"，自然也是事出有因。不过，在杜甫来说，这正反映了他的诗歌创作进入一个与平民生活没有差异的境地。

因此，从反映自身生活的角度看，杜诗的"村"，就是以直白、真率的写实手法表现自己在穷困潦倒中的喜怒哀乐。

当然，杜甫在抒写自己穷困潦倒的生活境遇的同时，更注重对自己的精神生活的描述。首先是他对生活环境的适应。尤其是他到了成都以后，常常以新居及其周围景物为题，即兴抒怀，如《为农》：

> 锦里烟尘外，江村八九家。
> 圆荷浮小叶，细麦落轻花。
> 卜宅从兹老，为农去国赊。
> 远惭勾漏令，不得问丹砂。

虽说因得不到丹砂而遗憾，但那只是戏谑之词，不必认真。而诗人在远离了纷繁复杂的政治舞台以后，愿意老死乡野的念头也还是一种无可奈何的真实。住在草堂，他很惬意，像《卜居》诗说："浣花溪水水西头，主人为卜林塘幽。"《有客》诗说："喧卑方避俗，疏快颇宜人。"

即便是有客人造访，诗人也脱去了官场上的斯文和客套，以真率、坦诚、淳朴的心态待人接物。《宾至》诗说："幽栖地僻经过少，老病人扶再拜难。岂有文章惊海内，漫劳车马驻江干。竟日淹留佳客坐，百年粗粝腐儒餐。不嫌野外无供给，乘兴还来看药栏。"——

自己生活在幽僻之地，很少有人来访。偶尔有客人造访，诗人自然喜不自胜。在家人的搀扶下，勉强向客人鞠躬行礼。无奈人老多病，想给客人多鞠两个躬，也很难做到。朋友是慕名而来，诗人却谦虚地说自己并非"文章惊海内"的名家，却要烦劳朋友经受鞍马劳顿，觉得挺不好意思。家贫，那粗劣的饭菜实在拿不出手。只要朋友不嫌弃，可以经常来看看药圃中种的各种药材，也不失为一种雅趣。总之，诗人的情怀特别坦诚，没有丝毫的虚意应酬。

从上面的例子可以看得出，杜诗的"村"，和他的生活寒窘有密切关系。

到成都的初期，由于没有住的地方，他不得不暂时住在浣花溪寺。"古寺僧牢落，空房客寓居。故人分禄米，邻舍与园蔬。"（《酬高使君相赠》）他多亏靠高适这位故人的接济才能勉强维持生活。后来，他选中了浣花溪西畔一块林塘清幽的地方，在他的表弟王司马的资助下搭了一座茅屋，作为安身之地。住是住下了，但生计依然成问题，有时候确实熬不过去了，才不得不托人给在彭州任刺史的高适捎信，催问他什么时候能给自己送些钱来，以解燃眉之急："百年已过半，秋至转饥寒。为问彭州牧，何时救急难？"（《因崔侍御寄高彭州一绝》）尽管窘迫，但是，杜甫并不掩饰自己。《客至》一诗可以说是最有代表性的："舍南舍北皆春水，但见群鸥日日来。花径不曾缘客扫，蓬门今始为君开。盘飧市远无兼味，尊酒家贫只旧醅。肯与邻翁相对饮，隔篱呼取尽馀杯。"朋友来看他，本应该好好招待一番，但他确实太穷了，就向朋友解释："盘飧市远无兼味，尊酒家贫只旧醅。""市远"只不过是一个委婉的托词。话又说回来，即便是离闹市不远，他也没有钱去买。所以，"家贫"才是诗人的本意。所幸的是，诗人没有虚伪的客套。如果说《宾至》还稍微有些拘谨的话，那么，这一首就完全是推心置腹的真诚和朴实。

从真率上说，诗人把眼前的乡野风物视为至真至淳的精神载体。惟其如此，他才写出了这样的诗句："眼前无俗物，多病也身轻。"在殿堂派诗人看来，乡野之物就是俗！杜甫却恰恰相反，他所谓的"俗物"，指的是官场的虚伪。

抒写亲情的诗，也体现出真率、坦诚。诗人有一首《寄杜位》。杜位是李林甫的女婿、杜甫的本家子侄。（有人说杜位是杜甫的族弟，这不对。杜甫在同谷时，有一首《示侄佐》。按照唐人的取名习惯，同辈人的名字，要么有一字偏旁相同，如王维的弟弟叫王缙；要么有一字相同，如宋之问的弟弟叫宋之悌。杜氏是当时名门望族，在同族人中，取名也有约定俗成。不可能杜佐是杜甫的侄子，而杜位却是杜甫的族弟。所以，《杜位宅守岁》的首句"守岁阿戎家"的"阿戎"应该是"阿咸"。因为阿咸指子侄辈。）天宝十载末，杜甫在杜位的家里守岁。天宝十一载末，李林甫病死，杨国忠执掌朝政，打击李林甫的党羽。杜位受到牵连，被贬到岭南新州，直到上元二年才"量移"。对于族人遇到这样的喜事，杜甫并没有去赞颂皇恩浩荡，而是在干戈频仍、战尘满眼的背景下，去体谅杜位在遇到"量移"时百感交集的心情："近闻宽法离新州，想见怀归尚百忧。逐客虽皆万里去，悲君已是十年流。干戈况复尘随眼，鬓发还应雪满头。玉垒题书心绪乱，何时更得曲江游？"尤其是结尾一联，还对和杜位重聚曲江池西畔的旧宅寄以期望。整首诗没有一丝官场上故作正经的虚套。

真率，是杜甫到了成都以后诗歌创作的最大特点。在营造草堂的过程中，杜甫先后向萧实要过桃树苗，向韦续要过绵竹，向何邕要过桤木，向韦班要过松树籽和大邑出产的瓷碗，向徐卿要过其他果树苗。这些都被诗人写在了诗中，看不出有什么难为情。对于暂栖浣花溪畔，诗人也没有非分的想法。《卜居》说："已知出郭少尘事，更有澄江消客愁。"

初到成都，杜甫的心情很落寞。但他同时又被蜀地的特殊风物所吸引，所以心情还不至于十分悲凉。有时甚至还安慰自己："自古有羁旅，我何苦哀伤。"（《成都府》）正是在这样一种自嘲、自解的心态支配下，诗人暂时把人生的远大政治抱负搁置在一边，用一种平静的心态对待生活。草堂周围的草、树、竹、花、野老、村童、闲云、野鹤等等，一齐进入诗人的艺术视野。

这时的杜甫对儒家"诗言志"的诗教也不那么认真了。在《至后》诗中就非常直白地说："愁极本凭诗遣兴，诗成吟咏转凄凉。"在《可惜》诗中，他又说："宽心应是酒，遣兴莫过诗。"作诗是为了"遣兴"，是他的精神生活的需要，而不是为了外在的事功。正因为如此，我们从这一时期的"诗题"上就可以看出，进入成都以后，杜甫的"遣兴"、"漫兴"、"遣意"、"漫成"之类的作品开始多起来。这和此前大不一样。由此可见，脱去了功利的羁绊，诗人的心境也就逐渐趋于轻松和平静。在《江亭》诗中，他说："水流心不竞，云在意俱迟。"心逐白云，而不与流水"俱竞"。可见诗人的心境已经开始趋于平和。

叶梦得在《石林诗话》中用一大段文字把陶渊明和杜甫进行对比，他说：

《归去来辞》云："云无心而出岫，鸟倦飞而知还。"此陶渊明出处大节，非胸中是有此境，不能为是此言也。前辈论贾岛《送炭》诗云："暖得曲身成直身。"盖虽微事，苟出其情，终与摹写、仿效、牵率而成者，异也。今或内实躁忿，而故为闲肆之言；内实柔懦，而强作雄健之语，虽用尽力，使人读之终无味。杜子美云："水流心不竞，云在意俱迟。"吾尝三复爱之。或曰：子美安能至此？是非知子美者。方至德、大历之间，天下鼎沸，士固有不幸罹其祸者。然乘间蹈利、窃名取宠，亦不少矣。子美闻难间关，尽室远去。及一召用，不得志，辛饥寒转徙巴峡之间而不悔，终不肯一引颈而西笑。非有不竞、迟留之心安能然。耳目所接，宜其了然自与心会，此固与渊明同一出处之趣也。(《避暑录话》卷上)

其实，杜甫的"水流心不竞，云在意俱迟"和陶渊明的"云无心而出岫，鸟倦飞而知还"并非"同一出处之趣"，二者之间还是有区别的。杜甫是主动追求平淡，有任随大化的味道；陶渊明是被迫接受既成事实。鸟飞累了，不得不归巢，是一种无奈的人生选择。叶梦得在揭示诗人心态时，倒是一针见血：有些人，"内实躁忿，而故为闲肆之言；内实柔懦，而强作雄健之语，虽用尽力，使人读之终无味"。——明明内心焦躁不安，愤愤不平，却故作姿态，写一些"闲肆"之言；明明内心很虚弱，却"强作雄健之语"。这样的诗，尽管作者用尽其力，却让人感到乏味。原因就在于失去了诗人的本真！而杜甫"耳目所接"，"了然自与心会"，则是保持了自我本真，没有丝毫的"乘间蹈利、窃名取宠"的动机。而这一点在杨亿看来，就是"村"了。

入成都以后，杜甫的诗歌创作仅就题材来说，已经发生了重大变化。而且题材的变化，也引起了诗的格调的变化。

南宋的刘辰翁在评论杜诗时就注意到了这一点。他说，杜甫写草堂周围的风物人情，花草鸥鹭，诸如《漫兴》、《江畔寻花》等诗，

"皆放荡自然，足洗凡陋"。宋人是注重理性人生的。所以，宋诗好议论。宋人作诗又受理学影响，注重心性修养。所以，宋人在诗中喜欢"心性"与"物理"的沟通。他们也正是以此为出发点去审视前人诗歌的。因此，刘辰翁所谓的"足洗凡陋"应该是指杜甫的诗歌创作这时已经脱去了文人故作风雅或者无病呻吟的旧习，使自己的身心完全进入一种没有任何事功色彩的精神境界。所谓"放荡自然"，就是诗人的心灵在大自然中自由驰骋，没有任何拘束。在这种境界中，不仅人与自然处于一种和谐状态，而且人与人之间也是和谐无间的。尽管诗人说过"渐喜交游绝，幽居不用名"（《遣意二首》之一），但那只是说他为自己能避开那些不必要的虚意应酬而高兴，而不是说他有意断绝同任何人交往。相反，他和邻居之间的关系很融洽："地僻相识尽，鸡犬亦忘归。"（《寒食》）再如写春水。韦应物的"春潮带雨晚来急，野渡无人舟自横"，难免让人感到幽独。王维的"春来遍是桃花水，不辨仙源何处寻"（《桃源行》），又流露出羡慕世外桃源的出世情怀。至于冯延巳的"风乍起，吹皱一池春水"，那已经带上了宋人的细腻和风雅。杜甫却不是这样。他的《春水生二绝之一》说："二月六夜春水生，门前小滩浑欲平。鸂鶒鸂鶒莫漫喜，吾与汝曹俱眼明。"诗人在没有朋友和他一同欣赏春水的情况下，就和水鸟去沟通。看到水鸟在春水乍涨时的高兴劲儿，诗人对水鸟说，别以为只有你们发现了春江水暖，我和你们一样，也感受到了春的气息！"细雨鱼儿出，微风燕子斜。"（《水槛遣心》）写草堂春景，以天然而致工巧。尽管洞察精微，却丝毫看不出刻镂的痕迹。再如"江山如有待，花柳更无私"，诗人体悟出了天地的"道机"。而这"机"正是存在于冥冥中的"自然"。所以，杨论说这一联诗是"见道语"。其实，杜甫未必有此道心，他只是凭借着自己的性灵把对大自然的感悟诉之于笔端而已。尤其是那首《春夜喜雨》，每句都是围绕着"喜"字进行描述，把春雨写得极有灵性。一定要说是"见道语"，那么，这"道"就是自然。

南宋的葛立方曾经说过，杜甫在诗中喜欢用"自"字。他说：

> 老杜寄身于兵戈骚屑之中，感时对物，则悲伤系之。如"感时花溅泪"是也，故作诗多用一"自"字。《田父招饮》诗云："步屧随春风，村村自花柳。"《遣怀》诗云："愁眼看霜露，寒城菊自花。"《忆弟》诗云："故园花自发，春日鸟还飞。"《日暮》诗云："风月自清夜，江山非故园。"《滕王亭子》云："古墙犹竹色，虚阁自松声。"言人情对境，自有悲喜，而初不能累无情之物也。

葛立方所举的这些诗例，都是杜甫入成都以后的作品。除了他举的那些例子，还有"自去自来梁上燕，相亲相近水中鸥"（《江村》），"映阶碧草自春色，隔叶黄鹂空好音"（《蜀相》），"江边一树垂垂发，朝夕催人自白头"（《和裴迪登蜀州东亭》），"寂寂春将晚，欣欣物自私"（《江亭》），"留连戏蝶时时舞，自在娇莺恰恰啼"（《江畔独步寻花七绝句》），"俱飞蛱蝶元相逐，并蒂芙蓉本自双"（《进艇》）等等。"自"字的使用，可以说反映了诗人已经不受"物累"，进入了完全任运自然、与世无争或者根本不愿抗争的精神状态。而且"自"字表示一种无法违抗的规律，在规律面前，诗人是自在的，他没有感到任何的不适应。

这一时期，杜甫在诗中除了喜欢用"自"字，还喜欢用"颜色对"，诸如"红入桃花嫩，青归柳叶新"（《奉酬李都督表丈早春作》),"白花檐外朵,青柳槛前梢"(《题新津北桥》),"红取风霜实,青看雨露柯"(《栀子》),"苍苔浊酒林中静,碧水春风野外昏"(《绝句漫兴九首》)等等。这和他在长安游何将军山林时写的"绿垂风折笋,红绽雨肥梅"一样,很注重直觉的艺术效果。

在成都和梓州的将近六年间,诗人共留下了三百七十三首诗。其中抒写幽居情怀及日常生活琐事的诗就有二百四十首,占了三分之二。从总的倾向上看,杜甫的诗歌创作完全转向了以"适性"为主。用他的话说,写诗是为了解闷、遣兴。他甚至用"狂夫"来自我解嘲:"万里桥西一草堂,百花潭水即沧浪。风含翠篠娟娟净,雨裛红蕖冉冉香。厚禄故人音书绝,恒饥稚子色凄凉。欲填沟壑唯疏放,自笑狂夫老更狂。"(《狂夫》)由于他远离尘嚣,加之生活很艰难,孩子经常饿肚子,再则能够资助他的"厚禄故人"长期没有消息,在这诸种因素影响下,诗人不得不用"疏放"来应对即将"填沟壑"的人生。所以,这"自笑"中的窘迫与凄凉的情感还是很浓厚的。诗人尽管在"笑",但他是在悲叹命运为何对自己如此不公。所幸的是杜甫并没有久久沉溺于这种心理状态中,而是把自己的审美目光投向生活的另一面:春水、落日、朝雨、晚晴、野老、村童、沙鸥、归雁、小桥流水、春夏秋冬、病橘、枯棕等等,都成为他的诗材。早在同谷时,他写过《遣兴五首》。其中第三首就称陶渊明是"避世翁",应该说这时的杜甫已经从陶渊明那里看到了自己的影子。第五首写孟浩然,也是和他"短褐即长夜"的人生遭遇有关。唯独《遣兴五首》中的贺知章和在长安时创作的《饮中八仙歌》的贺知章完全是两种形象了。《饮中八仙歌》中的贺知章,以一副狂态展现在世人面前;而《遣兴五首》中的贺知章已经是一位不留恋官场的"达生"者:"贺公雅吴语,在位常轻狂。上疏乞骸骨,黄冠归故乡。

爽气不可致，斯人今则亡。山阴一茅宇，江海日清凉。"

所以，当诗人在成都稍微安定下来以后，他的审美视野自然而然地远离了官场，转向了自然与自我。这时的杜诗，就透露出质朴、疏野、真率的特点。《江村》、《南邻》、《北邻》、《遣意》、《漫成》、《春夜喜雨》、《江上值水》等，都反映了诗人审美视野的变化。《江上值水如海势聊短述》几乎涵盖了诗人这时全部的审美趣味："为人性僻耽佳句，语不惊人死不休。老去诗篇浑漫与，春来花鸟莫深愁。新添水槛供垂钓，故着浮槎替入舟。焉得思如陶谢手，令其述作与同游。"尽管诗人声称自己"为人性僻耽佳句，语不惊人死不休"，但"性僻"不是孤僻，或性情古怪，而是喜欢恬静。所谓的"耽佳句"，也不是沉溺于雕章琢句，而是以恬淡的心境去审视外物：春天、花鸟、水槛、垂钓、小舟等等，这一切都是殿堂派诗人看不上眼的。从这个意义上说，杜诗的"村"，可以说是诗人与所描写的对象之间达到了物我无间的艺术境界。

杜诗的"村"作为一种艺术美，是脱离了殿堂派的影响之后所出现的一种新风气。它以朴实、恬静为主，静而不寂，呈现出境界的清新，语言的质朴与流转。有时又常常以似拙实巧的艺术手法对自然物进行参悟，创造出心与物会的艺术境界，而诗材多是身边的细琐之事。杨大年在没有弄懂杜诗，也不懂得什么是自然浑成和质朴纯真的前提下，过分地看重字面与诗材，所以，他才会用"村"来批评杜甫不事雕琢的真率与淳朴。尤其是杜甫以在野之身偶尔议论朝政，议论天下大事，甚至感叹自己"惟将迟暮供多病，未有涓埃答圣朝"（《野望》），也是杨大年批评杜甫为"村夫子"的原因之一。那完全是从政治功利和作者身份出发，和诗歌创作本身无关。

关于"大历文坛"的整体思考

唐玄宗天宝十四载十月，爆发了唐代历史上对社会生产力和文化破坏最为严重的安史之乱。这场动乱是因统治阶级内部权力之争而爆发的。安史之乱从爆发到被平定，标志着唐王朝从繁荣开始走向衰落。晚唐的韦庄有一首《秦妇吟》（这首诗在《全唐诗》中找不到。它是二十世纪初，即1901年在敦煌的藏经洞中发现的。后来被英国的文物大盗斯坦因盗走，现藏英国伦敦博物馆）在写到黄巢起义军攻入长安后对京城的破坏时有这样两句："天街踏平公卿骨，府库烧成锦绣灰。"用这两句诗来概括"安史叛军"攻入长安后对大唐帝国的京城所造成的破坏也是毫不过分的。

史学界以"安史之乱"为界限来划分唐代社会的历史阶段，将其视为唐王朝由盛转衰的分水岭，事实也确实如此。安史之乱以后，李唐王朝确实进入了一个新的历史时期。

文学史家有时也以此为界限来划分唐代文学发展的阶段，把安史之乱视为盛唐和中唐的分水岭。也有人认同宋代严羽的观点，认为"安史之乱"以后，唐代文学，尤其是唐诗也进入了"气骨顿衰"的衰落时期，即"大历时期"。这种看法，就有些不大准确。所以，如果以"安史之乱"作为"盛唐之音"和"大历体"的分水岭，那就更值得商榷了。

文学和时代精神有着密切联系，但是，作为文学创作主体的作家，在文学实践中具有相对的独立性。这也是不容忽视的事实。

我们先看看安史之乱爆发以后文坛上的作家群体。

安史之乱从公元755年十月爆发到公元763年正月结束，前后历时七年零三个月，其间经历了玄宗、肃宗（在位六年）、代宗（在位十八年）三朝。在长达七年多的社会动乱及其以后的十六年中，一批生活在开元、天宝时期的作家依旧活跃在文坛上：

王昌龄：在安史之乱以后的文坛上生活了一年，肃宗至德元年（756）被闾丘晓杀害；

萧颖士：在安史之乱以后的文坛上生活了四年，乾元二年（759）客死于汝南；

储光羲：在安史之乱以后的文坛上生活了五年，上元元年（760）死于岭南贬所；

王维：在安史之乱以后的文坛上生活了六年，上元二年在长安去世；

李白：在安史之乱以后的文坛上生活了七年，代宗宝应元年（762）在当涂逝世；

高适：在安史之乱以后的文坛上生活了十年，永泰元年（765）在长安逝世；

岑参：在安史之乱以后的文坛上生活了十五年，大历五年（770）正月在成都逝世；

杜甫：在安史之乱以后的文坛上生活了十五年，大历五年冬在赴岳州途中病逝于舟中；

元结、贾至在安史之乱以后生活了十七年，大历七年初逝世。

可以看出：从天宝十四载（755）到大历七年（772）的十八年

间，王昌龄、王维、储光羲、李白、高适、杜甫、岑参、元结、贾至这些在开元天宝盛世生活过的作家继续活跃在文坛上。他们之中，有的在动乱之初就离开了人世，如王昌龄；有些人则死于社会稍事安定的时候，如王维；有些人则死于"安史之乱"即将平息的时候，如李白；杜甫虽然看到了这场动乱以唐王朝的胜利而结束，但他自己无法摆脱"飘泊西南天地间"的困境，直至客死在漂泊的小船上。

同时，和上述诗人同时活动在这一时期的作家还有钱起、刘长卿、韦应物、李益以及那位稍受挫折便做了"烟波钓徒"的张志和等人。他们在经受了社会动乱所带来的种种磨难和痛苦之后，带着人生的遗憾走出了"盛唐"。

如果以杜甫逝世为界限，那么，到唐代宗大历五年，开元天宝时期的著名作家才基本上从文坛上消失了。而活跃在贞元、元和、长庆文坛的作家在此前后才相继出生：张籍、王建于大历二年前后出生，大历三年，韩愈出生；大历七年，刘禹锡、白居易、李绅出生；大历八年，柳宗元出生；大历十四年，元稹出生。

文学史家在研究盛唐文学和"盛唐气象"的时候常常中止于"安史之乱"爆发以前。在研究"大历文学"的时候，又常常是以"大历十才子"为主。这就在唐代文学研究中出现了"断档"现象：李白和杜甫的人生后期的诗歌创作被忽视了。以致谈"盛唐气象"时，只涉及李白，而和杜甫无缘；谈"气骨顿衰"的大历诗坛时，又无法顾及杜甫。至于王维，在"安史之乱"以后在山水诗的创作中发生的审美变化也就因割舍不了而"兼容"了"盛唐"和"大历"两个时期；高适、岑参也仅仅成了以为人做幕的身份活跃在边塞上的诗人，而忘记了他们人生后期担任"刺史"和"侍郎"的角色，给其诗歌创作所带来的影响以及诗风发生的变化。

之所以出现这种现象，原因就在于：一，对"盛唐气象"的理解过于狭隘，二，把社会发展史上的"盛唐"和文学发展史上的"盛唐气象"等同起来。因此，只要一说"盛唐气象"的美学特征，就是雄浑、壮伟、恢宏博大、昂扬向上等等，把"盛唐气象"这个复杂的诗歌美学现象简单化了。这显然不符合文坛的实际。

有鉴于此，笔者认为："安史之乱"的爆发，固然标志着唐王朝全盛时代的结束，但并不标志着"盛唐气象"或"盛唐之音"的即刻终结。

而且文学史上的事实说明：在"安史之乱"爆发以后，"盛唐气象"或"盛唐之音"不仅没有戛然而止，反而因为时局的变化，在以李白、杜甫为代表的那些走出了唐代盛世的诗人的创作中依旧延续了很长一段时间。只不过在新的社会条件下，他们把"雄壮"与"雄浑"演变为"悲壮"与"沉雄"，这同样属于"壮美"的范畴。尤其是杜甫，在他后期的诗歌创作中，一句之内情感起伏跌宕，一联之中尺幅万里，可以说气象浑厚，意境老成。像他的《登高》诗中的名联："万里悲秋常作客，百年多病独登台。"上联：逢秋而悲，乃人之常情，诗人岂能例外；客中悲秋，平添一层乡关之思；加之这客居他乡的岁月又是那样漫长！如果离家不远，倒也还有盼头，但诗人是在远离家乡的万里之外逢秋而悲。仅以身世而言，这一句是层层递进。下联：登高而悲，是一层；以多病之身登高悲秋，其情更哀，这是第二层；不仅多病，又是孤独一人，其悲更深，这是第三层；最使作者伤悲的是在临近暮年之时悲秋！这一句是就自身个体生命而言，愈转愈悲。十四个字，包含八个心理层面。笔力是何等凝重、浑厚！如果和全诗结合起来看，就像杨伦所说的："高浑一气，古今独步。当为杜集七言律诗第一。"胡应麟对这首诗的评价更高："此诗自当为古今七言律第一，不必为唐人七言律第一也。"（《诗薮》）要说杜诗的沉郁顿挫，这首登高诗可以作为典范！而这首能够体现"盛唐气象"的诗，则写于大历二年，总不能把这首诗归入气骨顿衰的"大历诗风"吧？

这就产生了一个问题：如何给"盛唐气象"进行审美定位？

"盛唐气象"中的"盛唐"，不仅仅是一个时空范畴，而且还应该是一个美学范畴。如果"盛唐气象"就是史学家所说的"盛唐"社会所表现出来的"气象"，那么，天宝后期就会被排斥在"盛唐气象"之外。史学家的"盛唐"是和文学史上的"盛唐"既有联系又有区别的。前者属于时间和空间范畴，后者则是一个审美范畴，这是二者之间的本质区别。文学毕竟是有其时代性的，它不可能脱离它所处的那个时代。但是，作为文学创作的主体，作家又有其超越自我和超越时代的主体性。李白和杜甫就是那个时代中能够超越自我的楷模。李白在超越中表现出个体生命价值难以实现时的苦闷，从而显示出旷达中包含着悲愤的人格个性。而杜甫则在人生的苦闷中表现出对自我的超越，他的苦闷来自个体生命的社会价值无法实现，而他应对这种人生遭遇的方式则是以更宽阔的胸襟包容一切，呈现出一种悲壮之美。比如他流落到成都的初期，依然写出了"乾坤万里眼，时序百年心"这种心怀天下的壮语。安史之乱平定以后，吐蕃东扰，攻陷长安，时局陷入混乱。杜甫为此而忧虑，但他说："北极朝廷终不改，西山盗寇莫相侵。"（《登楼》）在万方多难之时，作者能说出这样的话，说明他对时局的看法超越了当时的局部现象，站在对唐王朝高度信任的角度来观察时局的。至于他自己的出路何在，作者并没有囿于一时的困苦。这种眼界开阔、胸襟博大的审美观与盛唐气象是一脉相承的。

李白对时局的看法往往比较幼稚，甚至天真，但也不失乐观向上的精神。"安史之乱"刚爆发，他携宗氏逃难，途中写了《奔亡道中五首》，虽然情势危急，诗人的忧国之情还是很深挚的，也不乏浑厚之气，像第五首中的"归心落何处，日没大江西"。他也为自己不能报效国家而感到遗憾："谈笑却三军，交游七贵疏。仍留一支箭，未射鲁连书。"（《奔亡道中五首》之三）当他应永王璘之聘后，曾自信地对永王璘说"但用东山谢安石，为君谈笑静胡沙"，"南风一扫胡尘静，西入长安到日边"。在"俯视洛阳川，茫茫走胡兵。流血涂野草，豺狼尽冠缨"（《古风五十九首》）的腥风血雨中，他不仅没有丧失信心，而且气势很足。他的组诗《永王东巡歌》、《上皇西巡南京歌》充满了乐观、明朗的向上精神。

从上述例子可以看出，尽管唐代社会陷入了混乱，而恰恰在这个时期，以李白、杜甫为代表的作家通过他们的创作，使唐代诗歌却攀上了它的艺术顶峰。如果仅仅把"盛唐气象"理解为开元天宝时期的诗歌所表现出来的艺术风貌，那么，李杜二人在"安史之乱"以后所从事的艺术活动显然会被排除在"盛唐气象"之外，这在唐诗发展历史上最起码有十五年的时间空白。而这一时期正是李杜诗歌创作的黄金时代。比如杜甫，以鸿篇巨制《北征》为起点，到著名的"三吏"、"三别"，再到入川以后的《蜀相》、《春夜喜雨》、《登楼》、《闻官军收河南河北》、《旅夜书怀》、《咏怀古迹五首》、《登高》、《秋兴八首》，乃至暮年创作的《登岳阳楼》，其诗歌创作一步步登上了中国古典诗歌的艺术顶峰。无论是思想内涵，还是艺术审美，都呈现出前所未有的沉雄浑厚和博大精深，最能体现盛唐诗人开阔雄放的艺术精神。因此，"盛唐气象"从时限上来说，应该以杜甫的谢世为终结。杜甫既活跃在盛唐诗坛上，又走出盛唐活跃在大历初期。从杜甫的创作实践看，在开元天宝诗坛上，他的诗歌创作还只是为后来的诗歌创作作铺垫，而在肃宗及代宗大历初期，杜甫的诗歌所表现出来的沉雄博大的气象才真正具有了"盛唐气象"的文化内涵。这和严羽所说的"气骨顿衰"的"大历体"显然有天壤之别。

所以，以李白杜甫为代表的那些走出了史学意义上的"盛唐"的作家在大历初期（以杜甫谢世为界线）为"盛唐气象"画上了圆满的句号。

艺术的超时代性是作家超越自我的体现。杜甫既超越了时代，又超越了自我。

"盛唐气象"的文化特质就在于作家超越自我、超越时代，呈现出博大、沉雄、厚重的艺术精神。基于对"盛唐气象"的这种文化审视，"安史之乱"以后到大历初年，活跃于文坛上的李白、杜甫、王维等人的艺术创作所呈现出的审美特点是不能排斥在外的。他们虽然走出了史学意义上的"盛唐"，但是，他们的诗歌创作延续了美学意义上的"盛唐气象"，而且因人而异，异彩纷呈。李白的"但用东山谢安石，为君谈笑静胡沙"，就是他当年"长风破浪会有时，直挂云帆济沧海"的昂扬气概的延续。杜甫在漂泊和困顿中所表现来出的执着精神超越了同时代的任何一个诗人，这正是杜甫人格的伟大之处。没有崇高精神追求的潇洒，是一种放浪形骸。杜甫一生都没有放弃自己的人生追求，这是杜诗沉郁、浑厚的艺术风貌的精神内涵。尽管他也说过"文章憎命达"、"官应老病休"，但他并没有就此消沉。比如《狂夫》诗的后四句说："厚禄故人音书绝，恒饥稚子色凄凉。欲填沟壑惟疏放，自笑狂夫老更狂。"尽管他的际遇不佳，"草木变衰行剑外，兵革阻绝老江边"，但他仍然对前途充满信心，

"闻道河阳近乘胜，司徒急为破幽燕"——希望郭子仪能尽快收复河北，平定安史之乱。即便是他有闲暇登楼眺望，也不忘国事，"花近高楼伤客心，万方多难此登临"（《登楼》）。临近暮年，诗人依然不改初衷，"一卧沧江惊岁晚，几回青琐点朝班"——深情地回忆当年在大明宫里供职时的情景。杜诗的厚重还表现在境界的沉雄、悲壮，《阁夜》诗就具有典型的代表性："岁暮阴阳催短景，天涯霜雪霁寒宵。五更鼓角声悲壮，三峡星河影动摇。野哭千家闻战伐，夷歌数处起渔樵。卧龙跃马终黄土，人事音书漫寂寥。"与这首诗的颔联境界相似的还有作者在成都给严武做幕僚时所写的《宿府》："清秋幕府井梧寒，独宿江城蜡炬残。永夜角声悲自语，中天月色好谁看？风尘荏苒音书绝，关塞萧条行路难。已忍伶俜十年事，强移栖息一枝安。""五更鼓角声悲壮，三峡星河影动摇"一联，凌厉千古，俯仰之间包容无限感慨，而且诗的结尾借诸葛亮含蓄地透露出自己有才不得施展的怨愤。由于作者的这种怨愤是借助诸葛亮、公孙述这两位历史人物的结局曲折地加以表达，因而具有一种历史的凝重和沉郁感。与"五更鼓角声悲壮，三峡星河影动摇"一联相匹配，使全诗"音节雄浑，波澜壮阔"（《唐宋诗醇》）。《宿府》与《阁夜》同一格调，但比《阁夜》更加沉雄悲壮。

夔州时的《秋兴八首》、《咏怀古迹五首》、《登高》、《诸将五首》等诗，充分体现了杜诗沉雄壮阔的艺术精神。

在杜甫的文化精神中，执着与憧憬中贯穿着"忍"和"韧"的精神。他没有李白的狂放，却比李白多了几分深沉与韧性。李杜在文化精神上的共同点是，豪壮则是前无古人，悲壮也是后无来者！这就是李白与杜甫为盛唐气象所增添的一个闪光点。而这个闪光点不是出现在开元天宝全盛时期，而是在安史之乱以后才凸现出来，并对后世诗歌产生了深刻影响。遗憾的是，大历十才子等人虽然也是从"盛唐"时代走出来的诗人，可是他们仿佛方外诗人，并没有对盛唐的时代精神加以继承，这才出现了"气骨顿衰"的大历诗风。

　　总起来说，盛唐气象是一种文化精神的体现。就思想方面而言，也就是在对客观世界与主观世界的认知上，充分体现了作家对不同哲学观和人生观的认同，并将这种认同艺术地再现于他们的诗歌创作。李白是狂放的、理想型的文化精神的代表，但他同时又有着积极用世的进取精神。在仕途上，他是寂寞无闻的，但他又不甘寂寞！功成身退是他的人生终极目标。杜甫是执着、进取的，"不眠忧战伐，无力正乾坤"（宿江边阁），"落日心犹壮，秋风病欲苏"（《江汉》），"老病南征日，君恩北望心"（《南征》）。但他的不少诗篇也流露出道家的随遇而安、佛禅的虚空以及退隐江湖的想法，"勋业频看镜，行藏独倚栏"（《江上》），"关塞萧条惟鸟道，江湖满地一渔翁"（《秋兴八首》之七）。这固然说出了他的不幸，但也透露出内心深处不因困顿而彻底消沉的信息。早在长安时期，他因仕途失意，就写诗说："野人旷荡无䐴颜，岂可久在王侯间。未试囊中餐玉法，明日且入蓝田山。"（《去矣行》）也就是说，他既向往出仕，又不愿意奴颜婢膝地去讨好王侯权贵，所以打算退出纷纷扰扰的官场，到蓝田山中去学道。这和李白的"安能摧眉折腰事权贵，使我不得开心颜"在文化人格上是相通的，只是表达方式不同而已。在从梓州返回成都前，他给重新镇守成都的严武写了一首诗，其中一联也说"生理只凭黄阁老，衰颜欲付紫金丹"（《将赴成都草堂途中有作先寄严郑公》）。类似的诗句还有"江村独归处，寂寞养残生"（《奉济驿重送严公四韵》），"水流心不竞，云在意俱迟"（《江亭》），"自去自来梁上燕，相亲相近水中鸥"（《江村》）等等。

盛唐气象在王维诗歌中体现为雄放与开阔、澄明与静虚、空寂与灵动的结合。"居延城外猎天骄"的雄放是别的诗人所没有的,而"相逢意气为君饮,系马高楼垂柳边"(《少年行》)这种雄豪与狂放也不亚于李白。"大漠孤烟直,长河落日圆"的雄浑壮阔气象直可"气压百代"。而他的组诗《辋川集》又以佛禅的静虚构筑了山水诗的最高境界,被后人称为五言之祖,而"诗佛"的赞誉也由此而来。但王维的积极用世思想在盛唐诗人中也是毫不逊色的,尤其是在张九龄罢相以前。

就审美观念而言,从盛唐社会走出来的李白、杜甫、王维等人,他们的审美视角和前期一样,呈现出多方位的变化。他们不把自己的审美视角固定在一个角度,而是全方位地审视社会、观察人生。他们可以是昂扬的,也可以是低沉的;他们可以雄放到目空一切,即便是沉闷时他们也不失大家风范,很少有悲悲切切和无可奈何的叹息。因此,盛唐气象所体现出来的艺术精神是无所不包的全能型。在阳刚与壮美的审美情趣占主导地位的同时,弘瞻、高远的纵逸之趣又从另一个侧面体现了他们自由与洒脱的文化精神。以李杜为例,在人文精神上,杜甫集中国优秀传统文化之大成,凸现出强烈的现实精神;李白继承并发扬了先秦文学的骚、雅精神,又吸收了六朝以来以郭璞为代表的游仙诗的艺术传统,从而把以屈原为代表的浪漫主义诗歌推向顶峰。所以,李杜并称是盛唐文化精神的综合体现,而不仅仅是一种形式上的并列。

在了解了杜甫等人在安史之乱以后到大历初期的诗歌创作风貌以后,我们再来看看同样经历了"盛世"和社会大动乱的"大历十才子"的诗歌创作,就会发现,以"大历十才子"为代表的"大历诗风"则是另一种风貌。

"大历十才子"究竟是哪十个人？历来说法不一。这一称呼最早见于唐姚合所编纂的《极玄集》。姚合称卢纶、吉中孚、韩翃、钱起、司空曙、苗发、崔峒、耿湋、夏侯审、李端因能诗而齐名，号"大历诗才子"。计有功《唐诗纪事》有郎士元、李益、皇甫曾、李嘉佑，没有吉中孚、韩翃、崔峒、夏侯审。宋代的江休复在《嘉佑杂志》中记载的"十才子"包括郎士元、李益、李嘉佑，没有韩翃、崔峒、夏侯审。总之，从姚合到清代乾隆年间，关于"大历十才子"究竟是哪十个人，说法不一致。所以，我们不妨把"大历十才子"理解为对活跃在大历诗坛上的一批作家的泛称，而不必拘泥于对具体人的考证。

安史之乱被平定以后，大唐王朝的江山是保住了，但是，国力从此一蹶不振，整个社会百废待兴。在重建封建秩序的同时，也埋下了新的矛盾或者祸根。从肃宗倚重宦官开始逐步演变为朝廷中宦官专权的局面。在平定安史之乱的过程中，为了稳定刚刚收复的失地而不得不设置藩镇，发展到后来藩镇就演变成独霸一方的割据势力，致使中央集权受到严重削弱。整个社会满目疮痍，民不聊生。从动乱的噩梦中醒来的一些诗人，又重新被抛进空虚与渺茫之中。就像韦应物所说的，诗人们陷入了"世事茫茫难自料"的苦闷中。

噩梦醒来是黄昏。在那个时代，空虚与失落感笼罩在这些人的心头。

进入大历初期的所谓"十才子"以及其他诗人几乎都经历了开元天宝的升平时期。他们无法理解自己抱有热切希望的大唐王朝为什么会败落到如此地步。辉煌成为过去，前途又是那样渺茫，这不能不影响到他们的诗歌创作。

对于这一时期的文坛，文学史家的评价应该说不是很公允的。

中晚唐之交的李肇在《国史补》中说:"大历之风尚浮。"李肇的话不完全正确。不是大历诗人"尚浮",应该说是诗人在看不到前途的形势下内心不由自主地产生了一种急躁和不安。所以,"大历之风尚浮",不是大历诗人喜欢浮夸或浮华。因为,大历诗人从来不说大话,他们也没有说大话的人文环境。韦应物说的"世事茫茫难自料","邑有流亡愧俸钱"(《寄李儋元锡》),从两个方面反映了当时的现实。一是全社会的人几乎都陷入了迷茫之中,二是他作为地方长官,看到农户大量逃亡,他自己也无回天之力,只是惭愧自己白拿了朝廷的俸禄,这还算是有良心的官吏。至于其他人,就没有韦应物想得这么复杂。皎然说,大历十才子是一些只会窃占青山白云、春风芳草,吟风弄月的人。试想一下,在"世事茫茫难自料"的现实中,他们除了吟风月,弄花草,还能做什么呢?严羽看出了大历十才子和盛唐诸公的不同,他说:"大历以前分明是一副言语,晚唐分明是一副言语。"话说得很明确,大历诗人说话的口气已经和盛唐诗人大不相同。正因为有这种区别,所以严羽才有了"盛唐体"和"大历体"的提法。至于二者之间的区别,严羽没有详说。但从他对盛唐气象的特点的概括可以看出一些差异来。他说:"盛唐诸公,如颜鲁公书,既笔力雄壮,又气象雄浑。"(《沧浪诗话·诗评》)明代的胡应麟在《诗薮》中用"气骨顿衰"概括大历诗风。在唐诗发展阶段的划分上,胡应麟提出了"四唐说",但他没有明确大历诗坛的归属问题。只是在盛唐和中唐之间提到了大历诗风问题。显然是把大历文坛视为盛唐和中唐之间的过渡阶段。因此,他所谓的大历诗坛"气骨顿衰"显然是拿盛唐诗坛作为参照系的,也就是说,盛唐诗坛是以气骨取胜的,大历诗人的诗歌显然没有"气骨"。把严羽和胡应麟的观点联系起来分析,可以这样说:大历诗人在诗歌创作中说的是他们那个时代的人应该说的话，笔力既不雄壮，气象也不雄浑，就像一个身体强壮的人在生了一场大病后，说起话来底气不足，或者有气无力。尤其是唐代宗时期，由于时局动荡不安，诗人们已经自顾不暇，他们既失去了远大的胸襟抱负，又缺乏盛唐诗人那种心怀天下、大气磅礴的气概，做起事来，也就只能顾及个人眼前的处境。胡应麟说的"气骨"，是盛唐诗人自信自强的文化精神。大历时期的诗人就没有这种精神。"顿衰"，显然是说变化很快，而不是渐渐衰落下去。那么，从什么时候"顿衰"的呢？如果以安史之乱为界限，显然不符合实际。因为，在安史之乱初期以及安史之乱被平定以后的几年间，诗坛上既有李白的豪壮与自信，又有以杜甫的《秋兴八首》为代表的沉雄与悲壮。这都是那个动乱年代的最强音。所以，大历十才子等人是接着杜甫的那个最强音开始把唐诗转入另一乐章的。也就是说，盛唐之音是在杜甫谢世以后才衰落下去的。

《四库全书总目提要》说："大历以还，诗格初变。开宝浑厚之气渐远渐离。风调相高，稍趋浮响。"这话比李肇的"尚浮"说得稍微委婉一些。所谓"诗格"，就是诗的格调。开元天宝诗的格调是浑厚，而大历诗人则渐渐地远离了这种风气，这也有一个缓冲阶段。这个缓冲期就是从安史之乱开始到杜甫逝世以前。所谓的"风调相高"，只能说是大历诗人作起诗来字斟句酌，注重自我情调的抒发，以期超越别人。不像盛唐诗人那样"以气为主"，充分张扬自我。对于十才子来说，能显示自我情调的，也无非就是皎然说的吟风月、弄花草了。因而大历诗人距离开宝浑厚之气就越来越远了，在诗中多是说一些与国计民生关系不大的话。这就难怪闻一多先生在《唐诗大系》中说，大历诗人的诗"是齐梁风格而经张说所提倡改进过的，虽时髦而无俗气。境界趣味完全继承了张说一派"，"并远承谢康乐的传统"。张说是武则天后期到开元初年的文坛盟主，唐玄宗曾封其为燕国公，政治地位很显赫。传说他把王湾《次北固山下》中的名句"海日生残夜，江春入旧年"亲自题写在政事堂上，让那些自视能为文的人当作楷模。其实，王湾的这一联诗和杜审言《和晋陵陆丞早春游望》中的"云霞出海曙，梅柳渡江春"的审美情趣差不多。从观察和体物的角度讲，都写了新旧更替，反映了诗人敏锐的艺术捕捉能力和细腻的表现手法。唯一的区别是，王湾的诗把昼夜交替和新旧交替巧妙地糅合起来，黑暗的前面就是光明，具有一种蓄势待发的萌动感。张说喜欢这一联诗，反映了他在诗的审美上讲究体悟自然之美。所以，闻一多先生把他和谢灵运视为一派（谢的名句"池塘生春草，园柳变鸣禽"也是写新旧交替的），都是注重发掘主体对客体的感受。所不同的是，大历诗人在感受自然的同时，常常掺杂着对个人身世际遇的叹惋，不像谢灵运、杜审言、王湾那么恬淡、优雅。为了能把自己的感受发掘得更深一些，大历诗人就喜欢在刻画上下功夫。

这就是大历诗人的特点。就像杜甫在晚年写的《偶题》诗中所说的，"作者皆殊列，名声岂浪垂"，"后贤兼旧制，历代各清规"。诗人可以分成不同的群体，但是，每个诗人根据自己的审美个性所写出来的诗总是有高下之分的。既然诗有高下之分，那么，诗名就不是随随便便地可以垂范后世的。后人可以向前人学习，但每个诗人所处的时代毕竟有其自己的特殊性。在经历了安史之乱所造成的社会大变故以后，大历十才子以及其他诗人所面临的社会现实，使得他们再也不能像盛唐诗人那样以昂扬奋发的激情去抒发人生理想和进行充满浪漫气质的人生抉择，也无法像杜甫那样，把雄浑壮阔化为慷慨悲壮。波澜起伏的社会局势和大历诗人的心理曲线是吻合的。和李杜相比，大历十才子以及其他诗人在文化人格上大多心胸比较狭隘，社会现实又没能给他们本来狭窄的心胸注入足够的勇气与活力，所以，大历诗人就难以奏响昂扬的交响曲。偶有出类拔萃之作，顶多不过是一段华美乐章的插曲，是一种逢场作戏式的即兴表演，并没有成为他们诗作的主流精神。大历诗人喜欢王维是人所共知的，他们追踪王维，却没有达到王诗的境界。刘长卿自诩为"五言长城"，其实他的五言诗和王维比起来还有很大一段差距。更何况高仲武还批评他的诗"思锐才窄"。他的《逢雪宿芙蓉山主人》历来为人称道。"日暮苍山远，天寒白屋贫。柴门闻犬吠，风雪夜归人"，格调很冷峻。"苍山"、"日暮"，是大历诗风的表征意象，尤其是那几声狗吠，让人听起来很凄凉。同样是以动写静，但和王维的"竹喧归浣女，莲动下渔舟"或者"月出惊山鸟，时鸣深涧中"的静谧、空灵境界相比，实在是有天壤之别。

这就产生了这样一个问题：大历诗人，尤其是大历十才子，他们的审美取向究竟发生了哪些不同于前期的变化？

从唐诗发展的历史看，大历诗人处在盛唐之音的尾声、韩柳古文运动和元白新乐府运动尚未到来的寂寞时期。这一时期的诗歌无论是审美情趣，还是诗人在作品中反映出来的审美价值取向都发生了较大变化。

在审美情趣上，大力历诗人不像开元天宝诗人那样推崇笔力雄健、大气磅礴、雄浑壮阔的阳刚之美。就像后人所说的，他们注重"意"，也就是诗的韵致，而不是"气象"。他们的作品虽然"气骨顿衰"，但毕竟还有一点儿气力。以自然山水诗为例。自然山水是一种外在的客观，而它的情韵完全是作家赋予的。在表现自然山水美方面，大历十才子等人追慕六朝的闲雅之趣，但又多了几分忧伤和孤独。在人与物的关系上，往往是"感受型"的，而不是"认知型"的。像韦应物的《滁州西涧》："独怜幽草涧边生，上有黄鹂深树鸣。春潮带雨晚来急，野渡无人舟自横。"苏轼很推崇韦应物，他说："李杜之后，诗人继出。虽间有远致，而才不逮意。独韦应物、柳宗元发纤秾于简古，寄至味于澹泊，非馀子所及也。"（《书黄子思诗集后》）这首诗既谈不上"澹泊"，也谈不上"远致"，却以"纤秾"取胜。作者所要抒发的只是自己的幽独，这是大历诗人普遍的情感取向。而诗人的心潮也像"野渡"旁随波荡漾的孤舟，上下起伏。钱起也有类似的春景作品，如《暮春归故山草堂》："谷口残春黄鸟啼，辛夷花尽杏花飞，始怜幽竹山窗下，不改清阴待我归。"诗人的一丝伤春之情几乎淡到让人体味不出的地步。至于萌动着勃发之气的早春，在大历诗人笔下也失去了活力，如刘长卿的《海盐官舍早春》："小邑沧洲吏，新年白首翁。一官如远客，万事极飘蓬。柳色孤城里，莺声细雨中。羁心早已乱，何事更春风。"反映了诗人极其伤感落寞的情怀。戴叔伦的"燕子不归春事晚，一汀烟雨杏花寒"，显不出一丝春的生机。这是写春天。那么，十才子如何表现秋景呢？刘长卿善写秋景的凄凉："荒村带返照，落叶乱纷纷。古路无行客，寒山独见君。"（《碧涧别墅喜皇甫侍御相访》）尤其是这首诗的结尾"不为怜同病，何人到白云"，完全没有王维在《山居秋暝》结尾所流露出的"随意春芳歇，王孙自可留"的清静高雅的情趣。大历十才子等人在自然山水的描写中有一种通病，那就是对景伤情，而且多以荒破意象为切入点。他们尤其对冷寂的事物情有独钟。诸如寒山、落日、荒村、野店、孤云、飞鸟、孤月、塞鸿、疏柳、残花、衰草、幽树等等，总之，凡是能表现残破荒凉景象与心情的事物都被大历十才子等人驱之于笔端，舍此则不能表现其忧伤和哀怨。大历十才子等人喜欢写山水，但是，他们和自然山水有一种距离，对大自然几乎没有亲近感。

在描写遭逢丧乱的作品中，大历十才子往往是心有余悸的。李益有一首《喜见外弟又言别》："十年离乱后，长大一相逢。问姓惊初见，称名忆旧容。别来沧海事，语罢暮天钟。明日巴陵道，青山又几重。"一起长大的表兄弟，在乱离后陌路相逢时竟然认不出对方，"十年乱离"只是一个托词，沧海桑田的社会巨变才是诗人要表现的重点。虽然诗的题目中有"喜见"二字，但在诗中体味不出诗人喜从何来！"明日巴陵道，青山又几重"，诗人茫然失落的担忧给全诗蒙上了一层浓厚的伤感色彩。司空曙的《喜外弟卢纶见宿》与李诗相差无几："静夜四无邻，荒居旧业贫。雨中黄叶树，灯下白头人。以我独沉久，愧君相见频。平生自有分，况是蔡家亲。""雨中黄叶树，灯下白头人"，尽管情感深挚，但总让人有一种压抑感。在大历十才子等人中，戴叔伦算是比较超脱的，但也超脱得有限："寥落悲前事，支离笑此身。"（《除夜宿石头驿》）可以说，大历诗坛上的十才子等人，他们的心理是阴沉的，他们的心情从来就没有开朗过，愁闷与孤独常常伴随着他们。刘长卿有一首写羁旅行役的《新年作》很有代表性："乡心新岁切，天畔独潸然。老至居人下，春归在客先。岭猿同旦暮，江柳共风烟。已似长沙傅，从今又几年。"这是作者在被贬为南巴尉途中写的一首诗，自然免不了要引出被贬为长沙王太傅的贾谊作自己的陪衬。应该说这首诗写得还是很有自己的特色的。明代的陆时雍在《唐诗镜》中说："三、四隽甚，语何其炼！"其实这位"五言长城"的这一联诗是模仿隋朝薛道衡的《人日思归》中"人归落雁后，思发在花前"的。说这一联诗"有迥出盛唐者"，实在有过誉之嫌，顶多不过是仿制了前人的佳句而略加变化罢了。这说明大历十才子等人的作品不全是"气骨顿衰",至少还有一些气力。只不过压在他们心头的时局阴云实在是太沉重了,所以,即便是有气力,也摆脱不了愁眉不展的苦境:"岭猿同旦暮,江柳共风烟。"这一联强化了前面的压抑感,情感变得更加低迷。沈德潜倒是看出了刘长卿这首诗的特点,说它有"别于盛唐"。所谓"别于盛唐",是在于它的"巧"。(《唐诗别裁》)盛唐诗人很少在新巧上下功夫,而大历十才子等人则恰恰相反。他们有别于盛唐之处就在于喜欢在诗中争奇斗巧。因为他们大多喜欢留心自己身边的琐事,送别、怀人、春夏秋冬、宦游、羁旅成了他们常见的题材。尤其是在抒写羁旅行役时,多侧重于迷离心态的抒发。司空曙《云阳馆与韩绅宿别》:"故人江海别,几度隔山川。乍见翻疑梦,相悲各问年。孤灯照寒雨,湿竹暗浮烟。更有明朝恨,离杯惜共传。""乍见翻疑梦,相悲各问年",同李益的"问姓惊初见,称名忆旧容"有异曲同工之妙。"孤灯照寒雨,湿竹暗浮烟",是写两人"乍见"叙旧的环境。凄风苦雨,一灯如豆,不仅不亮,还因为用来照明的竹子是湿的,老是冒烟,即便是人不流泪,光那烟熏也是让人够受的。在这种环境下与朋友言别,心境自然不会好。注重自我情怀的展现正是大历十才子等人的特点。同样是送别,同样是心境不好,高适就明显地带有走出盛唐而又依旧回首盛唐的特点:"千里黄云白日曛,北风吹雁雪纷纷。莫愁前路无知己,天下谁认不识君!"这气概才真正是走出盛唐以后仍旧不减盛唐。

  从审美变化的角度看,我们不妨打个比方:盛唐诗犹如一位朝气蓬勃的男子汉大丈夫,而大历十才子等人的诗则是一位略带羞涩的村姑,村姑登上大雅之堂,就难免羞怯,但还不失纯真和灵性。盛唐诗人喜欢阳刚之美,有一种勃发向上的气概;大历十才子等人崇尚孤寂瘦硬，像一个排骨美人，纤瘦而显得风韵不足。盛唐诗刚健明朗，大历十才子等人的诗清寂淡远；盛唐诗豪迈奔放，大历十才子等人的诗深秀内敛；盛唐诗雄浑厚重，大历十才子等人的诗清淡闲雅；盛唐诗是李白望庐山瀑布，高屋建瓴，大历十才子等人的诗是韦苏州置身滁州西涧，幽独孤寂；盛唐诗人注重社会功利，大历十才子等人注重一己之私。总之，盛唐诗人的文化个性是外向型的，大历十才子等人是内敛型的。其间差异泾渭分明。

当然，这种变化在不同诗人身上的表现各有不同。

元结、顾况、韦应物、孟云卿等人大体上走的是写实的路子。

元结的《舂陵行》写于他任道州刺史时，是一首五言古诗。和杜甫的《咏怀五百字》、《北征》相比，不仅篇幅不够宏大，从章法上看，也缺乏起伏跌宕，只是如实地写自己为了安民而不惜待罪的朴直心情，有一定的现实意义。这种格调开启了元白新乐府的先声。

顾况倒是关心国计民生，但是，最后举家入茅山学道，走上了遁世之路。他和元结走着同样的路子，即事为诗，多叙述语而少曲折，风格直而古，有类汉乐府，开张王乐府之先声。

孟云卿和元结是一派，所以元结编《箧中集》的时候还收录了他的诗。孟云卿和杜甫关系比较好，早在杜甫任华州司功参军时就有诗赠孟。晚年在夔州时，杜甫作《解闷十二首》，其五称赞孟云卿的人格和诗品："一饭未尝留俗客，数篇今见古人诗。"所谓"古人诗"，说明他的诗和汉魏诗风可以比肩。他的《悲哉行》、《古挽歌》、《伤时二首》在反映现实上有一定的力度。遗憾的是，他的诗学陈子昂的痕迹太明显了，"羽声角调，无甚宫商之音"（《载酒园诗话·又编》）。所谓"无甚宫商之音"，就是缺乏深沉悲怨，这就难怪钟惺说他的诗像汉朝人的古诗。有些诗的语言甚至很古奥。

韦应物在这几位诗人中算是比较突出的。一是他的作品多,《全唐诗》存诗十卷,五百六十四首(其中一首和杜审言互见);二是他的诗风追踪陶渊明和谢灵运,因而很受后人推崇。李肇在《国史补》中就说:"韦应物立性高洁,鲜食寡欲,所至焚香扫地而坐。其为诗驰骤建安以还,各得其风韵。"和陶谢相比,韦应物显然有他自己的特点。他年轻时行为放荡不羁。《逢杨开府》是他的自白:"少事武皇帝,无赖恃恩私。身作里中横,家藏亡命儿。朝持樗蒲局,暮窃东邻姬。司隶不敢捕,立在白玉墀。骊山风雪夜,长杨羽猎时。一字都不识,饮酒肆玩痴。武皇升仙去,憔悴被人欺。读书事已晚,把笔学题诗。两府始收迹,南宫缪见推。非才果不容,出守抚惸嫠。忽逢杨开府,论旧涕俱垂。坐客何由识,唯有故人知。"他仗着自己是唐玄宗的皇宫警卫,在长安城横行霸道,为非作歹,但是,在他"折节读书"之后,其人品和个性发生了变化。和其他大历诗人一样,他也常常叹息自己穷愁潦倒。"数岁犹卑吏,家人笑著书。"(《任洛阳令答前长安田少府》)"家贫无僮仆,吏卒升寝斋。"(《答裴丞说归京所献》)——没有僮仆传话,吏卒竟直接闯到他房子里禀报。他也想弃官回乡,无奈"归无置锥地"(《答故人见谕》)的窘迫使他不得不继续留在官场。由于长期沉沦下僚,他对农民的生计比较了解,创作了一些同情农民的作品。他的《观田家》诗用质朴的语言描写了农事活动以及农民的苦难:"仓廪无宿储,徭役犹未已。"结尾还有自我反省:"方惭不耕者,禄食出闾里。"和元结的古奥相比,他的诗要平实得多。与此相似的还有"自惭居崇处,未睹斯民康"(《郡中燕集》)。所以,从诗歌史的角度看,开白居易新乐府诗先河的不仅仅是张籍、王建,还应该上溯到韦应物。了解了这一点,我们再回头去看看他在《寄李儋》诗中所说的"邑有流亡愧俸钱",

就不会感到诗人是在故作姿态了。白居易对韦应物就给予很高的评价:"韦苏州歌行,才丽之外,颇近兴讽。其五言诗又高雅闲澹,自成一家之体。今之秉笔者谁能及之?"(《与元九书》)这种评价,应该说是建立在他们的诗歌创作在思想感情和诗歌语言上有相通之处的基础上的。

由于时局动荡,世事茫茫,又无法回归乡野,所以,诗人便以萧散的人生态度来排遣心中的不适。"服药闲眠"是诗人常见的生活情状。《假中枉卢二十二书》说"花里棋盘憎鸟污,枕边书卷讶风开",再如"林中观易罢,溪上对鸥闲"(《答李澣三首》之三),虽然悠闲,但没有陶渊明的"采菊东篱下,悠然见南山"的自在和自如。哪怕是在长安西南郊沣东善福寺养病时的作品,也带有明显的幽怨和叹息。丁仪说韦应物的"效陶体"、"极冲淡之怀"(《诗学渊源》),那是说过头了。从情感上说,韦应物的诗倒是和《古诗十九首》相近似,但又糅合了谢灵运的刻镂功夫。宋人吕本中就看出了这一点,说韦应物的诗"有六朝风致"(《童蒙诗训》)。因此,用"古澹"概括他的诗风还是比较符合实际的。至于说他能以"澄怀观道"(《剑溪说诗·又编》)则是过誉。不过,比起大历诗坛上的其他诗人来,他还算是比较心气平和的人。就像宋蔡絛在《蔡百衲诗话》中所说的"大似村寺高僧",无奈"时有野态"。他有一首回忆开元盛世的七言歌行《骊山行》,但和杜甫的《忆昔二首》相比,实在是差得太远了。虽然是怀念太平盛世,但是软绵绵的,缺乏杜甫那种干预时政的胆量和沉郁之美。和大历十才子略有不同的是,韦应物最擅长歌行体和五古。北宋魏泰就说"韦应物古诗胜律诗"(《临汉隐居诗话》)。虽然如此,他的一些律、绝还是深受后人推许。如《自巩洛舟行入黄河即事寄府县僚友》:"夹水苍山路向东,东南山豁大河通。寒树依微远天外,夕阳明灭乱流中。孤村几岁临伊岸,一雁初晴下朔风。为报洛桥游宦侣,扁舟不系与心同。"兴会所至,略有盛唐遗风。《寄李儋元锡》:"去年花里逢君别,今日花开已一年。世事茫茫难自料,春愁黯黯难成眠。身多疾病思田里,邑有流亡愧俸钱。闻道欲来相问讯,西楼望月几回圆。"很多诗人都喜欢夸赞自己任职之地的风物民情,唯独韦应物却以体恤民情之心写自己居官自愧的心情。明胡震亨说:"韦左司'身多疾病思田里,邑有流亡愧俸钱'仁者之言也。刘辰翁谓其居官自愧,闵闵有恤人之心,正味此两语得之。若高常侍'拜迎长官心欲碎,鞭挞黎庶令人悲',亦似厌作官者,但语微带傲,未必真有退心如左思之一向淡耳。"(《唐音癸签》)高适的"语微带傲"正是盛唐人的个性的反应,韦应物的"淡"恰恰是那个迷茫时代在诗人心理上的折射。他的《登楼寄王卿》被洪迈收进《万首唐人绝句》:"踏阁攀林恨不同,楚云沧海思无穷。数家砧杵秋山下,一郡荆榛寒雨中。"先叙情,后布景,凄凉欲绝。《滁州西涧》是久负盛名的佳作:"独怜幽草涧边生,上有黄鹂深树鸣。春潮带雨晚来急,野渡无人舟自横。"这本来是一首即景述怀诗,明高棅偏偏认同欧阳修的观点,把它理解为一首"君子在野,小人在位"的"感时"之作。幽独、闲淡,再加上野趣,充分展现了韦应物的诗歌寓闲雅于幽独的审美追求。

　　大历十才子中,卢纶和李益的五言绝句比较有名。清人贺裳说,大历十才子中,"刘长卿外,卢纶为佳。其诗亦以真而入妙"。其实,卢纶诗的"真"和"朴"是联系在一起的。他很懒散,还有服药的习惯,"貌衰缘药尽,起晚为山寒"(《卧病书怀》),"更叹无家又无药,往来惟在酒徒间"(《赠韩山人》)。他有一首《无题》诗,能看出他在那个时代的处世态度,诗的前四句说:"耻将名利托交亲,只向樽前乐此身。才大不应成滞客,时危且喜是闲人。"他的作品中的愁情不减其他诗人:"语少心长苦,愁身醉自迟。"(《送渭南崔少府归徐郎中幕》)这都源于他身世的不幸:"少孤为客早,多难识君迟。"(《李端公》)卢纶仕途多艰,早有归隐打算,但一直犹豫不决,即便是回到家乡,也还自惭形秽:"颜衰重喜归乡国,身贱多惭问姓名。"(《至德中途中书事》)这和贺知章的"少小离家老大回,乡音无改鬓毛衰。儿童相见不相识,笑问客从何处来"无论在韵致上,还是在情感上都截然相反。大历十才子的局促也就在于此。至于写自己下第后回乡的心情,那就更令人伤感:"同作金门献赋人,二年悲见故园春。到阙不沾新雨露,还家空带旧风尘。"(《与从弟瑾下第后出关言别》之一)在人生的困顿中,他的《和张仆射塞下曲》被贺裳誉为"有盛唐之音",但仅仅只有六首,不是他的诗歌创作的主流倾向。

大历十才子中有三位姓李的诗人,即李益、李嘉佑、李端。张为在《诗人主客图》中称李益是"清奇雅正主",他一直活到唐文宗大和初年,以礼部尚书致仕,在唐代诗人中算是高寿诗人。胡应麟说他的七言绝句"可与太白、龙标竞爽"。明代的许学夷甚至说他一些诗歌"气格绝类盛唐"。许学夷自己也觉得有点儿过头了,于是补充说,之所以如此,是由于李益"气质不同,非有意复古"(《诗源辨体》),算是回到了比较客观的立场。因为,李益"生长西凉",养成了"负才尚气"的个性。所以他的诗歌受地域文化的影响,不自觉地带有一种慷慨之气。这就使得李益成为大历诗坛上一位成就比较突出的诗人。他的边塞诗不乏慷慨意气,但同时又受时代的影响,免不了幽怨和低沉,形成了比较鲜明的个人特色。如《从军北征》:"天山雪后海风寒,横笛遍吹行路难。碛里征人三十万,一时回首月中看。"其格调和王昌龄的《从军行》相仿佛。所以,清人毛先舒说他"不减盛唐高手"(《诗辩坻》),也不是虚誉之词。再如《夜上受降城闻笛》:"回乐峰前沙似雪,受降城下月如霜。不知何处吹芦管,一夜征人尽望乡。"悲凉中包孕着一股壮气,与李白、王昌龄差可比肩。

李嘉佑被高仲武誉为"中兴高流"。这种评价使得晚唐的郑谷觉得不可思议,于是发出质疑:"何事后来高仲武,品题《间气》未公心。"平心而论,李嘉佑的诗在大历十才子等人中算不上"高流"。他的诗,"涉于齐梁,绮靡婉丽"。充其量不过是在其他诗人陷入了苦闷与彷徨的时候,他却能用一种恬淡的心情去面对生活,好像那个纷乱的社会和他毫无关系。高仲武说,他很喜欢李嘉佑的"野渡花争发,春塘水乱流"(《送王牧往吉州谒王使君叔》)以及"朝霞晴作雨,湿气晚生寒"(《仲夏江阴官舍寄裴明府》)。其实,这两联诗只不过显示了李嘉佑诗的刻削功夫,根本算不上是"文章之冠冕"(《中兴间气集》)。由于刻削太过,就免不了因文而害意。比如"无人花色惨,多雨鸟声寒",诗人意在描写春色惨淡。"无人",则花开无主,所以再好的春色也显得惨淡无光。可是,对句犯了一个常识性错误:下雨天,鸟儿是不会叫的。表面上看,对仗很工整,其实是因文而害意。

李端是李嘉佑的侄子。《旧唐书》本传说他是郭子仪的小儿子郭暧门下的常客。他诗集中有两首《赠郭驸马》诗,被认为是他才华横溢的标志。其一:"青春都尉最风流,二十功成便拜侯。金距斗鸡过上苑,玉鞭骑马出长楸。熏香荀令偏怜小,傅粉何郎不解愁。日暮吹箫杨柳陌,路人遥指凤凰楼。"据李肇《国史补》记载,这首诗是李端在郭暧宅中参加宴会时写的。诗成之后,在场的人都称好,公主还"以百缣赏之"。但钱起认为这是李端提前写好了的,不算数,并提议让李端当场再写一首,并且以他的姓"钱"字为韵。于是李端又献了一首:"方塘似镜草芊芊,初月如钩未上弦。新开金埒看调马,旧赐铜山许铸钱。杨柳入楼吹玉笛,芙蓉出水妒花钿。今朝都尉如相顾,愿脱长裾学少年。"据说郭暧看了以后,认为这首诗比前一首更好。这样钱起就不得不服了。这两首诗,充其量不过是"有声有色,而难于有韵致"(清赵臣瑗《山满楼笺注唐诗七言律》)的应景诗,还不乏折腰阿谀之嫌。许学夷甚至说应该把它归"入晚唐"(《诗源辩体》)。

比起他的叔父来,李端仕途落拓。也正因为如此,一般说来,他的诗比较平实自然,没有刻意的雕饰。如《题崔端公园林》:"上士爱清辉,开门向翠微。抱琴看鹤去,枕石待云归。野坐苔生席,高眠竹挂衣。旧山东望远,惆怅暮花飞。"虽然达不到王维诗的闲雅、灵动的境界,但也不失恬淡自如。所以,沈德潜说李端诗"自然处犹近摩诘"。不过,他的毛病是虽然写景清幽,但缺少韵致,逢场作戏的成分多了一些。像《赠李龟年》:"青春事汉主,白首入秦城。遍识才人字,多知旧曲名。风流随故事,语笑合新声。独有垂杨树,偏伤日暮情。"虽有人世沧桑之感,但是显得很平淡。无论如何比不上杜甫的《江南逢李龟年》:"岐王府里寻常见,崔九堂前几度闻。正是江南好风景,落花时节又逢君。"既写李龟年的身世变化,又蕴含着自己身世沧桑的无穷感慨,短短的二十八个字浓缩了社会的盛衰陆沉。两相比较,不啻天壤。不过,他的《瘦马行》还略有少陵遗风,只是骨力差了一些。他有一首《过宋州》,怀念张巡:"睢阳陷虏日,外绝救兵来。世乱忠臣死,时清明主哀。荒郊春草遍,故垒野花开。欲为将军哭,东流水不回。"言情叙景,沉着凝重。《山下泉》也是一首很受后人推崇的诗:"碧水映丹霞,溅溅度浅沙。暗通山下草,流出洞中花。净色和云落,喧声绕石斜。明朝更寻去,应到阮郎家。"诗有逸气,不乏奇思,令人尚有遐想的余地,在大历诗坛上是不可多得的佳作。

韩翃的诗风也和他与柳氏的风流韵事一样轻艳,作起诗来,喜欢风流自赏。他的《寒食》诗和王昌龄的宫词格调差不多。至于其他作品,常常是有佳句而无完篇。如"星河秋一雁,砧杵夜千家"(《酬程延秋夜即事见赠》),"客衣筒布润,山舍荔枝繁"(《送故人归蜀》),"疏帘看雪卷,深户映花关"(《题荐福寺衡岳暕师房》),"寒雨送归千里外,东风沉醉百花前"(《送高别驾归汴州》),"露色点衣孤屿晓,花枝妨帽小园春"(《又题张逸人园林》),"门外碧潭春洗马,楼前红烛夜迎人"(《赠李翼》),"急管昼催平乐酒,春衣夜宿杜陵花"(《赠张千牛》)。不管是五言,还是七言,明显地带有初盛唐之交的那种香软风气,虽有姿韵,但显得轻靡,总是提不起精神。

郎士元在大历诗人中是比较平淡的一个,但是,高仲武说他的诗"闲雅"、"近于康乐"(《中兴间气集》),实在是不知从何谈起。因为郎士元的诗总是脱不了局促和清寒之气,"闲雅"最起码不能带穷酸气,郎士元就做不到这一点。比如《送张南史》:"雨馀深巷静,独酌送残春。车马虽嫌僻,莺花不弃贫。虫丝粘户网,鼠迹印床尘。借问山阳令,如今有几人?"士人虽穷,但要不失气度,郎士元就没有做到这一点。不说别的,就说他家里的环境吧,窗户上挂满了蜘蛛网,坐床上积了一层厚厚的灰尘,上面还留着老鼠的爪子印。作者为了表现自己的"僻"、"贫",不惜把自己家里的环境描绘得如此龌龊。而张文荪却说这首诗"雅令可人,不入纤巧,是手法高处"(《唐贤清雅集》),令人啼笑皆非。有时连最起码的对仗都显得很不成样子。比如高仲武很欣赏他的"暮蝉不可听,落叶岂堪闻"(《周至县郑礒宅送钱大》),两句诗说了一个意思。"去鸟不知倦,远帆生暮愁。""不可听"、"岂堪闻"、"去鸟"、"远帆"不仅仅是一个合掌的问题,可以看出其诗才的拮据。

总起来说,从安史之乱爆发到大历末期,是整个唐诗嬗变的转捩时期。李白、杜甫、王维等人代表了盛唐之音的辉煌,而大历十才子等人孤寂冷清的诗风又和那个不景气的时代相吻合,呈现出气骨与情韵的衰变。不过,这种变化是渐进式的,而不是突发式的。因为,从作家群体来说,也有一个逐步退出诗坛和逐步登上诗坛的转换过程。而这个过程,要等到韩愈、柳宗元、白居易、元稹等人登上诗坛才完成。

论骆宾王

我国古代诗歌发展到初唐，正处于新旧交替的关键时期。这时的文坛从整体倾向上看，六朝遗风和"绮错婉媚"的"上官体"还比较流行，但这并不意味着六朝遗风就完全占据主导地位。因为这时的文坛上出现了王勃、杨炯、卢照邻、骆宾王等四位优秀诗人。他们的创作，上接建安，下启盛唐，在诗歌中或抒发自己的人生理想，或慨叹自己的人生遭遇，或者以自己的亲身经历描写边塞生活，和同时代的其他宫廷诗人相比，他们的作品涉及的生活内容比较广泛，格调也显得清新、自然。他们对六朝浮艳诗风有所不满和扬弃，同时，他们又吸取前人在声律上的成果，为近体诗的定型作出了积极贡献，被后人赞誉为初唐"四杰"。

"四杰"中，骆宾王是一位带有传奇色彩的诗人。他一生历尽沧桑，沉沦不遇，两度入冤狱，数出边塞，晚年又参加了徐敬业反对武则天的军事行动。他的诗歌创作，尤其是他的七言歌行承上启下，直开有唐一代七言歌行的先河，在初唐诗坛上称得上是一位卓有成就的优秀诗人。

骆宾王，婺州义乌人（约622—约684）。他出身一个封建小官吏家庭，他的父亲做过博昌令。骆宾王十几岁的时候，父亲死于任所。此后，他就和母亲及弟弟流寓齐州、瑕丘、兖州一带，靠着父亲留下来的一点儿薄产度日,过着"栖迟五亩,获鹪鹩之数粒;萧条三径,匮侏儒之斗储"(《上齐州张司马启》)的清苦生活。为了求取功名,他白天参加劳动,晚上和农闲时读书。尽管如此,仍然是"糟糠不赡,甘旨之养屡空;箪笥无资,朝夕之欢宁展"(《上瑕丘韦明府启》)。可以看出,他的家境是比较穷困的。青年时代,骆宾王曾一度辞别母亲,西游洛阳、长安等地。这期间,他像所有年轻人一样,结交了一些轻薄子弟,甚至参与赌博。时间不长,他又回到齐州。

高宗永徽初年(650),二十九岁的骆宾王才在道王府中谋了个"府属"的职位。四年后,他离开了道王府,在家闲居了十年之久。这期间,他每日"放旷林泉,颇得闲暇之趣"(《上齐州张司马启》)。麟德元年(664)八月,刘祥道奉命巡行关内。骆宾王在长安上书自荐。对策的结果,他被朝廷录用为奉礼郎。所以,后人把骆宾王也称作"骆奉礼"。未几,授东台详正学士(属弘文馆,主校理图籍旧书)。他在长安生活了六年。咸亨元年(670),吐蕃进犯西部边境,骆宾王这时恰好以事见谪,就跟随薛仁贵离开京城,从军西域。他本来想立功边塞,衣锦荣归,不料,薛仁贵兵败大非川,迫使他在边塞滞留了两年多。建功立业的理想破灭了,沉痛悲凉的心境代替了出塞时的慷慨激昂。他把这一时期自己思想感情上的种种苦闷都融入了这一时期的边塞诗,仕途上的不幸成就了他的诗歌创作。

咸亨二年初,骆宾王从西部边塞还京。在未谋到一官半职的情况下,就跟随梁积寿从军姚州(今云南昆明西部),再次厕身幕府。这年六月,战事结束,他由姚州来到蜀中,在成都住了一年多。在成都,他结识了新都县尉卢照邻以及这年五月由长安到蜀中的王勃。除了杨炯,四杰中的三位会集在了成都。三个人在一起过了一段

"寻姝入酒肆，访客上琴台"的浪漫生活。此外，骆宾王还结识了初唐著名道士李荣，同他谈玄说道，切磋诗文。上元元年（674）春天，骆宾王回京参选，授武功主簿。不久，又奉使江南。在此期间，他曾经回到他青年时期生活过的齐鲁一带，探旧访友。上元三年三月，吐蕃进犯鄯、廓、河、芳四州。唐高宗诏裴行俭为洮州道左二军总管。骆宾王秩满，裴行俭欲聘其为随军书记。骆宾王以弟弟刚刚去世、母亲年老多病为理由，上书（即《上吏部裴侍郎书》）坚辞不就，调明堂主簿。上任不久，母亲病故。骆宾王不得不辞官服丧，住在长安城东门外浐河旁。

仪凤三年（678）丧终，补长安主簿。不久，擢侍御史。这是骆宾王一生中所做的最高官职，所以，后人又称其"骆侍御"。这也是骆宾王一生中唯一一次入朝做官。但是，这年冬天，他遭人陷害，被捕入狱，第二年秋天，才得到平反，被释放出狱。能出冤狱，他感到高兴，作诗说："涸鳞去辙还游海，幽禽释网便翔空。"（《畴昔篇》）可以想象，他的心情是多么高兴。但是，他并没有高兴得忘乎所以。在冷酷的现实面前，他开始变得冷静了："舜泽尧曦方有极，谗言巧佞覬无穷。谁能跼蹐依三辅，会就商山访四翁。"（《畴昔篇》）可以看出，在经受了冤狱之后，他对官场的险恶有了切身的感受。他打算学四皓的样子，到商山去做隐士，但仅仅是说说而已，他并没有真的去做隐士。没过多久，他就跟随礼部尚书裴行俭从军定襄（今山西北部）。从定襄回长安后，于调露二年（680），五十九岁的骆宾王下除临海县丞。

三十多年的宦游生活，对骆宾王来说真是落魄飘零。他到临海以后，"怏怏不得志"（《新唐书》本传），时间不长，就弃官而去。弘道元年（683）十二月，唐高宗在洛阳病死，武则天执掌朝政。第二年初，骆宾王因人举荐，赴长安，结果一无所获。只好给大将军程务挺留下一封信，便动身返回江南。七月，徐敬业在扬州起兵，讨伐武则天篡政。这时，骆宾王正在扬州，被徐敬业聘为"艺文令"，主管军中文书。他为徐敬业起草了著名的《讨武氏檄》。十月，徐敬业兵败，骆宾王与徐敬业兄弟、唐之奇、杜求仁等二十五人携家眷逃至海陵，欲渡海入高丽。徐敬业的部将王那相叛变，斩徐敬业、骆宾王等人，传首东都。骆宾王就这样结束了坎坷的一生，年六十三。

骆宾王自幼接受了传统的儒家教育，像绝大多数封建知识分子那样，儒家思想在他的头脑中占据主导地位。他恪守儒家的信条："应节不忿，信也；与物不竞，仁也；逢昏不昧，智也；避日不明，义也；临危不惧，勇也。"（《萤火赋》）并立志要"蹈孔丘之余志"（《与程将军书》），做一个管仲、晏子式的人。骆宾王的青少年时代是在"贞观之治"中度过的。那是一个奋发向上的创业时代，为时代精神所激励，他也养成了豪侠放浪的个性，其思想不全被儒家的律条所束缚。正如他自己所说的："少年重英侠，弱岁贱衣冠。"（《畴昔篇》）——以豪侠自任，并不把功名利禄放在心上。他的知识面还是很宽的："至于九流百氏，颇总缉其异端；万卷五车，亦精研其奥旨。"（《上瑕丘韦明府启》）他甚至学过剑术、兵书、术数、方伎！所以，在骆宾王的思想中，尽管儒家思想占据主导地位，但也可以看出其他思想对他的影响。而他的豪放性格，又显然是受了游侠精神的影响。

骆宾王性格耿直，用他自己的话说，是"天资木强"，虽然是"席门贱品，蓬牖轻生"，却能自守节操，不肯屈节权门。他任道王府属时，道王李元庆让僚属各陈己能。他也写了一篇《自叙状》，不过，他没有夸耀自己的才能，而是委婉地指出这种做法的弊端。他认为"延己扬才，乃小人之丑行"，无非是"饰怀禄之心"，以"徇名养利"。这样做，只会使小人竞进，"得其宾而丧其实"，"有其语而无其人"。其后果是"上以紊国家之大猷，下以渎狷介之高节"。骆宾王不扬己之长，不言身之善，在尔虞我诈的封建社会，应该说这种耿介品格是难能可贵的。当然，这也是一种巧妙的自荐方式。

正由于他性格耿直，敢于直言，因而往往祸从口出。尤其是在武则天正式临朝称制之后，他还说："万里烟波，举目有江山之恨；百龄心事，老生无暑刻之欢。"(《与程将军书》)这话说得很大胆，比起那些上劝进表让武则天登基称帝的趋炎附势者，骆宾王的人格倒是少了几分奴性。也正因为如此，终其一生，只能是"出没风尘之际，飘沦名利之间"(《上齐州张司马启》)。在人生理想上，他"慕淳于管晏之智"，希望能做一番事业，但现实社会又没有给他提供展示自己才智的机会。所以，他在《浮查》中就借浮查的漂泊不定暗喻仕途的险恶。

在骆宾王的思想中，尽管儒家积极用世的思想一直比较突出，但在屡经磨难之后，老庄的鄙弃时俗、达观齐物的思想倾向就明显地流露出来。表现在行动上，便是抑扬于诗酒之际，吟咏于啸傲之门："穿溆不厌曲，舣潭惟爱深。为乐凡几许，听取舟中琴。"(《称心寺》)他想退隐，一方面是因为得势的武氏不需要他这个"昧克己之方"的狂士，另一方面则是他自己不愿意同那些奸佞为伍。但这并不意味着他就此忘情政治，做一个与世隔绝的超人。恰恰相反，他虽然人在山林，仍旧忧心国事。当武则天总揽朝政，视高宗为偶像时，骆宾王心里愤愤不平，他在诗中写道："宝剑思存楚，金椎许报韩。"(《咏怀》)明确表示要恢复李唐王朝的正统地位。他有一篇

《钓矶文》，很能说明他退隐山林的原因和希望达到的目的：

> 猛兽搏也，拘于槛阱；鸷鸟攫也，絷于樊笼；素龟灵也，被发阿门；白龙神也，挂鳞且网。何不泥潜而穴处？何故贪饵而吞钩乎？于是放之江流，尽其生生之理。……夫至人之处事也，拟迹而后投，隐心而后动。终始不易其道，悔吝不生其情。……圣人不凝滞于物，智士必推移于时。知几之谓神，舍生之谓道。殷乙，圣人也，囚于夏矣；孔丘，贤人也，畏于匡矣。且夫明哲之贤，尚罹幽忧之患，况乎鳞羽之族，能无弋钓之累哉？……且夫垂竿而为事者，太公之遗术也。形坐磻溪之石，兆应兹水之璜。夫如是者，将以钓川耶，将以钓国耶？然后知古之善钓者，其惟太公乎？又有妙于此者，其惟文王乎？……由此观之，蹲会稽而沉犗者，鲍肆之徒也；踞沧海而负鳌者，渔父之事也。斯并渺小者之所习，安知大丈夫之所钓哉！

从这一段文字可以看出，他的退隐是以猛兽囚槛为鉴，采取"拟迹"、"隐心"的处世哲学，以待"后投"、"后动"，明显是效法姜太公垂钓渭滨的遗术，以待后车之乘。在这一目的未实现之前，他"处幽控寂"，"乐道栖真"，表面上是"宠辱两忘，廊庙与山林齐致"，一旦时机成熟，他就要奋其智能，大干一番！嗣圣元年（684），他以衰暮之年参加了徐敬业的军事冒险行动，一篇气吞山河的《讨武氏檄》竟让武则天发出"宰相安得失此人"的叹息！他的政治热情最后一次得到了最充分的发挥。

观其一生，骆宾王的思想中，既有冷静的现实主义成分，又有狂热的浪漫色彩。在错综复杂的政治斗争中，他的思想充满了进与退的矛盾。这也构成了他的作品的全部感情世界。

初唐四杰中，骆宾王年辈最长，经历也颇为复杂。他的足迹几乎遍布大唐帝国：他西出阳关，戎马天山南北；从军姚州，流寓巴山蜀水；北上燕代之地，饱受鞍马之劳；奉檄吴越，遨游东海之滨。他既在庄严的太庙中做过奉礼郎，也在阴冷的监狱中当过阶下囚。他曾因《帝京篇》而誉满京畿，也因《讨武氏檄》而身首异处。这一切都决定了他的诗歌创作具有较充实的内容以及超出宫廷文人的生活基础与思想境界。

"诗言志"，这时骆宾王诗歌创作的基本出发点。

咸亨元年，骆宾王远赴边塞。他写了一首《咏怀古意上裴侍郎》：

三十二余罢，鬓是潘安仁。四十九仍入，年非朱买臣。纵横愁系越，坎壈倦游秦。出笼穷短翮，委辙涸枯鳞。磨铅不沾用，弹铗欲谁申？天子未驱策，岁月几沉沦。轻生常慷慨，效死独殷勤。徒歌易水客，空老渭川人。一得视边塞，万里何苦辛。剑匣胡霜影，弓开汉月轮。金方动秋色，铁骑拍风尘。为国坚诚款，捐躯忘贱贫。勒功思比宪，决策暗欺陈。若不犯霜雪，虚掷玉京春。

作者以诗见志，抒发怀抱。虽然不免老大无成的牢骚，但"为国坚诚款，捐躯忘贱贫。勒功思比宪，决策暗欺陈"的远大抱负，驰骋边塞、为国立功的雄心壮志还是令人钦佩的。

这种英雄气概，在《从军行》中表现得更加慷慨激昂："平生一顾重，意气溢三军。""不求生入塞，惟当死报君！"即便是到了晚年，他的这种志向也毫无减退："投笔怀班业，临戎想霍勋。还应雪汉耻，持此报明君。"（《宿温城望军营》）这种忠君报国、扫除边患的思想是初唐时代尚武精神的反映，符合当时巩固边防的社会潮流。在当时的历史条件下，无疑带有积极意义。当然，骆宾王的边塞诗也不是一味慷慨激昂、奋发向上。当他的人生既定目标无法实现时，他也有自己的牢骚和怨恨。这时，他的作品就充满了低回、哀伤的情调，比如《晚度天山有怀京邑》：

> 忽上天山望，依然想物华。
> 云疑上苑叶，雪似御沟花。
> 行叹戎麾远，坐怜衣带赊。
> 交河浮绝塞，弱水浸流沙。
> 旅思徒漂梗，归期未及瓜。
> 宁知心断绝，夜夜泣胡笳。

和传统的汉魏乐府诗一样，这首诗表现了征人久戍边塞而产生的思家之情。所不同的是，诗人自己有着亲历边塞的人生经历，所以，其情感就显得真挚自然，少了代他人抒情的嫌疑。骆宾王有时候也后悔自己不该踏进"扰扰风尘地，遑遑名利途"（《久戍边城有怀京邑》），还不如退身名利场，躲进山水林泉过那种逍遥自在的隐居生活。从这一点说，他的边塞诗在抒情层次上就呈现出多样性的特点。

骆宾王一生有三次从军边塞，所以，他对艰苦的军旅生活有着切身感受，尤其是对守边将士的思想感情体会比较深切。这也是他的边塞诗具有感人的艺术力量之所在。"重义轻生怀一顾，东征西伐凡几度。夜夜朝朝鬓髮新，年年岁岁戎衣故。漂梗飞蓬不暂安，扪萝引葛度危峦。昔时闻道从军乐,今日方知行路难。"(《从军行路难》)真实地反映了长期的征战生活给将士们带来流离颠沛的苦难。对于一大批"壮志凌苍兕,精诚贯白虹"的封建知识分子来说,从军生活并没有改变他们仕途上沉沦不遇的命运,"一朝辞俎豆,万里逐沙蓬","膂力风尘卷,疆场岁月穷"(《边庭落日》)。诗人常常把守边将士的艰苦生活同京城的达官贵人的生活进行比较:"广筵留上宾,丰馔引中厨。漏缓金徒箭,娇繁玉女壶。"(《久戍边城有怀京邑》)这种豪华生活同黄沙扑面或瘴气袭人的征战生活形成鲜明对照,使人们认识到当时社会的安定繁荣是守边将士们浴血奋战的结果。

在长期的宦游生活中,骆宾王渐渐认识到自己的壮志是难以实现的。这时,遁世思想就在他的作品中自然而然地流露出来。《秋日山行简梁大官》这首诗就体现了他入世无门,不如远避红尘的想法:"弹冠劳巧拙,结绶倦牵缠。不如从四皓,丘中鸣一弦。"——只有挖空心思(劳巧拙)才能在官场争得一席之地。所以,他有时就幻想着要超然物外,做一个绝对自由的人:"一遭樊笼累,惟余松桂心。"(《夏日游山家同夏少府》)

在封建社会,不管是寻仙访道,还是寄情山水,只能是对不合理现实的一种无力反抗,是封建知识分子对现实社会和个人命运的不幸都感到无能为力时的一种懦弱的抗议。他们都希望在自然界中寻求安逸,但真正能与世隔绝的人并不多。正如鲁迅所说的:"既然是超出于世,则当然连诗文也没有。诗文也是人事。既有诗,就可以知道于世事未能忘情。"(《而已集》)骆宾王未尝不是这样!他声称"忘怀在真俗之中",事实上,他一生都没有忘怀"真俗",只不过统治阶级始终没有重用他,这才使他产生了对现实政治的不满。

他的一些作品流露出较明显的老庄思想，只是借此"挥斥幽愤"而已，《于紫云观赠道士》、《秋日钱陆道士》、《同辛簿简仰酬思玄上人林泉四首》、《游陀山寺》、《游灵公观》、《秋日仙游观赠道士》等作品就是为消释胸中的愤懑而创作的。

对社会有了不满情绪，就要把这种情绪表达出来。骆宾王的有些作品揭露统治阶级腐化堕落、尔虞我诈、压抑人才、制造冤狱，就和这种情绪及自己的亲身经历有关。著名的《帝京篇》就是这方面的代表作。按照传统的写法，"作《帝京篇》自应冠冕堂皇，敷陈主德。"（沈德潜《唐诗别裁》卷五）——就是要歌颂皇帝。骆宾王却没有这样写，而是在繁华景象的描写中大胆揭露上层集团的腐化堕落、王公贵族的专横跋扈、达官贵人之间的钩心斗角、相互倾轧的丑恶面目。同时，他又把自己的身世感慨融入诗篇，鞭笞了封建社会人情淡薄、世态炎凉、压抑人才的不合理现象。满腔怨愤，一吐为快。沈德潜曾批评骆宾王的《帝京篇》"始盛而以衰终"，"此非诗之正声也"。但是，恰恰在这一点上可以看出骆宾王在创作思想上离经叛道的勇气。尤其值得注意的是，作者在《帝京篇》中对社会前途及命运的关心和忧虑。作者在统治者得意忘形的时候明明白白地告诉他们：纵情的骄奢淫逸之后，必然是失势而委身泥沙的可悲下场。在四杰中，除了卢照邻的《长安古意》，只有骆宾王有这样的胆识和勇气。

《帝京篇》写于上元三年。一经传出，"当时以为绝唱"（沈德潜《唐诗别裁》卷五）。其原因就在于，作者以历史这面镜子照出了当日统治阶级内部种种丑恶行径。所谓"当时以为绝唱"，无非是引起了和骆宾王有共同遭遇的知识分子的共鸣。上层统治者和普通老百姓是不会关注这篇作品的好坏的。

封建社会的本质决定了它必然压制人才，尤其是在武则天为了扩大自己的势力而极力搜罗羽翼的特定历史条件下，就表现得更为突出。骆宾王对这一点深有体会。他有一首《叙寄员半千》，在这首诗中，作者对员半千才高而位下、耿直而遭陷害的处境深表同情，对当政者的怨愤溢于言表。他的几首咏物诗，如《挑灯杖》、《玩初月》，在一褒一贬之中表现了对"曲如钩"的伪君子的鄙弃，对"非贪热"的正直的知识分子的赞颂。

武则天为了巩固自己的地位，滥刑峻法，消灭异己，又任用酷吏，大开冤狱。骆宾王自己就三次蒙受冤案的折磨。在饱尝了冤狱之苦以后，他对执政者产生了切齿仇恨："汲冢宁详蠹，秦牢讵辨冤！"(《早秋出塞别东台详正学士》)——把武则天的酷政比喻为秦始皇的暴政。仪凤三年，他在长安监狱写了《宪台出絷》、《狱中书情》、《在狱咏蝉》等诗，从不同的角度写了统治者滥施淫威、罗织罪名、陷害无辜。即便是给他平反以后，他也没有一点儿感恩戴德的意思，而是以满腔怨愤痛斥暴政："邹衍含悲系燕狱，李斯抱怨拘秦桎。不应白发顿成丝，直为黄沙暗如漆。"(《畴昔篇》)只有受过牢狱之灾的人才能有如此深切的体会。这是骆宾王的独特之处。

应该指出的是，骆宾王用他的诗歌为被侮辱、被损害的妇女鸣不平。这在初唐诗坛上是不多见的。《艳情代郭氏答卢照邻》、《代女道士王灵妃赠道士李荣》就是这类作品。《艳情代郭氏答卢照邻》写的是成都妇女郭氏和卢照邻之间的一段故事。咸亨初年，卢照邻任新都县尉，结识了一个姓郭的年轻女子。在郭氏怀孕的时候，卢照邻去了洛阳，临行前，他信誓旦旦，相约不久就会回成都。谁料他一去杳无踪影，连封信也不写。郭氏苦苦等待，孩子生下来后也死掉了，郭氏悲愤交集。骆宾王知道这件事以后，就代替郭氏写了一篇歌行体的信给卢照邻。这就是《艳情代郭氏答卢照邻》。题目虽然是"艳情",实际上全诗充满了哀怨和悲伤。作者站在被卢照邻抛弃的郭氏一边,指责卢照邻喜新厌旧,薄情无行。而郭氏则在孤独寂寞中仍然对爱情忠贞如一。让人读后不能不对郭氏的悲惨命运产生同情,在当时具有一定的现实意义。作者把"艳情"从宫廷中解放出来,面向社会底层的广大妇女,不仅在诗歌史上是一大进步,而且就作品本身而言,也有一定的认识作用。

总之,骆宾王的诗歌创作内容丰富,题材广泛。有的抒发人生理想,有的抒写离情别绪,有的揭露统治阶级的骄奢淫逸面目,有的为女性打抱不平,更多的则是表现自己宦途失意。由于他始终没有进入禁苑,所以,流传下来的作品中,唯独没有应制诗。在创作倾向上,建功立业、积极进取的精神同愤世嫉俗、达观齐物的矛盾交织在一起,这就使得他的作品既有乐观向上的一面,又有低沉哀怨的情调。

从艺术上看,骆宾王的诗歌也具有自己的特点。

四杰是有志于革新六朝诗风的优秀作家。他们的创作,在继承中有创新,在借鉴中有提高。骆宾王在《上吏部侍郎帝京篇并启》中说:"体物成章,必寓情于小雅;登高能赋,岂图荣于大夫。盖欲乐道遗荣,从心所好,非敢希声刻鹄,窃誉雕虫。"在这里,他强调学习《小雅》,抒写个人的真情实感,主张"从心所好"。这说明他的创作是自由的,没有御用的精神负担,这是他和宫廷诗人的最大区别。他反对把写诗作为"图荣"、"窃誉"的手段,也反对"希声刻鹄"的生硬模仿。正因为如此,骆宾王的诗歌就不同于六朝宫廷文人,呈现出一股清新气息,但这并不意味着骆宾王否定优秀的文化传统。他在《和道士闺情诗启》中,对上起唐尧,下迄梁陈的诗歌发展史从艺术上作了比较全面的概括和总结。在"言志缘情"这个前提下，骆宾王肯定了"缠绵巧妙"、"发越清迥"、"理在言外"、"意尽行间"的艺术技巧。在六朝诗人中，他推崇王粲、刘桢、潘岳、左思，尤其是把曹植、陆机视为"文苑之羽仪，诗人之龟镜"。对于晋室南渡以后的文坛状况进行了尖锐的批评，那时的作家，"非有神骨仙才"，却"专事玄风道意"。颜延之、谢灵运算得上是当时的佼佼者，也不过是"戕伐典丽"而已。齐梁诸朝，虽然"声律稍精"，却未能正诗歌之本原。于是，他旗帜鲜明地提出："抑彼淫哇，澄五际之源，救四始之弊。固可以用之邦国，厚此人伦。"他的诗歌创作也基本上遵循了这一创作原则。在重形式、轻内容的六朝诗风还为大多数作家所崇尚的初唐时代，骆宾王的诗歌在艺术上还没有达到一流水平，但是，作为"当时体"，他的诗歌创作在唐代诗歌发展史上占有不容忽视的地位。这就是杜甫所说的"王杨卢骆当时体，轻薄为文哂未休。尔曹名与身俱灭，不废江河万古流"。

骆宾王诗歌在艺术上的第一个显著特点是格调豪迈。比如《送郑少府入辽》：

> 边锋惊榆塞，侠客渡桑乾。
> 柳叶开银镝，桃花照玉鞍。
> 满月临弓影，连星入剑端。
> 不学燕丹客，空歌易水寒。

这是一首赠别诗。诗人所赠的对象是一位远赴辽东边塞的朋友。诗的前六句塑造了郑少府英姿勃勃、慷慨从戎的形象。尤其是诗的结尾，一扫送别诗中常有的忧伤哀怨，呈现出慷慨昂扬、勇往直前的英雄气概。

有时在豪放之中又透露出慷慨悲壮的特点。比如他的名作《易水送人》：

> 此地别燕丹，壮士发冲冠。
> 昔时人已没，今日水犹寒。

此诗表现了作者对古代英雄的仰慕，大有一腔热血无处可洒的凛然气概。从诗中可以看出诗人不同凡响的抱负。这在初唐诗坛上是很少见的。正是有了这种抱负和献身精神，骆宾王的诗歌才显得比较有气势。有些诗则显得苍劲浑朴，如《在军中登城楼》："城上风威冷，江中水气寒。戎衣何日定，歌舞入长安！"就眼前景，抒胸中情，威武，豪迈，在苍凉悲壮中透露出乐观向上的气概。

这种特色，在他的边塞诗中表现得尤为明显。如《从军行》：

> 平生一顾重，意气溢三军。
> 野日分戈影，天星合剑文。
> 弓弦抱汉月，马足践胡尘。
> 不求生如塞，惟当死报君。

作者以气盖三军之气领起，直贯结句。激情洋溢，豪迈奔放。表现了作者为扫除边患将个人生死置之度外的牺牲精神。即便是描写征人离愁的作品（如《昔次蒲类津》），也是骨力刚劲，铮铮有声，大有碧海掣鲸之势，反映了诗人对六朝藩篱的突破和创新精神。

诗缘情而作，这是骆宾王的审美追求，他要在诗中抒发真情。

比如《在军中赠先还知己》：

> 蓬转俱行役，瓜时独未还。
> 魂迷金阙路，望断玉门关。
> 献凯多惭霍，论封几谢班。
> 风尘催白首，岁月损红颜。
> 落雁低秋塞，惊凫起暝湾。
> 胡霜如剑锷，汉月似刀环。
> 别后边庭树，相思几度攀。

这虽是一首送别诗，但作者纯就自己一边说。不言送将归，而言己未归。言在此而意在彼，越发显得哀婉动人。可谓真情充中，具有较强的艺术感染力。

作于调露元年的《边夜有怀》可以说是这种艺术特色的代表作：

> 汉地行愈远，燕山去不穷。
> 城荒犹筑怨，碣毁尚铭功。
> 古戍烟尘断，边庭人事空。
> 夜关明陇月，秋塞急胡风。
> 倚伏良难定，荣枯岂易通。
> 旅魂徒泛梗，离恨断征蓬。
> 苏武封犹薄，崔骃宦不工。
> 惟余北叟意，欲寄南飞鸿。

这是作者从军定襄时的作品。他置身燕山绝塞，耳听北风呼啸，眼望荒城古戍，秋月惨淡，心潮起伏，不由自主地慨叹自己的不幸命运。诗的前半部分，诗人借助景物描写烘托人物心境，愈显出其心之悲，其恨之深，其怨之哀。

　　善于托物寄兴，借古讽今，是骆宾王诗歌的又一特色。在咏怀之作中，它往往借古代的名人、高士寄托自己的理想和悲愤。他借刺秦的荆轲、椎秦的张良、义不帝秦的鲁仲连及退隐商山的四皓抒发自己的情怀。他借吴起去魏入楚指责皇帝听信谗言，诛除功臣，借廉颇去赵之魏暗喻自己不忘李唐王朝的耿耿情怀。由于他善于用事，所以他的咏怀一类的诗歌就显得比较浑厚、有力。杜甫说"才力应难夸数公"。这"数公"中就应该包括骆宾王。因为在四杰中除了王勃，只有骆宾王对这一评价受之无愧。

　　骆宾王的咏物诗即物达情，而又不失咏物诗的特征。比起六朝文人征故实、写色泽、广比譬、极镂绘之工而都饳凑成篇的"谜语式"的咏物诗来，不仅寓意深刻，而且富有形象性与理性思考相结合的特点。例如前面提到的《挑灯杖》："禀质非贪热，焦心岂惮熬。终知不自润，何处用脂膏。"歌颂了品德高尚之士。在《玩初月》中，作者用"明似镜"和"曲如钩"相反相成的艺术手法形象地讥刺那些自诩为清白正直的伪君子。在《咏水》中，以水的恬静、淡泊把君子之交形象化。在《咏雁》中，用大雁"空知愧稻粱"的本质揭露那些无功受禄的官吏。在咏物诗中，《在狱咏蝉》久负盛名：

　　　　西陆蝉声唱，南冠客思深。
　　　　那堪玄鬓影，来对白头吟。
　　　　露重飞难进，风多响易沉。
　　　　无人信高洁，谁为表予心。

作者把自己比作蝉，用秋蝉所处的险恶环境比喻自己蒙受冤狱而又无处申诉辩解的困境。以传神之笔形象地勾画出咽露哀蝉的魂魄，蝉人合一，息息相通，达到了极其完美的艺术境界。

骆宾王的一些写景诗，体物细腻，景致幽美，如《送吴七游蜀》中的"夏老兰犹茂，秋深柳尚繁。雾消山望迥，风高野听喧"，非常切合蜀地的气候特点，《夏日游目作》中的"蒲夏荷香满，田秋麦气清"，诗意清新。还有一些写景的名句，如写秋景，"蝉鸣稻叶秋，雁起芦花晚"；写夏景，"荷香销夏晚，菊气入新秋"，读后令人感到清爽；写冬景，"绿竹寒天笋，红蕉腊月花"。画龙点睛，鲜明的色彩对比增强了诗的层次感和形象性。读这两句诗，很自然地使人联想起杜甫《游何将军山林》中的两句诗："绿垂风折笋，红绽雨肥梅。"这是杜甫明显地在模仿骆宾王的诗句，只不过季节不同罢了。这种颜色对最容易引起人的视觉注意。可以看出杜甫对四杰尤其是对骆宾王的推崇并非只停留在表面上。

遗憾的是，骆宾王的写景诗往往是佳句时出而惜无完篇。只有《灵隐寺》一诗算是比较成功的写景名篇：

鹫岭郁岧峣，龙宫锁寂寥。
楼观沧海日，门听浙江潮。
桂子月中落，天香云外飘。
扪萝登塔远，刳木取泉遥。
霜薄花更发，冰轻叶未凋。
夙龄尚遐异，搜对涤烦嚣。
待入天台路，看余度石桥。

作者由近及远，不断变换视角，从天上到人间，从林木花卉到山泉古刹，描写了灵隐寺深邃、幽静的自然风光。而在结尾处又流露出诗人出世学仙的倾向。

闻一多先生曾经说过，骆宾王继承六朝乐府的传统和技巧，大刀阔斧地对宫体诗加以改造，用平民的怨愤和忧思打击了宫廷色情以及道德堕落，在奠定七言歌行的体制上作出了卓越贡献。

七言歌行是从乐府演变而成的一种诗歌形式。在艺术表现手法上和宫体诗有着天生的血缘关系：辞采华丽，婉转细腻。到了骆宾王手里，篇什则开拓得更为宏大，叙事抒情，间见杂出，用韵灵活，气势博大。例如《从军中行路难同辛常伯作》，以边塞生活为题材，叙事抒情相结合，反映了羁旅行役之苦以及将士盼望为国立功的雄心壮志。《从军中行路难》以赋的手法铺张扬厉，大开大合，在叙事抒情中又加入了对西南山川景物的描写，即景生情，情景相因，造成苍凉悲壮的环境氛围，有力地烘托出将士们不畏艰险、精诚报国的英雄形象。比如，诗的起首叙事点题：敌兵压境，战云翻滚，出兵迎敌，势在必行。于是，"将军拥麾宣庙略，战士横戈静夷落。长驱一息背铜梁，直指三巴逾剑阁"。气势很雄壮，犹如千钧之弩，锐不可当。接下来写艰险的征途，剑阁峥嵘，邛关九折，上有危峰绝壁，下有湍流激浪，阴雨连绵，瘴气袭人，但将士们不畏艰险，昼夜兼程，东征西伐。气势由低回而激昂，节奏由舒缓而急促。结尾说，"丹心白刃酬明主"，"谁惮三边征战苦"，可谓壮语铿锵。在艺术上，这首歌行立意高远，大气盘旋，韵调优美，急促则似天骥下坂，舒缓则如云霞横天，转折顿挫，窈冥变幻，结尾如万马军中，析声一击，顿然刹住。

《艳情代郭氏答卢照邻》以爱情为题材。全诗用第一人称，以抒情为主，叙事辅之。语言流丽婉转，感情缠绵悱恻。例如，作者是这样表现郭氏被遗弃后对爱情仍然忠贞如一的："妾向双流窥石镜，君住三川守玉人。此日离别那堪道，此日空床对芳沼。""掷果河阳君有分，赊酒成都妾依然。"诗人用两相对比的手法，一个忠贞，一个轻薄；一个痴情，一个放浪。这种对比效果使人不能不对郭氏报以同情，谴责卢照邻寡恩负义。

> 芳沼徒游比目鱼，幽径还生拔心草。
> ……
> 沉沉落日向山低，檐间燕子并头栖。
> 抱膝当窗瞻夕兔，侧耳空房听晓鸡。
> 舞蝶临窗只自舞，啼鸟逢人亦助啼。

这是作者关于郭氏思念卢照邻的一段描写。诗人托物寓情、反衬、比兴、联想、影射，调动了多种艺术手段，刻画郭氏的心态，哀怨、凄切，声情并茂，把郭氏朝思暮想的神态生动地展现在读者面前。

《畴昔篇》是别具一格的自传体的七言歌行，要叙述自己的生平，就不能不用叙述手法。一般来说，这是歌行体的忌讳，因为直叙往往会导致平铺直叙。但是，骆宾王以精湛的艺术技巧和驾驭长篇巨制的才能，在叙述自己的生平时，融注了个人的深厚感情，而这种感情又是随着时代风云的变幻和作者生活境遇的变化而变化，呈现出荣辱更替、起伏跌宕、波澜横生的特色，并无平芜一望、毫无遮拦之嫌。

《帝京篇》是久负盛名的杰作。起首高唱而入，描述京城形胜、宫阙之壮丽、人文之兴盛，气势壮阔，大有黄河奔流走东海的气势。接下来，千回百转，借古讽今，铺陈时事，描写王公贵戚的种种丑态，感叹世道沧桑。结尾写个人沉滞下僚，直吐胸中的积愤，恰似神龙掉尾，格调遒劲。比起卢照邻的《长安古意》来，更能显示出坦荡倜傥、磊落狂放的人格与思想境界。

骆宾王的七言歌行形式灵活，三、五、七言交替使用。结构上往往是四句或者八句一换韵。换韵处又吸取南朝民歌《西洲曲》一类辘轳转体的形式，蝉联、双承而下，婉转相生，层出不穷。同前代的歌行体相比，骆宾王的歌行在换韵处巧妙地运用对仗。这种在散漫中求整饬显然是吸收了正在发展中的近体诗的技巧，给人以抑扬顿挫之感，避免了一屋散钱之弊。

骆宾王的歌行向民歌学习，稍稍地洗去了六朝铅华，因而显得清丽、明快，具有比较浓郁的民歌风味。在语言上，不太崇尚雕饰，清爽自然，例如"不忿娇莺一种啼，生憎燕子千般语"，"筒时空床独难守，此日别离那可久"，"情知唾井终无理，情知覆水也难收"等等。

基于这种特点，所以闻一多先生在《唐诗杂论》中指出，骆宾王"是宫体诗的改造者"，他以"市井的放纵改造宫廷的堕落，以大胆代替羞涩，以自由代替局缩"。明朝的王世贞在《艺苑卮言》中对骆宾王的歌行从艺术上作了这样的评价："宾王个性，虽极浮靡，亦有微瑕，而缀锦贯珠，滔滔洪远，故是千秋绝艺。""浮靡"是受宫体诗的影响，"微瑕"是其艺术上尚未完全成熟。王氏所谓的"缀锦贯珠，滔滔洪远"既说明了骆宾王歌行的语言风格和艺术技巧，又指出了他的歌行气势雄放，所以才称得上是"千秋绝艺"！

在唐诗发展中，初唐是一个承先启后、蓄积力量的时代。四杰登上文坛以后，扩大了诗歌反映生活的领域，他们的作品具有比较浓厚的生活气息。从他们开始，古代诗歌又走上了比较健康的发展道路，对后世，尤其是对盛唐诗坛上的诗人产生了比较明显的影响。在这方面，骆宾王的影响也是不容忽视的。

四杰中，骆宾王是大量创作边塞诗的作家。在这点上，他为盛唐的岑参、高适、王昌龄、李颀等人开辟了先路。可以说，从骆宾王开始到盛唐时代，边塞诗的创作达到了高峰。骆宾王的五言律诗"气象雄杰，构思精沉"，已经是趋于成熟的近体诗。无论是在奠定五律的体制，还是在改革六朝积习、端正诗歌方向方面，他的贡献都是不可磨灭的。所以，伟大的现实主义诗人杜甫称赞他们的业绩像万古不废的江河一样，苦溉后进。胡应麟在《补唐书骆侍御传》中充分肯定了四杰的历史功绩。他说，四杰"虽未能骤革六朝余习，而诗律精严，文辞雄放，滔滔混混，横绝无前。唐三百年风雅之盛，以四人者为之前导"。这种"前导"作用，具体体现在骆宾王身上，就是他是七言歌行这一体裁的奠基者。到了盛唐，这种形式被李白、杜甫、高适、岑参等人广泛运用，并在其基础上加以发展，终于成为唐代诗苑中一朵艳丽的奇葩。甚至到了明、清时代，研究家们还在推崇骆宾王在歌行体上的巨大贡献，说他"负逸才"，"七言缀锦贯珠，汪洋洪肆，《帝京》、《畴昔》，特为擅场，《灵妃》、《艳情》又极其靡。虽本体间有离合，抑六朝之遗则也"。

骆宾王一生传奇式的遭遇是他被后人所敬仰的一个重要原因。杜甫在《寄彭州高三十五使君适虢州》中，对骆宾王曾寄予深切同情："举天悲富骆，近代惜卢王。似尔官应贵，前贤命可伤。"这不仅把骆宾王作为一个"文士"，而且把他当作一个壮志未酬的"志士"。尤其是在武则天执政以后，他"仗义执言，大声其恶"（胡应麟语），作为具有"大节高风，瑰才卓行"的刚烈之士而被后人颂扬，因此有人说，"唐之中兴，兴于一檄可也"。这一评价显然过于抬高了骆宾王《讨武氏檄》的历史作用，但也可以看出，骆宾王作为一个才华横溢又有正义感的优秀诗人，在后世人的心目中地位之高、影响之大。

初唐时期，骆宾王不仅是一位诗人，而且也擅长骈体文。他的骈体文能以散文章法运骈俪之词，而且内容也比较充实。无论是抒情、叙事，还是说理，都能在辞藻富赡中透露出一股清新俊逸的气息，对唐中叶的文体革命做出了先例。

骆宾王生卒年考辨

关于骆宾王的生卒年，《旧唐书》、《新唐书》以及《唐才子传》等书均未记载。现行的说法则以存疑的方式写为640（？）—684（？）。这基本上是源于闻一多先生的《唐诗大系》和《四杰》两文的推测。闻先生的观点是："骆、卢与王、杨之间有着一道鸿沟，即平均十岁左右的差别。"理由是，卢照邻和宋之问的父亲宋令文同辈，杨炯又和宋之问本人同辈，这样一来，卢照邻和杨炯之间就存在着一辈人年龄差别。杨炯说他"愧在卢前"，是因为杨炯不愿以晚辈而居于长者前。杨炯又与王勃同庚，均生于唐高宗永徽元年，即公元650年同年而位居王后，所以他有点儿不满意地说他"耻居王后"。于是，闻一多先生就在640年的后面打了一个问号，表示骆宾王大约生于这一年前后。这是学术界关于骆宾王生年的比较流行的说法。

刘开扬先生在《初唐四杰及其诗》中推断骆宾王大约生于638年，较闻一多先生提前了两年。笔者曾对骆宾王的文集进行较细致的翻检，同时又参照了与骆宾王有关联的人和事，觉得两位先生的推断尚有商榷之处。

骆宾王有一篇《上司列太常伯启》，其中有一段话说：

某蓬庐布衣，桑枢韦带。自弱龄植操，本谢声名；中年誓心,不期闻达。上则执鞭为士,王庭希干禄之荣;次则捧檄入官,私室庶代耕之愿。然而忠不闻于十室,学无专于一经。退异善藏,进殊巧宦。抟羊角而高骞,浩若无津;俯骥尾以上驰,邈焉难托。实欲投竿垂饵,晦名迹于渭滨;抱瓮灌园,绝心迹于汉渚。幸属乾坤贞观,乌兔光华,嵩山动万岁之声,德水应千年之色。虽无为光宅,欣与比屋之封,而有道贫贱,耻作归田之赋。

从这段文字的内容看,他在"中年"的时候已经下决心不再想做官的事了,可是,因为"幸属乾坤贞观",这是说他又逢太平盛世,而不是生于贞观年间,所以,又打消了这个念头,想出来做一番事情,并希望那位"太常伯"能援引他,给他一条晋身的出路。因此,这篇"启"肯定是他"中年"以后写的。

那么,这篇"启"写于那一年呢?

《旧唐书·职官志》记载:

> 龙朔二年二月甲子,改百司及官名……吏部为司列……尚书为太常伯。

也就是说,唐高宗龙朔二年二月以后,官场上才有"司列太常伯"这个称呼。所以,骆宾王的这篇"启"只能写于龙朔二年,即公元662年以后。

还有一个问题,这篇"启"是写给谁的?

在这篇"启"的开头,骆宾王有一段颂扬这位"太常伯"的话:"伏惟太常伯公,仪天耸构,横九霄而拓基。浸地开源,控四纪而疏派。自赤文践祉，曲阜分帝子之灵；紫气浮仙，函谷诞真人之秀。本枝百代，君子万年。""赤文践祉"，用孔子得"天书"的故事。"天书"上说："宝文出，刘季握，卯金刀，在轸北，字禾子，天下服。"孔子读了以后，预知天下将归刘氏。"帝子"，据说刘邦是赤帝子，刘邦所斩的蛇是白帝子。"本枝百代，君子万年"，是说这位"太常伯"是刘姓的分支。可见，这篇"启"是写给一位姓刘的"太常伯"的。查《旧唐书·高宗本纪》，"麟德元年秋八月戊申，诏司列太常伯、检校沛王府长史、城阳县侯刘祥道为右相，巡行关内。十二月，西台侍郎上官仪伏诛，刘祥道坐罢右相，为司礼太常伯"。

根据这一记载，我们可以推断：这篇"启"是麟德元年八月以后、十二月以前写给"司列太常伯刘祥道"的。按骆宾王自己所提供的年龄，他这时已经是"中年"人了。按古人的习惯，四十岁以后才算进入中年时期。由此推论，骆宾王这时是四十岁左右。

如果依照闻一多先生和刘开扬先生推算的生年，麟德元年，骆宾王不过是一个二十五六岁的年轻人。他无论如何也不能在当时已经年近古稀的朝廷重臣刘祥道面前装大的（刘祥道这年六十九岁），他也没有必要虚报年龄。更何况他在这篇"启"中说自己"自弱龄植操，本谢声名；中年誓心，不期闻达"，十分清楚地表述了自己从"弱龄"到"中年"这一时期的思想变化。因此，我们可以初步确定，骆宾王在麟德元年是四十岁左右。

这次上书之后，骆宾王在长安举对策（今《骆临海集》中有《对策文》三道），拜奉礼郎，授东台详正学士，在长安一共生活了六年。咸亨初，骆宾王随薛仁贵从军西域，在塞外滞留近三年。咸亨中，由西域入蜀，从军姚州。返回长安途中，又在蜀住了一年多。上元初，返回长安，授武功主簿。上元三年闰三月，吐蕃进犯鄯、廓、河、芳四州，诏裴行俭为洮州道左二军总管，裴行俭举荐骆宾王掌书奏。四月一日，骆宾王在武功主簿任上给裴行俭写了一封信，即《上吏部裴侍郎书》，备陈母老不能应辟之情。信中有这样一句话："宾王一艺罕称，十年不调。"会裴行俭未西行，骆宾王也因秩满而调任明堂主簿。由于李敬玄盛言骆宾王文辞绝美，裴行俭就向他索求辞章，于是，骆宾王就将自己的七言歌行《帝京篇》呈上。同时，他还写了一篇"启"。在这篇"启"中，骆宾王声称自己是"散樗易朽，蟠木难容。虽少好读书，无谢高凤；而老不晓事，有类扬雄"。在《帝京篇》，他满腹牢骚地说："三冬自矜诚足用，十年不调几遭回。"关于《帝京篇》的写作时间，《朝野佥载》的作者张鷟说是骆宾王在明堂主簿任上写的。张鷟和骆宾王是同代人，调露中举进士。应该说，他的记载是可靠的。

《旧唐书·职官志》记载："总章二年（669）置司列、司戎少常伯各两员。咸亨元年十二月诏：龙朔二年新改尚书省百官及仆射以下官名并依旧。"张说在《赠太尉裴公神道碑》中亦云："裴行俭总章中为司列少常伯，与李敬玄同时典选十余年。"可见，上元三年，裴行俭为吏部侍郎无疑。上元三年为公元676年。骆宾王在《上吏部裴侍郎书》和《上吏部裴侍郎帝京篇并启》中均有"十年不调"之语。他是麟德元年（664）上书刘祥道之后开始在长安做官的，到上元三年为十二年，说"十年不调"是取其整数。麟德元年上书刘祥道时，骆宾王正值"中年"，也就是四十多岁。十二年后，他已把自己同西汉的扬雄相比，说自己"老不晓事，有类扬雄"。

关于"老"，古代有不同的解释。《说文》称七十为老；《皇疏》谓五十岁以上；《文献通考·户口考》载，晋以五十五岁以上为老，隋以六十岁以上为老，唐以五十五岁为老；《唐六典》也以五十五岁为老。骆宾王是唐代人，他称自己为"老"，应以唐人的习惯为准，即以五十五岁为"老"。这就是说，上元三年，骆宾王已经是五十五岁左右的人了。况且麟德元年他四十多岁，称"中年"；十二年以后，五十多岁，按唐人的习惯称"老"，在时间间隔和情理上也是讲得通的。

如果说骆宾王生于638年或者640年前后证之以上述事实，就会矛盾百出：

1. 如果骆宾王生于638年或者640年前后，到上元三年，应该是三十八岁左右，按唐人的习惯，勉强接近中年，绝无称"老"的理由。

2. 如果骆宾王生于638年或者640年前后，退一步讲，以五十岁为老的起限（刘开扬先生在《初唐四杰及其诗》一文中就持这种观点），由此下推五十年，应该是公元688年或者690年。这时，裴行俭已经死了八九年了（据《旧唐书》本传，裴行俭死于永淳元年即682年），怎么还能做吏部侍郎呢？

3. 688年或690年，骆宾王既不会是明堂主簿，也不可能在684年追随徐敬业据扬州讨伐武则天兵败四五年以后，还向吏部侍郎呈上他的这篇"绝唱"。

所以，骆宾王生于638年或者640年前后的推断是不能成立的。上元三年时，骆宾王应该是五十五岁左右。

那么，骆宾王究竟生于哪一年呢？

骆宾王有一首五言排律《咏怀古意上裴侍郎》。诗中有这样四句："剑匣胡霜影，弓开汉月轮。金方动秋色，铁骑拍风尘。"从诗的第一句可以看出，这首诗是写西北边塞的战事。因为"胡"是唐人对西北边疆的少数民族的统称。"金方"，按照阴阳五行是指西方。

所以，这首诗是骆宾王初秋出塞时写的。根据《新唐书·高宗本纪》、《旧唐书·高宗本纪》以及裴行俭本传，在裴行俭任吏部侍郎期间，唐王朝和周边少数民族发生过五次冲突：

第一次：咸亨元年四月，唐王朝于六月底派薛仁贵出塞。

第二次：咸亨三年正月与西南姚州少数民族发生冲突，这一次骆宾王虽然随军至姚州一带，但西南不得称"金方"，故这首诗不是写从军姚州事。

第三次：上元三年闰三月与吐蕃发生的战事。此年骆宾王由武功主簿调任明堂主簿，未出塞，时间上也不吻合。

第四次：仪凤三年九月与吐蕃的战争。此年骆宾王为母服丧主在长安城东门外浐河边，无出塞事。

第五次：调露元年九月与西突厥的战争。这次战事发生在定襄道（今山西北部忻州一带），于诗中"金方动秋色"一语不合。

今证之以《骆临海集》中《早秋出塞寄东台详正学士》、《西行别东台详正学士》二诗和李峤《送骆奉礼从军》中"玉塞（指玉门关）边烽举"一语，当知《咏怀古意上裴侍郎》这首诗写于咸亨元年六月底或七月初。

在这首诗的开头，作者用了两个典故，以比况自己在这两个年龄段的遭遇："三十二余罢，鬓是潘安仁。四十九仍入，年非朱买臣。"在这两句诗中，值得注意的是两个词：一个是"三十二余罢"一句中的"罢"字，另一个是"四十九仍入"一句中的"入"字。"罢"就是罢官，"入"就是入官。三十二岁的时候，骆宾王罢了什么官？骆宾王有一篇《上司列少常伯启》，其中说："宾王蟠木朽株，散樗贱质。墙面难用，灰心易寒。退无毛薛之交，进寡金张之援。块然独居，十载于兹矣。"在《上齐州张司马启》中，他又说:"某疾抱支离,材均臃肿……出没风尘之内,漂沦名利之间。游无毛薛之交,仕乏金张之援。块然独处者,一纪于兹矣。"从这两篇"启"的措辞看,当写于麟德元年为入仕之前。说自己"块然独居,十载于兹","块然独处者,一纪(十二年)于兹"应该是麟德元年前的十一二年他在家"独居"、"独处",无官可做。从麟德元年上溯十一二年,即永徽三、四年。骆宾王在《上司列太常伯启》中称"中年",那么,永徽三、四年的时候他应该是三十多岁。《新唐书》、《旧唐书》骆宾王本传均有"初为道王府属"的记载。可见,永徽三、四年以后,骆宾王已经"罢"了道王府属之职。

"四十九仍入"是"入"的什么官呢?调露元年,骆宾王遇赦出狱后写了一首七古《畴昔篇》,叙述自己大半生的遭遇。其中有这样四句:"淹留坐帝乡,无事积炎凉。一朝披短褐,六载奉长廊。"说明他在长安做了六年官。从麟德元年上书刘祥道,到咸亨元年,计麟德两年,乾封两年,总章两年(总章三年三月改元咸亨元年),共六载。这时,他还在东台详正学士任上。

现在,问题就比较清楚了:永徽三、四年,骆宾王三十二三岁,罢道王府属以后,在家闲居十一二年,到麟德元年四十三四岁,所以,他在《上司列太常伯启》中称自己是"中年"。咸亨元年出塞前夕写《咏怀古意上裴侍郎》时,距麟德元年恰好六年!于是,他说自己"四十九仍入",就是说,咸亨元年他四十九岁!如果是五十岁的话,他就不会说"年非朱买臣"了,因为,朱买臣是五十岁的时候才做官的。再到上元三年上《帝京篇》的时候,又距咸亨元年六年,这时骆宾王五十五岁,所以,他说自己"老不晓事,有类扬雄"。

清代的陈熙晋在为骆宾王的集子作笺注时认为"三十二余罢"

一句中的"罢"字是"罢东台详正学士",这显然是不准确的。从咸亨元年到上元三年上《帝京篇》时,其间只有六年时间。那么,上元三年骆宾王最多不过三十八九岁,怎么能说自己"老不晓事,有类扬雄"呢?

现在,我们可以得出结论:咸亨元年,骆宾王四十九岁。由此上溯四十九年应该是唐高祖李渊武德五年,即公元622年。骆宾王当出生在这一年。

关于骆宾王的卒年。

永淳二年(683)十二月,唐高宗李治在洛阳病逝,中宗李显即位。不久,武则天进行了一次夺权演习:把中宗废为庐陵王,把李旦扶上台。第二年(684)七月,徐敬业等人在扬州起兵,讨伐武则天。骆宾王被辟为艺文令,他代徐敬业起草了《讨武氏檄》,斥责武则天篡唐的行为。三个月后,这场兵乱被武则天镇压下去了。兵败之后,关于骆宾王的结局,历来有不同的说法:

《旧唐书》记载:"敬业败,(宾王)伏诛。"

《新唐书》记载:"敬业败,宾王亡命,不知所之。"

张鷟《朝野佥载》说:"宾王与敬业兴兵扬州,大败,投水而死。"

郗云卿《骆宾王文集序》说:"兵事既不捷,因致逃遁。"

孟棨《本事诗》说:"当敬业之败,与宾王俱逃。捕之不获。将帅虑失大魁,得不测罪。时死者万人,因求戮类二人者函首以献。后虽知不死,不敢捕。故敬业得为衡山僧,年九十余卒。宾王亦落发,游名山。以同岁卒。"

《资治通鉴》说:"王那相斩敬业、敬猷及骆宾王首来降。"

关于骆宾王逃遁和落发为僧之说,唐代和唐以后即有人指陈其谬。

封演,天宝中人,距骆宾王年代不远。他在《封氏闻见记》中说,《灵隐寺》一诗是宋之问所作,而非骆宾王所为。(见《封氏闻见记校注》卷七"月桂子"条)关于这首诗究竟是谁的作品,学术界尚有争论。笔者有专文论及(见《宋之问与骆宾王联句质疑》)。但起码有一点值得注意:宋之问与骆宾王交往甚密,焉有对面续诗而不相识之理?所以,郭沫若认为,骆宾王为僧的说法是大有诗意的虚构。

张鷟的记载虽然带有谶语的色彩,但他至少告诉我们:骆宾王死于684年。

骆宾王和宋之问的父亲宋令文是同辈人。骆宾王的集子中有和宋之问的酬唱之作,如《在江南赠宋五之问》、《在兖州饯宋五之问》、《送宋五之问》,可见他俩的交往还是很密切的。景龙二年(708)杜审言卒,宋之问写了一篇《祭杜学士审言文》,在谈到初唐四杰时,他是这样说的:"后俊有王扬卢骆,继之以子迹云衢。王也才参卿于西陕,杨也终远宰于东吴,卢则哀其栖山卧疾,骆则不能保族而全躯。由运然也。"(《文苑英华》卷九七八)这段话同《新唐书·李勣传》中的记载是一致的:"徐敬业与敬猷、之奇、求仁、宾王帅轻骑遁江都。悉焚其图籍,携妻子奔润州,潜蒜山下,将入海逃高丽。抵海陵,阻风遗山江中。其将王那相斩之,凡二十首。传东都。皆夷其家。"

尽管这和《新唐书》中骆宾王本传的记载相矛盾,但是,参照张鷟的记载和宋之问的"骆则不能保族而全躯"的说法,可以看出,徐敬业兵败之后,骆宾王不但遭到了杀身之祸,而且还株连到他的家族。因此,骆宾王应该死于684年。

宋之问与骆宾王联句质疑

骆宾王的诗集中有一首《灵隐寺》诗：

鹫岭郁岧峣，龙宫锁寂寥。
楼观沧海日，门听浙江潮。
桂子月中落，天香云外飘。
扪萝登塔远，刳木取泉遥。
霜薄花更发，冰轻叶未凋。
夙龄尚遐异，搜对涤烦嚣。
待入天台路，看余度石桥。

这首诗也见于宋之问的诗集。在唐诗中，同一首诗互见于不同的作家，这是一个比较常见的现象。但是，这首诗究竟是骆宾王的佳构，还是宋之问的杰作？还需仔细斟酌一番。

中晚唐之交的孟棨在《本事诗》中有一段记载："当敬业之败，与宾王俱逃，捕之不获。……宾王……落发，游名山，至灵隐寺……"并特别注明此事出自赵鲁的《游南岳记》。这是我们现在所能见到的关于骆、宋月下联句的最早记载，而赵鲁的《游南岳记》已经失传。

五代时，计有功在《唐诗纪事》中则对此事加以发挥：

宋之问贬黜放还，至江南，游灵隐寺。夜月极明，长廊行吟曰："鹫岭郁岧峣，龙宫锁寂寥。"句未属。有老僧点长明灯，问曰："少年夜久不寐，何也？"之问曰："适偶欲题此寺，而思兴不属。"僧请吟上联，即曰："何不云'楼观沧海日，门听浙江潮？'"迟明更访之，则不复见矣。寺僧有知者，曰："此骆宾王也。"

由于这则逸事，《灵隐寺》诗就成了骆宾王与宋之问的联句诗。

关于骆宾王在徐敬业扬州起兵以后的下落，笔者曾有专文对此予以辨析，文章认为骆宾王最后的结局是被杀。而关于骆宾王兵败后"逃遁"的说法，笔者则难以苟同。关于骆宾王兵败后"逃遁"的说法，最早见于唐中宗时奉命整理骆宾王文集的郗云卿。他在《骆宾王文集序》中说："兵事既不捷，因致逃遁。"《旧唐书》的作者则认为"敬业败，（宾王）伏诛"。而《新唐书》则沿用了郗云卿的说法而稍加变化："敬业败，宾王亡命，不知所之。"当然也就没有所谓的骆、宋月下联句的记载。

明代胡应麟在计有功记载的基础上撰写了《补唐书骆侍御传》。关于骆宾王的下落，他说："敬业……军……溃，党与悉擒。独宾王变姓名逸去。削发为浮屠。居天竺灵隐间十余载。考功郎宋之问谪官岭表，宿寺中。赋诗得'鹫岭'、'龙宫'之句，思不属，方苦吟，一老僧卧禅榻问故，遽续云：'楼观沧海日，门听浙江潮。'之问大骇。质明，趣访之，逝矣。识者云：'此骆宾王也。'以是知敬业之败，有司虑罣以檄故，必蕲得其人，因斩貌类者以献云。"胡氏关于骆宾王的下落的结论在沿用了前人记载的同时，又加入了自己的猜测：统军讨伐徐敬业的将帅担心抓不到骆宾王会招致失职之罪，于是，找了一个和骆宾王长相差不多的人杀掉后冒充骆宾王以塞责。

清代陈熙晋在为骆宾王的诗集作笺注时，也撰写了《补唐书骆侍御传》。他不仅沿袭了胡应麟的观点，而且还进行了一番考证。陈氏对《新唐书》的"宾王亡命，不知所之"的记载加以阐发，说骆宾王亡命后的"十余载，考功郎宋之问游灵隐寺"。接下来就是月下联句的事。至于宋之问何时游灵隐寺，陈氏进行了一番考证，认为"景龙中，（之问）迁考功员外郎，下迁汴州长史。未行，改越州长史"，"之问为越州长史，在景龙三年。有《祭禹庙》文可证。灵隐吟诗，当在其时"。而得出这一结论的依据是"亦未见其必无亡命为僧之事"。可见，陈氏的这一结论仍然是建立在猜测的基础上的。

然而，只要我们认真考察一下骆宾王及宋之问的行年，就会对上述说法产生质疑。

首先，关于骆宾王死于684年十月，宋之问本人已有明确记载。宋之问在《祭杜学士审言文》文章开头说："维大唐景龙二年岁次戊申月日，考功员外郎宋之问谨以清酌之奠敬祭于故修文馆学士杜君之灵。""祭文"在谈及"四杰"的文学革新功绩和他们的遭遇时说："王也才参卿于西陕，杨也终远宰于东吴，卢则哀其栖山而卧疾，骆则不能保族而全躯。由运然也。"根据这段文字，骆宾王不仅死于徐敬业兵败扬州之后，而且还株连到自己的家族。杜审言卒于唐中宗景龙二年（708）十月，祭文即写于当年。这时，上距骆宾王被杀已经十四年。倘若骆宾王在兵败后"逃遁"，那么，作为骆宾王故交的宋之问不可能再说骆宾王"不能保族而全躯"的话。况且，唐中宗登基后对骆宾王不仅崇奖有加，并且下诏搜集整理骆宾王的文集。这一点，宋之问是不会不知道的。

宋之问一生有两次遭受贬谪。第一次是在中宗神龙初。《旧唐书》本传载，宋之问"倾附"武则天的宠臣张易之。长安（705）末，张柬之等发动宫廷政变，杀张易之等人，逼武则天退位。中宗复辟，宋之问因附张易之而"左迁泷州参军事"。时间不长，宋之问从贬地偷偷逃回洛阳，因参与告发张仲之、驸马都尉王同皎谋刺武三思一事有功，"起为鸿胪主簿"。据《旧唐书》卷七《中宗纪》，神龙二年三月，"庚戌，杀光禄卿、驸马都尉王同皎"。神龙二年即公元706年。从先一年遭贬，到王同皎被杀，宋之问在贬地前后待了不到一年的时间。后来，宋之问又因为依附太平公主，迁考功员外郎。景龙三年（709）冬末、四年春初，又因得罪太平公主而下迁汴州长史。未行，改越州长史。景云元年（710）六月二十日，李隆基发动宫廷政变，拥立其父登基，改元景云。在处理先朝旧人时，宋之问被"流配钦州"。这是宋之问第二次遭贬。不久，被赐死于"徙所"。

计有功《唐诗纪事》云："之问贬黜放还，至江南，游灵隐寺。"但是，从上述有关宋之问的行迹、仕履的史料中，看不出宋之问有"贬黜放还，至江南"的经历。

胡应麟说骆宾王在徐敬业兵败后"变姓名逸去，削发为浮屠，居天竺灵隐间十余载。考功郎宋之问谪官岭表，宿寺中"。从公元684年算起，所谓"十余载"，应该在694年以后的三五年，即公元700年以前。在这十多年间，依然是武则天执政，宋之问也一直在朝廷任职，并没有"谪官岭表"的经历。所谓"岭表"，应当是指宋之问贬官泷州。但是，宋之问贬官泷州是在中宗神龙元年（705）春天。上距684年已经二十一年。无论怎么计算，也不是"十余载"。因此，胡应麟的说法事实上是不存在的。同时，宋之问贬官赴泷州也没有行经越地。查宋之问诗集，有一首《自洪府舟行直书其事》，诗中说："仲春辞国门，畏途横万里。越淮乘楚嶂，造江泛吴汜。严程无休隙，日夜涉风水。"所谓"仲春"，当是中宗神龙元年（705）的二三月间。离京之后，寒食节的时候，宋之问已经走到黄梅临江驿，作《途中寒食题黄梅临江驿寄崔融》一诗："马上逢寒食，愁中属暮春。可怜江浦望，不见洛阳人。北极怀明主，南溟作逐臣。故园肠断处，日夜柳条新。"宋之问从"仲春"离京，到寒食节时已属"暮春"。这时，他已经快到岭南了。其行经的路线大致是渡淮、过楚、涉吴，然后经衡阳、韶州，到达泷州。不见有行经越地的行踪。而且，诗中说"严程无休隙，日夜涉风水"。也就是说，朝廷对他的行期规定得很严格，他不可能绕道越地，去游灵隐寺，且月下行吟，显得那么悠闲自得。退一步说，宋之问从泷州回洛阳时，曾绕道而行，但他是"逃归"，这和正常的"放还"或者"量移"完全是两回事。他有一首《渡汉江》诗，写于"逃归"途中、即将到达洛阳时。这是一首五言绝句："岭外音书绝，经冬复历春。近乡情更怯，不敢问来人。"按常理，久客他乡的人，快到家乡时，心情应该很高兴。可是，宋之问不同，他越是临近家乡，越是感到胆怯、恐慌，因为，他要时时提防被人发现。所以，宋之问即便是在"逃归"途中绕道行经杭州，也不至于住宿到文人雅士经常光顾的东南名刹灵隐寺，更不可能有月下吟诗的胆量和雅兴。

再看《灵隐寺》诗。诗中的"桂子月中落，天香云外飘"、"霜薄花更发，冰轻叶未凋"，都是写秋景。首先，这和宋之问冬末春初"逃归"洛阳，在节序上不合。其次，诗的结尾说："待入天台路，看余度石桥。"显然说明杭州不是他的目的地，他的目的地在天台山一带——唐代的杭州、越州、台州接界。宋之问下迁越州长史确实要途经杭州,但绝不会到越州南边的台州去。相反,这两句诗所表明的目的地恰恰和骆宾王于调露二年下除临海丞的目的地是一致的。临海,唐时属台州。天台山在台州的北部,临海在台州的中部。由杭州,经越州,赴临海,天台山是必经之地,也是骆宾王赴任临海丞的必经之路。再说,骆宾王"下除临海丞"是在他蒙受冤狱之后。这时,他已经对仕途的艰危有了切身感受。所以,他在早先写的《畴昔篇》的结尾说:"谁能踢迹依三辅,会就商山访四翁。"——他不想委曲求全地生活在京城,想模仿商山四皓,去过隐居生活。而《灵隐寺》诗的结尾说:"夙龄尚遐异,搜对涤烦嚣。待入天台路,看余度石桥。"天台山的大、小台山是以石桥的大小而取名的,天台山又和道家有着密切的关系。诗的结尾所说的"度石桥"明显地带有出世、求仙的味道。没能入商山,现在可以顺路就去天台山隐居,这是顺理成章的事。

宋之问的诗集中,有一些作品也和道士有关。虽然他和道士有交往,但还看不出他要求仙访道。在《寄天台司马道士》中,他说:"卧来生白发,览镜忽成丝。远愧餐霞子,童颜且自持。"虽然自己白发如丝,但他仍不想离开官场,更不想和司马道士结伴而游,辟谷餐霞。所以,他只是希望司马道士童颜自持,好自为之。他不打算到天台山去。在《送司马道士游天台》中,他也说:"羽客笙歌此地违,离筵数处白云飞。蓬莱阁下常相忆,桐柏山头去不归。"从"常相忆"可以看出,他只是和道士交交朋友而已。司马道士远游天台山,他只能在长安时时怀念对方。宋之问如此迷恋官场,他不可能"入天台"、"度石桥"去寻仙访道。即使是在贬谪途中,宋之问也没有退隐的想法。《度大庾岭》就说:"魂随南翥鸟,泪尽北枝花","但令归有日,不敢恨长沙!"自己虽遭受贬谪,但对朝廷依旧忠心耿耿，不但不恨，而且"不敢"恨！可以看出，宋之问在遭受执政者的压抑后，不仅没有怨言，而且还对执政者抱有热切希望。在这样一种思想支配下，宋之问不可能产生入天台山求仙的念头的。

另外，仔细考察一下宋之问在越州的作品，可以看出宋之问也不会有出世的想法。宋之问在越州前后生活了不到两年。这期间流传下来的作品有《景龙四年春祀海》、《游法华寺》、《游云门寺》、《宿云门寺》、《泛镜湖南溪》、《谒禹庙》、《游禹穴回出若邪》、《祭禹庙文》等。在《称心寺》诗中他说："问予金门客，何事沧州畔？谬以三署资，来刺百城半。"他对于自己的才华还是很自负的，对于下迁越州长史是耿耿于怀的。按他的说法，他是待诏金马门的学士，不应该让他到隐士们向往"沧州畔"来任职。但他在越州并不寂寞。《新唐书》本传说他在越州"穷历剡溪山，置酒赋诗，流布京师"。《游法华寺》说："薄游京都日，遥羡稽山名。分刺江海郡，揭来征素情。"《宿云门寺》说："庶几踪谢客，开山投剡中。"可见他在越州的那段时间优游闲雅，以满足他对自然山水的精神需求，看不出丝毫的厌世、出世的情绪。这和《灵隐寺》诗的"尚遐异"、"涤烦嚣"的精神面貌有着明显的不同。

因此，所谓骆、宋月下联句的佳话不仅不存在，而且《灵隐寺》一诗也应该归入骆宾王的名下。

说《长恨歌》

关于《长恨歌》的写作动因

《长恨歌》是白居易的传世名作。白居易创作这首诗的时候,正在盩厔县(今陕西周至县)担任县尉。

关于这首诗的写作动因,陈鸿在《长恨歌传》中有明确的交代:

> 元和元年冬十二月,太原白乐天自校书郎尉于盩厔。鸿与琅琊王质夫家于是邑。暇日相携游仙游寺,话及此事(按:指杨贵妃与李隆基的故事),相与感叹。质夫举酒于乐天前曰:"夫希代之事,非遇出世之才润色之,则与时消没,不闻于世。乐天深于诗,多于情者也,试为歌之,如何?"乐天因为《长恨歌》。意者不但感其事,亦欲惩尤物,窒乱阶,垂于将来者也。

从这段话可以看出,写作《长恨歌》的动议是由王质夫提出的,时间是元和元年冬十二月,即公元806年,地点是在盩厔县城南面的终南山上的仙游寺。

《长恨歌》就是白居易根据王质夫的倡议,把杨贵妃和李隆基的"故事"加以"润色"而成的。

仙游寺是唐代京郊著名的游览胜地。为什么叫仙游寺呢？

传说秦穆公有个女儿叫弄玉，爱上一个名叫萧史的小伙子。后来，两个人在这里的一座山崖上乘鹤上天，做了神仙。后人为了纪念他们，就在这里建寺，取名仙游寺。仙游寺，从名字上看，是佛道合一。仙游，就是游仙，这是道家所追求的人生最终理想。寺，是佛寺。道家没有"寺"，只有道观。所以，称仙游寺是佛道合一的体现。

弄玉和萧史的故事听起来很浪漫。其实，二人乘鹤游仙是一个爱情悲剧。为什么呢？从身份上说，弄玉是公主，萧史只不过是一个地位低微的小吏（萧史，不是说姓萧，名史，而是表示他的身份和爱好。春秋战国时，把从事文秘的人称史；萧，是说这个小伙子萧吹得好，弄玉就是因为这一点才看上了他）。春秋战国时期，婚姻是附属于政治的一种异性结合，包括诸侯国之间的联姻都是出于政治目的。弄玉是秦穆公的女儿，而萧史的社会地位低微，秦穆公不可能同意这门婚事。但两个人又爱得很深，无法分离。于是，二人相约来到终南山上，拥抱着跳下悬崖自杀了。所谓的"乘鹤游仙"，大概是他俩跳下悬崖时惊得栖息在山间的白鹤满天乱飞，人们就说他俩乘鹤游仙去了（直到现在，关中农家在办丧事时，常常说作古的老人"驾鹤西游"）。不过，当年弄玉和萧史在殉情前还是比较浪漫的：萧史站在悬崖上最后一次给弄玉吹了一通箫，然后才和弄玉一起纵身跳下悬崖。隋朝时，在此修建庙宇和舍利塔。加之这里地处京郊，山清水秀，在唐代就发展成著名的游览胜地。所以，以游览发生过爱情悲剧的仙游寺为契机，白居易接受了王质夫的请求，创作了以李隆基和杨贵妃的故事为题材的长篇七言歌行《长恨歌》，这不能不说是一个巧合。

仙游寺在终南山北麓的半山腰上。从这里骋目北望，可以看见五十年前发生"马嵬事变"的马嵬驿。白居易、陈鸿、王质夫三人看到马嵬驿后，就想到了"马嵬事变"。所以，"马嵬事变"就成了触发《长恨歌》创作的媒介。三个人在闲谈中谈到了当年李隆基和杨贵妃的故事时，"相与感叹"——大家都很感慨！认为李杨的故事乃"希代之事"，也就是说，李杨之间的故事在其他朝代根本就没有发生过。正因为如此，大家认为：这样的事，如果没有一个才华出众的人来"润色"的话，就会随着时间的推移逐渐"消没"，后人也就难以了解这一段令人感慨不已的故事了。所谓"润色"，就是对发生在李隆基和杨玉环之间的故事进行艺术加工。

那么，由谁来"润色"呢？陈鸿和王质夫都认为，白居易"深于诗，多于情"，是最合适不过的了。所谓"深于诗，多于情"，就是说，白居易深谙作诗之道，又是一位感情丰富的人，只有他能担当此任。白居易也好不推辞，就接受了两个人的建议。在白居易创作《长恨歌》的同时，陈鸿又以小说家的笔法，创作了传奇小说《长恨歌传》。这两篇作品，既有联系，又各自独立成篇。

因此，在王质夫的倡议和陈鸿的鼓动下，大概在这次聚会后不久，著名的《长恨歌》就问世了。

《长恨歌》自问世以后，不胫而走。上自王公学士，下到牧童歌伎，竞相传唱。唐武宗会昌六年，即公元846年，白居易逝世。刚刚登基的皇帝唐宣宗写了一首《吊白居易》。诗是这样写的："缀玉联珠六十年，谁教冥路作诗仙。浮云不系名居易，造化无为字乐天。童子解吟长恨曲，胡儿能唱琵琶篇。文章已满行人耳，一度思卿一怆然。"白居易一生留下了三千八百多首诗。唐宣宗仅仅提到了两篇：《长恨歌》和《琵琶行》。所谓"童子解吟长恨曲"，就是说连小孩子都会吟唱《长恨歌》，足见这首诗在当时社会上流传之广。

一次偶然的朋友出游，给唐代诗坛留下了一首千古绝唱《长恨歌》，以致清代的著名史学家赵翼说：白居易哪怕没有那三千八百多首诗传世，只要有《长恨歌》和《琵琶行》，就可以奠定白居易在唐代诗坛上的不朽地位。

关于《长恨歌》主题的争论

关于《长恨歌》主题的争论是在宋以后才产生的。在唐朝，似乎还没有人对白居易的"一篇长恨有风情"产生过疑义。

宋代以后，批评家对《长恨歌》的主题作了种种分析，直到现在还争论不休。

讽喻说。持这一观点的人认为，白居易在《长恨歌》中通过描写唐玄宗迷恋杨贵妃，揭露讽刺唐玄宗沉溺声色、招致安史之乱的罪行。创作的目的就是陈鸿在《长恨歌传》中所说的"惩尤物，窒乱阶，垂于将来"。所谓"长恨"，就是作者恨唐玄宗荒淫误国。其理由是，白居易创作《长恨歌》的时候，正是他积极干预生活的讽喻诗创作的旺盛期。所以，在《长恨歌》中，诗人不可能丢开满腔的政治热情而沉浸于卿卿我我的爱情描写之中。与此同时，他们又连带上杨玉环，将其视为亡国的祸水。在这一点上，清朝的乾隆皇帝最具有代表性。他在《唐宋诗醇》中说："从古女祸，未有甚于唐者。明皇践祚，覆辙匪远。开元励精，几致太平。天宝以后，溺情床笫，太真潜纳，《新台》同讥。艳妻煽处，职为厉阶。仓皇播迁，祖宗再造，幸也。姚宋诸贤臣辅之而不足，一太真败之而有余。南内归来,怳返而自咎,恨无终穷矣,遑系心于既殒倾之妇耶?《长恨》一传,自是当时傅会之说,其事殊无足论者。居易诗词特妙,情文相生,沉郁顿挫,哀艳之中,具有讽刺。"可以说,持讽喻说的人正是传承了乾隆皇帝的观点。

双重主题说。这是一种调和的观点。他们认为:作者在描写李杨之间的故事时,既有讽刺,又对他们的悲剧结局抱以同情。这就是所谓的双重主题说。

寄托说。还有人认为在《长恨歌》中,白居易借李隆基和杨贵妃之间的悲剧故事的外壳,寄托他对青年时的恋人的深切怀念。他们经过考证,认为少年时代的白居易在符离集有个女朋友叫湘灵,诗人在长安时又认识了一个艺伎阿软,两个人产生了感情。但是,由于门第观念的束缚,白居易最终没能和其中的任何一个结婚。《长恨歌》创作于白居易和杨氏结婚前的几个月,所以,作者在《长恨歌》中借李杨的悲剧,曲吐个人的"长恨"。正是由于这一点,一个未婚的男人才能在《长恨歌》中把李杨之间的爱情情事写得那样香艳、哀婉动人。如果白居易没有深切的爱情体验的话,是做不到这一点的。这就是所谓的寄托说。

爱情说。也就是认为《长恨歌》是一首爱情诗。至于作者是如何表现这一主题,人们的看法就不尽一致。宋朝的洪迈在《容斋随笔》卷十五说:"《长恨歌》不过述明皇追怆贵妃始末,无它激扬,不若《连昌宫词》有监戒规讽之意。"洪迈把《长恨歌》作为一个爱情悲剧看待的。但他认为:《长恨歌》缺少"监戒规讽"是它的不足之处。宋代文人相对于唐代诗人来说,显得道貌岸然。他们缺少唐人的激情和自我张扬。所以洪迈才对《长恨歌》作出这样的评价。另一种观点则认为,作者在这首诗中歌颂了李杨之间的爱情,同情他们的悲剧结局。

那么，究竟应该如何把握《长恨歌》的主题呢？

研究古代作家及其作品，有一个很重要的问题，那就是，不能离开文本本身和作者的创作意图。文本虽然具有社会独立性，但它是作者创作意图的体现。对于《长恨歌》的研究也是如此，既不能离开作品本身，也不能无视作者的创作意图。作者的创作动机和作品的社会效果之间有时候确实存在着游离现象。但要认真分析，不能妄下断语，更不能断章取义，深文周纳。要准确把握《长恨歌》的主题，应该注意从以下几个方面着眼，而不是离开文本和作者的创作意图，从别的方面去猜测。

我们先看一首和《长恨歌》有联系的诗。

白居易有一首《李夫人》。这是写汉武帝与李夫人之间的一段情缘的。诗中不仅涉及了唐玄宗和杨贵妃，而且也出现了"长恨"一词。在这首诗中，作者写道："伤心不独汉武帝，自古及今皆若斯。君不见穆王三日哭，重璧台前伤盛姬。又不见泰陵一掬泪，马嵬坡下念杨妃。纵令妍姿艳质化为土，此恨长在无消期。生亦惑，死亦惑，尤物惑人忘不得。人非木石皆有情，不如不遇倾城色。"李夫人长得很漂亮，深受汉武帝的宠爱。后来，李夫人一病不起，容颜憔悴。她揽镜自照，发现自己和从前判若两人，不觉大吃一惊。她担心汉武帝看到自己的病容后会冷落自己，于是始终不见汉武帝，一直到死。这样一来，她留给汉武帝的印象仍是未病以前的艳丽姿容。李夫人死后，汉武帝很伤心。朝思暮想，还请来一个名叫少翁的方士为李夫人招魂。方士采用欺骗手法，找了一个和李夫人长得比较像的宫女，让她站在香烟缭绕的重重幕帐的后面，而让汉武帝站在远处，隔着重重帘幕看，满足了汉武帝思念李夫人的欲望。

在这首诗中，白居易把汉武帝思念李夫人同唐玄宗思念杨贵妃联系起来。他说："又不见泰陵一掬泪，马嵬坡下念杨妃。"白居易认为，在古往今来的皇帝中，为心爱的人逝世而伤心的"不独汉武帝"一人！"纵令妍姿艳质化为土，此恨长在无消期。"这和《长恨歌》的结尾"天长地久有时尽，此恨绵绵无绝期"是一致的。为情感而伤心的原因是什么呢？作者说："人非草木皆有情，不如不遇倾城色！"也就说，不管是皇帝，还是普通人，都是有感情的，既然人是有感情的，就会为情感所困扰，尤其是男女之间的感情更是如此。

这首诗写的是李夫人，却着眼于人的普遍之情——男女之情。白居易认为，不管是汉武帝，还是唐玄宗，他们都是有七情六欲的"人"！皇帝只是他们在社会政治舞台上扮演的角色而已。既然在情感上唐玄宗具有和普通人一样的七情六欲，那么，他在遇见"倾城色"之后，就不能不动情，甚至不能不钟情！作者之所以要说"不如不遇倾城色"，是看到他们为情所困扰、所折磨，以至于到了不能自拔的地步。这才故意荡开一笔说：假如他们没有遇见"倾城色"，就会少了许多思念的烦恼。从心理学上讲，思念和钟情既是一种愉悦，有时也是一种心灵上的痛苦和折磨。但它能使人获得短暂的精神愉悦。出于对人的普遍感情的认可，白居易才说"人非草木皆有情"。作者之所以这样说，就是从人在所钟情的对象消逝后陷入无尽的痛苦而言的。也就是说，人一旦钟于情，要么获得一种满足，要么就要承受难以磨灭的痛苦。这就是白居易所说的："生亦惑，死亦惑，尤物惑人忘不得。"

可以看出，在《李夫人》一诗中，白居易对李隆基的态度是从人的自然属性出发，而不是从人的社会属性或者人的社会角色出发来看待唐玄宗和杨贵妃之间的关系的。《长恨歌》正是从这一角度出发去表现李杨之间的爱情的。

　　受庸俗社会学的影响，在《长恨歌》的研究中，有些人抛开了人的自然属性，从人的社会属性出发去评判《长恨歌》的主题，也不从文学的主体"人"或者文本本身出发去看待李杨之间的爱情及其悲剧结局。这就违背了作者的创作本意。甚或认为，他俩的结合是"女的贪图男子的权势"！其出发点是不纯洁的、不可告人的。若说"男图女色"，《长恨歌》中确实有这样的诗句！诗的一开头就说"汉皇重色思倾国"。若说"女的贪图男子的权势"，不管是查阅唐代文献，还是通览一百二十句《长恨歌》，怎么也找不到杨贵妃"贪图男子的权势"的片言只语。不知持此论者在什么地方发现了杨贵妃的这种心理独白，还是公开宣言？这种猜测是毫无根据的，似乎唐玄宗只有爱上效颦的东施，才不会遭此非议和谴责。

　　有些人之所以认为《长恨歌》是讽喻诗，我想，这和对作家的创作倾向的定位有关。白居易创作《长恨歌》时，也是他的讽喻诗创作的旺盛期。比如《观刈麦》就是他担任盩厔尉时写的。于是就得出这样的结论：如果白居易不把《长恨歌》写成讽喻诗，那么，就不成其为"唯歌生民病，愿得天子知"的白居易了。也就是说，白居易奉行"文章合为时而著，歌诗合为事而作"的创作理念，以美刺比兴的讽喻诗干预生活，怎么能在这个时候去写儿女情长呢？即便是写这段逸事，他也不会站在同情唐玄宗和杨玉环的立场上去歌颂他们的风流韵事。毕竟唐玄宗晚年由于迷恋杨贵妃而引起了社会大动乱，几乎导致了唐王朝的灭亡。这种批评貌似有理，其实也是值得商榷的。

　　作家的创作倾向在一定时期内固然有其相对的稳定性。但并不是绝对不变的。把作家在一定时期创作情感固定在一定的范围之内，这不符合实际。白居易本人没有限定自己在写讽喻诗时不能写其他类型的作品。

所以，用白居易在创作讽喻诗的高潮时期来限定《长恨歌》的主题是讽喻诗的观点是值得商榷的。

不能用《长恨歌传》诠释《长恨歌》

不管是讽喻说，还是双重主题说，常常把《长恨歌》与《长恨歌传》联系起来，喜欢用《长恨歌传》来诠释《长恨歌》。这种方法本身就值得商榷。尽管这两篇作品的创作动议是同时发生的，但这两篇作品的审美取向完全不同。《长恨歌》是以"情"为主的抒情诗，而《长恨歌传》是以"史"为主的传奇小说。尽管取材相同，但它们分属于两种不同的艺术表现形式。从创作动机和审美取向上看，《长恨歌》和《长恨歌传》有着本质的不同。但是，有人总喜欢从《长恨歌传》中去寻章摘句，用以说明《长恨歌》是一首讽喻诗。

他们特别看重《长恨歌传》中的这几句话："意者，不但感其事，亦欲惩尤物，窒乱阶，垂于将来也。"他们认为，不管是《长恨歌》，还是《长恨歌传》，创作的原因是被李隆基和杨玉环的故事感动，创作的目的都是为了"惩尤物，窒乱阶"，最终要收到"垂于将来"的社会效果。所谓"垂于将来"就是要让后世的皇帝以唐玄宗的悲剧结局为借鉴，不要重蹈其覆辙。

那么，什么是"惩尤物，窒乱阶"？许多人都把"尤物"的意思搞错了，认为"尤物"就是"疣"物，也就是说，"尤物"是指坏东西，是累赘，就像人身上长的瘤子。其实，"尤物"的本意不仅不是"坏东西",反而是指特别突出的人物,或者指珍贵的物品,由此又引申为专指美貌的女子。

关于"尤物",《左传·昭公二十八年》说:"夫有尤物,足以移人。"也就是说,美好的事物能够改变人对生活的态度。"窒乱阶",也不是说扼杀扰乱人伦道德纲常的行为,而是指导致祸乱的因素。因此,"惩尤物",就是告诫人们在选择爱的对象时应该谨慎。如果不谨慎,就会导致祸乱。这样,"窒乱阶",就成了"女为亡国祸水"的翻版。具体到《长恨歌传》,就是陈鸿把杨贵妃视为导致社会动乱的根源。因此,在陈鸿看来,《长恨歌》的借鉴意义就在于让后人认识到唐玄宗宠爱杨贵妃的危害性。

在封建社会,一方面是封建帝王或达官贵人们尽搜天下美女供自己享乐,另一方面,御用文人们又摆出一副正人君子的面孔,千方百计为封建帝王和达官贵人们回护,一旦出了问题,根源全在女人身上,皇帝和达官贵人们不用承担任何责任。这就是陈鸿所谓的"窒乱阶"的含义。和白居易同时代、又是好朋友的元稹在《莺莺传》中所写的张生就是这样一个典型的道德伪君子。在和莺莺的交往中,他"始乱终弃",成了一个"道德完人",倒霉的却是崔莺莺。所以,封建礼教是专为被统治者和女人制定的。如果认同陈鸿的观点,依我看,就是自觉或不自觉地充当了封建卫道士的角色。

还有一点,那就是,把"惩尤物,窒乱阶,垂于将来"看作是《长恨歌》与《长恨歌传》的共同创作出发点。为什么有人会得出这样的结论呢?原因就在于断章取义。一些人在引用上述那段话的时候,恰恰忽视了至关重要的两个字:"意者"。"意者"是什么意思?就是"我想"。这明明是陈鸿的想法,或者说,这是陈鸿希望白居易就李杨的故事所创作出来的作品能具有他所设想的封建社会道德规范，有"惩尤物，窒乱阶，垂于将来"的社会效果。我们不能把陈鸿的想法强加给白居易。如果那样做，是很难令人信服的。仿佛白居易没有自己的创作主见，或者说白居易完全是按陈鸿所定的创作基调创作《长恨歌》的。

无视"意者，不但感其事，亦欲惩尤物，窒乱阶，垂于将来也"这段话中的"意者"是陈鸿的想法，就会导致在谈及《长恨歌》的主题时，把陈鸿的想法强加给白居易。而陈鸿的《长恨歌传》确实带有这样的创作目的。

白居易在《李夫人》一诗中也用过"尤物"这个词："生亦惑，死亦惑，尤物惑人忘不得。人非木石皆有情，不如不遇倾城色。"这几句诗是从汉武帝和唐玄宗对感情的专一出发，说明美人对人所产生的巨大吸引力，以及留给人的深刻印象。白居易认为，与其在痛失美人之后如此痛苦，还不如当初不遇见这样的美人，省去了多少人生烦恼！这是一种无可奈何的同情！白居易在他的诗歌中一贯对女性抱有同情心理，他的本意绝不是说女人是亡国祸水。因此，所谓的"尤物惑人"，只能说是美好的事物对人所产生的巨大吸引力。白居易正是站在同情的角度才称被钟爱的对象是"尤物"。打个比方，就像陷入情网的青年男女有时称对方是"死鬼"、"妖精"一样，是嗔爱，而不是诅咒。

还有一点，值得注意。陈鸿在《长恨歌传》中还说过这样一段话："话及此事，相与感叹。质夫举酒于乐天前，曰：'夫希代之事，非遇出世之才润色之，则与时消没，不闻于世。乐天深于诗，多于情者也，试为歌之，如何？'"王质夫的意思是，白居易是个多情的才子，很适合写这件"希代之事"！

那么，何为"希代之事"？这也是历来被忽视的一句话。

从字面上看,"希代之事"就是在其他朝代很少发生的事。有人认为,唐玄宗和杨贵妃纵情享乐,先乐后悲,国家几乎灭亡,这就是"希代之事"!就像有人所说的,唐玄宗"思倾国",国家果然倾覆了。——好像唐玄宗根本不想让自己的江山稳定,总想着什么时候能把它倾覆了!把"倾国"看成一个动宾词组,而不把它看作"美人"的代指,于情于理都讲不通。

这是对"希代之事"的片面理解。稍有历史常识的人都知道,历代帝王因沉溺女色而导致亡国之祸的事,在唐玄宗以前屡见不鲜!周幽王宠褒姒,殷纣王宠妲己,北齐后主宠冯小怜,陈后主宠张丽华,等等,都导致了亡国之祸,所以,唐玄宗宠爱杨贵妃而导致国家动乱并不是"希代之事"。

所以,王质夫所说的令人感叹的"希代之事"当另有所指。就《长恨歌》所描写的内容看,"希代之事"应该有两层含义。一是唐玄宗是一个位居九重、至尊至贵的帝王,但他在"马嵬事变"中竟然保不住自己宠爱的妃子。这在历代帝王中出现这样的人生悲剧实属罕见!二是杨贵妃在马嵬驿蒙难之后,曾有贵妃未死,流落乡野,入籍为女冠的传说。唐玄宗返回长安以后,曾派人多方寻找杨贵妃。到后来,民间又演绎成方士为杨贵妃招魂的神话传说,而且流传很广。这在历代帝王中也是极其稀有的。应该说,这才是"希代之事"的真正含义。所以,王质夫认为,如果没有人把这个故事通过加工润色整理出来,恐怕会随着时间的推移"与时消没",不闻于世。正因为如此,白居易才在《长恨歌》的后半部分用了四十八句(全诗一百二十句)来渲染这一可悲可感且又富有浪漫色彩的神话故事。这和王质夫的说法是吻合的。但这绝不是巧合!

台湾著名学者王梦鸥曾发表过《〈长恨歌〉的结构与主题补说》。

文章认为,《长恨歌》与《长恨歌传》的主题不同。《长恨歌》记其可感之情,《长恨歌传》述其可叹之事;《长恨歌》是诗人的"风谣",《长恨歌传》是史家的作业。不能把史家张扬的可叹之事混入诗人所写的"长恨"中。王先生的这一论断可谓一语中的。

事实上,白居易本人也没有把《长恨歌》归入"讽喻诗",而是归入"感伤诗"。

那么,白居易对感伤诗是如何定位的?

元和十年冬天,白居易被贬为江州司马。原因是有人指责他在"武元衡遇刺"后"越职言事"。实际上是因为他当时所创作的讽喻诗得罪了当朝的许多达官显宦和不可一世的权贵。所以,到江州后,诗人收起了"唯歌生民病"的政治热情,开始整理自己此前一段时期创作的诗歌,共编为十五卷。在卷末写了一首带有"跋"的性质的七律《编集拙诗成一十五卷因题卷末戏赠元九李二十》。诗的开头就说"一篇长恨有风情,十首秦吟近正声"。这是一个对仗句,诗人把《长恨歌》和《秦中吟》对举。谁都知道,《秦中吟》是诗人在渭南下邽守孝时创作的一组针砭时弊的新乐府诗。在这首诗里,作者强调《长恨歌》是"风情"诗,《秦中吟》是"正声"。所谓"正声"就是雅正之声,是诗"六义"之一,是含有讽刺性的。白居易把《秦中吟》和《长恨歌》对举,说明它们之间是有根本区别的。但是,有人别出心裁、从训诂学的角度提出问题,说"风情"的"风"通"讽"。所以,"风情"就是"讽喻之情"。这种说法显然是没有道理的。白居易本人早就把"风"和"讽"分得一清二楚。在他的诗文中从来没有把"讽喻诗"写成"风谕诗",为什么唯独要在这首诗中把"讽"写成"风"呢?

再从律诗的创作技巧上看,所谓"对仗",从一般规律讲,出句和对句（即上句和下句）的意思是相反的。如果意思相同，那就是"合掌"。这是近体诗的大忌。白居易是不会犯出句和对句意思相同的常识性错误的。因此，既然《秦中吟》是讽喻诗，那么，《长恨歌》就显然不是讽喻诗了。由此看出，白居易已经明确告诉他的两位朋友元稹和李绅，《长恨歌》是"风情"诗，他的内容是描写男女之间的爱情。

同时，白居易在《与元九书》中谈到自己对此前的诗歌进行分类时说：

> 仆数月来，检讨囊帙中，得新旧诗，各以类分，分为卷目。自拾遗来，凡所适所感，关于美刺比兴者，又自武德至元和，因事立题，题为新乐府者，共一百五十首，谓之讽喻诗。又或退公独处，或移病闲居，知足保和，吟玩兴情者一百首，谓之闲适诗。又有事物牵于外，情理动于内，随感遇而形于咏叹者一百首，谓之感伤诗。

可以看出，感伤诗的显著特点是"事物牵于外，情理动于内，随感遇而形于咏叹"。这和他与陈鸿、王质夫在仙游寺话及当年李杨那段故事时"相与感叹"，并产生了创作动议是一致的。

有人也不否认这一点，但是，却用"形象大于思想"的理论来说明《长恨歌》是讽喻诗而不是感伤诗。这实际上否定了创作主体的情感在创作中的主导作用。就像有人说的那样：有一百个读者，就有一百个哈姆雷特。但真正的哈姆雷特只有一个，其余的九十九个是读者自己创造的，并不是莎士比亚心目中的哈姆雷特！所以，在《长恨歌》研究中，不能用自己"想出来的"替代作者"写出来的"。

王质夫是作"歌"的鼓动者，人们忽略了他。

《长恨歌》一共一百二十句。从"杨家有女初长成"到"宛转蛾眉马前死"，共三十六句，基本上是按时空顺序描写的。杨玉环死后，玄宗悼念她的心情完全是诗人的想象和渲染。体现了白居易"多于情"的诗才。接着引出临邛道士为唐玄宗寻找杨贵妃的神话传说，共写了四十八句。从分量上讲，占全篇第一。可见，白居易根本不侧重于"史事"，而注重于渲染流传于民间的那个神话故事。因此，王质夫、陈鸿、白居易三人"话及此事"的"事"，不可能是"史事"，而是那段民间传说的神话。这也是"希代之事"。因为这种事，除了汉武帝有过，别的帝王根本没有过。对于这段"希代之事"，三个人的取向不同。白居易"多于情"；陈则用史家笔法记其事；至于王质夫，从其促请白居易作"歌"的态度看，他对那段神话传说肯定很感性兴趣。不然的话，他不会"举酒于乐天前"，并鼓动白居易把它"润色之"。如果白居易不"润色之"，恐怕就要"与时消没"了。王质夫和白居易的交情很深。白氏集子中，有十五首诗和王质夫有关。从这些诗中可以看出，王质夫曾隐居于终南山学道，后来到了青城山。从时间上看，《长恨歌》的创作不会晚于三人同游仙游寺之后不久。

关于临邛道士的神话，唐末杜光庭编纂《仙传拾遗》时收录了这个故事。那个道士名叫杨通幽。《仙传拾遗》已经失传。但是，这个故事被收进《太平广记》第二十卷。和《长恨歌》及《长恨歌传》不同的是，在《仙传拾遗》里，唐玄宗托道士寻找杨贵妃的神话发生在唐玄宗在成都避难的时候；而《长恨歌》与《长恨歌传》则是发生在唐玄宗返回京城长安以后。

王质夫是学道的。他肯定相信神仙故事，所以，才极力鼓动白居易写这件"希代之事"。而白居易在进行《长恨歌》的创作时，把这段故事移到了唐玄宗返回京城以后。这和玄宗回京后受到儿子的虐待、心情抑郁，不得不借助道士寻找杨贵妃来自我安慰恰好更其吻合——这是诗人的加工。这一改动就使得这个神话传说褪下了神秘色彩，仅剩下一种对爱情的执着追求。

"马嵬事变"是一次军事政变

要弄清《长恨歌》的主题，还有一个很重要的问题，那就是要对造成李杨生离死别的"马嵬事变"进行一番考察。因为，造成李杨悲剧的直接原因是"马嵬事变"，这就牵涉到这样一个问题：谁是李杨人生悲剧的制造者？

持讽喻说的人认为：唐玄宗乐极悲来，自己酿的苦酒自己喝，还要搭上一个杨贵妃！说他们俩是自己人生悲剧的制造者和承受者。

杨贵妃是在"马嵬事变"中殒命的。对于"马嵬事变"本身，白居易只说了两句话："六军不发无奈何，宛转蛾眉马前死。"从字面上看，"马嵬事变"是皇帝的禁军发动的，要求杀杨贵妃。唐玄宗一点办法都没有——身为一国之君，面对六军的要求，竟然束手无策。明眼人一看，就可以发现：白居易的这句话里隐藏着微词。

在《长恨歌》的研究中，历来认为："马嵬事变"是禁军激于义愤而诛杀杨氏兄妹的自发行动。这次行动的指挥者是龙武大将军陈玄礼。杜甫在《北征》诗中就说："桓桓陈将军，仗钺奋忠烈。微尔人尽非，于今国犹活。"在杜甫看来，是陈玄礼发动的"马嵬事变"挽救了唐王朝的危亡。倘若不是陈玄礼发动这次事变，大唐的江山就岌岌乎殆哉！杜甫在至德二年夏四月只身逃出长安，投奔凤翔行在。

他不可能了解"马嵬事变"发生的真实背景。因此，他赞颂陈玄礼是情有可原的。

《长恨歌》中有十句描写了"马嵬事变"的前后经过：

> 九重城阙烟尘生，千乘万骑西南行。
> 翠华摇摇行复止，西出都门百余里。
> 六军不发无奈何，宛转蛾眉马前死。
> 花钿委地无人收，翠翘金雀玉搔头。
> 君王掩面救不得，回看血泪相和流。

这十句诗，基本上是以史实为依据的。从这以后，全诗就转入后半部分，描写李杨的爱情悲剧。根据《旧唐书·杨国忠传》以及《后妃传》、《新唐书·外戚传》、《资治通鉴》卷二一八所记载的史料，安史之乱前，朝廷中充满了错综复杂的矛盾斗争。

杨国忠和太子李亨之间的矛盾焦点在于：杨国忠在安史叛军逼近长安时提出"幸蜀"的动议。这直接威胁到太子李亨的地位。

李亨和安禄山之间的矛盾焦点在于安禄山从来不把太子放在眼里。

安禄山和杨国忠的矛盾在于：天宝末年，唐玄宗想让安禄山入朝任宰相，杨国忠认为这肯定要危及自己的地位，就向玄宗进言：安禄山必反无疑！从而阻塞了安禄山入朝为相的门路。同时，杨国忠又采取卑劣手段，派人暗杀了安禄山留在京城的心腹吉温等人，以此激怒安禄山，促使其造反，以证实自己有先见之明。

安禄山、史思明在天宝十四载冬十月起兵，很快攻陷洛阳。而潼关的失守，更是杨国忠一手造成的。在安史叛军兵临渭水，逼近长安时，唐玄宗打算让皇太子监国，杨国忠不同意，要唐玄宗到成都去避难，甚至上演了让杨贵妃"衔土请命"的闹剧，唐玄宗这才同意"幸蜀"。这无疑又危及太子的地位。

李亨屡受安禄山和杨国忠的鄙视，对安禄山和杨国忠充满仇恨。安禄山造反后，李亨就准备依靠朔方节度使郭子仪的兵力对付叛乱。所以，在唐玄宗未离长安时，陈玄礼和宦官李辅国就曾密奏太子先杀掉杨国忠。李亨工于心计，他认为，安禄山引兵向阙，打的旗号就是"讨伐杨国忠"。如果自己在京城杀掉杨国忠，显然会授人以柄：太子配合安禄山作乱。所以，李亨就没有同意陈玄礼和李辅国的请求，而是准备另找机会。唐玄宗一行经过一天一夜的奔波到了马嵬驿，在这里休整之后，就要南渡渭水，取道褒斜古道到成都去。对太子李亨来说，事情到了关键时刻。因为如果跟随玄宗"幸蜀"，无疑会使自己处于孤立地位。这时太子玩弄了一个花招：派人发动了一些老百姓出面挽留太子，在关中领导平叛。也是事有凑巧：唐玄宗正在犹豫之际，一群吐蕃使者围住宰相杨国忠，要他解决吃饭问题。密奉太子之命的陈玄礼发现时机已到，就以杨国忠勾结吐蕃谋反为借口，煽动不明真相的士兵杀了杨国忠。杨国忠被杀，固然罪有应得。但杀他的原因是"勾结吐蕃谋反"，这却冤枉了他。为了灭口，士兵们又杀了吐蕃使者。安史之乱以后，吐蕃和唐王朝的关系一直处于紧张状态，就和这次诛杀吐蕃使者的事件有直接关系。

太子李亨串通陈玄礼，陈玄礼又控制着禁军，这才是"六军不发"的真正原因。杀了杨国忠之后，李亨等人觉得杨贵妃还在，毕竟对自己不利，所以，就以"祸根犹在"为借口，要挟唐玄宗必须杀了杨贵妃。唐玄宗这时已经处于大权旁落的被动地位，只好忍痛割爱，赐死了杨贵妃。造成了"宛转蛾眉马前死"的悲剧。四十多年前，还是这个陈玄礼带着北苑的禁卫军攻入皇宫，杀死了韦皇后，并迫使太平公主自杀，为当时的李隆基登上皇位扫清了障碍。四十多年后，他又追随太子李亨发动"马嵬事变"，把唐玄宗赶下了皇帝宝座。一个多月后，李亨在灵武登基，让唐玄宗去做了"太上皇"。

对于"宛转蛾眉马前死"一句，历来解释有误。

有的注本把"宛转"注释为"委宛随顺"。这仅是"宛转"一词的本意。有的注释为"缠绵，难舍难离"。其实，"宛转"就是辗转，形容人在复杂矛盾状态下进行挣扎的情状。《楚辞·哀时命》："愁修夜而宛转兮"，就是形容人心事重重，夜不能寐。"宛转蛾眉"，就是"蛾眉宛转"——在即将和唐玄宗生离死别的时刻，杨贵妃对唐玄宗还抱有一线希望，希望他能够救自己。所以，她不忍心与唐玄宗骤然分别，于是仓皇挣扎。殊不知唐玄宗这时已经无能为力，他救不了杨贵妃。就唐玄宗而言，在听到六军要处死杨贵妃的请求以后，也是处于一种矛盾状态，他不愿看到杨贵妃被处死，但又无能为力，只好以手"掩面"。有人说唐玄宗薄情寡义，推出杨贵妃做替罪羊。如果真是这样的话，白居易根本就用不着用"掩面救不得"来描绘唐玄宗的情态，完全可以让唐玄宗以一个爱江山不爱美人的姿态出现在六军面前，用不着装模作样地"掩面"。

正因为"马嵬事变"是一次由太子李亨作为幕后指挥的宫廷政变，所以，唐玄宗和杨贵妃同时成了受害者。杨贵妃临死前仓皇挣扎，这才出现了"花钿委地无人收，翠翘金雀玉搔头"的悲惨场面。因此，造成李杨生离死别悲剧的是太子李亨。这就是问题的实质所在。白居易的立足点也正在于此。这恐怕就是白居易所说的"事物牵于外，情理动于内"的"感遇"吧！

关于李隆基与杨玉环结合的问题

杨玉环本来是李隆基的第十八个儿子寿王李瑁的妃子，却在天宝四载被唐玄宗李隆基册封为自己的贵妃。在后宫的地位仅次于皇后。于是，持讽喻说的人就认为，李隆基与杨玉环的结合本身就是一件极不光彩的事。按照正常的人伦关系，世上哪有公公与儿媳妇结婚的事？但他俩竟然结合了。这就是男图女色、女图男势的最好例证。这样的结合，光彩吗？所以，白居易选取这个题材，其本身就具有讽刺意义。

前面说过，白居易、陈鸿、王质夫三人因为话及当年杨贵妃殒命马嵬坡的事，"相与感叹"。在这里，他们感叹的绝不是公公和儿媳妇结合。因为那是尽人皆知的事情，也没有感叹的必要。

为什么这样说呢？

文学作品是时代的产物。研究一个时代的文学作品，必须把具体作品放在它所产生的那个时代的具体的文化环境中去考察。这是一个最起码的常识。

不可否认，李隆基和杨玉环原来确实是公公与儿媳的关系。但是，有一个问题必须注意：唐代是一个开放的社会。这种开放，也反映在婚姻观念上。唐代的婚姻制度中仅对血缘关系作了比较严格的限制，而对亲缘关系并没有明确规定。人们也承认这一点，在谈及李隆基和杨玉环的结合时却搬出了宋明以后所形成的道学家的人伦观念去批评唐人，指责唐玄宗"乱伦"。这实在是不了解唐人所处的文化环境。

李唐具有少数民族血统。这一点为学术界所公认。所以，在婚姻关系上不大受汉民族的传统伦理观念的束缚。

唐玄宗以前，也有过类似于唐玄宗的婚姻现象。比如唐太宗杀了他的弟弟李建成以后,纳其弟媳杨氏为妃;唐高宗李治把其父太宗的才人武媚娘(即后来的武则天)纳为昭仪。这说明唐人并没有宋代理学家们所规定的严格意义上的伦理观念。如果白居易真的要揭露唐玄宗的这种乱伦行为,他在诗的开头肯定会说:"汉皇重色思倾国,夺得儿媳作贵妃。"但他没有这样写,而是说:"汉皇重色思倾国,御宇多年求不得。杨家有女初长成,养在深闺人未识。"也有人认为这四句诗是白居易在包庇唐玄宗:杨玉环明明是寿王妃,白居易却说:"杨家有女初长成,养在深闺人未识。天生丽质难自弃,一朝选在君王侧。"这种指责也是没有意义的。因为白居易是在进行艺术创作,不是在给杨玉环写传记。正因为白居易要表现的是李隆基和杨玉环之间的爱情,而不是把《长恨歌》作为讽喻诗来写,所以就没有必要把杨玉环先为寿王妃,后来又被唐玄宗纳入后宫、封为贵妃的事实原原本本地写入诗中。他只是以李隆基和杨玉环为原型所创作的长篇爱情诗。

《长恨歌》的内蕴及其背后的秘闻

"重色"不是"好色"

《长恨歌》诗一开头就说:"汉皇重色思倾国,御宇多年求不得。""汉皇"的"皇",当然是指皇帝。"汉",常常被认为是"以汉代唐"。"汉皇",就是代指唐玄宗。这种说法值得考虑。唐代没有文字狱。一般情况下,诗人在作品中没有必要回避皇帝的私家事。在唐代,除了特指,文学作品中的"汉皇"都是指唐王朝的皇帝。也有"以汉代唐"的,常常用的是"武皇"。就像杜甫在《兵车行》里面所写的"边庭流血成海水,武皇开边意未已"。所以,诗一开头就把唐玄宗摆在显著位置。"重色",历来被解释为"荒于女色"。这是受"女为亡国祸水"传统观念影响而产生的一种欣赏错位。为什么呢?"重"在诗中是形容词作动词用,就是特别喜欢,或者特别看重;"色",指美丽、漂亮,和"倾国"是同义词,都是美女的代称。关于"倾国"的来历,《汉书·外戚传》记载,有个名叫李延年的乐人,给汉武帝唱了一首歌。歌词的内容是:"北方有佳人,绝世而独立。一顾倾人城,再顾倾人国。"汉武帝一听很高兴,天下竟有这样美丽的女子,于是召其进宫,问其身世,原来是李延年的妹妹。后来"倾城"、"倾国"就演变成了美女的代称。"倾"是"令人倾倒"的意思,不是颠覆、倾覆。有人说,唐玄宗"思倾国",果然把国家弄得倾覆了。这种说法讲不通。"思倾国",是对美的追求。其本身并没有褒贬之意,而是一个具有普遍意义的审美追求。宋玉在《登徒子好色赋》中所讽刺的登徒子因好色而不择妍媸是不符合人们传统的审美追求的。不过,宋玉说登徒子因好色而不择妍媸,也应该分析一下:一、宋玉这样说,无非是贬低登徒子,借以抬高自己;二、登徒子的老婆尽管不漂亮,但登徒子却心无旁骛,很专一。这倒是值得肯定的美德。相反,宋玉倒显得轻浮。

唐玄宗喜欢美女,而且朝思暮想,希望得到一位倾国倾城的绝代佳人。然而,尽管他统治天下多年,多方搜求,依然没有找到一位称心如意的佳人。"御宇",就是统治天下。唐玄宗是公元712年登基当皇帝的。这一年,他二十八岁。他当皇帝后十三年,即开元十二年,王皇后病死。另一位宠妃赵丽妃在王皇后死后不久也谢世。唐玄宗最宠爱的武惠妃又在开元二十五年死去,让唐玄宗伤痛不已。如果一定要说唐玄宗"多年""求""倾国"的话,从开元二十五年到天宝四载杨玉环入宫，前后近十年的时间。身为皇帝，要找个美女，还不是易如反掌？但唐玄宗竟在这么长的时间内找不到一位称心如意的佳人，可以看出，"重色思倾国"就不是荒于女色。就像陈鸿在《长恨歌传》里面所写的："宫中虽良家子千数，无可悦目者。"说明唐玄宗是有自己的选择的——当然，这两句也从侧面突出了杨玉环艳倾天下，美貌绝伦。

紧接着，作者便引入杨玉环："杨家有女初长成，养在深闺人未识。"

有人认为白居易在这两句诗中有意掩盖了杨玉环初为寿王妃的历史事实。其用意是"为尊者讳"。前面已经说过，白居易的本意是表现李隆基和杨玉环之间的爱情，而不是揭露他如何霸占儿媳妇。从剪裁的角度讲，也没有必要把与主题无关的事情原封不动地照搬过来。作为艺术创作，作者完全可以把和主题无关的材料舍弃不用。这是一个创作常识。

"养在深闺人未识"一句，从行文上看，是回应"宇御多年求不得"的。正因为杨玉环"养在深闺"，人们才无法看到她，所以也就迟迟发现不了这位容貌倾国的绝代佳人。《长恨歌传》写道：唐玄宗在华清宫面对"粉色如墙"的"内外命妇"，虽然"上心油然"，也就是说萌生了对异性的冲动，但还是没有一个中意的。这才"诏高力士潜搜外宫，得弘农杨玄琰女于寿邸"。因此，"养在深闺无人识"旨在烘托像杨玉环这样的绝代佳人的难以发现，并没有为唐玄宗回护的意思。

杨玉环入宫始末

杨玉环是怎样入宫的？

历史总有一些出人意料的事情发生。

杨贵妃，小名玉环，蒲州永乐（今山西永济）人。因为她的父亲杨玄琰曾任蜀州司户。开元七年（公元719），杨玉环就出生在四川。她很小的时候，父亲去世。她的叔父杨玄璬任河南府士曹参军，就把她从四川接到洛阳抚养。开元二十三年十二月二十四日，十七岁的杨玉环在洛阳和唐玄宗的第十八个儿子寿王李瑁结婚。寿王瑁的母亲就是唐玄宗十分钟爱的武惠妃。武惠妃是武则天的侄孙女。

杨玉环是天生的绝代佳人，能歌善舞，精通音律。寿王瑁为人文质彬彬。开元初，武惠妃生过两个孩子，都夭折了。所以，李瑁出生后，唐玄宗就让他的大哥宁王宪抚养。宁王宪是一个回避政治的人，所以，可能受宁王的影响，寿王瑁长大后，对政治也不热衷，也就没有卷入激烈的宫廷争斗。但是，在亲情争斗中，寿王瑁是一个失败者。

寿王瑁和杨玉环婚后两年，即开元二十五年十二月，武惠妃病逝。唐玄宗心里很空虚。就这样过了三年，到开元二十八年十月，杨玉环才被召进后宫。但还没有被直接封为贵妃。

关于杨玉环入宫的记载，《新唐书》、《旧唐书》说法不一。《旧唐书》说："或奏玄琰女姿色冠代，宜蒙召见。"《新唐书》说："或言妃资质天挺，宜充掖廷。遂召内禁中。"

不管是"或奏"，还是"或言"，都是说有人向唐玄宗推荐杨玉环。这个人是谁呢？从陈鸿开始，许多人都认为是高力士。其实，根本就不是这回事！

开元二十三年年底，杨玉环在洛阳和寿王结婚。按照唐朝的礼仪规定，还有一个王妃朝见礼。所以，唐玄宗早在五年前就见过杨玉环，而且发现她的这位儿媳妇美貌绝伦，根本就用不着经过别人的推荐,他才召见。所以,陈鸿说"诏高力士潜搜外宫,得弘农杨玄琰女于寿邸",那是让高力士背了黑锅。

杨玉环是一位天生的绝代佳人,唐玄宗早就亲眼目睹过。但杨玉环毕竟是自己的儿媳妇。要把儿媳妇纳入后宫,唐玄宗还是有些犹豫不定。而武惠妃死后,面对成百的内外命妇,唐玄宗一个都看不上眼,杨玉环的形象总是在他的脑海里挥之不去。终于在武惠妃死后三年,唐玄宗拿定主意:如此倾国倾城之貌,是不能放弃的。所以才下决心要把杨玉环纳入后宫。白居易说的"天生丽质难自弃",从另一个角度解释,是说唐玄宗终于下定决心了。决心一下,办事速度当然很快,这就有了下一句:"一朝选在君王侧。"白居易即便是不为尊者讳,也是揣摩透了唐玄宗的迫切心情。

虽然说是"一朝选在君王侧","史实"上却不是这样。

唐玄宗是以皇帝的身份召见儿媳妇的,而召见后不久,杨玉环就"主动"提出要当女道士。于是,唐玄宗很快就下了一道敕文:《度寿王妃为女道士敕》,批准了杨玉环的"请求"。

杨玉环要当女道士的理由很充足:给唐玄宗的母亲窦太后"追福",而且态度很虔诚。唐玄宗的父亲李旦是唐高宗和武则天的第八个儿子。李旦有两个妃子:窦氏和刘氏。窦氏是唐玄宗李隆基的生母,除玄宗外,窦氏还生有金仙、玉真两个公主。长寿二年正月初二(公元693年2月12日),窦氏和刘氏去给身为女皇的婆婆武则天拜年。结果,一去不归。事实上是被武则天秘密杀害了,连尸首都不知埋在何处。李旦胆小怕事,连问都不敢问。那一年,李隆基才八岁。这在他幼小的心灵中留下了难以忘却的痛苦。因此,唐睿宗去世后,李隆基就尊其母为皇太后,并以衣冠冢的形式陪葬桥陵,而且经常为窦太后举行祈福法会。现在,杨玉环提出愿为皇太后"追福",分明是一种缓冲之计,唐玄宗却像模像样地专门下了一道敕文,做得冠冕堂皇。

其实杨玉环并没有真的去道观修道,而是住在皇宫中。仅仅取了一个道号"太真"罢了。唐玄宗打破惯例,在大明宫中专门设置一座道观太真观,让杨玉环居住。那也是做样子给别人看的。不到一年,礼遇如同武惠妃。后宫中的人从来不把杨玉环称呼为太真,而是呼为"娘子"。

为什么说唐玄宗打破惯例在皇宫中给杨玉环修建道观呢?唐玄宗的两个妹妹金仙公主和玉真公主也是女道士。但是,在皇宫中就没有她们的道观。而是在皇城西边的安福门外给两人建了道观。而杨玉环的道观却在皇宫中。明眼人一看,就知道这是为了方便皇帝。

杨玉环被召入后宫,寿王虽不敢过问,但唐玄宗也总得给寿王有个安排吧,不然,也说不过去。天宝四载七月二十六日,唐玄宗册封右郎将韦昭训的第三个女儿封为寿王妃。这一次,还是陈希烈担任副使。由于陈希烈两次参与给寿王册妃的活动,而且事后又是守口如瓶,所以,九个月后,即天宝五载四月,陈希烈就由兵部尚书升迁为宰相。

杨太真走出道观

寿王瑁的事办完了,下面就轮到玄宗自己了。

在给寿王册妃后的第十天,即天宝四载八月初六,唐玄宗就正式给杨太真脱去了道袍,加封"贵妃"称号。这一天,唐玄宗六十一岁刚过一天,杨玉环二十七岁。

李隆基和杨玉环的结合,一对老夫少妻上演了一出改变了大唐王朝命运的、中国历史上最浪漫最悲哀的爱情故事。

在封杨玉环为贵妃的过程中，有一个细节历来不为人们所注意：当初，在册封杨玉环为寿王妃时，册文上说她是杨玄璬的"长女"。——把叔父说成生父。十年后，在给杨玉环加贵妃封号后，按惯例要给杨氏直系亲属加官晋爵，《玄宗实录》在记载这件事时说："赠其父玄琰兵部尚书。"

这样一来，在外人看来，当年嫁给寿王瑁的是杨玄璬的女儿，现在被封为贵妃的是杨玄琰的女儿，根本不会把现在的杨贵妃和十年前的寿王妃杨玉环联系起来。看来，尽管李唐不大注意严格的人伦关系，但是，唐玄宗毕竟是把儿媳妇封为贵妃的，于是，还不得不注意舆论影响，所以，就采取了掩盖事实真相的手段。因为，册文是要对外公布的。不知何故，《全唐文》和《唐大诏令集》中没有封杨玉环为"贵妃"的册文。在宫廷内部，知道其中奥秘的，除了李林甫、高力士，还有一个人，他就是陈希烈！

因为，十年前册封杨玉环为寿王妃时，李林甫是正使，陈希烈是"副使"。陈希烈是靠着给唐玄宗讲《老子》才做了兵部尚书的。不过，陈希烈这个人胆小，不会到处乱说，更不敢把这个秘密张扬出去。李林甫更是一个看唐玄宗的眼色行事的人，他自然不会张扬此事。

那么，杨玉环是以什么样的姿态入宫的？白居易写道："回眸一笑百媚生，六宫粉黛无颜色。"

天生的丽质自有与众不同的风韵。但是，如何描写才能收到最佳艺术效果，不同的作家有不同的表现方式。对于像杨玉环这样的绝代佳人，如果要把她的整体形象展现在读者面前，恐怕比曹植在《洛神赋》中描写洛水女神还要铺张！如果像汉乐府《陌上桑》那样，从头到脚来描写罗敷的话，就显得过于平铺直叙，《长恨歌》也就和汉乐府没有什么区别了。

人物描写不外乎容貌描写、神态描写、心理描写。容貌只是人物的外在形象，神态描写的最佳境界却能揭示出人物的内在气质。白居易不愧为"多于情"的天才艺术家。他既不像曹植写洛神那样任意挥洒，又不像汉乐府描写罗敷那样容貌服饰毫发无遗。他采用了"遗貌取神"的描写方法，着力于通过眼神来描绘杨玉环的风韵：美人回面，双目那么微微一转，就已经百媚顿生，艳倾后宫。相形之下，六宫的美女一个个都黯然失色！

古代诗歌常常喜欢描写女子的眼神和笑貌。唐代女诗人鱼玄机有一首《西施》，其中就写了美人回面的巨大威力："一双笑靥才回面，十万精兵尽倒戈。"西施的回头一笑，抵得上十万精兵！把吴王夫差搞得神魂颠倒，忘记了正在卧薪尝胆、寻机复仇的越王勾践正虎视眈眈地觊觎着吴国。这简直比"十万精兵"都要厉害！"百媚生"的"生"字是一个让人浮想联翩的表情状的动词。如果写成"生百媚"，意思尽管差不多，但失去了灵动的魅力。所以，把"生"字用在句末，更能活灵活现地展现出杨玉环的无比风韵。不知道白居易是否读过李白的《清平乐》："女伴莫话孤眠，六宫罗绮三千。一笑皆生百媚，宸游教在谁边？"李白就用了"生百媚"，所以缺乏传神效果。

对于杨玉环的美貌，陈鸿在《长恨歌传》中是这样描写的："鬓发腻理，纤秾中度，举止娴雅，如汉武帝李夫人。"从外貌入笔，说杨玉环头发乌黑，皮肤细腻，不胖不瘦，态度雍容娴雅。对任何一个年轻漂亮的女子都可以这样描写。所以，这样的描写不具备个性化特点。陈鸿恐怕也意识到了这一点，所以又特意添上一句：其漂亮的程度就像汉武帝的李夫人！其出发点是为了提升杨玉环的形象，却是画蛇添足的败笔。唐玄宗要是看了也是不会满意的："我御宇多年，只不过找了一个和汉武帝的李夫人一样的女人！"心里能高兴吗？再说了，谁也没见过汉武帝的李夫人究竟有多美！所以，这种描写其实是给读者留下一个无法想象的余地，根本不如白居易的"回眸一笑百媚生，六宫粉黛无颜色"的描写生动传神。

白居易和陈鸿描写的角度不同，反映了各人的审美取向的不同：白居易主"情"，所以重在展示杨玉环的精神气质和风韵；陈鸿主"事"，也只能从服饰、举止、体态入手。因此，陈鸿以叙事为主的描述就显得平淡无奇，而白居易的这一联诗却成为千古名句！

后人在评价《长恨歌》时，特别欣赏这一联。但也有人对这一联很不满意。譬如龚自珍就说："'回眸一笑百媚生'，乃形容勾栏妓女之词，岂贵妃风度耶？白居易直千古恶诗之祖！"这真是天大的冤枉！有一个"东施效颦"的故事，说越国美女西施的邻居家有个姑娘叫东施，长得很丑。有一天，西施胃痛，皱着眉头，用手捂着肚子。东施一看，觉得特别美，就模仿西施的样子，也皱起眉头，捂着肚子，结果越发丑陋。世上东施效颦的事太多了。由于白居易的这两句诗在展示女人的风韵时写得太美了，所以，后世的女子发现了笑眯眯的眼神在传情上的魅力，尤其是勾栏瓦市的妓女纷纷效仿，以期收到暗送秋波、勾人魂魄的效果。龚自珍大概见过妓女们的忸怩作态，所以，就得出这种让人啼笑皆非的评判，实在是冤枉了白居易。

华清宫，唐玄宗的温柔富贵乡

杨贵妃艳压群芳。唐玄宗自然心花怒放，在华清宫中开始了他的新生活："春寒赐浴华清池，温泉水滑洗凝脂。侍儿扶起娇无力，始是新承恩泽时。"

华清宫是唐代四大行宫之一。唯一不同的是，华清宫是供皇帝避寒的行宫。其他三座行宫，九成宫、玉华宫、翠微宫都是供皇帝避暑用的。

华清宫，位于长安东郊的骊山北麓。唐太宗贞观年间，著名建筑师阎立德奉诏在骊山修建宫殿。竣工后，取名汤泉宫。唐高宗时，又改名温泉宫。开元初，唐玄宗曾对温泉宫进行了两次扩建，并在天宝六载的扩建工程完工后把温泉宫改名华清宫。

每年冬十月，唐玄宗都会带着妃嫔和大臣们到这里避寒。直到岁末年初才返回长安。据史料统计，唐玄宗在位四十五年，其中开元时期驾临华清宫二十五次；天宝时期十五次；从成都避难返回长安后去过一次，共计四十一次。

唐玄宗在华清宫时，这里实际上就成了唐王朝中央机关的临时办公地。王公贵族以及达官贵人也在华清宫外围购买土地，修建别墅山庄，致使当地的地价一下子飙升到每亩地一千两黄金。

据《新唐书·玄宗纪》记载，杨玉环被册封为贵妃是在天宝四载秋八月初六。但是，白居易把杨玉环正式进宫的地点安排在华清宫，时间放在春天。"春寒赐浴华清池"一句是接"六宫粉黛无颜色"。"春寒"和"温泉"并提，旨在渲染一种温馨、华贵的情感氛围。"温泉水滑洗凝脂"同"春寒赐浴"互为映衬，更显出一种富贵香艳之气。凝脂，是说杨贵妃的肌肤丰满、白皙、柔滑。《诗经·卫风·硕人》有"手如柔荑，肤如凝脂"的诗句。"洗凝脂"就是沐浴。在"洗凝脂"和"承恩泽"之间以"侍儿扶起娇无力"为媒介，过渡到唐玄宗和杨贵妃之间缠缠绵绵的宫闱生活。

中国古代有四大美人图：西施浣纱、昭君出塞、貂蝉拜月、贵妃出浴。"贵妃出浴图"就是宋人根据"侍儿扶起娇无力"一句构思出来的。这四句诗紧扣人物的仪。特别是那个"娇"字,惟妙惟肖地捕捉住了杨贵妃微妙的内心活动。"娇"不是娇柔做作,因为她已经是皇帝的贵妃了。这个"娇"字里面既包含着一种内在的气质美,又包含着对"一朝选在君王侧"的矜持。它和"倾国"、"百媚生"交相辉映,充分展现了杨贵妃艳倾天下的美丽形象。

我们再看一下《长恨歌传》对"赐浴"的描写:"既出水,体弱无力,若不任罗绮。"这未免把杨玉环写得过于纤弱,似乎极轻极薄的罗绮浴衣都会把她压垮。要知道,唐人是以胖为美的,唐人就有"肥环瘦燕"的说法。从唐墓出土的宫廷仕女画可以看出,任何一个宫廷仕女都比汉代的赵飞燕胖多了。所以,陈鸿的这几句用来写林黛玉出浴,恐怕比较合适。但用来写杨贵妃就大逊其色。陈鸿接着又说杨贵妃出浴之后,"光彩焕发,转动照人。上甚悦"。这种描写全不如那个"娇"字来得传神。这就难怪明朝的唐汝询说《长恨歌》"词颇娇艳",白居易"实欲借事以骋笔间之风流"。尽管唐汝询对《长恨歌》大有微词,他还是不得不赞叹白居易的神来之笔。

以上仅仅是杨贵妃入宫的序曲。接下来才进入对李杨之间情爱的描写:

> 云鬓花颜金步摇,芙蓉帐暖度春宵。
> 春宵苦短日高起,从此君王不早朝。
> 承欢侍宴无闲暇,春从春游夜专夜。
> 后宫佳丽三千人,三千宠爱在一身。
> 金屋妆成娇侍夜,玉楼宴罢醉和春。

这十句句,紧接前面的"承恩泽",写李杨二人宛转绸缪的生活。白居易对杨贵妃容貌的描写采用了层层递进的方式，不像汉乐府《陌上桑》等传统叙事诗常常运用全面铺开、毫发无遗的铺叙手法。杨贵妃出场时，作者用"回眸一笑百媚生"展示其妩媚动人的风韵；出浴时只用一个"娇"字突出其矜持与美丽。这些描写偏重于从情态、气质方面展现杨贵妃的美丽动人。而"云鬓花颜金步摇云"十句，转入对其容貌的正面描绘。容貌与服饰是人物描写的基本要素。乌云般的鬓发，花儿一样艳丽的容貌，鬓发上再插上一支金步摇，杨贵妃的外貌就展现在人们面前。"步摇"是妇女簪在鬓发上的首饰，其上端有凤凰造型，嘴里衔着串珠。人只要挪步，就会颤动，故称步摇。"芙蓉帐"是说卧室的幕帐上绣着芙蓉花，也就是通常所说的荷花。荷花又叫莲花，莲花的"莲"与爱怜的"怜"谐音。所以，"芙蓉帐"自然是对爱的暗示。它和下面的"春宵苦短日高起，从此君王不早朝"构成一个"联珠体"的结构形式，写二人婉转缠绵的宫闱生活。和前面一句的结尾联系起来，就有一种情意绵绵的意思。作者用"苦"字写唐玄宗和杨贵妃抱怨春夜太短，真是非常人所能体验的。

正因为有苦于春夜太短，于是"君王不早朝"的事情就发生了。后人批评唐玄宗沉溺女色，荒于朝政，也就是拿这一句做文章的。

退一步说，如果说白居易对唐玄宗有所批评的话，这一句最明显。作为一个皇帝，确实应该批评。但是，"不早朝"不等于不理朝政。

唐代的早朝只是群臣例行的一种礼仪形式，并不解决任何实质性的问题。而且，散朝之后，按规定还要给文武百官免费管一顿饭。杜甫随唐肃宗回到长安后，任左拾遗。有一次早朝之后，他写了一首《宣政殿退朝晚出左掖》，诗中说："侍臣缓步归青琐，退食从容出每迟。"直到晚年这段往事还历历在目,在《秋兴八首》中,他曾回忆当年早朝时的情景:"云移雉尾开宫扇,日绕龙鳞识圣颜。"所谓早朝。只是大家去给皇帝请安罢了。唐太宗初登基,一日一早朝,皇帝还临朝处理政事;到贞观十三年十月三日,房玄龄奏请:"天下太平,万几事简,请三日一临朝。"高宗初,五日一朝;武则天和中宗时,每十日一早朝。开元时,唐玄宗也不是天天都要接受群臣的朝贺。一般来说,每逢初一、十五、月底,也就是朔(初一),望(十五)、晦(二十九或三十)才例行公事地接受群臣朝贺。所以,"不早朝"不必认为是唐玄宗荒于政。这是其一。其二,作者是在写李杨之间的爱情,不是写"开元天宝纪事"。无可否认,唐玄宗晚年把朝政交给李林甫、杨国忠处理是他的一大失误。但这一点不是《长恨歌》要反映的内容。

在写了唐玄宗"不早朝"以后,接着又说"承欢侍宴无闲暇,春从春游夜专夜"。前面是两个人同时写,这两句专写杨贵妃,是对前面描写的收束。"承欢",就是讨皇帝欢心。如何讨皇帝欢心?那就是侍宴、游春、专夜,等等。"无闲暇"不是说杨贵妃一天到晚忙得不可开交,而是说两人形影不离。作者为了把唐玄宗和杨贵妃的亲密关系写得更专一,转而又从唐玄宗的角度出发写道:"后宫佳丽三千人,三千宠爱在一身。"有人针对"后宫佳丽三千人"说唐玄宗太好色了,网罗天下美女竟达三千之多,以供自己纵欲享乐。稍有常识的人都会明白,三和九在古典诗词中都是泛指很多,并不是实指。就像李白说他"白发三千丈"一样,谁也不会认为李白的头发有三千丈长!需要指出的是,"后宫佳丽"和皇帝后宫的嫔妃是有严格区别的。《唐会要》记载,皇后以下,皇帝还有四妃:贵妃、淑妃、德妃、贤妃,九嫔:昭仪、昭容、昭媛、修仪、修容、修媛、充仪、充容、充媛,还有婕妤九人、美人九人、才人九人,连同皇后在内共四十一人。其余的所谓佳丽都是服务性质的宫女。退一步说,就算后宫有三千佳丽,那么,唐玄宗在三千佳丽中只宠爱杨贵妃一人,恰恰说明唐玄宗对杨贵妃情感的专一。"三千"与"一"构成强烈的对比,突出了唐玄宗对杨贵妃的宠爱。

正因为爱得专一,所以,才有了下面的"金屋妆成娇侍夜,玉楼宴罢醉和春"两句。金屋,用汉武帝金屋藏娇典故。据说汉武帝为太子的时候,有一天,到他姑妈家去玩。他姑妈有个女儿叫阿娇。他姑妈问他:"你要媳妇不要?"小孩子不懂事,随口说:"要!"他姑妈就说:"让阿娇给你做媳妇,行不行?"他说:"如果阿娇给我做媳妇,我就给她盖一座金屋子,叫她住在里边。"这就是金屋藏娇这个典故的来历。金屋、玉楼,极言居室的华美。娇侍夜、醉和春,写杨贵妃柔媚多情。通过这样的描写,诗人把李杨之间的宫闱之事表现得淋漓尽致。用词之华丽,情感之浓艳,让六朝的宫体诗也自叹弗如。

杨贵妃博得了唐玄宗的欢心,唐玄宗自然高兴万分。不仅对杨玉环宠爱有加,而且对杨氏一门大加褒赏:"姊妹弟兄皆列土,可怜光彩生门户。"这两句荡开一笔,转写杨氏家族因杨玉环受宠而门第生辉。

所谓"列土",即列土而封,就是指杨氏家族的主要成员被封为国公、国夫人。有了封地,就可以在封地收取租税。据《新唐书·杨贵妃传》记载,杨玉环晋封为贵妃以后,唐玄宗下诏:追赠其父杨玄琰为太尉、封齐国公;授予其叔父杨玄珪光禄卿;堂兄杨铦鸿胪卿;杨锜任侍御史、尚太华公主;杨玉环的大姐被封为韩国夫人,三姐被封为虢国夫人,八姐被封为秦国夫人。杨氏一门可谓一人得道，鸡犬升天。

"可怜光彩生门户"是说杨氏家族门第生辉，令世人羡慕不已！"可怜"就是让人羡慕不已。从羡慕又发展到"遂令天下父母心，不重生男重生女"。杨玉环被封为贵妃后，杨氏家族无限风光，令世人艳羡不已！这是一个方面。更重要的是由于杨氏一门的显耀，竟引起了世俗观念的改变：人们都盼着自己家也能生一个绝代佳人，以便改换门庭，光宗耀祖。在以宗法制为基础的封建社会，重男轻女是一个极为普遍的社会文化现象。然而由于杨氏家族的社会地位的空前提高，竟改变了人们的传统观念："不重生男重生女"，足见"杨氏热"给当时社会所带来的冲击。

其实，在杨氏家族中，真正的暴发户是杨国忠。天宝后期政治上的混乱局面正是杨国忠与李林甫争权夺利造成的。

杨国忠发迹

杨国忠是杨玉环的远房堂兄。

当京城长安掀起一股"杨氏热"的时候，杨国忠还远在成都担任"营田"即管理军垦的小官。

杨国忠的父亲杨珣，只做到州参军这样一个小官。他的舅舅就是武则天的宠臣张易之。张易之被杀后，张氏在社会上声名狼藉。杨国忠的家境不好，应该与受到牵连有关系。他本来叫杨钊，杨国忠这个名字是唐玄宗后来给他取的。他从小不务正业，喜欢赌博饮酒，家族里的人都很讨厌他。在家乡待不下去了，三十岁的时候，他离开蒲州老家，到外面去闯荡。他没读过多少书，根本不可能走科举的路子，只好去当兵。这样就到了成都。

杨国忠有个长处：机敏，精明，口才很好，能言善辩。在成都军中，他干过军屯。由于管理有方，应该给他升迁。可是，杨国忠有个弱点：为人轻狂，不懂礼节。所以，节度使张宥很讨厌他，找了个借口，狠狠地把杨国忠打了一顿。打完了，还是给他了一个新都尉县的职务。任期届满后，也没升迁，就在成都游荡。在歌楼结识了一个老鸨。这个女人见杨国忠不但长得一表人才，而且伶牙俐齿，就把自己的女儿嫁给了他。这就是杨国忠的结发妻子裴柔。别看杨国忠在人面前吹得天花乱坠，实际上他根本没有生活来源。这时，他的叔父杨玄琰客死成都，杨国忠就经常去叔父家里照看。这样他就和后来被唐玄宗封为虢国夫人的堂妹关系密切起来。有一次，他偷了堂妹的钱去赌博。结果输得一干二净。堂堂七尺男子汉，偷人家的钱，面子上下不去，就不辞而别，跑到关中，在扶风混了几年。实在混不下去了，就又回到成都。

成都有个富豪，名叫鲜于仲通，经常资助杨国忠。对此，杨国忠也很纳闷。

原来，鲜于仲通和剑南节度使章仇兼琼关系密切，而章仇兼琼和当时的宰相李林甫的关系比较紧张。他看到杨氏一门很受皇帝信任，就想和杨氏拉关系，以寻取政治上的靠山，对抗李林甫。章仇兼琼就对鲜于仲通说："我和宰相李林甫关系比较紧张，你是知道的。如果没有内部关系，恐怕终究会被李林甫整下去。现今杨贵妃一门很得宠，我派你到长安去，想办法攀上杨家。只要这事办成了，我就不怕李林甫了。这对你、我都有好处。"

鲜于仲通尽管有钱，可是没见过什么大世面，章仇兼琼算是他见过的最大的官员了。他对章仇兼琼说："我从小生在成都，根本没到过京城长安。我不是不答应您，而是怕坏了您的大事。"但是，想到自己和章仇兼琼的关系非同一般，鲜于仲通就说："不过，我可以给您推荐一个人。"

于是，鲜于仲通就把杨国忠推荐给了章仇兼琼。

章仇兼琼根本就没听说过杨国忠这个人。鲜于仲通就把杨国忠和杨贵妃之间的亲属关系告诉了章仇兼琼。

章仇兼琼见了杨国忠，稍作交谈，发现杨国忠不仅相貌堂堂，而且脑瓜子灵活，口才很好。尤其重要的是，他是杨贵妃的堂兄，这一点，任何人都不具备。章仇兼琼非常高兴，马上委任杨国忠为"节度推官"。不久，就给了他价值百万的财货，让杨国忠动身去长安上下活动。

杨国忠根本就没见过杨贵妃。因为他到成都的时候，杨玉环已经被叔父带到了洛阳。所以，到了长安，别说找杨贵妃，连皇宫的大门他都也进不了。

但是，就这样，杨国忠抱着试试看的想法进了长安。

杨国忠大概是天宝四载冬或五载初春到长安的。他的使命是为章仇兼琼疏通关系。但是，杨国忠却很好地把握了这次机会，使之成了他人生的转折点。

杨国忠到长安后，先去找杨贵妃的三姐虢国夫人，而且就住在虢国夫人家。在杨贵妃三个姐姐中，三姐长得最漂亮。中唐时的张祜写过二首《集灵台》诗，第二首就是写虢国夫人的："虢国夫人承主恩，平明骑马入宫门。却嫌脂粉污颜色，淡扫蛾眉朝至尊。"足见虢国夫人和唐玄宗的关系非同一般。所以，经虢国夫人的引荐，杨国忠先是周旋于杨氏姐妹之间，把带来的名贵物品分送给她们。而且每次送东西时，都要说：这是章仇公的一点心意。杨国忠很机敏，很快就博得了杨氏姐妹的信任。收了章仇兼琼送的财物，杨氏姐妹就不断地在唐玄宗面前替章仇兼琼美言。而且不失时机地说章仇兼琼的这位推官如何如何能干，尤其是精通樗蒲游戏。唐玄宗唯独对这一点很感兴趣，就让人把杨国忠带进宫中。当时，唐玄宗正在玩樗蒲。杨国忠就静静地站在旁边，一声不吭。游戏结束了，别人还计算输赢的筹码，杨国忠却随口报出每个人的输赢数字。唐玄宗很吃惊，一问，才知道他就是杨氏姐妹经常提起的那个远房哥哥，唐玄宗立即决定，让杨国忠随供奉官出入皇宫。

杨国忠终于时来运转。时间不长，就让他做了金吾卫兵曹参军。他的具体工作是管理兵器。每当唐玄宗要玩樗蒲游戏时，就让杨国忠在身边伺候。杨国忠每次都计算得很准确，唐玄宗玩得高兴，就随口称赞说：〝你真是一个好度支郎〞——用现在的话说，杨国忠是一个好会计。〝度支郎〞是户部的官员。户部管理朝廷的财政收入、支出、预算等，是个要害部门。说者无意，听者有心。杨氏姐妹趁机要唐玄宗兑现他说的话，同时，杨氏姐妹又在当时的政界红人、李林甫的心腹、户部郎中王鉷跟前活动、送礼。果然时间不长，经王鉷奏请，杨国忠担任了度支判官。

王鉷想用巴结杨氏姐妹给自己升官铺路，却没想到给杨国忠办了好事。

一个偶然的机会，杨国忠进京了。进京后，又靠着裙带关系当上了朝廷官员。这一点，杨国忠心里很清楚。所以，到任后，他不仅工作卖力，而且还干得很出色，再加上杨氏姐妹经常在唐玄宗耳边吹风，唐玄宗对杨国忠的才干也深信不疑。

杨国忠进京本来是给章仇兼琼疏通关系的，结果自己先捞了好处。不过，杨国忠还没有忘记自己入京的使命，经过杨氏姐妹的活动，天宝五载五月，唐玄宗就把章仇兼琼调进长安，任命为户部尚书，成了杨国忠的顶头上司。过了不长时间，杨国忠就连升三级：

担任了监察御史、检校度支员外郎兼侍御史，前后也就一年多的时间。这种提拔速度在唐王朝的历史上是从来没有过的。

李林甫瞧不起杨国忠。原因是杨国忠在朝堂上不注意个人仪表，说话时捋胳膊挽袖子，很不成体统，没一点斯文气。但是，把持朝政十多年的李林甫深知杨国忠是靠着裙带关系步步高升的，所以，为了自己的长久利益，不得不接受了这一事实，有时还有意和杨国忠套近乎。李林甫是眼里容不得半点沙子的人，但在杨国忠这个问题上，他还真的有点宰相肚里能撑船。不过，他不想撑，也得硬撑着，这也正是李林甫的过人之处。

杨贵妃两次被送回娘家

《长恨歌》中说"承欢侍宴无闲暇，春从春游夜专夜。后宫佳丽三千人，三千宠爱在一身。"尽情渲染唐玄宗和杨贵妃在日常生活中形影不离。其实，两个人也有发生矛盾的时候。甚至还发生了杨贵妃被送回娘家的事。

杨贵妃第一次被送回娘家是在天宝五载七月，距她被册为贵妃不到一年。

杨玉环入宫后，唐玄宗对她是宠爱有加。仅给杨贵妃缝制服装的专业裁缝就有七百多人，还有上百人为她的饮食起居服务。她每次陪唐玄宗出游，要是骑马的话，都是高力士亲自牵马。高力士是权倾后宫的从一品骠骑大将军。所以，杨玉环有点得意忘形了，常常在唐玄宗面前撒娇，有时甚至蛮不讲理。唐玄宗很恼火。一气之下，就让高力士把杨贵妃送到他哥哥杨铦家。

据史料记载，杨玉环第一次被逐出宫，是因为她"妒悍不逊"，惹怒了唐玄宗，"命送归兄铦之第"。所谓"妒悍不逊"，是说杨贵妃心眼小，爱吃醋；而且发起脾气来，也是很刁悍的。作为拥有至高无上权力的帝王，唐玄宗当然接受不了！好在唐玄宗没有把她打入冷宫，而是送回了娘家，算是给杨玉环留了面子。唐玄宗这样做，也给自己留了退路。

杨贵妃早晨离宫后，唐玄宗就有点儿心神不定，动不动就给身边的人发脾气。到吃中午饭时，唐玄宗一点胃口都没有。高力士明白唐玄宗的心事，又不好明说。看到唐玄宗神不守舍的样子，他想来想去，想出了个办法，试探玄宗：陛下，贵妃走得急，没带多少东西，我想给贵妃送些日常用品去，不知行不行？

没想到唐玄宗竟同意了。高力士回到后宫，把凡是杨贵妃用过的东西满满地装了好多辆车。正准备动身，唐玄宗突然让人把高力士挡住了：先别走，皇上有话给你说。

再说杨贵妃回到娘家后，也是后悔莫及。但是，最不安的还是杨国忠，因为他在朝廷还立足未稳。李林甫却暗自高兴，但没有喜形于色；而唐玄宗呢，心里也不好受，又难以说出口，憋又憋不住。所以，在高力士即将动身时，派人叫住他。高力士还以为唐玄宗变卦了，惴惴不安地走到唐玄宗跟前，唐玄宗说：把这些也带上吧！高力士一看，原来，唐玄宗把给他准备好的中午饭挑了几样杨贵妃爱吃的，让高力士给带去。

就在杨氏一门像热锅上的蚂蚁发愁时，高力士送饭来了，还带了贵妃用过的东西，心想：完了，贵妃用过的东西都送回来了，贵妃要重新入宫，看来是没指望了。高力士办完事，就回去复命去了。

到了晚上，唐玄宗怎么都睡不着觉。高力士心知肚明，也不敢再绕弯了，就跪在唐玄宗面前，奏请皇帝：还是把贵妃接回来吧。

唐玄宗也不再摆皇帝的架子了，答应了。按当时规定，禁宫的门已经关闭了。于是,唐玄宗下令:打开禁宫门,把贵妃接进宫。

早晨离宫,晚上就又回宫。可见,唐玄宗的生活中离不开杨贵妃了。所以,白居易说"三千宠爱在一身"并不夸张。

皇权政治的核心就是帝王的好恶。不论是在政治生活中,还是在日常生活中,都是这样。这一点,在唐玄宗晚年体现得最为明显。

杨贵妃第二次出宫是在天宝九载二月。这次被逐出宫,性质要比第一次严重:"忤旨"——顶撞玄宗。至于如何顶撞,史书上没有记载。

好在杨国忠前不久因为内府库藏充盈而受到皇帝的嘉奖,在朝廷中正红得发紫。许多人都想巴结杨国忠,听说贵妃被逐出宫,皇帝又闷闷不乐,这不正是天赐良机吗?给杨贵妃求情,既给了皇帝一个台阶下,又巴结上了杨国忠,这真是一举两得。再说了,杨贵妃"忤旨",根本不会是朝廷大事,因为据史料记载,杨贵妃从来不干预朝政,唐玄宗吸取他爷爷唐高宗的教训,不允许后宫干政。因此,所谓杨贵妃"忤旨",顶多不过是因一些日常生活琐事惹得皇帝生气。

不过,最着急的还是杨国忠。据《新唐书·杨贵妃传》记载,为了保住杨氏家族的既得利益,杨国忠急忙出面去找户部郎中吉温。

吉温善于投机钻营,人品很不好。唐玄宗说甚至说吉温不是个善良之辈。只是因为李林甫把他当作打手使用,这才慢慢爬到户部郎中的位置。

杨国忠去找吉温。吉温很爽快地答应了。他通过宫中的一个宦官,见了唐玄宗,说:"女人就是女人,见识短浅,顶撞圣上。话说回来,她就是犯了死罪,陛下也应该在宫中惩罚她,怎么能吝惜宫中一席之地,让贵妃在皇宫外面受辱。"吉温的意思并不在于如何惩罚杨贵妃,而是说:让杨贵妃出宫,对皇帝来说,面子上也下不去!

听了吉温的话,唐玄宗也觉得有道理,就派一个宦官给杨贵妃赐御膳,也是想通过送饭,给杨玉环一个机会。

杨贵妃也很有心计。见皇上又给她送来御膳,想了想,就对来人说:我是罪该当死,但是皇上不杀我,让我回家。看来我是要永远离开后宫了,我想给陛下留个纪念。只是我吃的、用的、穿的、戴的,还有那些珠宝玉器,都是皇上赐的,只有这身体发肤,受之父母。说着,就拿起一把剪刀。

来人吓了一跳,还以为杨贵妃要寻短见呢。谁知,她拿剪刀剪下一绺头发,对来人说:这是我对陛下的一片诚意。

唐玄宗见了杨玉环的那一绺青丝,感动了。什么话都没说,命令高力士:马上把贵妃给我接回来。一绺青丝,化解了一对老夫少妻之间的不愉快。

从杨贵妃两次被逐出宫可以看出,现实生活中的杨贵妃,和白居易《长恨歌》中的杨贵妃不一样,在《长恨歌》中,杨玉环是一个艺术形象。他们的爱情很浪漫。那是诗人笔下的渲染;而在现实生活中,皇帝也是人,和杨贵妃在一起,免不了磕磕碰碰。

可见,在杨氏门第生辉的背后还有现实生活中的不愉快。

杨贵妃重新入宫,杨国忠悬着的心也放下了。

杨国忠从兵痞到兵部侍郎

杨国忠在户部专门负责财政预算。由于连年风调雨顺,天下富足,国家的财税收入剧增。小州小县储存的粮食布帛很多。于是杨国忠向唐玄宗建议:把各地存储的粮食布帛变卖成金银细软,送入京城，同时，把各地征收的租税变成布帛，送入长安，充实皇宫内府。这个建议得到唐玄宗的批准。只用了一年时间，皇宫的仓库中，财货堆积如山。

天宝八载二月，一切准备就绪后，杨国忠请唐玄宗带领百官参观左藏库。在百官的簇拥下，唐玄宗来到麟德殿东边的左藏库。打开殿门，唐玄宗对库内的收藏很吃惊，当即赐杨国忠紫衣金鱼袋。这一赏赐，说明唐玄宗对杨国忠征稽赋税能力的充分肯定。那些对杨国忠不屑一顾的人，也不得不对他另眼相看。

唐玄宗看到国库充盈，就开始大肆赏赐与挥霍。

杨氏姐妹在杨贵妃第二次被逐出宫，又重新入宫后，为了讨好玄宗，竞相给唐玄宗进奉美味佳肴，而且都是天下人难得一见的奇珍异味。有时一盘竟价值数万。上层统治者的奢侈淫靡，助长了腐化之风在社会的流行。所以，天宝后期的社会，是一种病态的表面繁荣，就像杜甫在诗中所描写的那样，"朱门酒肉臭，路有冻死骨"。这时的唐玄宗已经彻底不是开元前期那位励精图治的帝王了。

天宝九载，唐玄宗就让杨国忠兼任兵部侍郎。杨国忠从一个小小的度支判官到兵部侍郎，前后只用了五年时间。这在朝廷官员的提拔史上绝无仅有。

杨国忠攀上了高位。不过，他没忘记当年推荐他的成都富商鲜于仲通。经杨国忠活动，鲜于仲通竟然做了剑南节度使。

杨国忠有一个心病，那就是，他有一个名声不太好听的舅舅张易之。天宝九载十月，就在他担任兵部侍郎后不久，杨国忠向唐玄宗提出：给张易之昭雪。唐玄宗竟然毫不犹豫地批准了，而且还给张易之的一个儿子赐了官。这要是在开元初期，根本就不可能。但是，唐玄宗由于宠信杨国忠，已经忘记了"二张"作为武则天的宠臣给李唐宗室所造成的巨大灾难。唐玄宗根本没有想到他对杨国忠的宠幸，几乎导致了大唐王朝的覆灭。

杨国忠也不失时机地讨好唐玄宗。在华清宫避寒时，杨国忠对唐玄宗说：陛下，现在天下太平，可是，我的名字不好：钊，金字旁一个刀，不吉利。请陛下给我赐个新名。唐玄宗本来就很迷信，想到杨国忠在户部所取得的成绩，以及平日的恭谦，就给他起了个新名：国忠。认为他是国家的忠臣。

杨国忠邀边功

杨国忠有了兵权，就想立边功。

唐玄宗晚年，不仅沉溺于声色犬马，而且好大喜功。杨国忠掌握了唐玄宗的这一心理，自己也想方设法要建立边功，以便抬高自己在朝廷和社会上的声望。

如何建立边功？西部有哥舒翰、高仙芝、封常清等重臣驻守；北面有张齐丘、郭子仪；东北方向有安禄山等人驻防。于是，他选择了西南方。在杨国忠的主持下，先后发动了两次征讨南诏的战争。

第一次在天宝十载，带军出征的是对军事一窍不通的剑南节度使鲜于仲通。他带领八万人马，分两路进兵。结果由于士兵不适应西南方的水土，被阁罗凤打败，八万人马剩下不到两万，鲜于仲通侥幸逃脱。杨国忠得知消息后，不但隐瞒了事实真相，而且还给鲜于仲通请功。唐玄宗也信以为真。杜甫的《兵车行》诗，就是在这一社会背景下产生的。

杨国忠入相

李林甫为了扩展自己的实力，便遥领朔方节度使。杨国忠就授意鲜于仲通给唐玄宗上表,请求杨国忠遥领剑南节度。唐玄宗也批准了。

唐玄宗在李林甫和杨国忠之间,一直玩弄着平衡把戏。这也是唐玄宗惯用的手段,使朝臣之间相互牵制。

由于征南诏战争的失败,剑南军伤亡惨重。为了补充兵员,杨国忠又大肆征兵,这又加剧了人民的负担。同时,也导致了南诏与朝廷的关系极度紧张,告急文书不断传到长安。这时成都的一些人上书朝廷,要杨国忠到四川去,承担起节度使的责任。李林甫瞅准这个机会,准备把杨国忠挤出朝廷。他给唐玄宗上疏,让杨国忠到剑南主政,唐玄宗批准了李林甫的建议。

这下子,杨国忠慌了神。

但他没有料到他去剑南,却是塞翁失马。

唐玄宗让杨国忠离开长安赴四川担任剑南节度使,让杨国忠左右为难。不去吧,唐玄宗已经作了决定,自己从来没违抗过皇帝;去吧?这明明是李林甫在排挤自己,只要自己一离开长安,朝廷就成了李林甫的一统天下。

临行前,唐玄宗召见了杨国忠。

他对唐玄宗说:这是李林甫在害我。我走了,还请陛下多保重。说完,痛哭流涕。唐玄宗也很感动。想了想,就安慰杨国忠说:"你去把剑南的事情处理一下,朕很快就把你调回来。回京后,宰相的位子就是你的了。"

这是杨国忠万万没有想到的。

看来眼泪不是女人的专利。关键时候,男人的眼泪也能发挥意想不到的作用。

唐玄宗为什么会给杨国忠许愿呢?因为李林甫这时候已经病入

膏肓。李林甫一死，唐玄宗也正好拿宰相的位子做个顺水人情。

唐玄宗召见杨国忠的事被李林甫知道了，但他干着急，没办法。

这就是古人说的螳螂捕蝉，黄雀在后。

杨国忠一走，李林甫就惴惴不安。可就是想不出办法。这时有个巫师给他说：只要能见一下皇帝，你的病就会有所好转。可他这时已经病得不能下床了，怎么去见皇上？

唐玄宗知道了，就想去看李林甫。高力士等人坚决不同意。唐玄宗心里过意不去，撇开李林甫是十九年的老宰相不说，从宗族关系上说，李林甫毕竟是长辈！

因为当时唐玄宗在华清宫，而李林甫也正好住在华清宫旁的私邸。于是，就想了一个变通的办法：唐玄宗登上降圣阁，手里拿一块红丝巾，让人把李林甫抬到他家的院子里，向高处看。这就算见了皇帝。当时，李林甫已经病得不能下拜，只好让身边的家人代他谢恩。

李林甫看见了唐玄宗后，病情反而日渐加重。

杨国忠刚到成都，催他回京的宦官也来了。杨国忠回到长安，连家都没有回，直接到华清宫去见唐玄宗。然后就去见李林甫。他俩相互勾结，明争暗斗了五六年，李林甫终于认输了。他躺在床上，对杨国忠说：我死了，这宰相的位子就是你的了，以后的事，还得麻烦你。

杨国忠嘴上说"不敢当"，其实他心里盼着李林甫早点死。

天宝十一载十一月二十四日，主政十九年宰相的李林甫死了。

杨国忠顺理成章地接替李林甫当了宰相。从他入朝，到担任宰相，只花了六年多的时间。而李林甫从开元初当千牛直长到开元二十二年当宰相，前后苦苦钻营了十八年。

杨国忠：炙手可热的宰相

杨国忠刚当宰相，就要拿已经死了的李林甫开刀。因为李林甫苦心经营十九年，各种关系盘根错节。这对杨国忠这位新宰相来说，是个极大的威胁。所以，他拿李林甫开刀，目的是为了巩固自己的地位。

朔方节度副使阿布思和安禄山不和。天宝十载春，李林甫遥领朔方节度使后，安禄山请求唐玄宗，让阿布思配合他一起讨伐契丹。阿布思担心安禄山暗算自己，就带领部下叛变了。当年李林甫推荐阿布思任朔方节度副使，是为了牵制范阳节度使安禄山。现在阿布思叛变了，杨国忠等人要让李林甫承担责任。事情僵持了一段时间后，李林甫只好辞去朔方节度使，让安禄山的堂弟安思顺接替了他。

李林甫一死，杨国忠旧事重提。他派人和安禄山串通，告发李林甫把阿布思认作干儿子，企图谋反。而且还找了阿布思的一个部下做证人。

唐玄宗让调查这件事。李林甫的女婿杨齐宣畏惧杨国忠，也出面证明李林甫谋反。于是，李林甫谋反罪名成立。

唐玄宗下诏：取消李林甫的一切官爵，所有子孙，凡当官的，一律削职为民，并被流放到岭南等蛮荒之地，限期离开京城，只给随身生活用品，其余一律没收归公。李林甫的亲属和党羽有五十多人受到牵连。

当时，李林甫虽然已经入殓，但还没有下葬。于是剖开棺材，抠出嘴里所含的珍珠，扒下腰上的金紫腰带，把尸体装进一个小棺材，按平民规格埋掉。

唐玄宗的反应如何呢？

办完这件事后，唐玄宗表彰了杨国忠。在唐玄宗看来，与其维护一个死人的声誉，不如满足一个处处顺着自己的活人。所以，天宝十二载二月，在李林甫一案审结后，唐玄宗就晋封杨国忠为魏国公。陈希烈也沾了光，被封为许国公。

杨国忠的这一手，震慑了朝廷上下。其实，他这样做，也是小人得志后的必然。

杨国忠为了控制朝政，在串通安禄山给李林甫定罪之后，他忽然掉转矛头，联合哥舒翰，以对抗安禄山。由于安禄山在天宝九载五月被封为东平郡王，开创了唐代将帅封王的先例。于是，在杨国忠的极力推荐下，天宝十二载八月，哥舒翰被封为西平郡王。不仅如此，为了加强自己控制权，杨国忠又把鲜于仲通从四川调到长安，担任京兆尹。

但是，安禄山并不理会杨国忠的那一套。尤其是在收编了阿布思的部落之后，其军事实力堪称天下第一。所以，杨国忠总是在唐玄宗耳边吹风：安禄山有反叛迹象。但是，唐玄宗根本不听。这倒不是杨国忠有先见之明，而是出于保住自己老子天下第一的位置。

李林甫当政的十九年，虽然朝廷内部斗争激烈，但社会还是相对稳定。而司马光则说：李林甫"嫉贤妒能，排斥胜己，以保其位"。

根据《新唐书》、《旧唐书》的记载，李林甫在位期间，为了巩固自己的地位，曾经杜绝言路，大兴冤狱，排斥异己，冤枉了一些人。但翻开历史，那些被杀、被贬的，诸如王鉷、杨慎矜等人，本来就横行不法，民怨沸腾。而且这两人又曾经是李林甫的爪牙，是极端贪婪的腐化分子。这些人遭到清除，只能说是罪有应得。它对社会政局不仅没有太大的影响，反而给李林甫带来了良好的社会声誉。所以，说李林甫"在相位十九年，养成天下之乱"，根本就不符合事实。别的不说，就拿姚崇、宋璟执政时为例。那时，唐玄宗事必亲躬，取得开元之治，这是君臣共同操持的结果。而李林甫执政时，唐玄宗已经逐渐淡出朝政，去做他的"太平天子"去了。在这种形势下，李林甫要做的事情远远超过了姚崇、宋璟，甚至张九龄。

关于李林甫对各级官员的控制办法，人们称常常概括为"顺我者昌，逆我者亡"。其实，那些逆李林甫者，未必就是为民请命的所谓的好官，常常是因为个人之间利益的冲突引起的。他们之间并没有是非曲直的争论。所以，李林甫把那些不合自己心意的官员排斥出政界，在一定意义上毕竟保证了朝廷政令的畅通。

李林甫在相位上还做了一些卓有成效的工作。最著名的，就是修订法律条文，规范行政程序。由他最后主持修订的法律法规汇编《唐六典》一直实行到唐朝末年，足以证明这部法典在国家管理中的权威性。不过，《唐六典》的汇编工作，张九龄任宰相时就开始了。张九龄下台后，李林甫接着继续进行。署名时，只有李林甫，没有张九龄的名字，李林甫确实有剽窃他人成果的嫌疑。

封建制度本来就是一个以人治为特点的专制制度。所以，对李林甫的政绩应该实事求是地去分析，不能让人为的历史尘埃扰乱后人的视听。

唐玄宗沉迷声色

"骊宫高处入青云，仙乐风飘处处闻。缓歌慢舞凝丝竹，尽日君王看不足。"

这四句，又回到对唐玄宗和杨玉环的游乐生活的描写。"骊宫"，即华清宫，因地处骊山也称骊宫，原名温泉宫，因有温泉而得名。开元十一年十月在原有的基础上进行扩建。天宝六载改名华清宫，其用意就在于表示华夏清一，天下太平。是唐代著名的四大行宫（九成宫、玉华宫、翠微宫、华清宫）之一。白居易之所以把唐玄宗和杨贵妃活动空间主要放在华清宫，而不是庄严宏伟的大明宫，不外乎取其氤氲的环境氛围，冲淡其背后的政治色彩。

"骊宫高处"指华清宫的最高处。那里建有朝元阁。其遗址就在今天的老君殿。华清宫的楼、殿、台、阁依山而建参差错落，掩映于绿树红墙之中，宛若人间仙境。老子被李唐王朝封为"太上玄元皇帝"，骊山顶上修建的皇家道观取名"朝元"，这和唐玄宗崇信道教有关。朝元阁的东北方就是长生殿。杜牧《过华清宫三绝句》其三："万国笙歌醉太平，倚天楼殿月分明。云中乱拍禄山舞，风过重峦下笑声。"李商隐《华清宫》："朝元阁迥羽衣新，首按昭阳第一人。"都是就整个华清宫而言的。但是，两首诗都涉及朝元阁。唐玄宗和杨贵妃在华清宫中的宴乐生活常常是夜以继日。"仙乐"，有两重意思：一是说那乐曲只有仙境才有，二是指宫廷音乐《霓裳羽衣曲》。这首曲子是西凉节度使杨敬述进献的，原本是西域的一种乐舞，经唐玄宗改编以后，旋律悠扬清远，具有浓郁的道教色彩，常在宫廷梨园演奏，成为唐代著名的法曲之一。按照这首曲子的旋律所编的舞蹈就是《霓裳羽衣舞》。据史料记载，杨贵妃入宫时是把这首曲子作为欢迎曲演奏的，其寓意就是杨贵妃宛若神仙下凡。更何况《霓裳羽衣舞》原本就是一出单人独舞。这在白居易的《霓裳羽衣舞》里写得清清楚楚。

杨玉环擅长舞"霓裳"。在演奏曲子并翩翩起舞的同时，还有多人在幕后伴唱，这就是"缓歌慢舞"。全曲节奏舒缓，气势恢宏。大有响遏行云的磅礴气势。"凝丝竹"的丝竹，泛指乐器。凝，就是聚。"缓歌慢舞凝丝竹"，是说伴随着舒缓的音乐旋律翩翩起舞。唐玄宗精通音律，杨贵妃擅长舞蹈。两人可谓是一对乐舞知音。正因为如此，才有了"尽日君王看不足"这一句，说明杨贵妃的翩翩舞姿对唐玄宗具有很强的吸引力。

以上是《长恨歌》的第一部分。作者从唐玄宗"思倾国"写起，接着写杨玉环入宫、受宠以及二人尽情的享受欢乐生活。作者在这一部分以浓艳、华瞻的词彩把唐玄宗和杨贵妃之间的关系表现得旖旎缱绻，温馨香艳。

从"渔阳鼙鼓动地来"到"回看血泪相和流"是《长恨歌》的第二部分。这是唐玄宗和杨贵妃爱情生活的转折点。

这一部分共十二句。前六句写安史叛乱及叛军逼近长安，唐玄宗仓皇出逃。后六句写"马嵬事变"造成唐玄宗和杨贵妃的生离死别。这一部分在全诗中处于承上启下的地位。因此，作者以精当的剪裁和高度凝练的艺术概括手法描写了导致大唐王朝由盛转衰的历史巨变。

但是，也就是在这十二句中，隐藏着唐王朝由盛转衰的历史。

安禄山：从"战斗神"到范阳三镇节度使

"渔阳鼙鼓动地来，惊破霓裳羽衣曲"，这十四个字包容了安禄山二十多年的发迹史。唐朝的范阳在汉代称渔阳。白居易在这里沿用了古地名。这两句的意思是范阳三镇节度使安禄山叛乱，打破了唐玄宗神仙般的生活。

唐玄宗一生中重用了不少少数民族出身的官员和将领，比如封常清、高仙芝、哥舒翰等人。安禄山则是唐玄宗一手培植起来的野心家。

安禄山是营州胡人。营州，就是现在辽宁省朝阳市。

安禄山的母亲是个突厥巫婆。安禄山原名叫轧荦山，这本来是他住的那个地方的一座山的名字。因他母亲无子，就向轧荦山神祈祷，结果就生了他。从这个传说可以看出，当时营州一带的胡人还残留着母系氏族社会的群婚制的习俗。所以，不管是正史，还是野史，包括安禄山的同代人姚汝能写的《安禄山事迹》都没有记载安禄山的父亲是谁。

"轧荦山"是突厥语，意思是"战斗神"。后来，安禄山的母亲嫁给突厥人安延偃，于是就给他改名安禄山。安延偃部族败落后，安禄山流落到岚州——即现在的山西太原西北的岚县、静乐一带。安禄山脑瓜子很灵活、为人机敏，善于猜人意。由于他从小生长在胡汉杂居地区，所以，他懂好几种少数民族语言，于是就在各少数民族进行贸易的互市上充当"牙郎"，也称"互市郎"，即交易员。

安禄山为人极不本分，经常干一些偷鸡摸狗的事情。后来，大概在地方上混得不大好，就到范阳节度使张守珪的军中做了"捉生"——当了一个侦察兵。在张守珪军中，安禄山结识了史思明。由于他从小长在胡人中，又熟悉那里的山川地形，所以，他常常带上三五个骑兵出去执行任务，就能抓到契丹的数十人。张守珪觉得安禄山是个有本事的人，就提拔他做了"偏将"。

张守珪是开元中期东北边防上很有名气的将军，为人威严，也是一个很奢侈的边将。高适在《燕歌行》中说的："战士军前半死生，美人帐下犹歌舞。"写的就是张守珪的奢侈腐化生活。

安禄山很怕张守珪，对张毕恭毕敬，而且极力巴结、奉迎张守珪。要是带兵外出的话，晚上宿营时，安禄山就亲自给张守珪洗脚，渐渐地取得了张守珪的信任。不过有一点，张守珪嫌安禄山太胖，于是，安禄山每顿饭都不敢往饱里吃。在做偏将的几年中，安禄山以骁勇闻名，张守珪就把他认作干儿子，安禄山很感激张守珪。每次出征，奋勇冲锋，所向披靡。

不到十年，就因军功显著，被授以员外左骑卫将军，充衙前讨击使。

开元二十四年，是安禄山人生的一大转折点。这年春，安禄山奉命讨伐奚、契丹。因轻敌冒进，损失惨重。按军规，应判死罪。张守珪想到安禄山在军中也屡立军功，加之安禄山又是自己的干儿子，也不忍心杀他，就把安禄山押送京城，等候朝廷处理。

宰相张九龄看了张守珪的奏折，批示道："守珪军令若行，禄山不宜免死。"

张九龄向来以正直著称于朝野，唯独这个批示却是模棱两可。张九龄为什么要这样做？应该说这和张守珪的奏折有关。

张守珪的奏折写的什么内容？我们不得而知。不过，从唐玄宗对安禄山的态度可以推测出张守珪在奏折中肯定罗列了安禄山所建的军功，然后再搬出军律、军规，谈其过失。论军规当斩。是否杀，这要由朝廷决定，特别是要皇帝批准。所以张九龄也是含混其词，说："要是执行张守珪所说的军规，安禄山就不应该免死。"把问题推给了唐玄宗。

唐玄宗看了张九龄的批示，"惜其才，敕令免官，以白衣将领"。也就说：把安禄山就地免职，名义上还是将军，但没有军阶。

张九龄也就是在这时见到了被绑赴京城的安禄山。史书上竟然记载张九龄对唐玄宗说安禄山"面有逆相"。唐玄宗则没有听张九龄的意见，反而认为安禄山是个难得的军事将领。这完全是史家的杜撰。既然能看出安禄山"面有逆相"，为什么不批"杀头"二字？真要这样，张九龄则罪莫大焉！

就这样，安禄山不仅逃过了一劫，而且还给唐玄宗留下了深刻的印象。应该说这正是张守珪的初衷。

四年后，即开元二十八年，安禄山担任了平卢兵马使，回到了他的老家营州。

开元二十九年三月，御史中丞张利贞为河北采访使，到平卢巡视。安禄山曲意逢迎，重金贿赂。张利贞回朝后，在唐玄宗面前极力赞扬安禄山。

第二年，即天宝元年，唐玄宗授予安禄山左羽林大将军，官阶是正三品。同时，把平卢的军政事务完全交由安禄山一手管辖。

天宝二载，安禄山入朝，加骠骑大将军。虽然是个散官，但他的品阶已经是从一品了。说明唐玄宗对安禄山很赏识。

天宝三载，安禄山入朝，接受唐玄宗所授官职：范阳节度使。安禄山离开长安时，唐玄宗让中书门下三品以下官员都到鸿胪寺亭子为安禄山饯行。

这次长安之行，他又见机行事，他给唐玄宗上奏章，表示自己对皇帝的一片忠心。奏章上说，去年七月，平卢一带出现了一种害虫，通身紫色，他就焚香，向上天祷告："我要是不行正道，对皇帝不忠，你们虫子就吃我的心；如果我走的是正道，对皇帝赤胆忠心，就让这些虫子即刻消失。"他刚祷告完，就有一种红头黑身子的鸟铺天盖地飞来，顷刻之间把虫子吃光了。他请求史官把这一事件记载下来。

明眼人一看，就知道这是编造的谎言。可唐玄宗偏偏就相信了。

这时，还发生了一件事。让安禄山在唐玄宗面前露了脸：有个叫张奭的人，他父亲张倚是御史中丞，是个五品官。张奭参加吏部的铨选考试，但他文墨不通，就找了一个人替他考试，结果中了甲等。当时有个蓟县令，没考上。这蓟县，正好在安禄山的管辖范围内。这个县令就把这件事告诉了安禄山。安禄山马上向唐玄宗报告：有人弄虚作假。唐玄宗就下诏：在兴庆宫花萼楼亲自考核中第者。到交卷子时，那个张奭的试卷还是一张白纸，连一个字都没写。唐玄宗大怒！立即把吏部侍郎宋遥贬为武当太守，把张倚贬为淮阳太守。

由于有朝廷大员极力赞扬，唐玄宗也认为安禄山正直、无私、严正、奉法。

安禄山的官职上一路攀升，其中的奥秘不外乎两点：一是他不惜重金，贿赂朝廷官员；二是善于把握时机，施展自己的小聪明。更重要的，是他善于抓住机会讨好唐玄宗。

唐玄宗扩建华清宫的时候，安禄山在范阳用白玉石雕刻为鱼龙凫雁、石莲花、白玉桥，送到长安，唐玄宗命工匠摆放在御汤中。这就是莲花汤的来历。这个遗址今天还在。

唐玄宗喜欢吹箫，安禄山投其所好，在唐玄宗的生日（八月初五）这一天，给唐玄宗进献白玉箫，也是用范阳的白玉精工雕成的。

更为不可思议的是，安禄山为了稳固自己的地位，竟然把年轻的杨贵妃认作干妈。唐玄宗高兴得不得了。杨贵妃当时不过三十岁，安禄山已经年过四十。干儿子比干妈大，这是从来没有过的事。而唐玄宗却认为安禄山值得信赖。而且，安禄山每次进宫，都是先拜见杨贵妃，然后才向唐玄宗行礼。唐玄宗很疑惑，安禄山却说："胡儿先母后父。"

表面上看来，安禄山是遵守"胡人"的风俗，实际上，安禄山很狡猾。他想把唐玄宗认成干爸，根本不可能，所以，就把杨贵妃认作干妈。这实际上等于把唐玄宗认作自己的干爹。因此，唐玄宗就越发觉得安禄山憨厚、可爱，值得信赖。

有一次，安禄山陪唐玄宗在兴庆宫参加宴会。安禄山就坐在唐玄宗旁边。唐玄宗用手抚摩着安禄山大肚子，问他："你这里面装的是什么？"安禄山连想都没想，随口就说："只有一颗忠于陛下的红心。"唐玄宗听了，心花怒放。有一年，安禄山进京，唐玄宗正好在华清宫，就让杨国忠及其姊妹到骊山东面的新丰去迎接安禄山。这种宠遇别的官员是没法比的。

到天宝七载六月，唐玄宗封安禄山为柳城郡开国公，实封三百户。而且在诏书中称安禄山是天下"奇才"，并赐铁券。铁券俗称免死牌，只颁发给有功之臣，形状像瓦，一面刻着接受铁券的人的履历、功绩；另一面刻着免罪、减禄的数目。文字用黄金镶嵌，分左右两半，左面授给本人，右面藏于内府。

但是，唐玄宗对安禄山的封赏远没有就此结束。

天宝九载八月，唐玄宗根据安禄山上报的"战绩"，又封安禄山为东平郡王。王位，本来是封给皇子皇亲的。在唐代历史上，将帅被封为王，是从安禄山开始的。

封王之后，可以说，安禄山达到了他人生的顶峰。在当时的王公大臣和将帅中，安禄山红极一时。

安禄山刚入朝，依仗自己所取得功劳以及唐玄宗对自己的信任，所以，除了皇帝和贵妃，把任何人都不放在眼里，甚至对皇太子也是如此。

有一次，唐玄宗召安禄山进宫赴宴。这时的唐玄宗，确实已经把安禄山视为可以托以大任的心腹之人了。安禄山从自己的心腹那里得知了唐玄宗的心思，就在宴席间对唐玄宗说："臣出身微贱，而陛下对我如此宠爱。我没有什么奇才，但愿意为陛下赴汤蹈火，在所不惜。"

唐玄宗嘴上没说什么，心里却很感动。就让太子来见安禄山。别人见了太子，赶紧下拜；唯独安禄山不拜。旁边的人问他："为何不拜？"安禄山说："我是蕃人，不懂得朝廷礼仪，不知道太子是几品官？"唐玄宗说："我百年之后，太子就是皇帝。"安禄山说："我太笨了，只知道有陛下，不知道有太子。真是罪该万死。"话虽这么说，还是不给太子行礼。由于皇帝身边的人催促，安禄山才勉强下拜。

唐玄宗把这件事记在心里，经常对人说安禄山单纯、诚实。

别看安禄山红极一时，但是，他还是害怕李林甫。而且，正是这个李林甫，让安禄山一路蹿升，攀上高位。

天宝初，李林甫是宰相。安禄山为了升迁，经常和李林甫来往。李林甫也在唐玄宗面前对安禄山多有美言。所以，唐玄宗也就对安禄山宠信不已。

但是，李林甫为了巩固自己的宰相地位，就想方设法排挤那些有可能入朝为宰相的大将军。唐玄宗刚开始所任用的宰相，如郭元振、张嘉贞、张说、萧嵩、李适之等人，都是由将入相的。

李林甫为了试探唐玄宗会不会用少数民族将领担任宰相，就对唐玄宗说，这些年，周围的蕃人之所以还没有完全臣服，就是因为让文官担任守边大将，文人怯懦，又不懂带兵打仗；陛下要让四海臣服，不如用蕃将，这些人是在马背上长大的，从小习武，只要陛下多加抚慰，他们肯定会为陛下献身，这样一来，不愁四夷不服。

唐玄宗觉得有道理，就打算启用少数民族身份的将领担任宰相。在这些人中，唐玄宗首先打算启用的人就是安禄山。

在封安禄山为东平郡王之后，隔了一段时间，唐玄宗又封陇右节度使哥舒翰为西平郡王。这一方面是为了安抚镇守西部的少数民族将领哥舒翰，另一方面，也是唐玄宗玩弄的权术，让将帅、宰相之间互相牵制。

在唐玄宗面前，安禄山表面上装得傻乎乎的，其实他心里有数。随着他的地位的攀升，他在李林甫面前也有点趾高气扬，李林甫却不动声色。有一次，安禄山到李林甫那里去会汇报边情，态度很不恭。李林甫城府很深，他故意打岔，借口有别的事情，叫人把御史大夫王鉷找来。王鉷的权位仅次于李林甫，这一点，安禄山心里清楚。王鉷来了以后，连坐都不敢坐，毕恭毕敬地站在那里，回答问题时，言辞很恭顺，连大气都不敢出。这一下，安禄山坐在那里就感到不安。李林甫对王鉷言辞越是严厉，王鉷越发显得恭敬，而安禄山心里越是感到恐惧。由此，安禄山再也不敢在李林甫面前行为放肆了。李林甫就用这种杀鸡给猴看的方式，慑服了安禄山。

安禄山以其狡诈和贿赂，红极一时。天宝十载，已经统领平卢、范阳、河东三镇节度使。而且，河东节度使还是安禄山亲自张口向唐玄宗要求的。唐玄宗竟然同意了安禄山的要求，于是调河东节度使韩休珉为左羽林将军，把位置给安禄山让出来。要说安禄山贪得无厌的话，那么，唐玄宗已经是昏聩之极，让安禄山担任范阳、平卢、河东三镇节度使，实际上是把长安的东北大门交给了安禄山。这样一来，从黄河以东直到现在的辽东半岛，都在安禄山的控制之下。不仅如此，唐玄宗还封安禄山的大儿子安庆绪为特进，授以鸿胪少卿、兼广阳郡太守；又把李氏宗族中的荣义郡主嫁给安禄山的儿子安庆宗。

安禄山有十一个儿子，名字都是唐玄宗给起的。在华清宫中，唐玄宗专门给安禄山修建了别墅。在长安城中，给安禄山大修府第，豪华无比。落成之日，安禄山上表，请皇帝下诏，让宰相到新落成的府第参加宴会。唐玄宗本来想在那一天让宰相陪他打马球，接到安禄山的表文，竟取消了这项活动，让宰相去赴宴。

唐玄宗对安禄山的信任，已经到了无以复加的地步。

安禄山甚至可以随意出入皇宫，就像在自己家里一样。根本不用预先得到批准。这也情有可原，因为皇帝信任他。不仅如此，安禄山还可以出入后宫。在防范森严的皇宫，这确实是亘古未有的。他不仅和杨贵妃姊妹彻夜狂欢，促膝宴乐，而且狎昵后宫嫔嫱。唐玄宗经常在夜深人静时听到后宫有喧闹声，让身边小宦官去打听，原来是安禄山在和宫嫔们嬉闹。唐玄宗也不追究，甚至担心有人在酒里下毒，害安禄山，就给安禄山赐了一块金牌，让他挂在手臂上。如果有王公贵戚请安禄山吃饭，想把他灌醉的话，安禄山就露出金牌"准敕戒酒"——意思是皇上准许他不喝酒。

由于有唐玄宗的宠爱，安禄山放胆扩充自己的实力。经过多年的苦心经营，在当时的边防将领中，安禄山统帅的是唐王朝最精锐的部队。

安禄山心里明白，唐玄宗年事已高，太子做皇帝是迟早的事。但他觉得，自己曾经故作愚钝，本来是想博得唐玄宗的欢心，却得罪了太子。所以，他担心一旦太子登基，肯定会对自己不利。于是，他就私下建立了由八千人组成的私人卫队。这些人都是依附于安禄山的奚、同罗以及契丹中的"曳落河"——壮士。安禄山把他们都认作干儿子，给这些人及其家属以优厚的待遇，并暗中蓄养了数万匹战马，在范阳城北专门修筑了"雄武城"——名义上是御敌，实际上他在城内存储兵器、粮食，以备非常之用。

安禄山的所作所为，引起了太子李亨和杨国忠的不满。

杨国忠暗中派人监视安禄山在京城的心腹吉温等人，又在私下散布谣言，说安禄山有悖逆之心。

世上没有不透风的墙。安禄山得知杨国忠在唐玄宗面前屡屡说自己必反，就在天宝十三载入朝时向唐玄宗哭诉，说杨国忠要谋害他。唐玄宗就安慰安禄山。为了让安禄山放心，唐玄宗就授予安禄山尚书左仆射，并把实封增加到一千户。而且，后来凡是有人说安禄山有异谋，要造反，唐玄宗"必大怒"，命人把这些人绑送到范阳，让安禄山去处理。

唐玄宗这样做，实际上是让安禄山和杨国忠两人互相牵制，防止他们相互勾结。

安禄山为了进一步巩固自己在唐玄宗心目中的地位，经常采取欺骗手段，诱使奚或者契丹的部落首领，假意设宴招待他们，但却在酒中下毒，动辄毒杀数十人，然后砍下这些人的头颅，送到长安邀取边功。

唐玄宗自然很高兴，觉得安禄山军功卓著，就准备让安禄山入朝担任宰相。这是杨国忠所没有料到的。也正是这件事，激化了安禄山和杨国忠之间的矛盾。

李林甫死后，杨国忠接任宰相。如果让命安禄山入朝为宰相，势必危及杨国忠的地位。但是，唐玄宗让自己的女婿、翰林学士张垍起了草诏书。杨国忠觉得再也不能犹豫了。于是，他自己亲自出面，对唐玄宗说："安禄山连字都不认识，让这样的人做宰相，恐怕会引起四夷及国人的耻笑，说我大唐没有人才，让一个文盲当宰相。"听了杨国忠的这一番话，唐玄宗觉得也有道理，就把这件事暂时搁置起来了。

天宝十三载初，安禄山入朝奏事。起草诏书的张垍把这个消息告诉了安禄山。

当时，安禄山正在长安等着走马上任。结果因为杨国忠的阻挠，做宰相的美梦化为泡影。安禄山很气愤，就向唐玄宗告辞，回范阳。

唐玄宗为了安抚安禄山，在望春亭为其送行，临别时，又脱下自己身上穿的"御服"，亲自给安禄山披到身上，并让高力士一直把安禄山送到城东的长乐坡。

安禄山虽然非常恼怒，但唐玄宗赐给他"御服"被他认为这是自己要做皇帝的先兆。所以，他担心有人劝皇帝收回御服，就急忙驱马出城，直奔渭河，上了等候在那里的船，出了潼关，他才松了一口气。

封建政治的腐败往往是从病态的人际关系开始的。天宝后期的政坛就是如此。

高力士回宫后，唐玄宗问高力士："禄山的情绪怎么样？"高力士说："安禄山没能当上宰相，很生气。"

唐玄宗对杨国忠和安禄山都很信任，就只好拿自己的女婿张垍出气。

第二天，唐玄宗派人把张垍叫来，大骂一通，说："干脆朕把陈希烈罢免了，让你来做宰相。"张垍吓得连说"不敢"。唐玄宗盛怒之下，把张垍贬为泸溪司马。

但这也无法平息安禄山和杨国忠之间的矛盾。

安禄山回到范阳，就急忙给唐玄宗上表，表明自己的清白，以及杨国忠如何陷害自己。同时，安禄山又提出要求：以三十二位少数民族将领替代汉族将军。

"表文"送到了杨国忠手里，杨国忠认为安禄山的"反相"已经很明显了，就去见唐玄宗。杨国忠还没开口，唐玄宗就说："是不是又要说安禄山必反啦？"杨国忠痛哭流涕，放下安禄山的表文，退了出来。刚回到尚书省，唐玄宗就派宦官袁思艺对杨国忠说："容朕再考虑考虑。"杨国忠抓住机会，提出了一个方案：一让安禄山带左仆射平章事；二让贾循担任范阳节度使、吕知诲担任平卢节度使、杨光翙担任河东节度使。杨国忠的方案，实际上是以退为进，剥夺安禄山的兵权。

杨国忠心里清楚，安禄山肯定是不会交出兵权的。但他为什么要这样做呢？他的用意十分险恶：刺激安禄山，让他造反，以便证实自己的说法是正确的。

唐玄宗同意了杨国忠的意见，而且让人起草诏书，但并没有立即执行，而是派宦官辅璆琳到范阳去。名义上是给安禄山"赐柑子"，实际上是去打探虚实。辅璆琳到范阳，安禄山心里清楚他的来意，就用重金贿赂辅璆琳。辅璆琳收了安禄山的金钱，回到长安后，赶到华清宫向唐玄宗汇报说："安将军说，请陛下放心，有他在，东北边防可保万无一失。"这话正说到唐玄宗心里去了。这就是晚唐诗人杜牧在《华清宫三绝句》里所写的："新丰绿树起黄埃，数骑渔阳探使回。霓裳一曲千峰上，舞破中原始下来。"

听了辅璆琳的汇报，唐玄宗放心了，暂时不提让安禄山入朝做宰相的事了。杨国忠却很着急，总是打探消息。一次朝会上，唐玄宗对大臣们说："朕保证安禄山没有二心，你们不用担心。那份诏书我已经烧了。"

杨国忠见唐玄宗根本不采纳自己的建议，就采取更加卑劣的手段，刺激安禄山。他首先拿安禄山的亲信吉温开刀。杨国忠命令京兆尹李岘派人秘密包围了安禄山在长安的府第，抓了安禄山几个亲信送到御史台，稍加审问，就全部杀了。这些人又把吉温供出来，于是，杨国忠就奏请唐玄宗，把吉温贬为澧阳长史，暂时留在长安。杨国忠让自己的爪牙加紧搜罗吉温的罪状，把吉温杖死于狱中。

安禄山的儿子安庆宗住在京城，就把杨国忠的所作所为秘密报告了安禄山。

安禄山大为震惊，就向唐玄宗上表，控告杨国忠，而且罗列了杨国忠的二十几条罪状。

唐玄宗担心引起动乱，就拿京兆尹李岘作为替罪羊，把李岘贬到零陵，以安抚安禄山。但安禄山还不放心。他心里很清楚，朝廷肯定已经怀疑自己了。所以，凡是朝廷派使者来，他都称病不见。实在推托不过，就在自己的前后左右布置好卫士，然后让武士引入使者。即便是宣读诏书，他也不像以前那么恭恭敬敬地接旨，态度非常傲慢。所以，朝廷官员都害怕被派往范阳出差。

安禄山知道杨国忠不会就此罢休。于是，心生一计。

天宝十四载七月，安禄山给唐玄宗上表，说他要给朝廷献三千匹战马，让二十二位蕃将带队，每匹战马派两个牵马夫，再配三百辆车，每辆车配三名车夫，运送沿途所需物资。这实际上是一支近七千人的精锐部队。安禄山这样做，是为了试探朝廷虚实。

唐玄宗接到表文，心里很纳闷，就召集群臣商议。许多人都看出了其中有诈，但又不敢明说。河南尹达奚珣说："安禄山所进献战马那么多，又自带将领同行。我不明白他是什么意思。"其实，达奚珣心里明白：安禄山肯定以献战马为名，要向朝廷发难。但这层意思他没有说出来，因为唐玄宗不爱听人说安禄山造反。唐玄宗问达奚珣："那你说怎么办？"达奚珣说："献马可以。但不用安禄山派人亲自送。由朝廷派民夫去接这三千匹战马。再说，现在天也太热，等到秋冬之交天气凉爽了再说。"

唐玄宗一听，觉得达奚珣说得有道理。因为唐玄宗也担心发生不测。但又不能这么直截了当地下诏书，就想了个委婉的办法，起草了一道诏书给安禄山，诏书说："朕正好在华清宫给你修了一座汤池。十月，朕在华清宫等你。至于战马，你就不用派人送了，朝廷派人去接。你和朝廷所派的人一块儿进京就行了。"

安禄山接到诏书，很干脆，上表说："马不献也行。十月，我一定到京城。"

天宝十四载十月初，安禄山向他部下宣布："皇帝有密旨，令我带兵入朝讨伐杨国忠。敢有异议，妖言惑众者，斩及九族。"——不但要杀本人，而且祸及九族。大家虽然莫名其妙，但都不敢说。十一月初九，安禄山调集十五万军队，号称二十万，在范阳发动了叛乱。

这就是几乎毁灭了大唐王朝的"安史之乱"。

所以，这场叛乱是统治集团内部争权夺利引起的。安禄山是唐玄宗一手培植起来的阴谋家和野心家，而导致安禄山叛乱的导火索则是由杨国忠点燃的。

在《长恨歌》研究中，有人认为，唐玄宗晚年宠爱杨贵妃，才导致了安史叛乱。甚至把一部分罪过归咎于杨贵妃。实际上是在为昏聩的唐玄宗开脱，更无视当时统治集团内部的剧烈斗争。男人做了坏事，却让女人承担罪责。这样做省事，用不着去深究历史事件的来龙去脉。

在《长恨歌》中，关于安禄山叛乱的描写是紧接着"缓歌曼舞凝丝竹，尽日君王看不足"的。于是给读者造成一种印象：正是由于杨贵妃让唐玄宗沉溺于声色之中，才导致了这场社会大动荡。这是没有道理的。

舞破中原始下来

安禄山在叛乱前控制着黄河以北的绝大部分地区。他的部将又都是他十年来潜心培养的死党，范阳三镇的军队又是经过安禄山多年训练的精锐部队。而唐王朝的其他地区的军队则由于天下太平日久，人心松散。所以，叛乱之初，安史叛军所向披靡。六天后，消息才传到长安，唐玄宗竟然不相信，还认为是有人在污蔑安禄山。

等到消息被证实以后，朝野震惊，一片慌乱。

唐玄宗和众臣在平叛部署上可以说是手忙脚乱。唯独杨国忠自鸣得意。因为这应验了他所说的安禄山必反的预言。

十一月十五日，唐玄宗在华清宫召集群臣，商议对策。在朝堂上，杨国忠"洋洋有得色"。面对群臣，杨国忠放出大话："陛下不用担心，造反的也仅仅是安禄山一个人，将士们绝不会听他的。请陛下放心，不出十天，我就会把安禄山的人头砍下，送到京城。"

其他人都"相顾失色"，唐玄宗竟然认为杨国忠说得很有道理。

唐玄宗从华清宫回到长安后，马上把安禄山的儿子、太仆卿安庆宗杀了，又赐荣义郡主自尽。安禄山得知消息后，痛哭流涕。"我没罪，为什么杀我的儿子？"

由于唐王朝的其他主力部队不在长安，情急之下，唐玄宗派特进毕思琛到洛阳、金吾将军程千里到河东，让他俩就地招募士兵，应付局面。并告诉他们："随便团结以拒之。"——那意思就是说：仗该怎么打，由你俩看着办。朝廷根本没有统一部署。

接着，唐玄宗又把安西节度使封常清调回长安。

封常清虽然是久经沙场、威震西域的老将。但是，他也犯了轻敌的错误，把安禄山的实力估计得太轻。他对唐玄宗说，虽然天下人听到安禄山叛乱，望风披靡，但是，只要陛下派我去东京，打开府库，招募骁勇壮士，渡河北进，用不了几天，我拿安禄山的头来见陛下。

唐玄宗一听，自然很高兴，就任命封常清为范阳、平卢节度使。封常清到了洛阳，十天时间，招募了六万人。不过，这六万人绝不是什么骁勇之士，而是些市井子弟和无赖之徒。他没敢渡河北进，而是在南岸布防，严阵以待。

十二月初二，安史叛军避开唐军的正面防线，从灵昌渡过黄河，挥戈西进。接连攻克陈留、荥阳，直逼东都洛阳。由于封常清招募的都是些市井子弟，没有战斗力。到十二月十二，安禄山就攻占了洛阳。那位给唐玄宗出主意、阻止安禄山亲自献战马的河南尹达奚珣投降了安禄山。

唐玄宗接着又相继派出高仙芝去协助封常清，他自以为这两个人联合起来一定会取得成功。

此前的十二月初七，唐玄宗命令朔方、河西、陇右节度使二十天内带兵会集长安，他要让皇太子监国，自己御驾亲征。

杨国忠则不同意唐玄宗带兵出征，这倒不是为已经七十一岁高龄的皇帝着想，而是从杨氏家族的利益考虑。杨国忠心里很清楚，皇太子早就对自己的专横跋扈很反感，一旦唐玄宗亲征、皇太子监国，他认为自己的末日就到了。

杨国忠极力反对唐玄宗亲征。唐玄宗一向听杨国忠的，为什么这次却不同意呢？他是要向群臣显示他平叛的决心，并不表示他真的要御驾亲征。更重要的是，几个女人发挥了作用。

杨国忠见唐玄宗不采纳自己的意见，就让秦国、虢国、韩国三夫人以及杨贵妃向唐玄宗哭谏。

唐玄宗经不住这几个女人的眼泪的冲击，取消了亲征的打算，让皇太子担任天下兵马大元帅，哥舒翰为副元帅，统兵东征。

就在这时，封常清和高仙芝战败的消息传到长安。

封常清率领残兵退到陕州,与高仙芝会合。高仙芝是十一月底作为东征副元帅驻守陕州的。封常清退回来后,对高仙芝说:"贼军前锋锐不可当,而且潼关又没有重兵把守。一旦贼军用轻骑精兵突袭,攻破潼关,长安就难以保住了。况且陕州难守,我们不如退保潼关。"高仙芝东征时,带领的也都是些从长安招募来的市井子弟,所以就同意了封常清的意见,当天夜里就率兵撤退。安史叛军紧随其后,打得唐军狼狈不堪,死伤惨重。高仙芝和封常清退回潼关后,安禄山就让崔乾佑屯驻陕州。

唐玄宗本来想借助高仙芝和封常清给自己御驾亲征长脸,想不到这两个人败得很惨,唐玄宗大怒。而监军边令诚因为个人的恩怨,又上奏章,说高仙芝、封常清临阵脱逃,并在军中散布贼势凶猛等谣言,动摇军心。唐玄宗听了,马上命边令诚赴潼关,杀了高仙芝和封常清。

这时候,由于安禄山忙着在洛阳称帝,所以,就没有急于攻打潼关。

这就给了唐王朝一个短暂的喘息的机会。

哥舒翰是镇守西北边防的一员少数民族将领,被封为西平郡王,统领陇右、河西两镇。当时,哥舒翰因患轻度脑中风在长安养病。高仙芝和封常清被杀以后,唐玄宗身边再也没有可以调动的大将了。于是唐玄宗就拜哥舒翰为兵马副元帅,让他镇守潼关。

哥舒翰到了潼关以后,因为自己有病,不能亲自出马,就让王思礼管骑兵,李承光管步兵。采取闭关不出,以逸待劳的战略,挫败了安史叛军急于攻破潼关、进攻长安的锐气。这确实不失为一项正确的决策。就这样,哥舒翰与安史叛军对峙了五个多月,对方始终没能攻破潼关。而李光弼、郭子仪所率领的朔方等镇的军队已经从河套地区向东南方向渡过黄河，与叛军战于行唐、恒州（今河北行唐、石家庄一带），消灭叛军四万余人。极大地挫败了叛军的元气。形势对安史叛军极其不利。用安禄山自己的话说，"潼关数月不能进"，"北路已绝"，"吾所有者，止汴、郑数州而已"。安禄山甚至打算放弃洛阳，退回范阳老巢。

然而，就在这个时候，杨国忠多次让唐玄宗催促哥舒翰出关迎敌。不懂军事的杨国忠的这一做法，不仅没有起到正面作用，反倒给安禄山帮了一个大忙。

那么，杨国忠为什么要催促哥舒翰出关迎敌呢？因为他不放心哥舒翰。

哥舒翰到潼关后，一直深沟高垒，按兵不动，以逸待劳。杨国忠担心哥舒翰也是少数民族出身，一旦给安禄山作内应，首先威胁的是自己。于是他在哥舒翰的身后，又布置了一万三千多人的精锐部队。名义上是给哥舒翰做后盾，实际上是防备哥舒翰倒戈。哥舒翰看清了杨国忠的用意，给唐玄宗上书，把这一万多部队调到前线，找了个借口，杀了统领这批军队的将军杜乾运。杜乾运是杨国忠的心腹，杨国忠因此慌了手脚。

再说，安禄山叛乱时打的旗号就是"讨伐杨国忠"。一旦安禄山打进长安，杨国忠认为自己就得完蛋。所以，他多次让唐玄宗催促哥舒翰带兵出关。

唐玄宗也是求胜心切，听了杨国忠的话，也催促哥舒翰打出潼关去。

哥舒翰当时统领着十多万军队，其中有一部分是从京城长安临时招募来的，也是一些市井子弟，根本没有受过严格的训练。另外一些军队是西北各少数民族首领带领的部落兵，缺乏统一指挥，可以说哥舒翰统领的是一批乌合之众。哥舒翰深知自己带领的所谓"官军"没有什么战斗力。加之此前，封常清和高仙芝在成皋和陕州打了败仗，被杀了。如果自己也出关，必败无疑。所以，他深沟高垒，等待时机。

这时，有人向唐玄宗报告，叛军将领崔乾佑在陕州兵力不满四千，而且都是些老弱病残。唐玄宗一听，派人催哥舒翰出兵。哥舒翰给唐玄宗上表说："安禄山善于用兵。岂能没有准备！即便驻屯陕州的是老弱病残，那也是引诱我们上当。如果出兵，正好中了敌人之计。况且，安禄山的目的是在于速战速决。我军据险扼守，以疲贼众。要在成功，何必务速。"

郭子仪、李光弼等人也支持哥舒翰的这一做法。他俩也向唐玄宗建议：让哥舒翰固守潼关，不要轻易出潼关，由他俩带兵直捣安史叛军老巢范阳。

但是，在杨国忠的一再催促下，求胜心切的唐玄宗命令哥舒翰率兵打出潼关，而且派宦官边令诚监军。天宝十五载六月初四，哥舒翰抱病带兵出潼关，六月初八，在灵宝西原和安史叛军交战，几乎全军覆没。第二天，哥舒翰带领残部回到潼关，却被他的部下火拔归仁绑起来，交给了安禄山。在安禄山的引诱下，哥舒翰投降了。

六月初九，潼关失守。消息传到长安，朝野一片慌乱。

唐玄宗逃离长安

哥舒翰带兵出潼关后，唐玄宗就在皇宫中等候胜利的消息。没想到六月初九传来哥舒翰兵败投降的噩耗。

唐玄宗这才慌了，赶紧召集百官商量，问大家有什么办法。那些官员们一个个惊慌失措，支支吾吾，什么也说不上来。哥舒翰兵败灵宝，是由杨国忠一手造成的。他为了推脱责任，竟然对唐玄宗说："陛下，大家都说安禄山必反，已经十年了。陛下就是不信。事情发展到今日这个地步，这就不是我这个做宰相的责任了。"他把自己洗刷得一干二净。下朝以后，他就让杨贵妃等人劝唐玄宗"幸蜀"——到成都去避难。

关于这一段错综复杂的宫廷斗争，白居易在《长恨歌》中是这样描写的："渔阳鼙鼓动地来，惊破霓裳羽衣曲。"作者用"渔阳鼙鼓"指代安禄山、史思明发动叛乱。在"尽日君王看不足"之后紧接着就是惊天动地的战鼓之声。"动地来"，一是说安史叛乱出乎人们的意料；二是说叛军来势凶猛。这对于沉浸在欢乐之中的唐玄宗和杨贵妃来说，无异于晴天霹雳。惊天动地的战鼓惊破了霓裳羽衣曲，从艺术氛围上说，从前面的优游宴乐、缓歌慢舞的享乐生活突然转入杀声四起、硝烟弥漫的天下大乱。对这一场给整个唐代社会造成巨大破坏和苦难的叛乱，作者并没有从政治的角度加以表现，而是围绕李杨的日常生活进行描述。惊天动地的战鼓惊破了他们甜美的生活。"惊破"，是一个被动句式，意思是说唐玄宗和杨贵妃的欢乐生活被安史叛乱破坏了。如果不是这场叛乱，那么，这种生活还将继续下去！从另一个角度讲，是安禄山、史思明打破了唐玄宗和杨贵妃的美好生活。更重要的，是"惊破"的"惊"字反映了唐玄宗和杨贵妃的一种心理状态：他们从来没有想到会发生天下大乱的事情，因此，听到安禄山叛乱的消息时就难免大吃一惊！对同一件事，晚唐的杜牧用的则是另一种表达方式："霓裳一曲千峰上，舞破中原始下来。"完全是讥讽的口气：你唐玄宗不把天下弄个大乱是不会从骊山上下来的！那个"破"字就是批判唐玄宗的。从行文的前后关系看，白居易的意思是说意想不到的叛乱"惊破"了唐玄宗和杨贵妃的欢乐生活。同样是写安史叛乱，白居易和杜牧的出发点不同。

当战尘很快逼近长安时，杨国忠提出放弃长安。但是，唐玄宗却宣布，他要亲自出征。文武百官很吃惊，却不敢劝阻。其实，唐玄宗说他要亲征，只是制造一个假象：让百官们都知道他还会留在长安，继续指挥军队平定安史之乱。实际上，唐玄宗已经做好了逃跑的准备。

> 九重城阙烟尘生，千乘万骑西南行。
> 翠华摇摇行复止，西出都门百余里。

"九重城阙"，乃天子所居之地，这和八卦中"九五"是至尊之位有关，加之宫城门禁重重，所以用"九重"形容长安城的皇宫。《楚辞》曰："君门兮九重。"所谓"烟尘生"，是说整个长安城笼罩着战争烟云。据史书记载，当安史叛军攻破潼关后，六月十三日凌晨，唐玄宗带着身边的一些文武大臣以及杨贵妃姊妹、杨国忠、高力士、太子李亨等人，在龙武大将军陈玄礼护卫下从禁苑的西门延秋门逃出宫城，离开了长安。由于唐玄宗是秘密离开皇宫的，绝大多数朝廷官员根本不知道皇帝已经逃离长安。

十三日早晨，很多文武百官还像往常一样入朝，这才发现整个皇宫空荡荡。大家都不知道皇帝到哪儿去了。而这个时候，唐玄宗已经过了咸阳的渭河桥。由于宫门大开，又没有守卫。百官四散以后，后宫的宫人也四处逃命，长安城里的一些市井无赖竟然赶着毛驴到皇宫中抢东西。

唐玄宗离开宫城时，经过左藏（即国库），杨国忠下令放火烧毁，唐玄宗说：不要这样，还是留给叛军吧，你把国库烧了，叛军得不到什么，就会去搜刮老百姓，这岂不是给百姓造成灾难了吗？

唐玄宗离开京城时很狼狈。但白居易说唐玄宗率领着千军万马浩浩荡荡离开京城。白居易这样描写，是出于维护皇帝的威严而作的夸张。如果白居易对唐玄宗持批评态度的话，他绝对没有必要把唐玄宗狼狈逃窜的场面写得如此声势浩大！

"翠华"，是用华丽的翠羽装饰的旗子，专供皇帝使用。所以，翠华就代指皇帝的车驾。"摇摇行复止"，就是走走停停。据史书记载，唐玄宗一行在陈玄礼的护卫下，几乎是马不停蹄，一路狂奔。可是，白居易说唐玄宗是"走走停停"。这其中显然包含着诗人对唐玄宗失落情状的同情，也为后面的描写埋下了伏笔。可是，人们历来都不大注意这五个字。从字面上看，"翠华摇摇行复止"这七个字刻画了唐玄宗逃离长安时悔恨、留恋、焦虑等种种复杂的心理状态。在这种心理矛盾状态下，唐玄宗一行终于到了咸阳。这时已经是正午，大家还没有吃早饭。唐玄宗派人去找咸阳的地方官员，连个人影都没有。好不容易找来几个老百姓，唐玄宗说："你们家有吃的东西没有，不管粗细，都行。"这几个老百姓回去给村里人一说，大家才送来自己家里吃的饭食。人多碗筷少，君臣们只好用手抓着狼吞虎咽。吃完，又继续向西赶路，终于到了马嵬驿。也就是在这里，发生了杨国忠被杀、杨玉环被赐死并给唐玄宗造成千古遗恨的"马嵬事变"：

六军不发无奈何，宛转蛾眉马前死。
花钿委地无人收，翠翘金雀玉搔头。
君王掩面救不得，回看血泪相和流。

对于造成唐玄宗和杨贵妃人生悲剧的"马嵬事变",白居易只写了这六句。

可见,作者的描写重点并不在于对马嵬事件的来龙去脉进行详尽的表述,这足以说明《长恨歌》描写的重点在于李杨的生离死别,而不是其他。

唐玄宗得知杨国忠被杀,就从驿馆里走出来,安抚士兵,让大家收队,但禁军不听。唐玄宗派高力士去问原因,士兵们说:"祸根还在。"要求唐玄宗处死杨贵妃。

就这样,一代美人在三十八岁时,香消玉殒马嵬坡。

杨贵妃是如何死的

《旧唐书》说:"上即命力士赐贵妃自尽。"——唐玄宗让高力士传旨:让杨贵妃自杀。《资治通鉴》说:"上乃命力士引贵妃于佛堂,缢杀之。"——高力士把杨贵妃领进佛堂后,勒死了。《高力士外传》只说杨贵妃是受杨国忠的牵连而死。《唐国史补》说:"命高力士缢贵妃于佛堂前梨树下。"——就是说:是高力士把杨贵妃勒死在佛堂前的梨树下。《明皇杂录》甚至说:"高力士以罗巾缢之也。"——高力士用一条绸巾把杨贵妃勒死了。

这些文献记载都提到了高力士,于是,高力士就成了处死杨贵妃的刽子手。

这是值得商榷的。

20世纪70年代初在陕西蒲城出土了《高力士墓志铭》,90年代末,又发现了《高力士墓神道碑》的下半段,与原存的上半段对接后,内容基本完整。令人不解的是,碑、铭对"马嵬事变"只字未提。

这是值得深思的历史疑案。

"墓志铭"刻于唐代宗宝应二年（公元763），"神道碑"刻于唐代宗大历十二年（公元777）。这就是我们产生了疑问：高力士真的是刽子手吗？

当然不是。

高力士可以传达皇帝的命令，但不可能亲自动手。他好赖也是皇帝任命的骠骑大将军，品阶极高。再说了，当禁军说杨贵妃也有罪，要杀杨贵妃时，高力士曾说："贵妃诚无罪，然将士已杀国忠，而贵妃在陛下左右，岂敢自安！愿陛下审思之，将士安则陛下安矣。"高力士很为难，他首先说明杨贵妃确实无罪，杀不杀杨贵妃，还是由皇上你自己决定。不过，高力士强调的是"将士安则陛下安"。

所以，高力士应该只是传达了唐玄宗的命令。

还有，把杨贵妃勒死在佛堂前的梨树下，也不合情理。

杨贵妃身份等同皇后，是不会在众目睽睽的院子里被处死的。所以，杨贵妃是被高力士引进佛堂后，自己上吊自杀的。

"马嵬事变"由太子李亨在幕后操纵、由龙武大将军陈玄礼在台前实施的"宫廷政变"。在这场残酷的宫廷政变中，杨国忠死有余辜，而杨贵妃却成了这场"宫廷政变"的牺牲品。再加上李亨要"斩草除根"的周密计划，杨贵妃也是必死无疑。

"马嵬事变"的内幕是如此错综复杂，白居易却以极其简练的笔触和充满怜惜的深情写了"马嵬事变"中李杨生离死别的人生悲剧。"六军不发无奈何，宛转蛾眉马前死。"这两句，包含着四层意思：一是六军不发；二是唐玄宗面对这种局面"无可奈何"；三是杨贵妃不愿意和唐玄宗死别；四是最终的结局是两人不得不死别。从全诗来看，这两句交代了造成李杨爱情悲剧的直接原因是"马嵬事变"这场残酷的宫廷政变。白居易用"无奈何"三个字隐晦地指出唐玄宗这时已经被架空了,不然的话,他完全可以拒绝杀死杨贵妃,命令"六军"退下。但他这时说话已经不起作用了。而无辜的杨贵妃这时还把求生的希望寄托在唐玄宗身上。这就是"宛转蛾眉"所包含的真正意思。政治斗争是无情的,更何况这是一场充满血腥味的宫廷政变。杨贵妃成了无辜的牺牲品。在临死之前,她仓皇挣扎,并且还不断地反抗。这才出现了她头上的花钿、翠翘、金雀、玉搔头等首饰散落一地的悲惨场面。

可见,白居易完全是以仁者的恻隐之心来表现"马嵬事变"中的杨贵妃的。

在唐代诗人中,认为杨玉环是"马嵬事变"的受害者的还大有人在。早于白居易的李益在《过马嵬》诗中说得更为直截了当:

汉将如云不敢言,寇来翻罪绮罗恩。
托君休洗莲花血,留记千年妾泪痕。

这首诗,借杨贵妃之口,怒斥那些尸位素餐的朝廷官员。他们在安史叛军兵临城下时,掩盖事实真相,嫁祸于杨贵妃。李益以诗人的敏锐洞察力,戳穿了正史的谎言。

稍晚于白居易的张祜有一首《马嵬坡》:

旌旗不整奈君何,南去人稀北去多。
尘土已残香粉艳,荔枝犹到马嵬坡。

这位"千首诗轻万户侯"的张公子看到了"马嵬事变"的宫廷

政变的实质。因为面对六军，唐玄宗一点办法都没有（"旌旗不整奈君何"），而且在杨贵妃被赐死以后，跟着唐玄宗到成都去的人稀稀拉拉，许多人都跟着太子北上了。尽管张祜也对唐玄宗命地方进贡荔枝作了委婉的批评，但这丝毫不影响他对太子李亨操纵禁军、发动宫廷政变的正确看法。

当然，唐代诗人中，也有对"马嵬事变"持肯定态度的，比如杜甫。他对杨国忠没有好感。在《丽人行》中曾揭露了杨国忠炙手可热和专横跋扈嚣张气焰。在后来创作的《北征》诗中，针对"马嵬事变"，他说："忆昨狼狈初，事与古先别。奸臣竟菹醢，同恶随荡析。不闻夏殷衰，中自诛褒妲。……桓桓陈将军，仗钺奋忠烈。微尔人尽非，于今邦犹活。"杜甫认为，杨国忠和他的家族以及他的党羽确实该杀；周幽王宠褒姒，殷纣王宠妲己，导致了亡国之祸。所以，在"马嵬事变"中，唐玄宗非常果断地下令把杨贵妃缢死。这和周幽王、殷纣王自然不同。这就是"事与古先别"的含义。而且能够扭转时局的是龙武大将军陈玄礼，正是由于他的一腔忠愤，伸张正义，所以，国家才没有倾覆。杜甫站在君国立场说出这样的话，自然是可以理解的。即便他了解事实的真相，但因为他当时投奔的正是"马嵬事变"的幕后指挥者唐肃宗，他也只能这样写。

和白居易同时的刘禹锡有一首五言古诗《马嵬行》。这是刘禹锡行经马嵬时，根据当地人的口述写成的。在涉及"马嵬事变"时，作者写道："里中儿""皆言幸蜀时"，"官军诛佞幸，天子舍妖姬。群吏伏门屏，贵人牵帝衣。低回转美目，风日为无辉"。从表现手法上讲，侧重于写实，没有白居易那么含蓄。但他也是以略带同情的笔调来描写这一事件的。"诛佞幸"，自然是指杀杨国忠等人。"天子舍妖姬"的"舍"字，从字面上看，是舍弃。但唐玄宗为什么要"舍妖姬"?"群吏伏门屏"一句作了回答:以陈玄礼为首的那些人跪在驿站门口,逼着唐玄宗就范!所以,刘禹锡用的这个"舍"字,和白居易的"无奈何"应该是一致的,都是"迫不得已"的意思。而杨玉环也不愿意同唐玄宗生离死别,诗人用"贵人牵帝衣"来表现李杨之间的生离死别。最后的结局是杨玉环无辜受诛。刘禹锡也是同情杨玉环的,所以,诗人说杨玉环死的时候,"风日为无辉"——连老天爷也为之伤感。

也有人对白居易的这种描写提出了批评,并对《长恨歌》作了全盘否定,如清代的袁枚在《马嵬》诗就说:"莫唱当年《长恨歌》,人间亦自有银河。石壕村里夫妻别,泪比长生殿上多。"从袁枚的诗看,直到清代全盛时期,《长恨歌》在社会上还很流行。不过,袁枚劝那些喜欢《长恨歌》的人,不要太同情唐玄宗和杨玉环,要同情的话,就去同情石壕村里的那对老夫妻的生离死别吧。袁枚尽管是同情劳动人民的,但他忘记了一个事实:造成石壕村的老夫妻生离死别的人,正是当年在"马嵬事变"中迫使唐玄宗和杨贵妃生离死别的唐肃宗李亨!唐肃宗在郭子仪于至德二年收复长安、洛阳后,返回长安。第二年,就命令郭子仪、李光弼等九节度使率兵讨伐据守河北的安史叛军。但他又不放心九节度使,就派宦官做监军。本来九节度使已经把叛军包围在相州。但由于缺乏统一指挥,被叛军击破。为了补充兵员,朝廷就在洛阳一带大肆抓兵。杜甫的《石壕吏》以纪实手法写了石壕村一对老夫妻的悲惨遭遇:老翁翻墙出外躲避抓兵,老妇被抓到前线去做饭。所以,造成"石壕村里夫妻别"悲剧的正是当时的皇上唐肃宗。如果是唐玄宗造成了石壕村的那对老夫妻的生离死别的话,那么,袁枚的批评就是有的放矢了。

1842年,林则徐被贬往伊犁,途中行经马嵬时,写了三首绝句,其中一首说:"六军何事驻征骖?妾为君王死亦甘。抛得蛾眉安将士,人间从此重生男。"林则徐是把杨贵妃作为自己的情感寄托的对象而加以歌颂的。所以,诗中的杨玉环就成了一位大义凛然、视死如归的刚烈女子。在林则徐的笔下,杨贵妃的形象已经被异化了,失去了这一艺术形象的本来面目。

20世纪30年代,鲁迅写过一篇杂文,题目是《女人未必说谎》。他说:"关于杨妃,禄山之乱以后的文人就都撒着大谎。玄宗逍遥事外,倒说是许多坏事都由她(指杨贵妃)。……女人的替自己的男人伏罪,真是太长远了。"在另一篇题目为"阿金"的杂文里,鲁迅又说:"我一向不相信昭君出塞会安汉,木兰从军能保隋,也不相信妲己亡殷、西施误吴、杨妃乱唐的古老话。"鲁迅把批判的矛头对准唐玄宗,从养虎遗患、导致安史之乱的角度讲,唐玄宗应该负有责任。杨贵妃确实不应承担责任。因此,实事求是地说,在"马嵬事变"中,杨贵妃充当了替罪羊的角色。再加上李亨要"斩草除根"的周密计划,杨贵妃必死无疑。

面对杨妃将死的局面,唐玄宗是"掩面救不得"。失去了帝王威严的唐玄宗,说话已经不灵了。他想救杨贵妃,但是,他说话没人听,只能掩面而泣。这既有对自己无能为力的叹惋,又是不忍心目睹杨贵妃被缢死的惨状。直到杨贵妃之死已经成为事实、六军又开拔时,他还回过头去久久地凝望杨贵妃蒙难的地方。作者用了催人泪下的七个字:"回看血泪相和流。"——唐玄宗的泪水洒在杨妃的碧血上。也有人说,是唐玄宗把杨贵妃作为替罪羊抛了出去,以安抚六军,却要假惺惺地掩面而泣,这充分暴露了唐玄宗的伪善面孔。这其实是没有读懂"君王掩面救不得,回看血泪相和流"这两句。从表象上看,杨贵妃死了,唐玄宗却活着。从白居易的描写看，唐玄宗是想救杨贵妃，但是没有达到目的，最后只能掩面流泪。"君王掩面救不得"，虽然只有七个字，却表现了唐玄宗非常复杂的内心矛盾和自己面对这场突如其来的事件一筹莫展的无奈。如果他不笃于昔日的恩爱之情，是不会有这种举措的。所以，抛开人之常情，硬要从庸俗社会学的角度诠释唐玄宗在"马嵬事变"中的表现，实际上是对人的基本自然属性的否定。白居易毕竟说过"人非草木皆有情"这样的话。

在"马嵬事变"中，唐玄宗的形象已经不像昔日那样风光了。如果说"马嵬事变"前的唐玄宗一直沉浸在爱的欢乐中的话，那么，"马嵬事变"中的唐玄宗已经成为有爱、有恨、有悲伤、有痛苦的人了。尤其是他的形象已经发生了巨大变化：从昔日位居九重、志得意满的太平天子变成一个悲苦交加的失意者。蛾眉宛转，死于马前。因此，从唐玄宗"掩面"开始，他已经成了一位悲剧角色。他的掩面不仅仅是面对杨玉环香消玉殒的怜香惜玉了，也包含着对自身遭遇的伤痛。一百五十多年后，唐末的和尚贯休写过一首《读玄宗幸蜀记》，其中就说"火从龙阙起，泪向马嵬垂"——也是把唐玄宗作为一个下台的皇帝看待的。

这场突如其来的事变给唐玄宗在精神上造成了极大的损害。随后，太子李亨留了下来，唐玄宗带着随从，渡过渭河，经过一个月的跋涉，到了成都。

安史叛军在唐玄宗逃出长安的第四天，占领了京城长安。消息传到洛阳，刚刚当了大燕皇帝的安禄山得知唐玄宗逃到南边去了，杨贵妃也在马嵬被处死，也不去追赶。

安史叛军在长安大肆烧杀抢掠。没来得及逃出长安的唐王朝宗室子弟共一百多人惨遭杀戮，甚至连襁褓中的婴儿也不放过。

在安史叛军的摧残下，整个长安城变成了一座空城。就像杜甫描写："国破山河在，城春草木深。"一座称雄世界东方、雄居亚洲一百多年的世界大都市，就这样毁于统治阶级争权夺利的战火中。

唐王朝的辉煌盛世也宣告结束。

行宫见月伤心色

"马嵬事变"之后，全诗转入第三部分。这部分，写天人相隔的痛苦。

> 黄埃散漫风萧索，云栈萦纡登剑阁。
> 峨眉山下少人行，旌旗无光日色薄。
> 蜀江水碧蜀山青，圣主朝朝暮暮情。
> 行宫见月伤心色，夜雨闻铃肠断声。

这八句，写奔蜀途中以及驻跸成都时唐玄宗对杨妃的思念。作者用哀伤的境界来代替主人公的内心独白。

从情感发展变化的轨迹看，这八句是"回看血泪相和流"的悲伤情感的延伸。如果说"回看血泪相和流"是唐玄宗悲伤情感的极度外现的话，那么，从"黄埃散漫风萧索"开始，作者变换了表现手法，从外部环境描写烘托唐玄宗在失去杨贵妃之后内心世界的悲凉和哀怨。"黄埃散漫风萧索，云栈萦纡登剑阁。"伴随着漫天的飞尘和凄凄的冷风，唐玄宗一行南渡渭水，踏上了艰难的蜀道。仅仅隔了两天，奔蜀道上的唐玄宗已经失去了刚离开京城长安时那种"千乘万骑西南行"的帝王风光了。这种变化，其实暗示了唐玄宗已经失去了帝王宝座。作者所创造的艺术境界，是与唐玄宗凄凉、迷惘、失落的心境相协调的，也就是通常所说的情与景谐，是"情境"。"云栈萦纡"，是说栈道盘旋曲折，直入云霄。经过长途跋涉，才登上了一夫当关、万夫莫开的剑门关。李白在写山道蜿蜒曲折时采用"山从人面起，云傍马蹄生"的夸张手法，有一股浪漫气息。白居易也写山道蜿蜒曲折，但"云栈萦纡"有一种凄迷凝滞的艰难感。这是和唐玄宗的心境吻合的。这"萦纡曲折"的栈道也暗示唐玄宗此后人生之路的艰难曲折。

可是，有人对此大不以为然。比如北宋的李觏《读〈长恨〉辞》就说："蜀道如天夜雨淫，乱铃声里倍沾襟。当时更有军中死，自是君王不动心。"唐玄宗已经到了丧魂落魄的地步，李觏还要进行批评，说唐玄宗对前方平叛将士的死毫不动心，只能说他没有读懂《长恨歌》。所以，在对《长恨歌》的批评中，宋人的观点最不能相信。在理学开始盛行的宋朝，除了极少数知识分子还保留着人的自然本性外，其他人可以说差不多都变成了道貌岸然的伪君子。

当唐玄宗一行历尽艰难险阻，到达成都后，作者写道："峨眉山下少人行，旌旗无光日色薄。"唐玄宗到成都避难时并没有到过峨眉山。因此，所谓的"峨眉山下少人行"只不过是泛指蜀中而已。"少人行"不是说成都很荒凉，而是说唐玄宗到了成都以后，形单影只，孤苦伶仃。皇家仪仗队的旌旗、翠葆、霓旌原本都是光彩鲜艳夺目的，然而作者却说"旌旗无光"。"旌旗无光"，除了日色昏黄（"日色薄"）这个原因之外，更包含着唐玄宗在失去皇帝宝座之后落寞凄凉这层意思。而"日色薄"，也是作者为抒情而有意淡化了太阳光的强度。这和刘禹锡《马嵬行中》的"风日为无辉"在移情于物上是一致的，都是"以情观物，使物皆着我之色彩"。可见，白居易准确地把握住人物的内心世界，以哀境抒写哀情。

接下来，我们就不难理解白居易对唐玄宗在蜀中避难的深切同情和怜悯：

蜀江水碧蜀山青，圣主朝朝暮暮情。
行宫见月伤心色，夜雨闻铃肠断声。

碧水青山的蜀中，不仅没有引起唐玄宗感情上的任何愉悦，反而由碧水青山引发出对杨贵妃的无比思念。这一方面是因为失去杨妃以后唐玄宗感到无比孤独，更重要的是，杨贵妃是在成都长大的。想起当年"春从春游夜专夜，玉楼宴罢醉和春"的日子，如今却是他独自一人来到杨贵妃少女时代生活过的地方，就不难理解唐玄宗朝朝暮暮的思念之情了。同时，这里的山水描写还带有明显的以水喻德的传统文化色彩。水，是柔静的。古人常常用来比喻女子的美德——柔静。当然也有例外，说女子行为不检点是水性杨花。白居易显然用的是前者。"蜀山青"的"青"与"情"谐音。这是南朝民歌的常见手法。

行宫见月伤心色，夜雨闻铃肠断声。

在对蜀地的山水物境作了描绘之后，作者转入对人物心境的刻画。上句写望月，是对静境的描写；下句回想在崎岖的蜀道上经历的凄风苦雨，是从听觉入笔，是对动境的描写。

唐诗中的月亮是一个很复杂的意象。在一般情况下，月亮是抒情主体的精神载体。柔媚的月光可以引起人的愉悦，尤其是春月。但是，如果抒情主体心绪不佳，就会感到月色凄冷、忧伤。这就是

"伤心色"所蕴含的主体意识。

唐玄宗离开马嵬、南渡渭水，入褒斜古道。因山路崎岖，不能再骑马了，就改为骑牛。当时，霖雨连绵，十日不断，山高谷深，迷雾茫茫。牛脖子上挂的铃铛随着牛的行走发出叮当叮当的响声，在峡谷中形成回音。唐玄宗在落寞失意中沉浸在这铃声和回音中，无意间哼出一首曲子，随行的乐工张野狐把曲子记了下来，取名"雨霖铃"。这首曲子节奏舒缓，以铃铎为伴音，哀怨忧伤。如今，当他住在成都行宫，每当风雨之夜，听见楼角的风铎的响声时，这声音就和他往日经历的痛苦联系在一起。这是唐玄宗内心深处的潜意识在特定条件下的一种不自觉映现。

同样是写唐玄宗奔蜀避难，在李白的笔下则是另一番景象。

李白在投奔永王璘之后，先后写了《永王东巡歌十一首》和《上皇西巡南京歌十首》。《上皇西巡南京歌十首》专写唐玄宗避难蜀中。第一首说：

> 胡尘轻拂建章台，圣主西巡蜀道来。
> 剑壁门高五千尺，石为楼阁九天开。

安史之乱初期，李白还有些迷惘。所以，他在《古风》五十九首中就写道："俯视洛阳川，茫茫走胡兵。"可是，当他投奔永王璘之后，对形势的看法发生了转变，觉得自己实现抱负的时机到了，并对永王璘夸下海口："但用东山谢安石，为君谈笑静胡沙！"李白的乐观，有时在很大程度上带有盲目性。他把安史叛军逼近长安视为微不足道的小事，一场铺天盖地的"战尘"，被他说成是"胡尘轻拂"。这和他"为君谈笑静胡沙"的宏愿是一致的。正因为如此，接下来对蜀道的描写也是非常轻松。崎岖艰难的蜀道已经不是他当年怅叹的"难于上青天"的畏途,剑门关也不是他当年所描绘的"峥嵘而崔嵬"的天下雄关,反而是专门为唐玄宗准备的天上楼阁!

唐玄宗到成都以后,李白的描写更为轻松出奇!第二首写道:

> 九天开出一成都,万户千门入画图。
> 草树云山如锦绣,秦川得及此间无?

这一首和白居易的描写简直有天壤之别!在李白看来,成都花团锦簇,连帝都长安所在地秦川都比不上。对照白居易的"峨眉山下少人行,旌旗无光日色薄"的描写,成都却是那样引人入胜!

第三首的描写更是异常欢快:

> 华阳春树似新丰,行入新都若旧宫。
> 柳色未饶秦地绿,华光不减上阳红。

他用对比手法,千古成都迎来了少见的春天,因为天子的驾临,那春色丝毫不比新丰古道旁的花红柳绿逊色!所以,唐玄宗到了新都行宫就像是回到老家那样亲切。

第四首说:

> 谁道君王行路难,六龙西幸万人欢。
> 地转锦江成渭水,天迥玉垒作长安。

起首一句,他反驳别人说:皇帝是从来不会遇到"行路难"的事情的。当唐玄宗像太阳神那样，驾车"西幸"，老百姓听说皇帝驾临成都，万人空巷，夹道欢迎。有如此热情的老百姓，唐玄宗到了这里就用不着思念京城长安。长安城北有渭水，成都也有锦江穿城而过；长安号称有四塞护卫，成都照样有玉垒山作为屏障。

再读读接下来的几首：

> 万国同风共一时，锦江何谢曲江池？
> 石镜更明天上月，后宫亲得照蛾眉。

> 濯锦清江万里流，云帆龙舸下扬州。
> 北地休夸上林苑，南京还有散花楼。

> 锦水东流绕锦城，星桥北挂象天星。
> 四海此中朝圣主，峨眉山上列仙庭。

> 秦开蜀道置金牛，汉水元通星汉流。
> 天子一行遗圣迹，锦城长作帝王州。

> 水渌天青不起尘，风光和暖胜三秦。
> 万国烟花随玉辇，西来添作锦江春。

李白把成都处处同长安进行比照，锦江春色不亚于曲江池，成都的石镜台比天上的月亮还要明亮，仿佛就是为唐玄宗后宫的美女照妆而准备的。他还举例说：从长安到江南去，要先经渭河，入黄河，再从大运河南下，才能到达扬州。可是，在成都，唐玄宗要想出游，只要云帆高挂，就可以沿江而下直达扬州，比长安方便多了。所以，把成都作为帝王之都是再合适不过的了。这样一来，大唐王朝是四京俱全：西京长安，东京洛阳，北京太原，南京成都。更其重要的是，唐玄宗的到来，给锦城平添了几分春色。

在李白的这十首诗中，看不出唐玄宗在成都避难时有任何痛苦。反倒让人觉得唐玄宗到成都去是大唐天子前所未有的盛大巡游。白居易说"九重城阙烟尘生"，李白却说"胡尘轻拂建章台"；白居易写唐玄宗到了成都以后，孤孤单单，冷冷清清，日色惨淡，旌旗无光。李白却说"万国烟花随玉辇"，成都更是"万户千门入画图"，风光和长安不相上下。

可以看出：李白的这组诗回避了唐玄宗奔蜀的艰难及其所承受的精神痛苦，甚至有意渲染"幸蜀"之乐！所以，唐汝询在《唐诗解》中就说，唐玄宗本来是弃国外逃，而李白却极力称赞蜀中之美，把所谓的"西巡"写成是举国欢腾的"盛事"。

如果说前九首诗反映了李白在天真中还有几分幼稚的话，那么，这组诗的最后一首问题就严重了：

剑阁重关蜀北门，上皇归马若云屯，
少帝长安开紫极，双悬日月照乾坤。

这一首，写郭子仪收复长安后，唐玄宗从成都返回京城。前两句还是立足于颂扬。问题在后两句："少帝长安开紫极，双悬日月照乾坤。"

唐玄宗是被太子李亨在"马嵬事变"后不久赶下台的。太子李亨到达灵武后，唐玄宗远在成都，唐王朝的政治中心长安又被安史叛军占领。由于蜀道阻隔，唐玄宗根本无法指挥当时的平叛战争。李亨到达灵武以后，在杜鸿渐等人的辅助下，自己做了皇帝，并派人把尊唐玄宗为"太上皇"的表文送到成都。李亨登基后，调集河、朔、陇右等地的军队，又联合吐蕃、回纥协助朝廷平息安史叛乱。所以，从客观上看，李亨这时候登基对于当时分崩离析的唐王朝无疑是起到了稳定作用，对于平定安史之乱也起到了至关重要的作用。唐玄宗自然不会考虑到这些，只是被动地接受了既成事实。

第二年初秋，李亨就率领主力部队进驻凤翔。

李白所说的"少帝长安开紫极"，是说唐肃宗返回长安，正式坐上了皇帝宝座。问题是"双悬日月照乾坤"这一句。俗话说天无二日，国无二主。这是最起码的社会常识。李白偏要说现在国家有两个天子，这就难怪李亨在打败永王璘之后，要判处李白死刑。因为他不仅说"国有二主"，而且在第五首中还说要唐玄宗"云帆龙舸下扬州"。人们都知道永王李璘当时从江陵东下，据守扬州，是唐玄宗任命李璘为"四道节度使"的，他并没有叛乱的意思。唐肃宗忌讳的就是唐玄宗以"太上皇"的身份干预朝政。抢班夺权的太子李亨，最担心的就是唐玄宗沿江东下，与王子李璘会合。尽管唐玄宗没有那样做，李白却说只要唐玄宗云帆高挂，"下扬州"是很容易的事。所以，唐肃宗给自己的弟弟加上叛乱的罪名，实质上也是给唐玄宗颜色看。在平叛斗争白热化的情势下，唐肃宗放着安史叛军不打，却从平叛前线把李光弼调去对付李璘。李璘自己都感到莫名其妙，所以很快就被打败了。唐肃宗心里也清楚给永王璘强加的是莫须有的罪名，所以，也没杀李白，而是把他"流放夜郎"。在李白溯江而上到达白帝城的时候，肃宗又赦免了李白。李白十分高兴，在离开白帝城时写了那首著名的《早发白帝城》：

> 朝辞白帝彩云间，千里江陵一日还。
> 两岸猿声啼不住，轻舟已过万重山。

在他的面前，又是一片灿烂的霞光。他很快就忘掉了烦恼和痛苦，轻舟东下，直奔江陵。

那么，唐玄宗返回长安后，是不是像李白所说的那样，和儿子一起"双悬日月照乾坤"呢？

充满玄机的归途

对于唐玄宗回京，白居易在《长恨歌》中写道：

> 天旋日转回龙驭，到此踌躇不能去。
> 马嵬坡下泥土中，不见玉颜空死处。
> 君臣相顾尽沾衣，东望都门信马归。

这六句写唐玄宗从成都返回长安途中的情事。

至德二年九月郭子仪收复了长安。不过，作者并没有写那场错综复杂的平叛战争，而只是概括地说"天旋日转回龙驭"，就是说：和唐玄宗到成都避难时相比，一年多以后，局势又发生了翻天覆地的变化，所以，唐玄宗又离开成都，动身返回长安。

唐玄宗在成都住了一年多，至德二年九月，郭子仪收复了长安，十月，收复洛阳。收复长安后，唐肃宗就派宦官谈庭瑶带着表文到成都去迎接太上皇还京。

唐玄宗返回长安也不是一帆风顺的。

唐肃宗在表文中说：要唐玄宗回京后，依旧当皇帝，自己再回东宫去当太子。肃宗的谋士李泌心里明白,唐肃宗是言不由衷。他之所以那样说,是为了掩饰自己当年抢班夺权的所作所为。所以,李泌对肃宗说:"太上皇不会回来。"肃宗一惊,问:"为什么?"李泌说:"理势自然。"——意思是说:这是由形势、事理决定的。

李泌也不支持肃宗回东宫去重新做太子。但是,谈庭瑶已经走远了,想追也追不上。于是,李泌建议:以"群臣"的名义,给远在成都的太上皇唐玄宗重新上一道表文。

事情果然不出李泌所料,唐玄宗看了谈庭瑶所持的表文,心里很不安。他对谈庭瑶说:你回去给皇上说,把剑南这块地方给我,我就住在这儿,不回去了。唐玄宗清楚:儿子说让自己回长安后再当皇帝,他再回东宫当太子,这明明是给自己出难题。何况一年前,自己在赴成都的半路上,曾任命"太子为天下兵马元帅,领朔方、河东、河北、平卢节度使,南取长安、洛阳"。根本没想到太子会抢班夺权。自己刚到成都,惊魂未定,太子就派使者赶到成都,把自己尊为"太上皇",明摆着是夺了自己的皇位。事已至此,唐玄宗当时只好对使者说:"吾儿应天顺人,吾复何忧!"而且在传位的制书中明确表示:"俟克复上京,朕不复预事。"白纸黑字,写得清清楚楚。能自食其言吗?再说了,肃宗早知今日仍要回东宫,何必当初在灵武匆匆登基?这其中的奥秘,唐玄宗很清楚:儿子是在试探自己。如果按儿子说的办,其中的险恶难以预料。所以,他对谈庭瑶说,自己不打算回长安。

过了几天,"群臣贺表"又到了。唐玄宗一看,表文压根儿不提让自己再当皇上的事。表文说:"自马嵬请留,灵武劝进,及今成功,圣上思恋晨昏,请速还京,以就孝养之意,则可矣。"这道表文是李泌亲自起草的,口气全变了!大意是,当今圣上在马嵬主动请求留下来抗击安史叛乱,到灵武后,是群臣劝其登基,而且当今皇上登基之后,取得了如此巨大的成功,这确实是势所必然!但是,如今圣上经常想起您,想早晚在身边侍奉,以尽孝道。请您火速还京,以满足当今圣上的思念之情!

这道表文,写得冠冕堂皇,但和前一道表文相比,毕竟让唐玄宗少了几分担忧。因为它毕竟谈的是父子之情和孝道。所以,唐玄宗看了这封表文后,决定返回长安。

但是,唐玄宗还是把事情想得过于简单了。

当肃宗得知唐玄宗从成都动身的消息后,很感激李泌。但是,他感激李泌并不是因为唐玄宗看了群臣贺表决定返回长安,自己能和父亲朝夕相处,而是因为李泌保住了自己的皇位!

然而,李泌已经看透了宫廷斗争的险恶,所以,找出了"五点理由",离开长安,回衡山隐居去了。

唐玄宗是至德二年十月从成都动身,十一月二十二日到达凤翔。

同样是走在蜀道上,这一次,唐玄宗的心情大不一样。一年前,马嵬痛失爱妃,心情抑郁。加上阴雨连绵,耳闻牛脖子上的铃铛声在山间回响,唐玄宗哼出了那首著名的《雨霖铃》曲,后来成了宋词的词牌名。这次回长安,虽然失去了皇帝宝座,毕竟不再是逃难的皇帝了。所以,他在行经剑门关时,还兴致勃勃地写了一首《幸蜀西至剑门》:

剑阁横云峻,銮舆出狩回。翠屏千仞合,丹峰五丁开。
灌木萦旗转,仙云拂马来。乘时方在德,嗟尔勒铭才。

不过,唐玄宗的高兴劲儿在凤翔受到了极大挫折。

唐肃宗派了三千精锐骑兵在凤翔迎候。按说，这是好事。但带兵的将领却说：奉皇帝诏令，前来护卫太上皇，其他人不许携带兵器随行。面对这一突如其来的"诏令"，唐玄宗显得很无奈，只好对跟随他的卫队长龙武大将军陈玄礼和高力士说："已经到了京畿之地了，要随身的侍卫也没什么用了。"互为唐玄宗的六百卫士只好乖乖地交出随身携带的武器，成了一群手无寸铁的散兵游勇。这个主意正是肃宗所宠信的宦官李辅国出的，又得到了肃宗的首肯。如果肃宗不同意，谁敢解除太上皇卫队的武装？

所以，还没到京城，唐肃宗和宦官李辅国就给唐玄宗来了一个下马威。

这就是《长恨歌》中所说的"天旋日转回龙驭"。它和历史上的唐玄宗返京完全是两回事。

正因为有了解除卫队武装这件事，白居易说唐玄宗重经马嵬时，"踌躇不能去"！"踌躇"，本意是驻足不前，但这里却含有心绪翻腾之意。在"夜雨闻铃肠断声"的悲伤旋律之后，作者转换表现方式，用静场处理的手法，揭示唐玄宗内心深处的种种酸楚。这就是《琵琶行》中所说的"别有忧愁暗恨生，此时无声胜有声"。在"踌躇"之际，映现在唐玄宗脑海里的肯定是一年半以前在这里发生的那场生离死别的悲剧场景。这在他的心里留下了永远抹不去的痛苦记忆。如今则是"马嵬坡下泥土中，不见玉颜空死处"。这既是叙事，又是写唐玄宗的内心活动。

对于唐玄宗由成都返回长安的过程，陈鸿在《长恨歌传》中仅用"大驾还都"四个字一笔带过。根本没有提及唐玄宗途经马嵬驿。而宋朝的乐史在《杨太真外传》中也说得很简单："十一月，上自成都还，使祭之。"唐玄宗完全成了一个薄情寡义的人，只是派人到杨贵妃的坟上去祭奠了一下,就回京了。

两位小说家的处理方式完全出于"讽喻"的需要而采用了"纪实"手法。

白居易则不同。唐玄宗伫立在马嵬坡前,注视着杨贵妃的坟墓,一言不发。当年那血腥的一幕映入脑海。生离死别的痛苦萦绕在心头。去年,杨妃就在眼前这块土地上殒命;如今,不见了"玉颜",眼前空有当年杨妃殒命的那块地方!这个"空"字,是对唐玄宗落寞心灵的揭示:失去了最爱的人,他的心里空荡荡的。

日本著名的历史学家井上靖根据"不见玉颜空死处"演绎出一段离奇的故事。他在历史小说《杨贵妃》大致是这样写的:

> 唐玄宗重经马嵬,见贵妃的坟墓只是一个小小的土堆,很伤心,就叫人重新修坟迁葬。掘开坟墓以后,里面没有尸体,仅是一座空坟。为什么呢?原来,当时六军乱哄哄的,高力士趁乱找了一个宫女做替身,暗中放走了杨妃。所以,白居易就说"不见玉颜空死处"。于是,戏剧性的故事就由此而产生:杨贵妃逃入终南山以后,辗转流离,涉过汉水,流落到湘楚一带,入道观,做了女道士。唐玄宗回到长安以后,派方士找到了她,请她回长安。杨妃没有答应,一是嫌唐玄宗当年太绝情,二是自己已经沦落风尘,不配再入宫。唐玄宗依然不放弃,反复纠缠。为断绝唐玄宗的妄想,杨贵妃沿江东下,到了扬州,接着又泛舟出海,最后漂流到了日本。上一世纪六十年代,日本曾传出消息,说是发现了杨贵妃在日本的家谱。白居易所说的"忽闻海上有仙山,山在虚无缥缈间",就是指杨贵妃远渡东瀛这件事。

这只是小说家的附会和演绎。白居易的这两句诗并非这个意思。"泥土中",不是指坟墓里,而是指"马嵬驿这块地方",或者说是指"杨贵妃蒙难的地方"。当年在这块地方,唐玄宗和杨贵妃生离死别。一年多以后,当唐玄宗再一次站在这里的时候,"玉颜"早已不见了。抚今追昔,往事涌上心头,引起无限伤感。此时此刻,不只是唐玄宗悲伤,随行的人也为之痛哭不已:

君臣相顾尽沾衣,东望都门信马归。

唐玄宗和臣僚们你看我,我看你,一个个潸然泪下。信马悠悠,向京城走去。唐玄宗是因为失去杨贵妃而痛苦,而同行的臣僚为什么"泪沾衣"?当然是为唐玄宗的不幸遭遇洒下同情的泪水,其中恐怕不仅仅是为唐玄宗与杨贵妃的生离死别而伤心,更多的是为唐玄宗丧失皇权而悲伤。对这两句诗,人们常常注意了"信马归"三个字,那就是,在离开马嵬驿之后,唐玄宗一行任随马儿慢腾腾地走,反映了唐玄宗心情极其沮丧。这样理解固然不错。但忽视了"东望都门"四个字。或者仅仅注释"都门",指长安。压根儿不提那个"望"字。其实,这一句的核心全在这个"望"字!"东望",就是向东眺望。但是,马嵬驿距离长安一百多里地,无论如何是望不见长安的。唐玄宗和随行的臣僚"东望都门"是在"君臣相顾尽沾衣"之后含泪东望的。为什么?因为把唐玄宗赶下帝王宝座的太子李亨已经入主大明宫了!而且,他就在马嵬驿东边不远处的望贤驿"恭候"太上皇。

儿子不仅杀了老子的爱妃,还抢班夺了权。唐玄宗的心里能舒服吗?所以,"东望"是大有深意的。

望贤驿距马嵬驿并不远，唐肃宗为什么不到马嵬驿去迎接太上皇呢？看来他心里有鬼。

唐玄宗一行来到望贤驿，竟然发现肃宗没穿皇帝应该穿的衮服，而是穿了一件三品以上大臣们常穿的紫袍来见自己。大雪天，肃宗跪在雪地上，抱着唐玄宗的脚痛哭流涕，显得非常恭谦孝敬。唐玄宗扶起肃宗，亲自把一件衮服给肃宗穿上。肃宗很狡猾，他知道唐玄宗肯定不会穿自己带去的衮服。只要太上皇让我黄袍加身，就完成了皇权的正式移交。

唐玄宗也知道肃宗是在做样子，但话还得说清楚，就对肃宗说："天数、人心都向着你，如果我能安度残年，你就尽了孝道了。"

这也是话中有话：如果我不能安度晚年，你就没尽到孝心。看来，唐玄宗虽然回长安，心里还是不踏实。

唐玄宗在咸阳望贤宫住了一夜。第二天动身回长安时，肃宗又是牵马，又是扶马镫。唐玄宗对周围的大臣们说："我当了五十年天子，没感觉到自己多高贵。现在当了太上皇，成了天子的父亲，才真正体会到什么叫做人间的尊贵了！"这实际上也是说给肃宗听的：你放心，我不会让你再回东宫当太子的。

正史上把肃宗说得很宽厚、仁爱，把一切坏事都说成是李辅国和张皇后干的。这其实是为肃宗推卸责任。李辅国十分清楚唐玄宗和当今皇上之间的矛盾，于是，给肃宗上了一道表文：《请编皇帝奉迎上皇史册表》。所谓《皇帝奉迎上皇史册》，就是要唐肃宗下诏：编一本《皇帝奉迎上皇纪念册》。表面上看起来是庆祝太上皇回京，实际上是为了稳定李亨的皇位。唐肃宗也煞有介事地下了一道诏书：《答李辅国请编皇帝奉迎上皇史册诏》：

朕恭承明命，亲总兵戎。扫欃枪之妖，拯生灵之患。宗社所佑，何往不克。虽肇自于艰难，而终盛于丕业。昨日星动顺，銮舆回京。仰戴君父之恩，重欢侍省之庆。拜迎之日，得展孝诚。特荷恩慈，多惭薄德。遂得祥风引斾，瑞雪洒途。宫阙生光，感应昭著。卿为朕心膂，夙夜忠勤。卿宣付史馆宜依。

在这道诏书里，有一个句话很值得玩味，这就是"卿为朕心膂"。"心膂"，就是脊梁骨。在唐肃宗心里，李辅国是他的主心骨。在唐代帝王中，恐怕还没有哪个皇帝对宦官说过这样的话。唐玄宗在别人面前称赞高力士时，也只是说"有高力士值夜班，朕能睡个安稳觉"。由此证明，在对待唐玄宗的态度上，李辅国和唐肃宗实际上是沆瀣一气的。至于"特荷恩慈，多惭薄德"表面上看，是肃宗的自谦之词，实际上却是言中了要害：唐肃宗就是一个"薄德"之人。

回到长安后，肃宗把唐玄宗送到南内兴庆宫居住。

肃宗的表演仍然在继续。因为以前说过自己要还政于太上皇，所以，肃宗再次旧话重提。唐玄宗当然不会同意。为了打消肃宗对自己的疑虑，半个月后，即至德三年正月十六，唐玄宗从兴庆宫赶到大明宫，把传国宝符亲自递到肃宗手里。肃宗哭着推辞了一番，还是接过了传国宝符。其实，早在先一年的九月，肃宗在顺化（今甘肃庆阳）时，唐玄宗就派韦见素给肃宗送去传国宝符。当时，肃宗没有接受，而是置于别殿。事情过去了一年多。唐玄宗回长安后，宝符应该是在肃宗手里。那么，这时怎么又是唐玄宗亲手把宝符授予肃宗呢？事情很清楚：肃宗要的就是让唐玄宗把传国宝符亲自交到他手里，而不是随便派个什么人递交就行了。所以，肃宗肯定是先把传国宝符送回唐玄宗手里。他心里清楚：既然太上皇已经多次说了不再做皇帝，那你就得把宝符亲自交给我。明明是虚伪的表演，正史却说肃宗如何谦让，最后"涕泣而受之"，那完全是给肃宗涂脂抹粉。

肃宗拿到了传国宝符，这就完成了皇权正式移交的第二步工作。至此，肃宗就成了名正言顺的皇帝了。而唐玄宗则是处处被儿子牵着鼻子走，不过这也好，毕竟父子之间不用再演戏了。

从"马嵬政变"，到灵武抢班夺权，再到接过传国宝符，肃宗的皇位完全合法化了。

上面讲的是正史记载的唐玄宗的返京经过。

改葬杨贵妃的风波

《长恨歌》只写唐玄宗重经马嵬驿，并没有写改葬杨贵妃。正史上则简要地记载了这件事。

唐玄宗回到长安后，心情十分抑郁。这倒不是因为失去了皇位，而是因为深切怀念杨贵妃。《旧唐书·后妃传》说："上皇自蜀还，令中使祭奠，诏令改葬。"因为当年事情仓促，杨贵妃自尽后，被草草地掩埋在驿站西边的大路边。改葬的诏令自然是肃宗下达的，也算是对太上皇的一点儿安慰吧！。但是，有个叫李揆的朝廷官员认为这种做法不妥，他说："当年龙武将士诛杀杨国忠，是因为他背叛国家，招致祸乱。现在如果重新改葬杨贵妃，恐怕会引起将士们的恐慌，于社稷不利。"结果，"葬礼未行"。为什么？因为李揆说得的确有道理。更要害的是，如果由皇上颁布诏书，改葬杨贵妃，那就等于否定了当年的"马嵬事变"，这是唐肃宗无论如何都不能同意的。所以，正史上写肃宗很宽厚，再由言之成理的大臣一番陈词，改葬之事不了了之，事情就两全其美了。大概因为李揆这件事情办得漂亮，为时不久，就被唐肃宗提拔当了宰相。

既然不能公开以礼改葬，只好派中使秘密进行。据说，挖开坟堆后，打开紫褥包裹，贵妃遗体已经腐烂，只有一个香囊还好好的。于是，中使将尸骨改葬到道旁的一处高地上，把香囊带回兴庆宫，交给唐玄宗。唐玄宗睹物思人，痛哭流涕。既然是不公开举行葬礼，肃宗也就没有反对的理由，至多不过是迁坟而已。而"太真香囊"后来竟成了诗人们吟咏不辍的题材。

兴庆宫：唐玄宗晚年的囚宫

那么，唐玄宗回到长安以后，境况又如何呢？《长恨歌》写道：

> 归来池苑皆依旧，太液芙蓉未央柳。
> 芙蓉如面柳如眉，对此如何不泪垂？
> 春风桃李花开日，秋雨梧桐叶落时。
> 西宫南苑多秋草，宫叶满阶红不扫。
> 梨园弟子白发新，椒房阿监青娥老。
> 夕殿萤飞思悄然，孤灯挑尽未成眠。
> 迟迟钟鼓初长夜，耿耿星河欲曙天。
> 鸳鸯瓦冷霜华重，翡翠衾寒谁与共？
> 悠悠生死别经年，魂魄不曾来入梦。

这十八句是《长恨歌》全诗中写得最为精彩一部分。作者把唐玄宗对杨妃的怀念推向高潮。

有人常常用"物是人非，触景伤情"八个字来概括。这未免太简单了些。"归来池苑皆依旧"表面上看是一个陈述句。但那个"旧"字下得很有沉重感。从现实环境上说，安史叛军攻入长安后，大肆进行烧杀抢掠，府库财货，掠劫一空。特别是唐玄宗当年和杨贵妃经常踏青、赏春的曲江池、芙蓉苑，已经是"珠帘绣柱围黄鹄，锦缆牙樯起白鸥"。一片荒凉冷清。怎么能说"池苑皆依旧"呢？但是，由于作者主要要表现的是唐玄宗返回长安后感情上的巨大痛苦，所以，对外在的表象并不去作过分的精雕细琢。

对唐玄宗而言，由于失去了杨贵妃，所以，这个"旧"字，就有怀旧，恋旧，感旧，念旧等"物是人非"的复杂的心理状态。所谓的"池苑皆依旧"，是从唐玄宗的心态入笔的。在中国人的潜意识中，怀旧、恋旧是一个极其重要的心理层面，特别是在今不如昔的现实面前，对已逝的美好事物的追怀和眷恋，常常成为人们自我安慰的一种手段。

当前面是黑暗的时候，人们总喜欢回首昨天的光明。

返京途中，唐玄宗已经是忧心忡忡。途经马嵬驿时，他"踌躇不能去"。及至返回长安，压抑在心中一年多的苦闷再也无法控制。尽管天旋日转，形势大好，但唐玄宗已经不再关注这一切，他完全处于怀恋昔日和为今日感到痛苦的心境中。所以，"归来池苑皆依旧"就是留恋过去和痛恨今日的矛盾心理的反映。当他以这种心理冲突审视周围的一切的时候，自然会使那难以化解的郁闷愈结愈紧。"太液芙蓉未央柳"一句，是在"池苑皆依旧"的宽泛场景中特意举出两种与女性有关的物象"芙蓉"和"杨柳"。这两种物象之所以能引起唐玄宗的特别关注，原因就在于太液池中亭亭玉立的芙蓉花使他想起了杨贵妃的面容；宫中新绽开的柳叶就像杨贵妃的弯弯的眉毛。面对这一切，唐玄宗抑制不住伤心的泪水。芙蓉花开在夏末秋初,柳叶绽放于早春。虽然是一句诗,却极其洗练地概括了唐玄宗从春到夏,从夏到秋,一年四季都在思念杨贵妃。就像《红楼梦》里所写的:"怎禁得一片相思泪水,秋流到冬,春流到夏。"

为了表明这种思念的绵缈悠长,作者接着写道:"春风桃李花开日,秋雨梧桐叶落时。"这两句是对"泪垂"的原因所作的补充描述,但表现手法不一样。"春风桃李花开日"一句,是以春景为背景抒写哀情,重在揭示唐玄宗愁结难解,造成一种情景相悖的艺术氛围。"秋雨梧桐叶落时"一句,又以衰飒的秋景为背景抒写哀情,揭示唐玄宗的心境与物景的和谐,构成一种情景相因的艺术氛围。这两者交互出现,旨在渲染唐玄宗悲凉哀怨的心理状态。从接受美学的角度看,情景相因更具有直接性;而情景相悖有一个境界转换的复杂过程,因而内涵更丰富。并由此产生了以"秋雨梧桐"为特定意象的悲秋情结。五代时,南唐后主李煜有一首《乌夜啼》词,其中就运用了梧桐意象:"无言独上西楼,月如钩。寂寞梧桐深院锁清秋。剪不断,理还乱,是离愁。别有一般滋味在心头。"可见,从白居易的《长恨歌》开始,"梧桐深院"就成为一个特定的抒情环境。南宋初期的女词人李清照在她的《声声慢》中把秋雨梧桐意象运用到了极致。她在诉说自己南渡后的凄凉处境时说:"梧桐更兼细雨,到黄昏,点点滴滴。这次第,怎一个愁字了得!"清初,著名的戏剧家洪昇以《长恨歌》为题材创作了著名的《长生殿》,其中有一出戏就取名"梧桐雨"。可以说,白居易之后,"秋雨梧桐"就成为诗人抒写萧索悲凉心境时常常运用的意象。

    西宫南苑多秋草,宫叶满阶红不扫。
    梨园弟子白发新,椒房阿监青娥老。

这四句在结构方式上同前面的"秋雨梧桐叶落时"在节序上构成一种蝉联而下的格局。从抒情角度讲，是对前面悲伤情感的顺承。既然前面已经点出了秋雨梧桐的衰飒与冷清，那么，接下来的这四句就顺承这一境界，再加点染，以环境描写为主，把唐玄宗放在遍地秋草、黄叶的西宫、南苑，并透过这凄凉冷落的环境揭示其内心的痛苦。

"西宫南苑多秋草，宫叶满阶红不扫"运用了色彩对比的手法。"秋草"，是枯黄的；而"满阶"的"红叶"也不是胜于"二月花"的鲜活色彩，而是代表了凄凉！作者没有用"红叶满阶人不扫"（尽管这也符合格律），而是用了"宫叶满阶红不扫"，这就更加突出了唐玄宗所居住的环境的冷清与荒凉。红叶飘萧，落满庭院。再配之以秋草，构成一种凄艳。这两者都充满着对生命的省悟意识。满阶的红叶展示了与秋抗争的生命最终饱含血泪的悲惨结局。它不像杜牧的"霜叶红于二月花"具有一种生命的勃发力！

尽管《长恨歌》不是史家笔法的《长恨歌传》，但是，白居易仍然是在文学色彩的背后处处采用比较隐讳的手法影射充满杀机的宫廷政治斗争。根据《旧唐书》、《新唐书》的记载，"马嵬事变"中，六军杀了杨国忠之后，借口"祸根犹存"，又逼迫唐玄宗赐死杨贵妃。那么在"天旋地日转"之后，唐玄宗也回到京城，按理说，肃宗应该心存内疚，以仁厚之心对待其父。但是，李亨发动"马嵬事变"之后不久又抢班夺权。在唐玄宗回京以后，宦官李辅国勾结张皇后，左右肃宗，上演了一出残酷的宫廷惨剧。他们担心唐玄宗复辟，所以，就把唐玄宗先软禁在兴庆宫。这就是诗中所说的"南苑"。后来发现玄宗和旧臣们来往密切，兴庆宫监视起来不方便，就让李辅国传令，把唐玄宗又转移到太极宫的甘露殿软禁起来。这就是诗中所说的"西宫"。这其中包含着激烈的宫廷斗争。因此，这两句诗透过凄凉冷清的环境描写影射当时的宫廷斗争，使唐玄宗在怀念杨贵妃的巨大痛苦中又经受着精神上和政治上的双重折磨。从"君王掩面救不得，回看血泪相和流"到"西宫南苑多秋草，宫叶满阶红不扫"，白居易已经两次提到了充满刀光剑影的宫廷斗争。前一次，造成了李杨的生离死别，后一次，又使唐玄宗在失去爱妃、失去皇位之后再蒙受政治上的巨大折磨。《长恨歌》所歌的"长恨"从何而来？通过对诗与史的分析，可以得出结论：这长恨从马嵬坡的兵变来，从西宫南苑的软禁岁月中来！作为环境描写，"西宫南苑多秋草，宫叶满阶红不扫"两句很成功。但人们常常注意了它浓郁的抒情色彩而不去追究其背后所隐藏的政治杀机。由于忽视了这一层，所以，有人就说，唐玄宗已经到了风烛残年的凄凉境地，依然如此思念杨妃，足见其荒淫好色到了何等地步！

看来，用庸俗社会学来解读《长恨歌》只能是痴人说梦。

> 梨园弟子白发新，椒房阿监青娥老。

这两句充满了昔盛今衰的沉重历史感。当年，梨园弟子曾以婀娜的舞姿和婉转的歌喉使唐玄宗沉浸在无比欢乐之中，感受到了人生的快慰。如今，她们一个个老去，当年的乌丝中已经生出了新的白发，非常醒目。所以说"白发新"。这个"新"字，带有心灵上的震颤和惊异！暗示了一种生活的结束和另一种生活的开始。作者在这一句用了夸张手法。试想，时间才过了一年多，那些年轻漂亮的梨园弟子不可能一下子就变老了。但作者之所以这样写，意在通过梨园弟子的新生的白发突出唐玄宗的愁情。"椒房"，指皇后、皇妃住的宫殿，因为用花椒和泥，所以散发出一种温馨之气。但如今出现在"椒房"中仅有几个老宫女。这和前面的"后宫佳丽三千人"形成鲜明的历史对照。在这种对照中，唐玄宗内心的失落、痛苦、遗恨、伤感，无不毕现！当年是"玉楼宴罢醉和春"，如今是"椒房阿监青娥老"！诗人尽管没有提及杨贵妃，但谁都明白唐玄宗最感伤痛的还是失去了杨贵妃！

> 夕殿萤飞思悄然，孤灯挑尽未成眠。
> 迟迟钟鼓初长夜，耿耿星河欲曙天。

这四句，在静态描写中达到了一种神理交感、情景化一的境界。在描写手法上属于以静写动。面对流萤点点的深宫静夜，唐玄宗陷入了沉思。在画面的处理上，以苍茫的暮色为背景，然后加进几点微弱的萤火，色调凝重而阴冷。由黄昏入夜，画面上又出现了其光如豆的亮点：孤灯。那昏黄的灯光在秋风中摇曳，一只苍老的手，正拿着一支挑灯杖，想把灯拨得更亮一些，想用那一线亮光来驱散使他感到压抑的黑暗。拨灯的动作就这样一直重复着，直到灯芯快燃尽。如果拨灯的人是老宫女，那么，在昏黄的灯影中，显然有一双微睁的双眼望着黑沉沉的宫殿。那个人就是唐玄宗。然而，当孤灯的最后一点亮光熄灭时，他还没有入眠。如果是唐玄宗自己把灯拨亮，那么，唐玄宗辗转反侧的形象又历历在目。

> 迟迟钟鼓初长夜，耿耿星河欲曙天。

这两句又顺承"未成眠"三个字，写唐玄宗彻夜不眠。"迟迟钟鼓",就是"钟鼓迟迟"。报告更点的钟鼓声仿佛间隔的时间太长了。这是一种寂寞中的心理错觉。作者不说长夜漫漫,正是抓住这一心理错觉来描绘唐玄宗的寂寞和孤独。而唐玄宗如痴如呆的情状也就跃然纸上。

当年,唐玄宗是"春宵苦短日高起",觉得时间过得太快了!现在却嫌"初夜"是那样漫长。"初夜",是指黄昏。这是光明和黑暗的交换期。"初夜"竟是如此地漫长,那么,一夜不知要长到何等地步!直到星河西转,东方欲曙。这四句,重在表现一个"思"字。心态、情态、神态,同时并举,又辅之以心理上的错觉。在这里,作者抛开了代表思念意象的月亮,而写"星河"。一方面是因为前面已经有了"行宫见月伤心色",再写月亮,就犯重复。虽是长篇歌行,依然严守律绝体式。另一方面,这里是皇宫,独居西宫、南苑的唐玄宗,在月光惨淡的夜晚陷入沉思,固然凄凉,但是,以苍茫的暗夜为背景,昏暗中又透出几点萤火,更能突出唐玄宗的凄惨境况和悲凉暗淡的心境。作者把主人公置于苍茫画面的中心位置,让黑暗包围着他,那如豆的孤灯便成了他心中难以熄灭的希望之光。

在《长恨歌》的评说中,古人也常常犯有常识性的错误。

宋代著名诗歌批评家张戒在《岁寒堂诗话》中就说,"夕殿萤飞思悄然,孤灯挑尽未成眠",这样描写太可笑了!兴庆宫虽然凄凉,也不至于夜不点灯啊!把皇上的处境写得像个寒士。针对张戒的批评,宋代另一位批评家王楙在《野客丛谈》中就反驳说:"兴庆宫中岂有夜不点蜡烛的?白居易之所以说'孤灯挑尽未成眠'是为了渲染唐玄宗回长安后的处境的凄凉萧索罢了!假如写成'高烧画烛未成眠',华贵之气倒是显示出来了,但传达不出'长恨'之意。"读者应该透过孤灯挑尽未成眠这种场景去体味作者的目的所在,而不是纠缠于皇宫不应该点灯。王楙的观点再好不过地点出了白居易的良苦用心：正是通过这种艺术处理，在读者面前展现了唐玄宗的凄凉晚景。

  鸳鸯瓦冷霜华重，翡翠衾寒谁与共？
  悠悠生死别经年，魂魄不曾来入梦。

  这四句是对"夕殿萤飞思悄然，孤灯挑尽未成眠"的进一步心理阐释。前面说唐玄宗彻夜未眠，从暮鼓初起的黄昏，到星河耿耿的夜半，再到晨光熹微的黎明，唐玄宗一直被无穷的相思所困扰。那么，在这不眠的夜晚，他都想了些什么？他首先感受到的是心的寒冷：浓重的严霜洒落在鸳鸯瓦上，在凄清的秋夜显得更加寒冷。这是外部环境。唐玄宗躺在"翡翠衾"中，经受着孤眠的折磨。他也许想起了华清宫的温馨之夜，也许想起了"金屋妆成娇侍夜"的美好时光，甚至想起了他不愿想起的发生在马嵬坡的那场惊心动魄的血腥事件。鸳鸯，在中国传统文化中常被用来比喻夫妻和睦美满。据《三国志·魏志》记载，魏文帝做了一个梦，梦见两片瓦从房上落下，变成了一对鸳鸯。后人就把一俯一仰的成对的瓦叫做鸳鸯瓦。诗中说的"鸳鸯瓦冷霜华重"显然是运用了民歌中比喻和联想的艺术手法，借以描绘唐玄宗在精神上蒙受的残酷打击。"翡翠衾"，是指被子上装饰有翡翠鸟的羽毛，这是温柔富贵的标志。但后面缀一个"寒"字，就把温柔化作凄凉。"谁与共"是唐玄宗感到翡翠衾寒冷的真正原因。"鸳鸯瓦"、"翡翠衾"原是一组非常美好的意象。"冷"和"寒"则给这一组意象深深地蒙上了凄凉和阴冷的感情色彩。这种表现方式，是借助于可见可感的具体物象把唐玄宗隐秘的心理活动形象化了。这两句诗，比兴、隐喻交互使用，由隐而显，一步步深入唐玄宗的内心世界。

　　意象是为表情达意而创造的。而且，意象又是一种情感符号，它是抒情主体的情感体验，意象本身映现抒情主体的情感色彩。白居易正是通过这凄清寒冷的意象对唐玄宗倾注了满腔的同情。作者正是通过这种表现手法使唐玄宗的形象愈来愈丰满。退一步说，"顽艳"的批评恰好从另一角度说明唐玄宗在杨贵妃殒命马嵬后不仅没有忘却杨贵妃，反而愈来愈痴情。在中国数以百计的封建皇帝中，有谁能像唐玄宗这样对他所钟爱的人一往情深？

　　　　悠悠生死别经年，魂魄不曾来入梦。

　　这是唐玄宗的又一层心里遗憾。彻夜难眠，也就难以有梦。无梦，也就难以在梦中和杨贵妃相见。北宋著名的政治家兼文学家范仲淹在宦游他乡而感到苦闷时，曾填了一首《苏幕遮》，其中有这样几句："黯乡魂，追旅思，夜夜除非，好梦留人睡。"梦在中国传统文化中，是文人找回失去的乐园的重要方式之一。遗憾的是唐玄宗彻夜失眠，连好梦都没有，足见其返回长安后饱受的心灵痛苦！"悠悠"，就是"漫长"。"经年"，指跨了两个年头。但在唐玄宗看来，这一年多竟然是那样漫长！而"生死别"则意味着永久的天地相隔。这便是"悠悠"的另一层含义。

　　从"归来池苑皆依旧"到"魂魄不曾来入梦"，一共十八句，写唐玄宗对杨妃的思念。这是全诗最精彩的部分。说它精彩，人们常常归因于环境描写的成功，或者说情景交融。应该说，这没错，但还不够全面。谁能说诗的其他部分的环境描写不成功，或者没有达到情景交融的艺术境界？

作品的环境描写确实重要。因为，离开了环境描写，作品中的人物就失去了活动的场所。但是，如果环境描写脱离了人物的内心活动，包括行为和精神，那样的环境描写就失去了更深层次上的存在意义。所以，这十八句作为一个抒情单元，不能简单地用情景交融笼统地交代过去。在抒情结构上，这十八句分为五层。

第一层，"归来池苑皆依旧，太液芙蓉未央柳"总写爱与恨的交织，传递出物是人非的情感信息。为唐玄宗返京后对杨贵妃的思念确定了一个抒情基调。所谓"皆依旧"，是指池苑、花柳不管人间的悲欢离合，依旧绿水荡漾，花红柳绿。除此而外，一切都面目全非了。

第二层，"芙蓉如面柳如眉，对此如何不泪垂？春风桃李花开日，秋雨梧桐叶落时"。这四句，从自然节序的交替变化中去表现唐玄宗睹物思人。节序变化是一种自然现象。诗人对自然现象进行艺术加工以后，客观的自然景物和节序变化就具有了审美意义。景物、节序与人的情感有了审美上的潜意识的沟通与默契。这就是钟嵘在《诗品序》中所说的："气之动物，物之感人，故摇荡性情，形诸舞咏。"这话虽然是就诗歌创作的动因而谈的，但从审美学的角度看，抒情主体的情感也可以因外界环境的影响而产生审美意义上的"性情摇荡"。在这一段描写中，唐玄宗的心理节律正是同自然节序的变化产生了情景相因的律动或者情景相悖的遗恨。盛开的荷花、如眉的柳叶、和煦的春风、艳丽的桃花以及凄凉的秋雨敲打着飘落的梧桐落叶所发出的单调而寂寞的声响，都引发了抒情主人公睹物思人的无穷感慨。从表面上看，是客观景物的描摹，实际上是抒情主人公情感世界的具象化。

第三层，"西宫南苑多秋草，宫叶满阶红不扫。梨园弟子白发新，椒房阿监青娥老"。这一层是对唐玄宗凄凉晚景的另一种展现。

诗人把唐玄宗置于衰草、黄叶遍地的冷清宫殿里，这和他的"太上皇"的身份形成天壤之别。梨园弟子是青丝暗换，椒房的宫女也是半老徐娘。这样的描写，只能说明诗人对唐玄宗的深切同情。再深究一步的话，唐玄宗"东望都门信马归"的失魂落魄和种种忧虑及担心在这里形成了前后照应。

第四层，"夕殿萤飞思悄然，孤灯挑尽未成眠。迟迟钟鼓初长夜，耿耿星河欲曙天"。诗人以物境的寂静及唐玄宗的心理错位反衬其内心世界的不平静和无可奈何的心理期盼。

第五层，"鸳鸯瓦冷霜华重，翡翠衾寒谁与共？悠悠生死别经年，魂魄不曾来入梦"，由物境的冷寂转而深入唐玄宗的心灵世界。

这十八句诗，以唐玄唐宗的心理体验为中心，不断变换描写角度，使唐玄宗的形象愈来愈丰满。

这十八句还有一个特点，就是五次换韵。换韵，在歌行体中是很常见的。"归来池苑皆依旧，太液芙蓉未央柳"二句，用仄声韵"旧"、"柳"；"芙蓉如面柳如眉，对此如何不泪垂。春风桃李花开日，秋雨梧桐叶落时"四句，换成平声韵"眉"、"垂"、"时"；"西宫南苑多秋草，宫叶满阶红不扫。梨园弟子白发新，椒房阿监青娥老"四句，又用仄声韵"草"、"扫"、"老"；"夕殿萤飞思悄然，孤灯挑尽未成眠"四句，又换成平声韵"然"、"眠"、"天"；"鸳鸯瓦冷霜华重，翡翠衾寒谁与共。悠悠生死别经年，魂魄不曾来入梦"四句，又换成仄声韵"重"、"共"、"梦"。仄声韵迫促、哽咽、细微，平声韵绵缈悠长。诗人在仄声韵和平声韵的交替使用的过程中，哽咽、急促与舒缓、长叹交替出现，形成一种抑扬顿挫、起伏跌宕的情感旋律。这就是人们常说的声情并茂。还应该注意的是，在这十八句中，透露出浓厚的伤春和悲秋意识。柳叶、春风、桃李花属春景；

秋雨、秋草、红叶属秋景；伤春，则伤春光不与人生同时，是情与景悖；悲秋，则伤暮景之落寞萧瑟，是思与境谐。不管是伤春，还是悲秋，都是抒情主人公唐玄宗的心理映现，也是白居易"深于诗，多于情"的完美体现。

上面谈的是《长恨歌》中唐玄宗这一个艺术形象。在现实生活中，唐玄宗返回长安后处境也很糟糕。

"西宫"，唐玄宗最后的囚禁地

唐玄宗回到长安后，最初一段时间住在兴庆宫。其间还去过一次华清宫。实际上是被软禁起来了。偶尔登高，看看街市。有些年长的长安父老见他站在楼头，就向唐玄宗跪拜，甚至向着这位当年励精图治的开元皇帝高呼"万岁"。李辅国发现了，对肃宗说："上皇住在兴庆宫，一些旧臣经常去看望。陈玄礼和高力士又从中联络。久而久之，恐怕对陛下不利！"

肃宗不吭声。

上元元年，也就是公元760年，唐玄宗在兴庆宫里的长庆楼上和他的妹妹玉真公主聊天，剑南节度使派到京城办事的一位官员抽空去看望唐玄宗，唐玄宗就让玉真公主代他做东道主，招待这位官员。李辅国发现了，对肃宗说："南内有剑南来的人秘密活动。"一提剑南，肃宗的神经立刻紧张起来！因为，"马嵬事变"后，唐玄宗在那里住了一年多。现在又有人来看望唐玄宗，这不能不引起肃宗的疑虑。见肃宗不语，李辅国说，太上皇固然不会做出什么事情，但是，其他人要是背着太上皇，暗中联络，也不是不可能的。陛下是一国之主，应当把祸乱消灭在萌芽状态。还有，前些日子，太上皇让玉真公主招待羽林大将军郭英义，现在又招待剑南来的官员，这绝不是偶然现象，还是请陛下早作打算。

听了李辅国的话，肃宗一肚子的狐疑。

李辅国又趁机抬出朝中的武将。他说："现在朝中的武将，都是在灵武跟随陛下的有功之臣。他们看到这些情况，心里都感到不安。我也给他们解释过，但无法说服他们。只好向陛下报告。"李辅国有意强调：自己说服不了朝中的将士！实际上是要挟肃宗：如何安抚这些将军，你自己看着办吧！

肃宗看着李辅国，没说话。李辅国见时机已到，就建议：兴庆宫离大街很近，周围住的都是老百姓，对太上皇也不安全，大内宫禁威严，太上皇住在那里，陛下还可以早晚去看望，以尽天伦之乐。

听了李辅过的话，肃宗没有马上表态。于是，李辅国便作了一个试探：本来，肃宗给兴庆宫中配备有三百匹马，供唐玄宗使用。李辅国假借肃宗的名义，说前方战事紧张，需要马匹，就调走了二百九十匹，只留下十匹。肃宗也没说什么。于是，李辅国又命令六军将士哭谏：请肃宗把唐玄宗迎入西内居住。肃宗默许了。

上元元年（公元760年）七月十九日，李辅国到兴庆宫，对唐玄宗说：皇上请太上皇游西内。唐玄宗信以为真，就动身前往。当一行人马走到睿武门时，只见李辅国带着五百名骑兵，刀剑出鞘，挡住去路，对唐玄宗说："由于兴庆宫地势低洼潮湿，皇上请太上皇移居大内。"唐玄宗大惊，几乎从马上掉下来。高力士大声呵斥："太上皇在此，李辅国不得无理，下马！"这李辅国在高力士面前还真的有点胆怯，只好下马。高力士又对那些士兵说："把刀收起来。"那些士兵乖乖地把刀插入刀鞘，还对着唐玄宗行礼。高力士对李辅国说："你过来，和我一起给太上皇牵马。"李辅国只好一直把唐玄宗送进甘露殿。李辅国留下几十个老兵把守殿门。陈玄礼、高力士等人不得留在太上皇身边。一切布置好之后，李辅国带着人马退去。

按理说，要太上皇移居皇宫，应该是肃宗亲自去迎接，而不是由宦官李辅国出面。肃宗为什么没到场？宫里传出话：肃宗病了。

唐玄宗没料到会发生这种事。但他显得很不在意，对身边的人说："兴庆宫是我当平王时住的地方。我多次想把它让给当今皇上，皇上不接受，今天让我搬到大内居住，也算了却了一桩心事。"表面上看，唐玄宗很豁达，实际上也是一种无可奈何。

李辅国借肃宗的名义骗太上皇移居大内，是大逆不道之罪，但是，李辅国从大内退出之后，就去给唐肃宗汇报，想不到肃宗却说："兴庆宫也好，大内也好，住在哪儿都一样。你们都是为了社稷安宁，才这样做的。大家都不要有什么顾虑了。"

一场把太上皇置于眼皮底下监视起来的闹剧，被肃宗用几句大道理掩饰过去了，这就是正史上所说的肃宗"仁厚"。

诱骗唐玄宗入西内的事，正好发生在肃宗"有病"期间。唐玄宗一入西内，肃宗病也没了。这其中的诡秘不言自明：事情是李辅国干的，责任不在肃宗。

唐玄宗移居大内仅仅过了九天，唐肃宗就把高力士流放巫州（今湖南怀化一带）。那位跟随唐玄宗一生的龙武大将军陈玄礼因为实施了"马嵬事变"，所以，唐肃宗没有把他贬出京城，而是勒令他退休。就这样，伴随了唐玄宗一生的两个重要人物都离开了唐玄宗。太上皇被彻底幽禁了。

刑部尚书颜真卿不明真相，听说唐玄宗移居西内，立刻率属下上表，问候太上皇。肃宗知道了，很恼火，马上把这位平叛功臣贬为蓬州（今四川仪陇一带）长史。可见，肃宗对他的老子太上皇猜忌到了何种境地！别看肃宗在太上皇老子面前如此威风，在后宫,他却是个怕老婆的人。这连杜甫都看得清清楚楚。在晚年写的《忆昔二首》中就直截了当地说:"关中小儿坏纪纲,张后不乐上为忙。"——只要老婆不高兴,肃宗就得忙前忙后,讨老婆喜欢。唐玄宗再宠爱杨贵妃,也没听说过看杨贵妃的眼色行事。在中国封建社会,怕老婆的皇帝,注定是昏聩无能的。

唐玄宗遭幽禁后,完全与世隔绝。虽然有两个女儿万安公主和咸宜公主在身边照顾他的饮食起居,但他心情抑郁。不久,唐玄宗就开始不吃肉,接着又"辟谷"——不吃五谷。这虽然是道家的修炼方式,但对唐玄宗来说,他已经不是通过辟谷获取长生,而是绝食抗议。一个七十六岁的老人是经不起这种折磨的。渐渐地,唐玄宗的健康状况越来越不好。起初,肃宗还偶尔去看看,到后来,肃宗自己也真的得了病,无法去看望太上皇。这时,他又怨恨李辅国,想杀掉李辅国,但又担心李辅国手握重兵,弄不好,连自己的命都会保不住。

唐玄宗魂归泰陵

一年多以后,唐玄宗病情加重。宝应元年,即公元762年四月初五,唐玄宗病逝于神龙殿,终年七十八岁,离七十九岁只差四个月。

开创了一代盛世的唐玄宗,带着愧对祖宗的人生遗憾,走完了他的一生。

这时,肃宗也是病入膏肓。唐玄宗死后十三天,即四月十八日,肃宗也病死于长生殿,终年五十二岁。一月之内,父子俱亡。而且间隔的时间很短,给后世留下了难以解开的历史谜团。

有的研究者认为,唐肃宗觉得自己将不久人世,担心自己死后,太上皇会复辟,所以,就得让太上皇先死。至于太上皇唐玄宗是怎么死的，无从考究。但肯定和肃宗有关。

但在肃宗死前两天，即四月十六日，宦官李辅国勾结程元振，发动叛乱，冲进后宫。当时，肃宗病势沉重，张皇后已经感觉到李辅国会对自己下毒手，就躲在肃宗寝宫。李辅国等人冲进去后，硬是从躺在病床上的肃宗面前把张皇后抓走，然后幽禁起来。四月十八日，肃宗刚死，李辅国就杀了张皇后和越王李系。

四月二十日，太子李豫即位。他就是唐代宗。代宗即位，高力士遇赦回京。七月，走到朗州（今湖南常德）得知唐玄宗死讯，号啕痛哭，本来高力士已是风烛残年，便一病不起。八月，高力士病死于朗州开元寺，终年七十九岁。

唐玄宗逝世后一年，即公元763年，安史之乱才被平定。两个月后，即三月十八日，代宗先葬唐玄宗于泰陵。过了九天，即三月二十七日，又葬肃宗于建陵。这一年，对新即位的唐代宗来说，喜事、丧事都有。既要埋他爷爷，又要埋他爸爸。

唐玄宗的墓地是他生前自己选定的，地点在奉先县（今渭南市蒲城县）的金粟山。西边二十里是尧山，他父亲李旦的陵寝桥陵就坐落在那里。开元十七年十一月，唐玄宗根据张说的建议，先后拜谒了他的五位先祖的陵墓：睿宗的桥陵、中宗的定陵、高祖的献陵、太宗的昭陵、高宗的乾陵。在祭奠桥陵时，他看到东边的金粟山，"岗峦有龙蟠凤翔之势"，又距他父亲的陵墓不远，就对随行人员说："吾千秋后，宜葬此地。"不过，唐玄宗做了四十五年皇帝，一直到死，都没有来得及给自己修建陵墓。所以，在唐代十八帝王陵中，泰陵很寒酸。不过，对唐玄宗来说，这也是好事。如果他在位的时候就给自己修建坟墓，以唐王朝当时的国力和经济实力，那么，他的陵墓肯定是最奢侈的。正因为他当时忙于治理国家，没来得及给自己修建陵墓，所以，也就少了许多指责和诟病。这也算是唐玄宗一生中不幸中的万幸。唐玄宗临终前也留下了遗诏："艰难之际，万国事殷，其葬送之仪，尤须俭省。"——他不让厚葬他。因为当时正值国家多难之时。

泰陵的陪葬墓也仅有一座：那就是伴随了唐玄宗一生的高力士墓。

唐代宗把唐玄宗的安葬之日选在安史之乱被平定以后，这也可以说是告慰了他爷爷的在天之灵，但唐王朝并没有因为安史之乱被平定而重新辉煌起来。

唐肃宗就不像他的父亲唐玄宗那样孝顺。唐玄宗给自己选择的墓地离他父亲的陵园很近。而唐肃宗的陵墓是不是他自己生前选定的，史书上没有记载。不过有一点，那就是离他父亲唐玄宗的陵墓很远，在咸阳乾陵东二十里的武将山。一东一西，两陵相距近二百里。

唐玄宗不仅是唐朝历史上在位时间最长的皇帝，一共四十五年，而且还是"五世同堂"！唐玄宗死于公元762年，他死的前一年，即公元761年，他的玄孙、唐朝的第十位皇帝唐顺宗李诵出生。所以，在唐朝历史上，唐玄宗是唯一一位"五世同堂"的皇帝。

唐玄宗在临终前说过"常惧有悔，以羞先灵"，实际上，他不仅对不起自己的祖宗，更对不起大唐王朝的百姓！不过，他最对不起的还是杨贵妃。

历史常常有很多相似之处，帝王的悔恨，总是在国家和民族遭受巨大灾难之后。这种悔恨，已是迟到的忏悔。

天上人间会相见

历史上的唐玄宗带着人生的遗憾魂归泰陵。可是，《长恨歌》中的唐玄宗还在延续着他的人生之梦。

从"临邛道士鸿都客"到《长恨歌》的结尾"此恨绵绵无绝期",是《长恨歌》的第三部分。作者变换了抒情主体,以民间传说故事为基础写杨贵妃在仙界对唐玄宗的思念。

临邛道士鸿都客,能以精诚致魂魄。
为感君王辗转思,遂教方士殷勤觅。

排空驭气奔如电,升天入地求之遍。
上穷碧落下黄泉,两处茫茫皆不见。

这八句是寻觅杨贵妃的序曲。

"鸿都"本来是东汉洛阳宫的一座宫门的名字,这里借指唐都长安。那位道士本来是临邛人,客居京城,所以称"鸿都客"。"能以精诚致魂魄",有人解释说,这位道士能用他的精诚招来杨贵妃的魂灵。这是值得商榷的。到过寺院、道观的人都知道,在抽签算卦的地方都写着"心诚则灵"。这是对抽签算卦的人提出的要求。心不诚,就别抽签算卦。古人还说,"精诚所至,金石为开"。所以,抽签算卦的人如果心不诚,那么,卦就不灵。当然,这也是算卦的人给自己留的一条退路:我的卦不准,是你的心不诚。临邛道士只是唐玄宗和杨贵妃之间的一座桥梁,他对杨贵妃不会有什么"精诚"。因此,"精诚"就只能是指唐玄宗对杨贵妃忠贞不贰的感情。还有人解释说,道士能凭借他精湛的法术招致杨贵妃的魂魄。这也欠妥。"精诚"不是精湛。所以,这一句应解释为:道士能凭借唐玄宗对杨贵妃的真诚思念来施展法术,招来杨贵妃的魂灵。这就和下面两句"为感君王辗转思,遂教方士殷勤觅"衔接起来了。作者把唐玄宗对杨贵妃的感情用"精诚"来形容，正是对李杨之间感情的赞美。杨贵妃在世的时候，唐玄宗特别宠爱她，杨贵妃死后，唐玄宗又很重情。道士既被唐玄宗的"精诚"和"辗转思"所感动，这才特别卖力地去寻觅杨贵妃的魂灵。

作者在写道士"殷勤觅"时，连用了几个排比句："排空驭气"、"升天入地"、"上穷碧落"、"下黄泉"、"奔如电"，形容道士来去迅速。"求之遍"，写道士四处寻觅。当年是"御宇多年求不得"，现在是"升天入地求之遍"，诗中两次用了"求"字。不过，"求"的主体不同。"御宇多年求不得"的主体是唐玄宗，"寻求"的对象是一位未知的"倾国"；"升天入地求之遍"的主体是"临邛道士"，寻求的对象是已经在人间消失了的"倾国"。这种"求"是对得而复失的"倾国"的寻求。如果说"御宇多年求不得"是对艳倾天下的倾国之貌的追求的话，那么，这后一次的寻求则是对爱的执着与精诚。仅此一点，就可以说明作为艺术形象的唐玄宗不是薄情寡义之人。尽管方士腾云驾雾、升天入地，但都没有发现杨贵妃的踪影。所谓的"两处"，就是指天上、地下。"茫茫"，是音信全无。"排空驭气奔如电"四句，表面上是写道士寻找杨贵妃，实际上都是被唐玄宗的精诚所感动而发生的行为。它在全诗中处于转折位置。

> 忽闻海上有仙山，山在虚无缥缈间。
> 楼阁玲珑五云起，其中绰约多仙子。
> 中有一人字太真，雪肤花貌参差是。

在"两处茫茫皆不见"之后，诗意陡然一转，用"忽闻"进行转折，在山重水复之时呈现出柳暗花明的新境界。以"忽闻"为开端,引出仙境,这仙境在海上。四海茫茫,究竟在海上什么地方?作者说:"山在虚无缥缈间。"

于是,问题又来了。有人说,这里的"虚无缥缈"说明连白居易都不相信"海上仙山"的存在。这种解释欠妥当。"虚无缥缈"并不是"空无"的意思,而是说那个地方离长安极其遥远。如果说白居易不相信海上仙山的存在,那么,下面的"楼阁玲珑五云起"又该作何解释?因此,白居易说:那海上仙山遥远得无法想象。那里有五彩祥云缭绕的亭台楼阁,里面住着许多仙女。其中有一个仙女名字叫太真。这个人雪肤花貌,好像就是杨贵妃。作者不说"中有一人字玉环",而说"中有一人字太真",显然是为了区别尘世和仙境。现实生活中杨贵妃小字玉环,马嵬蒙难后,杨贵妃升入仙界,脱去了尘凡的痛苦,蜕化为仙子。"太真"也正好是杨玉环被度为女道士时的道号。

以"忽闻"开端,然后引出海上仙山,进而写仙境的富丽堂皇,再引出一个相貌有点儿像杨贵妃的"太真仙子"。这都是从道士"殷勤觅"的角度来描写的。为了证实这位仙子到底是不是杨贵妃,道士来到了仙境:"金阙西厢叩玉扃,转教小玉报双成。"这两句是道士求见太真仙子的过程。先叩门,再让守门的小玉向里面的双成传话。传了什么话,没有说。但作者借这个传话过程,隐写了太真仙子在仙界的居处是那样幽深。不是大门一开就能登堂入室。下面接着说:"闻道汉家天子使,九华帐里梦魂惊。"所谓的"汉家天子"实际上是唐朝皇帝的代名词。确切地说,是指唐玄宗。使,就是使者,也就是那位临邛道士。"九华帐"是汉武帝为了迎接西王母,专门在九华殿所设的供帐,以表示对西王母的敬重。"梦魂惊"是说太真仙子正在睡觉,忽然听见双成报告说唐玄宗皇帝派来了使者,从梦中惊醒。这个"惊"字,不能轻易放过。太真天仙子为什么会吃惊？因为自从马嵬生离死别后，她根本没有想到唐玄宗还会派人到处找她，而且居然能够找到！但这个道士到底是不是唐玄宗派来的，她还心存疑虑。这恐怕也是"惊"的一个原因。

接下来的四句："揽衣推枕起徘徊，珠箔银屏迤逦开。云鬓半偏新睡觉，花冠不整下堂来。""揽衣"、"推枕"、"起"、"徘徊"，前三个动作是按顺序写太真仙子起床。那么，"徘徊"如何理解？徘徊的本意是犹豫不定。于是就有人说了，太真仙子之所以犹豫不定，就是她在盘算究竟见不见唐玄宗派来的使者？为什么会有这种念头呢？因为太真仙子痛恨唐玄宗在马嵬事件中是那样绝情，让她丢了性命。孤立地看，这话似乎有点儿道理。但不符合太真仙子见了道士以后的言谈举止。再回到那个"惊"字：太真仙子之所以犹豫，是她起初不相信双成报告的消息。她认为和唐玄宗在马嵬生离死别之后，就无法再互通音信了。再透过一层想一想：太真仙子在仙境的日子里，难免和仙女们谈起她在人间的生活。而且，在言谈之中难免不吐露出她对唐玄宗的思念之情！今日骤然听到唐玄宗派来使者，她甚至会想到这是双成在和她开玩笑，还是真有这事？这也是她犹豫的原因之一。但不管怎么样，还是眼见为实。于是，她向外走去："云鬓半偏新睡觉，花冠不整下堂来。"这是从道士的眼里写太真仙子的。"云鬓半偏"、"花冠不整"，这固然是刚睡起的情状，但还有另一层意思，那就是：从半偏的云鬓和不整齐的花冠可以体察出太真仙子在经受了生离死别之后心意懒散的精神状态。这和当年"云鬓花颜金步摇"的雍容华贵形成鲜明对比。这也是从道士的角度写太真仙子的。

风吹仙袂飘飖举，犹似霓裳羽衣舞。

太真仙子在下堂时，衣襟被仙风吹起，飘飘欲举。在道士看来，就像当年杨贵妃在跳霓裳羽衣舞。这又从侧面说明，杨贵妃在历尽磨难之后，依旧风韵犹存。尽管如此，她在仙境是郁郁寡欢。何以见得？"玉容寂寞泪阑干，梨花一枝春带雨"二句作了诠释。"玉容寂寞泪阑干"一句，不是一个一气贯注的外貌或者情态描写，而是中间加入了一段情感起伏的波澜。"玉容寂寞"是太真仙子下堂时的精神状态，是太真仙子给临邛道士的第一印象。由于心情抑郁，所以满面愁容。但是，当她一旦看见了方士，并且得知他真的就是唐玄宗派来的使者的时候，因激动而泪流满面！这"泪阑干"可谓是百味俱全。有生离死别的伤感，有对唐玄宗不忘旧情的感激，有乍见使者的惊喜，有天人相隔的遗憾！作者在这里把泪流满面的太真仙子比作"梨花一枝春带雨"，照字面的意思是说太真仙子的容貌就像春雨中一枝洁白的梨花。"梨花"和上句的"玉容"相照应。作者用"春雨梨花"表现杨贵妃饱受摧残之后的容貌，代表了一种凄凉的哀艳，不能仅仅把它看成是对太真仙子容貌的刻画。正像元稹所说的，能"道得人心中事，此固白乐天长处"。

对于这样一个深入人物内心世界的描写，有人却大不以为然。明王昌会在《诗话类编》中说："'梨花一枝春带雨'，句子虽然很好，但不免有些脂粉气。"这句诗确实有一丝脂粉气，尤其是"春带雨"，有一种艳情的暗示。但被雪白的梨花冲淡了，成为一个充满伤感情绪的意象。意象的组合，有时候能把情感世界推向极致，加深其情感的浓烈程度，如白居易《戏题卢秘书新移蔷薇诗》中的"露垂红萼泪阑干"，饱含露珠的蔷薇花就像一位极度伤心的美女。王昌龄的《采莲曲》中有一句"芙蓉向脸两边开"，以花、容相映把水乡的采莲女描绘得更加艳丽动人。但是，有时候，几种意象的组合呈现出与原来的单个意象相反的审美效果。"梨花一枝春带雨"就具有这样的审美效果。诗歌鉴赏不能停留在对单一意象的认识上,应该注重复合意象所展示的境界。南宋的周紫芝就犯了这样的错误。他在《竹坡诗话》中说:"'玉容寂寞泪阑干,梨花一枝春带雨',人皆喜其工,而不知其气韵之近俗。东坡作送人小词云:'故将别语调佳人,要看梨花枝上雨。'虽用乐天语,则别有一种风味。非点铁成黄金手,不能为此也。"其实,要说俗,苏东坡才是真正的俗。明明他不想离开,却拿要走的话故意去刺激妓女。妓女当然也逢场作戏,挤出几滴廉价的泪水,以骗取客人的欢心。周紫芝却说东坡是"点铁成金"的"高手"。由此看来,所谓讲究理趣的宋代文人,实际上多是道貌岸然的凡夫俗子。苏东坡模仿白居易的诗句,实际上使"梨花枝上雨"沾染上了俗气,周紫芝却硬要说苏东坡是"点铁成黄金手"的高手,白居易的"梨花一枝春带雨"反倒气韵近俗,这实在是审美上的一个误区。再说了,白居易的"梨花春雨"和苏东坡的"梨花枝上雨"的语境截然不同。白居易的"梨花春雨"是在仙境,是对太真仙子情感世界的展现,是一种典雅;苏东坡的"梨花枝上雨"是风月场上的打情骂俏,两者之间不可同日而语。

因此,白居易说太真仙子如同一枝春雨中的梨花,给人的第一印象是冰美人。但是,当她听了临邛道士的一番陈述之后,情感发生了变化,"含情凝睇谢君王",感激唐玄宗对她的一片真诚。在太真仙子看来,马嵬驿的生离死别,恐怕是天人永隔了。令她意想不到的是,唐玄宗竟然派方士苦苦寻找她,而且方士现在就在她眼前。因此,"含情凝睇"是一种饱含深情的凝目沉思。她的内心对唐玄宗充满了感激之情。"凝睇"的眼神中当然也蕴含着一种人生期盼。因此,"谢君王"就不是一种客套。如何"谢君王"呢?"一别音容两茫茫"这一句，既可以理解为太真仙子的内心独白，也可以看作是太真仙子对方士的表白。"一别"，显然是指自"马嵬事变"之后到见到方士之前。"音容两茫茫"，表现了太真仙子不能忘怀唐玄宗，而不应该理解成两个人之间没有互通音信。这也无形中回应了唐玄宗返回长安后思念杨贵妃时的"悠悠生死别经年，魂魄不曾来入梦"。现在见到了唐玄宗派来的使者，太真仙子也就愁怀稍解。然而，多少相思的苦衷都包含在"音容两茫茫"这五个字中。

　　　　昭阳殿里恩爱绝，蓬莱宫中日月长。

　　昭阳殿是汉代皇宫中的宫殿名。赵飞燕姊妹深得汉成帝的宠爱。许皇后死后，汉成帝就把赵飞燕立为皇后。这和杨贵妃的经历有些相似。因为汉成帝死后，汉平帝即位，把赵飞燕杀了。可见，白居易在这里隐隐约约地用汉平帝影射唐肃宗李亨。所不同的是，李亨在即位前逼迫唐玄宗赐死杨贵妃。所以，这里的昭阳殿代指杨贵妃生前所居的寝宫。这两句着重写杨贵妃离开人世之后的孤独与寂寞。虽然人间仙界两相隔，却不能阻绝太真仙子对唐玄宗的思念。"恩爱绝"的"绝"字绝对不是"绝情"的绝，而是"结束"的意思。人间的恩爱结束了，太真仙子把无穷的相思和遗憾带到了仙境蓬莱宫中。这里的"日月长"蕴含着孤独、寂寞和思念。

　　　　回头下望人寰处，不见长安见尘雾。

　　这是对太真仙子的情态所作的描述，也是"含情凝睇谢君王"的情感的继续延伸。太真仙子见到了唐玄宗派来的使者，尽管可以获得一种暂时的安慰，但毕竟不是见到了唐玄宗本人。所以，"下望人寰"是想看看还生活在人间的唐玄宗然，却望不见长安，只见茫茫尘雾笼罩着人间。这就不免因望产生遗憾。有人认为，"不见长安见尘雾"隐含着当时唐王朝正处于战火纷飞的动乱之中这层意思，这就有点儿言过其实了。太真仙子所关注的是唐玄宗，而不是当时的社会大动荡。杨贵妃入宫以后，也从来不干预政治，硬要给太真仙子怀念唐玄宗加入政治内容，这不符合太真仙子作为一个性情中人物的身份。最起码的常识是，神仙是不过问尘凡的争斗的。要不怎么是神仙呢？

为了弥补看不见唐玄宗的遗憾，太真仙子"惟将旧物表深情，钿合金钗寄将去"。——只有托方士把当年她和唐玄宗的定情之物来捎回去，以表达自己对唐玄宗的一片真情。"旧物"，就是下一句说的"钿合"、"金钗"。"钿合"是镶嵌着珠宝的首饰，由两片组成，"金钗"也一样。这两样东西，太真仙子都留下一半，而将另一半托道士带给唐玄宗。这就是下面两句所说的"钗留一股合一扇，钗擘黄金合分钿"。——钗留一股，合留一扇。"钗擘黄金"就是把金钗分开；"合分钿"就是分开钿合。太真仙子这样做，就是为了盼望和唐玄宗能够重逢。重逢之后，金钗和钿合又会成双成对。

这几句描写，通过对神话传说的加工，把太真仙子对唐玄宗的深情表现得非常细腻。也有人对此大不以为然，认为关于信物的描写，是方士采取的骗人伎俩。白居易在关于"马嵬事变"的那段描写中已经埋下了伏笔："花钿委地无人收，翠翘金雀玉搔头。"——杨贵妃的首饰散落一地，混乱之中，也没有人顾得上收拾。结果，这些首饰就散落民间。据唐人笔记记载，住在马嵬坡的一个老太太就捡了杨贵妃的一只绣花鞋。有人出于好奇，想看看。老太太有经济头脑：先交钱，然后才能看，这老太太因此发了大财。据此，那位方士只要稍下功夫，就不难在民间找到一两件杨贵妃留下的遗物，然后带回长安去安慰唐玄宗。这就牵涉到民间传说和艺术创作的联系问题。任何一个民间传说，多少都带有一点儿现实生活的影子。但是，当民间传说升华为神话故事之后，已经不再是生活原型的照搬，而是具有了更高层次上的审美意义。中国古典爱情悲剧一个最大的特点就在于都有一个大团圆的结局。而且这种大团圆的结局多数都带有神话色彩。《孔雀东南飞》就是一个例证。焦仲卿和刘兰芝的坟墓上长出了两棵树，而且枝干相连，这就是"连理枝"这个俗语的出处。现在有人恭贺青年男女结婚时喜欢用"喜结连理"这个词。"连理枝"是长在坟墓上的。人家结婚，你用这个不祥的词语，实在是用错了地方。故作文雅，却是大煞风景。由杨贵妃和唐玄宗的故事为肇始，其后的许多爱情悲剧几乎都是这样。最有名的要算后来汤显祖的《牡丹亭》了。所以，我们不能用杨贵妃的首饰散落民间就说白居易也是在编造故事去欺骗唐玄宗。清朝的赵翼就批驳那种拘泥事实的愚人之见："《长恨歌》自是千古绝作。……惟方士访至蓬莱，得妃密语归报上皇一节，此盖时俗讹传，本非事实。……香山竟以为诗实之，遂成千古耳。"白居易把不是事实的事写进《长恨歌》，所以才使《长恨歌》成为千古传颂的名作，也使《长恨歌》更富于浪漫色彩。

　　信物毕竟是"物"，也仅仅能引起人的回忆。当然，信物本身除了能证实方士真正见过已经升入仙界的杨贵妃外，也是为了向唐玄宗传递情感信息：

　　　　但令心似金钿坚，天上人间会相见。

这是太真仙子托方士给唐玄宗捎的话。这既是一种自我表白，也是互相勉励之词。"但"，是只要的意思。太真仙子劝勉唐玄宗：只要我们的心像金钿一样坚定，那么，天地相隔的夫妻总有相见的一天。如果把"但"字解释成"假如"，只能说明太真仙子对唐玄宗的不信任。这样一来，"天上人间会相见"一句中的"会"字，该怎么解释？"会"，不是一种"可能性"，而是一种坚定的理念。

在方士行将告别的时候，太真仙子还不放心："临别殷勤重寄词"——因为前面已经说过"但令心似金钿坚"的话，现在又要捎话，所以说"重寄词"。"重"的前面又用了一个修饰词"殷勤"，足见太真仙子细心而又重情的心态。捎了什么话呢？她捎了一个只有她和唐玄宗知道的秘密：

七月七日长生殿，夜半无人私语时。
在天愿为比翼鸟，在地愿为连理枝。

就是说，当年他俩于七月七日曾在长生殿面对着牛郎织女被银河隔开的神话故事曾经盟誓：不管是生前，还是死后，要永远做夫妻。

中国文人最欣赏实证性理论。所以，超越现实的理念往往被视为有悖于现实的"错误"。北宋的范温在《潜溪诗眼》中就说：

白乐天《长恨歌》，工矣，而用事犹误。明皇幸蜀，不行峨眉山也，当改云"剑门山"。"七月七日长生殿，夜半无人私语时"，长生殿乃斋戒之所，非私语地也。华清宫自有飞霜殿，乃寝殿也。当改"长生"为"飞霜"，则尽矣。

那意思是说，你唐玄宗要和杨贵妃要谈情说爱，可以到华清宫的飞霜殿去，那是寝殿。在长生殿谈情说爱，是对神灵的亵渎。应当把长生殿改为飞霜殿。这就尽善尽美了。范温是黄庭坚的学生，黄庭坚作诗讲究"无一字无来处"，更不能把典故和地名用错。这就影响得范温也是在字眼句法上下功夫而忘记了艺术的特质就在于创造，所以就说出这种有悖于艺术规律的话。

要知道，"长生殿"作为一个意象，它在《长恨歌》中是富有象征意义的。它既符合唐玄宗追求长生的道家信仰，也符合二人沉浸在爱情欢乐中的心理。更重要的是，这里的"长生"和后面的"长恨"形成强烈的理想反差：想长生，想生生世世为夫妻，结果却留下了绵绵长恨！再说了，飞霜殿是一个冷森森的意象，是谈情说爱的地方吗？宋人死板，没有唐人开放，也就表现在这里。还有人说，既然唐玄宗和杨贵妃是在"夜半无人"时说的悄悄话，你白居易怎么知道的？作为抒情诗，它可以探索人的心灵奥秘。作为心灵奥秘，它是"可能有"，而不是"必须有"！成功的艺术作品其魅力就在于能揭示符合艺术规律的特殊性，而不是照着葫芦画瓢地照搬现实。

那么，二人说了什么呢？那就是二人对天盟誓："在天愿为比翼鸟，在地愿为连理枝。"一句话，活着要长相厮守，死了也要埋在一起；升仙了，也要像比翼鸟那样形影不离。遗憾的是，两人当年的誓言被残酷的现实打得粉碎。所以，重温当年的誓言更增加了太真仙子回忆的痛苦和悲剧色彩。所以，这种浪漫，不是普通的对现实的超越式的浪漫，而是一种悲剧式的怅惘。这正是中国古典式爱情的原始模式：写爱的痛苦，写爱的不可得。我们在唐诗中很少看到写夫妻二人爱的欢乐的诗篇。唐诗中的那些所谓的爱情诗，都是诗人写给歌姬舞女的，是婚外恋诗，有时是逢场作戏式的。就像杜牧的《遣怀》诗中所说的："蜡烛有心还惜别，替人垂泪到天明。"而像唐玄宗和杨贵妃这对夫妻的悲剧结局在中国古典诗歌中是绝无仅有的，因而就在中国古典爱情领域树立了一座里程碑。

《长恨歌》的最后两句是：

天长地久有时尽，此恨绵绵无绝期。

这里的"天长地久"是引用老子《道德经》第七章开头的原文。老子说："天地所以能长且久者，以其不自生，故能长生。"所以，"天长地久"就代表永恒。

这两句历来被理解为是太真仙子托方士捎给唐玄宗的话，或者认为是唐玄宗在听了方士的回报之后的心理独白。事实上，这两句是作者为点醒题目而对唐玄宗和杨贵妃的悲剧结局所下的断语。它点明了"长恨"的由来：人间的生离死别和天人相隔的绵绵相思。在结构上它是独立成章的。

神话传说充满了浪漫色彩。作者用如此长的篇幅对此进行描绘，就是对唐玄宗和杨贵妃的爱情悲剧充满了同情和怜悯。像表现普通人的爱情生活一样，当尘世的爱情以悲剧为结局的时候，艺术家就给执着于爱情的人们创造一个理想的天国，使他们有一个大团圆的好结果。汉乐府中的焦仲卿和刘兰芝的结局就是文人为天下有情人所设计的最好归宿。比起焦仲卿和刘兰芝，唐玄宗和杨贵妃的结局更为悲惨。所以，作者情不自禁地以常人的感受对他们抱以深切的同情，并且借此来点醒题目。

千百年来，人们对《长恨歌》的喜爱历久不衰，除了其艺术上具有的强烈感染力之外，也同唐玄宗和杨贵妃的悲剧结局分不开。

这就难怪《唐诗快》的作者说："乐天诗如《长恨歌》、《琵琶行》，皆所谓老妪解颐者也。然无一字不深入人情，而且刺心透髓，即少陵、长吉歌行皆不能及。所以然者，少陵、长吉虽能为情语，然犹兼才与学为之。凡情语一兼才学，终隔一层，便不能刺透心髓。乐天之妙，妙在全不用才学，一味以本色真切出之，所以感人最深。由是观之，则老妪解颐，谈何容易！"赵翼说得更透辟，白居易的"《长恨歌》……其事本易传，以易传之事，为绝妙之词，有声有情，可歌可泣，文人学士既叹为不可及，妇人女子亦喜闻而乐诵之。是以不胫而走，传遍天下。又有《琵琶行》一首助之，此即无全集，而二诗已自不朽，况又有三千八百四十首之工且多哉！"

《长恨歌》：独一无二的古典爱情诗

《长恨歌》问世之前，反映爱情的文学作品，像诗歌、小说等，多是以普通人为题材，比如《孔雀东南飞》、《游仙窟》等，还没有作家以诗歌的形式涉及帝王和后妃的爱情题材。可以说，在爱情诗的领域，白居易是第一个敢于突破题材禁区的作家。他不仅把帝王和贵妃的浪漫史写入诗篇，而且把帝王和贵妃作为现实生活中有血有肉的人，而不是把他们当做至高无上的帝王后妃来看待。这在古典爱情诗中是中是绝无仅有的。

读《长恨歌》，不应只是了解它的字面意义，更重要的是，要透过字面，发现作者隐藏在字里行间的艺术倾向极其背后隐藏的史、事。白居易绝不是为了歌"长恨"而创作《长恨歌》的。这就是我要用大量的篇幅叙说隐藏在字面意义背后的历史背景的原因，希望对大家解读《长恨歌》能有借鉴作用。

从王维的两首诗看唐诗注解中的一些问题

唐诗注解中存在的问题，诸如某首诗写作的时间、地点或者酬唱的对象等等，不是一篇小文章能够说透的。这里仅举王维的两首诗为例，谈一些应该注意的问题。

第一首《使至塞上》：

> 单车欲问边，属国过居延。
> 征蓬出汉塞，归雁入胡天。
> 大漠孤烟直，长河落日圆。
> 萧关逢候骑，都护在燕然。

王维的这首诗从整体上看并不出色，但是千百年来，人们津津乐道其颈联"大漠孤烟直，长河落日圆"，以气象雄浑而成为盛唐气象的绝唱。

关于这首诗创作的背景，一般都认为是开元二十五年写的。这一年，河西节度副大使崔希逸战胜吐蕃，王维奉命去慰问，途中写了这首诗。这是值得商榷的。因为它和诗中所描写的景物、赴河西的路线以及地名相去甚远。

河西节度使驻防地在凉州，即今天的甘肃武威。那么，去凉州应该走那条路？诗中出现了三个地名：居延、萧关、燕然。

先说居延。历史上有两个居延。一个在北匈奴腹地，一个在今甘肃张掖县东北，是为了安置归附的居延人而设的。从方位上看，前者在长安正北数千里，后者在长安西北方向。两个居延一个在北，一个在西，相距数千里之遥。所以诗中的"过居延"是说路途非常遥远，并非是慰问河西节度使帐下的将士必须要路过居延。因为，西居延在凉州西近千里的甘州，即今天的张掖县境内。那里也不是河西节度使统辖的范围。

再看萧关。从历史沿革上看，有两个萧关。一是萧关县。唐王朝为了防御吐蕃，在今宁夏固原市北、同心县南的清水河边筑城设县，旋即为吐蕃所陷。一个是关中的四关之一萧关，位于今宁夏固原市南瓦亭河附近。此地山高路险，为关中的北大门。人在萧关，放眼北望，便是平沙漠漠黄入天的荒原，而荒原北边就是黄河。

再说燕然。燕然，即燕然山，今名杭爱山，在今蒙古国境内。后汉时车骑将军窦宪大破匈奴后，在燕然山刻石铭功。诗中所说的"都护在燕然"是借用窦宪的故事，说明守边的将帅英勇无比，屡建战功。

王维如果是到凉州去慰问河西节度副大使。从长安到河西去，其行径路线应该是从长安向西，到达今天的宝鸡市北边的陇县，出陇关（又名安戎关、固关），然后翻越陇山，进入现在的甘肃天水，然后沿渭河一路向西。唐诗中的"陇头水"、"陇头吟"、"关山月"等诗都是唐代诗人在这条西出阳关的第一道关口上留下的。王维就有一首《陇头吟》：

长安少年游侠客，夜上戍楼看太白。

> 陇头明月迥临关，陇上行人夜吹笛。
> 关西老将不胜愁，驻马听之双泪流。
> 身经大小百余战，麾下偏裨万户侯。
> 苏武才为典属国，节旄空尽海西头。

这是王维到过陇关的证明，而且他到河西以后，还写了一首《凉州郊外游望》：

> 野老才三户，边村少四邻。
> 婆娑依社里，箫鼓赛田神。
> 洒酒浇刍狗，焚香拜木人。
> 女巫纷屡舞，罗袜自生尘。

从陇山到河西，有近千里的路程是沿着渭河西去的。只是在临近金城，即现在的兰州市时，才能看到一段黄河穿越峡谷东去。这和"大漠孤烟直，长河落日圆"的景象是毫不相干的。

更为关键的是，到凉州去，根本不用经过萧关。王维没有必要舍近求远，绕数千里的大弯子。

所以，《使至塞上》这首诗不是赴凉州慰问河西节度使及其麾下将士途中写的，把这首诗系于开元二十五年也是值得商榷的。

这首诗应该是王维赴北方边塞时途经萧关后写的。因为萧关以北就是一望无际的荒原，黄河由西向东北流去。这符合诗中"大漠孤烟直，长河落日圆"的场景。至于这首诗写于哪一年，尚需再作考证。

另一首诗是《过香积寺》：

> 不知香积寺，数里入云峰。
> 古木无人径，深山何处钟。
> 泉声咽危石，日色冷青松。
> 薄暮空潭曲，安禅制毒龙。

王维的《过香积寺》很有名。但是，一些注本，包括明代所修的《陕西通志》都说香积寺在长安城南滈水和镐水汇合处，实在是大错特错。错在哪里？错就错在没有充分考虑诗中的景物描写。

诗题中的"过"字，是"寻访"的意思，不是经过。长安城南的香积寺建于唐中宗神龙二年（706），是佛徒们为纪念净土宗第二代祖师善导大师而修建的，是长安南郊很有名的寺院，根本用不着"寻访"。再说，滈水和镐水汇合处是冲积平原。可是，诗的开头就说，没想到香积寺还真难找，要爬几里山路，一路上，古木参天，流水潺潺，忽然，听到钟声，循声找去，才在群峰环绕的山中找到了。这说明，王维所寻访的香积寺坐落在山中，不在平原。至于香积寺的环境，作者说这里危石耸立，泉声叮咚，松柏环抱，几缕阳光透过茂密的松林，洒落在寺院。这样的环境，根本不是滈水和镐水汇合处所具有的。所以，说香积寺就在长安城南，实在是无视诗中的景物描写。这倒让我想起了元人的两句诗："雨中画出秦川树，亲到长安有几人？"所以，不作实地考察，仅凭方志，或者人云亦云就下结论是靠不住的。

唐代的京畿地区还有一座香积寺，在长安城北的昭陵所在地醴泉县九嵕山南麓。翻开宋敏求《长安志·唐昭陵图》，可以看到：在唐太宗昭陵园区，有菩提寺、香积寺。菩提寺在东，香积寺在西，紧邻一个叫麻池的地方，在九嵕山南麓偏西。这和"不知香积寺，数里入云峰"的自然环境基本相符，但也不能完全肯定王维所寻访的香积寺就是九崚山南麓的香积寺。还有一座香积寺，在剑南的梓州。杜甫到过那里，并留有诗作。但王维显然没有到过那里。

所以，注释唐诗要十分慎重，不能人云亦云，更不能凭想当然。白居易的《暮江吟》很有名："一道残阳铺水中，半江瑟瑟半江红。可怜九月初三夜，露似珍珠月似弓。"有人在赏析这首诗时，就出现了常识性错误，说"诗人选取了红日西沉到新月东升"的景物进行描写。"九月初三"的"月"确实是新月。稍有天文常识的人都知道："如弓"的"新月"是出现在天的西边，而不是"东升"！月上东天，是在阴历的十五以后，就像苏轼在《前赤壁赋》中所描写的那样。

还有李白的《清平调三首》，有人把诗中的妃子说成是杨贵妃。这根本不符合事实。参见拙文《谈"长安文化"和唐诗中以长安为主题的诗》。

唐诗注解还必须注意"顾及全文"，不能对某联、某句进行孤立的解释。比如杜甫的《羌村三首》之二说"娇儿不离膝，畏我复却去"。有人认为：杜甫因为受房琯事件的牵连，回家后，心情不好，刚开始，孩子们见到了久别的父亲很高兴，围在他身边撒娇，后来，看到杜甫脸色阴沉，吓得纷纷离开。这样解释，孤立地看，勉强解释得通。但是，如果把这两句和作者写于同时的《北征》诗中关于到家后的描写联系起来，就说不通了。《北征》中说："平生所娇儿，颜色白胜雪。见爷背面啼，垢腻脚不袜。……粉黛亦解包，衾裯稍罗列。瘦妻面复光，痴女头自栉。……生还对童稚，似欲忘饥渴。问事竟挽须，谁能即嗔喝？"从这几句描写中，可以看出：杜甫和孩子们相处得很好，就连小孩揪他的胡须，他也不发脾气。看不出他对孩子是一副冷面孔。因此,"娇儿不离膝,畏我复却去"只能理解为孩子们围在杜甫身边,担心自己的父亲又要离开他们。畏,就是担心。

上面几个例子说明:唐诗注解或者赏析涉及的知识面很宽,比如历史、地理、天文、称谓、作者的情感等等,稍有不慎,就会出错。

说桃花

古代文人对大自然情有独钟，更喜欢自然界的百花芳草，尤其是桃花，经常出现在文人的笔下。

文人笔下的桃花不论是在神话中西王母的蟠桃园，还是在园林别业，也不论是在皇家园林，还是在农家茅舍，都是千姿百态，伴随着春天装扮着人间美景。在古典诗词中，文人总会涉及桃花。朱熹说："等闲识得东风面，万紫千红总是春。"这"万紫千红"的春天自然少不了妖艳的桃花，从而在古典诗词中形成了特有的"桃花意象"。

诗词中的桃花意象是经过了文人情感过滤的，所以，当"桃花"出现在文人笔下的时候，已经不是纯粹的自然物象了，而是具备了创作主体的审美取舍。《诗经》中有写桃花的名句："桃之夭夭，其花灼灼。"这是比兴，是说桃花开得非常艳丽。人们由此生发想象，把桃花和艳丽动人的女子联系起来，于是，慢慢地就形成了用桃花象征女子的传统。曹植就说："南国有佳人，容华若桃李。"（《杂诗》）"佳人"的容貌"若桃李"，这是把女子比作桃花。这种传统一直延续到现在。直到今天，所谓的"桃花运"、"桃色事件"都与此有关。推而广之，又有了"桃色新闻"。在中国，最早的"桃花运"或者说"桃色事件"出现在汉朝。传说在现在的浙江有两个小伙子，一个叫阮肇，一个叫刘晨。他俩结伴到天台山里去采药，不知不觉中迷了路。正当他俩又饥又饿时，忽然看见溪水中有桃花瓣漂来。于是，二人就缘溪而行，在一片桃花林中遇见了两个漂亮的姑娘。天台古属越地，是出美人的地方。杜甫就赞美说："越女天下白。"那两位姑娘盛情招待阮肇和刘晨，还挽留他俩住下。二人乐而忘返。半年后，两人都很想家，就告别了两位姑娘，下了山。回到故乡以后，村里的人都不认识他们。好不容易找到自己的家时，却发现正屋里供着祭奠他们的牌位。询问之后，才发现白发苍苍的老人是他们的五世、六世孙。而他俩依旧还是二十几岁的年轻人。他们这才明白自己入了仙境，遇见了神仙。桃源仙境就由此而来。既然在仙境，就意味着超越了时间和空间，所以，他俩依旧青春永驻。有感于家乡已经物是人非，他俩就又沿着原路想返回仙境，结果那仙境毫无踪影。这是桃源仙境的最初原型。

所以，当发生桃色事件时，主人公往往失去了时空概念，甚至于失去了理智。事件在不为人知时，是愉悦的；一旦外露，就会闹得满城风雨，会给当事人带来许多烦恼。于是，"桃色"中也就包含着温柔的杀机。

由于"桃色"和女性有关，所以，发展到后来，文人们在诗歌、戏剧、小说中就常常用"面如桃花"来形容女子的美貌。最典型的就是白居易在《长恨歌》中写唐玄宗由成都回到长安，被他的儿子唐肃宗软禁在兴庆宫而倍加思念杨贵妃时，作者就用"春风桃李花开日"来进行环境烘托。那"桃花"显然是暗喻杨贵妃的花容月貌的。作者把睹物思人和物是人非交织在一起，寄托了多种复杂的感情：既有对昔日春风得意的美好时光的回忆，也有面对今日物是人非境遇所产生的心灵痛苦。所以，这"春风桃李"既能表达一种心花怒放的愉悦和温馨，也能引发抒情主人公托物思人的痛苦。就像孟郊，中了进士以后，认为自己从此就能摆脱昔日的穷困潦倒，于是高兴得忘乎所以："春风得意马蹄疾，一日看尽长安花。"唐朝进士考试的放榜时间在春天。所以，孟郊所"看尽"的"长安花"中自然是桃花；所以，桃花给"春风得意"的新科进士带来了无限美好的希望。但是，美好的春光对于那些落第者来说，则构成一种强烈的心理失落。比如钱起的《长安落第》："花繁柳暗九门深，对饮悲歌泪满襟。数日莺花皆落羽，一回春至一伤心。"这和孟郊的春风得意形成鲜明的对照。

桃花意象是文人的心理折射。因此，桃花、桃色就包含了既能使人愉悦，又能使人伤感的双重底蕴。崔护的《题都城南庄》就是一个典型的例子："去年今日此门中，人面桃花相映红。人面不知何处去，桃花依旧笑春风。"去年，他在桃花盛开的时候，在城南的一座村庄里邂逅了一位美丽的村姑。第二年，又是桃花盛开时节，他故地重游，显然是有目的的。但是，姑娘住的那座房子柴门紧闭，姑娘已不知去向，他感到很失望。虽然眼前依旧是"桃花""笑春风"，而他自己却笑不起来。今日的桃花，被诗人异化为他去年所见到的那位姑娘了。直到今天，在杜曲附近还有一个名叫桃溪堡的村子，传说着这段诗坛佳话。

从用"桃之夭夭"形容美丽的女子开始，到把桃花和爱情联系起来，这是古代文人给桃花赋予的第一要义。而由桃花所激起的爱情以及由此引发的心灵震颤，则含有不同的感情归宿：或拥有，或失落，或为正剧，或为悲剧。孔尚任《桃花扇》中的侯方域和李香君则经历了从拥有到失落的人生悲剧。"桃花扇"，顾名思义，是画有桃花的扇子。这个词，北宋的晏几道在他的一首《鹧鸪天》词中用过。那一联很有名："舞低杨柳楼心月，歌尽桃花扇底风。"被后人称为"不减六朝宫掖体"。晏几道出身宰相之家。他的父亲就是那位只许自己填词而鄙视柳永词风的晏殊。遗憾的是到了晏几道成人时，家道中落了。这位风流场上的贵公子，在落魄之后，依旧忘不了昔日歌舞宴会上的浅斟低唱。无奈歌伎舞女们见他落拓不遇，也就冷眼相待。所以，晏几道只能凭借怀旧来弥补今日的精神空虚。"桃花扇底风"显然是指歌伎手持桃花扇轻歌曼舞。那个"风"字，一语双关，既指歌声余音绕梁，又暗含着歌伎的万种风情。桃花扇在这里就有了轻艳的味道，但也仅仅是作为歌舞诗的一种道具而已。

《桃花扇》中的李香君是一位烟花女子。可是，"桃花扇"已经不是道具，而是一件爱情信物。那扇子原是侯方域赠给李香君的，上面也没有桃花。侯方域离开金陵秦淮河后，一个名叫田仰的"漕抚"（负责粮食运输的官员）依仗权奸马世英的实力，派侯方域的朋友杨龙友（一个世故圆滑的小人）带着聘礼去见李香君，要娶她为妾。李香君不从，田仰的家人强拖李香君下楼上轿。李香君挣脱开来，一头向桌子角撞去，顿时头破血流，那血正好滴在侯方域赠送的扇子上面。杨龙友为了不辱使命，就想了个李代桃僵的办法，让烟花院的女老板李贞丽冒充李香君上了轿。杨龙友办了这种事，也觉得对不起朋友。过了几天，他去看望李香君，深为李香君的贞节所感动，就提笔稍加点染，用枝干把扇子上的血点连缀起来，称之为"桃花扇"。按照中国传统的道德观念，像李香君这样不畏权奸、有骨气的忠贞女子，其个性和梅花的傲骨相吻合。但杨龙友把洒有李香君鲜血的扇子取名"桃花扇"，显然蕴含着李香君对侯方域坚贞不渝的爱情，从而形成了桃花—女子—爱情这样一个意象链。这一意象在以香软著称的宋代爱情词中表现得尤为明显。

桃花意象的另一层含义则是代表浮艳和轻薄。最典型的就是杜甫在《漫兴九首》其一中所写的："肠断春江欲尽头，杖藜徐步立芳洲。颠狂柳絮随风舞，轻薄桃花逐水流。"由于诗人刚刚漂泊到成都，家国之思萦绕心头，因而对桃红柳绿的春光形成一种逆反心理。眼前的美景没有引起诗人的愉悦，诗人反而觉得绿柳红桃是那样颠狂、轻薄。这种情与景悖的抱怨曲折地映现了诗人内心的痛苦。在唐诗中由此引发出桃花意象的另一层含义：比喻得势的小人。刘禹锡的《元和十年自朗州至京，戏赠看花诸君子》："紫陌红尘拂面来，无人不道看花回。玄都观里桃千树，尽是刘郎去后栽。"由于刘晨与阮肇的故事，使得桃花意象在爱情之外又和道家、道教发生了联系。从宗教的花意象上看，桃花是道教喜欢的物象，莲花是佛教特有的花。刘禹锡笔下的玄都观里的桃花，首先是和道教发生联系。诗中的刘郎，显然是作者用刘晨来代指自己。其次，道士栽培的桃花则是一种暗示：由道士栽培桃花暗示凭借投机钻营、排斥异己而在政治上得势的小人。由于这首"看花"诗带有非常明显的讽刺倾向，从而使得刘禹锡第二次遭到贬谪。晚唐的高蟾有一首《下第后上永崇高侍郎》："天上碧桃和露种，日边红杏倚云栽。芙蓉生在秋江上，不向东风怨未开。"比起刘禹锡的诗来，高蟾的诗虽然通体暗喻，显得很直露。但在用桃花比喻得势者这一点上，又和刘禹锡是相似的。和刘禹锡不同，白居易有一首《大林寺桃花》："人间四月芳菲尽，山寺桃花始盛开。长恨春归无觅处，不知转入此中来。"桃花，代表了生机勃勃的春天。而庐山香炉峰上大林寺的桃花不仅仅是代表春天。它和"人间"的"芳菲"形成对比：代表了高尚和纯洁。作者之所以赞美大林寺的桃花，原因就在于它不像人间的"芳菲"那样趋炎附势。

陶渊明笔下的"世外桃源"应该说是受了阮肇刘晨传说的启发，但去除了神人恋爱的色彩，把桃花源变成他心目中的理想社会。而且，他的《桃花源记》的结尾也和阮肇刘晨想重归仙境的结局一样，"不复得路"。所不同的是，陶渊明把人神恋爱变成了对理想社会的追求。这样一来，唐诗中的"桃源"，或者"桃花源"就具备了两种审美取向：一是和阮肇刘晨的"桃花源"有关的对仙道世界的追求，一是和陶渊明的"桃花源"有关的对脱离现实世界的理想的追求。比如李白的《山中问答》："问余何意栖碧山，笑而不答心自闲。桃花流水窅然去，别有天地非人间。"就代表了作者对仙道世界的追求。有时这两者又交织在一起。比如张旭的《桃花溪》："隐隐飞桥隔野烟，石矶西畔问渔船；桃花尽日随流水，洞在清溪何处边？"而张志和的《渔父歌》："西塞山前白鹭飞，桃花流水鳜鱼肥。青箬笠，绿蓑衣，斜风细雨不须归。"显然是陶渊明的"桃花源世界"。像王维的《桃源行》，则是对陶渊明的《桃花源记》的隐括，在唐诗中是比较少见的。

桃花意象的多元性，反映了文人不同的审美追求。而在表现这种追求时，有隐，有显，因人而异。尤其是和仙道有关的桃花源，在唐诗中占有比较突出的地位。因此，不能一看到桃花源，就不假思索地和陶渊明的世外桃源联系起来。唐人毕竟心胸开阔，对陶渊明的"久在樊笼里，复得返自然"的退隐意识多多少少是不大认同的。即便是那些退隐田园的诗人，其诗风不同于陶渊明的孤芳自赏。

后记

这本小册子取名"唐诗说稿",有点儿名不副实。因为并没有集中"说唐诗",而是选择了我多年来关于唐诗的一些讲稿并作了补充修订后汇集而成的。

由于是讲稿,所以,涉及的面比较宽,旨在拓展学生的知识面和文化视野。而且,听课的对象也不同,有基地班学生,有唐宋文学硕士研究生、博士生,还有文学文献学研究生。内容涉及作家作品研究、断代文学研究、"长安文化"研究、传统文化研究以及考据与校勘等。

《说〈长恨歌〉》一文,在讲解《长恨歌》内容时,揭示了隐藏在其背后的历史事件,从而加深对作品内容的深入了解,也增加了一些文学鉴赏的趣味性。

《谈"长安文化"和唐诗中以长安为主题的诗》是我2009年6月访问韩国期间为光州大学的研究生所作的一场学术报告的讲稿。古长安是中国传统文化的发祥地。"长安文化"在中国传统文化的形成和发展史上具有极其重要的奠基作用。"长安文化"在唐代尤其是盛唐时代达到了它的光辉顶峰。本文结合唐人咏长安的诗歌对此作了简要介绍。

《论唐代文化与盛唐文学》、《论唐代文化与唐代隐逸》是给我的博士研究生开设的《中国传统文化研究》课中的两篇讲稿。弟子李红霞博士在选修了这门课之后,撰写了博士论文《唐代隐逸与唐代文学研究》,受到评审专家的赞许。

唐代诗人中，我比较喜欢杜甫。所以，选了有关杜甫的三篇讲稿。其中《杜甫的人生历程与诗歌创作》从杜甫的"人生历程"与"诗歌创作"两个方面纵论艺术人生。虽略有繁冗之嫌，但也敝帚自珍，故略加修改，呈现给读者批评。

《关于大历文坛的整体思考》，是我几年前的一篇讲稿。讲授之后，学生认为对唐诗转捩期的论述比较明晰、透彻。弟子吕蔚在此基础上做了系统深入的研究，撰写了断代文学研究的博士论文《走出盛唐》。评审专家一致评为"优秀论文"，并由中华书局出版。（书名改为《安史之乱与盛唐诗人》）

这本小册子，算是我四十年教学生涯的点滴收获。陕西师大文学院院长李西建教授、副院长张新科教授对这本小集的出版给予了极大的关心和支持，弟子王作良博士在繁忙的教学工作中挤出时间对书稿作了精心的校对。在撰写讲稿的过程中，本人参阅了时贤的不少大作，颇受启发，未能一一注明，在此一并致谢。

时下，大凡出书者，多请人特别是请名人写序。我觉得，这是给人家出难题！即便是书中有这样那样的缺陷，人家也不好明说。至少我见过的一些"序文"或多或少地存在这样的问题。我见过一本书，序是"享誉国内外"的一位名家写的。这篇序，其实是一篇"杂说"，干脆和书的内容毫不相干。

所以，我放弃了请人写序的想法。我觉得，读者是最好的批评家。限于自己水平，书中肯定存在着不足和谬误，请读者赐教。

杨恩成
2010 年 8 月于陕西师范大学